मैं जाग्रत त्रिकोण बोल रहा हूँ

मैं जाग्रत त्रिकोण बोल रहा हूँ

शिवपुत्र शुकदेव चैतन्य

मोतीलाल बनारसीदास
दिल्ली, मुम्बई, चेन्नई, कोलकाता,
बंगलूरू, वाराणसी, पटना

प्रथम संस्करण : दिल्ली, 2016

ISBN: 978-81-208-4072-0

मोतीलाल बनारसीदास

41 यू.ए. बंग्लो रोड, जवाहर नगर, दिल्ली 110 007
236, नाइंथ मेन, III ब्लॉक, जयनगर, बंगलूरू 560 011
8 महालक्ष्मी चैम्बर, 22, भुलाभाई देसाई रोड, मुम्बई 400 026
203 रायपेट्टा हाई रोड, मैलापुर, चेन्नई 600 004
8 केमेक स्ट्रीट, कोलकाता 700 017
अशोक राजपथ, पटना 800 004

पुस्तक पढ़ने से उपजी शंकाओं के समाधान एवं शिवपुत्र एक मिशन से संबंधित जानकारी के लिए सम्पर्क सूत्रः
ईमेल : shivputraekmission@gmail.com
shivputra_ekmission@yahoo.co.in
वेब साईट : www.shivputraekmission.org
फोन : 09910820559, 09350591317

आर.पी. जैन के द्वारा एन ए बी प्रिंटिंग यूनिट,
ए-44, नारायणा, फेज-1, नई दिल्ली 110 028 में मुद्रित
एवं जे.पी. जैन द्वारा मोतीलाल बनारसीदास
41 यू.ए., बंगलो रोड, जवाहर नगर, दिल्ली-110 007, के लिए प्रकाशित

विषय-सूची

प्राक्कथन

मुझे लगता है कि यथार्थ को समाज के सामने रख दिया जाए। यदि कोई जीवन का यथार्थ खोज रहा होगा तो वह ग्रहण कर लेगा। अन्यथा मेरे शब्द मेरे अपने तो हैं ही।

मुझे ऐसा प्रतीत होता है कि मैं पुराणों और शास्त्रों के पात्रों को खोजने-पहचानने आया हूँ। अभी तक धार्मिक इतिहास के अनेक पात्र मेरे पास आ चुके हैं। ये अधिकांशत: वो हैं जो अनेकों जन्मों में मेरे संग जिए और किसी-न-किसी तरह मेरा जीवन इनसे तथा इनका जीवन मुझसे प्रभावित हुआ।

धन्य हैं हम सभी जिन्हें संग जीने का अनमोल अवसर मिला। मैं स्वयं को परम भाग्यशाली महसूस करता हूँ कि मुझे इन्होंने अपनाया और अपना होने का अहसास कराया। मेरा व्यक्तित्व निरंतर इनके अपनापन भरे व्यवहार से निर्मित होते हुए प्रथम मानव शरीरधारी अघोर में परिवर्तित हो गया। जिस व्यक्तित्व का निर्माण पूरी शक्ति लगाकर पौराणिक पात्र करें वह कैसा होगा, इसकी कल्पना आप सहजता से कर सकते हैं। शास्त्रों में वर्णित उन जीवन चरित्रों से कोई भी अनुमान लगा सकता है। जब भी जन्मा, मुझे अपना जीवन खुद ही जीना पड़ा। मेरा जीवन इस जगत् की एक महान उपलब्धि है। जगत् की महत्ता इसी में समाहित है कि युगों पश्चात् आज भी मैं इस जगत् में सशरीर उपस्थित हूँ।

ऐसी मान्यता है कि साधारण शरीर से कुछ साधारण ही निर्मित होता है। ये पात्र तो असाधारण हैं। अतः, इनसे निर्मित तत्त्व भी असाधारण होने चाहिए। तत्त्व व्यक्ति का हो या जगत् का, असाधारण ही असाधारण का निर्माण कर सकता है। और इनके सान्निध्य में निर्मित हुआ मैं भी स्वयं में असाधारण होता चला गया।

मेरी जीवन-यात्रा एक मनुष्य का अघोर में रूपान्तरण की वह कहानी है, जो अपनी सृष्टि के प्रारंभिक काल से लेकर आज तक की परिस्थितियों में निर्मित हुई। मानव अवस्था से अघोर अवस्था में रूपान्तरित होने में मुझे इतने युग लग गए कि सतयुग से कलियुग आ गया। ये चार युग मेरे देखते-देखते यों बीत गए जैसे कल की ही बात हो।

इस जीवन यात्रा के प्रारंभ में घटित घटना से एक ऐसा सुप्त त्रिकोण निर्मित हुआ जो अधोमुखी (▼) था। उसका एक सिरा जीवित हो उठने के कारण आज वह जाग्रत त्रिकोण ऊर्ध्वमुखी त्रिकोण (△) में परिवर्तित हो चुका है। अतः, यह वृत्तांत सिर्फ मेरी कहानी नहीं है, बल्कि उस सुप्त त्रिकोण के जाग्रत होने की कहानी है जिसका एक जीवित मुख्य बिन्दु मैं हूँ।

वे सभी श्रेय के पात्र हैं जिन्होंने मेरे साथ जीना स्वीकार किया अथवा अपने साथ जीने का मुझे अवसर प्रदान किया । साथ जीना छोटी अवधि का था या लम्बी अवधि का, बात इसकी नहीं है। बात तो इसकी है कि एक बार साथ जीकर जब इन्हें संतोष नहीं हुआ, तो इन्होंने अनेकों बार मेरे साथ जीने के लिए जन्म लिया और मेरे व्यक्तित्व निर्माण में जी-जान लगाकर सहयोग किया।

मेरा मानना है कि जितनी देर के लिए हम-आप मिलते हैं, उतनी देर की अपनी-अपनी जिन्दगी एक-दूसरे को देते हैं। जिस जगत् में बिना स्वार्थ के कोई किसी को एक रोटी नहीं दे पाता, प्रेम का एक ईमानदार बोल नहीं बोल पाता, वो अपने हिस्से की जिंदगी का एक अंश मुझे दे रहा है, यह कितना अनमोल है! वे सभी पात्र मेरी नजरों में असाधारण हैं जिन्होंने इतने युगों में अपने अथक कर्मों (प्रयासों) से मुझे अघोर बना दिया।

अघोर देखने में सामान्य, पर यथार्थ में असाधारण व्यक्तित्व का धारक होता है, क्योंकि वह अपने स्वामी, अपने निर्माता की इच्छाओं को धारण करता है। जब भी व्यक्ति अपनी सोच (धारणा) में अपने स्वामी की इच्छा को धारण कर जीता है, वह धारणा भी जीवित होने लगती है। इसके विपरीत, सामान्य व्यक्ति अपनी इच्छा, वासना तथा कामनाओं को धारण करता है, अत: इन्हीं सीमित धारणाओं मे जीता है।

जब तक मैं अपनों के जागतिक संबंधों तथा दायित्वों को धारण करता रहा, तब तक मात्र उनकी कामनाओं का पात्र बनकर जीता रहा। और ऐसे ही मैंने चार युग गँवा दिए। मुझे होश में लाया मेरी अर्द्धांगिनी ने, मेरे अपनों ने, फिर मेरे बाबा, मेरे स्वामी ने। एक जाग्रत पिता ही अपने पुत्र को होश में ला सकता है, क्योंकि वह अपनी संतान का निर्माता है। वह अपनी उन इच्छाओं को जानता है जिसके वशीभूत होकर उसने एक जीवन निर्माण करने की सोची। अपनी इस इच्छा की पूर्ति हेतु वह प्रकृति में उतरता है। साकार जो भी है, वह प्रकृति में ही होता है। प्रकृति में उपस्थित साकार जीवन (शरीर) से सम्भोग करने से उत्पन्न तीसरे तत्त्व (संतान) द्वारा पुरुष की इच्छा साकार होती है। सम्भोग अर्थात् मिलन एक ऐसा माध्यम है जिसमें दो चेतनाएँ एक-दूसरे में प्रवेश करती हैं। प्रवेश करने वाली चेतना ही ऊर्ध्वमुखी होती है, अर्थात् जो बहिर्गमन करती है। अपने में किसी पुरुष को प्रवेश करने देने वाली चेतना सदा से अधोमुखी होती है, अर्थात् अपने पुरुष तत्त्व को ग्रहण(स्वीकार) करने वाली। इस ऊर्ध्वमुखी त्रिकोण (△) और अधोमुखी त्रिकोण (▼) के आपसी मिलन का केन्द्र-बिंदु होने से एक आत्मा के लिए शरीर की उत्पत्ति की संभावना निर्मित होती है। △ और ▽ का परिणाम-मैं (अघोर यंत्र) (✡) हूँ। अघोर यंत्र अर्थात् एक बिंदु 'मैं' (आत्मा) की आंतरिक संरचना।

यह पुस्तक इसी पर आधारित है। △ और ▼ अर्थात् प्रथम पुरुष और साकार प्रकृति के आपसी सम्भोग के परिणामस्वरूप उत्पन्न उस आत्मा की जीवन यात्रा की कहानी है, जिसकी मृत्यु जन्म के पूर्व ही गर्भावस्था में हो गई थी। गर्भस्थ शरीर में अपनी स्थूल मृत्यु से मैं सुप्त हो गया

था। शरीरधारी प्रकृति माँ सती के नष्ट होने पर परमतत्त्व शिव के दो भाग गिर कर धरती पर सुप्तावस्था में स्थापित हो गए थे। मात्र मूल केन्द्र, अर्थात् ऊर्ध्व शिरा (त्रिकोण का शीर्षस्थ केन्द्र) जीवंत बचा। बाकी शेष दोनों बाबा की अर्द्धांगिनी सती और शिवपुत्र (मैं) स्थूल रूप से सुप्तावस्था में चले गए। इससे सृष्टि के विधाता की मूल क्रियात्मक शक्ति जन्म-मृत्यु के इस खंड में सिमट कर रह गई, जिससे मूल प्रकृति निरंतर विकृत होती चली गई।

मूल प्रकृति के निरंतर विकृत होने देने में इन असाधारण पौराणिक पात्रों का अपना-अपना महत्त्व है। आज इन सबको इस धरती पर जन्म-मृत्यु के कालखंड में पुनः पाकर मैं अत्यंत हर्षित हूँ। ये मेरी उन बातों के साक्षात् गवाह हैं, जिनका प्रमाण संसार माँगता रहा है। ये उन प्रश्नों के उत्तर हैं। मैं जानता हूँ कि मैं कौन हूँ, मैं कहाँ से आया हूँ, मुझे कहाँ जाना है, मेरा अस्तित्व क्या है, मेरा आदि, मध्य और अंत क्या है। और अनेकों व्यक्ति, अघोर शिवपुत्र का ध्यान करके जान गए कि वे कौन हैं।

मैं सिर्फ शब्द ही नहीं देता, बल्कि जगत् और समय की माँग के अनुसार शब्दों के अन्दर व्याप्त निराकार को भी व्यक्त कर देता हूँ। शब्दों में व्याप्त निराकार चेतना को व्यक्त कर सकनेवाली चेतना अघोर होती है।

'मैं', मेरा 'जीवन' या मेरा 'होना' एक शब्द है। इस शब्द में व्याप्त निराकार चेतना के स्वामी में उत्पन्न इच्छा मेरा व्यक्तित्व है, मेरे निर्माण का मूल कारण है। मेरा निराकार रूप (अघोर यंत्र) मेरे इसी साकार रूप से उत्पन्न होता है। मुझमें मेरे स्वामी की इच्छा जीवित है, जिसे मैंने धारण कर लिया है।

जीवन हमारा स्वभाव है और मृत्यु इसकी प्राकृतिक नियति। हम अपनी नियति से उत्पन्न एक ऐसी चेतना हैं जो अपने मूलाधार को जानता है। अघोर शिवपुत्र अपने निराकार रूप में इस अघोर ऊर्जा-सर्किट में आज भी जीवित है। और यह अघोर ऊर्जा-सर्किट जाग्रत त्रिकोण का एक कोण है। देश-काल और परिस्थिति में घिरा शिवपुत्र अपने अन्दर

स्थित इस सर्किट में माँ को अधोमुखी ऊर्जा के रूप में अपने हृदय-केन्द्र में धारण किए हुए शीर्ष पर स्थित हैं।

चित्र : अघोर ऊर्जा-सर्किट

जब आप ध्यान से इस ऊर्जा-सर्किट में देखेंगे, तो आपको इसके मध्य स्थित नीलवर्ण (ब्रह्माण्डीय वर्ण) का अधोमुखी त्रिकोण स्पष्ट दिखलाई देगा। यह सर्किट सूर्यनुमा एक गोल प्रकाशमय घेरे को भी अपने में समाहित किए हुए है तथा पूरी तरह ऊर्ध्वमुखी त्रिकोण से व्याप्त है।

△ में अन्दर सात ऊर्ध्वमुखी रक्तवर्ण रेखाएँ हैं और इनके सबसे नीचे एक और रक्तवर्णीय रेखा है - कुल मिला कर आठ।

ये रक्तवर्णीय ऊर्ध्वमुखी रेखाएँ चेतना की निरंतर ऊर्ध्वता को दर्शातीं हैं। अपने अन्दर अधोमुखी त्रिकोण को धारण किए यह ऊर्जा-सर्किट अपने अस्तित्व में शक्ति को पूर्ण रूप से नियंत्रित किए ब्रह्माण्ड में स्थित धरती पर, भारत भूमि में क्रियाशील रहते हुए स्थित है।

जैसे स्थूल नेत्र स्थूल रूप को देख सकता है, ठीक वैसे ही अघोर यंत्र सदा ही जाग्रत त्रिकोण को देख रहा है। जाग्रत त्रिकोण मात्र एक मानसिक कल्पना नहीं है, बल्कि अघोर शिवपुत्र के जाग्रत होने से जीवित है। शिवपुत्र अपनी ही ऊर्जा-सर्किट के महाशक्तिपीठ (मूलाधार स्थित अधोमुखी त्रिकोण) में महाविस्फोट से उत्पन्न शक्ति से संयुक्त होकर निरंतर ऊर्ध्वमुखी त्रिकोण पर अपनी चेतना के साथ आज्ञाचक्र में आसीन हैं। तथा सहस्त्रार पर ब्रह्माण्डीय चेतना को धारण किए उपस्थित हैं। अघोर ऊर्जा-सर्किट के ऊर्ध्वशीर्ष पर स्थित प्रकाशबिंदु में यह स्पष्ट है, स्वयंभू है।

इस ऊर्जा-सर्किट में ऊर्ध्वमुखी त्रिकोण बाबा शिव अर्थात् पुरुष का प्रतीक है। अधोमुखी त्रिकोण उनके हृदयस्थ शक्ति (मूल प्रकृति-स्त्री) माँ का प्रतीक है। तथा सबका संयुक्त रूप इस अघोर ऊर्जा शरीरधारी रूप शिवपुत्र का यांत्रिक रूप है।

यह अघोर यंत्र अपने अस्तित्व में मेरे बाबा (पुरुष) और माँ सती (प्रकृति) को समाहित किए हुए अघोर शिवपुत्र नाम से संबोधित है। यह उस जाग्रत त्रिकोण का एक सिरा है जो अपने अन्य दो सिरों केदारनाथ और काशी से संयुक्त होकर धरती पर वर्तमान कलियुग काल में उपस्थित है।

अघोर ऊर्जा-सर्किट अपने अन्दर पुरुष और प्रकृति से जन्मे बिंदु के साथ जाग्रत है। जाग्रत त्रिकोण के तीनों केंद्र अपने विराट रूप में होते हुए भी अपने एक बिंदु, अर्थात् अपनी संतान (आत्मा) में स्थापित होकर साकार रूप में स्वयंभू हो दिल्ली के भूभाग में स्थित हैं। हमारा मूल अस्तित्व निराकार है, जो जगत् के विशेष प्रयोजन से इस धरती पर उपस्थित है। काशी से मुक्त अघोर पिंड आज अपनी माँ कामाख्या और पिता बाबा केदारनाथजी के साथ अटूट संयुक्तता से इस मानवरूपी शरीर में एक संग जी रहा है। जाग्रत त्रिकोण इसी अघोर यन्त्र द्वारा संचालित और नियंत्रित होकर प्रदर्शित हो रहा है। यह अघोर ऊर्जा-संरचना जाग्रत त्रिकोण का मूल आधार है।

संसार जिस आत्मा की बात करता है, जिसे मैंने कमजोर हो रहे अर्जुन को योद्धा बनाने में व्यक्त किया था, यह उसी आत्मा की आंतरिक संरचना है। यह उस बिंदु की आंतरिक ऊर्जा-संरचना है जो शिव का बिंदु है और जिसे शिव की प्रथम अर्द्धांगिनी ने अपने गर्भ में रोपित कर पाला है। अब माँ के साथ मैं भी मुक्त होकर अपने बाबा से एकाकार हो यहाँ स्थित हूँ।

यह जाग्रत त्रिकोण एक मनुष्य में अघोर ऊर्जा-सर्किट के जागरण का परिणाम है, जो ज्ञात जगत् में प्रथम बार निर्मित हुआ है। इसलिए शिवपुत्र ही प्रथम मानव शरीरधारी अघोर है।

जीवन है तो परिस्थितियाँ भी हैं। परिस्थितियों की अपनी शर्तें हैं। उसी में जीना है। क्या, किसी के मानने या न मानने से आपका जीवन झूठा हो जाएगा? नहीं, कभी नहीं। जीवन के रास्ते कभी एक जैसे नहीं होते, क्योंकि देश, काल और परिस्थिति निरंतर परिवर्तित होते रहते हैं। आज का सत्य कल की परिस्थितियों में परिवर्तित होकर एक नए सत्य की स्थापना करता है। आज का सत्य कल झूठ लगने लगता है।

अपनों के बीच जी रहा मनुष्य कब उन्हीं को पराया बनते हुए देखेगा, इसका कोई भरोसा नहीं। किन्तु यह मेरा परम सौभाग्य है और इन चार युगों की परम उपलब्धि कि मेरे अपने प्रथम माँ एवं प्रथम पिता आज भी मेरे अपने हैं और मेरे पास मेरा अपना वंश भी है। इस बार इस स्थूल शरीर को जन्म देने वाली मेरी अम्मा और बाबूजी अपने प्रथम जन्म में मनु और सतरूपा थे, जिनसे प्रथम संतान के रूप में राजा दक्ष की पत्नी (आज की रुचि) का जन्म हुआ और आज कलियुग में अंतिम संतान के रूप में मैंने जन्म लिया। मैं सचमुच गौरवान्वित हूँ, अभिभूत हूँ अपने मानव जीवन से। मेरे अपनों का मुझपर महान् उपकार है, ऋण है। इसलिए मैं आज इन अपनों को मेरे पास आने का एक मौका देता हूँ ताकि जन्म-मृत्यु के खंड से वे निकल सकें।

शिवपुत्र शुकदेव चैतन्य

अध्याय-1

जाग्रत त्रिकोण और मैं

इस जगत् में आज अपने जीवन में मैं जो हूँ वह मेरा यथार्थ है। इस जगत् में जब भी मैं जन्मा हूँ तब अनेकों अन्य लोग भी जन्मे हैं, जिन्होंने मेरे साथ जीवन व्यतीत किए।

मैं एक मानव शरीरधारी हूँ। सबकी तरह दो शरीरों के मिलन से जन्मा हूँ। देश-काल-परिस्थिति के अनुसार जीता चला आया। जब जीवन मेरा है तो मुझे ही जीना होगा। अपने जीवन का गवाह मैं खुद हूँ। अपने विभिन्न जन्मों के प्रमाण में मैं अनेकों को उनके उन जन्मों में ले गया जो उन्होंने मेरे साथ जीए थे।

मेरा जीवन न तो धार्मिक है, न आध्यात्मिक–शब्दों में सीमित होने वाला नहीं। सत्य और झूठ से परे यथार्थ में स्वाभाविक जीवन जीने की लालसा ने मुझे यहाँ लाकर खड़ा कर दिया है।

जाग्रत त्रिकोण संसार के लिए भले ही अजूबा हो पर अब यही इसकी नियति है। जैसे-जैसे मेरा जीवन गुजरा है वैसे-वैसे इसका भी। मेरे जीवन के साथ निर्मित होकर धरती पर स्थित यह त्रिकोण आगे क्या करेगा, यह अभी आंशिक रूप से ही ज्ञात है। कारण है मेरा जीवन।

जाग्रत त्रिकोण अपने और मेरे निर्माता की वह कहानी है जिसके साथ इस जगत् की प्रकृति भी संयुक्त है, जैसे एक त्रिकोण के सिरे जुड़े

होते हैं। यह त्रिकोण अपनी सुप्तावस्था से एक दिन में जाग्रत नहीं हुआ है। युगों की सुप्तता के पश्चात् अचानक अपने मध्य एक जाग्रत चेतना को यह जगत् कैसे स्वीकार कर सकेगा, यह सभ्यता के लिए एक बड़ा प्रश्न है। जीवन का स्वभाव ही सुप्तता का है। जागृति उसके लिए उपलब्धि अवश्य है, पर एक समस्या भी।

जैसे-जैसे मेरा जीवन आगे बढ़ता गया, वैसे-वैसे संसार मेरे सामने प्रत्यक्ष होता गया। संसार के इस प्रत्यक्षीकरण का मैं स्वयं गवाह हूँ।

पुस्तक की यह कहानी एक दिन में निर्मित नहीं हुई। हृदय की चोटों से जन्मी जिस अवस्था को मैंने जीया, उसके साथ ही यह कहानी निर्मित होती गई।

हृदय पर आघात सहकर भोगों में जीना अस्वीकार कर मैंने उस जीवन का चयन किया जिसे जीकर मैं अपने आपसे नजरें मिला सकूँ। और सर उठाकर यह कह सकूँ कि मैंने अपना जीवन भले जैसे भी जीया हो, खुद को नष्ट नहीं होने दिया।

धरती पर जीव को प्रकृति के अधीन ही जीना होता है। उन सभी परिस्थितियों में अपनी धारणाओं के अनुसार जीने वाला भी मनुष्य ही है, कोई अन्य नहीं। हमारे पास अपनी एक स्वतंत्र चेतना है जिसे हम निर्मित करते हैं अपने निजी जगत् में।

जब एक ईमानदार चेतना इस प्रकार टूट रही हो कि जीवन के सारे मार्ग बंद दिखें, अपना कोई ऐसा न हो जिस पर विश्वास किया जा सके, सांसारिक सोच साथ छोड़ दें, तब आत्महत्या का रास्ता छोड़ पुरुषार्थी जीवन जीने के लिए यह पुस्तक आपका मार्गदर्शक हो सकती है। इस पुस्तक की यथार्थ आवश्यकता तभी है।

कष्ट तभी तक है जब तक भोग में आसक्ति है। और भौतिक भोग है भी क्या? बस, विषयों तथा संबंधों में आसक्ति। अपने जीवन का कोई निश्चित लक्ष्य न होने से मतिभ्रम हो जाना स्वाभाविक है। समाज, संबंध और अपने लोग मिलकर ऐसी परिस्थितियाँ सजा देते हैं कि अच्छा से अच्छा व्यक्तित्व भी पुरुषार्थ को त्यागने के लिए विवश हो जाता है। लेकिन यदि परमात्मा में अटूट विश्वास हो तो उसका हाथ आपको

थामने के लिए बढ़ता है।

यह उस चेतना की कहानी है जो बारम्बार घायल किए जाने पर भी हार नहीं मानती और अपनी दृढ़ इच्छाशक्ति और आस्था के आधार पर खड़ा होकर परमात्मा के कार्य के लिए स्वयं को समर्पित कर देती है। इस कलियुग में भी अपने धर्म और आराध्य का आलंबन नहीं छोड़ने वाला मनुष्य बाबा केदारनाथ और माँ कामाख्या द्वारा पुकारा जाता है। याद रखिए, विपरीत परिस्थितियों में ही एक साधक का जन्म होता है और यदि आपने इन परिस्थितियों में अपने को साधना की ओर मोड़ लिया तो चेतना जाग्रत हो जाएगी।

प्रकृति हमारे ही पिछले किए कर्मों के अनुरूप हमें लोग, संबंध और साधन उपलब्ध कराती है। हम अपनी वासना और भावना के अनुसार अपने मन की कर सकें इसके लिए सारी परिस्थितियों तक को निर्मित कर देती है। पर याद रहे कि वासनाओं में दबी चेतना अपनी सुप्तावस्था में होने से और दबती चली जाती है।

जाग्रत त्रिकोण कोई कल्पित कथा नहीं है। यह इस जगत् का मूल आधार है जिस पर जीवन और प्रकृति का सृष्टिक्रम टिका हुआ है। हमारी सनातन स्मृतियाँ बताती हैं कि सतयुग में एक राजा दक्ष थे जो जगत् के प्रजापति थे। उनकी बनाई सामाजिक प्रथाओं के अनुसार लोगों को जीवन निर्वहन करना होता था। उस समय के सर्वमान्य भगवान् शिव, अर्थात् बाबा केदारनाथजी थे। राजा दक्ष की पुत्री सती (शक्ति) उनकी अर्द्धांगिनी थीं। परिस्थितियों ने कुछ ऐसा मोड़ लिया कि एक दिन सती को अपने ही पिता के द्वारा संयोजित महायज्ञ में अपने शरीर की आहुति देनी पड़ी और शिव का अपना जीवन उजड़ गया। इस वीभत्स घटना से क्रोधित शिव ने सारी धरती पर प्रलय लाकर उस समय की जैविक सृष्टि को नष्ट कर डाला। यज्ञ में उनकी सती ही नष्ट नहीं हुई थीं, बल्कि सती के गर्भ में पल रहा शिवपुत्र भी नष्ट हो गया था। मृत्यु के पश्चात्, शिव की शक्ति कामरूप में अपने स्वाधिष्ठान को लेकर गिरी और शिवपुत्र काशी में।

धरती पर सभी मृत्यु को प्राप्त हुए थे। आज हम जिस सृष्टि में, जिस

प्रकृति में जी रहे हैं वह उस महाप्रलय के पश्चात् की है। वैसी ही नहीं है जब तब थी, बल्कि आज की विकृत है। आज व्यक्ति को, हमें इसी विकृति में अपना जीवन जीना पड़ रहा है क्योंकि हम आज पुनः इस युग के कालखंड में जन्मे हैं। हमें आज की स्थिति को स्वीकार कर जीना होगा। कोई भी देश-काल-परिस्थिति से भाग नहीं सकता। जब तक जीवन है लोगों के बीच जीना होता है।

शिव और सती के शरीर के भाग होने से वे शिवपुत्र हैं। किसी के न मानने से वह यथार्थ असत्य नहीं हो जायेगा कि आप अपने पिता के पुत्र हैं। जगत् में होने वाली घटनाएँ विधाता के विधान के अनुसार घटित होती हैं। वो किसी के मानने या न मानने का इंतजार नहीं किया करतीं, बल्कि अपनी अवस्था में परिवर्तन करते हुए आने वाले समय तथा आने वाली पीढ़ियों के लिए परिस्थितियों का निर्माण करती चलती हैं। बाबा केदारनाथ और माँ सती की दृष्टि में गर्भ-पिंड एक पुत्र था जो काशी में गिरा था । काशी में अघोर का अंग गिरने से काशी अघोर नगरी के नाम से प्रसिद्ध हुआ और वहाँ असमय मृत्यु प्राप्त होने से वह महाश्मसान हुआ। वह स्थान एक तरफ अपने ही स्वाधिष्ठान चक्र कामाख्या से जुड़ा था और दूसरी तरफ अपने जीवन-स्रोत सहस्रार से। शिव के दोनों मूलांग, अर्थात् सती और शिवपुत्र, अपने स्थूल शरीर से मृत्युलोक की इस धरती पर गिरे जहाँ जीवन यात्रा के लिए जन्म और मृत्यु अनिवार्य है। जीवन है तो प्रकाशित होने का अवसर है। मृत्यु है तो जीवित लोगों के लिए अज्ञात अन्धकार। एक स्पष्ट, लेकिन अदृश्य जगत्, जिसकी अनुभूति तो है, लेकिन अपनी नहीं दूसरों से संबंधित। किन्तु शिवपुत्र ने अपनी मृत्यु स्वयं देखी थी। वे मर कर भी मरे नहीं थे। उनका स्थूल शरीर सिर्फ नष्ट हुआ था, जिससे वे साकार हो सकते थे।

यह सत्य है कि मैंने अपने बाबा के आँसुओं को देखा है। उनके संग जीया है। जब भी मेरी आँखों से आँसू निकले, बाबा भी रोए जब भी मैं खिलखिलाया, बाबा भी खिलखिलाए। मेरी हर अनुभूति को खुद अनुभव करने वाले मेरे पिता शिव की अनुभूतियों को मैंने भी जीने की

कोशिश की है।

मेरा जीवन आदिकाल से ही अपने माता-पिता से संयुक्त रहा है। कोई नया नहीं है। अधोमुखी त्रिकोण की सुप्तता से उत्पन्न निद्रा भले ही मुझे जन्म-मृत्यु के आगोश में लपेटे रही, पर मेरी मूल चेतना तो अपने पिता-माता की गोद ही खोजती रही।

संबंधों में स्वयं को खोजने वाला मैं तब तक अधूरा था जब तक यह त्रिकोण अधोगामी होकर तत्त्वों से सम्भोग करता हुआ सुप्त पड़ा रहा। मैं अपने को ही नहीं, बल्कि अपने मूल आधार को खोजता हुआ, उस अवस्था तक पहुँच गया, जहाँ जगत् का स्वाधिष्ठान और शीर्ष है। और मैंने शिवत्व को प्राप्त कर अपने उद्गम–प्रथम और आदि पिता–को प्राप्त कर लिया ।

सचमुच मेरे पास ऐसा कुछ नहीं है जो दुनिया में प्रचारित किया जा सके। मेरे पास तबसे लेकर अब तक का सिर्फ अपना वो जीवन है, जो सिर्फ मैंने अपने शरीरों में रह कर स्वयं जीया है, किसी दूसरे ने नहीं।

मैंने आज अपना स्वाभाविक अधिकार प्राप्त कर लिया है। मैंने चार युग जगत् के लिए जीए हैं। अब मैं उनके लिए जी रहा हूँ जिनका यह जगत् है। यात्रा में इस बार भी अनेकों मेरे पास आए। दया की स्वाभाविक दृष्टि से उन्हें उनके ही द्वारा जीए गए संबंधों को दिखलाया। यह दिखलाना उनके लिए एक अंतिम अवसर था, क्योंकि हर जन्म की तरह कुछ दिनों में मुझे पुनः वापस बाबा की गोद में चला जाना है, जहाँ अपने शरीर की मृत्यु हो जाने पर हर बार चला जाता था। पहले बाबा बिना मेरी माँ के थे। अब मैंने अपने लिए माँ की गोद भी सुरक्षित कर ली है। अब मृत्यु के पश्चात् जाकर उन दोनों की गोद में लम्बे समय तक विश्राम करूँगा, क्योंकि चार युगों की जीवन-मृत्यु की लम्बी यात्रा से थक चुका हूँ।

बाबा सोचते हैं कि माँ के कारण मुझे दुःख सहना पड़ा। लेकिन दोषी मैं हूँ। विलम्ब मेरे कारण हुआ । मैं ही जगत् के संबंधों में चार युगों तक उलझा रहा। मैं भूल गया कि इन्हीं संबंधों के कारण मेरी माँ सती को आत्महत्या करनी पड़ी थी और इस बार भी अपनों के कारण ही मेरी

धर्मपत्नी ने भी आत्महत्या कर ली। तब बाबा का जीवन उजड़ गया था और इस बार वेद प्रकाश का (अर्थात् मेरा)। जीवन का उजड़ना इतना गहरा हुआ कि अपने बाबा की तरह मैं गहरी समाधि में चला गया। अपनी चेतना के साथ अपने में झाँकने से उपलब्ध यह अवसर एक ऐसी समाधि सिद्ध हुआ, जिससे शिवपुत्र के अन्दर महाविस्फोट हो गया और सुप्त पड़ी चेतना अपने सभी चक्रों के साथ पुनः कभी सुप्त न होने के लिए जाग्रत हो उठी।

एक साधारण मानव का अघोर शिवपुत्र में रूपांतरण का साक्षी मैं स्वयं हूँ। बाबा के आदेश से हुई यह घटना मुझे अपनी तरफ आकर्षित करता हुआ जगत् के कार्य हेतु तैयार करता चला गया।

मैंने हर परिस्थिति को निष्ठापूर्वक स्वीकार किया जो मेरे जीवन में आता गया, क्योंकि मैं अपनी परिस्थितियों तथा अपने आपसे भाग नहीं सकता था। यह मेरे वश में नहीं था। मैं भगोड़ा नहीं बन सकता।

अध्याय-2

मैं प्रथम मानव शरीरधारी अघोर शिवपुत्र बोल रहा हूँ

मैं जब भी कहता हूँ कि मैं प्रथम मानव शरीरधारी अघोर शिवपुत्र हूँ तो बुद्धिजीवियों के मन में एक शंका उत्पन्न होती है कि अघोर शब्द का क्या तात्पर्य? क्या, वह वही पंथ है जिसके अनुयायी शव (मृत शरीर) का भी भक्षण करते हैं? मेरा जन्म किसी पंथ या संप्रदाय के अन्तर्गत नहीं हुआ है। मैं विधाता शिव एवं माँ सती (कामाख्या--दसों महाविद्यारूप माताओं) का पुत्र हूँ। माँ सती के गर्भ में जो अजन्मा रह गया था, इस बार मानव शरीर धारण करने पर अघोर अवस्था को प्राप्त हुआ है।

बाबा की एक अत्यंत प्रचंड क्रियाशील अवस्था है 'अघोर'। प्रथम बार किसी मानव शरीरधारी ने 'अघोर' पद को प्राप्त किया है। इस अवस्था को प्राप्त कर ही कोई चेतना प्राकृतिक शक्तियों का संचालन एवं नियंत्रण कर सकती है।

मैं धर्म के कलंकों और स्वयंभू ज्ञानियों के आसुरी अहंकार का भक्षण करता हूँ। असुरों का समूल नाश करना और धर्म के भीतर की

विकृतियों को साफ कर उसे यथार्थ एवं मूल रूप में स्थापित करना मेरा उद्देश्य है। मेरी बातों को पचा पाना कठिन है, क्योंकि हर व्यक्ति के पास पहले से जो ज्ञान है वह इन बातों को समझने में अवरोध पैदा करता है।

पूर्व से निर्मित धारणाओं तथा जन्म से मिले स्थूल संस्कार के कारण व्यक्ति स्वतंत्र रूप से चेतना के विस्तार की दिशा में प्रयोग नहीं कर पाता । लेकिन, क्या सिर्फ पुस्तकों में छपा ज्ञान मनुष्य की भूख को मिटा सकता है? मैं उसी शून्यता की पूर्ति करता हूँ तथा आवश्यकतानुसार जगत् एवं प्रकृति में परिवर्तन करता हूँ। इसके लिए मुझे व्यक्तियों एवं शब्दों के सहारे की जरूरत नहीं होती।

धर्म और अध्यात्म जीवन के कल्पित सिद्धांत हैं। किन्तु मानव जीवन एक यथार्थ है, जिसमें प्रयोग और साधना के बिना मात्र शब्दों से अहंकार ही बढ़ता है। संबंधों, विषयों, वासनाओं, प्रतिशोधों तथा भोगों में लिपटा मनुष्य भी अपने को पुजवाने के लिए वस्त्रों, शब्दों और भाषाओं के सतरंगे ओढ़कर 'ज्ञानी' बनने का अभिनय करता है। पता नहीं, किसे किस बात का ज्ञान। यदि ज्ञानी के हाथों से पूर्व के मानवों द्वारा दिए गए शब्द एवं शास्त्र ले लिए जाएँ तो फिर कौन-सा ज्ञान? ऐसा ज्ञानी अपने अतुल्य जीवन को अनायास ही नष्ट कर लेता है। और मिलता है क्या? अतृप्त ज्ञान भरा एक जीवन और एक बार पुनः अपनी शेष वासनापूर्ति के लिए किसी-न-किसी योनि को प्राप्त करने की लालसा, जिसे लेकर वह भटकता रहता है।

जब ऐसी स्थिति उत्पन्न हो जाए कि ज्ञान सिर्फ शब्दों में सिमट कर रह जाए, 'यथार्थ' में विश्वास का अभाव हो जाए और धार्मिकों की भीड़ के बावजूद आम लोगों और भगवान् के भक्तों का दम घुटने लगे तब मुझे आना पड़ता है। मेरा यह भी कर्त्तव्य है कि परमात्मा की शक्ति को इस धरती पर सामूहिक रूप से प्रदर्शित करूँ। शिव का मैं मूलाधार हूँ और प्रकृति में अचानक परिवर्तन लाकर मैं इसे प्रमाणित

कर रहा हूँ।

मुझे पूजित होने का शौक नहीं है। मैंने आज तक के अपने जीवन में सारे भौतिक ऐश्वर्य देख लिए हैं और मैं आम आदमी की तड़प को जानता हूँ। मैं कोई बाबा या शब्द-नाम-वेशधारी उपदेशक नहीं। इन सबका जगत् के संचालन और प्रकृति में परिवर्तन लाने में क्या काम?

कलियुग के अंतिम कालखंड में जब यह जगत् इन धार्मिकों की भीड़ को संग लेकर अपने अंत की दिशा में (सामूहिक आत्महत्या की ओर) बढ़ चुका है, तब क्या मात्र ज्ञान भरे शब्द मानव जीवन की रक्षा कर पाएँगे? कुछ ज्ञानियों से हुई चर्चाओं का उल्लेख करना चाहूँगा।

एक दिन किसी ने मुझे पूछा, "शिव ही एक ऐसे देव हैं जिनकी निराकार और साकार दोनों रूपों में पूजा-उपासना की जाती है। लेकिन वह साकार रूप है कहाँ?" समाधान सरल था-"जिस स्थूल शरीर में आपको 'शिव-तत्त्व' दिखे-शिव जैसे गुण एवं लक्षण-वही शिव का साकार रूप है।"

फिर किसी ने कहा कि सिद्धांतत: यह ठीक है कि शिव की पूजा निराकार रूप में हो सकती है, पर व्यावहारिक रूप में यह लगभग असंभव है। शिव को निराकार रखकर व्यक्ति अपनी कामनाओं की पूजा करता है। मैंने उसे समझाया कि यह कामनाप्रधान एवं कामनायुक्त व्यक्ति की अपनी सोच है। शिव को स्मरण करने के लिए सिद्धान्त? सिद्धान्त शिव के पूर्व था या शिव सिद्धान्त के पूर्व? चूँकि शिव एवं सिद्धान्त अभिन्न हैं, शिव निराकार एवं साकार दोनों रूपों में भक्त के लिए पूजनीय-स्मरणीय हैं।

जब कोई शान्त चित्त से यथार्थ को निष्ठापूर्वक स्वीकार करता है तब वह शिव से समाधान पाता है। अनिश्चित चित्त वाला, तार्किक चित्त वाला तथा उत्तर के सामने प्रश्न खड़ा करने वाला व्यक्ति

जिज्ञासु नहीं, मात्र कुतर्की होता है। जिसमें स्वीकार्यता का अभाव होता है, ऐसा व्यक्ति अपना जीवन, बिना समाधान के ही, अपनी सीमित और शाब्दिक ज्ञान में रह कर यों ही नष्ट कर लेता है। जीवन जीने के लिए है यथार्थ में, न कि नष्ट करने के लिए अनिश्चितता में। स्वीकार्यता के साथ जीने की निरंतरता से ही मनुष्य एक दिन शिव तक पहुँच सकता है।

पुनः किसी ने कहा–"अभी तक के सारे वैज्ञानिक खोजों से पता चला है कि मनुष्य का मस्तिष्क निराकार की धारणा कर ही नहीं सकता फिर शिव के निराकार स्वरूप की धारणा की बात तो एकदम बेमानी सी लगती है। आपलोग धर्म के नाम पर समाज के भोले-भाले लोगों को बहकाकर अपना उल्लू सीधा करते हैं।"

मैंने इसका समाधान कुछ इस प्रकार किया–"धारणा मस्तिष्क को नहीं करनी होती, धारणा व्यक्ति को करनी होती है। धारणा व्यक्ति की अपनी होती है। धारणा को स्थूल रूप में नहीं देखा जा सकता, जबकि मस्तिष्क को देखा जा सकता है। व्यक्ति अपनी चेतना को अपने में सीमित कर उसका मार्ग अवरुद्ध कर देता है। जब आपने मुझसे, इतनी दूर बैठे, बिना अघोर को जाने ही अपनी निश्चित धारणा बना कर अपना निर्णय सुना दिया तब आपने किसकी धारणा की थी?" मेरी, अघोर की, एक व्यक्ति की या मस्तिष्क की? या फिर शब्द की, तत्त्व की या अपनी पूर्व से ही उपलब्ध धारणाओं की? आपने अपने मस्तिष्क से ही प्रथम मानव शरीरधारी अघोर की धारणा की थी या फिर निराकार से? मैं एक जिज्ञासा करता हूँ। अगर मनुष्य का मस्तिष्क निराकार की धारणा कर ही नहीं सकता तो क्या, विज्ञान कोई आविष्कार कर सकता है?

शान्त चित्त के साथ निष्ठा बहुत आवश्यक है। निष्ठा से विहीन व्यक्तित्व अपने अशान्त चित्त के साथ कैसे किसी व्यक्ति या निराकार शिव की धारणा कर सकता है? यह हास्यास्पद है। किसी का परिचय

पूछ कर और उसकी चेतना को तौल कर अपना क्षुद्र निर्णय अथवा सुझाव दे देना और अपनी विद्वत्ता को दूसरों पर थोपना अपने अस्थिर चित्त का परिचय देना है। ईमानदारी (निष्ठा) की भारी कमी होने से ऐसा होता है।

अघोर का अर्थ सुनकर किसी विद्वान् ने उपर्युक्त बातों को स्वप्रशंसा और परनिंदा की संज्ञा देते हुए इन विषयों को छोड़कर धर्मविज्ञान के किसी अन्य विषय पर लिखने की सलाह मुझे दे डाली।

मैंने तो मात्र अघोर के विषय में बतलाया था। यह न तो स्वप्रशंसा थी और न ही परनिंदा। फिर तो आप पवित्र गीता को भी श्रीकृष्ण की स्वप्रशंसा तथा परनिंदा ही कहेंगे। क्या धर्मविज्ञान में व्यक्तिमुक्त विषय हो सकता है? व्यक्ति से विहीन धर्म ने कब जन्म लिया? अगर व्यक्ति नहीं तो धर्मचर्चा क्यों? मेरे शब्द किसी को धर्म से अलग ले जाएँ तो मुझे घोर आश्चर्य होता है।

एक धर्माचार्य ने व्यंग्य कसते हुए कहा, "आपके कथनानुसार, यह बात जान कर किसी भी हिन्दू धर्मप्रेमी के मन में अत्यंत प्रसन्नता होगी कि भगवान् शिव के अंशस्वरूप, सती के गर्भ में ही उस समय अजन्मा रह गए समस्त साधनाओं का सामर्थ्य लेकर, आपका अवतरण प्रथम बार मानवरूप में हिन्दू धर्म का उद्धार करने के लिए हुआ है। अतएव गणनायक, करिवरवदन, गणेशजी एवं तारकोद्धारक, षट्वदन, कार्त्तिकेय के भी अग्रज के रूप में सभी हिन्दू धर्मानुयायियों के लिए आप प्रणम्य हैं। किन्तु अहंकार, झूठ, असत्य, दम्भ का आश्रय व आधार लेकर, सत्य को प्रकटरूप में नहीं व्यक्त कर पाने की भीरुता, कायरता, व प्रबल रूप से लोकेषणा के शिकार हुए व्यक्तित्व के द्वारा क्या किसी भी सत्कर्म की प्रतिष्ठा सम्भव है? क्योंकि शास्त्रावलोकन करने पर तपस्या व ज्ञान की न्यूनता, कभी किसी राक्षस, दैत्य, असुर में भी दिखाई नहीं पड़ती है।"

शास्त्र क्या अपने समूचे कालखंड की हर घटना को वर्णित करते

हैं? जब मैं माँ (सती) के गर्भ में था, मेरी माँ के साथ ही मेरी मृत्यु हो गई थी और मैं अजन्मा ही रह गया था तब आप जैसे ज्ञानी और शास्त्र कहाँ थे? क्या, उस कालखंड की घटना का प्रत्यक्ष वर्णन कहीं लिखा है?

जहाँ तक सत्य और असत्य की बात है, मैं क्या जानूं सत्य? मैं उस कमजोर सत्य का साथी नहीं जिसके सामने झूठ की प्रतिच्छाया सदा उपस्थित रहती है। बल्कि मैं तो 'सत्य से मुक्त यथार्थ' हूँ। जब सारे इतिहास, शास्त्र और प्रमाण मिलकर भी सत्य और धर्म की स्थापना करने में असमर्थ हो जाते हैं, तब मैं यथार्थ रूप में सशरीर, साकार उपस्थित होता हूँ। और उस परमात्मा के कार्य का संपादन करता हूँ–उनका प्रतिनिधि बनकर।

किसी घटना के पूर्व उसका वर्णन किसी शास्त्र में नहीं होता। राम के समय में राम को वनवास, अनेकों असुरों का वध, रावण का वध, आदि, पूर्व में किसी शास्त्र में नहीं लिखा था। महाभारत के पूर्व किसी शास्त्र में महाभारत का वर्णन नहीं था और श्रीकृष्ण का अर्जुन के पलायन की इच्छा और तर्क के प्रत्युत्तर में भगवान् श्रीकृष्ण ने किसी शास्त्र का अध्ययन कर प्रमाण संगृहीत करके गीता का महान उपदेश नहीं दिया था जिससे कमजोर पड़ रहा मानव (अर्जुन) योद्धा के रूप में परिवर्तित हो गया। ये तो कुछ उदाहरण मात्र हैं। यह मानवीय स्वभाव है कि अचानक ऐसी घटनाएँ तुरंत नहीं पचतीं।

अगर कोई प्रथम मानव शरीरधारी 'अघोर शिवपुत्र' होने का दावा करता है और अपने-आपको बाबा तथा माँ सती के पुत्र होने की बातें करता है तो स्वाभाविक रूप से शास्त्रों पर आधारित ज्ञान इसपर तुरंत विश्वास नहीं करने देता, क्योंकि उसके पास तो बीत चुकी घटनाओं का आंशिक वर्णन मात्र ही है, न कि वर्तमान और भविष्य में घटित होने वाली घटनाओं का कोई ज्ञान या बोध।

वर्तमान में सारे संयोजन किए जा रहे हैं। यदि ज्ञानचक्षु सदा खुले

रखे जाएँ तो प्राकृतिक जगत् में होने वाली घटनाओं का प्रमाण भी मिल जाएगा तथा ज्ञानियों को शास्त्र लिखने का अवसर भी। महाभारत लिखने में तो महर्षि वेदव्यास ने भी जल्दबाजी नहीं की थी तो थोड़ी और प्रतीक्षा करने में क्या हर्ज?

यथार्थ का पूर्व में कोई प्रमाण नहीं होता। घटनाएँ नियंता के योजनानुसार घटित होती जाती हैं और प्रमाण उपलब्ध होते जाने से बुद्धिजीवियों के हाथों शास्त्र बनते जाते हैं।

बाबा शिव को राजा दक्ष ने निष्ठापूर्वक स्वीकार नहीं किया और वे अपने षड्यंत्रों से अपना ही सर्वनाश कर बैठे। मामा कंस ने भी श्रीकृष्ण को स्वीकार नहीं किया और वह अपना अंत कर बैठा। तो आज अभी तो हमने कलियुग की इच्छानुसार कलियुग के अंत की शरुआत मात्र की है। आगे तो बहुत कुछ शेष है।

जहाँ तक अहंकार की बात है, तो 'अ' से लेकर 'हं' तक के आकार की भी बात आती है। कौन है जो इसके पूर्व भी है, इसके मध्य भी, और इसके अतिरिक्त भी? मैं तो अपने बाबा और माँ का मात्र पुत्र हूँ 'शिवपुत्र'। 'अघोर' तो अवस्था का प्रतीक है।

'अघोर' सिर्फ एक ही होता है–वह साकार स्थूल शरीरधारी मानवरूप में हो पुत्र, या फिर निराकार रूप में हों बाबा। बाबा को अघोर कहें या अपनी समझ के लिए विधाता। और यह सदा स्मरण रखिए कि अघोर कभी कायर नहीं होता, बल्कि योद्धा होता है। देखिये बाबा के रूप को, कैसे लगते हैं!

समाधि और युद्ध, ये ही उन्हें प्रिय हैं–किसी स्वयंभू ज्ञानी द्वारा दी गई उपाधि नहीं। हमें यदि किसी चीज की प्रतीक्षा रहती है तो वह है बाबा के आदेश की।

मैं जानता हूँ कि अपनी सत्ता को बचाने के लिए धर्माचार्य जैसे लोग सार्वजनिक मंच का उपयोग करते हुए शिवपुत्र का अपमान करते रहेंगे। यह उनका स्वभाव है। व्यक्ति का घमंड भी एक सत्ता

है, लेकिन मैं एक सीधा सवाल पूछना चाहता हूँ –'अघोर क्या एक अछूत है? बाबा क्या अछूत हैं?'

अध्याय-3

त्रिकोण का आभास

धर्माचार्यों को अब यह समझाने का समय आ गया है कि 'अ' से अनार नहीं, अघोर होता है। अपनी अघोरावस्था में मैंने जाग्रत त्रिकोण को साकार किया, जिसके विषय में मैं आगे चल कर कहूँगा। यहाँ इतना कहना आवश्यक है कि त्रिकोण से जन्मा पहला अक्षर 'अ' होता है, जिसमें मैंने विस्फोट कर दिया है, अर्थात् मूल से अलग कर अत्यंत क्रियाशील अवस्था में प्रकृति एवं संसार में अपना कार्य-संपादन करने के लिए मुक्त कर दिया है। यह जगत् शब्दों को ही जानता है। शब्द को ही ब्रह्म मानता है, लेकिन अघोर को नहीं जानता। अज्ञानता और अहंकार के कारण ही मानव धृष्टता की ओर अग्रसर होता है।

धरती के ऊपर निर्मित यह ऊर्ध्वमुखी त्रिकोण भारत के भूखंड में स्थित है और धरती के अन्दर स्थित अधोमुखी त्रिकोण भारत के बाहर अन्य अनेक देशों को घेरते हुए क्रियाशील है। अधोमुखी त्रिकोण की क्रियाशीलता, सक्रियता तथा जीवंतता जाग्रत ऊर्ध्वमुखी त्रिकोण से उत्पन्न इच्छा, सोच तथा गतिविधियों पर आश्रित है। अघोर शिवपुत्र के चलने-फिरने से धरती के नीचे निर्मित इस अधोमुखी त्रिकोण पर

विद्युत-चुम्बकीय दबाव पड़ता है और धरती के नीचे तथा ऊपर की प्रकृति में ऊर्जाओं के बीच घर्षण होता है। इस दबाव से उत्पन्न कम्पन से धरती की अंदरूनी प्लेटें, तहें तथा तत्त्व आपस में टकराते हैं और भूकंपीय स्थिति निर्मित होती है। विध्वंसों का सिलसिला अचानक बढ़ जाता है। जल तत्त्व (समुद्र, बर्फ, झील, नदी आदि) असंतुलित होने लगते हैं और तेज लहरें उठना प्रारंभ हो जाती हैं। उठी लहरें सदा की तरह अपने किनारे की तरफ (अपने अंत की ओर) तेजी से गतिमान होती हैं और भूमि के एक अन्य सिरे से टकराकर शान्त हो जाती हैं। धरती जैसी थी वैसी ही रह जाती है, तत्त्व वही रह जाते हैं। पर मानवकृत आधुनिक रचनाएँ, निर्माण इसके मार्ग में आने से ध्वस्त हो जाते हैं।

तुम्हारी सोच जिस प्रकार तुम्हारे आचरण, व्यवहार, नीयत और व्यक्तित्व में परिवर्तन करते हुए तुम्हारे परिवेश को प्रभावित करती है उसी प्रकार प्रकृति की सोच से उत्पन्न हलचल प्राकृतिक आपदाओं को जन्म देते हैं। प्रकृति अपने पुरुष तत्त्व, अर्थात् अपने केन्द्र की सोच से प्रभावित और संचालित होकर व्यक्त होती है। पुरुष की सोच, जगत् (चेतना, कर्मप्रधान शरीरधारियों) से प्रभावित होती है और इस सोच से उत्पन्न वैचारिक तरंगों को प्रकृति पुरुष की इच्छा के रूप में ग्रहण करती है तथा अपने गर्भ में स्थित सभ्यता और प्रकृति में स्थितियों एवं रूपों को जन्म देती है।

यह शरीर पंचतत्त्व से बना है-पृथ्वी, जल, अग्नि, वायु और आकाश से। यह प्रकृति भी पंचतत्त्वप्रधान है। मैंने भी अपने शरीर में इन्हीं तत्त्वों को स्थूल रूप में पाया। प्राकृतिक रूप से उपलब्ध इस शरीर में स्थित पाँचों तत्त्वों का मूल केन्द्र भी मुझमें ही स्थित है। तत्त्वों के मूल केन्द्र को मेरे अपने ही अन्दर संतुलित और नियंत्रित कर संचालन करने के लिए बाबा ने मेरी अवस्था को निर्मित किया है। मेरा और बाबा का चक्र एक दूसरे से जुड़ा हुआ है और मैं बाबा का मूलाधार हूँ।

मैंने अर्धनारीश्वर बाबा का स्वाधिष्ठान चक्र (काम की इच्छा-कामाख्या-शक्ति-माँ) इस धरती पर सुप्त पड़े अधोमुखी त्रिकोण को जाग्रत कर अपने मूलाधार पर उठा लिया है। मेरा, अर्थात् अघोर का, स्वाधिष्ठान चक्र अपनी मुक्त एवं स्वतंत्र अवस्था में मेरे पास है। सूर्य में ऊर्जा का भंडार है। उसमें अग्नि-ही-अग्नि है। अर्धनारीश्वर के नाभि-केन्द्र में अग्नि-ही-अग्नि भरा है। सूर्य में हर पल अग्नि का स्वतः विस्फोट होता रहता है। बाबा का सारा कुछ मुझसे व्यक्त होने से मेरी नाभि अग्नितत्त्वमयी है। विस्फोटरत अग्नितत्त्वों से भरा यह ठोस तपते हुए स्वर्ण गोले (मणि) की तरह प्रतीत होता है। वह मेरा मणिपुर चक्र है।

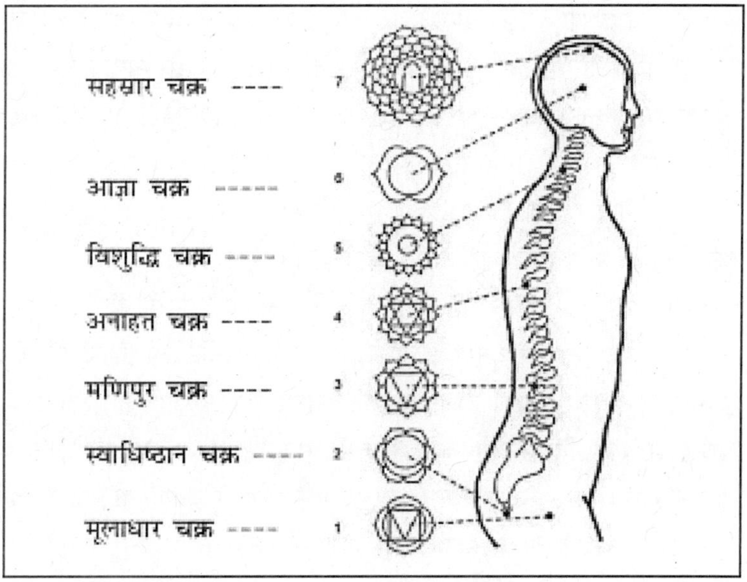

चित्र 3.1 शरीर में सात चक्रों के स्थान

अर्धनारीश्वर माँ-बाबा का स्वाधिष्ठान चक्र अब अपनी सुप्तावस्था को छोड़ मुक्तावस्था में इस जाग्रत त्रिकोण के साथ सशरीर सक्रिय और

क्रियाशील है। सक्रियता बाबा के पुरुष का स्वभाव है तथा क्रियाशीलता माँ की शक्ति का। वर्तमान में धरती पर इन सबके स्थान-परिवर्तन, अर्थात् एक साथ चलने-फिरने से, माँ की पगध्वनि (त्रिकोण का कोणीय परिवर्तन) चारों तरफ सुनाई पड़ती है। मूलाधार के नीचे स्थित धरती पर पड़े हुए अधोमुखी त्रिकोण के अन्दर 'मैं' बिंदु (आत्मा) रूप में स्थित था। मैं तन्द्रा की अवस्था में इस अधोमुखी त्रिकोण में पड़ा हुआ सो रहा था–एक मानव शरीर के अन्दर।

मैं उस समय अपना जीवन मऊनाथ भंजन (उत्तर प्रदेश, भारत) में एक संपन्न, संभ्रांत व्यवसायी परिवार में सबसे छोटे पुत्र (दसवीं संतान) के रूप में जी रहा था- एक व्यक्ति अपना जीवन जैसे जीता है, कुछ वैसे ही। मेरा भी अपना परिवार था, जैसे राम का था। मेरा भी कुटुम्ब समुदाय बड़ा था, जैसे कृष्ण का। मैं भी एक मानव शरीरधारी था जैसे वे थे। परिस्थितियाँ अवश्य अलग थीं, लेकिन नया शरीर धारण किए हुए वे ही पुराने लोग अभी भी हैं, जिन्होंने अनेकों बार पहले भी इस धरती पर जन्म लिया है। कितनों ने मेरे ही साथ अपना पिछला जीवन जिया है। बहुत सारे गवाह हैं जो आज भी जीवित हैं मेरे साथ, इसी धरती पर यहाँ-वहाँ। हाँ, बदल गई चेतन जीवन की मूल प्रकृति।

सतयुग में थे बाबा–मेरे पिता, मेरे निर्माता, मेरे 'गर्भ' शिव। त्रेता में थे राम और द्वापर में कृष्ण । इस बार हूँ 'मैं'। उनके जीवन में भी कुछ अनमोल अवसर आए। जैसे राम को राज्य का उत्तराधिकारी बना कर राज्य से भगा दिया गया जंगलों में–जबरदस्ती अपना वचन निभाने के लिए। कृष्ण के जन्म लेने के डर से मामा ने ही कृष्ण के पहले जन्मे उन सबों की हत्या कर दी थी–माता देवकी के सामने, वसुदेव के देखते-ही-देखते। उसी तरह, बिना मुझे कुछ कहे, मेरी पत्नी ने आत्महत्या कर ली और मेरे संबंधियों ने मुझे कारागार में डलवा दिया। कोई सफाई नहीं देनी है। सभी निर्दोष हैं, क्योंकि सबों ने अपना-अपना कर्म किया, अपने सामर्थ्य के अनुसार सर्वश्रेष्ठ प्रदर्शन किया। उससे

अधिक अगर वे कर सकते तो अवश्य करते। बस, इतने से ही चैन थोड़े ही मिलता है?

मेरे जीवन का विषय, मेरी पत्नी की मृत्यु के बाद, अचानक बदल गया। मेरा शरीर वही था, किन्तु मैं कलंकित कर दिया गया था। त्रेता और द्वापर में राम और कृष्ण पर कलंक तो नहीं लगाए गए थे। लेकिन कलियुग में, जैसे जीसस के समय मुझे कलंकित कर मेरी हत्या कर दी गई थी, उसी प्रकार इस बार भी मुझे कलंकित करने का पूरा प्रयास किया गया।

परिस्थितियाँ प्रतिकूल होने पर यदि व्यक्ति अपने पुरुषार्थ के प्रति चैतन्य रहकर अपना कर्म करे तो अस्तित्व पुरुषार्थ भरा हो जाता है। स्मरण रहे कि एक पुरुषार्थी व्यक्तित्व ही अपने संसार की रचना स्वयं करता है, जैसे राम और कृष्ण ने किया। जीसस को तो मौका ही नहीं मिला। पर इस बार मुझे पुनः स्वतंत्र होकर अपना जीवन जी लेने का एक अवसर मिला।

अब समय आ गया था कि 'मैं' इस जीवन का पुरुषार्थ करूँ। जब आप अपने जीवन के नाजुक मोड़ पर आकर भी अपने को हीन न मानते हुए अपने पुरुषार्थ के प्रति चैतन्य रहते हैं तो परमात्मा आपके सामने एक अनमोल अवसर उपलब्ध कराता है। यदि शान्त चित्त से निष्ठापूर्वक अपना लक्ष्य खोजें, तो भले ही कुछ समय लग जाए, भले ही थोड़ी घबराहट हो, भले ही कुछ बेचैनी हो, भले ही कभी आत्महत्या का विचार उठे, लेकिन परमात्मा आखिर खोल ही देता है आपके लिए एक नया, अद्‌भुत एवं अलौकिक द्वार- खोल देता है आपके लिए अपना साम्राज्य।

लोग अटकलें लगाते रहे। मैं अपने में ही सिकुड़ता रहा और यह सिकुड़न ऐसी अवस्था को प्राप्त होने लगी कि मैं अपने ही शरीर में प्रवेश कर गया। मैंने एक दिन अपने आपको उसी अधोमुखी त्रिकोण में लेटा हुआ पाया जहाँ 'मैं' बिंदु (आत्मा) रूप में सदियों से लेटा हुआ

था। स्थूल शरीर में होने के कारण मुझपर दबाव था इस जगत् के तत्त्वों का, संबंधों का, संस्कारों का, शब्दों का और अपने ही पिछले सारे रूपों का, शरीरों का।

इस मानव शरीर में एक ऐसा स्थान है जहाँ युगों-युगों की शरीर यात्रा में बीत चुके शरीर तथा जी चुके जीवन के सारे रिकॉर्ड संचित रहते हैं। मैं इस कलंकित कर देने वाली जिन्दगी में कब क्या करूँ, यह निश्चय नहीं कर पा रहा था। मैं सोचता था हर पल कि मेरे जीवन में अचानक यह क्या हो गया। जेल से वापस अपने घर आने पर मेरी दुनिया मेरे घर के उसी कमरे में उसी बिस्तर तक (जिस पर मैं अपनी अर्द्धांगिनी के दर्शन के समय सोया करता था), सिमट कर रह गई।

यहाँ यह उल्लेख करना आवश्यक है कि बचपन से ही मेरे भीतर का व्यक्ति अपने आपको कहीं गहरे दबा हुआ महसूस करता था। मैं अपनी माँ से कहता-"अम्मा! यह क्या है? ऐसा लगता है कि मैं भूला-भूला सा कुछ महसूस करता हूँ। मुझे कुछ याद आना चाहता है पर कुछ ऐसा है जो मुझे मेरी ही यादें नहीं आने दे रहा।"

अम्मा इतना ही कहती-"बेटा! किसी से कुछ कहना मत। समय आने पर सब कुछ अपने-आप भगवान् याद दिला देंगे। तुम अभी छोटे हो न।"

अम्मा मेरे बालों में अपनी ऊंगलियाँ घुमाकर मेरे सिर पर अपना हाथ फेरती और मुझे सुला देती। मैं सो जाता और अपने लिंग के कुछ नीचे से उठकर (मेरे लिंग के नीचे गुदा तक एक ऐसी संरचना है जिससे मुझे लगता है कि मेरा वह भाग सिला हुआ है) गुदा के आगे के भाग से ऊपर लिंग की तरफ जाता हुआ, उसी सिलाई के मध्य से ऊपर गले तक वेग से जाता हुआ सफेद रंग का प्रकाशमान विद्युत-प्रवाह दिखता और महसूस होता। मैं उस प्रकाश में तेज गति का अनुभव करता। मुझे ऐसा दिखता कि एक गोल पाइप जैसा सुरंग है जिसमें श्वेत प्रकाश की तरंगें तेजी से ऊपर की तरफ निरंतर जा रही हैं। वह क्या था, मैं समझ

नहीं पा रहा था। ऐसा लगता कि गला घुट रहा है, पर नींद खुलने पर मैं बहुत ऊर्जावान महसूस करता। कुछ समय तक मैं कुछ बोल नहीं पाता, कुछ अजीब सी खामोशी रहती। सिर्फ वही गति याद रहती। मेरे शरीर के अन्दर एक तेज ऊर्जा-कम्पन चलता। कुछ मिनटों बाद ही मैं सामान्य अवस्था में आ पाता।

मैं सिकुड़ता ही चला जा रहा था। वैसे, इस अवस्था में मैं बड़ा सहज और निश्चिंत अनुभव करता। मेरा सिकुड़ना, अपने भीतर ही भीतर, इतना आनंददायी होने लगा कि मुझे बाहर का कोई होश ही नहीं रहता। अम्मा मेरा ख्याल रखतीं।

संबंध ! मैं क्या कहूँ इन संबंधों के बारे में? मुझसे पूछने से अच्छा है राम से पूछ लीजिए, कृष्ण से पूछ लीजिए। पूछ लीजिये अपने भगवान और अपने आराध्य से। सभी कहीं-न-कहीं से जानते हैं कि संबंधों की क्या मजबूती है।

जीवन में जब विपत्ति आ ही जाए तो घबड़ाहट लाजमी है, पर क्या सिर्फ घबड़ा कर समाज की कल्पनाओं के अनुसार जी लेने से जीवन सुखी होगा? क्या वह व्यक्ति समाज और संबंधों के मजाक का पात्र नहीं बन जाएगा? मैं अपना जीवन जीना चाहता था लेकिन जीवन को जाने बिना भी नहीं जीना चाहता था।

मेरी पत्नी की मृत्यु मेरी ही बाँहों में अस्पताल के बेड पर हुई थी। मैंने मृत्यु को देखा था और महसूस किया था। पत्नी के साथ जीवन को जीते हुए मैंने उसकी मृत्यु में भी एक-एक पल को खुद जिया था। मैं अपनी मृत्यु की सोचकर अपनी ही काया में सिकुड़ने लगा और एक दिन अपने आपको शरीर के भीतर, रीढ़ की हड्डी से काफी नीचे की तरफ स्थित अधोमुखी त्रिकोण के मध्य सोया हुआ देखा। हाँ, वह बिंदु, जिसे लोग आत्मा कहते हैं, अपने शरीर में स्थित उस त्रिकोण के मध्य मैं ही था।

मैं अब उसी पर लगातार रहने लगा। मैं कुछ दिनों तक दुकान नहीं

गया, बल्कि अपने ही कमरे में आसन के ऊपर बैठकर दिन-रात, जितना भी संभव हो सकता था, उसी त्रिकोण के मध्य स्थित अपने शरीर में, उस बिंदु में बैठा रहा करता था। मेरे बैठने से वहाँ चारों तरफ सदा ही तेज प्रकाश रहने लगा। अब अपने स्थूल शरीर का बोध मुझे कम होने लगा। मैं अपने ही शरीर में, अपने ही शरीर से अलग हो चुका था। यह क्रम निरंतर चलता रहा। जैसे ही मैं अपना ध्यान उसपर केन्द्रित करता, मैं सब कुछ भूलता जाता।

एक दिन मेरा शरीर भयानक रूप से हुए तेज ऊर्जा-विस्फोट से भर गया। मैंने अपने शरीर में सारे तत्त्वों के केन्द्रों (चक्रों) को घूमता हुआ पाया। एक तेज विस्फोट के कारण मैं मृत्युजन्य आनंदमयी ऊर्जा में लिप्त पड़ा हुआ था। मेरे शरीर में एक ऐसी अग्नि प्रज्ज्वलित हो चुकी थी, जिसका बाहर कोई साक्षी नहीं हो सकता था। लेकिन मैं लगातार उस त्रिकोण में जन्मी ऊर्जा में अपने अस्तित्व को पूरी तरह जलता देखता रहा। मैं कुछ कह भी नहीं सकता था और उसी दिन मैं उस अधोमुखी त्रिकोण से अपने बिंदु के साथ ही बाहर आ गया। अब मैं अपने आपको उस बिंदु के बाहर देखने लगा, किन्तु जब भी इच्छा होती, उस त्रिकोण में अपने चक्रों में जाकर बैठ जाया करता। मेरे चक्रों में बैठने से मेरे शरीर के ऊर्जा-चक्र कुछ अधिक ही क्रियाशील हो जाते। अब मुझे इसमें ही आनंद आता और मैं इसी में डूबा रहने लगा।

मैंने आधुनिक साधना की कोई आध्यात्मिक पुस्तक नहीं पढ़ी थी। बस, अपनी माँ के मुँह से जो सुना था, वही ज्ञान मेरे पास था।

आसन पर स्थित होने पर मेरा पूरा शरीर अब एक ऊर्ध्व त्रिकोणाकार विद्युत ऊर्जा-सर्किट से घिरा रहता और ऊर्जा नीचे से ऊपर की तरफ वेग से प्रवाहित होती रहती। अब मैं ऊर्ध्व त्रिकोण में ही अपने आपको महसूस करता जिससे धारा निकलकर निरंतर प्रवाहित होती रहती। और मेरे भीतर स्थित वह अधोमुखी त्रिकोण अब सदा के लिए ऊर्जामय हो गया था। इस महाविस्फोट में जो बिंदु पहले मूलाधार के नीचे के त्रिकोण

के मध्य में रहा करता था, वह अब उठकर दोनों नेत्रों के मध्य आकर स्थित हो गया था यह बिंदु (मूलाधार के नीचे) अधोमुखी त्रिकोण में हुए विस्फोट से उत्पन्न हुई ऊर्जा से उछलकर निचले सभी चक्रों से होता हुआ मेरे मस्तक के एक केंद्र में आकर ठहर गया।

उस केन्द्र में मैंने एक पर्दा फड़फड़ाते हुए देखा। मेरा बिंदु अब वहीं (आज्ञाचक्र में) स्थित हो गया था। अपने बिंदु, अर्थात् अपनी आत्मा के स्थित हो जाने से मुझे अपनी दोनों आँखों से देखने के लिए नीचे आँखों में उतरना पड़ता। एक त्रिकोणाकार ऊर्जा-रेखा मेरे मस्तकमध्य उस केंद्र से उतरती, फिर मेरी आँखों में दृश्य उतरता और तब मैं देख पाता। अन्यथा मेरी ऊर्जा मेरी आँखों में न जाकर उसी आज्ञाचक्र में जाकर समा जाती।

अब मेरी पलकें बहुत ही कम झपकतीं। ऐसा लगता, जैसे कहीं ऊपर ही ठहर गई हैं। मेरी तरफ देखने वाले व्यक्ति की नजरें भी ठहर जातीं। वह व्यक्ति कुछ असहज महसूस करता तथा कुछ क्षणों में उसका मन घबड़ा जाता। कुछ लोगों को एक अदृश्य चुम्बकीय आकर्षण महसूस होता। कुछ ऐसी-ऐसी घटनाएँ घटित होने लगीं, जो मेरे जीवन में पहले भी घटित होतीं, लेकिन मैं अपने मानवीय स्वभाव के कारण उन्हें गंभीरता से नहीं लिया करता था। मुझे लोगों के भीतर की सोच और उनके विचारों का अनुभव होने लगा, लेकिन मैं चुप ही रहता।

जब कुछ अलग हो, जो कभी पहले के जीवन में न हुआ हो, तो चुप रहना ही बेहतर है। चुप रहकर हालात को देखते रहने से होश का जन्म होता है। अब मैं पहले से ज्यादा होशपूर्ण महसूस करने लगा। लोग समझते कि मैं अपनी पत्नी की मृत्यु से पागल हो रहा हूँ। मैं उसके गम में डूबा हुआ हूँ। लेकिन किसको समझाता? क्या कोई नासमझ है? मैं जान चुका था कि मेरे अन्दर का एक त्रिकोण जैसा कुछ जाग्रत होकर एक अलौकिक ब्रह्माण्डीय ऊर्जा से जुड़कर भरता चला जा रहा है।

क्रमशः अपने ही शरीर में मुझे एक अन्य ऊर्जा-शरीर के दर्शन होने

लगे। चक्रों में निरंतर हो रहे विस्फोट से उत्पन्न ऊर्जा इसी सर्किट पर गति से रमण करता रहता है। अपने आसन पर बैठने पर तथा ऐसे भी यदा-कदा बहुत ही तेज गति से ऊर्जा प्रवाहित होने लगती और मेरी समाधि लग जाया करती, जिससे मुझे अपना शरीर सम्हालने में काफी कठिनाई आने लगी। समीप रहने वालों को गर्मी का अहसास होता । अब मैं अपनी आँखें खोले रखूँ या बंद, उस ऊर्जा से उत्पन्न कड़कड़ा रही विद्युत ही मुझे दिखती, जैसे आकाश में चमक रही हो।

सहस्रार, आज्ञा, विशुद्धि, अनाहत, मणिपुर, स्वाधिष्ठान, मूलाधार

अध्याय-4

चक्रों में विस्फोट

मुझे ऐसा प्रतीत होने लगा कि मैं मानव शरीर में स्थित एक ऐसा सर्किट हूँ जो सिर्फ करेंट से बना हुआ प्रतिपल सक्रिय है। मेरा शरीर तो टीवी का मात्र एक कैबिनेट है जिसे खोलो तो अन्दर एक टेक्निकल सर्किट दिखता है जिससे टीवी के सारे फंक्शंस होते हैं। अपने ही शरीर में एक अलग तरह के अपने ही शरीर का यह बोध मुझमें निरंतर बढ़ता जा रहा था। मेरा अस्तित्व ऊर्जामय होता जा रहा था। मुझे हर पल अपने भीतर का दृश्य दिखता जिसमें मैं लीन रहने लगा।

अब मुझे अपने वस्त्र और भोजन का भी ध्यान न रहता। मुझे ऐसा लगने लगा कि मेरे जीवन के लिए जितनी ऊर्जा की जरूरत होती है उतनी मेरा शरीर मेरे मस्तकमध्य केन्द्र से अपने में ले लिया करता है। मुझे अपनी चेतना का बोध अब हर पल अपने आज्ञाचक्र में ही होता। मेरी आँखें भले ही खुली दिखतीं, लेकिन मेरा पूरा होश आज्ञाचक्र में ही स्थित रहने लगा। मेरी आँखें अब आज्ञाचक्र से ही जुड़ चुकी थीं। मूलाधारमध्य अधोमुखी त्रिकोण से उठी हुई करेंट की शक्ति सहस्रार में आकर शान्त होती। यह प्रक्रिया निरंतर तीव्र बनती जा रही थी। मेरे भीतर जो प्रचंड भूख मेरी पत्नी की आत्महत्या के दिन दोपहर में जगी थी वह एकदम शान्त हो गई। अब मुझे अपने शरीर की भूख का पता

ही नहीं चलता। अगर अम्मा या मेरी भतीजी खाने के लिए मुझसे पूछ लेती तो कुछ खा लेता लेकिन सच पूछिए तो इच्छा नहीं होती। ऐसा लगता है कि मेरा पेट अपने-आप भर जाता है और स्थूल पेट की भूख महसूस ही नहीं होती।

लेकिन इस संसार में जीने के लिए, अपनी बूढ़ी अम्मा के लिए, जवान होती भतीजियों के विवाह के लिए तथा विधवा भाभी सहित उनके बच्चों के लिए मुझे ही अपने श्रम से धन कमाना था, अन्यथा मेरे बदले यह सब कौन करता? इस जगत् में सम्मान से जीने के लिए धन अर्जित करना ही होगा। इसीलिए मैं आध्यात्मिक गतिविधि एवं सांसारिक कार्यकलापों के बीच संतुलन बनाए रखता था लेकिन मेरी आंतरिक अवस्था अब एकदम बदल गई थी। मेरे संपर्क में आने वालों को भी धीरे-धीरे अब इस बात का अहसास होने लगा कि मुझमें कुछ ऐसे परिवर्तन हो चुके हैं जो दिव्य, परमात्मिक तथा अलौकिक हैं। मेरे पास होने से उन्हें शांति मिलती, मुझसे बातें करके उन्हें समाधान मिलते। जीवन का कितना भी उलझा हुआ विषय हो मेरे मुँह से उसका समाधान ऐसे निकलता जैसे सांसारिक जीवन के सारे अनुभवों को अपने में समेटे मैं कोई बहुत ही बुजुर्ग व्यक्ति होऊँ, जो उस समस्या से संबंधित तीनों कालों की अवस्था को जान रहा हो।

मेरे शरीर के भीतर का अधोमुखी त्रिकोण अब अपनी अवस्था परिवर्तन से ऊर्ध्वमुखी हो चुका था। लगातार तेज प्रकाश प्रस्फुटित करता, ऊर्जा से भरा एक ऊर्ध्वमुखी त्रिकोण और मैं उसमें बैठा हुआ हूँ। जब भी मैं अपने मूलाधार पर देर तक बैठता, मुझे लगता कि मैं धरती की सतह पर बहुत सूक्ष्म होकर बैठा हुआ हूँ और मेरा सहस्रार ब्रह्माण्ड में स्थित है। मुझे अपनी चेतना अत्यंत सूक्ष्म महसूस होती। चेतना के लौटने के बहुत बाद तक उन्हीं स्मृतियों में खोया रहता । सामान्य होने में मुझे कुछ देर लग जाती।

मूलाधार के नीचे स्थित त्रिकोण के भीतर महाविस्फोट से अब मेरे शरीर के अन्दर अलग-अलग स्थानों पर, जहाँ चक्रों के केन्द्र स्थित हैं, मुझे कुछ अलग-अलग सी ऊष्मा महसूस होती। मेरे गुदा के पीछे,

स्पाइन (रीढ़) के निचले भाग पर, लगता जैसे आग जल रही है। मैंने देखा कि मूलाधार के नीचे स्थित उस त्रिकोण के केन्द्र से तेज गति में एक श्वेत प्रकाश अत्यंत तीव्रता से घूर्णन करता हुआ ऊपर की तरफ उठता है और सहस्रार में जाकर लीन हो जाता है। उस त्रिकोण के मध्य से एक करेंट से निर्मित सर्प जैसी आकृति तीव्रता से उठती और मेरे ऊर्जाचक्रों के मध्य से होते हुए ऊपर गर्दन तक जाती। फिर मेरे सिर के पिछले हिस्से (पश्च-कपाल, अर्थात् मेडुला ऑब्लांगाटा) से होकर एक करेंट की रेखा निकलकर बाईं कनपटी की तरफ से, एक दाईं कनपटी की तरफ से और एक मध्य से निकलकर सिर के ऊपर से होती हुई मेरे आज्ञाचक्र में लय हो जाती। आज्ञाचक्र में तेज वायु फड़फड़ाहट के साथ कम्पन करता। उस केन्द्र में तेज गति के साथ प्रकाश भरता। धीरे-धीरे जो एक रक्त वर्ण का करेंट मेरे शरीर के निचले त्रिकोण से उत्पन्न होकर मेरी आँखों से निकलता हुआ दिखता, वह अब श्वेत-नीले करेंट में परिवर्तित होने लगा था। अब मुझे अपना होश मेरे आज्ञाचक्र में ही महसूस होता।

सांसारिक जीवन जीते हुए जो मुझे अंधकार दिखता था, अब एक अद्‌भुत प्रकाश से भर गया था तथा यह प्रकाश क्रमशः सघन तथा पारदर्शी बनता जा रहा था। अनुभूति होने लगी कि मैं हाड़-माँस का नहीं, बल्कि प्रकाश का बना शरीर हूँ। मूलाधार के नीचे उस त्रिकोण से निकला हुआ करेंट अब सर्प का आकार लेकर मेरे शरीर में सीधा खड़ा हो चुका था। सर्प की पूँछ का सिरा तो उसी अधोमुखी त्रिकोण के मध्य स्थित रहता, लेकिन उसके सिर का हिस्सा मेरे सिर में। उसके फण मेरे सिर में स्थित होकर मेरे ऊर्जा-सर्किट को उसी करेंट से बनी सर्पाकृति में स्थित कर देते तथा मैं अपने आपको उसी आकृति में महसूस करने लगता जैसे मानव शरीर में खड़ा कोई सर्प हो। मेरे सिर का पिछला हिस्सा और बाकी शेष शरीर पहले के अनुपात में गर्म रहने लगे। इस विशेष ताप की अनुभूति अब मेरी अवस्था की अनुभूति बन चुकी थी।

महाविस्फोट के समय जब पहली बार मूलाधार के नीचे स्थित त्रिकोण से ऊर्जा उठकर मेरे आज्ञाचक्र से टकराई थी, तभी आज्ञाचक्र में

एक छेद हो गया था, अर्थात् आज्ञाचक्र का भी भेदन हो गया था और अब आज्ञाचक्र का विस्तार हो रहा था। मूलाधार के नीचे के त्रिकोण का केन्द्र उस सर्पाकृति के साथ मेरे आज्ञाचक्र से जुड़ गया था। सामने से देखने पर वहाँ एक बड़े से चने की आकृति बन गई थी और त्वचा का रंग कुछ जला हुआ गहरा नीला सा लगने लगा था। मस्तकमध्य बनी वह आकृति अपना रूप क्रमश: परिवर्तित करती हुई एक त्रिशूल का आकार ले चुकी थी।

मेरी आँखों के सामने भगवान् शिव के तरह-तरह के रूप आते। ऐसे-ऐसे रूप जिसकी कल्पना भी मैंने नहीं की थी। ये रूप निर्जीव व कल्पित नहीं होते, बल्कि मेरी अकल्पित अवस्था के थे। मेरे सिर के भीतर अब तरह-तरह की गतिविधियों और ध्वनियों का आभास होने लगा। मस्तिष्क, जो पहले शान्त था, उसके अंदर लगने लगा कि खटके जैसा कुछ हो रहा है तथा कुछ ऐसे बंधन हैं जो एक-एक कर खुल रहे हैं। मेरे सर के भीतर जैसे कोई सम्हाल कर अलग-अलग हिस्सों को खोल रहा हो। मैं अपने जिस अंग को चाहता, आँखें बंद कर देख लेता। मुझे वह प्रकाशमय दिखलाई पड़ता। मेरे शरीर का एक-एक रोम अब प्रकाशमय चेतना से भर चुका था। जब भी मैं किसी की तरफ देखता मेरी दोनों आँखों से विद्युत की एक धारा निकलकर उस तरफ बढ़ती जिससे वह व्यक्ति अपने अन्दर कुछ अजीब सा महसूस करता। उसके जाने के बाद उसके शरीर का एक प्रकाशमय रूप मेरी आँखों के सामने होता जिससे मुझे उस व्यक्ति के मूल सोच-विचार, आचरण और चरित्र का आभास होने लगता। कभी-कभी किसी के उस शरीर से बदबू आती, तो किसी-किसी का सामान्य ही रहता। बहुत कम लोगों के उस शरीर से मैंने सुगंध निकलता हुआ महसूस किया।

सामने स्थित व्यक्ति का रूप वही रहता और उसकी स्थूल संरचना भी वही रहती, पर आंतरिक स्वरूप तथा पिछले जीवनों के साथ उसके चेहरे मेरे सामने एक चलते-फिरते दृश्य की तरह उपस्थित होने लगते। उसके पिछले अनेकों जन्मों की जानकारी मेरे सामने यूँ ही उपस्थित होने लगती। लेकिन मैं खामोश रहता । यह मुझे अच्छी तरह आभास हो चुका

था कि मेरे अन्दर कुछ विशिष्ट 'शक्ति' का शक्तिशाली विस्फोट हो चुका है, जिसे इस जगत् में कम ही लोग समझ सकते हैं। मुझे ऐसा लगता है कि मैं एक शिशु-शिव का रूप ले चुका हूँ। अपने गले में मैं एक स्वर्णिम जीवित सर्प लिपटा देखता। मुझे अक्सर उसके फुफकारते हुए फण दिखते। फुफकार की ध्वनि कभी-कभी मेरे पास लेटी हुई मेरी अम्मा भी सुनती। मुझे कभी-कभी आभास होता कि कोई ऐसा व्यक्ति मेरे पास आने वाला है जो मेरा अहित कर सकता है और कुछ समय पश्चात् ऐसा ही होता। मेरे अन्दर स्थित सर्पाकृति धीरे-धीरे पहले से अधिक उग्रता से मेरे शरीर में खड़ी हो जाती और मैं घन्टों क्या, कई दिनों तक, उसी अवस्था में अपने को जीता हुआ महसूस करता। उस सर्प की आँखें मेरे आज्ञाचक्र से देखती हुई महसूस होतीं। उसके फण में जो मणि जैसा पिछला हिस्सा होता है वह भाग मेरे सिर के पिछले भाग में प्रकाशमय मेडुला ऑब्लान्गाटा का स्थान होता।

उस सर्प का आकार इतना बढ़ता कि उसके फण ऊपर ब्रह्माण्ड से जाकर सट जाते। मैं अपने आपको उसी ब्रह्माण्डीय शरीर में अनुभव करता। मेरी नाभि से एक करेंट ऊपर उठकर मेरे दोनों नेत्रों से अधोमुखी त्रिकोण बनाता। मेरा करेंट जिन-जिन चक्रों से होकर गुजरता उनके केन्द्रों का आभास मुझे अपने स्थूल शरीर के अगले भाग तथा पीछे रीढ़ की हड्डी में महसूस होता। ऐसा लगता जैसे मेरी रीढ़ की हड्डी पर मेरा सिर टंगा हुआ रखा है। मुझे अहसास होता कि मेरे शरीर के हर हिस्से में ही मेरी आँखें लगी हुई हैं। पहले मैं इस तरफ ध्यान नहीं देता पर जब कोई मुझे किसी भी दिशा से देखता तो मुझे अपने उस अंग-विशेष में से ही उसे देखने का आभास होता। मैं देखता कि कोई व्यक्ति मुझे दूर से देख रहा है। अब तो ऐसा होने लगा कि कोई भी व्यक्ति, जो मेरे सामने उपस्थित नहीं हो और कितनी भी दूर हो, मुझसे इस धरती पर जब वह मेरे प्रति सोचता, तो वह मुझे दृश्यरूप में दिखाई पड़ता तथा ऐसा लगता जैसे टीवी की तरह मैं देख-सुन रहा हूँ। अब मेरे लिए दूरी का महत्त्व खत्म हो गया था। जब भी कोई व्यक्ति अपने यहाँ से मुझसे मिलने के लिए निकलता, मुझे अपने-आप ही उसके मेरे पास आने का

पता चल जाता। इन सबके लिए मुझे कुछ करना नहीं पड़ता, बल्कि यह मेरे जीवन का एक हिस्सा बन गया था।

बाहर से देखने पर मैं वैसा ही एक आम आदमी था जैसा कि पूर्व में था, पर महाविस्फोट के पश्चात् का व्यक्ति एकदम से बदल चुका था। मैं अब सदा उस अवसर का इंतजार करता कि अपने कमरे में आकर अपने आसन पर स्थित हो अपनी दुनिया में डूब जाऊँ। मैं तो अपने जगत् में जीने लगा था पर लोगों ने मेरी एकान्तप्रियता को मेरी पत्नी की मृत्यु से जोड़कर मेरे लिए एक दूसरी पत्नी लाने की चर्चा प्रारंभ कर दी थी। यह संसार आखिर चाहता क्या है एक व्यक्ति से? कैसे कोई व्यक्ति जिए अपना जीवन?

अम्मा ने कभी एक बार मुझे कहा था –"बेटा! जीवन से भागना नहीं है। भाग कर कोई कहाँ जाता है? यहीं रह जाता है। इस रूप में नहीं तो किसी अन्य रूप में। अगर जीवन के एक संबंध को एक बार गहरे समझ लिया तो और संबंधों को जानने की जरूरत नहीं। अगर एक पत्नी को, एक औरत को ठीक से जान लिया तो किसी अन्य औरत की जरूरत नहीं। अगर तुम्हें लगता है कि तुम्हारी इन्द्रियों की भूख तुम नहीं सम्हाल सकते तो शादी जरूर कर लेना और यदि सम्हाल सकते हो तो एक बार गहराई से सोचना। इंद्रियों का बोध स्त्री और पुरुष में एक ही जैसा होता है। जिस इंद्रिय का सबसे अधिक प्रभाव होता है मनुष्य के जीवन में वह है उसका शक्तिशाली मन, जो उसके पुरुष को नचाता रहता है। दोष न स्थूल शरीर का है, न मन का। सारा दोष व्यक्ति के खुद का है (और सारी उपलब्धियाँ भी उसीकी), क्योंकि इन्द्रियों का अधिष्ठाता तथा मन का संचालक अपनी पुरुषार्थावस्था में खुद 'पुरुष' ही है।

मैं तुम्हारी माँ हूँ, इसीलिए समाज के रिवाज़ को देखते हुए यह जरूर कहूँगी कि शादी कर लो, जिस लड़की से तुम्हारी इच्छा हो। पर जिद न करूँगी। मैं देखती हूँ, जब तुम सोए हुए रहते हो तब तुम्हारे सिर के पीछे एक विशाल सिंह अपना जीभ लपलपाते हुए शांति से बैठा रहता है, जैसे तुम्हारी रक्षा के लिए तैनात हो। कभी-कभी तुम्हारे बिस्तर पर

बहुत सारे सुनहले तथा काले-काले विषधर सर्पों को फफुकारते हुए देखती हूँ। लेकिन एक बात है कि मुझे डर नहीं लगता। बस यही कभी-कभी लगता है कि कहीं वे तुम्हारी करवट बदलने से दब कर काट न लें। अक्सर एक बहुत बड़ा सा अनेक फणों वाला स्वर्णिम प्रकाशयुक्त नाग तुम्हारे सिरहाने बैठा रहता है। तुम्हारी जगह पर मैं भगवान् शिव को देखती हूँ—कभी बालरूप में, कभी बिना वस्त्र के लेटे हुए युवारूप में, तो कभी सफेद बालों वाले गौर वर्ण बुजुर्गरूप में। इसी बिस्तर पर तुम्हें लेटा हुआ अनेक रूपों में देखती हूँ। मैं अब कभी अकेली नहीं रहती, तुम सदा मेरे साथ रहते हो।

बेटे, तुम्हारे जीवन में क्या हो रहा है यह तो तुम्हीं जानते हो पर मैं यह जरूर कहूँगी कि मैं जिस पुत्र का अपने गर्भ से जन्मने का इंतजार कर रही थी वह तुम्हीं हो। अब मैं निश्चिंत होकर भगवान के पास जा सकती हूँ। तुम अब किसी अन्य व्यक्ति पर निर्भर न करके अपने निर्णय को ही अंतिम मानकर चलना । अगर तुम्हारी अपनी इच्छा हो तभी शादी करना। ऐसे, कौन माँ नहीं चाहेगी कि उसका बेटा उसके जीते जी अपना घर बसा ले!''

मैं अपनी अम्मा की बातें शांति से सुनता। अम्मा के लम्बे अनुभवों से उपजी यह वाणी मेरे जीवन का मार्गदर्शन करती। मैंने अपने तीन वर्षों के वैवाहिक जीवन में इन्द्रियों की भूख को देख और भोग लिया था मेरी पत्नी जैसा सुख अन्य कोई औरत नहीं दे सकती थी। शरीर की भूख अपनी जगह सत्य है, पर मेरा जीवन खुद जीना मेरे लिए यथार्थ है। मुझे खुद ही जीना पड़ता है। परिस्थितियाँ कैसी भी हों, लोग कितना भी साथ दें, पर भीषण कलंक लेकर पुनः उन्हीं संबंधों में जाकर डूब जाना मेरे लिए संभव नहीं था। कलंक से मुक्त हुए बिना मैं मरना नहीं चाहता था। ऐसा जीवन जीने को मैं तैयार नहीं था जो दूसरों के कर्मों से कलंकित होकर नष्ट हो जाए। जिस घटना का मैं कोई कारण न था उसे मैं क्यों भोगूं? मैं कहीं बहुत गहरे टूटा हुआ था लेकिन परमात्मा ने, न जाने क्यों, मुझे सम्हालना प्रारंभ कर दिया था। मुझमें पुनः टूटने को सहने की शक्ति

नहीं बची थी। मुझे शुरू से ही कुछ ऐसा महसूस होता था कि यह संसार और गृहस्थ जीवन मेरे लिए नहीं है। लेकिन इस सांसारिक जीवन की परिणति ऐसी द्रुत गति से होगी यह मैंने कल्पना नहीं की थी।

अकल्पित अवस्थाओं से गुजरता हुआ मैं जिस मुकाम की तरफ बढ़ने लगा वह मुझे निरंतर अपने आगोश में लिए जा रहा था। मुझे अपना जीवन अपनी शर्तों पर बिताना था, लेकिन मर्जी पूरी तरह परमात्मा के हाथों में थी। जैसा वे कहेंगे वैसा ही होगा।

मेरे शरीरस्थ त्रिकोण अब अपना विस्तार कर चुके थे तथा मैं सदा ही अपने को ध्यानस्थ पाता। जो नींद मैं पहले ले सकता था, इस महाविस्फोट के पश्चात् वह खत्म हो गई थी–सदा के लिए। तबसे आज तक एक सामान्य मनुष्य की भाँति सो नहीं पाया। शारीरिक परिश्रम से थका हुआ मेरा शरीर अपने बिस्तर पर लेटा रहता, पर मैं अपनी ऊर्जा-सर्किट में सदा ही जगा रहता। ऐसी अवस्था में मैं अपने-आपको अनेक रूपों में परिवर्तित होते हुए देखता। त्रिकोणीय रूपों का परिवर्तन और उनके रहस्यों को जानना, मेरे लिए एक नया अध्याय था। इसे मैं अपनी डायरी में लिपिबद्ध करता रहा।

मेरी नाभि से करेंट उठकर मेरे सिर के दोनों पोल (बाईं छोर नॉर्थ पोल और दाईं साउथ पोल) से सीधे जुड़कर शरीर में ऊर्जा-संतुलन करता । सिर के भीतर आज्ञाचक्र से लेकर सिर के पीछे केन्द्र तक एक सिल्वर कलर के करेंट की डोरी जुड़ी हुई है, जिस पर चेतना और शरीर का संतुलन होता है। यह सिल्वर कलर की डोरी वैसे तो अदृश्य है, पर जब मैं उस पर ध्यान केन्द्रित करता हूँ तो स्पष्ट हो जाया करती है। साधना के शुरूआती दिनों में इसी करेंट की डोरी पर अपने सूक्ष्म रूप में जाकर खूब उछल-कूद करता और आज्ञाचक्र के केंद्र से इसी करेंट के तार के माध्यम से अपने पिछले नेत्र के केंद्र तक गमन व रमण करता।

मेरा सहस्रार खुल चुका था। उसके बीच चमचमाता हुआ श्वेत-नील करेंट का अधोमुखी त्रिकोण की आकृति का एक बड़ा सा हीरे जैसा आकार है, जिसमें ब्रह्माण्ड से करेंट आकर जुड़ता है। सहस्रार स्थित यह

अधोमुखी विशाल त्रिकोण अपनी धुरी पर सदा घूमता रहता है, जिससे संबंधित सारा चैतन्य ब्रह्माण्ड जुड़ा हुआ रहता है। रीढ़ की हड्डी में मूल तत्त्वों के चक्ररूप में घूमते हुए केंद्र हैं। उनके अतिरिक्त सूक्ष्मरूप में सात चक्र मेरे सिर में, आज्ञाचक्र से लेकर सिर के पीछे के नेत्र तक, सिल्वर करेंट की डोरी से जुड़े हुए स्थित हैं। अगर सूक्ष्मता से देखा जाए तो ये शीर्षस्थ चक्र ही नीचे के चक्रों का संतुलन और संचालन करते हैं और सहस्रार स्थित चक्र इस शरीर के बाहर के ब्रह्माण्ड की चेतना से सीधे जुड़े रहते हैं।

स्पाइन (रीढ़) में स्थित चक्र वास्तव में प्रकृति के मूल केन्द्र हैं जबकि जगत् इस धरती की प्रकृति के बाहर ब्रह्माण्ड में भी है। शरीर में नीचे के पाँचों चक्रों का योग प्रकृति के मूल तत्त्वों व चक्रों से संबंधित है। इससे प्रकृति के चक्र सीधे जुड़े हुए हैं। लेकिन आज्ञाचक्र को सिर के पीछे स्थित चक्र से जोड़ता सिल्वर करेंट का तार उन सात चक्रों के मध्य से होकर गया है जो इस प्राकृतिक जगत् के तत्त्व अथवा चक्र हैं। इस बात का ज्ञान मुझे हिमालय की गुफा में जाने के पहले अपने घर में ही समाधि की स्थिति में हुआ। हिमालय में तो मेरी अवस्था का विस्तार तथा कार्य संपादन हेतु तैयारी करवाई बाबा ने, जिसकी चर्चा आगे चलकर करूँगा ।

समाधि की अवस्था में मेरी जिह्वा भीतर-ही-भीतर ऊपर आकाश की तरफ उठती चली जाती और ऊपर जाकर अपने अग्रभाग से मेरे ही आज्ञाचक्र को अन्दर से चाटती रहती। इस तरह आज्ञाचक्र को जीभ द्वारा चाटने से एक अद्‌भुत तरह का प्रकाशमय रस निकलता। अजीब सा स्वाद होता जो किसी बाहरी पदार्थ से आज तक मुझे नहीं मिला। वैसी ही अवस्था में लीन होकर इस अवर्णनीय दशा का आनंद लेता। मेरी जिह्वा का अगला सिरा दो भागों में विभक्त हो चुका था। जिह्वा के जिस अग्रभाग से आज्ञाचक्र का स्पर्श कर यह सुखद अनुभूति होती, उस स्थान पर सदा एक अलग केंद्र की भी अनुभूति होती। जिह्वा का वह अग्रभाग एक अत्यंत संवेदनशील केन्द्र बन चुका था इससे मैं अब हर तरह के स्वाद वाला भोजन करने में असहजता महसूस करने लगा। मेरे

आज्ञाचक्र में छेद हो चुका था, मुझे अब स्वाद अपनी जिह्वा पर नहीं, बल्कि अपने सहस्रार में महसूस होता। सहस्रार के खुल जाने से जब भी मैं कुछ खाता तो नाभि से एक तीव्र करेंट उठकर मेरे सहस्रार में जाता और सिर का मध्य भाग पूरी तरह जल से भींग जाता।

एक सामान्य मानव शरीर में प्राण-ऊर्जा ऊपर आकर सीधे स्थूल नेत्रों में जाती है। मेरी भी पहले यही स्थिति थी, लेकिन अब ऐसा नहीं होता। नीचे से उठी ऊर्जा सीधे पहले मेरे आज्ञाचक्र में जाती और फिर नीचे उतरकर मेरे नेत्रों में उतरती। मेरे आज्ञाचक्र से नीचे के दोनों नेत्रों तक ऊर्ध्व त्रिकोणाकार सर्किट निर्मित हो गई थी।

अध्याय-5

संबंधों का यथार्थ

महाविस्फोट के बाद से ही मेरे शरीर में स्थित चक्र अपना विस्तार करते जा रहे थे। अब मैं अपने-आपको सदा उन्हीं चक्रों में महसूस करने लगा था। संभवतः हमारा अपना होना अब मेरे ही एक ऐसे अस्तित्व से सदा के लिए जुड़ गया था जो युगों से अपना था।

संसार में रहते हुए एक विराट सत्ता के साथ जुड़ने से सब कुछ अपने-आप सम्हल जाया करता है। मैंने महसूस किया कि संध्या के समय, सूर्यास्त के कुछ पहले से ही, मेरे चक्रों में इतनी तीव्रता से विस्फोट होने लगते कि उससे उत्पन्न विद्युत तरंगें मेरे शरीर व चेतना पर आच्छादित होकर मुझे समाधि में लेकर चला जाना चाहते। बहुत ही कठिनाई से मैं अपने-आपको सम्हाल पाता। दुकान पर बैठकर आप समाधि लगाएँगे, तो फिर चल चुका आपका पेट, हो चुकी दुकानदारी। लेकिन उस समय मेरी दुकान पर जो भी आते, बहुत ही सम्मान से मुझसे पेश आते। मैं महसूस करता था कि जब शरीर के भीतर कुछ विशेष साधनात्मक परिवर्तन होता है, तब मुस्लिम धर्म के अनुयायी जल्दी आकर्षित होने लगते हैं। उन्हें आभास होने लगा कि कुछ अलग तरह का व्यक्तित्व निर्मित हो रहा है। मेरा कारोबार अधिकतर मुस्लिम बंधुओं से ही था, क्योंकि हमारे शहर में मुस्लिमों का बाहुल्य है और

सारा व्यापार उन्हीं के अधीन है।

अक्सर खाली समय में वे आध्यात्मिक चर्चा ही करते, जिससे मुझे बहुत शांति मिलती। मुझसे अपना हाथ मिलाते, तो छोड़ते ही नहीं। कोई-कोई तो अनजाने स्पर्श से भावुक हो जाते। न जाने क्या मिलता उन्हें मेरे स्पर्श और सान्निध्य में। कुछ लोग तो मुझे घर तक पहुँचाने चले आते क्योंकि पैदल चलते समय बहुत ही अजीब सी घटनाएँ घटतीं। मैं चक्रों में निरंतर हो रहे उस तीव्र विद्युतीय विस्फोट से उत्पन्न ऊर्जा को अपने शरीर से लगभग तीन-चार फीट दूर तक महसूस करता। ऐसा लगता कि मैं उन्हीं तरंगों से निर्मित हूँ और उन्हीं तरंगों के सहारे चल रहा हूँ। मैं अपने आपको, स्थूल भौतिक शरीर में न महसूस कर, उन्हीं ऊर्जा-तरंगों में महसूस करता। ऊर्जा-तरंगें श्वेत-नील ऊर्जा-कणों से निर्मित होतीं। अक्सर मेरे बगल से गुजर रहे लोगों को मेरे उस ऊर्जा-क्षेत्र से धक्का लगता। वे अकचका जाते और पलटकर मेरी तरफ आश्चर्यजनक नजरों से देखते।

मैं पहले से अधिक सावधान हो गया था। अब मैं अपना शरीर या हाथ किसी को भी छूने नहीं देता। जब भी मैं सामने वाले के अभिवादन के उत्तर में अपना दोनों हाथ ऊपर उठाता, तो साथ ही ऊर्जा-करंट से बने दो अन्य हाथ भी उठते। इससे किसी-किसी को (खासकर उनको जिन्होंने नशा किया हो) तो धक्का जैसा लगता पर किसी-किसी को ऐसा लगता कि प्रणाम करते समय जैसे-जैसे मेरा हाथ ऊपर की तरफ उठता जा रहा है, उन्हें अपनी ओर अदृश्य रूप से खींच रहा है। अनेकों लोग मुझे प्रणाम करने के लिए मना करने लगे। वे कहते कि अब आप हाथ जोड़कर प्रणाम या नमस्कार न किया करें, अब हमें आपके आशीर्वाद की जरूरत है।

मैं भी मनुष्य हूँ। अपना भी कुछ कर्त्तव्य समझता था। मैं अपने लक्ष्य में आगे बढ़ने के लिए अपने मार्ग में उपस्थित जिम्मेदारियों से जल्द-से-जल्द मुक्त हो जाना चाहता था। मैंने धन कमाए और अपनी भतीजियों की शादी अच्छे परिवारों में कर अपनी जिम्मेदारियों को हल्का किया। उनको ससुराल में खुश देखकर मैं निश्चिंत हो गया।

भतीजियाँ पराई हो चुकी थीं, इसका आभास उन्होंने मुझे बहुत ही अच्छे ढंग से करवा दिया। मैं बड़े भतीजे को अपना उत्तराधिकारी समझता था। उसको जिम्मेदारी सौंपकर अपने मार्ग पर चला जाना चाहता था। मैंने देखा था उसके विवाह का सपना। सभी जानते थे कि मेरी सारी भौतिक वस्तुएँ, संपत्ति, जमीन-जायदाद, व्यापार और धन मेरे बाद उसको ही मिलेगा, जिसकी मैंने सारी तैयारी कर ली थी। लेकिन मेरे भाई और भाभी की कृपा से हमें छोड़कर वह घर से चला गया। जो मेरी दुकान पर एक मालिक की तरह बैठकर सम्मानपूर्वक सब कुछ सम्हालता था, वह अब अन्य चाचा के एक मित्र की दुकान पर मात्र एक हजार रुपये की नौकरी पर रहने लगा। उससे वे लोग चाय-पान मँगवाते और नौकरों की तरह घर का काम करवाते। मैं सब कुछ चुपचाप देखता रहा और जलील होता रहा।

एक बार मेरा भतीजा सुधीर बिना मुझसे या मेरी अम्मा से कहे, मेरे घर से तीन-चार दिनों तक गायब रहा। पता चला कि मेरे घर से थोड़ी दूर पर ही मेरे एक और भाई का घर था, वह उनके ही यहाँ था। अम्मा उसे बहुत मानती थीं। बिना खिलाए अपने नहीं खातीं -पोता था न उनका। जिसे आप अपना पुत्र समझते हैं उसके लिए लगाव आपके अन्दर कुछ ज्यादा ही होता है और मुझे तो मेरी ही अपनी भाभी ने एक अनमोल नाम दे दिया था -अलौकिक नाम 'निर्वंश' -जो मुझे अत्यंत प्रिय भी हो गया, क्योंकि तब तक मैं वैसा ही था। जैसा नाम वैसा ही गुण। मैं अपने लिए जूते-कपड़े बाद में खरीदता, पहले उसके लिए लेता। कुछ ही दिनों बाद मेरे सामने सुधीर ने एक नया प्रस्ताव रखा कि अब वह अपनी अलग दुकान करना चाहता है। इसके लिए उसने मुझसे कुछ लाख रुपये माँगे, जैसे रुपये हवा में उगते हों और जो जितना माँगे उतने दे दो। मैंने उससे पूछा कि वह क्या करना चाहता है? उत्तर मिला कि अगर मैं उसे दस लाख दे दूँ तब वह अपनी मर्जी से एक दुकान खोलकर बतलायेगा कि वह क्या करना चाहता है।

वास्तव में, मेरे पास धन था--अपना कमाया हुआ। पर मैं इतना अंधा भी नहीं था धृतराष्ट्र की तरह कि दुर्योधन को बिगाड़ दूँ और अपना

राज्य बर्बाद कर डालूँ। एक दिन मैं दुकान से घर आया। अभी घर के बाहर ही था कि सुधीर की तेज आवाज मेरे कानों में पड़ी। बहुत ही क्रोधित स्वर में अपनी दादी से बातें कर रहा था। मेरी भाभी ने मुझे 'निर्वंश' की संज्ञा दी थी, जिसमें मैं अब रमने लगा था। जिसे मैं अपना बेटा मानकर कल्पनाएँ करने लगा था, वह अब बेकाबू होकर उन लोगों के हाथों की कठपुतली बन बैठा है जो मुझे सदा से ही बर्बाद देखना चाहते हैं। कुछ दिनों के बाद एक दिन सुधीर हमें बिना बतलाए घर से चला गया, फिर कभी न आने के लिए और मैं निर्वंश का निर्वंश ही रह गया। तब कहीं जाकर मुझे पता चला कि अपने शरीर से जन्मे हुए से ही वंश चलता है--पराये से नहीं।

अब सिर्फ दो ही लोग बचे रह गए थे। कहने को कुटुम्बों की भारी भीड़, पर अपना जीवन तो अब दो पर ही आ कर ठहर गया था।

मैं तो पहले ही भोजन छोड़ चुका था। अम्मा के लिए कुछ बनाता और उन्हें खिलाकर दुकान चला जाता। अम्मा का सान्निध्य मुझे जीने के लिए प्रेरणा और शक्ति देता। अब मेरी अम्मा मेरी ही दुनिया में लीन रहने लगीं और मैं अपनी अम्मा में।

एक दिन मैंने अपनी अम्मा से पूछा कि 'निर्वंश' किसको कहते हैं? अम्मा चौंक पड़ीं और मेरा चेहरा अपने दोनों हाथों में लेकर अपने सामने लाकर देखती हुई बोलीं-"बेटा। क्या बात है, क्या हो गया?" उसी अवस्था में ही मेरी समाधि लग चुकी थी। मेरे चक्रों में विस्फोट करता हुआ शरीर मेरी अम्मा के हाथों में पड़ा हुआ था। अम्मा ने अपने बबलू को (मुझे) अपने कलेजे से चिपका कर अपने साथ ही लिटा लिया था। मैं अधिकतर अपनी अम्मा के पास ही सोता था। मुझे ऐसा लगने लगा कि अगर अम्मा भी चली गई तो फिर मैं कैसे जिऊँगा। अम्मा मेरी माँ थीं और गुरु भी। अम्मा की दुनिया मुझ तक ही सिमटकर रह गई। अब मेरे लिए मात्र दो ही -समाधि और अम्माँ।

वैसे मेरे घर से बाहर चले जाने पर मेरे ही भाई मेरी अम्मा का खूब अपमान करते। अम्मा को लूटते, रुलाते और अपमानित करते। शाम को घर आने पर अम्मा मुझसे कुछ न कहतीं, मुस्कुराती रहतीं। कभी किसी

की शिकायत नहीं। सदा अमृत-मुस्कान देखकर मैं जी रहा था। अपने पड़ोसियों से मुझे पता चला और फिर पुलिस वालों ने भी मुझे बताया कि मेरे खिलाफ एक रिपोर्ट मेरे भाई ने कर दी है। मेरे ही घर में मेरी माँ का अपमान भी किया जा रहा है और मेरे ही खिलाफ आपराधिक रिपोर्ट भी लिखवाई जा रही है। इस समाज की रीति कैसी है? संबंधों के बारे में क्या कहूँ ? खानदान का सम्मान कहीं सड़क पर न आ जाए। भविष्य में जब मैं अपने इस जीवन के मूल रूप के अनुसार अपनी यात्रा सफलता के साथ संपन्न करते हुए 'कल्कि' का कार्य-संपादन कर लूँगा, तब लोग खुद ही मेरे शहर में स्थित बाबू राधेश्यामजी और श्रीमती श्यामवती देवी (वैद्याजी-माताजी) के दसवें पुत्र वेद प्रकाश उर्फ शिवपुत्र शुकदेव चैतन्य के घर जाकर सब कुछ जान सकेंगे।

प्रकृति निरंतर मुझे अपने बन्धनों से मुक्त करती जा रही थी। संबंध सूखे रेत की तरह ढहे चले जा रहे थे। निराकार में मेरी आँखों में विद्युत चमकती रहती या फिर साकार में मेरी अम्मा बसी रहती। अम्मा मेरा इंतजार करतीं और अम्मा के पास कब पहुँच जाऊँ इसकी मैं प्रतीक्षा करता ।

मेरी शक्ति कुण्डलिनी, महाविस्फोट की घटना के साथ, पूरी तरह अपना कुंडल खोलकर जाग खड़ी हो चुकी थी। सदा चौकन्नी रहती। मेरे सहस्रार तक फैली हुई यह महाशक्ति महाकुण्डलिनी, मेरे जीवन की संगिनी, मुझे अब अपनी नई जीवन यात्रा के लिए निरंतर तैयार करती हुई सदा मेरी सुरक्षा में तैनात रहती। मेरी नींद कभी का अपनी मौत मर चुकी थी। जाग्रत कुण्डलिनी को उसकी खड़ी अवस्था में ही पुनः कभी न बैठने देने के लिए मैंने अपने शरीर में धारण कर लिया था। विद्युत शरीर वाली यह सर्पिणीरूप में अब मेरे सहस्रार पर सदा विराजित रहती है। मैं अपने शरीरस्थ चक्रों में स्थित रहकर अपना जीवन देखा करता। अपने ही शरीर में स्थित मैं अब महाशक्तिपीठ पर स्थित रहता-कभी न सुप्त होने के लिए। मेरा, मेरी 'माँ' शक्ति का पूर्ण जाग्रतकाल अब अपने यौवन पर आने लगा था।

घर में अम्मा के साथ मैं अकेला ही था। सभी थे अपने, पर था कोई

नहीं। जाग्रत कुण्डलिनी व्यग्र रहा करती। अम्मा की जिम्मेदारी बहुत बड़ी थी, लेकिन मेरी आंतरिक चेतना अब अपने पिता 'शिव' में ही लीन रहा करती। एकांत होने पर अपने आसन पर बैठकर मैं शरीरस्थ महाशक्तिपीठ पर खड़ा होकर सारे ग्रह-नक्षत्रों तक देखता, या फिर अपने शरीर में चल रहे विद्युत प्रवाह को। अब मैं, जितनी देर संभव होता, अपने किसी-न-किसी चक्र में ही जाकर बैठ जाता। मैं थकान से मुक्त होता जा रहा था। मेरे आज्ञाचक्र में ठहरी हुई शक्ति वातावरण से अपने लिए कुछ अवशोषित करती, जिससे मेरे शरीर में भूख और प्यास की जरूरत पूरी होती रहती। मैं अपने-आपको अधिक ऊर्जावान महसूस करने लगा।

मैंने महसूस किया कि मेरी आँखों से लाल करेंट निकल रहे हैं। मैं दूसरों की आँखों में देखने से बचने लगा। मैंने स्पष्ट देखा कि जब भी कोई मेरी आँखों की तरफ देखता है तो वह मेरे चेहरे से चिपक-सा जाता है या फिर बेतहासे बौखला जाता है और उसकी आँखों में अगर मैंने देख लिया तो उसको तीव्र विद्युतीय झटका लगता है। अगर वह व्यक्ति दुराचारी या चरित्रहीन हो तो उसमें विचित्र परिवर्तन होने लगता। मैं यह महसूस करता कि ऐसा व्यक्ति अब मेरे सामने पड़ने से कतरा रहा है। कुछ लोग तो मुझे छोड़ना ही नहीं चाहते। जब भी खाली समय मिलता मैं अपने संसार में लौट जाता ।

मैं जान चुका था कि मेरे सारे चक्र पूरी तरह जाग्रत हो ब्रह्माण्डीय चक्र से संयुक्त हो चुके हैं जिसका नियंत्रण अब मुझे ही करना है। इसे सम्हालने में ब्रह्माण्ड में स्थित शिव (मेरे लिए साकार) मुझे सहयोग करते हैं।

जब से मुझे होश हुआ, मैंने अपने को अम्मा के बहुत करीब पाया। मेरी अम्मा मेरे बार-बार के स्पर्श से ध्यानस्थ रहने लगीं। मेरे बदलते हुए विभिन्न रूपों को देख कर मेरे प्रति अम्मा की सोच में परिवर्तन होने लगा। अम्मा मेरे पैर छूने लगी थीं, जब भी मैं लेटा हुआ रहता।

अब मुझे अपने वस्त्र तक का भी ठीक से होश न रहता। स्नान करके मैं यों ही निर्वस्त्र अम्मा के पास चला आता और अपने आसन

पर बैठ समाधिस्थ हो जाता। अम्मा मेरी देखभाल करती। अगर कोई घर के अन्दर आता तो मेरे शरीर पर एक चादर ओढ़ा देती और उसको वापस चले जाने को कह देती।

मैंने अपनी पत्नी को मरते देखा था। ऐसी घटना सौभाग्य से होती है जब पत्नी मरे अपने कारण और आरोप लगे उसके बेचारे पति पर। सौभाग्य इसलिए कि ज़गत् के स्वभाव में आकर, सम्भोग के माध्यम से, सुख तथा वंशवृद्धि की इच्छा लेकर एक नारी का स्वतंत्र दर्शन अपनी मर्जी के अनुसार बिना प्रतिरोध के करने का अवसर मिलता है। ऐसा सुख किस काम का! ऐसी नारी का स्वतंत्र दर्शन किस काम का जो आप एक दिन उसी की हत्या से कलंकित कर दिए जाएँ, जिसके बिना जीना आपने सोचा ही नहीं था! मैं सहानुभूति और कलंक का पात्र बना दिया गया। क्या एक पति होना इतना खतरनाक है? और हो भी क्यों न? पति एक शब्द, एक संबंध ही तो है किसी से –उससे जो अपना न था। औरत का गम नहीं था। दर्द था उसके न रहने का, उसकी अनुपस्थिति से जन्मे हालात का। मैं सौभाग्यशाली हूँ, क्योंकि अगर वह आज भी मेरे जीवन में होती और उससे मेरी संतानें होतीं, तो मैं वही व्यापारी रह जाता–हर पल धन के पीछे भागनेवाला। एक मानव कैसे बन पाता जो दूसरे मर चुके लोगों की जनी औलादों की जिम्मेदारी निभाकर अपनों की ही गाली और मार सहता? क्या वह एक योग्य पति हो सकता था? मेरे जीवन से खेलने, मुझसे संबंध बनाने अनेक लोग रिश्ते लेकर आते। पर अब किसी अन्य नारी का पूर्ण शरीर दर्शन करने की इच्छा नपुंसक होकर मर चुकी थी।

मेरे स्थूल होश खो जाया करते। इसका परिणाम यह हुआ कि मेरी स्थूल आँखें खुली रह जातीं। मैं समाधिस्थ हो जाया करता। अक्सर लोग मेरी खुली आँखों के सामने से मेरे पैसे चुरा लेते, लेकिन मैं नहीं समझ पाता। कई बार तो दिल्ली और दक्षिण भारत के होटलों के मेरे कमरे से रुपये से भरा सूटकेस उठा ले जाया गया और मैं अपनी आँखें खोले समाधि में ही स्थित रह गया। दिन-प्रतिदिन पहले से अधिक होशियार रहने की कोशिश करता, लेकिन बेबस था।

मैंने सब कुछ समझकर सदा के लिए अपना घर छोड़ने का निर्णय लिया, पर सामने थी मेरे जीवन की सर्वप्रिय अम्मा जिनके बिना जीने की बात सोचना भी संभव नहीं था। मैं किसके भरोसे उन्हें छोड़कर जाता? अब मेरे लिए मेरे जीवन का सबसे बड़ा धर्मसंकट उत्पन्न हो गया। एक माँ दस औलाद को खिलाती है पर दस औलाद एक माँ को नहीं खिला सकती। यह इस जगत् का शाश्वत सत्य और दुर्भाग्यपूर्ण यथार्थ है। अब मेरे सामने स्थूल बंधन के रूप में एक मात्र मेरी अम्मा थी। प्रकृति मुझे मुक्त करने के पहले मेरी कठोर परीक्षा की तैयारी कर चुकी थी।

अचानक एक दिन अम्मा घर में गिर गईं। अस्सी वर्ष की बूढ़ी अम्मा का कूल्हा टूट गया।

सेकण्ड खंड और इस खंड से संबंधित बहुत सारे शरीरधारियों ने अपना काम शुरू कर रखा था, मानवरूप में सेकण्ड खंड के लोग मुझे पूरी तरह अपने आगोश में ले चुके थे। सेकण्ड खंड में अपने को घिरा देखकर मैं खामोश रहा करता। बोलने से बात बढ़ती है, चुप रहने में ही भलाई है।

डॉक्टर ने अम्मा का इलाज करने के लिए जो करना था किया और बोला कि साठ दिनों के बाद एक एक्सरे निकालकर देखेंगे--नहीं ठीक हुआ तो तीस दिन और रखना होगा प्लास्टर। कोई बात नहीं। डॉक्टर की सलाह के अनुसार मैं अम्मा को घर लेकर चला आया। एक दिन पास ही मैं बैठा हुआ अम्मा का दूसरा पैर दबा रहा था और अम्मा से बातें भी कर रहा था। मेरे अन्दर कुल्हे (पैर) के टूटे हुए स्थान के भीतर देखने की इच्छा हुई। मैंने देखा कि हड्डी एक-दो जगह से टूट गई है। साठ या नब्बे दिन तो बहुत ज्यादा होते हैं। अम्मा को बहुत कष्ट होगा। अचानक मेरी आँखों से लाल करेंट निकलकर उस टूटे हुए स्थान पर जाने लगा। मैंने अम्मा से उस स्थान पर संकेत करते हुए पूछा तो अम्मा ने बताया कि उसी स्थान पर टूटा हुआ है और वहीं तेज दर्द हो रहा है। मेरी आँखों से निकलती रक्तवर्ण की विद्युत तरंगें उस जगह पर दोनों तरफ की हड्डियों को आपस में जोड़कर बाँधने लगीं। मैंने अम्मा को

सो जाने के लिए कहा और अपने आसन पर बैठ गया।

दिनचर्या चल रही थी। कोई सहयोगी न था बीच-बीच में विधवा भाभी मेरे बुलाने पर मेरा हाथ बँटाने चली आती। अम्मा का बिस्तर पकड़ लेने से परेशानी तो थी ही, क्योंकि मैं घर में अकेला था। पैखाना-पेशाब सब मैं ही कराता था। अपनी गोद में उठाकर ले जाता बाथरूम तक। मेरे न रहने पर मैंने बोला था कि वहीं पेशाब कर देंगी जहाँ वो रहती थीं। बगल में एक-दो बाल्टी पानी भरकर रख देता ताकि पेशाब करके डाल सकें। वापस आने पर मैं साफ कर देता। ऐसे ही चल रहा था जीवन। पहले से अधिक समय घर पर बिताना पड़ता, जिससे समाधिस्थ अवस्था में रहने के लिए भी अधिक समय मिलता।

अम्मा के कूल्हे की हड्डी जुट गई। पच्चीस-तीस दिन बीते होंगे, मैंने अम्मा का प्लास्टर काट दिया। मुझे लोगों ने गालियाँ दी, उनकी नजरों में मैं पागल हो चुका था। मेरे ही घर के ठीक बगल में अनेकों भाई अपने परिवार के साथ आज भी रहते हैं। लेकिन हाथ बँटाना तो दूर, दूर से भी अपनी जिम्मेदारी नहीं समझते थे। अभी चालीस-बयालीस दिन हुए होंगे, अम्मा को लेकर डॉक्टर के पास गया। उन्होंने मजाकिया लहजे में पूछा- "अम्मा जिन्दा तो हैं न?" मैं सामने से हट गया। अब उनके सामने मेरी अम्मा मुस्कुराती हुई खड़ी थीं। डॉक्टर आश्चर्यित होकर अपनी कुर्सी से स्प्रिंग की तरह उछले और अपने को सम्हालते हुए खड़ा हो गए। अम्मा और डॉक्टर एक दूसरे के सामने थे।

अम्मा अब अपने पैरों पर चल-फिर सकती थीं और यह समय मैंने अपने लिए सबसे बहुमूल्य पाया।

इस पुस्तक में अनेक स्थानों पर **सेकण्ड खंड** और **सेकण्ड बॉडी** की चर्चा हुई है। विस्तार से इसका वर्णन मेरी अगली रचना 'सेकण्ड खंड और सेकण्ड बॉडी' में मिलेगा, लेकिन यहाँ एक संक्षिप्त विवरण।

व्यक्ति ने अलग-अलग जन्मों का जीवन बार-बार जीया है। स्थूल शरीर से भिन्न-भिन्न संबंध बनाए हैं। बार-बार अन्यों को भी इस जगत् में जन्म दिया है। कोई आज तक एक ही स्थूल शरीर में अमर नहीं हुआ। बिना मरे नहीं रह सका। एक बार स्थूल शरीर मिला, तो समय आने पर उस रूप (शरीर) की मृत्यु होगी ही। प्रकृति जर्जर पड़ चुके शरीर को, आपके शेष रह गए कर्मों के फल के अनुसार एक अन्य शरीर में पुनः खड़ी कर देती है, जिसकी प्रतीक्षा

आप बार-बार मर कर भी कर रहे होते हैं। यह घटना पहली बार नहीं हुई और इससे गुजरने वाले आप अकेला व्यक्ति नहीं हैं। यहाँ तो भारी-भरकम भीड़ है, जिसमें मरने की और मरकर पुनः एक नया शरीर पाने की होड़ मची हुई है। जीव का यह पुराना स्वभाव है।

जितनी बार आप जन्मे हैं, आपके सारे संबंधी भी ऐसे ही, इन्हीं राहों से गुजरते रहे हैं। आपस में इतना प्रगाढ़ प्रेम है कि कोई अलग नहीं होता। आपके द्वारा छोड़े गए ये ही पुराने शरीर और उनमें रह कर किए गए कर्म, बनाए गए संबंध, बची रह गई इच्छाएँ और अतृप्त वासनाएँ अपने लिए एक अन्य शरीर का निर्माण करते हैं, जिनमें प्रारंभ से बनता आ रहा स्वभाव, संस्कार तथा आदतें कूट-कूट कर भरी पड़ी हैं। यह खुद के साथ जुड़ा, खुद के द्वारा निर्मित अत्यंत शक्तिशाली 'शरीर', जिसे मैं सेकण्ड बॉडी (द्वितीय शरीर) के नाम से अलंकृत करता हूँ, जीव-चेतना की मूल पहचान है।

मैं मानता हूँ कि परमात्मा और प्रकृति द्वारा इस जगत् में सब कुछ रचा गया है। परन्तु सेकण्ड बॉडी आपके द्वारा रचित आपकी व्यक्तिगत संपत्ति है। जन्म के समय आपके साथ कुछ आए या न आए, मरने के समय कुछ जाए न जाए, यह बॉडी हर पल आपके साथ जुड़ा रहता है, प्रचंड कठोरता से जुड़ा रहता है। आप सोते हैं, वह नहीं सोता। आप मरते हैं, वह नहीं मरता । लेकिन आप जन्म लेते हैं तो वह भी जन्म लेता है। वह आपका सबसे प्यारा शरीर है। आपकी सभी खूबियों को जानता है। आपकी जीवनशैली का निर्धारक है। आपने अपनी सत्ता उसे सौंप दी है।

धरती पर जन्मे उन सभी लोगों के सेकण्ड बॉडी से रचा एक अन्य जगत्, जो सदा से इन्हीं स्थूल शरीरधारियों के संग उपस्थित रहकर अपनी सत्ता को शक्तिशाली बनाता है और अपना क्रूर खेल खेलता रहता है, उसे मैं अपनी बुद्धि के अनुसार नाम देता हूँ- 'सेकण्ड खंड' अर्थात् 'द्वितीय जगत्'। इस खंड में ही वे सभी हैं जिन्हें हम जन्मों-जन्मों से ढूँढ़ रहे हैं और जिनके संग बारंबार जीना चाहते हैं।

वो संबंधी आज भी आपसे संबद्ध हैं। कहीं नहीं गए, कभी नहीं भूले। उनकी दृष्टि और भावना उसी प्रकार से आपके प्रति आज भी बनी हुई है, जैसे तब थी जब आपके साथ वे अपना जीवन गुजार रहे थे। मृत्यु के उपरांत भी कोई कहीं दूर नहीं जाता। अपनों के ही साथ रहता है। अपनों के ही बीच जन्म लेता है। बहुत कम लोग इस खंड के कठोर बंधन से निकल पाते हैं। अवसर मिलने पर भी इससे बाहर निकलने की न तो इच्छा करते हैं और न ही प्रयास।

यह खंड अपनी सत्ता को कायम रखने के लिए उन तिकड़मी और मायावी चालों को चलने में जरा भी नहीं हिचकता जो उसे आप पर मजबूत पकड़ दिलाती हों। इस जगत् की कोई मर्यादा नहीं। बदला लेने के लिए धरती के किसी भी क्षेत्र में स्थानीय सेकण्ड खंड से संयुक्त हो, संबंधित सेकण्ड बॉडी के साथ संबंध रचकर वह उसे अपने आगोश में ले ही लेता है। यह किसी भी स्थिति में आप पर अपनी पकड़ नहीं छोड़ता, जब तक आप इस मृत्युलोक (भोग योनि) में रहना चाहते हैं।

जीव के दो रूप होते हैं - स्थूल रूप और सेकण्ड रूप - दोनों एक ही साथ। लेकिन व्यक्ति अपने सेकण्ड रूप से संचालित होते हुए भी उसका आभास नहीं कर पाता। इस स्थिति को प्राप्त होना व्यक्ति व जगत् का दुर्भाग्य है जबकि सेकण्ड खंड का सौभाग्य।

अध्याय-6

ब्रह्माण्डीय पुरुष से योग

बचपन से ही मुझे एक बड़ी अजीब सी अनुभूति होती। हर वक्त सोते-जागते या कोई काम करते, मेरे भीतर दो मन्त्र निरंतर चलते रहते -शिव का पंचाक्षर मन्त्र ''ऊँ नमः शिवाय'' और माँ चामुंडा का नवार्ण मंत्र ''ऊँ ऐं ह्रीं क्लीं चामुंडायै विच्चै''। मेरे ही भीतर अपना ही एक शरीर महसूस होता जो निरंतर इन दोनों मंत्रों का जप कर रहा होता। आँखे बंद करने पर मैं इन मन्त्रों को अपने मस्तक (ललाट) पर करेंट के चमकते हुए वर्ण में स्पष्ट चलते हुए देखता रहता। ऐसा लगता कि ये दोनों मन्त्र मेरे ललाट पर अंकित हैं, जीवंत होकर गतिमान हैं। ये शब्दरूप में मेरे ललाट की दाईं ओर से चलकर बाईं तरफ विलीन हो जाते। मेरी सोच के अनुसार मंत्राक्षरों की गति में परिवर्तन होता। किसी-किसी मंत्राक्षर को देखने की इच्छा होने से वे ठहर जाते। मेरी उम्र के साथ मंत्राक्षरों की स्पष्टता बढ़ती गई।

जब मैं सोया रहता तो मेरे लिंगस्थल के थोड़ा नीचे से एक करेंट जैसा कुछ उठकर मेरे कंठ तक आता जिससे कभी-कभी नींद खुल जाती और मुझे अपना कंठ अवरुद्ध महसूस होता। बाद में समझ में आया कि महाविस्फोट के पूर्व मुझमें मौन रूप से जाग्रत कुण्डलिनी शक्ति के कारण ऐसा हो रहा था। महाविस्फोट में जन्मों से जगी हुई मेरी

कुण्डलिनी पूर्ण जाग्रत अवस्था में उपस्थित हो गई, जिससे मैंने अनजाने में ही धारण कर लिया।

मैं दर्पण में अपने अनेक रूपों में विभिन्न तरह के त्रिकोण बनते देखता। ये त्रिकोण एक-दूसरे से संयुक्त होते, और कभी एक-दूसरे में समा जाते। इस प्रक्रिया में विद्युतीय घर्षण के कारण ऊर्जा उत्पन्न होती जो मेरे सर्किट में समा जाती। मेरे देखने की प्रक्रिया इस प्रकार चलती। नेत्रों से निकलकर तरंगें सामने रखी वस्तु की तरफ बढ़तीं और मेरे नेत्रों में उसका दृश्य बनता। सामने रखी पुस्तक के पन्नों पर लिखे शब्द विद्युतीय रूपों में परिवर्तित होकर अपने स्थान से उठकर चलते हुए मेरी आँखों में समाते चले जाते। मेरे और पुस्तक के बीच तरंग का एक मार्ग निर्मित होता ज़िसपर चलते हुए ये शब्द आकर मुझमें समा जाते।

मेरी दोनों स्थूल आँखों से पीछे के नेत्र तक एक करेंट का तार जुड़ा हुआ है, जिससे एक त्रिकोण का आकार बनता है। ऐसे ही मेरे मस्तकमध्य आज्ञाचक्र से एक सीधा करेंट का चमकता हुआ तार मेरे सिर के पीछे स्थित आँख से जुड़ा हुआ है। इस मार्ग पर अत्यंत सूक्ष्म आकृति का एक चक्र है जिसमें खुद मैं अपने आपको अवस्थित महसूस करता और आज्ञाचक्र से अपने पिछले नेत्र तक उसी तार पर गतिमान रहता। स्थूल नेत्र और शरीर की अनुभूति ऐसी अवस्था में लुप्त हो जाती। मुझे अपने शरीर का आभास सिर्फ बीच-बीच में ही होता।

मेरे सामने अम्मा ही एक मात्र ऐसी थीं जो मेरी बातों को गंभीरता से सुनतीं तथा मुझे चुप रहकर जीने का सुझाव देतीं। अपने बचपन की बहुत सारी आध्यात्मिक घटनाएँ बतातीं। मैं रुचिपूर्वक सुनता। सारे दृश्य जीवंत हो उठते और सारी अनुभूतियाँ साकार हो उठतीं। कुछ भी जड़, पाषाणीय अथवा ठहरा हुआ नहीं दिखता।

मैं और मेरी अम्मा यह अच्छी तरह समझ चुके थे कि मुझमें ऐसा परिवर्तन जन्म ले चुका है जिससे मैं जगत् के अदृश्य संसार तथा उनमें स्थित दृश्यों को अपनी आँखों से देख सकता हूँ, सुन सकता हूँ तथा कभी-कभी गहरी इच्छा होने से, उनमें हस्तक्षेप कर सकता हूँ।

अब मैं निराकार में झाँक सकता था। जो जगत् के लिए निराकार है,

अदृश्य है, उसे मैं साकार रूप में देख सकता था। अब मैं प्रकृति एवं पुरुष (निराकार में स्थित शिवरूप) से जुड़ गया था। मुझे इस धरती पर एक सुप्त अधोमुखी त्रिकोण दिखलाई पड़ता और ऐसा लगता जैसे यह आदिम काल से इस धरती में दबा पड़ा हो। मेरे अतिरिक्त कोई नहीं जानता, मेरा इस से बहुत ही गहरा संबंध है। ऐसा प्रतीत होता है कि इस त्रिकोण का निर्माण एक विशाल त्रिशूल के टूटने से हुआ है जिसका मैं एक नोक या सिरा हूँ और एक त्रिशूल जैसी आकृति उस सिरे से मिलकर अधोमुखी त्रिकोण बना रही है। लेकिन यह बहुत स्पष्ट नहीं होता। ऐसा लगता कि मुझे कुछ याद आना चाहता है, पर आ नहीं पा रहा। स्मृतियाँ जगकर कुछ कहना चाहतीं पर कह नहीं पा रहीं।

बचपन से मैं कभी किसी स्थिति में डरता नहीं था अगर कोई किसी भी स्थान या घटना को डर से जोड़ता तो मैं उस डर को देखने की कोशिश करता। एक दृष्टांत। जब मैं दो-तीन वर्षो का था तो मेरे घर अम्मा की सेवा करने एक सेविका आती। हम लोग उन्हें सम्मान से बुआ कह कर बुलाते। वह भी हम लोगों को खूब प्यार करती और एक से एक कहानियाँ सुनाती। अक्सर उनकी चर्चा में किसी-न-किसी चुड़ैल, भूत, राजा व रानी का वर्णन होता। वह अम्मा के पैर दबाती रहती और मैं जिद करके उनसे कहानियाँ सुनता रहता। वह बतलाती कि उनके घर से थोड़ी ही दूर पर एक सुनसान स्थान है। वहाँ रास्ते में चुड़ैलें रहा करती हैं। अँधेरे रास्ते में रोक कर बातें करतीं। किसी-किसी को परेशान करतीं तो किसी-किसी के पीछे उनके घर तक चली आया करतीं। उनके पैर उलटे होते। वो नाक से बोलती हैं। मेरे घर के बाएँ कोने पर एक मस्जिद है जिसके आगे एक छोटा सा मैदान है और कोने पर दादाजी का बनवाया एक पुराना कुआँ। हमारा घर मुस्लिम आबादी में एकमात्र हिन्दू का घर है। सैकड़ों वर्षों से हम लोग उसी स्थान पर हैं। पास में ही उस समय दादाजी का चीनी का एक मिल था। अंग्रेजों के समय में मेरे बाबूजी के क्रांतिकारी होने के कारण सारी संपत्ति तथा चीनी की मिलें नष्ट कर दी गई थीं, जिसका खंडहर मेरे बचपन तक था। बुआ के मुँह से भूतों की बातें सुनकर मैं उस भूत वाले स्थान पर शाम के अँधेरे में अकेला पहुँचकर बुलाता-"ए भूत, ए चुड़ैल, तुम कहाँ हो? आओ मैं तुमसे मिलने

आया हूँ। आओ।" मस्जिद के कोने पर मैं कई बार शाम के बाद उनका इंतजार किया करता, लेकिन न कभी कोई भूत आया और न कोई चुड़ैल आई।

महाविस्फोट के बाद मेरे सामने अनेक जन्मों व युगों के अनेक लोग आए। मैं आज उन सभी को पहचानता हूँ। आए साकार पर उस समय बचपन में अपने सेकेण्ड बॉडी से भी नहीं आए - मेरे बार-बार बुलाने पर भी। मैं इसका मूल कारण तब समझ पाया जब अन्दर सूक्ष्म चक्रों में महाविस्फोट हुआ। मेरी पत्नी की मृत्यु हुए अभी दो महीने ही हुए थे। महाविस्फोट के बाद मैं उस रात कई घंटों तक मरता रहा। तब जो कुछ भी रह गया था जीवन के प्रति डर, वह भी खत्म हो गया। मैं देखने लगा उन सबों को जो पहले अनेक बार मर चुके थे, किन्तु इस बार फिर जिन्दा हैं। सभी जाने-पहचाने, मेरे ही सगे-संबंधों में आज मेरे साथ जी रहे। आज का जीवन कैसा भी हो, लेकिन आंतरिक स्वभाव वही जो पूर्व के अनेकों जन्मों में रहा है।

परमात्मा शिव, मेरे विधाता शिव, मेरी उन स्मृतियों को धीरे-धीरे अनावृत करते जा रहे थे। बचपन में छाया जैसी लगती वो स्मृतियाँ समय बीतने के साथ स्पष्ट होने लगीं और मैं पहले से अधिक ध्यानस्थ समाधि में लीन रहने लगा। ऐसी अवस्था समाधि में ही संभव है - ऐसी समाधि जिसमें श्वास चल रहे हों, लेकिन चेतना पर पूर्ण नियंत्रण हो।

मैं अपने-आपको इस शरीर से एक ही समय अनेक शरीरों के रूप में महसूस करने लगा। एक ही समय में मैं अलग-अलग व्यक्ति के साथ अलग-अलग स्थान पर होता। कभी घर के समीप नदी के बाँध पर किसी के साथ घूमता हुआ मिलता, तो उसी समय अपने घर में अम्मा के पास भी होता। कभी हनुमान घाट की सीढ़ीयों पर होता, तो उसी समय रामू के साथ शतरंज खेल रहा होता। शम्भू (मऊ में मेरा एक शिष्य) जानता है कि उस पर शक्तिपात वेद भैया (मैं) ने सड़क पर चलते-चलते सिर्फ एक नजर देखकर कर दिया था। कुण्डलिनी शक्ति झटके के साथ जाग्रत कर दी गई थी। दो-तीन दिनों तक वह अर्धबेहोशी की हालत में रहा। उसके साधनात्मक जीवन का शुभारम्भ हो गया। उसकी विभिन्न मुद्राएँ स्वतः बनने लगतीं।

बचपन से ही घर में आर्य समाज के धर्म-प्रचारक, योगियों, मुस्लिम

विद्वानों तथा हिन्दू पंडितों का आना-जाना देख रहा था। तरह-तरह के प्रसंग सुने हुए थे धर्म, अध्यात्म और साधना के। लेकिन मेरे भीतर जो हो रहा था, वह पूर्व में किसी से सुना या जाना नहीं था। ऐसे में मैं अपने को सम्हालने की उधेड़बुन में अपने ही भीतर और गहरे उतरता चला गया। मुझमें हुआ परिवर्तन अम्मा समझ चुकी थीं, क्योंकि मेरे नाना जी की भी कुण्डलिनी शक्ति खुली हुई थी। ऐसा मैंने तब जाना जब मेरे शरीर के चक्रों में महाशक्ति का जागरण हुआ। मेरे जन्म के बहुत पूर्व ही मेरे नाना-नानी तथा मामा-मामी मर चुके थे। मेरे नाना मिर्जापुर शहर के प्रसिद्ध व सम्मानित वैद्य थे।

रात में जब भी मेरा समाधिस्थ शरीर थकान से अपने आसन पर ही लुढ़क जाता, तब स्थूल शरीर छोड़ कर मेरा एक दूसरा शरीर श्वेत मक्खन-सा दमकता विद्युतीय रूप लेकर ऊपर काफी ऊँचे आकाश में चला जाता और वहीं अपना आसन लगाकर भिन्न-भिन्न मुद्राएँ बनाता रहता। मेरे स्थूल शरीर में स्थित आज्ञाचक्र में एक तेज प्रकाश जन्म लेता। मुझे उसी पल अपने स्थूल शरीर में जीवित होने का आभास होता। जैसे किसी मरे हुए शरीर में पहली बार उस शरीर का बोध हो, वैसे ही मुझे बोध होता अपने शरीर का और इसके साथ ही मेरे आज्ञाचक्र से दो करेंट निकलकर मेरे पैर के दोनों अँगूठो से टकराते और एक झटके से दोनों अँगूठों से जुड़कर ऊर्ध्व त्रिकोण की आकृति बनती। इस त्रिकोण के बनते ही एक तेज फ्लैश जैसी चमक होती सारे शरीर में और मैं जीवित हो उठता अपने समाधिस्थ शरीर से।

साधनात्मक जीवन की शुरुआत बड़े ही विचित्र ढंग से और विपरीत परिस्थितियों में हुई थी, पर अब इसकी निरंतरता बन चुकी थी। प्रत्येक पल ऐसी-ऐसी अनुभूतियाँ होतीं जिसका वर्णन मैंने खुद ही लगभग सात डायरियों में लिखा। उन क्षणों में लिखा जब मैं आसन पर सूक्ष्म चक्रों में बैठकर समाधिस्थ अवस्था में होता। तब मेरा सम्पूर्ण ऊर्जामय शरीर सक्रिय रहता। सामने डायरी पड़ी होती। उसमें मैंने कहीं अंतःशरीरों के रेखाचित्र तथा कार्यशैली का वर्णन लिखा हुआ था तो कहीं उन शरीरस्थ त्रिकोणों का आपसी योग-ऊर्जा का परिणाम, उनकी कार्यशैली, आदि का विस्तार से वर्णन किया हुआ था। मानव शरीर में कैसे प्रवेश किया

जाता है, किस मार्ग से प्रवेश कर आत्मा इस शरीर में किस स्थान पर बैठती है, कैसे मृत्यु के समय या शरीर से बाहर निकलती हुई आत्मा किन-किन स्थानों से होती हुई अलग-अलग व्यक्तियों से बाहर निकलती है, आदि ढेर सारे वे विवरण, जो एक मानव शरीर को आधार बनाकर प्रकृति अपना काम करती है। इन डायरियों को पढ़ने मात्र से ही शरीर के ऊर्जा-सर्किट खुलने लग जाते। पढ़ने वाले को कुछ नहीं करना होता - बस पढ़ना होता उन अक्षरों को जो मैंने लिखे हुए थे। ऐसा इसलिए कि मैं उस वक्त उन्हीं शरीरों में स्थित होकर अपनी आँखों से निकल रहे करेंट से देखते हुए लिखा था। उन शब्दों में वे करेंट समाए हुए थे।

जब उन अक्षरों को कोई पढ़ता तो वे अक्षर अपने में निहित मेरी विद्युतीय ऊर्जाशक्ति तथा धारणानुसार, उस व्यक्ति के बिना जाने ही, उसकी चेतना को अपने से जोड़कर परिवर्तित करते चलते। व्यक्ति के भीतर यह परिवर्तन होता तो प्रत्यक्ष रूप से, लेकिन संभव है कि वह इस प्रणाली को समझ नहीं पावे। कुछ भी हो, परिवर्तन होता ही होता। उसकी कुण्डलिनी शक्ति पूरी तरह खुल सकती थी - झटका मारकर अपना कुंडल, अपनी चक्रता तोड़ सकती थी। ऐसी स्थिति में उसे सम्हालने के लिए मेरा होना आवश्यक होता, क्योंकि सामान्यत: ऊर्जा के ऐसे तीव्र प्रवाह को सम्हाल सकना व्यक्ति के मस्तिष्कीय कोषों के सामर्थ्य के बाहर है। इससे मस्तिष्क क्षतिग्रस्त हो सकता है। अप्रत्यक्ष शक्तिपात के लिए बिना मेरी अनुमति के पढ़ने पर शरीर में अंगशून्यता (लकवा) की स्थिति बन सकती है या चेतना विकृत होकर आसुरी स्वभाव में जा सकती है । और कहीं अगर किसी असुर तत्त्व के हाथ में पड़ी तो फिर अनर्थ है। सोचकर देखें। असुर ऐसे ही समाज और सभ्यता के लिए समस्या हैं। अगर वे पराशक्तियों से संपन्न हो जाएँ तो उनको सम्हालना कितना कठिन हो जायेगा।

इन डायरियों का क्या असर हो सकता है, उसकी एक कहानी सुनाता हूँ। मेरी भाँजी मेरे यहाँ कुछ दिनों के लिए आई हुई थी। एक दिन मेरी अनुपस्थिति में उसने मेरे कमरे में रखी एक डायरी को पढ़ना शुरू किया। अन्दर के पन्नों में प्रवेश करती चली गई और ध्यानस्थ

होकर लुढ़क गई। संध्या के कुछ पूर्व मैं अम्मा को दवा देने के लिए घर आया। अम्मा ने मुझे बताया कि सूचि (मेरी भाँजी) ऊपर कमरे में जो गई सो अभी तक आई नहीं।

एक डायरी खुली पड़ी थी और मेरी प्यारी भाँजी बिस्तर पर लुढ़की हुई। सारा माजरा समझ में आ गया। उसका शरीर तप रहा था कुण्डलिनी का झटका लग चुका था लेकिन अवस्था अभी उग्र नहीं हुई थी। मैंने उसे जगाया और सम्हाल कर नीचे लाया। थोड़ी चिंता हुई। खैर, कमरे में न जाने के लिए बोलकर मैं चला गया। उसकी कुण्डलिनी खुल चुकी थी। अब वह अधिकतर समय ध्यानस्थ रहने लगी। उसके अन्दर का साधनात्मक सौंदर्य उभरने लगा था। मुझे भी वह समझने लगी थी।

कुछ दिनों बाद मैंने अपनी लाड़ली भाँजी को दीदी के यहाँ पहुँचा दिया। वहाँ पर भी उसके साथ वैसा ही होने लगा। जैसे ही मैं यहाँ अपने आसन पर ध्यानस्थ होता, वैसे ही हजारों किलोमीटर दूर मेरी भाँजी अपने आप ही ध्यानस्थ हो जाती और मुद्राएँ बनाने लगती। उसके अन्दर का यह परिवर्तन देखकर दीदी बहुत चिंतित हो गई, क्योंकि वह मेरे अन्दर का परिवर्तन देख चुकी थी। भाँजी से पूछने पर उन्हें असली घटना की जानकारी हुई। उन्होंने मुझे फोन कर सारी बातें बताई, लेकिन मेरी भाँजी अब इसमें ही जीना चाहती थी। मैं अपनी भाँजी तथा दीदी का पिछला जीवन जानता था। उनके कर्मो का फल गृहस्थ मार्ग की ओर इंगित कर रहा था, इसीलिए मैंने यह फैसला लिया कि भाँजी के अन्दर जगी हुई कुण्डलिनी शक्ति को शान्त कर वापस बैठा देना ही उचित होगा ताकि वह अपना सांसारिक जीवन जी सके।

फोन पर ही मैंने आदेश दिए और उसकी जाग्रत कुण्डलिनी शक्ति वापस अपने पूर्व की स्थिति में जाकर सो गई। चेतना से कुछ देर के लिए भी यदि कुण्डलिनी शक्ति संयुक्त हो गई, तो कुछ न कुछ विलक्षणता उत्पन्न कर ही देती है, क्योंकि पूरी तरह सुप्त होने में कुछ समय लग जाता है।

इस प्रयोग के द्वारा मैं समझ गया कि कैसे किसी के शरीर में कुण्डलिनी शक्ति को जाग्रत किया जा सकता है और उचित कारण

उत्पन्न होने पर वापस बैठाया जा सकता है। मुझे ऐसा लगा कि परमात्मा मुझे इस शक्ति (विद्युत-करेंट) पर पूरी तरह नियंत्रण करना सिखा रहे हैं जो इस जगत् की मानव सभ्यता के लिए अनमोल उपलब्धि होगी।

महाविस्फोट के बाद के कुछ दिनों में एक दिन एक घटना घटी। मैं अपने आसन पर समाधिस्थ था। मेरी चेतना अपने शरीर से बाहर कहीं ऊपर आकाश में आसन लगाए हुए थी। तभी मैंने एक ब्रह्माण्डीय ध्वनि सुनी--'यह स्थान रात्रि में गर्भवती हो जाता है।'

इसके साथ ही एक दृश्य उत्पन्न हुआ। आकाश में एक लेटी हुई नारी शरीर की रचना हुई, जिसने इस ध्वनि के साथ चौंककर मुझे देखा। मैं उसके गर्भ के भीतर हूँ ऐसा मैंने महसूस किया।

मैं जब देर तक अपने आज्ञाचक्र में बैठता तो कभी-कभी मुझे एक 'अघोर' ध्वनि सुनाई पड़ती। ऐसा लगता कि कोई विराट पुरुष ब्रह्माण्ड में बैठकर मुझे कुछ बता रहा है। मेरा सारा शरीर शून्य, निर्वात हो जाता। ऊष्मा बढ़ जाती। शरीर के बाहर विद्युत कणों की बौछार होने लगती। सारे चक्र एक सीध में आ जाते। मेरा अस्तित्व एक अग्नि के स्तंभ में समा जाता और उसी में अपने ही केन्द्र पर घूमते हुए चक्रों को मैं देखता रहता। जगत् और शरीर का कोई आभास ही नहीं होता।

किसी से इस विषय पर चर्चा करना संभव नहीं था। जब भी मैंने किसी मानव शरीरधारी गुरु की कामना की तब उसी ब्रह्माण्डीय पुरुष की ध्वनि सुनाई पड़ी। धीरे-धीरे मैंने महसूस किया कि मेरा शरीर एक विराट ब्रह्माण्डीय पुरुष के स्वरूप में परिवर्तित हो जाता है जिसमें ब्रह्माडीय चक्र घूम रहे हैं। मैं स्थिर हूँ और मेरी चारों तरफ सारा कुछ गतिमान है। मैं घंटों क्या, जब भी समय मिलता, कई दिनों तक इसी अवस्था में बैठा रहता। एक दिन इस व्यग्रता ने घेर लिया कि अब आगे क्या करना है, कैसे जीवन का मार्ग निश्चित करूँ। सांसारिक जीवन जीने की इच्छा कब की खत्म हो चुकी थी। मात्र एक उत्तरदायित्व अम्मा का बचा था। कारोबार तो जीवन-यापन के लिए बहाना भर था। मैं सोचता कि अगर मुझे हफ्तों और महीनों तक ध्यान में ही बैठने का समय मिल जाए तो बहुत अच्छा हो। ऐसी परिस्थितियाँ जन्म लें कि मुझे

अपने आसन से उठना ही न पड़े। उस दिन इन्हीं भावों को लेकर मैं सारा समय सोचता रहा। बार-बार जीवंत शिव अपने अनेक रूपों में मेरे सामने उपस्थित रहने लगे। मध्य रात्रि का समय रहा होगा, मैं अपने सिर के पिछले नेत्र में बैठा हुआ आज्ञाचक्र में देख रहा था।

सामने, सारे ग्रह-नक्षत्रों से भरे गतिमान ब्रह्माण्ड को अपनी आँखों से यों ही देख रहा था जैसे आप किसी भी स्थूल को देखते हैं। धरती अपनी ही धुरी पर एँटी-क्लॉकवाइज (घड़ी की सुई की उलटी दिशा में) घूमती हुई सूर्य की परिक्रमा कर रही थी। ऐसी स्थिति में मैं अपनी बाईं आँख के केंद्र में अपने को महसूस कर रहा था ऐसा लगा कि मैं ही सूर्य हूँ और पृथ्वी को अपनी धुरी पर घूमती दाईं तरफ जाते देख रहा हूँ। पृथ्वी की चारों तरफ घूमता हुआ एक छोटे गेंद के समान चन्द्रमा को भी देखता। पृथ्वी ऐसी लगती थी जैसे एक हरी-भरी सुन्दर सी बच्ची नृत्य कर रही हो। मुझे स्पष्ट आभास हो गया कि इस ब्रह्माण्ड का संचालन एक विराट शक्तिशाली मस्तिष्क द्वारा हो रहा है जिसका नियंत्रण ब्रह्माण्ड के हर भाग पर एक समान है। मेरे सामने एक बार में ही सम्पूर्ण ब्रह्माण्ड उपस्थित था, इसीलिए मैं उस विराट चैतन्य अस्तित्व को, जिसमें ब्रह्माण्डीय चक्र हैं, 'प्रथम पुरुष' कहता हूँ।

इन्हीं दिनों किसी स्थानीय दंगे के कारण एक बार शहर में कर्फ्यू लग गया। बाजार कई दिनों तक बंद रहा। हमलोग अपने-अपने घरों में ही बंद थे। साधना के लिए अधिक समय मिलने लगा। अपने आसन पर बैठा हुआ ब्रह्माण्ड को निहारना और महसूस करना कि मेरा संपर्क सारे ब्रह्माण्ड से है, कितना सुखदायी होगा! मेरे चक्र इतने विराट हो चुके थे कि वे अपनी चरम क्रियाशील अवस्था में उस ब्रह्माण्डीय पुरुष से जाकर जुड जाएँ जिसे सारा जगत् 'प्रथम पुरुष' और 'शिव' के नाम से जानता है।

मैंने अनुभव किया कि मेरे ही शरीर में मूलाधार से लेकर सहस्रार तक एक अग्निमय ठोस शिवलिंग बन गया है, जिसके पिछले सिरे से लिपटी हुई मेरी कुण्डलिनी शक्ति सर्परूप में फण फैलाए जाग्रत भाव में छाई हुई है। अचानक एक अघोर टंकार गूँज उठी-"उत्तर दिशा में

जाओ। वहाँ गुरु मिलेंगे।" और सारा ब्रह्माण्ड गूँज उठा।

मुझे नहीं मालूम कि कितना समय बीत चुका है। अम्मा के अतिरिक्त सभी यही समझते थे कि मैं मर चुका हूँ और वे अंतिम संस्कार की तैयारी करने लगे। सिर्फ अम्मा समझ रही थीं कि मैं समाधि में हूँ और लोगों से हाथ जोड़कर कह रही थीं कि इसे न ले जाओ, यह जिन्दा है। लेकिन उनकी कोई नहीं सुन रहा था। बार-बार अम्मा की आवाज कानों में पड़ने से मेरी चेतना वापस आने लगी। पुनः मेरे आज्ञाचक्र में एक तेज फ्लैश जैसा करेंट चमका और दोनों पैर के अँगूठे से जुड़ कर एक उर्ध्व त्रिकोण निर्मित हुआ। धीरे-धीरे मैं उठकर बैठ गया। अम्मा ने मेरे शरीर पर पास ही पड़ा हुआ एक सफेद कपड़े का चादर डाल दिया था। सामान्य होने पर मैं सारा माजरा समझ गया। मेरे भाई मुझपर बहुत ही क्रोधित थे। अभी कर्फ्यू समाप्त नहीं हुआ था। घर के बाहर बहुत सारे पुलिस वाले भी आ गए थे।

अम्मा कहती जा रही थी, "देखो भैया! मैंने इन सबसे बार-बार हाथ जोड़कर प्रार्थना की कि मेरा बबलू जिन्दा है, मरा नहीं है, समाधि में है। इसे मत ले जाओ जलाने के लिए। लेकिन कोई नहीं सुन रहा था। मेरा बबलू मर ही नहीं सकता। वह मुझे इस तरह छोड़कर नहीं मर सकता" और मुझसे लिपटकर हिचक-हिचक कर रोए जा रही थीं। मैंने अपने कलेजे से अम्मा को लगा लिया और सबसे माफी माँगी। भाभियों और भाइयों ने क्रोध में मुझे जो कहना था कहा। ऐसा लगा कि मुझे वापस जीवित नहीं होना चाहिए था। मैंने पुनः जीवित होकर जैसे बहुत बड़ा पाप किया हो। सभी लोग आश्चर्यचकित थे। अनेकों के मन में मेरे लिए सहानुभूति थी तथा अनेकों के मन में श्रद्धा और मैं सदा की ही तरह खामोश।

अध्याय-7

हिमालय जाने का उपक्रम

बाबा ने बस इतना ही कहा था कि उत्तर दिशा में जाओ, गुरु मिलेंगे। उत्तर दिशा में, जहाँ तक मेरी दृष्टि जाती थी, चारों तरफ बर्फ से ढ़की हिमालय की पर्वत श्रृंखलाएँ ही दिखाई पड़ती थीं। पहले मैं अपनी अम्मा के साथ हरिद्वार, ऋषिकेश, मसूरी तक ही एक बार गया था। उत्तर दिशा में कहाँ जाऊँ, यह स्पष्ट नहीं होने से मानसिक मंथन बना हुआ था।

रात्रि में अपने आसन पर अपने ही एक अन्य शरीर की कल्पना करने की मैंने कोशिश की और इसमें मैं सफल रहा। अब मैं अपनी इच्छा से एक बार में अनेक शरीरों का निर्माण कर, उनमें रहते हुए, अपने इस स्थूल शरीर को देर तक देखता रहता। अपने ही शरीर की विद्युत तरंगों से बने शरीरों को मैंने हिमालय भेजना प्रारंभ किया ताकि यह पता चल सके कि मुझे इतने विशाल क्षेत्र में कहाँ, किधर तथा किसके पास जाना है और 'गुरु' किस तरह मिलेंगे।

वे तरंगें हिमालय की एक गुफा में जाकर समा जातीं। वह गुफा कहाँ है, उसे कैसे खोजूँगा और वहाँ तक कैसे पहुचूँगा? एक दिन मैंने देखा कि अपने पूर्व के अनेक जन्मों में उसी एकांत गुफा में रहा करता था। अति प्राचीन समय की घटना दिखती। सारी बातें मेरी स्मृति में स्पष्ट रूप

से अंकित होती जातीं। पिछले अनेक जन्मों की स्मृतियाँ उभरनी शुरू हो गईं। अब सोचने लगा कि मैं इस जगत् में अपना समय नष्ट कर रहा हूँ। लेकिन मेरे सामने अस्सी वर्ष की मेरी अम्मा थीं। किसके भरोसे छोड़ देता? सभी भाई अपने-अपने परिवार में सीमित थे। उन्हें अब अम्मा से कोई मतलब नहीं रह गया था। मैंने संबंधों को स्वार्थ के तराजू पर तुलते, टूटते और बिखरते देख लिया था।

अम्मा ज्ञानी थीं तथा मेरे अन्दर के विचारों को समझ रही थीं। मैं और अम्मा एक ही साथ सोया करते। एक दिन रात में हम कुछ आध्यात्मिक बातें कर रहे थे कि अचानक अम्मा ने मेरा चेहरा अपनी हथेली में लेकर मेरी आँखों में देखते हुए कहना प्रारंभ किया। सबसे पहले उन्होंने अपने बचपन की एक घटना सुनाई जो कुछ ऐसी थीं।

उनकी एक बुआ थीं जो उन्हें अपने साथ गंगाजी ले जाया करतीं थीं। एक पीपल के वृक्ष के नीचे बिठाकर वह यह बोलकर नहाने चली जाती कि घबराना नहीं, जब डर लगे तो वासुदेवजी को बुला लेना, मैं अभी आती हूँ। अम्मा की बुआ विधवा थीं और अम्मा तीन-चार साल की एक बच्ची। एक दिन उत्सुकता में ही उन्होंने "वासुदेवजी, वासुदेवजी, आप कहाँ हैं? आइए न।" कहकर पुकारना शुरू कर दिया। कहीं से पीली धोती और जनेऊ पहने एक बूढ़े-से व्यक्ति आए और अम्मा से बोले, "बिटिया! क्यों बुला रही हो, क्या बात है?"

"मैं तो ऐसे ही बुला रही थी। देखना चाहती थी कि कौन हैं वासुदेवजी, बस। अब आप जाइए।"

"बेटी मैं ही हूँ वासुदेवजी। तुमने मुझे बुलाया है तो अब कुछ माँग लो मुझसे। बिना कुछ दिए मैं जा नहीं सकता।"

"नहीं, मुझे कुछ नहीं माँगना है। आप जाइए बुआ आ रही होंगी।" लेकिन वासुदेव जी बिना कुछ दिए जाना नहीं चाहते थे। उनके ज़िद करने पर अम्मा ने उनसे कहा-"बुआ बहुत दुखी रहा करती हैं, इसीलिए उनको एक बेटा दे दीजिए।"

"नहीं ऐसा नहीं हो सकता, क्योंकि वे विधवा हैं। तुम अगर चाहो तो मैं तुम्हे दे सकता हूँ।"

"मैं तो बहुत छोटी हूँ। आप मेरे आँगन में ढेर सारे बच्चे रख दीजियेगा। तब मैं उसमें से एक अच्छा सा बेटा अपने लिए छाँट लूँगी।"

"ठीक है, ऐसा ही होगा। मैं तुम्हारी गोद में ढेर सारे बच्चे डाल दूँगा। उसमें एक बेटा वैसा ही होगा जैसा तुम चाहती हो। उसे छाँट लेना। अब मैं चलता हूँ। तुम्हारी बुआ आने वाली हैं। यहाँ अकेले में मत बैठा करो।" यह बोलकर बासुदेवजी वापस चले गए।

फिर अम्मा ने बताया-"मैंने सारी बातें बुआ से बतलाई। वे मुझे अपने हृदय से लगाकर रोने लगीं और अपनी गोद में उठाकर घर के लिए चल पड़ीं। घर आकर उन्होंने सारी बातें, जो मुझसे सुन रखी थी, दूसरों को बतलाई। उस वक्त मैं कुछ नहीं समझ पाती। लोग मुझे चिढ़ाते और हँसी करते। पर वे बातें मुझे अब समझ में आ रही हैं।

वासुदेवजी से माँगा हुआ 'वह' एक बेटा तुम ही हो। उन्होंने मेरी गोद में दस औलाद डाले, लेकिन मेरी धारणाओं के अनुसार 'वह' एक संतान तुम्हीं हो। क्या तुम मुझे तीन वचन दे सकोगे? फिर मैं तुमसे कुछ नहीं कहूँगी, कभी कुछ नहीं माँगूंगी।"

मैंने बोला, "अम्मा! मेरा जीवन तो आपका ही दिया हुआ है । अगर मेरे वश में होगा तो आपकी इच्छा जरूर पूरी करूँगा।"

"तुम कर सकते हो। मैं जानती हूँ। इंकार मत करना।"

मैंने उन्हें बोलने के लिए कहा तो अम्मा ने प्रारंभ किया, "पहला वचन यह दो कि एक बार बचपन में जिन वासुदेवजी से मैं मिली थी, तुम मुझे फिर उनके दर्शन करवाओगे। दूसरा, तुम कभी भी अपने जीवन में गेरुआ (भगवा) वस्त्र नहीं पहनोगे। और तीसरा यह कि मेरे अंतिम समय में मृत्यु से एक दिन पूर्व मेरे पास आ जाओगे ताकि मैं तुम्हारी बाँहों में, तुम्हारी गोद में, तुम्हारे कलेजे से लगकर अंतिम साँस ले सकूँ। आज से मैं तुम्हारी बेटी और तुम मेरे पिता और गुरु।"

मैं काफी देर तक अवाक् सा अपनी अम्मा को देखता रहा। मेरे भीतर का 'शून्य' विराट होता जा रहा था। अम्मा ने पुनः भैया, भैया कहकर मेरे चेहरे को हिलाया और पूछा-"भैया! तुम ठीक तो हो न? कुछ बोलो।"

मैं क्या बोलता! ये बातें तो मेरे सामने अपनी जन्मदायिनी की अंतिम इच्छा के रूप में उपस्थिति थीं। जिसने अपने सारे जीवन सिर्फ दिया ही दिया हो, आज वह अपनी अंतिम औलाद से कुछ माँग रही है। पहली बार अम्मा ने कुछ माँगा था और माँग भी कैसी! थोड़ा ठहरकर मैंने कहा–"ठीक है अम्मा! आपके जो भी आदेश हैं, मैं उन्हें अवश्य पूरा करूँगा। एक दिन पहले नहीं, बल्कि दो दिन पहले, मैं जहाँ कहीं भी रहूँ, आपके पास अवश्य पहुँच जाऊँगा। जीवन में कभी भी, किसी भी हालत में गेरुआ वस्त्र धारण नहीं करूँगा। अब यह बताएँ कि आप वासुदेवजी से मिलना चाहती हैं या सिर्फ उनके दर्शन करना चाहती हैं। क्या, आप वासुदेवजी को देखकर पहचान लेंगी?" "अम्मा एक छोटी बच्ची की तरह चहकती हुई बोली– "हाँ बेटा! मैं कभी भूली ही नहीं उन्हें।"

"अम्मा! आप अपनी खुली आँखों से उन्हें देखना चाहती हैं या बंद आँखों से?"

"भैया! उनके दर्शन कैसे भी हो जाएँ, बस उनको एक बार देखने की इच्छा है।"

मैंने उनकी आँखों में झाँकते हुए बोला–"ऐ अम्मा! देखो न, मैं तो आपके सामने ही बैठा हुआ हूँ। एक बार देखो न मेरी आँखों में मुझे।"

मेरी अघोर ध्वनि शान्त स्वर में बदल चुकी थी और अम्मा की नजरें जैसे ही मेरी आँखों के केंद्र से मिलीं, उनके शरीर में एक हल्का सा झटका लगने जैसा हुआ और उनकी आँखें विस्मय से फैलकर स्तंभित हो गईं। काफी देर तक मैं समाधिस्थ बैठा रहा। चेतना लौटने पर देखा कि अम्मा मेरी गोद में अपना सिर रखे खुशी के मारे सिसक-सिसक कर रो रही हैं और बार-बार बोल रही हैं, "वासुदेवजी! वासुदेवजी! आप मेरे बेटे के रूप में...।" और अचानक अम्मा ने अपना सर मेरे पैरों पर रख दिया।

मुझे ऐसा लगा कि शायद मुझसे कहीं गलती हुई है और तब से अम्मा ने मेरे लाख मना करने के बाद भी रोज सुबह मेरा चरणस्पर्श करना प्रारंभ कर दिया। यह मेरे लिए कितना भारी रहा होगा, इसका

अनुमान कोई भी कर सकता है।

गहरे ध्यान की अवस्था में जब मेरी चेतना सूक्ष्म चक्रों के केंद्र में स्थित होती तब चक्रों से कुछ विशेष अक्षर ध्वनिरूप में जन्म लेते। पहले वे अक्षर कहाँ और किस चक्र के केंद्र से निकल रहे हैं, इसका ठीक-ठीक पता नहीं चल पा रहा था, लेकिन धीरे-धीरे स्पष्ट होने लगा। अब मुझे दिखने लगा कि कौन-सा अक्षर किस चक्र के केंद्र से उत्पन्न हो रहा है। जब उन अक्षरों में चेतना की स्थिरता आ गई, तब मैंने उन मंत्रों को उन केन्द्रों से जोड़ना प्रारंभ किया जो मन्त्र मेरे भीतर बचपन से ही चला करते थे। और मैं आश्चर्यचकित हो गया यह देखकर कि उन मंत्राक्षरों के अन्दर विस्फोट होने लगा और उससे उत्पन्न ऊर्जा मेरे शरीरस्थ ऊर्जा-सर्किट में व्याप्त होने लगी। इससे मेरे सामने अदृश्य जगत् में उपस्थित उन दैवी शक्तियों का आना प्रारंभ हो गया, जिनका मूल वर्णन हम हमारे शास्त्रों में पाते हैं। व्यक्ति अगर प्रयास करे तथा उचित पद्धति से अपनी ही चेतना को सिकोड़ कर उन्हीं धारणाओं में लगाए तो उनसे साक्षात् होकर उनके साथ जी भी सकता है।

मैंने माँ चामुंडा के नवार्ण मन्त्र को अपने ही भीतर उन चक्रों से संपर्क के कारण विस्तार करते हुए देखा। अब यह शक्ति साकार उपस्थित होकर मेरे शरीरस्थ ऊर्ध्व त्रिकोण में व्याप्त हो गई। सब कुछ संतुलित था। अक्षरों तथा शब्दों में हो रहे विस्फोट मेरे ऊर्ध्व त्रिकोण में ही नियंत्रित हो जाया करते। इससे मुझे नए-नए प्रयोग करने की प्रेरणा मिलने लगी। इन चक्रों पर अक्षरों के मूल स्थान को खोजता और उन्हें कई-कई दिनों तक उन चक्रों के केन्द्रों में लाकर लगातार मन्त्रध्वनि करता हुआ उनमें ही स्थापित करने का प्रयास करता। कुछ अक्षर अपने मूल स्थान के केंद्र में जाकर स्थित हो गए। अब इस तरह व्यवस्थित हो चुके अक्षरों से अपनी सोच तथा धारणाओं को जोड़कर मैं घंटों उन चक्र-केन्द्रों में अपनी चेतना को ध्यानस्थ किए बैठा रहने लगा। ऐसे में मैंने जाना कि व्यक्तिगत चेतना का साकार होना इन्हीं अक्षरों से निर्मित शब्दों पर आधारित है। बिना शब्द, अर्थात् भाषा के व्यक्ति न सोच सकता है और न विचार सकता है। इन्हीं सूक्ष्म चक्रों में व्याप्त इन

अक्षरों की शब्द-रचना के द्वारा इंद्रियाँ अपने भावों को व्यक्त करती हैं तथा बाह्य जगत् में दूसरों के द्वारा व्यक्त किए गए भावों को ग्रहण करती हैं।

चक्रस्थ अक्षर जब शरीर में जैविक ऊर्जा से संयुक्त होते हैं, तब उनमें घर्षण होता है। उससे उत्पन्न कम्पन से तरंगें निकलती हैं जो सूक्ष्म इन्द्रियों के माध्यम से ऊपर के केन्द्रों से गुजरती हुई जिह्वा तक पहुँचती हैं और वैखरी बनकर वाणी से व्यक्त होती हैं। ये शब्द मुँह के द्वारा बोलकर व्यक्त कर सकते हैं और न बोलकर अव्यक्त रख सकते हैं। इन्हीं अव्यक्त शब्दों के दबाव से व्यक्ति कर्म करने को प्रेरित होता है, क्योंकि जो शब्द भीतर बन गए हैं वे अपने होते हैं। चूँकि उससे ऊर्जा जन्म ले चुकी है और उस ऊर्जा का रूपांतरण व्यक्ति को ज्ञात नहीं है, उसे मन या शरीर के द्वारा कर्म करना ही पड़ता है। इससे बचना तब तक संभव नहीं जब तक व्यक्ति अपने शरीरस्थ ऊर्जा-चक्रों में अपनी स्थिति सुनिश्चित न कर ले। अन्यथा उत्पन्न विचारों को वाणी द्वारा व्यक्त न कर पाने और अपने ही भीतर दबा लेने के कारण कुंठा उत्पन्न होने लगती है, जिसका परिणाम अधिक भयंकर हो सकता है।

ऐसे ही मेरे आंतरिक परिवेश में जन्म ले रहे ये शब्द अब मुझसे अलग दिखलाई पड़ते और मैं इनसे अपने बंधन को तोड़ लिया करता। स्वतः बन रहे ये शब्द अब मुझे उद्वेलित नहीं कर पाते। मुझमें स्वाभाविक मौन जन्मने लगा, जिसमें मेरा अपना कोई विचार नहीं होता। विचार तो देश-काल-परिस्थिति से बनते हैं। अतः वे स्थूल से प्रेरित होते, न कि मुझसे, क्योंकि मैं तो अपने भीतर स्थूल से मुक्त स्व-अस्तित्व में अपने मूल केंद्र में स्थित होता। मेरे उस मूल केंद्र को अब चक्रों की भी कोई आवश्यकता नहीं, न ही आवश्यकता है किसी भौतिक माध्यम की। मैंने अपने-आपको अपने चक्रों से अलग एक ऐसे केंद्र में स्थापित कर लिया था जो परम केंद्र है, जहाँ से मेरा 'मैं' अपने आपका संचालन स्वयं ही कर रहा है। बाहर अगर प्रतीति है तो बस उस 'परम पुरुष' की, जिसके ब्रह्माण्डीय चक्र से संयुक्त होकर मैं अपने आपके अस्तित्व का बोध कर रहा हूँ।

मैंने अपने-आपको शब्दों से मुक्त कर लिया था। अपने-आपको स्थूल रूप से व्यक्त करने के लिए इस जगत् में अपनी इन्द्रियों का इच्छानुसार संचालन तथा उपयोग कर रहा था। आप जिन इन्द्रियों के बारे में अभी यह पढ़कर सोच रहे हैं, वे इन्द्रियाँ तो स्थूल हैं। इनके अतिरिक्त भी आपके भीतर अनेक इन्द्रियाँ हैं जिनकी सीमाओं का अनुमान आपको अपनी अभी की अवस्था में नहीं है। यदि व्यक्ति अपनी स्वाभाविक चेतना से अपने-आपको सिकोड़ता हुआ सूक्ष्म करता जाए तो एक ऐसी अवस्था आती है जिसमें उसे मात्र अपने का बोध रह जाता है। उस चैतन्यता में उसे पता चलता है कि वह स्थूल जगत् में ऐसा जीवन जी रहा है जिसकी सीमाबद्धता के कारण वह वर्तमान जीवन-शैली से उत्पन्न विचारों के मकड़जाल में बुरी तरह फँसा है। असीमित शक्तियों वाला व्यक्ति अपने क्षुद्र संसार में ही सीमित होकर एक दिन यों ही, न जाने क्यों, मर जाता है।

जीवन मात्र स्थूलता लिए नहीं हो सकता। अगर जीवन हमारा है तो हम मात्र जीवन काटने के लिए विवश क्यों हैं? व्यक्ति इस धारणा पर कभी सोच नहीं पाता, क्योंकि उसे मालूम नहीं कि वह सोच कहाँ से आ रही है। शरीर में जो केंद्र है सोचने का, वह कहाँ है? ऐसा क्यों होता है कि विचार स्वत: उठते हैं और व्यक्ति से कर्म करवा जाते हैं? गलती न तो व्यक्ति की है, न जगत् की, न प्रकृति की।

यह एक प्राकृतिक प्रक्रिया है कि व्यक्ति जन्म लेता है और उसे जीवन जीना पड़ता है। पर उस जीवन में भौतिक इन्द्रियों से जिन-जिन आवश्यकताओं व भूख का जन्म होता है तथा जिस तरह के सामाजिक परिवेश तथा परिस्थिति में पलकर वह अपना जीवन जीता है, उसके अनुसार व्यक्ति की आदत तथा सोच निर्मित होकर एक कठोर आवरण की तरह चेतना पर 'संस्कार' के रूप में आच्छादित हो जाती है। और व्यक्ति अपना जीवन उसी आवरण के अन्दर जीते हुए मर जाता है। उन परिस्थितियों में अनेक बार जन्म लेकर भी वह बार-बार मर चुका होता है। यह प्रक्रिया व्यक्ति के स्व-केंद्र को दबाकर पूरी शक्ति के साथ अपने बंधन में कठोरता से जकड़ लेता है।

इस जगत् की प्रकृति और इस जगत् का विधान कभी नहीं चाहते कि अपने अनेक जीवनों में किए हुए कर्मों के फल को बिना भोगे व्यक्ति उनके बंधन से भाग जाए। नहीं निकलने देना चाहते अपनी शक्ति की पकड़ से। इसके लिए तरह-तरह की शारीरिक भूख, आवश्यकताओं और मानसिक व इन्द्रियजनित इच्छाओं के मकड़जाल में व्यक्ति स्वयं को फँसा हुआ पाता है। और अगर कुछ शेष बचा तो जगत् में बने हुए संबंध तथा संस्कार व्यक्ति को कर्त्तव्य के बंधनों में ऐसे घेरे रहते हैं कि वह मुक्त होने या इस रहस्यमय चंगुल से निकलने की बात सोच भी नहीं सकता। ऐसा इसलिए कि वह प्राकृतिक जगत् के अधीन रहकर इन्हीं लोगों के बीच ठीक उसी तरह टूटता रहता, जैसे बार-बार के पिछले जन्मों में टूटता रहा था।

मैं अब प्राकृतिक संकेतों को ग्रहण करते हुए इस जगत् के चंगुल से बाहर निकलने की सोच रहा था। संबंधों से मुक्ति के मार्ग में अब मात्र एक बंधन अम्मा का ही शेष रह गया था। यह बंधन अब अम्मा की ओर से नहीं, बल्कि मेरी ओर से था। मैंने ही उन्हें वचन दिया था कि उनकी मृत्यु के पूर्व उनके पास पहुँचकर, अपनी बाँहों में भरकर उन्हें प्राण त्यागने दूँगा ।

परमात्मा की ओर से संकेत था कि अब मेरी शेष जीवन-यात्रा उसकी ही देखरेख में संपन्न होनी है, न कि भौतिक संबंधों में। इन संबंधों में बारंबार कलंक व आघात के सिवा मिलता ही क्या है? जब यही मिलना है सारा कर्म करके भी, तो क्यों न मृत्यु के पूर्व ही मौत को खुद बुलाकर देखा जाए? क्यों आता है यह बार-बार? हर जन्म के बाद क्या प्रयोजन है इसका ? इस बार मैं खुद बुलाऊँगा। अगर इस निर्लज्ज मौत को ही आनी है जीवन के अंत में तो क्यों न इससे अपने होश में ही मिला जाए और हम दोनों एक-दूसरे को ठीक से समझ लें ताकि पुनः कोई टकराहट न हो।

अगर आदिमकाल से ही परमात्मा, भगवान् देवी-देवताओं के अस्तित्व का प्रमाण मिलता रहता है, मानव सभ्यता को तो क्या मैं ऐसा मानव नहीं हूँ, जिसे इस प्रमाण से मुलाकात हो? मात्र संन्यास ले लेने से और

संसार से भाग कर भेष बदल लेने से जीवन का मूल अर्थ जाना नहीं जा सकता तथा लक्ष्य की प्राप्ति नहीं हो सकती? यह तो मैंने अपने बचपन से ही अनुभव किया था-ऐसे विद्वानों, योगियों, संन्यासियों तथा ज्ञानियों के जीवन को देखकर, जो मेरे यहाँ आते थे तथा जिन लोगों का काफी प्रचार था। मैं ऐसा नपुंसक भगोड़ा और धार्मिक व्यापारी नहीं बनना चाहता था। अगर व्यापार ही करना होता तो मेरा उस वर्तमान समय का व्यापार क्या बुरा था? मेरी अच्छी-खासी कमाई थी। जिसका उद्देश्य अपने सांसारिक जीवन को मात्र बिताना हो, उसके लिए तो अच्छा था।

शब्दों से मुक्त तो मैं हो गया था, पर संबंधों से मुक्त होना अभी भी बाकी था।

उसी बीच मेरे एक भाई पीलिया से ग्रसित होकर मरणासन्न हो गए। डॉक्टरों ने उम्मीद छोड़ दी। मेरा हाथ पकड़कर रोने लगे थे। दया के वशीभूत होकर मैंने उनको पुनर्जीवन देने की सोचा और उनको अपने हाथों से कुछ दिया, जिसपर वे आज भी सोया करते है। मैं उनका बहुत सम्मान करता था। बीमारी के वक्त उनके कारोबार में मैंने खुलकर सहायता की थी। उनके जल्द ही पूर्ण स्वस्थ होने पर एक दिन मैं उन्हीं की दुकान पर बैठा था। उनका नौकर तथा बूढ़ा मुनीम भी था। मेरी खामोशी देखकर भैया ने पूछा, "क्या बात है बबलू ? क्या सोच रहे हो? कोई बात है तो मुझे बताओ। तुमने मेरा जीवन बचाया है।"

मैंने बोला, "ऐसा कुछ भी नहीं है। आप ठीक हो गए तो मेरी चिंता कम हो गई। मैं ठीक हूँ।" वे जिद करते रहे। तब मैंने कहा - "भैया, आप तो जानते ही हैं कि मैं कई बार मर चुका हूँ। अम्मा की बड़ी चिंता होती है। अगर मुझे कुछ हो गया तो अम्मा को कौन देखेगा? मेरे न रहने के बाद कौन देखभाल करेगा अम्मा की? बस यही चिंता है, और कुछ नहीं।"

मेरी बात सुनते ही पहले बूढ़े मुनीमजी, फिर भैया मुझपर गुस्से से टूट पड़े। मैं सब सुनता रहा, क्योंकि पूछा मैंने ही था।

"यह क्यों? क्या यह कोई बात हुई? तुम यही सब फालतू की बातें

सोचते रहते हो। कोई मर जाता है, तो उसका कोई करता नहीं क्या? हम मर गए क्या? तुमने ही सबका ठेका ले रखा है? तुम अभी मरने जा रहे हो क्या? अम्मा मेरी हैं। मैं अपने यहाँ लाकर उनकी देखभाल करूँगा।"

भैया के आश्वासन की भ्रामकता का समय आने पर विस्तार से वर्णन करूँगा।

यहाँ पर इतना ही कि मेरे हिमालय जाने के बाद अनेक वर्षों तक, मेरे इन भाइयों के जीवित रहते हुए भी मेरी अम्मा, जिन्होंने अपनी कोख से इन्हें जन्म दिया था, लावारिश की तरह बिना देखभाल के, भूखी-प्यासी, अपने टूटे हुए कूल्हे के दर्द से पुनः तड़पती हुई, मेरे ही घर में तब तक रही जब तक मैं उनकी मृत्यु के दो दिन पूर्व महाराष्ट्र के जंगलों से निकलकर उनके पास नहीं पहुँच गया।

मैंने देखा है संबंधों को नंगा होते हुए। मैंने जिया है अपनी अम्मा का बुढ़ापा। मैंने देखा है इस समाज को कलंकित करने वाले व्यवहार को। जवानी सभी को प्रिय है, लेकिन अपने माँ-बाप का बुढ़ापा कितनों को प्रिय है? क्या, बुढ़ापा संबंधों के लिए एक बोझ है?

भैया के इस भ्रमपूर्ण आश्वासन के बाद अपने स्वार्थ को उनके भ्रम में ही जीने देने की सोचकर अपने घर, व्यापार तथा अपनी अम्मा को छोड़ मैंने उत्तर में हिमालय की तरफ जाने का निर्णय ले लिया। अपनी सर्वप्रिय अम्मा के बिना ही शेष जीवन जीने के लिए मैं मानसिक रूप से पूरी तैयारी करने लगा और इसके लिए परिस्थितियों को निर्मित करना प्रारंभ कर दिया।

अध्याय-8

प्रथम हिमालय-गमन

निरंतर ऐसे हालात पैदा हो रहे थे कि मैं कर्त्तव्य-बंधन से मुक्त हो सकूँ। लेकिन अम्मा के साथ जन्मों का बंधन और उससे भी बड़ा उनके जीवन की सुरक्षा की भावना मुझे अभी भी रोके हुई थी। दूसरी ओर, मैं यह भी देख लेना चाहता था कि मैं हिमालय के योग्य हूँ भी या नहीं। कहीं ऐसा तो नहीं कि हिमालय चला जाऊँ और मेरी चेतना अम्मा व इसी जगत् में बंधी रह जाए और मैं एक तपस्वी होने के विपरीत, अपराधबोध में अपनी चेतना और अपने अस्तित्व की दुर्गति कर बैठूँ। हिमालय मुझे जाना था—मात्र मेरे शरीर को नहीं, बल्कि अपने शरीर के साथ पूरी चेतना को।

मेरा उद्देश्य संन्यासी बन किसी आश्रम से जुड़कर रहना मात्र नहीं था। मैं पिछले अनेक वर्षों से एक तपस्वी की भाँति अपने घर-संसार में रह ही रहा था। हाँ, इतना जरूर था कि मेरे सगे-संबंधी भावनाओं की कसौटी पर पराये बन चुके थे। लेकिन ऐसा तो कहीं भी हो सकता था जहाँ मनुष्य पहुँच चुके हैं। ऐसा तो है नहीं कि जहाँ मैं जाऊँ वहाँ मनुष्य न मिलकर देवी-देवता ही मिलें। और वे भी तो एक भोगी की ही भाँति आचरण करते हैं। उनकी क्षमता भी तो सीमित ही है। यदि कोई विशेष देव हैं तो अपने अन्दर वर्तमान दिव्य शक्ति से ही बंधे हैं। उससे

अतिरिक्त तो कुछ नहीं कर सकते। जैसे, अग्निदेव में वायुदेव या अन्य देव के गुण नहीं हैं। हाँ, ऐसा अवश्य है कि देवी-देवता मनुष्य से अधिक शक्तिशाली प्रतीत होते हैं, क्योंकि वे स्थूलता से मुक्त हैं। अन्यथा, स्वर्ग में वही सब कुछ है जो विलासिता के लिए मनुष्य अपने जीवन भर खोजता रहता है–अप्सराएँ, इनका अनवरत नृत्य, सोमरस, अटूट भोग की वे सारी सुविधाएँ जो इस जगत् में नहीं हैं। मुझे ऐसे किसी जगत् की कामना नहीं थी और ये भोग तो समाप्त हो जाने हैं। क्या इन्हें भोगकर आज तक कोई तृप्त हो सका है? जैसा मैंने शास्त्रों और स्मृतियों के विषय में अब तक सुना है, उनमें ऐसा कुछ नहीं मिलता जो मेरी प्रेरणा बन सके।

मेरी प्रेरणा तो स्थूल रूप में मेरी अम्मा मेरे सामने थी। फिर उनको छोड़कर क्यों जाऊँ? यदि स्थूल संबंध के अतिरिक्त कोई प्रेरणा थी तो वह मेरे बाबा थे, जिन्होंने मुझे उस समय अपनाया जब मैं भयानक कलंक की घुटन में जी रहा था और मुझे अब ऐसी अवस्था में लेकर निरंतर चलते जा रहे हैं जहाँ प्रवेश करने के लिए कोई मानव सोच भी नहीं पाता। अकल्पनीय सोच पर बैठा हुआ उस शिवतत्त्व के अतिरिक्त अन्य क्या मेरी प्रेरणा बन सकता था? वह तो जगत् का विधाता है, जिसे मानव सभ्यता आदिमकाल से प्रथम पुरुष के रूप में जानती है। पत्नी की मृत्यु से उत्पन्न परिस्थितियों में मेरे शरीर में महाविस्फोट हुआ, जिसकी मैंने कल्पना भी नहीं की थी। उस परमतत्त्व, उस पुरुषतत्त्व, उस अखंड सनातन आधार और उस आदिम चेतन तत्त्व को मैं कैसे छोड़ सकता था? नहीं, मैं इतना नपुंसक, इतना कमजोर, इतना स्वार्थी और इतना कायर नहीं था। मैं अब अपने स्वार्थ को समझने लगा था और अपने हित के लिए निर्णय कर सकता था। जिसने मुझे अपनाया था, जो जीवन के दुर्दिन में मेरी प्रेरणा बना था, जिसने मुझे अपना स्वरूप दिया था, जिसने मुझे जीवन देने के लिए अपने ब्रह्माण्डीय चक्रों से जोड़ लिया था और जिसका आदेश मुझे अब ब्रह्माण्डीय अघोर ध्वनि में मिलने लगा था (कि उत्तर दिशा में जाऊँ, मुझे गुरु मिलेंगे), उसकी प्रेरणा को मैं कभी भूलना नहीं चाहता था। एक तरफ स्थूल प्रेरणा थी

मेरी अम्मा और दूसरी तरफ ब्रह्माण्डीय प्रेरणा स्वयं परमात्मा–अघोर बाबा! मुझे अघोर बनाने की तैयारी भी परमात्मा द्वारा प्रारंभ कर दी गई थी।

मैं अपने-आपको अच्छी तरह कठोरता से यहीं पर तैयार कर लेना चाहता था, ताकि हिमालय की कठोर व दुर्गम परिस्थितियों में अपने 'गुरु' (तब तक अदृश्य) के सामने एक योग्य शिष्य सिद्ध होऊँ और कहीं से भी कमजोर न पड़ूँ।

मुझमें हुए महाविस्फोट के बाद जो जीवन प्रारंभ हुआ था वह स्पष्ट बता रहा था कि मेरे हिमालय जाने से प्रकृति का कुछ विशेष प्रयोजन सिद्ध होना है–कुछ ऐसी घटना का मुझे माध्यम बनना है जिसका इस जगत् से बहुत गहरा संबंध है।

मेरा जो व्यापार था वह मुस्लिम बिरादरी से था हर वर्ष ईद और बकरीद के त्यौहार पर लगभग दस दिन तक स्थानीय कारोबार बंद रहता था। सामान्य रूप से चल पड़ने में लगभग पन्द्रह दिन लग ही जाते थे। ठंडक के दिन चल रहे थे। मैंने एक निर्णय लिया और जैसे ही इन छुट्टियों के दिन आए, अम्मा का लगभग एक-दो महीने के खाने-पीने की व्यवस्था करके मैं निकल पड़ा हिमालय की ऊँचाई पर, किसी ऐसे कस्बे के लिए जहाँ आबादी बहुत कम हो। इसके लिए मैंने हिमाचल प्रदेश का चयन किया। मनाली से कुछ दूर, ऊँचाई पर स्थित एक छोटे से अनजाने गाँव में किराये के एक कमरे में मैंने अपना आसन जमा लिया।

मेरा पूरा समय अपनी ही धुन में अपने आसन पर बीतने लगा। मैंने जिससे कमरा लिया था उसने पहले तो समझा कि मैं यों ही आया हुआ कोई शहरी नौजवान हूँ। पर दूसरे-तीसरे दिन से जब उसने मुझे देखा, न ही बाहर निकलते हुए, तब वह कुतूहल और आश्चर्य से भर उठा। मेरे कमरे का मुख्य दरवाजा खुला ही रहता। वैसे भी कोई आता-जाता नहीं था, क्योंकि ऐसा मैंने पहले से ही बोल रखा था। मैं अपने आसन पर ही निरंतर बैठा रहता था। वहाँ की हालत देखकर वह मेरी देखभाल करने लगा। रात में बाहर से दरवाजे बंद कर देता ताकि कोई आवारा

पशु उधर आकर कुछ नुकसान न कर बैठे। बाहर चारों तरफ लगातार बर्फ गिर रही थी। बर्फ की मोटी चादर सी बिछ गई थी। वैसे भी मुझे बाहर की दुनिया से कोई मतलब नहीं था। पास में काजू और बादाम के पैकेट रखे थे ताकि अगर मेरा प्यारा पापी पेट अपनी भूख से मुझे प्रताड़ित करे तो उस प्रताड़ना से बाहर निकलने के लिए उसे कुछ घूस देकर मना सकूँ। अपनी ही इन्द्रियों से लड़ने का मेरा सिद्धांत कभी नहीं था। जब उनके ही साथ रहना है तो उन्हें समझना आवश्यक है। इस जीवन में पहले से, और खासकर महाविस्फोट के बाद से, मेरी इन्द्रियों ने हमेशा मुझे अपनी प्रताड़ना से दूर ही रखा। संभवतः वे मुझे जानती थीं, मेरे स्वभाव को जानती थीं, मेरी चेतना को पहचानती थीं और इसीलिए उन्होंने मेरा सहयोग किया। मेरी ये ही इन्द्रियाँ महाविस्फोट के बाद मेरी शक्तियाँ थीं। यही इन्द्रियाँ मेरी शक्तियों के रूप में मेरी स्त्रियाँ थीं, जिनके बल पर अब मुझे अपने जीवन की अनमोल, पर कठोर नियंत्रित यात्रा सफलतापूर्वक संपन्न करनी थी।

अध्याय-9

ऊर्ध्वमुखी एवं अधोमुखी त्रिकोणों की अनुभूति

जिस एकांत और निर्विघ्न समय के लिए मैं वर्षों से इंतजार कर रहा था, वह मेरे सामने था अब मैं एक ऐसे स्थान पर था जहाँ कुछ दिनों के लिए मुझे कोई भी बाधा नहीं पहुँच सकती थी। अब मैं अपने आसन से बिना उठे, अपने ध्यान को बिना भंग किए, बैठ सकता था। मैंने घर के मालिक से कहा कि मैं एकांत साधना के लिए आया हूँ। मुझे कोई परेशान न करे, बाधा न पहुँचाए उसने मुझे आश्वस्त करते हुए बताया कि बर्फबारी होने से शायद ही इधर कोई आता-जाता है। जीवन की कुछ आवश्यक वस्तुओं की व्यवस्था मैंने पहले से ही कर रखी थी। संयोग कहें या विधाता की प्रयोजन-सिद्धि की प्रेरणा, सारी परिस्थितियाँ मेरी इच्छा के अनुकूल ही बनती जा रही थीं।

अब कुछ दिनों तक मैं बहुप्रतीक्षित अखंडित ध्यान में बैठ सकता था। मैंने अपना आसन कमरे में रखी लकड़ी की चौकी (तख्त) के ऊपर ही लगा रखा था।

अपने घर में जिन प्रक्रियाओं को करने के लिए मुझे समय का अभाव महसूस होता था, अब उन्हें पूरा कर लेने की सोचा और अपने शरीरस्थ चक्रों में प्रवेश कर गया। सूक्ष्म चक्रों में निरंतर अक्षरों के विस्फोट से मेरे चक्रों का फैलाव होना प्रारंभ हो गया। विस्तारीकरण के क्रम में अपनी मनोकल्पित धारणाओं से चक्रों की ऊर्जा की धारा को धरती के दृष्टिगत छोर (क्षितिज) तक ले जाने का प्रयास करने लगा। मैंने अपने मूलाधार को एक स्तम्भ की भाँति धरती पर लम्बवत टिकाकार एक-एक चक्र को चारों दिशाओं में फैलाना शुरू कर दिया। धरती को मैंने अपने मूलाधार के नीचे देखा और अपने ऊर्जा-क्षेत्र के विस्तार से उसे घेर लेने की सोचा। मैंने देखा कि मेरे सोचने के साथ ही वे सारी प्रक्रियाएँ स्वतः घटित होने लगती हैं। मैंने इस बात को अच्छी तरह समझ लिया कि बिना किसी के कुछ बताए और पुस्तकों को पढ़े ही जिन प्रक्रियाओं की इच्छा मुझमें अंत:प्रेरणा से उठ रही है उसमें उसी तत्त्व का हाथ है, जिसे मैं बाबा शिव कहता हूँ। मेरी सारी सोच अब उन्हीं की प्रेरणा से संचालित होने लगी है, ऐसा मैंने महसूस किया। मैं चाहता भी नहीं था कि अब परमात्मा के इस सूक्ष्म जगत् के विराट खेल में मेरे स्थूल विचारों का जन्म हो।

मैंने अपने मूलाधार चक्र को मूलाधार से लेकर सहस्रार तक, बाबा के ईशान रूप के साथ, एक अग्निस्तम्भ की भाँति धरती पर लम्बवत आकाश तक स्थापित कर अपने स्वाधिष्ठान चक्र को सामने पूर्व की दिशा में बाबा के ही एक दूसरे तत्पुरुष भाव के साथ बढ़ाना प्रारंभ कर दिया, जिसमें मैं पूरी तरह सफल रहा। मेरे स्वाधिष्ठान के ऊर्जाचक्र में तार की भाँति एक करेंट निकलकर अपना विस्तार करता हुआ धरती के पूर्व दृष्टिगत छोर (क्षितिज) तक जाकर फैल गया। फिर मैंने बाबा के "अघोर" रूप की धारणा बनाकर अपने मणिपुर चक्र से एक करेंट की धारा अपनी दाईं तरफ की दक्षिण दिशा में धरती के दृष्टिगत छोर की ओर बढ़ाना प्रारंभ कर दिया। ऐसे ही मैंने

अपने अनाहतचक्र से वामदेव के रूप में चाँदी सदृश चमकती हुई ऊर्जा की धारा को अपनी बाईं (उत्तर) दिशा में, धरती के अंतिम दृष्टिगत छोर की तरफ विस्तार करना शुरू किया। वह सिरा भी थोड़े से प्रयास से जुड़ गया और अब बाबा के पाँचो रूपों में से, सद्योजात रूप को मैंने अपने कंठ से प्रकट कर करेंट की तार के रूप में अपने पृष्ठभाग, अर्थात् पश्चिम दिशा की तरफ फैलाते हुए धरती के दृष्टिगत छोर तक ले गया। चारों दिशाओं में बाबा के चार रूपों के विस्तार से अब मैं एक ऐसे अग्निस्तम्भ के पूर्ण रूप में परिवर्तित हो चुका था, जिसके मूल स्तम्भ, अर्थात् शरीरस्थ सूक्ष्म चक्रों से निकले सिल्वर कॉर्ड (तार) का संबंध ऊर्जा शरीर के माध्यम से चारों दिशाओं में अपने शरीर का विस्तार कर स्थित हो चुका था। और मैं धीरे-धीरे ब्रह्माण्डीय चक्रधारी रूप में अपने-आपको महसूस करने लगा। उसी स्तम्भ में ये चक्र अपनी धुरी पर घूम रहे थे तथा इनसे तरंगें निकलकर प्रसारित हो रही थीं। सारा जगत् मेरे ही शरीर के अन्दर एक चलचित्र की भाँति चल रहा है।

मेरी अवस्था एक दहकती हुई परमाणु-भट्ठी की भाँति हो चुकी थी। मेरे शरीर के भीतर सूक्ष्म चक्रों में हो रहे मंत्राक्षरों की विस्फोटाग्नि से इतने स्फुल्लिंग निकलने लगे जैसे वे सारे जगत् को अग्निमय प्रकाश से भर देंगे। अपने को मूलाधार पर अवस्थित कर कंठचक्र तक पाँचों चक्रों पर केन्द्र बनाकर मैं और मेरा सम्पूर्ण अस्तित्व इस धरती को अपने आगोश में ले चुका था।

मुझे अपना शरीर एक ऊर्ध्व त्रिकोणाकार ऊर्जा के करेंट के घेरे में दिख रहा था। अब उस ऊर्ध्व त्रिकोणाकार ऊर्जा-सर्किट में ही एक अन्य ऊर्जा-सर्किट स्पष्ट महसूस होने लगा। यह सर्किट उसी मुख्य ऊर्ध्व त्रिकोण (△) के अन्दर ही स्थित था।

एक अधोमुखी त्रिकोण (▼) मेरे कन्धों के और मूलाधार को जोड़ने से निर्मित हो रहा था एक ऊर्ध्वमुखी त्रिकोण (△) मेरे दोनों

जाँघों से ऊपर उठते हुए मेरे कंठ से ऊपर मेरे आज्ञाचक्र तक आकर बन गया। इससे मेरे ही शरीर में दो भिन्न तरह के त्रिकोणों की रचना हुई। यह मेरे लिए कुतूहल का विषय बन गया। ये त्रिकोण भी ऊर्जा सर्किट की ही भाँति थे। इन पर बहुत ही तीव्रता से विद्युतीय आवेग दौड़ रहा था। मैं बहुत देर तक इनमें ही लीन रहकर इन्हें तथा इनमें विद्युतीय गति को ठीक तरह से समझता रहा।

मेरे ऊर्जा-शरीर में बना यह ऊर्ध्व त्रिकोण (△) मेरे पिछले हिस्से में और अधोमुखी त्रिकोण आगे (▼) वाले हिस्से में था। अधोमुखी त्रिकोण को देखने से ऐसा लगता था कि वह सामने से ऊर्ध्व त्रिकोण के ऊपर गले में लटका हुआ है। मैंने अक्षरों के तरंगों को इन ऊर्जा-सर्किटों पर स्पष्ट रूप से गतिमान होकर विभिन्न आकृतियाँ बनाते हुए देखा। ये मुझे कुछ कह रहे थे, पर मैं ठीक-ठीक समझ नहीं पा रहा था। मुझे ऐसा लगा कि अधोमुखी विद्युतीय ऊर्जा-त्रिकोण स्त्री-स्वभाव का है तथा ऊर्ध्वमुखी त्रिकोण पुरुष-स्वभाव का। ऐसा इसलिए कि ऊर्ध्व त्रिकोण स्थिर स्वभाव का द्योतक है तथा अधोमुखी त्रिकोण चंचल स्वभाव का। अचानक मुझे एक ऐसे ऊर्जा-सर्किट का स्पष्ट ज्ञान हुआ जिसे जगत् 'कश्यपसूत्र' (✡) या कछुए की आकृति का 'ऊर्जासूत्र' के रूप में जान सकता है। दोनों भिन्न तरह के ये ऊर्जा त्रिकोण आपस में गुँथकर एक षट्कोणीय, अर्थात् षट्मुखी आकृति का निर्माण कर रहे हैं। इस षट्मुखी ऊर्जा-सर्किट का निचला कोण मेरे मूलाधार पर स्थित है। नीचे का एक कोण मेरा बायाँ जाँघ तथा दूसरा मेरा दायाँ जाँघ है और ऊपर के दोनों कोणों में से एक मेरा दायाँ कन्धा तथा हाथ के जोड़ पर और दूसरा मेरा बायाँ कन्धा तथा हाथ के जोड़ पर स्थित है। साथ ही, शीर्ष स्थित कोण मेरा सर है और मैं अब इस षट्कोणीय शरीर के रूप में अपने-आपको देख रहा था।

अब यह आकृति ही मेरी ऊर्जा-सर्किट बन चुकी थी तथा मैं

अपने मूलाधार पर इसी आकृति में खड़ा ऊपर ब्रह्माण्ड तक अपने शीर्ष को अवस्थित महसूस कर रहा था। काफी लम्बे समय तक यही अवस्था बनी रही। जिस तरह एक कछुआ अपने सिर, हाथ, पैर आदि को अपने कवच के भीतर कभी समेट लेता है और कभी फैला लेता है, ठीक उसी तरह अपने सर्किट-समान कवच में ऊर्जा-समान अंगों को इच्छानुसार समेट लेने लगा तथा बाहर की तरफ विस्तार भी करने लगा। इस तरह अपनी ऊर्जा का संकुचन-विस्तारण तथा ऊर्जा-सर्किट के प्रक्षेपण, प्रसारण में आनंद आने लगा।

मुझे ऐसा लगा कि मेरे अन्दर जो भी सोच उत्पन्न हो रही है, वह उसी 'ब्रह्माण्डीय चेतन तत्त्व' द्वारा मेरी चेतना में प्रेरित किया जा रहा है, उस चेतना में जो मेरे महाविस्फोट के समय से ही मेरा संचालन तथा मार्गनिर्देशन करती रही है। जगत् की निराकार सृष्टि में इस विराट साकार पुरुष को मैं शिव तथा बाबा के रूप में शब्दों में व्यक्त करता हूँ। बाबा द्वारा उत्पन्न इस विद्युतीय षट्कोणीय ऊर्जा-सर्किट (✡) का संचालन और नियंत्रण मुझसे कराया जा रहा है, इसका कोई अत्यंत विशेष प्रयोजन है। मैं निरंतर इसमें ही लीन रहा करता, जिसमें अतीव आनंद की अनुभूति थी। मुझे लगा कि यह तो मैं पहले से ही जानता था, पर किसी कारणवश भूल गया था। यह तो मेरा आदिम स्वभाव या गुण है, किन्तु उचित समय आने पर विधाता ने मुझमें फिर से इसे जाग्रत कर दिया है।

ऊर्जा-सर्किट पर अक्षरों से संयुक्तता की प्रक्रिया के समय मुझमें एक ऐसी भावना ने जन्म लिया, जिससे आपस में गुँथे हुए इन दो विपरीत प्रकार के त्रिकोणों को एक-दूसरे से अलग भी कर सकता हूँ और पुनः संयुक्त भी। मुझे अब षट्कोणीय आकृति में संयुक्त दोनों त्रिकोणों को एक-दूसरे से मुक्त करके देखना चाहिए कि क्या होता है। मैं अपने अस्तित्व से इस वक्त सारी धरती की चेतना से जुड़ा हुआ था। मैंने साधना से संबंधित कोई पुस्तक पढ़ी नहीं थी और न

ही कभी ऐसी त्रिकोणीय साधनात्मक पद्धति की चर्चा ही सुनी थी। इसलिए यह स्पष्ट मानकर आगे बढ़ चला कि जिसने अभी तक सारी साधनात्मक कार्य-पद्धति अपनी इच्छानुसार चलाई है, उसी की इच्छा से इस भाव ने जन्म लिया है। मैंने अनुभव किया कि जैसे ही मैं कुछ सोचता हूँ, मेरा ऊर्जा-सर्किट स्वयं काम करना प्रारंभ कर देता है और उसी के अनुसार ऊर्जा-तरंगों का विस्तार तथा प्रसारण भी होने लगता है। यह अपने-आप होनेवाली प्रक्रिया है। बस मुझे सोचने मात्रा की आवश्यकता होती है-कुछ करने की नहीं।

एक बार स्थूल चेतना में भय हुआ कि कहीं दुर्घटना न हो जाए और मेरा शरीर ही न नष्ट हो जाए। तुरंत ही पुनः वही ब्रह्माण्डीय ध्वनि अघोर स्वर में गूँज उठी- "पुत्र! आगे बढ़। अब तू कुछ भी नहीं कर रहा। तू तो कब का मर चुका है। देखा नहीं कि तेरे अपने संबंधी, तेरे घर वाले तेरा अंतिम संस्कार भी कर चुके हैं? कहीं कोई जीवित व्यक्ति इन प्रक्रियाओं को कर सकता है? यह इस जगत् में आज तक की मानव सभ्यता के लिए अज्ञात है। यह मेरा 'क्षेत्र' है जिसके लिए मैं तुझे अपने 'उत्तराधिकारी' के रूप में तैयार कर रहा हूँ। बेटे, तुम मेरे शरीर से जन्मे हुए प्रथम मानव शरीरधारी 'अघोर' हो। उस काल में अजन्मे ही रह गये थे। मानवीय चेतना में न जीकर मेरे पुत्र की चेतना में जीना है तुम्हें। आगे बढ़ो और जैसा मैं तुम्हारे अन्दर प्रेरणा डालता जाऊँ, तुम वैसा ही सोचते रहो और उसके अनुसार जो कुछ भी तुम्हारे भीतर के ऊर्जा-सर्किट पर हो रहा है उसको ध्यानपूर्वक देखते जाओ। इस तरह मैं तुम्हें तैयार कर रहा हूँ। अब तुम और मैं अलग नहीं हैं, बल्कि एक हो गए हैं।" पुनः आवाज आई-"अपना यह मृत-शरीर मुझे देकर मुझमें ही लीन होकर चलो। इस धरती पर तुम्हारी मौत बहुत पहले ही हो चुकी है। अब तुम सदा इसी 'अघोर भाव' में रहना।"

इस निर्देश के बाद कुछ सोचने के लिए कुछ अपना था ही नहीं

मेरे पास। एक मृतक का अपना क्या?

पहले अपने भीतर अधोमुखी तथा ऊर्ध्वमुखी त्रिकोणों को ठीक से देखकर मैं उनकी ऊर्जा-गति को समझने लगा। मैं पहले ही कह चुका हूँ कि मेरे शरीर के अग्रभाग में स्थित अधोमुखी त्रिकोण गतिशील रहकर ऊर्ध्वमुखी त्रिकोण में लटका हुआ था जिससे एक षट्कोणीय आकृति निर्मित हुई थी। अचानक एक निर्णय लेते हुए अपनी इच्छा की धारणा से ही मैंने सामने के अधोमुखी त्रिकोण को अपने गले से ऊपर उठा कर ऊर्ध्व त्रिकोण से अलग करने का प्रयास करने लगा।

कुछ ही देर में मैं पूरी तरह सफल होने के कगार पर पहुँच गया था। इसी दरम्यान मैंने महसूस किया कि मेरे शरीर में स्थित ऊर्जा-चक्रों में विस्फोट बढ़ने लगा है। मेरा शरीर और ऊर्जा-सर्किट भयानक रूप से अग्निमय होकर ज्वालामुखी की तरह धधक रहा है। एक तरफ मैं इन त्रिकोणों को एक-दूसरे से अलग करने की कोशिश कर रहा था तो दूसरी तरफ एक चेतना अचानक उस बाहरी स्थूल जगत् से जुड़कर मुझे वहाँ के स्थानीय वातावरण का आभास कराने लगी। मैं एक ही साथ अपनी दोनों स्थितियों को जीने का साक्षी बन गया।

अब मेरा कमरा अदृश्य हो गया था। स्थूल शरीर के स्थान पर मेरा वही ऊर्जा-सर्किट बैठा हुआ था। मैं आकाश में, कुछ ऊपर से भी, अपने उस शरीर को वहाँ बैठा हुआ अलग से देख रहा था चारों तरफ बर्फ ही बर्फ। अभी भी बर्फ गिर ही रही थी। ऊँचे-ऊँचे पहाड़ों के मध्य एकदम एकांत में मैं अपने ऊर्ज़ा-शरीर में बैठा हुआ अग्निमय पुरुषरूप में था जिससे, प्रचंड रूप से विद्युतीय स्फुल्लिंग निकलकर चारों ओर दूर-दूर तक छिटक रहे थे।

जैसे-जैसे अधोमुखी त्रिकोण को ऊर्ध्वमुखी त्रिकोण से अलग करने के लिए मैं शक्ति लगा रहा था, मैंने अपने नीचे की धरती में कम्पन महसूस किया। ऐसा लगा कि मेरे शरीर से निकलकर ऊर्जा-तरंगें

धरती के भीतर टकरा रही हैं और वापस आकर मुझमें ही समाती जा रही हैं। धरती के भीतर जन्मीं उन तरंगों में कम्पन बढ़ता ही जा रहा है। और लगातार प्रयास के उपरान्त मैं अपने ही भीतर के दोनों त्रिकोणों को एक-दूसरे से अलग करने में पूरी तरह सफल रहा। एक भयानक तेज विद्युतीय घर्षण के साथ करेंट के फटने की ध्वनि हुई और अधोमुखी त्रिकोण ऊर्ध्वमुखी त्रिकोण से पूरी तरह अलग हो गया। लेकिन मैंने महसूस किया कि इसके साथ ही धरती में भयानक रूप से झटके लगने प्रारंभ हो गए थे। भूकंप आ चुका था। इसका प्रभाव इतना गहरा था कि मेरी स्थूल आँखें खुल गईं। मेरी आँखों से लाल करेंट निकल रहा था। अपनी आँखें खुल जाने के बावजूद भी अपनी उस अवस्था को देख पा रहा था, जो मेरी समाधिकाल की स्थिति थी। मैं धरती को हिलती हुई महसूस कर रहा था। कमरे में रखी वस्तुओं में कम्पन होने से अजीब-सी आवाज आ रही थी। कुछ आपस में टकरा रही थीं। कुछ गिर गई थीं। मेरे शरीर में विद्युत का प्रचंड वेग अभी भी चल ही रहा था। सारे दृश्य मेरी आँखों में बसे हुए थे। शरीर के चक्रों में तीव्र गति थी। मैं किसी तरह खड़ा हुआ और अपने आसन से उठकर बाहर बरामदे में गया। कुछ दूर स्थित गाँव में कोलाहल मचा हुआ था। लोग चीख-चिल्ला रहे थे। कुत्ते भयानक रूप से भयभीत होकर भौंक रहे थे। चारों तरफ बर्फ की मोटी परत फैली हुई थी। अभी भी बर्फ गिर ही रही थी। बरामदे के सामने बर्फ की एक दीवाल जैसी खड़ी हो चुकी थी।

यह एक शक्तिशाली भूकंप था। जैसे-जैसे मेरे शरीर में विद्युतीय कम्पन धीरे-धीरे सामान्य होता जा रहा था, वैसे-वैसे ही धरती के गर्भ में जन्म ले रही तरंगें भी सामान्य होती प्रतीत हुईं। मेरे साधना काल का यह अति विलक्षण अनुभव था–प्रथम बार अपने 'गुरुदेव' के निर्देशन में। हाँ, वही ब्रह्माण्डीय अघोर ध्वनि के धारक बाबा 'शिव', 'मेरे गुरु' के रूप में मुझे उत्तर दिशा में मिले। अचानक मुझे

जोरों की नींद आई। बहुत दिन हो गए थे, महाविस्फोट के बाद मैं सोया नहीं था। मैं अपने कमरे में आकर अपने आसन वाले तख्त पर लेट गया। मेरे शरीर में मूलाधार से लेकर आज्ञाचक्र तक भयानक गति से ऊर्जा ऊपर की तरफ आ रही थी। मैंने अपने ऊपर एक रजाई डालकर आँखे बंद कर ली। सारा शरीर तप रहा था। मैं देखता रहा कि मेरी नाभि से एक रक्तवर्ण का करेंट बड़े ही वेग से उठकर सीधे मेरे आज्ञाचक्र से टकरा रहा है। धीरे-धीरे पुन: मेरे स्थूल शरीर के होश खो गए। लगा कि शायद यही नींद है, जिसमें मुझे अब सारे जीवन सोना है।

प्रात: मकान मालिक ने मेरे कमरे का दरवाजा खटखटाया। उसकी आवाज से ही मेरे स्थूल शरीर की चेतना जाग्रत हुई। मेरे आज्ञाचक्र से एक तेज फ्लैश की तरह करेंट निकलकर पैर के दोनों अँगूठों से टकराया और एक ऊर्ध्व त्रिकोण की आकृति की रचना हुई। मुझे अपने स्थूल शरीर का होश आया। मैंने उठकर दरवाजे की तरफ देखा। दरवाजा खुला हुआ था। सामने मकान मालिक बदहवाश-सा खड़ा था।

मैंने पूछा-"क्या बात है?"

उसने घबराहट भरी आवाज में सारी बातें बताई। उस रात मध्यरात्रि के पश्चात् दो और तीन बजे के बीच भूकंप आया था, जिससे बहुत नुकसान हुआ। बहुत सारे लोगों के घर ढह गए, अनेक मौतें हुईं तथा अनेक जगहों पर बादल फटने से जानमाल का भारी नुकसान हुआ। लेकिन आश्चर्य की बात कि उस गाँव में मकान तो अनेक गिरे, पर किसी की मृत्यु नहीं हुई। मैं उसकी बातें देर तक सुनता रहा, लेकिन मेरे में न कोई कुतूहल, न कोई आश्चर्य। मैंने उसे स्नान करने के लिए उससे पानी गर्म करने तथा एक गरमागर्म ब्लैक चाय बनाने के लिए बोला। शायद मेरी कोई प्रतिक्रिया न देखकर उसको आश्चर्य हुआ या फिर उसने मुझे पागल समझ लिया। मुझे

अचानक अपनी अम्मा क़ी याद आई जो घर में अकेली थीं।

शून्य में बाबा अपने स्वाभाविक जीवनदायिनी अंदाज में मुझे देखकर मुस्कुरा रहे थे।

अध्याय-10

शिवोपाख्यान

भारी बर्फबारी होने से रास्ते व संपर्क बंद हो चुके थे। ऊपर से, रात में आए भूकंप के कारण चारों तरफ अफरा-तफरी मची हुई थी। मैं अपने कमरे में तेज बुखार से तपता हुआ सारा दिन लेटा रहा। दूसरे दिन, स्थानीय प्रशासन के लोग तथा सेना के जवान किसी तरह बर्फ में रास्ता बनाकर उस छोटी सी आबादी वाले गाँव में पहुँचे। उसी दरम्यान बाबा ने निम्नलिखित बातें कही।

बेटे! एक विशेष प्रक्रिया मैंने सम्पूर्ण रूप से संपन्न करवाई है। इससे तुम्हारे शरीर पर जो अक्षरसमूहों का संस्कार और शब्दजाल का कठोर आवरण था वह टूट गया है। अब तुम इन अक्षरों और शब्दों से बने प्राकृतिक व सांसारिक बंधन के संस्कारों से मुक्त हो चुके हो। मानव सभ्यता के इतिहास में यह प्रथम बार हुआ कि किसी मानव शरीरधारी ने अपने जीवन में युगों से चले आ रहे कीलन (ताले-बंधन) का विध्वंस अपने ही सामर्थ्य से किया हो। ऐसा पहले कभी नहीं हुआ। सभी जीव शब्दों के कीलन से बंधे (दबे) हुए हैं। यह चेतना की एक प्राकृतिक स्वयंभू अवस्था है और इस जगत् के विधान के अनुसार स्वचालित है। मानव शरीर इस जगत् की सर्वश्रेष्ठ रचना होने के कारण इसमें चेतना की स्वतंत्रता की भी संभावना रखी गई है। तुमने जो दो

भिन्न तरह के त्रिकोणों को एक-दूसरे से अलग करने का काम किया है, वह अकल्पित है। व्यक्ति तो अपने भीतर के इस षट्कोणीय ऊर्जा-सर्किट को भी नहीं जानता है।

अपने शरीर में मूलाधार के नीचे तुमने अधोमुखी त्रिकोण में पड़े हुए अपने बिंदु में जाकर जिस तरह अपनी स्व-अवस्था में स्थित होकर अधोमुखी त्रिकोण में अपनी चेतना का विस्फोट कराया और क्रमानुसार चक्रों का भेदन ही नहीं किया, अपितु महाविस्फोट द्वारा एक साथ सभी चक्रों को जाग्रत करके उससे उत्पन्न शक्ति को अपनी इच्छा से नियंत्रित कर संतुलन के साथ अपने आपका संचालन भी किया, वह तुम्हारे पिछले हजारों जन्मों में की गई तैयारी का परिणाम है। यह तुमने अपने अथक प्रयास से पाया है।

युगों से दबी हुई शरीरस्थ कुण्डलिनी शक्ति का अनेकों को ज्ञान नहीं हो पाता। सुप्त पड़ी शक्ति, कुण्डलिनी रूप में बिंदु को अपने भीतर दबाये हुए समस्त भोगों का भोग करती है तथा जीव-चेतना को सुप्तावस्था में धकेल कर मनुष्य को विषयों में उलझाए रखती है।

एक सामान्य शरीरधारी जीव इसी षटकोणीय (✡) ऊर्जा-सर्किट (ऊर्जा-परिपथ) में बंधा होता है। जब मैंने चेतना को स्वतंत्र रूप से निर्मित कर एक स्थूल आकार दिया, तब इन अक्षरों तथा शब्दों को संस्कार रूप में बंधन भी दिया। इस बंधन से व्यक्ति अपनी व्यक्तिगत इच्छा, कल्पना और वासनानुसार स्थूल व्यक्तित्व निर्मित कर स्वयं को अपनी सीमा तक व्यक्त कर सकता है। व्यक्ति का यह वैयक्तीकरण उसकी अपनी ही प्रकृति में होता है। व्यक्ति अपनी इन्द्रियों की स्वाभाविक बहिर्मुखी गति के अनुसार ही जीवन जीने को बाध्य है। यह बाध्यता व्यक्ति की स्वनिर्मित इच्छा भी है। प्रकृति सदा से ही, अपनी शक्ति के अनुसार, जीवात्मा को जीव के शरीर में ही दबाए रखती है, क्योंकि जगत् में प्रतिपल ऊर्जा-तरंगों का आपसी घर्षण चलता रहता है। उससे उत्पन्न गति को एक साधारण मनुष्य अपनी मानसिक क्षमता में सहन नहीं कर सकता। इसीलिए, प्राकृतिक विधान के अनुसार, जीव भी एक निश्चित सीमा में इन्द्रियों द्वारा सीमाबद्ध है। यदि मनुष्य स्थूल शरीर

धारण किए हुए है तो ग्रहों की गति के अनुसार रात्रि बेला आने पर सोना ही पड़ता है। इसी सोने के समय में, जब जीव सोचता है कि वह आराम कर रहा है, तब प्रकृति अपनी शक्ति के द्वारा उसके अंतस् की चेतना में बंधन का कार्य कर चुकी होती है। प्रकृति का बाह्य जगत् में विभिन्न तरह की शक्ति-तरंगें हैं जो उन्हीं क्षणों में अपने-अपने परिवर्तन का कार्य कर जाती हैं। आश्चर्य की बात यह है कि जीवात्मा का ऊर्जा-सर्किट इसी निद्राकाल में अपने-आपको इस धरती के गुरुत्वाकर्षण तथा ग्रहों की तरंगों के मध्य पुनः ऊर्जा से भर लेता है, रीचार्ज कर लेता है। यह वह ऊर्जा है जो पुनः वापस आती है, जिसे जीव अपनी जाग्रतावस्था में खर्च करता है।

प्रकृति के गर्भ से जन्मा जीव कभी इस जगत् से स्वतंत्र नहीं हो सकता, भले ही वह सारी शक्ति और सारा सामर्थ्य क्यों न लगा ले। ऐसा इसलिए कि जीव के पास जो भी शक्ति है वह इसी प्रकृति और इसी जगत् से प्राप्त की गई होती है। आत्मा की चेतना ही एकमात्र ऐसी होती है जो इस जगत् के भौतिक पदार्थों से जन्म नहीं लेती। अपितु, यह एक ऐसी स्वतंत्र चेतना है जिसका आभास कुछ ऐसे लोगों को हुआ है जिन्होंने अपनी चेतना के विस्तार के फलस्वरूप इसे जाना और समझा। पर, उनमें भी अधिकतर लोग अपनी मृत्यु के अनजाने भय से और अपने-आपकी सूक्ष्मता के अभाव से उस मूलाधार के नीचे स्थित त्रिकोण तक स्वतः नहीं पहुँच पाते, जहाँ उनकी आत्मा जन्मों-जन्मों से बंधी हुई सुप्त पड़ी रहती है। व्यक्ति अपनी आत्मा की सुप्तावस्था में ही अपना पूरा जीवन जीता हुआ एक दिन यों ही मर जाता है--अपने जन्म लेने का उद्देश्य जाने बिना ही।

अधोमुखी त्रिकोण (▼) 'योनि' का प्रतीक है और शक्ति का भी। जब तुम अपने संस्कारगत और सांसारिक भावों से मुक्त होकर निर्लिप्त एवं साक्षी रूप में देखोगे तो आभास होगा कि यह अधोमुखी त्रिकोण नीचे की गति वाली अतिशक्तिशाली विद्युतीय धारा है। वह धारा अपने संपर्क के प्रत्येक अस्तित्व को अपने आगोश में लेकर घेरने तथा बाँधकर नीचे दबाने के गुणों वाली आदि स्वभाव की है। यह अपने में आए प्रत्येक

तत्त्व या चेतना को अपने अधीन कर बंधनयुक्त करती है। इसमें बंधने से एक विशेष तरह की सुसुप्ति जन्म लेती है और व्यक्ति, चेतनावस्था में हो या सुप्तावस्था में, अपने को विश्रांति में अनुभव करता है। यह अधोमुखी त्रिकोण, जगत् में स्थित अपने प्राकृतिक गुणों के कारण, प्रत्येक दशा में बंधनकारी है। नीचे की गति वाली होने से यह अपने बंधन में पड़े हुए आत्मतत्त्व को, अर्थात् पुरुष की चेतना को, सदा ही दबाती व सीमाबद्ध करती है। इससे मुक्त होना मात्र जाग्रत चैतन्य पुरुष के लिए ही संभव है।

और पुरुष के स्वभाव वाले ऊर्ध्वमुखी त्रिकोण (▲) की संरचना जब तुम शून्य ब्रह्माण्ड में कल्पित करोगे, जहाँ किसी भी अन्य तरह की न तो गति है न आकार, तो तुम्हें इस कल्पना मात्र से ही अपने भीतर एक ऊर्ध्व गति की अनुभूति होगी। शून्य में स्थित यह त्रिकोण ऊर्ध्व गति वाली होने के कारण मुक्तिमार्गी है। मुक्तिमार्गी का यहाँ सीधा अर्थ यही है कि वह अपने को कभी भी बंधन में नहीं रखना चाहती है। यह अपने आदि स्वभाव से ही बंधनमुक्त चरित्र का है। सदा ही ऊपर की गति होने से यह अधोमुखी त्रिकोण के एकदम विपरीत गुणधर्म वाला है।

अधोमुखी त्रिकोण, नीचे की गति होने के कारण, बंधन के स्वभाव वाली है। निराकार शून्य में जब तुम इन दोनों प्रकार के त्रिकोणों को देखोगे तो तुम्हें मेरी बातों का बोध होगा।

सांसारिक मायनों में, ऊर्ध्वमुखी त्रिकोण को ऊपर की दिशा में मुक्त, परन्तु नियंत्रित गति वाली, स्वचैतन्य पुरुष-स्वभाव का समझो और अधोमुखी त्रिकोण की नीचे की गति वाली (स्त्री-स्वभाव की) विद्युतीय शक्ति समझो। अधोमुखी त्रिकोण में ऊर्जा को अपने बंधन में बाँधकर पुरुषतत्त्व को सुप्तावस्था में धकेलकर नष्ट कर देने की शक्ति है। अत: वह इस जगत् की मूल प्राकृतिक शक्ति है।

योनि में किसी पुरुष माध्यम से एक बिंदु के प्रवेश होने पर एक चेतना का जन्म होता है और उस चेतना को उसी योनि के गर्भ में अपनी स्थूल काया धारण करनी होती है। गर्भ में स्थित प्राकृतिक शक्ति उस बिंदु की चारों तरफ अपने गुणधर्म के अनुसार एक स्थूल रूप का

निर्माण करती है। पुरुष शरीर से आए होने के कारण, उस बिंदु में ऊर्ध्व गति का स्वभाव होता है, जिसके चलते विद्युतीय घर्षण होता रहता है। यह घर्षण स्वयंभू है। इसी स्वयंभू घर्षण से निरंतर उत्पन्न हो रही ऊर्जा को सभ्य जगत् में 'आत्मा' की संज्ञा दी गई है। आत्मा सदा से ही पुरुष-स्वभाव की होती है। पुरुष-स्वभाव अपने मूल अस्तित्व के अनुसार मुक्त स्वभाव का होता है। अपने इसी मुक्त स्वभाव के कारण जब तक वह स्वतंत्र होता है, तब तक ऊर्ध्व त्रिकोणाकार आकृति के विस्तार वाला होता है। जो कुछ भी उस ऊर्ध्व त्रिकोण के अन्दर होगा, वह ऊपर की गति वाला ही होगा।

संस्कारों से मुक्त होकर अपने उपलब्ध ज्ञान में देखो। मेरी बातों के साथ-साथ जो दृश्य तुम्हारी चेतना में जन्म ले रहा है, उसे देखो।

ज्ञान के अभाव में मनुष्य यह नहीं जानता कि व्यक्ति या जीव की मृत्यु होने से उसके भीतर की आत्मा या चेतना का क्या होता। इसमें भिन्न-भिन्न प्रकार के मत हैं तथा उतने ही प्रकार के मतावलंबी भी। मूल जगत् और प्रकृति का कार्यकलाप किसी मानवीय या सांप्रदायिक मत से नहीं चलता, अपितु उसका एक अपना विधान है जिसे तुम अभी विधाता का प्राकृतिक विधान कह दो। जैसे-जैसे तुम्हारे जीवन का काल आगे बढ़ता जाएगा, वैसे-वैसे मैं एक के बाद एक रहस्योद्घाटन करता जाऊँगा। इस जगत् में जीवन से संबंधित कुछ भी नया नहीं होता। मानव जीवन एक अवसर है जिसका उपयोग इसी अधोमुखी त्रिकोण रूपी विद्युतीय ऊर्जा से स्वयं को मुक्त करने के लिए किया जाना चाहिए लेकिन ऐसा न होकर युगों-युगों और जन्मों-जन्मों के अर्जित और संचित संस्कार से बंधा हुआ विवश व्यक्ति, स्वीकार के पूर्ण अभाव में रहकर, अपना यह जीवन एक पशु की भाँति जीता हुआ मर जाता है। मरने के उपरान्त किसी भी योनि से एक अन्य स्थूल शरीर पा लेने की अतृप्त भूख लिए वह सेकण्ड खंड में प्रवेश कर पुनः अपने वासनापूर्ण शरीर में ही बंध जाता है। स्थूल शरीर से भौतिक भोगों की पूर्ति होती है और अनेकों जन्मों से यह ज्ञान व्यक्ति के संस्कारों एवं स्मृतियों में बैठा रहता है।

गर्भ में गया हुआ बिंदु उसी शरीर से जन्मा है जिस शरीर का निर्माण दो भिन्न शरीरों से हुआ है। यह भिन्नता मूल स्वभाव व विपरीत लिंगधर्म में है। इस जगत् में दो ही जातियाँ होती हैं–एक पुरुष और दूसरी स्त्री। ये ही दो जातियाँ सारे जगत् में अपना खेल खेलती हैं–चेतना के स्तर पर या स्थूल शरीर के स्तर पर। प्राकृतिक जगत् के मूल तत्त्व इन गुणों से मुक्त, निरपेक्ष स्वभाव के होते हैं। ये अपने निकट उत्पन्न चैतन्य इच्छा से संचालित और प्रभावित होते हैं।

एक स्त्री के गर्भ में किसी भ्रूण के जीवन प्रारंभ होने के पूर्व की स्थिति पर विचार करो। जो आत्मा उस गर्भ में गई है वह मृत्यु के बाद से अपनी ही वासना की ज्वाला में जल रही थी। अब माँ के गर्भ में स्थूलता का आवरण निरंतर परत-दर-परत चढ़ता जाता है और एक स्थूल शरीर निर्मित होने लगता है। सामान्य रूप से, अब चेतना शरीर में बंधना प्रारंभ हो जाती है। इस प्रक्रिया में जीव को अपने शरीर की ज्वाला और थकान से बहुत शांति मिलती है। वासना की ज्वालायुक्त चेतना पर तत्त्वों के भार पड़ने से शीतलता का अनुभव होना प्रारंभ हो जाता है। और शिशुरूप में जीव गहरी नींद में चला जाता है। यह नींद इतनी गहरी और चिंतामुक्त होती है कि जीव उसमें प्राकृतिक तथा स्वाभाविक रूप से चला जाता है। जीव की स्मृति भी सुप्तावस्था में चली जाती है और वह पिछले जीवनों की स्मृतियाँ भूल जाता है। चेतना के ऊपर स्त्री, प्रकृति की स्थूलता, अर्थात् अधोमुखी त्रिकोण का कठोर और शक्तिशाली आवरण का ऐसा बंधन चढ़ जाता है कि जीव अपने मूल बिंदुरूप में उसी में दबा रह जाता है। स्थूल शरीर का जन्म योनि मार्ग से गर्भ के बाहर आकार लिए होता है और जीव अब इसी जगत् में अपने शरीर के भीतर रहकर अपना नया जीवन जीने के लिए तैयार हो जाता है।

व्यक्ति को यह नहीं मालूम कि अपने ही शरीर में प्रवेश किस प्रकार, किस मार्ग से करता है, क्योंकि जन्म के समय में नींद में था, ध्यान में नहीं और मृत्यु के समय भी बेहोश था, ध्यान में नहीं। शरीर से न तो अपना निकलना ही देख सका, न शरीर में अपना आना ही।

सुसुप्ति में जन्म लेकर अब तो सुप्तावस्था में ही अपना जीवन जीने के लिए वह विवश रह जाता है। सुप्त चेतना पर चैतन्य इन्द्रियाँ सक्रियता से व्यक्ति और व्यक्ति के जीवन को अपने अधीन किए रहती है।

तुमने देखा कि गले में आलिंगन की मुद्रा में अधोमुखी त्रिकोण तुम्हें दबाए हुए धरती की तरफ अपनी पूरी शक्ति से खींच रही थी। वह भी तब जबकि तुम्हारी कुण्डलिनी शक्ति पूर्ण जाग्रत थी, सभी चक्रों का तुमने भेदन भी किया हुआ था और सभी चक्र जाग्रत एवं पूर्णरूपेण नियंत्रित थे। महाविस्फोट की घटना से तुम्हारे भीतर का पुरुषतत्त्व अपनी सारी वक्रता (बंधन) को तोड़कर सीधा खड़ा हुआ था--ऊर्ध्व त्रिकोण के स्वचैतन्य पुरुष-स्वभाव में। तब भी यह शक्तिशाली स्त्रीरूपी ऊर्जा, अधोमुखी शक्ति प्रकृति अपने अंतिम क्षणों तक तुमसे संयुक्त थी। अब जब एक साधारण व्यक्ति या जीव, जिसकी आत्मा मूलाधार के नीचे विवशता से दबी पड़ी हो और जीव को उसका होश ही न हो (बल्कि अपने शरीर से दूसरे शरीर के भोग में लगा हुआ हो), वह कैसे इन बातों को जान या समझ सकता है?

यह अधोमुखी त्रिकोण इसी जगत् में, बारम्बार के जन्मों और संस्कारों से निर्मित एक ऐसी शक्ति है, जिसे पुरुष की अर्द्धांगिनी शक्ति के रूप में समझा जा सकता है। तुमने जो अपने ऊर्ध्वमुखी त्रिकोण से अधोमुखी त्रिकोण को अलग किया, उसे आज के पूर्व किसी भी शरीरधारी ने नहीं किया था।

अधोमुखी त्रिकोण, अर्थात् प्रकृति (शक्ति) यह कभी नहीं चाहती कि इस भोगी जगत् में रहने वाला कोई भी जीवन उसके बंधन से मुक्त हो जाए। वह संघर्ष करती रहती है, लेकिन हार नहीं मानती। निरन्तर शक्ति का प्रदर्शन ही उसे मूल प्राकृतिक शक्ति के रूप में स्थापित करता है। इसी अधोमुखी त्रिकोण में चैतन्य पुरुष के प्रवेश से शब्द का निर्माण होता है। ऊर्ध्वमुखी विद्युतीय त्रिकोण के आकार वाला पुरुषतत्त्व वास्तव में मुक्त स्वभाव का अक्षर गुण-धर्म वाला होता है। अक्षर स्वभाव के पुरुष को शक्ति अपने में बाँधकर जीव तत्त्व और रूप को प्रकृति में जन्म देती है। वह शब्द (साकार) रूप में होता है। इसीलिए,

बिना शब्द के कोई सोच भी नहीं सकता और न विचार ही सकता है। बिना शब्द के कल्पना भी करना असंभव है।

स्वचैतन्य ऊर्जा (अग्नि, प्रकाश), अर्थात् ऊर्ध्वमुखी त्रिकोण,'पुरुष' होने के कारण दृश्य उत्पन्न करता है। यह पुरुषतत्त्व घोर अंधकार में भी दृश्य उत्पन्न करता रहता है। प्रकाश का यह प्रस्फुटन, स्वयंभू विस्फोट का परिणाम है। इन दोनों भिन्न तरह के त्रिकोणाकार रूपों का मिलन और एकीकरण होने से तीसरे तत्त्व–आकार–का जन्म होता है, जो साकार पुरुष की चेतना से साकार तथा स्त्री की उपस्थिति से गतिमान होता है। आत्मा का स्वभाव ही ऐसा है कि वह जिस किसी शरीर में उपस्थित होगा उसे सक्रिय कर देगा। उस शरीर की इंद्रियाँ और उसके अंग गतिशील और क्रियाशील हो जाएँगे।

आत्मा है तो जीवन होना निश्चित है। शक्ति, अंत तक जीव को अपने बंधन से मुक्त नहीं होने देना चाहती है। यही है प्रकृति की शक्ति का स्वभाव। यही है माँ की ममता और यही है स्त्री और शक्तितत्त्व का कठोर बंधन।

ऊर्ध्वमुखी (पुरुष–अक्षर) और अधोमुखी-स्त्री त्रिकोणों के मिलन से शब्द जन्म लेते हैं, अर्थात् तीसरे (वाक्य-भाव-अर्थ) के निर्माण की स्थिति बनती है और इसी जन्मे हुए तीसरे से जीवन और जगत् का संचालन होता है। जब तक इन दोनों भिन्न तरह के त्रिकोणों का आपसी आलिंगन, अर्थात् बंधन, इस षट्कोणाकार ऊर्जा-सर्किट (कश्यप सूत्र) की आकृति में है तब तक जीवन पर शब्दों, अर्थात् मन्त्रों का बन्धन अटूट एवं अखंडित रहेगा, क्योंकि तब तक अक्षर-पुरुष बंधा हुआ है शब्दों की प्राकृतिक शक्तियों से। मानव शरीर में मन, मनुष्य का (पुरुष–स्त्री–पुत्र–तीनों का) प्राकृतिक प्रतिनिधित्व है, जो स्थूल शरीर के संचालन का कार्य देखता है तथा उनके मन को कर्मों, भावनाओं तथा विचारों और देश–काल–परिस्थिति के अनुसार सचेत भी करता है। और तो और, पुरुष को उसकी नपुंसकता पर प्रताड़ित भी करता है। व्यक्ति अपनी सोच के सामर्थ्य में इस तरह बंधा हुआ है कि वह सोच भी नहीं सकता कि जिन शब्दों के बिना वह न तो सोच-विचार कर सकता है,

न कल्पना ही, उसका केंद्र 'मैं' कहाँ है इस शरीर में।

आज तक के युगों में कोई मानव शरीरधारी ऐसा नहीं हुआ जो शरीर पर पड़े हुए शब्दों के ताले को, मन्त्रों के कीलन को अपने सामर्थ्य से खोल सके।

बेटे! तुमने मेरे उस वचन की लाज रख ली जो मैंने सतयुग में तुम्हारी नानी (राजा दक्ष की पत्नी) को तुम्हारी गर्भवती माँ (सती) की मृत्यु के पूर्व दिया था। तुमने ऐसी अवस्था आज प्राप्त कर ली है जिसे इस जगत् का 'प्रथम मानव शरीरधारी अघोर' पद से जाना जाएगा। तुमने अपने शरीरों से शब्दों का बंधन तोड़कर अपने आपको सभी तरह के मन्त्रों के कीलन से मुक्त कर लिया।

मैं अपने पुत्र को पाकर आज बहुत आनंदित हूँ। तुम मेरे और शक्ति (सती) के एकमात्र पुत्र हो। तुम शिवपुत्र हो, जिसकी मृत्यु सतयुग में असुरों के रचे षड्यंत्र में फँसकर हिमालय में मेरे श्वसुर राजा दक्ष के महायज्ञ में आहुति पड़ जाने से हो गई थी। तभी से तुम्हारी माँ (सती), जो वर्तमान में भारत भूमि पर हिमालय के पूर्वी छोर पर, कामरूप (प्रागज्योतिषपुर) आसाम में 'कामाख्या' नाम से विख्यात हैं। अपना स्थूल शरीर नष्ट हो जाने के उपरान्त मृत्युलोक में अपने सेकण्ड बॉडी (द्वितीय शरीर) में बंधी हुई सेकण्ड खंड में विवश और निराश होकर अपने 'अघोर' पुत्र की प्रतीक्षा कर रही हैं। उनका वह गर्भ, जिसमें उस समय मेरी संतान (वंश) के रूप में तुम थे, माँ के शरीर से कटकर इसी भारत भूमि के काशी क्षेत्र में गिरा था मैं हिमालय के केदारखंड में तभी से एकांत में युगों से प्रतीक्षा कर रहा था कि मेरा पुत्र कब मेरी अवस्था को प्राप्त करेगा और अपनी माँ को लेकर मेरे पास आएगा।

बेटे! तुम्हारी माँ ने मेरी बातों को न मानते हुए इस जगत् के विधि-विधान का उल्लंघन किया और क्रोध में आकर अपने स्थूल शरीर को यज्ञ में आहुति देकर आत्महत्या कर ली। इस घटना के पूर्व ही तुम्हारी माँ की माँ (अर्थात् तुम्हारी मातामही, राजा दक्ष की पत्नी) आकर मुझे उस षड्यंत्र के विषय में सारी बातें बतला दिया करती थीं जो मुझे अपमानित करने के उद्देश्य से राजा दक्ष द्वारा गढ़ा जा रहा था।

मैंने तुम्हारी मातामही से कहा था कि घटना तो घटित होकर रहेगी, लेकिन तुमने मुझे बताकर मेरे प्रति अपनी निष्ठा प्रमाणित कर ली। इसका श्रेय तुम्हें मिलेगा और आगे की महत्त्वपूर्ण घटनाओं में सहभागी बनती रहोगी। जब ऐसी घटना हो जाएगी कि शक्ति (सती) अपने स्थूल शरीर का अंत अपने आवेश में आकर कर लेगी, तब उसे युगों तक धरती पर असुरों के मायावी राज्य प्रागज्योतिषपुर के कामरूप क्षेत्र में निवास करना होगा। मेरे ही द्वारा बनाये गए विधान का उल्लंघन मैं खुद भी नहीं करता। मेरी आज्ञा के बिना अपने पिता के घर जाकर अपने गर्भस्थ भ्रूण की हत्या करने के अपराध में दंडस्वरूप शक्ति (सती) को तब तक इंतजार करना पड़ेगा जब तक उसके गर्भ का अजन्मा मेरा पुत्र मेरी अवस्था को नहीं प्राप्त कर लेता। कलियुग के अंतिम कालखंड के कार्य को संपन्न करने के लिए जब तक मेरा पुत्र मेरी अघोर अवस्था को प्राप्त नहीं कर लेता, तब तक माँ (शक्ति) को हिमालय के उस पूर्वी छोर के नीलगिरि पर्वत पर ही निवास करते हुए सेकण्ड खंड के कष्ट और अपने कर्मफल को भोगना होगा।

जब मेरा यह 'अजन्मा' पुत्र मानव रूप में जन्म लेकर 'अघोर' अवस्था को प्राप्त कर लेगा, तब वही जाकर अपनी माँ को सेकण्ड खंड के बंधन से मुक्त कराकर मेरे पास लेकर आएगा। मैं नहीं जाऊँगा उसे ले आने के लिए। उसे तब तक प्रतीक्षा करनी ही होगी। यही मेरा आदेश है। जब मेरा पुत्र अघोर अवस्था को प्राप्त करेगा, तब तुम उसके शरीर से जन्म दी गई अंतिम संतान, अर्थात् उसकी बेटी के रूप में होगी। उस समय मेरा बेटा तुम्हारे आज की बेटी शक्ति (सती) को उस समय अपनी माँ (कामाख्या) को तुम्हारे ही अन्दर सशरीर स्थापित करेगा। तुम्हें अपनी आज की बेटी को, उस समय माँ के रूप में स्वीकार कर मुझ तक पहुँचाने और लाने का काम संपन्न करना होगा। तब तक तुम भी इसी धरती पर बार-बार जन्म लेकर मेरे पुत्र की रक्षा करोगी तथा इसके कार्य में सहयोग करती रहोगी।

हे मेरे प्रिय पुत्र! आज तुमने मेरी 'अघोर' अवस्था को प्राप्त कर यह साबित कर दिया कि इस जगत् का संचालन मेरा पुत्र ही कर सकता

है और अब माँ के बंधन की अवधि का अंत निकट है। तुमने अपने शरीर से शब्द, अर्थात् मन्त्रों के कीलन को तोड़कर जैसे स्वयं को मुक्त किया है, वैसे ही प्रागज्योतिषपुर की मायावी शक्तियों समेत इस धरती के सभी आसुरी और पैशाचिक शक्तियों के तंत्र का विध्वंस करते हुए, अपनी माँ को उनके दसों शक्तिरूपों सहित मुक्त कराकर शीघ्र ही मेरे पास लेकर आओगे।

लेकिन इसके पूर्व तुमको अपनी इस जीवन की माँ की मृत्यु की प्रतीक्षा करनी होगी। तुम अभी अपनी अम्मा के पास जाओ। वह मेरी बेटी के समान है। उसके प्रारब्ध के कुछ कर्म शेष रह गए हैं, जिनका इसी जीवन में निवारण होना ठीक है। अपनी अम्मा की व्यवस्था करके तुम हिमालय के केदारखंड में मेरे पास आकर तपस्या करो। शेष मार्गदर्शन मैं करता रहूँगा। इस कार्य में जो भी पात्र हैं उन सबको भी तुम्हें ही खोजना होगा। जो भी तुम्हारे पास आएँगे, उन पर तुम अपनी एक दृष्टि डाल लेना।

तुम्हारे पिछले जीवन में, तुम्हारे शरीर से अंतिम संतान के रूप में जिस बेटी ने जन्म लिया था, वह तुम्हारे पास पूर्व दिशा से खुद चलकर आएगी। उसका नाम इस जन्म में रुचि है। वह आज से लगभग दो सौ साल पूर्व तुम्हारी सितवा नाम की बेटी थी। आज से, तुम्हारे सामने पड़ते ही, तुम उन सभी को पहचान जाओगे जिनके बारे में तुम जानने की इच्छा करोगे। आज के बाद, इस धरती का हर तंत्र तुम्हारे सामने रेत की भाँति धराशायी हो जाएगा। तुम अपनी इच्छा मात्र से इस जगत् का संचालन कर सकोगे और इस जगत् में सभी जन्मी-अजन्मी आत्माओं व चैतन्य तत्त्वों को अपने आदेश से संचालित कर सकोगे। सबों को तुम्हारा आदेश मानना ही होगा, वे चाहे किसी भी योनि, किसी भी लोक या किसी भी जगत् की आत्माएँ हों।

तुम्हारे अन्तस् से व्यक्त प्रत्येक शब्द एक जाग्रत मन्त्र होगा। तुम अपनी सोच से प्रकृति एवं चेतना में तथा तत्त्वों में परिवर्तन करने के अधिकारी हो चुके हो।

हे पुत्र! यह सदा याद रखना कि तुम मेरे 'अघोर' पुत्र हो। अपने

स्वास्थ्य का ध्यान रखो और अभी अपनी अम्मा के पास जाओ। वे तुम्हें ही याद कर रही हैं। उनका स्वास्थ्य ठीक नहीं है। अकल्पित साकार 'अघोर' का प्रदर्शन करो।

अध्याय-11

घर की पाठशाला में प्रकृति का रहस्योद्‌घाटन

कुछ दिनों बाद मैं अपने घर वापस चला आया। वापस आने के पहले उनका आभार व्यक्त करना नहीं भूला, जिनसे किराए का कमरा लेकर उन दुर्गम पहाड़ों में रहा।

घर पर अम्मा मेरा इंतजार कर रही थीं। मुझे देखकर उनके प्राणों में प्राण आए और अपने कलेजे से मुझे चिपकाकर वे बहुत देर तक मुझसे बातें करती रहीं। उन्हीं दिनों मेरी छोटी दीदी भी महाराष्ट्र से अपने छोटे बेटे के साथ आई हुई थीं। उनके आने से यह सुविधा हुई कि मेरी अनुपस्थिति में अम्मा का देखभाल हो सका।

मेरी दुनिया दिन-प्रतिदिन अपने अंत:भाव में परिवर्तित होती जा रही थी। यह परिवर्तन इतनी तीव्रता से चल रहा था जिसे मैं शब्दों द्वारा व्यक्त कर पाने में असमर्थ हूँ। जब इस जगत् के अपने जीवन में भौतिक, शारीरिक, आध्यात्मिक और सांसारिक परिवर्तन हो रहे हों तो अनुभूतियों को व्यक्त करने के लिए दुनिया भर के शब्दों की भीड़ खड़ी मिलती है। उनमें से शब्दों को लेकर आप अपनी भावनाओं को

सजा लेते हैं। आप जो कहना चाहते हैं उसे पूरी कर लेते हैं और लोग उसे समझ जाते हैं। इसी प्रकार आपके जीवन का एक साहित्य बन जाता है। लेकिन यहाँ तो बात कुछ अन्य जगत् से संबंधित थी। कौन मानेगा और क्यों मानेगा इस आध्यात्मिक जगत् की साधनात्मक अनुभूतियों व घटनाओं को? इसीलिए मैं पूरा प्रयास करूँगा कि इस मुख्य विषय को केंद्र में रखकर ही लिखा जाए, जिसमें कोई बासीपन न रहे। इस रचना में बासी अनुभूतियों का पूर्ण अभाव मिलेगा, क्योंकि यह प्रथम मानव शरीरधारी अघोर द्वारा रची गई है। इसमें हर व्यक्त बात इस जगत् को पहली बार ही मिलेगी। इन विषयों को आज तक किसी भी युग में कोई न तो व्यक्त कर सका है और न ही कर सकेगा, लेकिन उपयोगिता इसकी हर पल और हर युग में बनी रहेगी, क्योंकि यह इस जगत् के मूल अस्तित्व से संबंधित है। इस व्यक्तित्व के जीवन से संबंध जोड़े बिना इस जगत् का कोई सत्-आधार ही नहीं है।

संसार अपने ही संसार में मस्त रहता है। प्रत्येक मनुष्य का व्यक्तिगत संसार होता है, जिसमें वह अपनी सोच और कल्पना के अनुसार कर्म करने की कोशिश करता रहता है। जबसे मैंने मानव योनि में जन्म लिया है, तब से आज तक मनुष्य-शरीर में ही रह रहा हूँ, लेकिन विधाता के एक-एक शब्द मेरे कानों में गूँजते रहते हैं। एक-एक शब्द दृश्यरूप से मेरी चेतना पर छाए रहते हैं।

मैं मानवों की तरह तब भी था और आज भी हूँ, पर अब अपना यह जीवन मुझे प्रथम मानव शरीरधारी अघोर की तरह जीना था। कितनों को मालूम है कि एक मनुष्य को जीवन कैसे जीना चाहिए? प्रारंभ में मैं भी एक बेवकूफ की तरह मानव जीवन की कल्पना करने लगा था, परन्तु अब इस कल्पना में प्रकृति और परमात्मा के शक्तितत्व का संयोग हो चुका था। मैं न तो मानव का अर्थ ही जानता था और न ही वह मुझे मिला किसी मानव से, क्योंकि मानव

खोजो तो बस पुस्तकों में सिद्धांत, परिभाषा तथा उपदेश के रूप में ही वह मिलता है। इस भारी भीड़ में कोई ज्ञानी है तो कोई अज्ञानी है, कोई समझदार है तो कोई बेवकूफ, कोई धनी है तो कोई गरीब, कोई सांसारिक है तो कोई संन्यासी, कोई नायक है तो कोई अधिनायक, आदि, आदि। पर है कौन जो मूल धरातल पर खड़ा हो? आज मैं अपनी मूल धरातल पर खड़ा इस जगत् में आगे की यात्रा के बारे में सोच रहा था। दिमाग में कहीं गहरे बैठा हुआ था कि मैं ही प्रथम मानव शरीरधारी अघोर हूँ, अतः मुझे एक ऐसे अघोर की भाँति अपना जीवन जीना है जो मानव हो, या फिर एक ऐसे मानव की भाँति जो अघोर हो। वह मानव विधाता 'शिव' का पुत्र होगा जो शक्ति के गर्भ में अजन्मा ही रह गया था। जन्म लेने के उपरांत जिनसे मुझे प्यार मिलता, उन्हीं से जन्मने के पूर्व मौत मिल गई।

मुझे वह दृश्य याद आता जब इसी घर में कुछ महीने पूर्व गूँजती हुई आकाशीय ध्वनि "यह स्थान रात्रि में गर्भवती हो जाता है" के साथ ही ब्रह्माण्डीय शरीर वाले नारी रूप के दर्शन मेरी आँखों में घनीभूत हो जाया करते। यह वह नारी रूप था जिसने इस ध्वनि के साथ निराकार आकाश में जन्म लिया था और जिसके ध्यान का केन्द्र 'मैं' ही था। बाबा द्वारा बताए जाने के बाद से ही वह रूप कौंधा जाता और मुझे मेरी प्रथम माँ सती साकार नजर आने लगतीं। मुझे गहरे अंधेरे में एक विशाल त्रिकोण इस धरती पर धूल, मिट्टी और राख में दबा हुआ नजर आने लगता। मैं इन बातों को एक शृंखला में जोड़कर ठीक से समझ नहीं पा रहा था। क्या, मेरी तरफ ममतामयी नजरों से निहार रही ब्रह्माण्डीय नारी मेरी प्रथम माँ सती ही थी, जो चार युगों से सेकण्ड खंड में बंधी हुई अपने पुत्र का इंतजार कर रही थी और मैंने मानवरूप में जन्म लेकर अघोर अवस्था को प्राप्त किया?

लेकिन इतना स्पष्ट हो चुका था कि बाबा और इस नारी रूप का

सीधा संबंध मुझसे है। मैं प्रथम बार यदि जन्म लेता तो इन्हीं के गर्भ से, लेकिन वह गर्भस्थ शरीर इनके पिता राजा दक्ष के यज्ञ में ही नष्ट हो गया था। जहाँ एक तरफ इस जीवन की मेरी अम्मा मेरी आँखों के सामने थीं, वहीं दूसरी तरफ मेरी प्रथम माँ सेकण्ड खंड और सेकण्ड बॉडी में। उस समय मैं सेकण्ड खंड को इतना विराट और पूर्ण रूप से नहीं जानता था यह बात इस पुस्तक-लेखन से लगभग पन्द्रह-सोलह वर्ष पहले की है। उस समय की अवस्था तथा अनुभव के अनुसार ही मैं सोच और समझ सकता था। इसलिए ऐसे बहुत सारे प्रश्न मेरे सामने खड़े थे, जिनका समाधान समय बीतने के साथ एक-एक कर मिलता रहा। नए विषय को सही तरह से समझने के लिए थोड़ा इंतजार तो करना ही होता है।

मैंने अपने सारे जीवन, दूसरों को प्यार ही बाँटे और उनसे प्यार की ही अपेक्षा की। अम्मा और बाबूजी से ये ही संस्कार मिले थे। अम्मा ने मुझे असीमित प्यार तो दिया लेकिन मेरे जीवन में एक नई बात जुड़ चुकी थी और वह थी 'प्रतीक्षा'। बाबा ने मुझे कहा, "मैं स्वयं ही तुम्हारा मार्गदर्शन करता रहूँगा। तुम अपनी साधना और तैयारी के साथ समय की प्रतीक्षा करो। समय आने पर सब कुछ तुम्हारे सामने प्रस्तुत करता जाऊँगा।"

बाबा से मिला शब्द 'प्रतीक्षा' मेरे सामने स्वयं एक मन्त्र बनकर प्रस्तुत हुआ जो एक गुण और शक्ति बनकर मेरे अन्दर विराट रूप लेने लगा। मुझे अपनी तत्कालीन परिस्थितियों से भागना नहीं था, अपितु प्रतीक्षा के साथ अपने विवेक का उपयोग करते हुए आने वाली घटनाओं का सामना करने के लिए, अपने भीतर यह भाव सदा जीवित रखना था कि मैं ही इस जगत् का ऐसा मानव शरीरधारी हूँ जिसने अघोर अवस्था को प्रथम बार प्राप्त किया है।

चार युगों से मेरी आदिमाता 'शक्ति'–कामाख्या–अपने पुत्र के अघोर बनने की प्रतीक्षा कर रही थी। मातृत्व कितना प्रेम भरा होता

है! अगर प्रतीक्षा का असली अर्थ समझना हो तो 'माँ' को ठीक से समझ लो, सब कुछ सरल हो जाएगा। मुझसे काफी देर हो चुकी थी अघोर बनने में। चार युग लग गए थे। मैं न तो 'अघोर' के विषय में कुछ जानता था, न ही उस मनुष्य के विषय में जो प्रथम मानव हो। जगत् और संसार के बारे में आप मुझसे अधिक जानते हैं।

बड़ी समस्या थी मेरे सामने कि जीने के लिए मैं कौन सी राह पकड़ूँ, क्या करूँ? ऊपर से, सभी मुझे विवाह कर लेने के लिए नाना प्रकार का ज्ञान व तर्क देते, जबकि पहले ही प्रचुर ज्ञान पत्नी ने मुझे दे दिया था। अब और कितना ज्ञान लेता? लेता तो फिर रखता कहाँ?

कर भी क्या सकता था सबका सुनने और समय की प्रतीक्षा करने के अतिरिक्त और इसी सब में मैं धीरे-धीरे इन सब विषयों से 'रिक्त' होता चला गया। मैं अपने सामाजिक जीवन के अनुसार अपना व्यापार करता, अम्मा की देखभाल करता और जितना अधिक-से-अधिक समय निकाल पाता उसे अपने आसन पर समाधिस्थ होकर बिताता। इस मार्ग में अनुभूतियों का क्रम जो एक बार प्रारंभ होता है उसका अंत नहीं होता। कुछ ऐसा ही मेरे साथ भी हो रहा था। मेरी यह धारणा थी कि साधना, जो एक बार प्रारंभ होती है, वह कभी समाप्त नहीं होती। जो समाप्त हो जाए वह सीमित है, अनुष्ठान है। इन बातों को मैं डायरियों में लिखता जा रहा था। कभी लोगों के काम आ जाए!

मैंने एक-एक कर अंतस् के अनेक शरीरों की सर्किट-रचना, उनकी कार्य-पद्धति व सामर्थ्य के विषय में विस्तार से (रेखाचित्र सहित) लिखा। धीरे-धीरे सात डायरियाँ भर गईं। प्रकृति मेरे शरीर को अपना आधार बनाकर अपने और मानव शरीर में छिपे रहस्यों को एक-एक कर खोलती जा रही थी और मैं उन्हें डायरियों में संचित कर, आने वाली मानव पीढ़ियों के लिए सुरक्षित करता जा रहा था।

दीदी अपने बेटे के साथ वापस अपने घर महाराष्ट्र जा चुकी थीं।

घर में मैं और अम्मा ही रह गए थे। भैया ने वे बातें भी दीदी को बता दी थी जिसे लेकर उन्होंने और मुनीमजी ने अपनी आदर्शवाणी का प्रयोग करते हुए मुझे बुरी तरह लताड़ा था। अब, मेरे कुछ दिन बाहर चले जाने से चिढ़े हुए अंदाज में उन्होंने दीदी को भी समझा दिया था। दीदी मुझे काफी समझा-बुझाकर गई। वैसे भी, जब से भैया ने मुझसे बोला था, तभी से मैं अपने स्वार्थभाव से आगे की कार्य योजना बनाने लगा। अम्मा की कोख से दस संतानों का जन्म हुआ था एक (राजेन्द्र भैया) 1983 में भरी जवानी में ही चल बसे, बाकी नौ अभी तक जीवित थे। आज तक, मेरे लिखते हुए भी, नौ के नौ जीवित हैं।

अगर मैं इस समय हिमालय ही चला जाता अथवा मर ही जाता तो भी आठ संतानें तो जिन्दा रहतीं-दो बेटियाँ और छः बेटे। क्या, सब मिलकर उन्हें सम्हाल नहीं पाते? सभी संपन्न थे। और ऊपर से, मैंने यह भी घोषणा कर रखी थी कि जो भी मेरी अम्मा का शेष जीवन भर सेवा करेगा उसे मैं अपनी सारी जायदाद दे दूँगा। अब मेरे पास जो कुछ भौतिक वस्तु है, वही तो दे सकता हूँ। मैं लेकर करूँगा ही क्या? जो स्वयं मृत्यु को खोज रहा हो, उसे यह सब लेकर करना भी क्या? ऊपर से मेरा बहुत सारा धन मेरे अनेक भाइयों के पास अभी भी बाँकी पड़ा हुआ था। मेरी संपत्ति के ही लालच में सही, वे सब अपनी माँ की देखभाल तो करेंगे। उन्होंने अम्मा की कोख से ही जन्म लिया है। इन्हीं लोगों ने मुझे निर्वंश कहा था जिनकी कोख से खुद जन्म लेकर अपने आपके वंश का अभिमान कर रहे हैं, उन्हें तो कम से कम इस वंशवृद्धि वाली कोख की देखभाल करनी चाहिए।

जिस भतीजी का विवाह मैंने धूमधाम से किया था, वह आई हुई थी। पिता के मरने के बाद उसने अपना अब तक का जीवन अपनी दादी और बबलू चाचा के यहाँ ही जीया था। उस चाचा ने अपनी संतान समझने की भारी भूल की थी, जिसने अपना पेट खाली रख

कर उसे खिलाया था। उसे जिन्दा रखने के लिए उसकी दादी ने न जाने कितनी गालियाँ अपने ही बेटों और बहुओं से सुनी थीं। उसी दादी के पास उनकी लाड़ली पोती आई थी। गोद में एक बेटा भी था, लेकिन अब अपनी माँ और अन्य सबों के अधिक प्रिय हो जाने से दादी और 'निर्वंश' बबलू चाचा से विरक्ति हो जाना स्वाभाविक ही था। अब उसकी दादी (मेरी अम्मा) पहले से अधिक बूढ़ी हो गई थीं तो उनकी सेवा भी करनी पड़ती।

प्रकृति जब किसी के सामने अपने रहस्य खोलती है तो सिर्फ उस व्यक्ति के लिए, न कि पूरे जगत् के लिए। अतः मेरा यह सोचना गलत था कि मैं मानव के स्थूल और सूक्ष्म शरीर तथा ऊर्जाचक्रों के जिन रहस्यों को रेखाचित्र व शब्दों के माध्यम से डायरी में व्यक्त कर रहा हूँ, वह भविष्य में मानव सभ्यता के काम आएगा।

यह सारा लेखन और ये सारे शब्द मेरे अपने जीवन की जातिगत व व्यक्तिगत घटनाक्रम को दर्शाते हैं। परन्तु उन्हीं घटनाक्रमों से एक साधारण मानव का अघोर पद को प्राप्त होने की गाथा तैयार होती है। यह गाथा हर उस व्यक्ति के लिए प्रेरणा बन सकती है, जो दैवीय एवं प्राकृतिक सत्ता को निष्ठापूर्वक स्वीकार करता है। कुछ इन्हीं विषम परिस्थितियों में जीवन गुजरता देखकर मुझे आगे बढ़ना था। अपने जीवन के हर पक्ष का साक्षी भी तो मैं खुद ही हूँ।

जब कुंडलिनी शक्ति अपनी वक्रता तोड़कर पूर्ण स्वभाव में जागती है तथा अपने त्रिकोण के केन्द्र को आधार बनाकर समस्त शरीर में विचरण करती है, तो उसकी अंगड़ाई से प्रस्फुटित ऊर्जा के कारण शरीर का रोम-रोम उत्ताप से जल उठता है। इस ताप में शरीर की कोशिकाओं में जमा संस्कारिक व भौतिक मल तपकर (जलकर) शुद्ध होने लगता है। यह कुंडलिनी की अपनी वक्रता को तोड़ने का परिणाम है। वक्रता में युगों से दबी हुई शक्ति जब भी उठेगी तो स्प्रिंग की तरह एक ताकतवर झटका देगी ही देगी। इस महान जैविक

विद्युतीय शक्ति का जोरदार झटका मैं अपने महाविस्फोट में पहले ही झेल चुका था। स्वभावत: सुप्तावस्था में रहने वाली यह सत्ता कभी नहीं चाहती कि कोई जीव उसको अपने अधिकार में लेकर उसका संचालन करे और उसे निर्देशित करे। अपने जागरण के बाद यह आदिशक्ति कई चरणों में जीव को झटके देती है, यह देखने के लिए कि उसको धारण करने वाला 'पुरुष' है या मात्र एक जीव, क्योंकि शक्ति की खोज जीव की न होकर अपने पुरुष की होती है। विधाता के विधान के अनुसार चेतना की यह एक प्राकृतिक बाध्यता है।

इस तरह की परीक्षा के दौरान यह शक्ति साधक के जीवन में कुछ ऐसी परिस्थितियाँ निर्मित करती है कि साधक अपने शरीर से, अपने कर्म से, अपने स्वभाव की नपुंसकता से, कुछ ऐसा कृत्य या कर्म कर बैठे ताकि जीवन द्वारा छेड़ी गई यह शक्ति उस साधक के जीवन, शरीर, सम्मान तथा मानवीय चेतना का भक्षण कर यह सिद्ध कर दे कि वही आदिशक्ति है, और जीव शक्तिहीन। जीव को अपने अधीन रखने के लिए किया जाने वाला यह शक्ति-परीक्षण, अचानक घटित होने वाली घटना का एक भाग बनकर रह जाता है। इसी माध्यम से शक्ति अपने द्वारा व्यक्त उन रहस्यों को, जिन्हें साधक ने लिपिबद्ध कर बाहरी दुनिया के लिए प्रमाण रूप में संचित कर दिया हो, किसी-न-किसी प्रकार साधक के ही हाथों नष्ट करवा डालती है। मैंने अपने लेखन का काम ऐसी अवस्था में किया था, जिसमें एक सामान्य व्यक्ति का जीना ही असंभव हो--महाविस्फोट के बाद अपने आसन पर समाधिस्थ या ध्यानस्थ अवस्था में। उस समय मेरी आँखों से तीव्र विद्युतीय ऊर्जा-तरंगें प्रवाहित होती रहतीं। मेरी धारणा थी कि इसे पढ़ने के साथ मनुष्य के शरीर में तथा अंतस् के सर्किट पर विद्युतीय जागरण का चैतन्य परिणाम भी जन्म लेगा, जिससे उसे शब्दों तक पहुँचने में सुविधा होगी। इसका त्वरित परिणाम भी मेरी भाँजी शुचि के द्वारा मेरे सामने प्रस्तुत हो चुका था ।

यहाँ का सब कुछ छोड़कर अब सदा के लिए मुझे हिमालय के एकांत में चला जाना था। परिस्थितियाँ भी ऐसी बन रही थीं जिससे अपने मार्ग पर मैं बिना पीछे मुड़कर देखे आगे बढ़ता जाऊँ। उसी समय शक्ति के उत्ताप का एक दूसरा भयानक वेग मुझ पर आरूढ़ हो आया। मेरे शरीर का तापमान अचानक बहुत बढ़ गया। मुझे लगा कि मेरे शरीर की गर्मी जो निरंतर बढ़ती जा रही थी, वह सामान्य नहीं थी। मेरे शरीर, चेहरे और मेरी आँखों से निकल रहा ताप मेरे समीप के लोगों को भी प्रभावित कर रहा था। मेरा शरीर हिलने लगा। मैं न तो बैठ सकता था, न लेट सकता था। अचानक मैं अपनी दुकान से उठकर एक परिचित डॉक्टर, डॉ. न्याज के क्लिनिक पर पहुँच कर सीधा उनके चैंबर में घुस गया और बोला, "मुझे सम्हालिए"। तापमान 106/7 डिग्री था। यह देखकर डॉक्टर ने नाराज होते हुए पूछा–"क्या घर में सभी मर गए? इसमें तुम्हारा ब्रेन फेल हो सकता है।"

पाँच-छः घंटे अपनी देखरेख में रखकर उन्होंने मेरे जिद करने पर मुझे घर भिजवा दिया। मैं अर्द्धबेहोशी की हालत में पड़ा था। घर में कोई नहीं था अम्मा के अलावा। भतीजी जो आई थी, उसने शादी के पहले मेरे ही पास जीवन बिताया था, लेकिन अब उसे मेरे यहाँ अच्छा नहीं लगने लगा। दूसरे दिन वह आई अपनी दादी से मिलने। उसने मुझसे पूछा–"चाचाजी, कोई काम हो तो मुझे बताइए।" नहीं चाहते हुए भी मैंने उससे कहा–"बेटे, अगर हो सके तो किचन में जाकर थोड़ा पानी गर्म कर दे, मुझे दवा खानी है। और फ्रिज से निकालकर दादी को कुछ खाने को दे दे।"

"बस, अभी आती हूँ, फिर पानी गर्म कर दूँगी। देखिए न, आपका नाती मुझे कितना परेशान कर रहा है।" यह कहकर वह चली गई। मैं अचेत सा पड़ा हुआ था अम्मा अपने लाड़ले बबलू को बिस्तर पर बैठकर निहार रही थीं। घंटो बीत गए, फिर अम्मा की आवाज

आई--"भैया, मैं पानी गर्म कर लाती हूँ। वो तो अभी तक आई नहीं।"

अम्मा कई बार जलने से बच चुकी थी, इसलिए मैं उन्हें गैस के पास जाने से मना कर रखा था। अपने को सम्हालते हुए मैं रसोई में गया। गैस का चूल्हा जलाया और एक भगोने में पानी लेकर उसे गर्म होने के लिए रखने लगा। अचानक चक्कर आया और मैं उसी जलते हुए चूल्हे पर गिर पड़ा। संयोग से अपने आप ही गैस बंद हो गया। जैसे-तैसे वापस आकर मैंने ठंढे पानी से ही दवा खाई तथा अम्मा को कुछ खाना देकर मैं लेट गया। अगले दिन बुखार कुछ कम हुआ। लेकिन रात की घटना मेरे लिए बहुत बड़ा संकेत लेकर आई कि कल कुछ भी हो सकता है। सोचते-सोचते अचानक मुझमें कुछ मानसिक विक्षिप्तता उभरने लगी।

मेरी कुंडलिनी शक्ति खुली हुई थी और मैं साधनात्मक मार्ग पर निरंतर आगे ही बढ़ता जा रहा था। अब अपना वह घर छोड़ना था जिसमें मैंने अपना बचपन बिताया था। उस गोद को छोड़ना था, जिसमें बैठकर मैंने कितनी शरारतें की थी और कितना खेला था। भैया के मरने के बाद आज तक उनके बच्चों को अपनी संतान की तरह पाला-पोसा, पढ़ाया-लिखाया, खिलाया-पिलाया और विवाह कराया। सब कुछ किया, लेकिन आज सिर्फ एक ग्लास पानी गर्म करने के लिए कोई तैयार नहीं। मेरा वर्तमान इस तरह मुझे चिढ़ा रहा था।

कैसी विडंबना कि मैं अपनी शरीरिक कमजोरी से कुछ समय के लिए विवश हो गया तो मेरा ही पाला हुआ व्यक्ति मुझे एक ग्लास पानी तक देने को तैयार नहीं। मेरी वह अम्मा, जिसने अपनी कोख से दस संतानों को जन्म दिए और अपने स्तन से दूध पिलाकर पाला-पोसा, आज उन्हें कोई एक दाना देने को तैयार नहीं, जबकि मैं उस व्यक्ति को अपना सब कुछ देने को तैयार हूँ। सारे सगे-संबंधी, जो पहले मेरे

प्रशंसक थे, उन्होंने मेरी पत्नी की हत्या का मुझ पर दोष मढ़कर मुझे निकृष्ट हत्यारा घोषित कर दिया। उन्होंने मेरा धन लेना तो उचित समझा लेकिन मेरी माँ, जो उनकी भी माँ थी, का ऐसा त्याग किया जैसे कभी कोई संबंध ही न रहा हो। मैं सोचने लगा कि सन् 1942 में अपनी चीनी की मिलों, सुन्दर और जवान पत्नी तथा गोद की बेटी की चिंता छोड़कर क्रांतिकारी का जीवन जीने वाले साहसी व्यक्ति (मेरे पिताजी) की पत्नी क्या आज अपनी ही संतानों तथा इन्हीं सामाजिक प्राणियों के मध्य लावारिस बनकर जीने को विवश हो जाएगी? और, इन्हीं परिस्थितियों में मैं एक ऐसी शाब्दिक रचना करता जा रहा हूँ, जिससे आने वाली पीढ़ी को इस जगत् और प्रकृति की अद्भुत, अद्वितीय व अलौकिक शक्ति का ज्ञान बिना परिश्रम के ही प्राप्त होगा, ताकि वह एक शक्तिसंपन्न उत्तम आध्यात्मिक जीवन जी सके? आखिर ऐसा क्यों कर रहा हूँ मैं? कहीं कोई असुर के हाथ में यह साहित्य पड़ गया तो? यदि जगत् को अपना कल्याण चाहिए तो खुद ही पुरुषार्थ करेगा। मुझे इन सब झमेलों में क्यों पड़ना? अपने निश्चित मार्ग पर आगे बढ़ने के लिए अपने द्वारा लिखी सातों डायरियों को नष्ट कर देना चाहिए।

मैं कहाँ-कहाँ लेकर इनको ढोऊँगा? मुझे तपस्या करनी है या बोझ ढोना है? नहीं, अब ऐसा मैं नहीं करूँगा। मैं अब इस सबके लिए तैयार नहीं हूँ और उसी आवेश में आकर मैंने सातों डायरियाँ अपने ही हाथों जलाकर नष्ट कर डाला। अम्मा मुझे यह सब करते हुए चुपचाप देखती रहीं, बोलीं कुछ भी नहीं। डायरियाँ जल जाने के बाद अम्मा ने सिर्फ इतना कहा–"भैया! यह तुमने बहुत अच्छा काम किया। भगवान् जो तुम्हें देता है वह सिर्फ तुम्हारे पुरुषार्थ का फल होता है। वह परमात्मा की तरफ से मिली हुई एक ऐसी शक्ति का काम करता है जो तुम्हारा व्यक्तिगत निर्माण कर जीवन का प्रदर्शन करने के लिए होता है। इससे तुम दूसरों की भलाई तो कर सकते हो,

लेकिन यदि तुम अपनी शक्ति उनके बीच बाँटते हो, जिसे लोग बिना परिश्रम किए और बिना निष्ठापूर्वक प्रयास किए ही प्राप्त करना चाहते हैं तो एक नए प्रकार की आसुरी व भोगी प्रवृत्ति जन्म लेगी। बिना अनुशासित पुरुषार्थ के कोई शक्ति प्राप्त हो जाए तो उस व्यक्ति की चेतना के स्तर पर निर्भर करेगा कि वह प्राप्त शक्ति का कितना उपयोग सत्कर्म के लिए करता है और कितना अपनी राक्षसी वृत्तियों को पूरा करने के लिए।

मैं देखती थी तुम्हें लिखते हुए, लेकिन कभी बोलती नहीं थी, क्योंकि मैं जानती थी कि तुम खुद एक दिन अपने ही हाथों इसे नष्ट कर दोगे। आज बहुत अच्छा किया तुमने। अब तुम्हें शांति मिलेगी। तुम अपने को स्वयं आदेश दो स्वस्थ होने के लिए, जिससे तुम ठीक हो जाओ। इस अवस्था में बाहरी दवाएँ सहयोग तो कर सकती हैं लेकिन अपने को पूरी तरह ठीक तुम स्वयं ही कर सकते हो।"

अम्मा की बातें सुनकर मेरी सोच में अचानक परिवर्तन हुआ और शाम तक मेरा बुखार काफी हल्का हो गया। कमजोरी अभी काफी थी।

प्रकृति ने अम्मा की बातों और डायरियों की घटना के माध्यम से मुझे बहुत कुछ समझा दिया। अंत तक, हार न मानने वाली सत्ता प्रकृति ही है, इसलिए वह शक्ति है। जो रहस्योद्घाटन वह मेरे लिए कर रही है वह सिर्फ मेरे लिए ही है। जब जगत् में अन्य कोई दूसरा उस अवस्था में पहुँचेगा तो स्वयं ही अपनी योग्यता के द्वारा वह अनुभूति प्राप्त करेगा। प्रकृति यदि कुपात्रों के सामने अपने रहस्यों को खोलती चली जाए तो लोग खुलकर उसका बलात्कार करने में तनिक भी देर न लगाएंगे—संकोच तो बहुत दूर की बात है। लोग बस मौके की तलाश में रहते हैं।

प्रकृति की शक्ति इसी में निहित है कि वह अपने पुरुष के अतिरिक्त अन्य किसी के सामने अपने मूल स्वरूप को प्रदर्शित न

करे। इतना ही नहीं, उसके गोपनीय रहस्य किसी भी तरह सार्वजनिक न होने पाएँ, जिसके लिए वह परिस्थितियों तक को परिवर्तित कर देती है।

मैंने देखा कि मेरे पिताश्री बाबा शिव शून्य में स्थित हो मुझे देखकर मुस्कुरा रहे हैं और कह रहे हैं–"पुत्र! इस वृत्तांत का नष्ट होना आवश्यक था अपने शरीर में हो रही किसी भी प्रक्रिया की जानकारी मानव सभ्यता में यों ही सरलता से उपलब्ध करा देने पर असुरत्व बढ़ने की संभावना बढ़ने लगती है। तुम्हारी सुरक्षा के लिए ही मैंने इन परिस्थितियों को उत्पन्न किया था। अब तुम अपने मस्तिष्क पर अतिरिक्त बोझ ना डालो। शीघ्र ही पूर्ववत् स्वस्थ हो जाओ। यह माँ की ओर से तुम्हारे लिए एक शिक्षा है और अलौकिक प्रेम। यह घटना तुम्हारी आँखों पर पड़े संबंधों के पर्दों को हटाने के लिए रची गई थी।"

जब चार युगों में यह सभ्यता वांछनीय मानवीयता प्राप्त नहीं कर सकी तो इन्हें तुम 'अघोर विज्ञान' देने की कैसे सोच रहे थे? देना बहुत महत्त्वपूर्ण नहीं होता। लेने वाले तो कदम-कदम पर खड़े हैं, लेकिन प्रश्न तो यह है कि क्या वे इसे सम्हालने योग्य हैं? क्या वे इसका सदुपयोग ही करेंगे? ऐसा निश्चित नहीं प्रतीत होता। यह रचना तुम्हारी दया का प्रमाण था। तुमने सदियों और युगों से इसके लिए ही अपना जीवन जीया और इनके हित में ही सोचा, इनको ही शक्तिशाली बनाया। लेकिन, जब तक कोई घटना साकार होकर जीवन में घटित नहीं हो जाती, तब तक उसका सही-सही बोध होना लगभग असंभव ही है। दया के पात्र सभी हैं पर क्या सबों को सम्राट बनाया जा सकता है? यदि बना भी दिया जाए तो वे किस पर राज्य करेंगे? सम्राट बनने के लिए स्वयं पर राज्य करना पहली शर्त है। वे तो सम्राट बनकर आपस में ही लड़ मरेंगे तथा अपनी प्रकृत्ति को, अपने जीवन को, इस सभ्यता को दूषित कर अपने गर्भ को ही कलंकित करेंगे।

जगत् के लिए बहुत सोचा तुमने, सगे-संबंधियों को बहुत दिया तुमने और संबंधों को भी बहुत जी लिया तुमने।

तुम इस मानव सभ्यता के प्रथम शरीरधारी 'अघोर' हो। तुम्हारा संबंध इस जगत् के किसी खास व्यक्ति, कुल, कुटुंब, जाति, देश या धर्म से नहीं है। तुम्हें इस धरती और प्रकृति के लिए कार्य करना है। तुम्हारे ही सामने कितनी सभ्यताएँ आईं और नष्ट होती चली गईं। इस बार का तुम्हारा जन्म और तुम्हारा जीवन इस जगत् के लिए अनमोल है। तुम्हें इस पूरी धरती के संतुलन के लिए अपने 'अघोररूप' को जीवित, जीवंत एवं जाग्रत रखना अत्यंत आवश्यक है। तुम्हें मेरा कार्य करना है। पिछले जन्मों में तुमने इन असुरों के असुरत्व को समाप्त करने लिए बहुत परिश्रम किए, फिर भी अधिकांश आज भी असुर ही हैं। कितने लोग असुरत्व से अपने आपको मुक्त करा पाए? समय आने पर वे स्वतः तुम्हारे सामने अपने व्यवहार तथा स्वभाव द्वारा इसे प्रकट करेंगे। हे मेरे पुत्र! चलो, उठो और प्रारंभ करो अपना काम। साथ ही ध्यान रखो अपने स्वास्थ्य का, जिसकी मुझे चिंता बनी रहती है।"

अध्याय-12

आदि संबंधों के प्रति निष्ठा

जब रहने के लिए मुझे मनुष्य शरीर मिला है तो मनुष्य जैसी भावनाएँ भी आएँगी ही। मानव शरीर में रहकर मानवीय भावनाएँ न आएँ, विधाता के विधान में ऐसा नहीं है। अपने आपको व्यक्त करने के लिए एक शरीर चाहिए। यह शरीर कोई सा भी हो सकता है, इसका विशेष अर्थ नहीं है। सब के पास एक शरीर है जो उसे अपने ही कर्मों से उपलब्ध हुआ है, यह अधिक महत्त्वपूर्ण है। मानवीय संवेदनाएँ तभी जन्म लेती हैं जब व्यक्ति के अन्दर एक मानव होता है। आप पूछ सकते हैं कि क्या किसी व्यक्ति के अन्दर मानव नहीं भी हो सकता है? इसके लिए मैं अभी इतना ही कहूँगा कि आप मेरे द्वारा सेकण्ड खंड पर लिखी जाने वाली पुस्तक की उत्सुकता से ही नहीं, बेसब्री से प्रतीक्षा करें। सिर्फ उत्सुकता व्यक्ति को किसी भी विषय या वस्तु की तरफ आकर्षित तो करती है लेकिन प्यासी और भूखी नहीं बनाती। प्यासी और भूखी बनाती है विषय या वस्तु को पा लेने की उत्कंठा, वासना और तड़प। प्रकृति में रहकर एक मानव शरीर धारण कर परमात्मा का सान्निध्य पाने, परमात्मा को जानने की

बेसब्री ही आपको मेरे शब्दों के मूल अर्थों की गहराई में ले जाकर डुबकी लगवाती है।

मूल अर्थ क्या होता है किसी भी शब्द का? पूर्व से वर्णित सीमित अर्थ या 'यथार्थ' में जीवन की अनुभूतियों से जाना गया 'होश', जो व्यक्ति को मूल विषय के प्रति 'बोध' से भर देता है, कभी विस्मृत न होने के लिए। सेकण्ड खंड नामक पुस्तक में ऐसा ही 'बोध' मिलेगा। अन्यथा ज्ञानियों ने तो बारंबार जन्म लेकर यह कहा ही है कि जीवन तो जो है वह है ही, जीवन के बाद मृत्यु भी है। पर कितने लोग इसे निष्ठापूर्वक स्वीकार कर अपना जीवन जीते हैं? हर व्यक्ति के पास अपने-अपने अध्यात्म के द्वारा उपलब्ध कराया गया विशिष्ट ज्ञान है और सभी ज्ञानी हैं। मनुष्य होने के नाते मैं सोचता हूँ कि मैं कोई ऐसा कृत्य न करूँ जो पहले से मानव करते आए हैं और जिसका परिणाम यह है कि आज संसार की सभ्यता एवं मर्यादा अंतिम साँसें ले रही हैं। इतने धर्म और धार्मिकों के रहते इतना विकृत और वीभत्स अंत होगा इस जगत् का, इसका अनुमान कम-से-कम मुझे नहीं था।

मैं सदा अपने ही केन्द्र पर रहता हूँ। भले ही मेरे सामने वाला अपने विषयों से भरे शब्दों में उलझाकर मुझे कितना भी दूर ले जाने का प्रयास क्यों न करे। संसार के संबंधों का यही उद्देश्य और स्वभाव है कि वह आपकी चेतना को अपने विषयों में उलझाकर आपके केन्द्र से दूर कहीं ले जाए, ताकि जीवन तो जीवन, आप ही नष्ट हो जाएँ। चूंकि मैं अपने केन्द्र से ही व्यक्त होता हूँ, अपना केन्द्र छोड़कर जाऊँगा कहाँ? कहीं जाने के लिए कुछ बचा भी नहीं। अब तो अपने मूल केन्द्र से बाहर जाने का सामर्थ्य भी नहीं और इसकी इच्छा होने की संभावना भी मर चुकी है।

सभी की तरह मेरे पास भी एक मानव शरीर है। जो जिस शरीर

में रहता है, वह उसी शरीर से व्यक्त होता है। यह अलग बात है कि कोई व्यक्ति मानव शरीर में रहते हुए भी अपने मूल स्वभाव में ही रहता है और कोई अपने ही भीतर किसी अन्य शरीरों को जी रहा होता है। इसका पता लगाना कठिन नहीं, क्योंकि ये अपने आचरण द्वारा गुण एवं परिचय को हर पल व्यक्त करते रहते हैं।

इसी प्रकार और इन्हीं विपरीत परिस्थितियों में मैं भी जी रहा था–वेदप्रकाश नामक एक मानव शरीर में। महाविस्फोट तो मेरे अंतस् में हुआ था, लेकिन शरीर तो वही था जो अम्मा के गर्भ से जन्म लेकर प्राकृतिक नियमानुसार बढ़ता गया। जैसे मेरे बाबूजी मर गए, मेरे भैया मर गए और मेरी पत्नी मर गई, वैसे अम्मा भी मर ही जाएँगी और एक दिन इन सबकी तरह मैं भी। मैं अपनी मृत्यु के बारे में पूरी तरह निश्चित और निश्चिंत था। अपने भीतर महाविस्फोट से हर पल जन्म ले रही महामृत्यु का साक्षी मैं तो था ही, और मेरे पिता बाबा भी थे। मृत्यु के बारे में कोई विवाद नहीं। यदि कोई विवाद खड़ा करे तो उसकी सोच, उसका सामर्थ्य, उसकी योग्यता और उसका ज्ञान किसी स्तर का क्यों न हो, एक दिन वह अपने को धोखा देते हुए मर जरूर जाएगा। मैं तो पिछले हर जन्म की तरह इस बार भी मरूँगा ही। जब मरना होगा तब कोई रोक नहीं सकेगा। रोक तो वही सकता न जो जीवन को जानता हो। व्यक्ति सारे शास्त्रों का ज्ञान समेटे बैठा है, लेकिन न अपने जीवन को जानता है, न अपनी मौत को।

प्रतिक्षण परिवर्तनशील वासनात्मक विषयों के साथ मौत की तरफ दौड़ते हुए मर जाना मुझे स्वीकार न था। मैं मानता हूँ कि वासना में आकर्षण की अद्‌भुत शक्ति होती है। परन्तु मेरा आकर्षण अपने ही भीतर के उन विषयों से हो चुका था, जो विधाता 'शिव' से जुड़े हुए थे। मेरे अन्दर भी अब ऐसी प्रचंड वासना जन्म लेकर अपना जीवन जीने लगी थी, जिसका अंत विधाता और प्रकृति की गोद में होना

निश्चित हो चुका था। अब मेरी वासना का विषय बाबा और माँ बन चुके थे। मैं अपनी इस वासना से मुक्त नहीं होना चाहता था। एक तरफ वह वासना थी जो अम्मा के प्रति कर्त्तव्य और भावनात्मक संबंध की थी, तो दूसरी तरफ वह जो ईश्वरीय थी, मौलिक थी और मूलरूप से मेरे अस्तित्व एवं स्थूल अंत से संबंधित थी। यह ईश्वरीय वासना मेरी व्यक्तिगत आवश्यकता बन चुकी थी, जिससे अब मुक्ति असंभव थी, जिसमें मृत्यु असंभव थी। एक तरफ अम्मा के साथ निर्मित वासना एक माँ-बेटे के गहरे लगाव का परिणाम थी, तो दूसरी तरफ मेरी आदि माता सती की युगों की ब्रह्माण्डीय कारुणिक पुकार थी। साथ ही, एक ऐसा पिता जो जगत् का विधाता हो, जो जगत् का प्रथम पुरुष हो, जो जगत् के संविधान का संचालक और परमतत्त्व हो, उसकी पुकार और अपने पुत्र पर उसका दृढ़ भरोसा। मेरी ये सभी वासनाएँ प्रचंड शक्तिशाली थीं। जीवन की परिस्थितियाँ मुझे सौंदर्य और भोग के संसार में दबाकर मेरा गला घोंट देना चाहती थीं। संबंध मुझे नपुंसक बनाकर पुरुषार्थ के नाम पर कलंकित कर देना चाहते थे। मैं एक 'नपुंसक पुरुषार्थी' के रूप में स्थापित नहीं हो सकता था। अनेक जन्मों में बहुत विशाल साम्राज्य और संबंधों को खुद जी चुका था सारे शास्त्र मेरी गौरवगाथा से भरे पड़े थे, लेकिन आज गालियाँ दी जा रही थीं। गालियों को अपने निर्णय का आधार बनाकर अपने विषय का चयन किया। एक 'निर्वंश' ने अपने वंश की खोज और अपने वंश का परिचय देने का संकल्प लिया।

कहीं-न-कहीं, भैया की बातें मेरे वासनात्मक स्वार्थ को पूरा करने के लिए एक बहाना बन रही थीं और साथ ही मुझसे मेरे जीवन की अंतिम वासना का निर्णय लेने का पुरुषार्थ करवा कर मेरे लिए मानवीय नपुंसकता से मुक्त होने का मार्ग भी खोल रही थीं। संबंध और जगत् मुझे अपने गर्भ से प्रसव देने की बारंबार कोशिश कर ही

रहे थे। मुझे ऐसा लग रहा था जैसे मानवीय प्रकृति और संबंधों का यह जगत् मेरा उपहास उड़ा रहा है—"कैसा नपुंसक है जो इतना त्यागने के बाद भी इन्हीं भोगपूर्ण संबंधों में लिपटा पड़ा है। हर कदम पर संबंधों का त्याग करनेवाला व्यक्ति पशुवत् मौत की प्रतीक्षा कर रहा है!" इन बातों को सोचकर मैंने स्वार्थी संबंधों वाले गर्भ से अपने आपके प्रसव का निर्णय स्वीकार कर लिया।

प्रसव में जीव का साथ सिर्फ अपनी माँ से होता है। कुछ और भी हो तो वह है पिता की इच्छा और पिता की चेतना। अन्य तो मात्र दर्शक या माध्यम ही हो सकते हैं। स्थूल जगत् में मेरी अम्मा थी, तो मूल प्राकृतिक जगत् में मेरी आदि माता सती।

भौतिक संबंधों के बंधन में रहते हुए भी इस जीवन के कर्मों के विषय में इतनी प्रगाढ़ता से सोचता हूँ और कर्त्तव्य करने के लिए व्यग्र रहता हूँ, पर क्या उन संबंधों के प्रति कर्त्तव्यों के विषय में कभी सोचा? जो युगों से मेरा एक मानव के रूप में 'अघोर' बनने का इंतजार कर रही थीं, क्या उनके प्रति अपने कर्मों के बारे में निष्ठापूर्वक सोचा? युगों से सेकण्ड खंड के बंधन से उनकी मुक्ति, मेरे अघोर बन कर्म करने पर पूरी तरह निर्भर थी। ये प्रश्न इतनी कठोरता से मेरा मंथन कर रहे थे कि मेरे अंदर का अमृत छलकने को व्यग्र हो उठा और मैंने हिमालय का रुख करने का निर्णय कर लिया।

साधनात्मक जीवन की अनुभूतियाँ बहुत ही गूढ़ और विराट होती हैं, जिनकी गहराई और विराटता को कोई सामान्य व्यक्ति नहीं समझ सकता है। उनके यथार्थ को कोई साधारण मस्तिष्क वाला ज्ञानी या बुद्धिजीवी नहीं जान सकता। उनका ज्ञान शास्त्रों तथा पूर्व से उपलब्ध पुस्तकों के शब्दों की सीमाओं में अपना सामर्थ्य साबित कर कुंठित हो जाता है और ऐसे सामर्थ्यवान व्यक्ति के सामने एक ऐसी 'मौलिक यथार्थ अनुभूति' का क्या मजाल कि उसे मानने को बाध्य करे! ऐसा

कभी हुआ ही नहीं तो आज कैसे होगा? इसीलिए मैं बहुत सारी बातों को अन्य ऐसी जगह प्रकाशित करूँगा, जहाँ उसके पौरुष को नपुंसकता में सीमित करके न देखा जाए।

अध्याय-13

पुनः हिमालय की ओर

जीवन में जिन प्रिय लोगों की मृत्यु से आहत होकर और मुझे अपने जीवन को एक अज्ञात दिशा में मोड़ना पड़ा, उनमें मुख्य थे मेरे पिताजी और मेरी पत्नी। अम्मा भी अपनी वृद्धावस्था में मृत्यु की संभावित कगार पर ही थीं। सभी एक-एक कर मुझे छोड़ते जा रहे थे। मैं बचपन से ही जानना चाहता था--"कौन है मेरा वह पिता जिसके शरीर से मैंने प्रथम बार जन्म लिया था? कौन है वह पिता जिसने हर पिता को जन्म दिया? कौन है वह आदि पिता और प्रथम मानव का पिता? कौन है वह, जिसको मैं अपने जीवन के अंतिम श्वासों तक अपना पिता कहूँ?"

यह तो मेरा परम सौभाग्य था कि मुझे अपने आदि पिता, परम पिता 'शिव' मिल गए थे। मैं उनसे जुड़ गया था और अब वे ही मेरा मार्गदर्शन कर रहे थे। उन्होंने मुझे अपने पास हिमालय बुलाया था तपस्या करने के लिए, लेकिन साकार जगत् में मुझे यह जानने की अत्यंत बेगवती इच्छा थी कि कौन है वह जो मेरे जीवन के अंत तक मेरा साथ देगा। संबंधों का कुछ तो मौलिक आधार होगा जिसे पाने के लिए लोग बारंबार भिन्न-भिन्न शरीरों को लेकर जन्म लेते हैं।

व्यापार के सिलसिले में मैं जब शहर से बाहर चला जाता तो अम्मा घर में अकेले ही रह जातीं। बूढ़ी होने से उनकी हालत नाजुक हो जाती

और मरणासन्न अवस्था में पहुँच जातीं। मेरे आने पर मेरी आवाज सुनकर उनकी चेतना वापस आती। अम्मा यदि स्वस्थ होतीं तो मेरे घर के बाहर दरवाजे पर आते ही उन्हें मेरे आने का आभास हो जाता और अपने कमरे से ही आवाज लगाती–"भैया! आ गए?"

मैं अपने स्वभाव के अनुसार स्वयं ही बोल पड़ता–''हाँ अम्मा! मैं आ गया। आप कैसी हैं?"

हाथ-पैर धोता और अम्मा के पास बैठ जाता। दिन भर का हाल-समाचार और उनके स्वास्थ्य की बातें पूछता। अगर अम्मा ठीक नहीं होतीं, अचेत होतीं तो-"भैया! आ गए?" वाली आवाज नहीं आती।

मेरे एक बार बोलने पर जब अम्मा की आवाज नहीं आती तो मैं पुनः पूछता--"ए अम्मा!" और, दूसरी बार भी अगर अम्मा की भैया वाली पुकार नहीं आती तो मैं आशंकित हो उठता और उनके पास जाकर देखता। अम्मा अपने बिस्तर पर अचेत-सी, समाधिस्थ अवस्था में पड़ी हुई मिलतीं। मेरे अन्दर में कहीं गहरे कोई केन्द्र हिल सा जाता। इस आशंका से कि मेरे इंतजार में अम्मा कहीं मर न गई हों, मैं अपने शरीरस्थ चक्रों में प्रवेश कर अंतर्नाद से पुकार लगा बैठता–"अम्मा रे.....ए....!"

अपने भैया के अंतस् से निकली करुण ध्वनि और चक्रभेदी पुकार से मेरी अम्मा के होंठ फड़फड़ा उठते और बहुत मध्यम, किन्तु जीवनदायिनी स्वर मेरे कानों में पड़ते -"भैया, आ गए?" "हाँ अम्मा! मैं आ गया। आप ठीक तो हैं न?" अम्मा अपना एक हाथ मुझे खोजने के लिए आगे बढ़ातीं और मुझे अपने कलेजे से लिपटा लेतीं–"भैया! मैंने रसोई में पराठे बनाकर रख दिए हैं। लेकर खा लेना, भूखे मत रहना।"

वहाँ उपस्थित उन्हीं लोगों की संख्या ज्यादा होती जो मेरे घर के अगल-बगल के मुस्लिम परिवार के होते। सभी अपनी माँ से भी बढ़कर अपनी चाची, अपनी दादी (मेरी अम्मा) को चाहते। मुस्लिम होने से वे अम्मा को कुछ खिला-पिला नहीं सकते थे। मुझे पाकर अम्मा के जीवित हो उठने पर सभी की आँखें खुशी से भर जातीं और सभी मुझसे अम्मा की देखभाल करने के लिए शादी कर एक बहू ले आने के लिए आग्रह

करते। वे सब बोलते–"अगर चाची हम लोगों के हाथ का खाना खातीं तो हम इन्हें अपने हाथों से खिलाते। इन्हें अपने लड़कों का मुँह नहीं जोहना पड़ता। अब आप शादी कर लो तो अम्मा की देखभाल बहू कर लेगी।"

वे कभी बाजार से किसी हिन्दू बच्चे के हाथ मँगवा कर अम्मा को कुछ खिलाते भी। अम्मा खाती भी कितना? रोटी का एक टुकड़ा, बस।

अम्मा बार-बार मुझसे कहती--"भैया तुम कह दो तो मैं अब चली जाऊँ।" लोग मुझे सलाह देते--"क्यों नहीं कह देते हाँ?" इस परेशानी से तो अच्छा है कि अब अम्मा का शांतिपूर्वक अंत हो जाए। आपके न रहने से बहुत कठिनाई हो जाती है। आपका कोई भाई आता-जाता नहीं है। दिन-रात आपको ही याद करती रहती हैं, आपही की चिंता करती रहती हैं। कई दिनों से ऐसी ही हालत में पड़ी हैं, सारा घर भी खुला पड़ा रहता है। हमारी बहू, बेटियाँ और बच्चे ध्यान रखते हैं।"

मैं सभी को सुनता और एकटक चुपचाप उनके भीतर की आकांक्षाओं को समझने की गहरी कोशिश करता। एक माँ अपने पुत्रों की जीवन-रक्षा के लिए अपना सारा सुख, सामर्थ्य और यौवन लगा देती है और सारा जीवन खटते हुए जब अवस्था के अंतिम पड़ाव में प्रवेश करती है तो सभी उससे छुटकारा चाहने लगते हैं–वह कब मर जाए और उससे पीछा छूटे। यह मानवीय व्यवहार मेरे लिए विस्मयकारी था। अम्मा के लड़कों के गैर-जिम्मेदाराना व्यवहार को देखते हुए आस-पड़ोस और समाज के लोगों को यह स्पष्ट रूप से महसूस भी हो चुका था कि अम्मा की जीवन-डोर उनके सबसे छोटे पुत्र बबलू से ही बंधी हुई है। इसलिए सतही स्तर पर तो उनका सोचना ठीक था, लेकिन मैं क्यों और कैसे कहूँ कि–"अम्मा! आप अब मर जाइये, आप अपना यह शरीर छोड़कर चली जाइए।"

मैं उनसे इतना ही कह पाता--"अम्मा! मैं कैसे कहूँ कि आप अब जाइए? परमात्मा ने जितनी उम्र दी है, उतना आप जी लेंगी तो खुद वे ही आपको ले जाएँगे।"

बाबा ने भी तो कहा था कि मुझे अम्मा के मरने का इंतजार करना

होगा और तब मैं हिमालय के केदारखंड में जाकर तपस्या करूँ। सबसे नाजुक और कठिन बात यह होगी कि मृत्युपथ पर अपनी अम्मा को छोड़ सदा के लिए मुझे हिमालय चला जाना होगा। फिर न जाने किस जीवन में कौन, कहाँ, किस स्थिति में, किससे मिले। मेरी अम्मा भी मर जाएँगी मेरी मृत्यु के पहले तो फिर वह कौन है जो मेरा अंत तक साथ देगा साकार रूप में? यह भाव गहरे बैठता चला गया और मेरे भीतर एक निश्चित धारणा बनने लगी कि मुझे अपने पिता शिव साकार रूप में ही मिलेंगे हिमालय में।

मेरे शरीर में महाविस्फोट के बाद जब भी मैं हिमालय या किसी अन्य स्थान की तरफ साधना के लिए बढ़ने की सोचता तो उसके एक-दो दिन पूर्व अपने एक अतिरिक्त सूक्ष्म शरीर को उस क्षेत्र में भेजता और एक अन्य शरीर में बैठकर ऊपर आकाश में स्थित अपने आसन पर जाकर बैठ जाता। वहाँ अपनी धारणानुसार उन तरंगों को निरंतर प्रसारित करता जो उस क्षेत्र में किसी दिव्य और जाग्रत आत्मा-तत्त्व की खोज करते। लेकिन अधिकांशतः यही पाता कि मेरे उन शक्तिशाली पराशक्ति की तरंगों को कोई भी उस क्षेत्र में ग्रहण नहीं करता और वे तरंगें मेरे पास वापस लौट आतीं। अतः, शीघ्र ही वहाँ से हट जाता। समय निकाल कर कुछ दिनों के लिए कई बार हिमालय के निचले क्षेत्रों में हो आया था, किन्तु कहीं ठहरने का संकेत नहीं मिला। और एक दिन अपने आपको पूरी तरह समेट कर मैं हिमालय के केदार खंड में प्रवेश करने के लिए घर से सदा के लिए चल पड़ा। पीछे सब कुछ के अतिरिक्त मेरी प्राणप्रिय अम्मा भी छूट गई थीं। मैंने शास्त्र नहीं पढ़े थे। बाबा ने मेरे भीतर इतनी तैयारी करवा रखी थी जिससे मैं 'ज्ञानी' और 'गुरु' जैसे पदों को अपने से जोड़कर इस समाज में रमण करनेवाले उन स्वघोषित पहुँचे हुए लोगों के भीतर उनकी चेतना की मूल अवस्था को देख लिया करता था। मैं हिमालय के बारे में बहुत ज्यादा नहीं जानता था।

यह एक 'निर्वंश' उपाधियुक्त मानव की अकेली यात्रा थी। पहला पड़ाव मैंने हरिद्वार में रखा। रात्रि में मैंने अपने रूपों को आकाश में स्थित कर अपनी शक्तिशाली पराशक्तियों का प्रसारण करना प्रारंभ कर दिया,

लेकिन स्थानीय क्षेत्र में मेरी तरंगों को किसी ने भी ग्रहण नहीं किया और कहीं से कोई उत्तर नहीं आया। मुझे उत्तर दिशा में ऊँचे-ऊँचे पर्वतों के पीछे कहीं दूर से प्रकाश आने का आभास हो रहा था। केदारखंड के नाम से बहुत कम लोग ही जानते थे। हाँ, लोग यह जरूर कहते कि केदारनाथजी के नाम से एक तीर्थस्थान है जहाँ बाबा का एक ज्योतिर्लिंग स्थित है। वह स्थान चारधाम यात्रा में आता है। दो-चार दिन हरिद्वार में ठहरकर मैंने आगे की यात्रा का पता लगाया और अगले दिन बढ़ चला। संयोग कहिए या बाबा की इच्छा, बस वाले ने मुझे हिमालय में यमुनोत्री क्षेत्र में पहुँचा दिया ।

जैसे मानवों की भीड़ नीचे की दुनिया में है वैसी ही ऊपर पहाड़ों में भी। जो भी थोड़ा बाल-दाढ़ी बढ़ा चुका है, थोड़ा धार्मिक दिखने वाले रंग-बिरंगे कपड़े पहने हुए है, वह अपने आप में एक गूढ़-ज्ञानी, अलौकिक और पहुँचा हुआ गुरु ही है। अब आप ही बताएँ कि गाँजा-भाँग के नशे में धुत्त रहने वाला और रुपयों को सहेजने वाला बातूनी व्यक्ति क्या हो सकता है। एक से बढ़कर एक बहसू और दिव्यज्ञानी। नीचे तो कुछ ठीक-ठाक भी था, पर यहाँ तो यात्रियों के धन देने के अनुपात में आशीर्वाद या फिर गाली। हिमालय में ऐसे लोगों को देखकर मेरा दम घुटने लगा। इनसे अच्छे तो वहाँ के स्थानीय लोग हैं, जो भगवान के प्रति सदा समर्पित भाव में ही रहते हैं। मुझे पता चला कि यह उन साधुओं की भीड़ थी जिन्होंने नीचे अपना परिवार बसा रखा है और जो चारधाम यात्रा के मौसम में ही यहाँ दिखते हैं। जब यहाँ भक्त यात्रियों की भीड़ उमड़ती है तब आते हैं और यहाँ से अच्छा खासा धन एकत्रित कर वापस अपने-अपने घर-परिवार में चले जाते हैं।

एक स्थानीय व्यक्ति के घर अपना अधिकांश सामान छोड़कर मैं आगे बढ़ गया। शरीर पर बस एक-दो कपड़े। आबादी और लोग दिखने अब बंद हो चुके थे, भीड़ बहुत दूर पीछे छूट चुकी थी। मैं अब संभवत: हिमालय के दुर्गम क्षेत्र के गर्भ में था। आकाश छूती पर्वत शृंखलाओं का ऐसा व्यूह जिसके पार की कल्पना असंभव। चलते-चलते मैं ऐसी जगह पहुँच जाना चाहता था जहाँ मनुष्य जैसे किसी जीव के आने की संभावना

न हो, जहाँ यदि कुछ हो तो सिर्फ मैं और बाबा के संग मेरी यादें। उन्होंने बुलाया है तो वो खुद कहीं-न-कहीं से साकार होकर आएँगे ही। अब जिस पहाड़ी पगडण्डी पर मैं ऊपर चढ़ाई की तरफ बढ़ता जा रहा था, वह टूटी-फूटी और जंगली झाड़ियों से भरी हुई थी। जैसे-जैसे ऊँचाई बढ़ती जा रही थी वनस्पतियाँ भी कम और छोटी होती जा रही थीं। कहीं दूर सामने मुझे लगा कि वह स्थान और मार्ग तो मेरा जाना पहचाना है। वैसे भी, जबसे मैंने इन दुर्गम पर्वत शृंखलाओं की गोद में प्रवेश किया, तभी से मुझे लगने लगा कि सारे पर्वत जाग गए हैं और ये सभी मुझे पहचानते हैं। प्राय: मेरी ही प्रतीक्षा कर रहे हैं। यह सारा क्षेत्र युगों से परिचित मेरा अपना लगने लगा। जैसे-जैसे मैं आगे बढ़ता गया, मुझे इन निर्जन पर्वतों में अपना घर जैसा आभास होने लगा। झाड़ियों के बीच झरने के बगल में मुझे एक गुफा का आभास हुआ।

एक भूखे को क्या चाहिए? मेरी स्मृतियों को बाबा जगाते जा रहे थे। मेरी सोच खत्म होती जा रही थी। मेरे शरीर में विद्युतीय आवेश धीरे-धीरे अपनी विस्फोटक सीमा तक पहुँच चुका था। गुफा प्राचीन था, लेकिन जाना-पहचाना। दुर्गम ऐसा कि कोई मनुष्य आने का दुस्साहस न करे।

और मैंने देखा, मेरे भीतर का कठोर आदिम तपस्वी स्वभाव जाग रहा है। गुफा के भीतर पहाड़ी लताएँ उग आई थीं। उनको साफ करके बैठने का एक ऊँचा स्थान निश्चित किया और आसन पर आसीन हो अखंड समाधि में स्थित हो गया। ऐसा लगा कि मैं ऐसे ही युगों से इसी के लिए बना हुआ था। मैं संसार में बस यों ही चला गया था। यह स्थान अब मेरी ही प्रतीक्षा कर रहा था और मेरे आने से इस स्थान में, जिस बात की कमी थी, वह पूरी हो गई थी।

कब कितना समय बीता, बाहर की दुनिया में क्या हुआ, मुझे आज भी कुछ ज्ञात नहीं। लोग पूछते हैं। मैं उन्हें क्या बताऊं? जिन्हें प्रमाण के रूप में फोटो चाहिए, उन्हें मैं विनयपूर्वक इतना ही कहना चाहता हूँ कि कोई फोटोग्राफर साथ लेकर मैं तपस्या करने नहीं गया था।

अध्याय-14

षट्कोणीय ऊर्जा-सर्किट का रहस्य एवं माँ चामुंडा का प्रादुर्भाव

आपको मैं गुफा के बारे में क्या कहूँ? कौन-कौन सी बातें कहूँ जिससे आप परमात्मा की तरफ पहले से अधिक दृढ़ता के साथ अपने कदम बढ़ा सकें। आप में ऐसा गहरा विश्वास जन्म ले जो संदेहमुक्त श्रद्धा से भरा हो और परमात्मा आपकी इस ईमानदारी को देखकर आपको न भूलने पाएँ, भले आप अपने परमात्मा को ही भूल गए हों। मैं आपके ऊपर व्यक्तिगत आक्षेप नहीं कर रहा हूँ, क्योंकि मेरे खुद का इस जगत् में कुछ भी व्यक्तिगत नहीं है।

यहाँ तक कि मेरी अनुभूतियाँ भी व्यक्तिगत नहीं। मेरी सभी अनुभूतियाँ इस जगत् में मूल तत्त्व, चेतन पात्र और परमात्मा के साथ सम्मिलित हैं। परमात्मा के बिना समाधि में जीना क्या संभव है? बिलकुल नहीं। यदि परमात्मा का अस्तित्व ही नहीं तो फिर समाधि कैसी? कितनों ने अपनी समाधि को बाह्य जगत् के किसी जीवित व्यक्ति से जुड़ा हुआ साबित किया?

गुफा में कितने दिन बीते, कितनी रातें बीतीं, दिन-रात मिल कर कितने महीने बने, महीनों ने कब वर्षों का रूप धारण किया, यह मैं कैसे

बताऊं? गणना करने के लिए मेरे साथ न कोई यंत्र, न कोई कैलेण्डर। उस गुफा में, जहाँ मेरे जीवन का अनमोल समय व्यतीत हुआ, वहाँ का प्रमाण और फोटो कहाँ से, किसके लिए लाऊँ? समय तो निरंतर है, सापेक्ष है। कौन कैसे समझेगा? किसे समझाना है? समझकर इस जगत् में कितने लोगों का जीवन बदल जाएगा?

आज लोग मुझे कहते हैं कि कम-से-कम एक फोटो उस समय का जरूर अपने पास होना चाहिए था। देखो इनकी सोच को। आखिर ये चाहते क्या हैं? जिन लोगों के भीतर सच्चे मनुष्य का गुण तक नहीं है, अपने ही जीवन में जिए संबंधों को याद नहीं रख सके, निभा नहीं सके, वे प्रमाण के रूप में गुफाकाल की मेरी तस्वीर को देखना चाहते हैं। जो मुझे आज तक ईमानदारी से स्वीकार नहीं कर सके, वे क्या मेरे फोटो को देखकर यह मान लेंगे कि प्रथम मानव शरीरधारी अघोर का अनमोल जीवन हिमालय की गुफा में निर्मित हुआ है? हँसी आती है ऐसी सोच पर।

न जाने कितने समय बाद जब मेरी आँखें खुलीं तो मैंने उस अंधकारमय गुफा में अपने पीछे लकड़ियों का बण्डल और पास ही, हाथ से बुना हुआ एक ऊनी कम्बल रखा हुआ पाया। मैंने अनुमान लगाया कि भेड़ पालने वाले कुछ गड़ेरिए आए होंगे और उन्होंने ही ये सब रखे होंगे। उन गरीब लोगों के भीतर एक अनजाने साधक के प्रति ऐसी दया जिसमें किसी स्वार्थ की भावना नहीं थी, को देखकर मनुष्यत्व का अर्थ समझ में आया।

मेरी शारीरिक स्थिति ऐसी न थी कि बाहर के विषय में सोच भी सकूँ। चेतना अनवरत मुझे अंतर्मुखी करती जा रही थी। लगातार बैठे रहने से मेरे कमर के नीचे का हिस्सा लगभग जड़ हो चुका था। किसी तरह बहुत कोशिश कर अपने हाथ का सहारा लेकर खड़ा हुआ और चहलकदमी करके अपने आपको ठीक से खड़ा होने लायक बनाया। बाहर की स्थिति जानने के लिए गुफा से निकलकर देखने की सोचा। बाहर काफी बर्फ गिरी हुई थी। अनुमान लगाया कि जाड़े का मौसम चल रहा है।

पुनः अपने आसन पर बैठ अपने ही जगत् में डूबता चला गया।

बाहर का कोई भाव ही नहीं बनता था। संभवतः, भौतिक जगत् की स्मृतियाँ सुप्तावस्था में चली गई थीं। यह स्थिति मेरे लिए बड़ा ही सहयोगी हुआ। एक दिन आभास हुआ कि एक वृद्ध महात्मा मेरे पास उपस्थित हैं। लगभग साठ-पैंसठ वर्ष के महात्मा ने बतलाया कि वे यमुनोत्री के बगल में ही एक स्थान बनाकर अपने शिष्यों के साथ निवास करते हैं। अत्यंत मृदुभाषी महात्मा का नाम तो आज याद नहीं है, लेकिन वे मुझे गोपालजी कहकर पुकारते और बड़ा ही प्रेम करते। बालक जैसे निश्छल स्वभाव के वे महात्मा हनुमान जी के परम भक्त थे। यमुनोत्री में ही अपने इष्ट का दर्शन कर वहीं ठहर गए थे, तबसे वे यमुनोत्री से नीचे नहीं गए।

उनकी विनम्रता देखकर अपने पास आने की अनुमति मैंने उन्हें दे दी, परन्तु किसी अन्य शिष्य या व्यक्ति को लेकर नहीं। उन्होंने स्वीकार किया। वे आते और मेरे ही पास बैठकर ध्यानमग्न हो जाते। लेकिन मेरे विचारों ने उठना बंद कर दिया। मैंने महसूस किया कि बीच-बीच में कुछ साधु तीन-चार के झुण्ड में मेरी गुफा के आसपास मंडराते और इस बात की प्रतीक्षा करते कि मैं कब अपनी समाधि से उठूँ। इससे मुझे अपनी एकान्तता में हस्तक्षेप का आभास होने लगा। वे मेरी सेवा-सुश्रुषा करने के लिए प्रतीक्षा करते रहते। कुछ सिद्धियों और अलौकिक शक्तियों की प्राप्ति की आकांक्षा लिए गुफा के बाहर अपना पड़ाव डाले रहते।

जहाँ एक तरफ मेरे शरीरस्थ चक्रों में अक्षरों के आपसी मिलन से ऊर्जा का तीव्र विस्फोट होता रहता, वहीं गुफा के बाहर उनकी आवाज मेरे कानों में भयानक चोट उत्पन्न करती। लेकिन मैं क्या कहता उन्हें। सभी स्वतंत्र हैं। मैं समझ गया कि अब मुझे अपना स्थान परिवर्तित करना पड़ेगा।

आगे बढ़ने से पहले इस जगत् के लिए यहाँ पर कुछ ऐसी बातों को स्पष्ट करता चलूँगा, जिससे एक ईमानदार व्यक्ति को यह बात ठीक से समझ में आ जाए कि इस मानव शरीर की संरचना का मूल महत्त्व क्या है। पीछे जिस षट्कोणीय ऊर्जाचक्र का वर्णन मैंने किया है अब उसी का यहाँ विस्तार करता हूँ।

चित्र 14.1 षट्कोणीय आकृति

यहाँ यह भी स्पष्ट कर दूँ कि मैं हिमालय में कुछ सिद्धियाँ पाने नहीं गया था। बाबा ने प्राथमिक तैयारी घर में तभी करवा ली थी, जब मैं सांसारिक संबंधों के जगत् में था। हिमालय में मेरी तैयारी उस कार्य के निमित्त होनी थी जिसे आगे के जीवन में संपन्न करना था। उन्हीं में से कुछ ऐसी बातों का उल्लेख कर आगे बढ़ूँगा जिससे मूल विषय पर शीघ्र ही पहुँचा जा सके और उसे सरलता से समझा भी जा सके।

मानव शरीर में प्राकृतिक रूप से स्थित षट्कोणीय ऊर्जा-सर्किट मूल रूप से पुरुष-तत्त्व और स्त्री-तत्त्व का प्रतिनिधित्व करता है। हर शरीर में यह ऊर्जा-सर्किट रहता ही है, क्योंकि इसे ही आधार बनाकर परमात्मा अपनी सृष्टि में निरंतर आगे की तरफ अग्रसर होते हैं। जीवन

और सृष्टि की गति इसी से निर्धारित होकर अपना कार्य करती है। विधाता के जिस प्रयोजन से यह सृष्टि हुई उसमें इस षट्कोण-आकृति के ऊर्जा-सर्किट का ही मूल आधार निर्मित होता है। जब हम अधोमुखी त्रिकोण (▼) की बात करते हैं तो यह समझो कि इसमें जो ऊपर के दो सिरे हैं वे स्पष्ट रूप से एक स्त्री-शरीर में स्थित दो स्तन हैं, जो कंधों और बाँहों तक अपना विस्तार करते हैं और नीचे का जो कोण है वह उसका मूलाधार है। उसी मूलाधार के ठीक ऊपर योनि अर्थात् स्वाधिष्ठान स्थित है। जब हम ऊर्ध्वमुखी त्रिकोण (△) को देखते हैं तो ऊपर का कोण सहस्त्रार और आज्ञाचक्र का क्षेत्र है। नीचे के दोनों कोण कमर की दोनों तरफ जाते हुए दोनों जाँघों तक अपना विस्तार करते हैं।

यही समझो कि एक ऊर्ध्व त्रिकोण (△) बैठा हुआ है और उसके गले में अपनी दोनों बाहों को डाले अधोमुखी त्रिकोण (▼) सामने से उसकी गोद में बैठा हुआ है, जैसे किसी पुरुष के गले में एक स्त्री अपनी बाहें डाले उससे लिपटकर बैठी हो। पुरुष का मूलाधार धरती पर टिका है, लेकिन स्त्री और पुरुष के स्वाधिष्ठान मिले हुए हैं। षट्कोण में इस संभोगस्थल को देखने पर अधोमुखी त्रिकोण के ऊपर से गुजरती हुई ऊर्ध्वमुखी त्रिकोण की निचली रेखा दिखेगी। इस स्थान पर दोनों तरह के मूल तत्त्वों के मिलने से विस्फोट होता है, जिससे उत्पन्न ऊर्जा अपनी प्राकृतिक अवस्था में प्रजनन का कार्य करती है। अगर इसी ऊर्जा का उपयोग प्रजनन के अतिरिक्त अन्दर ही में किया जाए तो अपने ही भीतर विस्मयकारी शक्तियों का उदय होता है। हाँ, साथ ही ध्यान रहे कि स्वाधिष्ठान चक्र का यह मिलन-स्थल सेकण्ड खंड का मूलद्वार व शक्ति की सक्रियता और क्रियात्मकता का क्षेत्र भी है। ऐसी अवस्था में स्वाधिष्ठान चक्र एक-दूसरे से संयुक्त हैं, जबकि इन दोनों का मणिपुर चक्र और अनाहत चक्र एक-दूसरे के सामने स्थित होकर जुड़े हुए हैं। इस प्रकार मूलाधार तो एक-दूसरे से अलग हैं, लेकिन अन्य चक्र अपने को आमने-सामने रखकर एक दूसरे में अपनी ऊर्जा का लय कर देते हैं। कंठचक्र से नीचे मूलाधार तक प्रकृति और पुरुष का संयुक्त क्षेत्र है, लेकिन अगर गहरे देखा जाए तो स्त्री-शक्ति ने अपने अन्दर पुरुष को

स्वाधिष्ठान से कंठचक्र तक बाँध रखा है। षट्कोणीय ऊर्जा-सर्किट पर ध्यान से देखें तो ऊर्ध्व त्रिकोण को गर्दन से काटती हुई एक रेखा दोनों दिशाओं में जाती हुई नीचे की तरफ मुड़कर मूलाधार में एक-दूसरे से पुनः संयुक्त हो जाती है। तत्पश्चात्, अपनी ही ऊर्जा-तरंगों से पुनः युक्त होकर मिल जाती है। षट्कोण में ऊपर जिस शीर्ष स्थान में एक अन्य छोटा सा ऊर्ध्व त्रिकोण बनता है वह एकमात्र पुरुष का स्वतंत्र क्षेत्र है, जिसमें प्रकृति का कोई हस्तक्षेप नहीं है। इस ऊर्ध्व शीर्षक्षेत्र में ही आज्ञाचक्र और सहस्रार स्थित हैं।

प्रकृति और स्त्री का हस्तक्षेप जीव को कंठचक्र तक अपने आलिंगन में कठोरता से बाँधे रहता है। कहने का तात्पर्य यह है कि शरीर में इस षट्कोणीय ऊर्जा-सर्किट में इसी पुरुषतत्त्व और स्त्रीतत्त्व का सीधा संबंध होने से सृष्टि निर्माण का कार्य सम्पादित होता है। एक स्थूल शरीर, वह चाहे किसी भी योनि का हो—मानव हो या पशु, या फिर पक्षी हो या कोई अन्य जीव—वह इसी से संबंधित ऊर्जा-समूह द्वारा संचालित है। प्रकृति ने, अधोमुखी त्रिकोण ने अपने आलिंगन से ऊर्ध्वमुखी त्रिकोण को अपने बंधन में बाँध लिया है, अपने आगोश में ले लिया है। यह इस जगत् का विधान है। ऐसे, पुरुष अपने स्वतंत्र रूप से मुक्त स्वभाव का है, लेकिन प्रकृतिजन्य (स्त्रीजन्य) विषयों के भोग के आकर्षण में वह युगों से लिप्त है। अतः, संयोग होने पर प्रकृति अपनी बंधनकारी शक्ति का प्रयोग कर जीव की चेतना को अपने कठोर आलिंगन में बाँध लेती है। इसी स्थिति में पुरुष के शरीर से उसका सूक्ष्म ऊर्जातत्त्व स्त्री के शरीर में प्रवेश करता है और एक नई सृष्टि, अर्थात् शरीर को जन्म देने का मूल आधार बनाता है।

परमात्मा की यह रचना अलौकिक है। चूँकि मैंने इस जीवन में तीन वर्षों तक वैवाहिक जीवन जीया है, इस सर्किट को समझने में मुझे जरा भी देर न लगी। दूसरी बात यह कि मेरे भीतर ऊर्जा-सर्किट पर हो रहे इस प्रक्रिया के अतिरिक्त इस मुद्रा में एक स्त्री और एक पुरुष के ऊर्जा-शरीरों का रमण करता हुआ दृश्य मेरे सामने से गुजरता गया, जिससे मुझे इस तथ्य को समझने में बहुत आसानी हुई।

अपने शक्तिशाली बंधन में अधोमुखी त्रिकोण का सारा अस्तित्व ही पुरुषतत्व की स्वीकार्यता पर निर्भर है, क्योंकि अधोमुखी त्रिकोण प्रचंड शक्तिशाली होते हुए भी अपने उत्थान के लिए पूरी तरह ऊर्ध्वमुखी त्रिकोण, अर्थात् पुरुषतत्व पर ही आश्रित है। तात्पर्य यह कि जब कोई पुरुषतत्व स्त्रीतत्व को अपनाता है तभी जगत् की उत्पति होती है, तभी स्त्री की सार्थकता सिद्ध होती है, तभी वह अपना पूर्ण प्रदर्शन कर सकती है, अन्यथा नहीं।

समाधिस्थ अवस्था में जब मैंने अपने शरीरस्थ इन्हीं दोनों त्रिकोणों की आलिंगनबद्धता को विभक्त किया था तब बाबा ने कहा था–"पुत्र! तुमने अपने शरीर पर स्थित शब्दों के बंधन को तोड़कर अपने आपको मन्त्रों के बंधन से मुक्त कर लिया है, इसलिए तुम प्रथम मानव शरीरधारी 'अघोर' बन गए हो। तुमने अपने ऊपर मन्त्रों व शब्दों के प्राकृतिक कीलन (बंधन) को तोड़ दिया है।"

बाबा की यह बात स्मृति में उभर आई और मेरे सामने प्रकृति का यह गूढ़ रहस्य अब अपने यथार्थ में अनावृत हो गया।

मैंने अपने शरीर (ऊर्जा-सर्किट) पर से प्रकृति के उस प्राचीन और प्राकृतिक बंधन को हटा दिया था जिसमें मैं आवृत था। जिस अधोमुखी ऊर्जा-सर्किट के भोग में लिप्त होकर उसी के अधीन मैं बार-बार जन्म लेकर अपना जीवन इसी जगत् में जीने के लिए विवश होता रहा, अब मुझे उससे मुक्ति मिल चुकी थी।

बाबा की प्रेरणा से, मैंने अपने इस शरीरस्थ ऊर्जा-सर्किट पर बचपन से स्वतः चल रहे नवार्ण मन्त्र का प्रयोग करना उचित समझा, ताकि मन्त्र के अक्षरों और ऊर्जा-सर्किट के बीच के संबंधों को जाना-समझा जा सके।

मैं अपनी गोद में लिपटी हुई अधोमुखी त्रिकोण की आकृति को स्पष्ट जाग्रत कर ऊर्ध्वमुखी त्रिकोण के ऊपर लेकर मंत्राक्षरों को एक विशिष्ट क्रम से बैठाने लगा। क्रमानुसार यह गति बढ़ती गई और गति के साथ शब्द विक्षेपण प्रक्रिया के रूप में ऊर्जा उत्पादन की भीषणता बढ़ने लगी। एक समय ऐसा आया जब मुझे अपने ऊर्जा-सर्किट के

फटकर चिथड़े-चिथड़े होने का स्पष्ट आभास हुआ। लेकिन मौत मेरे लिए मात्र एक शब्द थी, कोई आकृति नहीं। मौत शब्द के भीतर जो निराकार है, मैंने सदा उसे जानना चाहा। इसलिए, इस प्रक्रिया में कोई बाधा नहीं उत्पन्न हुई। मेरी चेतना अपने सर्किट में निरंतर यही ऊर्जा-विस्फोट करती जा रही थी। मेरा अपना स्थूल शरीर अग्नि के रक्तवर्ण के अंगारों से भरा हुआ था। मेरे सारे चक्र पूर्ण विस्फोट की अवस्था में थे।

मेरे शरीर से विद्युत-तरंगों का भभूका (ज्वाला) भयानक वेग से उठता और ऊपर आकाश में अपने आसन पर स्थित मेरे एक अन्य शरीर में समा जाता। वह शरीर उन मन्त्रध्वनियों को ब्रह्माण्ड में प्रसारित करता जा रहा था। अचानक मैंने देखा एक विराट विद्युतीय शरीर वाली ब्रह्माण्डीय वर्ण की नारी मुझसे प्रकट हुई। उसके एक हाथ में विशाल खड्ग था तथा नथुनों से अग्नि की भीषण ज्वाला निकल रही थी। उसी समय मेरे शरीर के अनाहत चक्र (हृदय) में एक अत्यंत विराट शून्य बनता चला गया, जिसमें सामने उपस्थित वह स्त्रीशक्ति अत्यंत वेग के साथ प्रवेश कर गई। जिस नवार्ण मंत्राक्षरों को अपनी ऊर्जा-सर्किट में बैठा रहा था, वे अपना मूल आकार लेकर सदा के लिए साकार रूप धारण कर मेरे ही शरीर में लीन हो गए।

तभी बाबा का ब्रह्माण्डभेदी अघोर स्वर गूँज उठा–"पुत्र! आज तुमने अपनी माँ चामुंडा को जाग्रत कर शरीर में स्थान देकर उन्हें अपने संतुलन में कर लिया। आज तेरी शक्ति चामुंडा ने, मन्त्र के बंधनों से मुक्त होकर अपने पुत्र के शरीर में ही आसन प्राप्त कर लिया है। तू धन्य है और मैं भी। इस जगत् में पहली बार किसी मानव शरीरधारी ने इस महाशक्ति को साकार जाग्रत रूप में अपने ही भीतर स्थापित कर लिया है। मुझे तुझ पर गर्व है। तुम्हारा यहाँ का प्रवास पूरा हुआ, अब तुम मेरे क्षेत्र की तरफ बढ़ो। मैं अब तुम्हें केदारखंड के केदारनाथ क्षेत्र में मिलूँगा। वहीं आगे का मार्गदर्शन भी प्राप्त होगा तुम्हें।"

अध्याय-15

परमपिता की गोद में

अब बाबा से मुझे केदारनाथ क्षेत्र में पहुँचने का निर्देश मिल गया था, इस संकेत के साथ कि उस क्षेत्र में आने के लिए माध्यम भी स्वयं ही प्राप्त होते जाएँगे। मैं उस समय हिमालय की दुर्गम पर्वत शृंखलाओं के मध्य था। जहाँ मार्ग व दिशा का पता भी नहीं चलता। लम्बे समय तक बैठने से कमर के नीचे का भाग जकड़ गया था। पहाड़ों का उतार-चढ़ाव कैसे पार कर पाऊंगा? एक बार यह समस्या मन में खड़ी हुई, लेकिन शीघ्र लुप्त हो गई। अत:, मैंने उस गुफा को, जिसने मुझे अपने भीतर सुरक्षित रूप से इतनी लम्बी अवधि तक आश्रय दिया, धन्यवाद ज्ञापित किया। अब बाबा की आज्ञा का पालन ही मेरा अगला कदम।

एक दिन प्रात: केदारनाथजी के लिए निकल पड़ा। नीचे उतरते समय एक स्थानीय गड़रिये के माध्यम से पहाड़ी मार्ग का पता चला। कुछ दूर तक उसने मुझे रास्ते दिखाए।

पहाड़ी मार्ग पर पैदल अनुमान लगाता चलता रहा। कई दिन बीते, कई रातें बीतीं। पहाड़ों में प्रकृति ने ऐसी व्यवस्था कर रखी है कि अगर आप जीवन के प्रति भय से मुक्त होकर चल रहे होते हैं तो रात बिताने के लिए आपको पत्थरों की आड़ में जगह की कोई कमी नहीं

मिलती। मेरी गुफा में पास में रखा हुआ कम्बल जो मुझे मिला था, वह मेरे लिए पर्याप्त था।

तीसरा या चौथा दिन रहा होगा जो मैं केदारनाथ क्षेत्र में प्रायः प्रवेश कर चुका था–तरंगें कुछ ऐसा ही संकेत कर रही थीं। उत्तर-पूर्व दिशा में दूर कहीं से एक अत्यंत वृद्ध पुरुष ऊँचे पर्वत से नीचे की तरफ आते हुए दिखे–पीली धोती पहने, कमर से ऊपर मात्र जनेऊ, कंधे के नीचे कमर तक एकदम काले खुले बाल, गौर वर्ण, भरा स्वस्थ्य शरीर और पेट हल्का सा निकला हुआ। ऐसा लगा जैसे अपनी धुन में डगमग-डगमग चलता हुआ, बिना कहीं किसी तरफ देखे, नीचे उतरता हुआ वह व्यक्तित्व मेरा कुछ जाना-पहचाना-सा है। न जाने कैसे समाधि लगने जैसी मेरी अवस्था हो गई और अपने पैरों से चलने में असमर्थ महसूस करने लगा। अपने को सम्हालते हुए वहीं पास के चट्टान पर बैठकर समाधिस्थ हो गया। मेरी बंद नजरों के सामने उन्हीं का दृश्य था। मस्तक पर चन्दन का त्रिपुंड चमक रहा था। एक बार उन्होंने मेरी तरफ देखा और मुस्कुराया। उनके हाथों में स्वर्ण कमंडल नजर आया। यह दृश्य काफी देर तक चलता रहा। मुझे बीच-बीच में ऐसा प्रतीत होता कि वे महात्मा मेरी ही तरफ आ रहे हैं, लेकिन तभी देखा कि वे पहाड़ी की दाईं तरफ मुड़कर मेरी नजरों से ओझल हो गए।

ऐसा लगा कि उन्होंने अपने नेत्रों से ही मुझे अपने पीछे आने का आदेश दिया है। मैं पूरी तरह समाधिस्थ हो चुका था और आँखें खोलने की स्थिति में नहीं था। न जाने कितना समय बीत गया। स्थूल चेतना में आने पर धीरे-धीरे मेरी आँखें खुलीं। चारों तरफ बर्फ-ही-बर्फ, लेकिन आसमान साफ। हल्के बादल बनते और चले जाते। बर्फीले पर्वतों पर हल्के बादलों का बनना होता ही रहता है।

नजरें दौड़ाईं तो देखा कि मैं जहाँ पहले चट्टान पर समाधिस्थ बैठा था, यह वह स्थान नहीं है, बल्कि उससे बिलकुल अलग कोई दूसरा स्थान है। मैं यहाँ कैसे आ गया, यह मेरे लिए कुतूहल का विषय था, परन्तु उसे शान्त करने का कोई उपाय नहीं था। सामने के

बादल छँटने पर मुझे एक अत्यंत प्राचीन गुफा दिखाई दी। मैं चौंक उठा। अपने घर में जब समाधिस्थ होकर हिमालय में स्वयं का प्रक्षेपण कर स्थान की तलाश करता, तो जो गुफा दिखता, यह बिलकुल वही गुफा है। लेकिन मुझे तो यहाँ तक पहुँचने के रास्ते भी नहीं मालूम, फिर भी सब कुछ मेरा जाना-पहचाना। यह कैसे हो गया? मैं तो बैठा किसी अन्य स्थान पर था, पहुँच यहाँ कैसे गया?

मन में ये प्रश्न उठ ही रहे थे कि सामने पुनः वे वृद्ध साकार उपस्थित। वे मुस्कुरा रहे थे। उनकी आँखों में देखा–"अरे, यह क्या? यह तो बाबा हैं। इस रूप में यहाँ? तो क्या, मैं केदारक्षेत्र में पहुँच चुका हूँ अपने पिता श्री केदारनाथजी के पास?" यह ख्याल आते ही मेरे शरीर में विद्युत का तेज झटका लगा और मेरा अस्तित्व विद्युतीय तरंगों से भर गया। सारी थकान न जाने कहाँ चली गई। बाबा मेरी तरफ देखकर सिर्फ मुस्कुराते जा रहे थे। मेरी आँखों से अचानक अश्रुधारा बह निकली। सोच खत्म हो चुकी थी, विचार उठने बंद हो गए थे। मेरे शरीर के स्थान पर सिर्फ स्तम्भ के आकार में चक्रों का लम्बवत समूह ही दृष्टिगोचर था। स्थूल शरीर से मुक्त अपनी अवस्था में मैंने बाबा के शरीर में भी उन्हीं चक्रों का लम्बवत स्तम्भ देखा। बाबा के सिर के भीतर भी वैसे ही सहस्रार में सात चक्र थे, जैसे मेरे। बाबा के उस रूप में उन चक्रों को मैं देख रहा था। मुझे अपने शरीर का बोध नहीं था बोध था तो उन चक्रों का। मुझे अपनी आँखों से निरंतर बहे जा रहे आँसुओं का अहसास था। ऐसे ही न जाने कैसे कितना समय बीत गया।

मैं अपने जीवन की खोज–अपने पिता–को पा चुका था। बाबा के सामने मेरे नयनों से झर रहे आँसू मेरे वश में नहीं थे। तभी बाबा का स्नेहपूर्ण, चक्रभेदी अघोर, परन्तु शान्त स्वर, शून्य में किसी नाद की तरह गूँज उठा–"पुत्र, अब तुम अपने घर में हो। यह गुफा तुम्हारी आदिकालीन समाधिस्थली है। संसार में तुम थक चुके हो। कुछ दिन यहीं ठहरकर विश्राम करो। इस स्थान पर कोई मनुष्य या जीव नहीं आ सकता। यहाँ से दक्षिण तरफ नीचे की ओर जाने पर केदारनाथ

मंदिर है। तुम्हें अब यहीं इसी गुफा में निवास करना है। तुम अपने आपको अपने पिता के पास जानो। मैं तुम्हारा मार्गदर्शन करता रहूँगा।"

यह बोलते हुए शून्य आकाश में बाबा का शरीर विलीन हो गया। मैं गुफा के बिलकुल सामने ही था। उठकर अपने पीछे की तरफ देखा तो अवाक् रह गया। ठीक पीछे अंतहीन खाई थी। जहाँ मैं बैठा हुआ था वह गुफा के सामने एक छोटी सी समतल चट्टान थी। गुफा की तीन तरफ भयानक खाइयाँ थीं। आने-जाने का कोई मार्ग नहीं। मैं कहाँ से कैसे आया, यह जानने की कोई आवश्यकता ही नहीं थी, क्योंकि बाबा स्वयं ही तो सब कुछ कर रहे थे।

गुफा की तरफ देखा। हाथ जोड़कर उसे प्रणाम करते हुए लगा जैसे वह प्रतीक्षा कर रही हो। उसमें प्रवेश किया। बाहर से देखने पर उसकी गहराई का अनुमान लगाना बहुत कठिन था, लेकिन भीतर जाने पर ऐसा लगा कि प्रकृति ने इसे बहुत करीने से बनाया है। गुफा अति प्राचीन, पर काफी स्वच्छ था। अचानक मेरी नजर एक स्थान पर जाकर ठहर गई, जहाँ व्याघ्रचर्म का एक बड़ा सा आसन बिछा हुआ था। समझ में नहीं आ रहा था कि मेरे पहले से यहाँ कोई रह रहा है या नहीं। यह सोच ही रहा था कि उस आसन से आवाज आई, "हे अघोर! हे शिवपुत्र! मैं आप ही का आसन हूँ और वर्षों से प्रतीक्षा कर रहा हूँ। आज मेरी प्रतीक्षा पूरी हुई। कृपया मुझे ग्रहण करें।"

बगल में ही एक अत्यंत प्राचीन स्वर्ण कमंडल जल से भरा रखा हुआ था मैंने अपने उस आसन को प्रणाम किया और सोचा कि थोड़ा लेट जाऊँ। अभी लेटे हुए कुछ ही सेकण्ड हुए होंगे कि आसन में कुछ हलचल हुई और उससे पुनः आवाज आई, "क्या आप यहाँ लेटने आए हैं? आप अपने आसन पर और इस गुफा में कभी सोए नहीं। आज यह लेटना कैसा?"

इससे मेरी चेतना को एक तेज झटका लगा और मुझे ग्लानि हुई। मैंने उठकर उस आसन से क्षमा माँगी और अपने आलस्य पर लज्जित

हुआ। पुनः आसन ने कहा, "ऐसा नहीं है। आप मुझसे क्षमा न माँगें। मैं आपका ही एक रूप हूँ। आपके साथ कभी विश्वासघात नहीं कर सकता, इसीलिए मैंने यह कहा। मुझे आपका सदा ध्यान रखना होता है। आपका यह आसन है, इस पर आप जब चाहे बैठें, जब चाहे विश्राम करें। आप सदा समाधि में ही रहते हैं। सामान्य मनुष्य की तरह आप सो ही नहीं सकते, लेकिन अभी मुझ पर आपको बैठकर समाधिस्थ भाव में स्थित होना है। आपके अन्दर जागतिक आलस्य देखकर मैंने ऐसा कहा था बाबा ने अपने पुत्र को कुछ विशेष तैयारी के लिए इस गुफा में बुलाया है। सदा याद रखें कि आप बाबा के पुत्र हैं। आप शिवपुत्र हैं और मैं शिवपुत्र का 'अघोर आसन' हूँ।

इस घटना ने मुझे सचेत कर दिया कि मैं यहाँ सिर्फ और सिर्फ समाधिस्थ अवस्था में ही रहूँ। बाबा की भाषा में 'आराम' का अर्थ है समाधि और समाधि का अर्थ तैयारी। जगत् में समाधि का जो अर्थ प्रचलित है वह कुछ और। समाधि से बाहर आकर कोई यह नहीं बता सका कि समाधि में आगे की कार्ययोजना का प्रारूप क्या बना। क्या, सिर्फ श्वासों को रोकर बैठा रहना ही समाधि है? तब तो प्राणायाम हुआ, समाधि जैसा कुछ तो हुआ नहीं। समाधि हो और चेतना अपने उत्थान की तरफ कार्य न कर वापस पिछली पुस्तकीय बातों में ही उलझकर रह जाए तो समाधि के नाम पर अपने आपको धोखा देना है, जगत् को धोखा देना है। इससे अच्छा है कि अपने भीतर की इच्छाओं की ही पूर्ति कर ली जाए। मैंने समाधि-विशेषज्ञों को ऐसा करते हुए भी देखा है। उन्होंने इस जगत् की प्रकृति में कुछ नहीं किया। संस्कार और संस्कृति परम्परागत होते हैं। और परम्परा को निभाने के लिए कुछ विशेष करना नहीं होता—बस, पूर्व से जो चला आ रहा है, उसका पालन करते जाओ।

मैं अब पहले से अधिक सावधान हो गया था। अपने आसन पर इस अटल निश्चय के साथ बैठ गया कि अब मात्र एक द्रष्टा बन कर रहूँगा, क्योंकि यह जगत्, यह क्षेत्र और यह गुफा, सब कुछ तो बाबा का है। मेरा जीवन अब पूरी तरह बाबा द्वारा संचालित था और बाबा

के कार्य में मैं कुछ भी करने वाला कौन? पहले, समाधि में स्थित होकर कभी-कभी अपने शरीरस्थ ऊर्जा-सर्किट पर कुछ मंत्रों के अक्षरों का विस्फोट या त्रिकोण में अलग-अलग क्रिया कराया करता था, लेकिन अब निश्चल सोच के साथ बस अपने केन्द्र में ही स्थित रहना था। अपने आसन, गुफा और पिताश्री को प्रणाम कर समाधि में स्थित हो, पूर्ण चेतना के साथ अपने आपको सिकोड़ कर सहस्रार स्थित उस स्थान पर जाकर बैठ गया, जहाँ मैं निश्चल रह सकता था। बहुत शीघ्र ही मैं अपने स्थूल शरीर के संबंध से मुक्त हो गया। अब पूरी तरह अपने सहस्रार के पीछे प्रकाशमान केन्द्र में अवस्थित था।

मुझे नहीं मालूम कि कितने दिन बीते, कितनी रातें बीतीं, कब महीने वर्ष में परिवर्तित हुए, कितने मौसम आए और कितने गुजरे। बीच-बीच में मैं काशी से हिमालय तक चमकते हुए करेंट की एक पतली रेखा देखता। काशी में भी मैं ही होता और वहाँ उस गुफा में भी मैं ही (बाबा के साथ)। ठीक से कुछ समझ नहीं पाता। बीच-बीच में गहरे अंधकार में धूल-मिट्टी के नीचे दबा हुआ वह अधोमुखी त्रिकोण दिखाई पड़ता, जिसे अपने घर में देखा करता था। उस अधोमुखी त्रिकोण को देखकर मुझे अपनी माँ सती की झलक दिखलाई पड़ती जो इन शब्दों के साथ ब्रह्माण्डीय नारी के रूप में प्रकट हुई थीं–"यह स्थान रात में गर्भवती हो जाता है।"

इस त्रिकोण का इतना स्पष्ट आभास मेरे अंतस् को विचलित कर देता। अंधकार में स्थित इस सुप्त त्रिकोण का संबंध मुझसे अवश्य ही बहुत गहरा है। मुझे लगता है कि इसी विचलन से एक बार मेरी समाधि भंग हो गई। हठात् समाधिभंग की इस घटना से बड़ी ग्लानि हुई। मैं तो अपने आसन पर भी अब बैठने के लायक नहीं रह गया। मेरी समाधि कैसे भंग हुई? मैंने तो ऐसा सोचा भी नहीं था। इसी उधेड़बुन में था कि बाबा की उपस्थिति का आभास हुआ। बाबा मेरे सामने थे, बिलकुल मेरे पास। मैं बाबा को छू सकता था, लेकिन अपने पिता को देखकर जैसे मेरे विचार ही उठने बंद हो गए। बाबा

मुझे देखकर मुस्कुरा रहे थे। काफी देर तक यही स्थिति बनी रही और मेरी आँखों से झर-झर आँसू बहने लगे। तभी बाबा की आवाज गूँज उठी--"बेटे! यह सब मैं ही कर रहा हूँ। तुम इन बातों से परेशान न होना। मैं तुम्हारी स्मृतियों में कुछ जगा रहा हूँ। तुम्हें जिस काम के लिए इस बार मानव शरीर में धरती पर भेजा है, यह उससे ही संबंधित है। तुम अपने स्थूल शरीर से इस बार काशीक्षेत्र में जन्मे हो और काशी क्षेत्र से ही आए हो। अपने घर में रहते हुए ही तुमने अपने आपको जाग्रत कर अपनी शक्ति पर नियंत्रण कर लिया है। अभी तुम जिस स्थान पर इस गुफा में अवस्थित हो, वहाँ से काशी तक एक सीधी विद्युतीय रेखा निर्मित की गई है, जिसका संबंध धरती पर पड़े उसी सुप्त अधोमुखी त्रिकोण से है, जो तुम देख रहो हो। जो हो रहा है उसे देखते जाओ। तुम्हारी स्मृतियों में मैं खुद ही बातों को सहेजता जाऊँगा । तुम्हारा और तुम्हारी चेतना का संचालन मैं स्वयं कर रहा हूँ। अपना यह स्थूल शरीर तुम मुझे दे चुके हो। इसीलिए अब इसमें जो कुछ भी हो रहा है, उसमें से सिर्फ भौतिक कर्म पर ही अपना निर्णय करना। शेष सब मैं करूँगा। मुझे तुम्हारे साथ तुम्हारे इस शरीर की भी जरूरत है। मैं तुम्हारे शरीर में हूँ। तुम अब अपने शरीर को मात्र एक 'शव' समझ कर आगे बढ़ो। काम बहुत है और यह उसी के निमित्त तुम्हारी तैयारी है। अभी इसी गुफा में रहना, कहीं जाना नहीं है।"

यह कहकर बाबा पुनः शून्य में विलीन हो गए। मुझे अचानक अपने भीतर तेज प्यास की अनुभूति हुई। मैंने अपने बगल में पड़े हुए कमंडल की तरफ देखा। कमंडल से एक आवाज आई–"आप मुझमें रखे हुए जल का उपयोग करें, यह आपके लिए ही है।"

प्यास इतनी गहरी थी कि मुझे कुछ न सूझा। हाथ बढ़ाकर उस कमंडल को उठा लिया और उसमें रखे हुए जल को पीने लगा। फिर एक ख्याल उठा कि अगर यह जल समाप्त हो गया तो? कहीं आसपास झरना भी नहीं दिखता। कमंडल के भीतर झाँका। बहुत सारा जल पी लेने के बाद भी उसमें पहले ही जितना जल भरा हुआ

था। मैं कुछ समझता इसके पहले ही ऐसा आभास हुआ कि मुझे तुरंत समाधि में चला जाना चाहिए, क्योंकि शरीर के अन्दर नाभि से लेकर आज्ञाचक्र तक तेजी से कुछ हो रहा था। मैंने कमंडल को स्थान पर रखकर अपनी आँखें बंद कर लीं। सामने अत्यंत प्राचीन एक दृश्य उपस्थित हुआ जिसका वर्णन मैं यहाँ कर रहा हूँ।

एक बड़ी सी गुफा बहुत ही ऊँचे पर्वत पर है। चारों तरफ दूर-दूर तक बर्फ ही बर्फ। उस गुफा के बाहर बहुत सारे ऋषि-मुनि और तपस्वी अपने-अपने आसन पर बैठकर साधना एवं तप करते हैं, आपस में कोई किसी से कुछ नहीं बोलता। कोई उस गुफा में नहीं जाता।

अन्दर का दृश्य। एक चट्टान पर, व्याघ्रचर्म के आसन पर गौरवर्ण बाबा बैठे हुए हैं—समाधि में लीन, गले में नाग। बगल के ही एक दूसरे चट्टान पर अपने आसन पर एक छह-सात वर्ष का बालक अपनी आँखें बंद किए बैठा हुआ है—समाधि में लीन, गले में नाग। उस गुफा में जरा-सी भी आवाज नहीं होती—पूर्ण शांति। समाधि से उत्पन्न शून्यता की ध्वनि का ही हर पल आभास। वह बालक, बाबा का बेटा मैं ही हूँ—बाबा का बालशिवरूप। कभी-कभी माँ आती हैं, बाबा को और मुझे देखकर मुस्कुराती हैं। माँ कुछ बोलती नहीं, हम दोनों को निश्चल समाधि में बैठा देख मुस्कुरा कर अपनी गर्दन हिलाती हैं और कुछ देर रुक कर चली जाती हैं। कभी-कभी मैं ही बाबा के आदेश पर विशेष कार्य से बाहर निकलता हूँ, तो बाहर बैठे ऋषि-मुनि और साधक अपने-अपने आसन से उठकर खड़े हो जाते और हाथ जोड़कर प्रणाम करते।

बाबा एवं मेरे आसन की दाईं तरफ त्रिशूल गड़ा हुआ है। पास में एक-एक कमंडल है। अब मैं अपने-आपको सदा उसी बालक रूप में ही जीता हुआ अनुभव कर रहा हूँ। बालक की चाल ही बतलाती है कि वह एक कठोर तपस्वी है।

(इस दृश्य का विस्तार से अन्य किसी पुस्तक में वर्णन करूँगा। मैं कामाख्या में जब था तब अपनी बेटी रुचि को भी विस्तार से

दिखलाया था। यहाँ मूल विषय की तरफ बढ़ता हूँ।)

इसी तरह, न जाने कितना समय बीत गया। बीच-बीच में बाबा आते, मार्ग-निर्देशन करते। प्यास लगने पर अपने समीप रखे हुए कमंडल से जल पी लेता। एक दिन बाबा का ऐसा आदेश प्राप्त हुआ जिसकी मुझे कल्पना भी नहीं थी। मैं समाधि की अवस्था में ही था कि बाबा आए और उन्होंने मुझे उस गुफा से बाहर नीचे की धरती पर मानवों के समाज में जाने का निर्देश दिया। बाबा द्वारा अचानक मिले इस आदेश से एकदम अवाक् रह गया। मुझे इस भाव में देख बाबा ने कहा–"तू तो सदा मेरे पास रहता है। तेरा स्थान मेरी गोद में है। लेकिन इस भौतिक शरीर की भी अपनी उपयोगिता है। स्थूल जगत् में इसी शरीर के माध्यम से धरती पर कार्य संपन्न किया जाता है। मेरे कार्य को सम्पादित करने के लिए यदि तुम नहीं जाओगे तो फिर मुझे स्वयं जाना होगा।"

बाबा की इस बात से मैं अन्दर तक काँप गया और बोला–"नहीं, ऐसा नहीं हो सकता। आपके पुत्र के होते हुए आपको कहीं नहीं जाना है। आपकी आज्ञा का पालन अपनी चेतना के हर होश (हर अवस्था में) तक करूँगा।"

बाबा ने मेरी तरफ देखा और मुस्कुराते हुए कहा–"पुत्र! इस सृष्टि की रक्षा के लिए इच्छा न रहते हुए भी, मुझे अपने बेटे को अपने से दूर भेजना पड़ रहा है। तुम्हारी अम्मा का अंत निकट है। जगत् में भक्त भी चीत्कार कर रहे हैं। तुम्हारी माँ सती भी तुम्हारा इंतजार कर रही हैं। नीचे, कुछ समय के लिए तुम्हें मेरे केदारनाथ मंदिर-क्षेत्र में प्रवास करना है, वहाँ मेरा एक भक्त और तुम्हारा अनेक जन्मों का बेटा और शिष्य भगवती प्रसाद अवस्थी तुम्हारे लिए आवास की व्यवस्था करेगा। जब तक तुम केदारनाथ मंदिरक्षेत्र में रहोगे, उसका परिवार और वहाँ के लोग तुम्हारी सेवा करेंगे। वहाँ मेरे अगले आदेश का इंतजार करना। अपनी नजरें सदा खुली रखना। कुछ लोग तेरे पास आएँगे। तुम उनको अनेक जन्मों के कर्मों से पहचानते जाओगे। इन्हें माध्यम बनाकर तुम आगे की यात्र करोगे। सावधान रहना।"

यह बोलकर बाबा चले गए। मैं अपनी स्वाभाविक समाधि में स्थित हो गया। समय का पता ही न चला। एक दिन, कहीं दूर के कोलाहल से समाधि भंग हो गई। धीरे-धीरे आँखें खुलीं। मैं एक चट्टान पर बैठा हुआ था, जहाँ से दिखा कि एक विशाल जलधारा कल-कल करती नीचे की तरफ तेजी से बढ़ती चली जा रही थी। दूर नीचे, रंग-बिरंगे कपड़ों में लोग चलते-फिरते दिख रहे थे। अनेक घर-द्वारों के बीच एक मंदिर-सा दिख रहा था। जहाँ से रह-रह कर घंटे की आवाज आ रही थी। मैं जिस गुफा में पहले बैठा हुआ था। वह कहीं दूर-दूर तक नहीं दिख रहा था वहाँ गुफा के बाहर चारों तरफ बर्फ ही बर्फ दिखती थी, लेकिन यहाँ तो बर्फ है ही नहीं - सिर्फ दूर ऊपर पहाड़ों पर ही दिख रही है। नीचे के पहाड़ प्राय: सूखी घासों के कारण हरे-काले दिख रहे थे। ठीक से कुछ समझ नहीं पा रहा था।

न जाने क्या सोचकर वहीं उसी चट्टान पर लेट गया। तेज धूप के कारण मेरी आँखें पूरी तरह खुल नहीं पा रही थीं। बहुत समय से मैंने धूप देखी ही नहीं थी। आँखें बंद कर घंटों लेटा रहा। मेरे शरीर पर कुछ भी नहीं था। जटाएँ बढ़कर पैर तक लटक रही थीं, वे ही मेरे वस्त्र थे। कुछ दूर पर, एक बहुत बड़ी, गहरी, शान्त झील थी, जिससे नीचे गिरने वाली एक जलधारा निकल रही थी। लेटा हुआ था। कुछ आहट मिलने पर आँखें खुलीं तो देखा कि दो-तीन लोग पहाड़ी पोशाक में आ रहे हैं। शायद उनकी भेड़ें अपने झुण्ड से भटक कर उधर आ गई थीं। उन्होंने मुझे नहीं देखा था, लेकिन पास आने पर मैं उठकर बैठ गया। वे अचानक मुझे देखकर घबरा गए। मैंने चेहरे से जटाओं को हटाकर उनकी तरफ देखा। न जाने क्या हुआ कि उनके पैर काँपने लगे और हाथ जोड़कर वहीं दंडवत हो गए।

वे बोल नहीं पा रहे थे। कुछ अस्पष्ट सी आवाज उनके गले से निकल रही थी जो मेरी समझ में नहीं आ पाई। उन्होंने अपने सिर जमीन की तरफ कर रखे थे। उनसे कुछ पूछने की सोचा, पर मेरे गले से भी किसी तरह की आवाज नहीं निकली। मैं शायद अपनी भाषा

भूल गया था न जाने क्या सोचकर वापस झील की तरफ मुड़ गया। जल में परछाई देखी तो खुद को पहचान ही न सका। पलट कर पीछे देखा उन व्यक्तियों की तरफ, तो वहाँ कोई नहीं था। मैं नीचे उतरूँ या अभी वहीं ठहरूँ, यही सोचते हुए पास की एक शिला पर बैठ गया।

उस रूप में मानवों के बीच जाना ठीक नहीं था। मैंने बाबा से प्रार्थना की कि मुझे नीचे जाने लायक बनाएँ। इनके बीच जाकर कैसे रहूँगा? मैं पहाड़ से नीचे के संसार की तरफ जाने की सोचकर उतरना प्रारंभ किया और चलते हुए एक छोटे से गाँव में पहुँचा। दस-बारह घर थे–पुराने पत्थरों और घास से बने हुए। एक तरफ पुराने पत्थरों से निर्मित एक छोटा सा मंदिर था। पैर थक गए थे, विश्राम करने के लिए वहीं बैठ गया। न जाने कहाँ से एक बुढ़िया आई और मुझे वहाँ बैठा देखकर पहाड़ी भाषा में कुछ बोली। मैं कुछ न बोल सका। मुझे अपने पीछे आने का इशारा करके वह चल पड़ी। पास ही, झाड़ियों से बना उसका एक टूटा-फूटा घर था। वह अन्दर चली गई और मैं बाहर ही बैठ गया। एक पहाड़ी लड़की अपनी पीठ पर घास का गठ्ठर लेकर आई और मुझे वहाँ बैठा देखकर कुछ अजूबे ढंग से देखने लगी। अन्दर से एक बूढ़े के खाँसने की आवाज आई और कहीं से बीड़ी की गंध भी। उस बूढ़ी औरत ने गरमागरम पहाड़ी पालक का साग और मड़वा की रोटी अलमुनियम की एक पुरानी थाली में रख दी। लड़की एक तरफ खड़ी होकर कुतूहल से मुझे निहार रही थी। मुझे तनिक भी भूख न थी। गुफा से बाहर निकलने के बाद अन्न का पहला दर्शन था। ये मेरे सगे न थे, पर थे मनुष्य। बूढ़ा भी बाहर निकल आया और पैर छूकर उसने मुझे प्रणाम किया तथा अपनी बेटी को भी प्रणाम करने के लिए बोला। मैंने अपना हाथ बढ़ाकर उस अन्न को प्रणाम किया। रोटी का एक टुकड़ा तोड़कर मैंने उस लड़की को दिया। कुछ झिझकते हुए अपनी माँ का इशारा पाकर उसने ले लिया। एक टुकड़ा उस बूढ़ी औरत को दिया और एक टुकड़ा उस आदमी को। मैं जान रहा था कि इन सबों ने ठीक से

खाया नहीं होगा, लेकिन घर में जो कुछ भी था उसे मेरे सामने परोस दिया है। मैंने एक टुकड़ा उठाकर अपने मुँह में डाला ही था कि अनायास मेरी आँखों से आँसू निकल पड़े। बूढ़ा-बूढ़ी रो पड़े और उन्हें रोता देख वह लड़की अपनी माँ से लिपट गई और फफक-फफक कर रो पड़ी। मैं उठा, उस लड़की के सर पर अपना हाथ फेरा, उन दोनों को प्रणाम किया और चल दिया। पीछे से वे अपनी भाषा में कुछ बोल रहे थे या मुझे पुकार रहे थे। वह लड़की कुछ दूर तक मेरे पीछे दौड़ती हुई आई पर मैं आगे ही बढ़ता चला गया।

अंधकार गहराने लगा था। पहाड़ी रास्ता-उबड़-खाबड़, अनजाने रास्ते में एक मंदिर का खंडहर देखकर वहीं ठहर गया। दूर-दूर तक कोई आबादी नहीं। प्रातः वहाँ से निकल पड़ा। मार्ग में एक कुटिया दिखी, जिसमें एक साधु अकेले धुनी में रमा हुआ था। उसकी नजर शायद दूर से ही मुझ पर पड़ गई थी। पास पहुँचने पर 'जय केदार' और 'ॐ नमो नारायण' का उद्घोष कर अपने पास बैठने का इशारा किया। मेरे शरीर को सिर्फ मेरी जटाएँ ही नग्न होने से बचाए हुई थीं। कुछ पूछना चाहता था, लेकिन मैं बोलने से बचता रहा। कुछ देर बाद मैं जब चलने के लिए उठा तो उसने बड़ी विनम्रता से अपने पास रखी एक नई चादर को ले लेने का मुझसे अनुरोध किया।

उसकी आँखों में आँसू थे। अचानक झुक कर उसने मेरे पैर छुए और मुझे अपने हाथों में लिया हुआ चादर ओढ़ा दिया-"महाराज जी, रास्ते में काम आएगी। आपको कहाँ जाना है?" यह तो मैं भी ठीक-ठीक नहीं जानता था। वर्षों हो गए थे बोले हुए। सामने वाला व्यक्ति जो कुछ भी बोलता था वह तो समझ लेता था, पर जब मैं बोलना चाहता तो मेरे पास भाषा की कमी पड़ जाती। संभवतः मैं भाषा भूल चुका था। बिना कुछ बोले मैं उसकी तरफ देखता रहा। वह मेरे चेहरे की तरफ देखने में असहजता महसूस कर रहा था। मौसम खराब होने के कारण उसने आग्रह किया कि आज उसी कुटिया में ठहरकर कल सुबह आगे की यात्रा करूँ। मैं कुछ सोचकर ठहर गया। अगले दिन काली चाय पिलाकर उसने मुझे विदा किया।

अब मेरे साथ उसी साधु की दी हुई चादर थी। चलते हुए, दोपहर बाद मैं एक सड़क पर पहुँचा। चलता रहा उसी सड़क पर। पीछे से आता हुआ एक स्थानीय व्यक्ति ने अपने वाहन को रोककर पूछा–"महाराज जी, कहाँ जाना है? आइए, आपको छोड़ दूं।"

नहीं मालूम कि कौन सी जगह थी। मैं कुछ नहीं बोला और उसके पीछे बैठ गया। देर तक चलने के बाद एक स्थान पर वाहन को रोककर उसने मुझे कहा–"बस महाराज जी, मैं अब यहाँ से दूसरी तरफ चला जाऊँगा। आपको यहीं से कल सुबह आगे के लिए बस आदि मिल जाएगी।" और, अचानक उसने अपनी जेब से कुछ रूपए निकाल कर मेरे हाथों में पकड़ा दिए। जब तक मैं कुछ कहता वह मेरे पैर छूकर आगे बढ़ चुका था। वहीं पास ही एक चाय वाले की दुकान थी। उसने मुझे रात में ठहर जाने को स्थान दे दिया।

सुबह उसने एक टैक्सी में मुझे बैठा दिया। टैक्सी में कुछ और लोग आकर बैठ गए। अचानक उस टैक्सी के मालिक ने मुझे उतर जाने को कहा। टैक्सी मालिक का व्यवहार ठीक नहीं था। मैंने अपने हाथ में पकड़ा हुआ रुपया उसे देना चाहा, लेकिन उसने शराब पी रखी थी और मेरा हाथ पकड़कर मुझे टैक्सी से नीचे उतार दिया। अचानक मुझे क्रोध आ गया, लेकिन मेरे मुँह से इतना ही निकला–"यहाँ से जाकर तो दिखा।''

कई यात्रियों ने भी उसे समझाया–"साधु हैं। इनको ऐसे मत बोलो, ये तुमको रुपए भी दे रहे हैं।" उसने उनसे भी बदतमीजी की। चायवाले ने आकर कहा–"बाबा, आप मेरे यहाँ आइए। किसी दूसरी गाड़ी में आपको बैठा दूँगा।"

मेरे मुँह से सहसा निकल पड़ा–"अब आज यहाँ से कोई भी गाड़ी नहीं जाएगी।"

मैंने अपने मुँह से निकल रही विद्युतीय तरंगों को देखा और महसूस किया कि निकल रहे शब्द करेंट की तरह फट रहे हैं। मेरी ध्वनि से लोग चौंक पड़े। पहले वाला ड्राइवर अपनी टैक्सी स्टार्ट करना चाह रहा था, लेकिन टैक्सी स्टार्ट नहीं हुई। यही हालत सभी

टैक्सियों की हुई। मैं चायवाले की दुकान पर ही बैठा हुआ था। यह देखकर लोग मेरे पास आए और पैर पकड़कर मुझसे उसको क्षमा कर देने का अनुरोध करने लगे।

मैं उठा और पैदल ही चल पड़ा। मैं समझ चुका था कि मेरा वेश देखकर ये लोग ऐसा व्यवहार कर रहे हैं। मैं अब अपनी आकृति ठीक करना उचित समझा। मुझे इन जटाओं की कोई जरूरत नहीं थी, नाखून भी बढ़े हुए थे। चलते-चलते दूर एक जगह पर सड़क किनारे मुझे एक नाई की झोपड़ी दिखाई दी। मैंने उसको अपना बाल काट देने के लिए कहा। सुनकर वह डर गया और मेरा पैर पकड़ कर बोला, "महाराजजी, क्यों मुझे नरक में भेजने का काम कर रहे हैं? मुझसे क्या गलती हो गई? मैं घर-गृहस्थी वाला पापी आदमी हूँ और आप साधु। मैं आपकी जटा नहीं काट सकता। भगवान् मुझे बहुत भयानक दंड देगा।"

मैं उसकी समस्या समझ गया। मुस्कुरा कर मैंने उसके सिर पर हाथ फेरा और कहा–"उसकी चिन्ता मत करो। मैं तुम्हारे भगवान् से बात कर लूँगा। तुमको जो कहता हूँ वह करो, मेरे बाल काटो।" उसका डर कुछ कम हुआ और वह बाल-दाढ़ी काटने के लिए राजी हो गया।

सहमते हुए उसने बालों को काटना प्रारंभ किया और साथ-ही-साथ, न जाने क्यों वह आँसू भी बहाता जा रहा था। उसे रुपए देना चाहा पर उसने नहीं लिए। मैं पुनः अपनी यात्रा पर बढ़ चला। आगे लगा जैसे बड़ी आबादी की कोई जगह है। शाम हो रही थी। आगे जाने का कोई साधन नहीं सूझ रहा था। तभी सेना की एक जीप मेरे पास आकर रुकी जिसमें सेना का कोई अधिकारी बैठा हुआ था। उसने मुझसे पूछा–"महाराज जी! आपको कहाँ जाना है? आइए, बैठिए। आगे रास्ता खतरनाक है। भूस्खलन भी हुआ है। रात में अब साधन नहीं मिलेगा। मुझे देहरादून जाना है। आप जहाँ चाहेंगे वहाँ उतार दूँगा।"

सुबह हम लोग ऋषिकेश पहुँचे। उस सेनाधिकारी ने बड़ी श्रद्धा

से मुझे दो सूती धोतियाँ खरीद कर दी और कुछ रुपए मेरे हाथों में पकड़ा दिए। मैं मना करता रहा। उसने कहा– "महाराज जी, आप नहीं लेंगे, मैं जानता हूँ। लेकिन मैं सारी रात ऐसी अद्भुत अनुभूतियों में डूबा रहा जिसकी इस जीवन में कभी कल्पना भी नहीं की थी। हमलोग पहाड़ के हैं। हमारे दादा जी हिमालय के गुप्त और रहस्यमयी योगियों के बारे में अनेक कहानियाँ सुनाते थे। यह मेरा सौभाग्य है कि आप मेरे साथ आने को तैयार हुए। आप जो देखते हैं, वह हैं नहीं। आगे आपको इन रुपयों की बहुत आवश्यकता पड़ेगी।"

मैं उनका अनुरोध टाल नहीं सका। रुपयों का महत्त्व भी याद हो आया। मुझे यह भी याद आया कि मेरा वह बैग देहरादून में एक व्यक्ति (डोभाल) के यहाँ पड़ा हुआ है, जिसे मैं हिमालय जाते समय छोड़ गया था।

डोभाल मुझे देखकर खुशी के मारे रो पड़ा। कुछ दिन उसके यहाँ ठहरकर मैं फिर केदारनाथजी की यात्रा पर निकल पड़ा, क्योंकि बाबा ने मुझे यही आदेश दिया था। मेरे बैग में मेरा सारा सामान वैसे ही पड़ा हुआ था। डोभाल ने मुझे सुबह देहरादून में एक टैक्सी में बैठा दिया, जो मुझे रुद्रप्रयाग पहुँचाती। शाम को मैं आगे एक दूसरी टैक्सी से गौरीकुंड पहुँच गया और उसके अगले दिन केदारनाथ धाम।

बरसात के दिन थे। एक पंडे के यहाँ अपना सामान रखकर मंदिर की तरफ बढ़ चला। मंदिर बंद हो चुका था। अचानक एक वृद्ध पंडा मेरे पास आया और उसने पूछा–"आपको बाबा का दर्शन करना है?" अपने पीछे आने का इशारा कर वह मुझे मंदिर के पूर्वी द्वार से अंदर ले गया। कुछ लोगों ने कुतूहल से मेरी तरफ देखा और रास्ता छोड़ दिया। मैं अब मंदिर के गर्भगृह में बाबा के ज्योतिर्लिंग के सामने खड़ा था उस शिवलिंग के अन्दर नीलवर्ण वाले बाबा बैठे हुए थे। उनकी गोद में बैठा बाल शिवरूप में मैं अपना चेहरा ऊपर किए हुए बाबा की आँखों में डूबा था और बाबा मेरी आँखों में एकटक देख रहे थे। यह दृश्य मुझे रुलाने के लिए काफी था। इतना प्यार! अचानक मेरे

मुँह से निकला पड़ा–"बाबा! आप यहाँ बैठे हैं, तो क्या मैं अपने पिता के घर में हूँ?"

अगल-बगल खड़े मंदिर के कर्मचारी व पुजारी मुझे कुतूहल से देख रहे थे। कोई मुझसे कुछ न बोला। उन्होंने प्रणाम कर बस इतना ही कहा–"महाराज जी! मंदिर बंद हो चुका है और अब सफाई होगी। शाम को शृंगार के बाद मंदिर फिर खुलेगा । आप तब फिर बाबा का दर्शन कर सकते हैं।"

मैंने उस पंडे को देखना चाहा, जिसने मुझे मंदिर के अन्दर पहुँचाया था। पर वह वहाँ नहीं था। अचंभित हुआ यह सोचकर कि केदारनाथ मंदिर क्षेत्र में इतनी भयानक ठंढ में सभी पंडे और पुजारी गर्म कपड़े पहने हुए हैं, लेकिन वह वृद्ध तो मात्र एक पीली धोती और जनेऊ पहने हुए था। अचानक मुझे उस पंडे का चेहरा याद हो आया और उसके नेत्रों की तरफ ध्यान गया। मैं एकदम से चौंक पड़ा–"अरे! ये तो बाबा खुद थे। यह तो बाबा की आँखें हैं। उन्होंने मेरे हाथों को पकड़ कर मुझे खींचते हुए अपने ही मंदिर में अपने ही सामने ले जाकर खड़ा कर दिया।"

हर कदम पर बाबा मेरे साथ। हर पल बाबा मेरे साथ। हर क्षण बाबा का मार्गदर्शन। मैं अभीभूत हूँ। क्या कहूँ! कैसे कहूँ!

सामर्थ्य कहाँ जो इन अनुभूतियों को शब्द दे सकूँ!

अध्याय-16

बाबा केदारनाथ द्वारा अघोर शिवपुत्र की दीक्षा और माँ गायत्री का प्राकट्य

पता चला कि दीपावली के पश्चात् द्वितीया तिथि को श्री केदारनाथ मंदिर का कपाट अगले छः महीनों के लिए बंद कर दिया जाता है। सभी लोग नवरात्र बीतते ही अपने-अपने घर वापस लौटने की तैयारी करने लगे। बर्फ भी पड़ने लगी।

मैंने पता लगा लिया था कि भगवती प्रसाद अवस्थी नाम के पंडा पास ही रहते हैं और उनका अपना एक मकान है। वे केदारनाथ क्षेत्र के एक प्रतिष्ठित, बुजुर्ग और आकर्षक व्यक्तित्व के स्वामी थे। लेकिन कपाट बंद होने पर मैं नीचे उतर आया। कुछ दिन देहरादून (डाभोल के घर), साकोली (दीदी के घर) और दाहोद (अश्विन, जो मुझे केदारनाथ में मिला, के घर) में रहकर मैंने शिरडी, भीमाशंकर, उज्जैन, नासिक, सोमनाथ और द्वारका में बिताए। देखते-देखते छः महीने गुजर गए।

अगले वर्ष मंदिर का कपाट खुलने के उपरांत मैं भी केदारनाथ पहुँच गया। सीधे अवस्थीजी के घर गया और उनसे ठहरने के लिए एक कमरा माँगा। कई लोग बैठे हुए थे। एक भारी भरकम व्यक्तित्व

वाले भगवती प्रसादजी ने मुझे कुतूहल से देखा। उस समय मैं पैंट-शर्ट पहने हुए था। उन्होंने मुझसे पूछा, "आपको कितने दिनों के लिए कमरा चाहिए?"

मेरे मुँह से निकला-"यह तो मुझे नहीं मालूम। जितने दिनों के लिए बाबा अपने पास रख लें। चिंता न करें। कमरे का किराया दूँगा लेकिन कब तक ठहरूँगा, यह अभी नहीं कह सकता।"

अवस्थीजी अस्सी के ऊपर के दिखे। उन्होंने अपनी गहरी अनुभवी नजर मुझ पर डाली। फिर मुस्कुरा कर बोले-"ठीक है। जब बाबा की ही इच्छा है तो जितने दिन चाहो, रहो। आपही का है यह सब कुछ।"

अपने बेटे को मुझे एक कमरे में ले जाने के लिए आदेश दिया। कमरा साफ सुथरा था। मेरी अब नई दिनचर्या प्रारंभ हुई। न भोजन, न किसी से मिलना-जुलना, बस अपने में मगन।

उन्हीं दिनों एक श्वेतवस्त्रधारी महात्मा केदारनाथ क्षेत्र में पधारे हुए थे। उन्होंने प्रचार कर रखा था कि उन्होंने 18000 फीट की ऊँचाई पर हिमालय की बर्फ में तपस्या की हुई है। वे मंदिर के पास वाले मकान में एक पंडे के यहाँ रह रहे थे। कभी-कभी मैं टहलने के लिए मंदिर की तरफ निकलता तो वे मुझे देखते। मैं अपने में डूबा रहता। कुछ लोगों ने मुझे बताया कि मैं उनसे मिलूँ, क्योंकि वे बहुत पहुँचे हुए योगी हैं। मैं इतना ही बोला कि पहुँचा हुआ योगी खुद ही चलकर मेरे पास तक आएगा, मैं कहीं किसी के पास नहीं जाता।

अचानक अगले दिन ही, योगीजी मुझे पूछते हुए भगवती प्रसाद जी के यहाँ आ गए। उन्होंने मुझे बुलवा भेजा। योगीजी से परिचय हुआ। कल उन्होंने मुझे मंदिर प्रांगण में देखा था और तभी से मुझसे मिलना चाह रहे थे। दिमाग में रटे हुए शास्त्रों का अम्बार लगा रखा था। ऊपर से हिमालय में रहने का अहंकार। पता चला कि वे ऋषिकेश के एक बड़े धनाढ्य आश्रम के उत्तराधिकारी थे, जिसका एक सौ करोड़ का तो सिर्फ फिक्स्ड डिपाजिट था। अमेरिका भी हो आए थे। लेकिन आश्रम के मुख्य मालिक के साथ कुछ विवाद हो जाने से उन्होंने सब कुछ छोड़कर हिमालय की शरण ले ली थी। ऐसे,

पहली बार केदारनाथ आना हुआ था।

शास्त्र पढ़ने से व्यक्ति विद्वान् होता है, लेकिन उसकी सीमा शास्त्रों में ही सिमट कर रह जाती है। एकांत साधना उस सीमा को बंधन से मुक्त कराता है।

जिसे देखो वही उपदेश दे रहा है। बार-बार सुनने को मिलता कि गुरु से मन्त्र मिलने से ही संस्कार होते हैं तथा बिना दीक्षा के ज्ञान नहीं होता। इस बारे में मैं अधिक नहीं जानता था। मैंने वहाँ किसी से भी अपने गुफा-प्रवास की चर्चा नहीं की थी। मैंने इसकी कोई आवश्यकता ही नहीं समझी।

एक दिन, योगीजी ने बताया कि उन्होंने गायत्री मन्त्र का पुरश्चरण किया था तथा कामाख्या (आसाम) में तंत्र साधना भी की थी। वे चन्द्रमा पर बैठकर धरती को देखते हैं। जब जरूरत होती है, अपनी तीसरी आँख खोलकर उससे काम करते हैं, फिर बंद कर लेते हैं। ऐसी ही विचित्र बातें बहुधा उनसे मुझे सुनने को मिलतीं। एक दिन तो उन्होंने यह कहकर मुझे हैरान कर दिया कि माँ गायत्री से उनकी बातें होती हैं तथा हाथ के अंगूठे से इशारा करके अपनी जाँघ की तरफ दिखलाया कि उनकी एक जाँघ पर कामाख्या और दूसरी पर गायत्री बैठती हैं।

एक योगी के इस भ्रष्ट वक्तव्य को सुनकर मेरे शरीरस्थ चक्रों में भयानक विस्फोट के साथ विद्युतीय धारा फूट पड़ी। यह कैसा साधक है जिसे यह कहते हुए शर्म नहीं आती कि उसकी जाँघ पर माँ कामाख्या और माँ गायत्री बैठती हैं। यह तो हिमालय के साथ माँ शक्ति का भी उपहास व अपमान कर रहा है। कौन है यह?

मैंने उनका पिछला जीवन देखा और हैरान रह गया। अरे, मेरे सामने तो पंडित मंडन मिश्र बैठे हुए इस तरह की बेतुकी बातें कर रहे हैं। मैं थोड़ा सावधान हो गया। समझ गया कि कुछ विशेष घटना घटित होनेवाली है। योगीजी वैसे भी यह बोलना नहीं भूलते थे कि उनका खानदान सात पीढ़ियों से डॉक्टर है और वे मंडन मिश्र के खानदान के हैं। आदि शंकराचार्य से शास्त्रार्थ में हारने के पश्चात् उन्हें

गुरु रूप में स्वीकार लेने के बावजूद भी इनकी कुंठा इन्हें आज मेरे सामने फिर लेकर चली ही आई। बाबा द्वारा किए गए रहस्योद्घाटन से पाठक की जिज्ञासा शीघ्र ही पूरी हो जाएगी। वे मुझे अपने शिष्य के रूप में प्राप्त करने की इच्छा रखते थे, लेकिन उनकी बातों से अचानक क्रोध उठा। क्रोध को मैंने व्यक्त नहीं किया, लेकिन अवस्थीजी के पोते अमित से तुरंत कुछ मोटे ऊनी कम्बल लाने को कहा। उन्हें तह करके आसन बनाया और उसी पर बैठ गया, क्योंकि मेरे चक्रों में प्रचंड विस्फोट होने से विद्युतीय तरंगें प्रस्फुटित होने लगीं थीं। अवस्थीजी भाँप गए कि कुछ ऐसी बातें हुई हैं जो मुझे क्रोधित कर गईं। मेरी बातें सुनकर उन्होंने योगीजी को भयभीत होते हुए भी देखा था।

उस समय मेरे मुँह से इतना ही निकला था--"मेरी माताएँ कभी किसी व्यक्ति की जाँघों पर नहीं बैठतीं। आज तक कोई ऐसा जन्मा ही नहीं जो मेरी माताओं को अपनी जाँघ पर बैठा ले। क्या, आप अपनी बातों का अर्थ समझते हैं?"

अवस्थीजी ने योगीजी को अपने कमरे पर वापस जाने का आग्रह किया। वे चले गए। उनके जाने पर अवस्थीजी ने मेरे पैर पकड़ लिए और क्षमा माँगी।

मैंने कहा–"अवस्थी जी! इस जगत् में किसी की औकात नहीं है कि ऐसा कहकर अपने आपको बचा ले पाए। आपको नहीं मालूम कि आपके यहाँ बालक रूप में कौन रह रहा है? मैं यहाँ घूमने और समय बिताने नहीं आया हूँ। बाबा के आदेश से आपके यहाँ ठहरा हुआ हूँ। किसी का समय काटने के लिए मेरे पास वक्त नहीं है।"

मेरा दायाँ हाथ बार-बार ऊपर उठकर मेरी दाईं जाँघ पर अपने आप पटकाता और नथुनों से जैसे अग्नि की ज्वाला निकलती। मैं उठकर अपने कमरे में चला आया। उस शाम बार-बार यही बात मेरे कानों में गूँजती रही और मुझे ऐसा लगता कि अपनी माँ का अपमान करने वाले के सूक्ष्म शरीर का सर्किट ही फाड़ डालूँ। तभी आसपास का सब कुछ शून्य में परिवर्तित होने लगा। मुझसे सदा निकलनेवाली

शून्य की ध्वनि तेज होती गई। सामने मंदिर के अंदर बाबा बैठे हुए मुझे देखकर मुस्कुरा रहे थे। बाबा को देखकर शांति मिली।

बाबा बोले--"पुत्र! अपने आपको शान्त रख। यहाँ अपने 'अघोर' रूप को व्यक्त न करके जैसा मैं कहता हूँ वैसा कर। तुझे उनके अहंकारों का विध्वंस करना है, जो इस तरह की बातों से लोगों को गुमराह करते हैं। जब तुम आदि शंकराचार्य के रूप में मानव शरीर में जन्मे थे तब यह मंडन मिश्र नाम का कर्मकांडी पंडित था। शास्त्रार्थ में तुमसे हार तो गया, लेकिन हृदय से तुम्हें अपना गुरु स्वीकार नहीं कर सका। अपने पिछले जन्मों तथा इस जीवन में किए गए साधना के कारण इस बार कुछ शक्तियाँ पा गया है। वह स्वयं तुम्हें अपने शिष्य के रूप में आमंत्रित करेगा और तुम्हारा गुरु बनने की इच्छा व्यक्त करेगा। तुम उसके प्रस्ताव को स्वीकार कर लेना। दीक्षा लेने के समय तुम इससे इसकी सारी शक्तियों को ले लेना। तुम्हारे पास इसकी सारी शक्तियाँ खिँची चली आएँगी जो भविष्य में तुम्हारे काम आएँगी। अपने को 'अघोर' जैसा शान्त रखना। तुम अभी अवस्थी के ही यहाँ निश्चिंत होकर रहो। अवस्थी का उद्धार तथा उसकी वंशरक्षा करो। वह मेरा भक्त है।"

तीन-चार दिन बीते होंगे। अवस्थी जी के यहाँ बैठा था, तभी योगी जी आए। कुछ देर बातें चलती रहीं तो अचानक उन्होंने मुझसे कहा–"आपने दीक्षा ली है? मैं आपको गायत्री मन्त्र की दीक्षा दूँगा।"

बाबा के आदेशानुसार मैं कुछ न बोला। कुछ देर बाद मैं उठकर चला आया, मेरी व्याकुलता बढ़ गई थी। मैंने सोच रखा था कि मैं अपने पिता और इस जगत् के विधाता शिव से ही दीक्षा लूंगा। यह मेरा दृढ़ संकल्प था कि 'आदिगुरु' को ही गुरु स्वीकार करूँगा। सम्पूर्ण ब्रह्मांड के 'परमगुरु' मेरे पिताश्री एवं शक्ति के संचालक श्री केदारनाथजी स्वयं मुझे 'दीक्षा' देंगे। मुझे कोई मानव शरीरधारी दीक्षा नहीं दे सकता। इसी सोच में उलझा हुआ था कि बाबा का मुस्कुराता चेहरा यह कहते हुए सामने आया–"जैसा मैंने कहा है, वैसा ही करो।"

अगले दिन योगीजी को मैंने स्वीकृति दे दी। चार-पाँच दिनों बाद श्रीकृष्ण जन्माष्टमी था। आज पहली बार, संध्या-आरती के समय मंदिर के भीतर गया था। काफी भीड़ थी। अन्दर गोल घेरे में भृंगी के पास मैं खड़ा था। अपने आप बन रही मुद्राओं द्वारा बाबा का अभिनन्दन होने लगा। आरती खत्म होने पर देखा कि सामने मेरा भतीजा आशिष खड़ा है- मेरे भाई उमा का बड़ा बेटा। उसने विस्मित होकर पूछा–"चाचाजी, आप यहाँ? मम्मीजी (मेरी भाभी) भी आई हुई हैं।" भक्तों की कतार में भाभीजी दर्शन के लिए खड़ी थीं। मंदिर के पुजारी, कर्मचारी और सुरक्षाकर्मी मेरा सम्मान करते थे, सो उन्होंने भाभीजी को मेरे पास पहुँचा दिया।

भीड़ खत्म होने पर बाबा के श्रृंगार-आरती के दर्शन किए। भाभी मुझे पाकर रोए जा रही थीं। वर्षों बाद उन्होंने अपने बबलू को पाया भी तो इस दुर्गम हिमालय के केदारनाथ मंदिर में। पुजारियों ने उन्हें बहुत सम्मान से कुछ भेंट व प्रसाद आदि दिए। मंदिर से हम लोग अवस्थीजी के पास आए। वहीं योगीजी भी बैठे हुए थे। उन्होंने भाभी के हाथों उन संस्कारों को संपन्न करवाए जो अम्मा के हाथों होने चाहिए थे।

दूसरे दिन सुबह, वापस घर के लिए विदा होते समय भतीजे ने मुझसे कहा–"चाचाजी, आप कभी भी अब वापस घर मत आइएगा। हमलोगों का परिवार अब आपके लायक नहीं है। पापा जी और चाचा जी लोगों ने आपके साथ ठीक नहीं किया। आप स्वर्ग में हैं, एक दिन मैं भी सब कुछ छोड़कर आपके ही पास यहाँ चला आऊँगा।"

उसकी बातें भाभी को अच्छी नहीं लगीं, लेकिन मैंने मुस्कुराते हुए उसके सिर पर हाथ फेरते हुए कहा–"बेटे! ऐसा नहीं करते। एक बार तो तुम्हारी दादीजी (अपनी अम्मा) के अंतिम समय में अवश्य आऊँगा। यह मेरा अम्मा से वादा है। और हाँ, कभी भैया की बातों का जवाब मत देना। हम लोगों ने कभी उनको उत्तर नहीं दिया है। वे तुम्हारे पिता हैं, इस बात का ख्याल रखना। सभी अपना-अपना कर्म कर रहे हैं। तुम अपने कर्म पर ध्यान दो।"

भाभी ने बताया कि मेरी अम्मा मुझे याद कर बहुत रोती हैं–"मेरा बबलू कहाँ चला गया? कोई यह तो बतलाओ कि मेरा भैया कहाँ है।"

मैंने भाभी से बोला–"अम्मा से कह दीजिएगा कि मैं बिलकुल ठीक हूँ और बहुत जल्द उनके पास आऊँगा।"

परसों जन्माष्टमी है। मौसम बहुत खराब होता जा रहा है। मार्ग में चट्टानों के खिसक जाने के कारण यात्रियों की संख्या बहुत कम है। लगातार बर्फ पड़ रही है। अधिकतर पंडे-पुजारी, साधु और थोड़े बहुत यात्री, जो यहाँ फँसे हुए हैं, अपने कमरों में गर्म अंगीठियों के सामने दुबके बैठे हैं। संध्या-आरती होने का घंटा बज रहा है। मैं अचानक अपने आसन से उठ कर मंदिर की तरफ चल पड़ता हूँ। मेरे भीतर का आक्रोश बढ़ता चला जा रहा है। आज पहली बार बाबा से कहूँगा कि मेरी इच्छा उनसे ही दीक्षा लेने की है, किसी मनुष्य से नहीं।

उस खतरनाक मौसम में सभी मुझे बाहर न जाने की सलाह देते हैं, लेकिन मुझे इन सबसे क्या मतलब। मंदिर में आरती प्रारंभ हो चुकी है। घंटे बज रहे हैं। कुछ साधु उस विषम परिस्थिति में भी मंदिर के बाहर खड़े या बैठे हुए हैं और कुछ मंदिर प्रांगण में शंख तथा डमरू बजा रहे हैं। मुझे देखकर नारायण गिरि नामक साधु, जिन्होंने अपनी धुनी जला रखी है, (वे ऑफिस के चबूतरे पर बैठते हैं) अपने हाथों कम्बल बिछाकर बैठने का आग्रह करते हैं।

मैं समाधि की अवस्था में हूँ। वहीं उनके सामने रखी धुनी के पास बैठ जाता हूँ। मेरी आँखें बंद हो जाती हैं और मैं मंदिर में स्थित बाबा केदारनाथजी के ज्योतिर्लिंग के भीतर प्रवेश कर जाता हूँ। आरती की गूँज मेरे कानों में आ रही है। अचानक सारे दृश्य विलुप्त हो जाते हैं और मेरे शरीर में भयानक रूप से विद्युतीय तरंगों का तूफान चलने लगता है। डमरू की मधुर, गंभीर आवाज, 'ड्रीम-ड्रीम, डम-डम" चारों तरफ गूँज रही है। मैंने अचानक देखा कि शून्य में एक नील श्वेत विद्युतीय ऊर्ध्वमुखी त्रिकोण में बैठे हुए बाबा साकार प्रकट हुए।

उनके अधरों की मुस्कुराहट मुझे अपनी ओर आकर्षित कर रही थी। उनकी आँखों में अपने पुत्र के लिए आमंत्रण मुझे चुम्बकीय क्षेत्र में लेकर चला गया। अब मैं उन्हीं की तरह की एक विद्युतीय ऊर्ध्व त्रिकोण के भीतर अपने आसन पर बैठा हुआ था। बाबा के त्रिकोण से अचानक ब्रह्माण्डीय शून्य में एक मन्त्रध्वनि गूँज उठी जो मेरे कानों में तरंगों के रूप में प्रवेश कर सारे शरीर को नील-श्वेत प्रकाश से भरती गई। प्रत्येक दिशा में एक विशेष लय में गायत्री मन्त्र ध्वनित हो रहा था और बाबा के त्रिकोण से चलकर मेरे भीतर समाता जा रहा था। ऐसा लग रहा था जैसे सारा जगत् उसी मन्त्रध्वनि को सुन रहा हो। उस मन्त्रध्वनि से निकलकर सारी विद्युतीय तरंगें मुझमें ही समाती चली जा रही थीं। मुझे अपने आसपास का कुछ भी होश नहीं था। घंटों तक यही चलता रहा । जब मेरी आँखें खुलीं तो मंदिर क्षेत्र के सभी लोग उस विकराल मौसम में सो चुके थे। अगल-बगल के साधु भी उस भयानक ठंडक में अपने कम्बल में दुबके हुए सोए पड़े थे। ऐसा लग रहा था जैसे सभी गहरी बेहोशी में चले गए हों।

बर्फ पहले की तरह ही लगातार गिर रही थी। आज मेरी बहुप्रतीक्षित इच्छा पूरी हो गई। मैं अपने भाग्य पर नाच रहा था। मेरी आँखों से आँसू अनायास झरते जा रहे थे। मैं अपने आसन से उठा। मैंने कम्बल मोड़कर एक तरफ रखा और उठकर मंदिर की तीन परिक्रमा की, घंटा की तीन ध्वनि करके मैं अपने कमरे की तरफ चल पड़ा। मन्त्रध्वनि निरंतर मेरी कानों में गूँज रही थी और सारे दृश्य पूर्व की ही भांति मेरी आँखों में बस गए।

इस जगत् में इच्छाशक्ति के एकमात्र अधिकारी और आदि गुरु बाबा शिव हैं। दीक्षा के समय गुरु अपनी इच्छा का प्रत्यारोपण अपने शिष्य में करता है। गुरु की दी गई इच्छा को साधना द्वारा शिष्य अपनी इच्छा बनाकर अपने अस्तित्व में जाग्रत कर साकार करता है।

एकाएक मुझे अपने पीछे किसी के खड़े होने का आभास हुआ। उस भयानक ठण्ड से भरे बर्फीले मौसम में किसी की गर्म श्वासों का मेरे सिर के पीछे गर्दन को स्पर्श करता आभास हुआ। मैंने पलटकर

देखा। मंदिर से बाहर निकलकर प्रांगण में बाबा अपनी बाँहें फैलाए नंदी के पास खड़े थे। मैं अपने आपको नहीं रोक सका। पागल की तरह अपने पिता की बाँहों में समा गया और बाबा ने मुझे अपने कलेजे में समेट लिया। मेरे होश खत्म हो चुके थे। बाबा का स्वर मेरे कानों में गूँजा–"तू मेरा बेटा है, तू अघोर है, तू शिवपुत्र है। तेरा स्थान मेरे हृदय में है, मेरी गोद में है। आज मैं अपने पुत्र को पाकर बहुत खुश हूँ। तुझे मेरे अतिरिक्त कोई आदेश दे ही नहीं सकता। कोई आदेश देने का दुस्साहस भी ना करे। तेरी दीक्षा पूरी हुई। जा, अपनी माताओं को मुक्त करा कर ले आ। सभी बिखरी हुई शक्तियों को समेट ले। छीन ले असुरों से शक्तियों को। बहुत अपमान हो चुका है तेरी माँ का।"

आज श्रीकृष्ण जन्माष्टमी है। पहले अवस्थी जी ने मुझे जनेऊ धारण करवा कर संस्कार करवाए फिर योगीजी ने मुझे गायत्री मन्त्र की दीक्षा दी। मंत्रोच्चार के समय रोने लगे और उनका चेहरा काला पड़ गया। यह देखकर मैं और अवस्थी जी दोनों चौंक गए, क्योंकि योगीजी का चेहरा पूरी तरह ओजहीन हो चुका था। मैं उनसे शिष्य भाव में मंत्र ले रहा था। वे दे रहे थे और प्रथम मानव शरीरधारी अघोर ले रहा था। तत्पश्चात् बाहर भिक्षा माँगने निकल पड़ा।

योगीजी ने भी मुझे गायत्री मन्त्र की ही दीक्षा दी और गायत्री मन्त्र के जप से पहले नित्य मंत्र का शापोद्धार करने के लिए कहा। मैंने उनसे पूछा–"किसने और क्यों श्रापित किया माँ गायत्री को? आज तक किसी ने उन्हें श्राप से मुक्त क्यों नहीं करवाया?"

उन्होंने मुझे झिड़क दिया–"बहुत ज्ञानी बनने का प्रयास न करिए। गुरु मैं हूँ या आप?"

मैं चुप रहा, फिर उनसे पूछा--"योगीजी! जो मन्त्र मुझे आपने दिया है, इसके जप करने की विधि बतलाइये।"

उन्होंने एक पुस्तक के कुछ पन्नों को दिखलाते हुए कहा–"इस विधि से शापोद्धार करना और बस मन्त्र जपते रहो, यही विधि है।" सवा लाख मन्त्र जप करने का आदेश मिला, लेकिन विधि नहीं

मिली।

मैं हैरान था, लेकिन चुप रहा। मेरे गले में रुद्राक्ष की माला थी, जिसे लेकर वे चले गए और मैं अपने आसन पर स्थित होकर माँ गायत्री की धारणा के साथ अपने चक्रों पर अपने विशेष अंदाज में मंत्राक्षरों का विस्फोट करने लगा। मैंने सबको यह बोल रखा था कि कमरे में कोई न आए, जब इच्छा होगी मैं खुद ही बाहर निकलूँगा।

मुझे याद नहीं बाहरी दुनिया के दिनों की संख्या। शायद तीसरा दिन, दोपहर का समय था। कल से ही देख रहा था कि आकाश में पूर्व दिशा से एक विमान तीव्र गति से आता है और आकाश में स्थित मेरे शरीर की परिक्रमा करता है। (मेरा एक शरीर अपना आसन लगाए हर समय आकाश में बैठा रहता है और, जो मैं सोचता हूँ या जपता हूँ, उसे वहाँ से प्रसारित करता रहता है।) उस विमान में बैठी एक अत्यंत तेजस्विनी देवी–ऊँचा स्वर्णमुकुट लगाये, गौरवर्णा नहीं, बल्कि थोड़ी साँवली–सी, लेकिन गंभीरता और तेज से भरी–मेरी तरफ देख रही होती हैं। आज यह विमान आकाश में स्थित मेरे आसन के पास ठहर सा गया। अचानक मेरे शरीर से एक प्रचंड विद्युतीय भभका ऊपर की तरफ निकला और मेरे भीतर विराट शून्यता ने जन्म लिया। मैंने देखा कि मेरे मस्तक के सामने हल्के गुलाबी रंग का गोरा–सा पाँव उपस्थित है। मैंने कभी इतना कोमल, सुन्दर, हल्का गुलाबी और अत्याकर्षक पाँव देखे नहीं थे। एकदम अभी जन्मे शिशु जैसा कोमल। तभी मेरे कानों में मंदिर के अन्दर से बाबाश्री की अघोर ध्वनि गूँज उठी–"पुत्र! ये माँ गायत्री हैं, ये मेरी पुत्री हैं, ये तुम्हारी बड़ी बहन हैं। इन्हें अपनी माँ के समान सम्मान दो, अपने शरीर में आसन दो।"

अचानक इस स्थिति में मेरे भीतर यह इच्छा उठी–"हे माँ! आप मेरे शरीर में ही आसन लें। आप मेरी आँखों के ऊपर मस्तक में ही अपना आसन ग्रहण करें ताकि कभी भी नेत्रदोष न लगे। मैंने कभी ज्ञानियों से सुन रखा था कि माँ चामुंडा की माँ गायत्री से नहीं पटती है, इन दोनों माताओं में आपस में बैर है और इनके मन्त्रों के बीच

भयानक टकराहट होनी है। लेकिन जैसे ही मेरे भीतर यह विचार उठा कि अचानक अपने शरीर में माँ चामुंडा को ऊपर की तरफ देखते हुए देखा। वे मेरे बाँए भाग में खिसक गईं। जैसे ही माँ चामुंडा ने मेरे बाएँ हिस्से में अपना स्थान परिवर्तित किया वैसे ही माँ गायत्री मेरे सहस्त्रार से एक तेज झटके के साथ ध्वनि करती हुई प्रवेश कर मेरे हृदय में स्थित हो गईं। ऐसा लगा जैसे मुझमे हजारों-लाखों सूर्य एक साथ प्रवेश कर गए हों। लेकिन इससे मुझे कोई उलझन नहीं हुई, बल्कि मेरा शरीर पहले से अधिक हल्का और प्रकाशवान लगने लगा। निरंतर गायत्री मन्त्र के जप के विस्फोट से दीक्षा के तीसरे दिन ही दोपहर में माँ गायत्री अपने पुत्र के शरीर में आकर स्थित हो गई थीं।

संध्याकाल तक थोड़ा सामान्य होने पर मैं अपने कमरे से बाहर निकला। पता चला कि कल सुबह से ही अवस्थी जी मेरे निकलने की प्रतीक्षा कर रहे हैं। उनके चेहरे पर एक अजीब-सा भाव था। उन्होंने अपने सामने रखी कुर्सी पर बैठने के लिए कहा और मेरा पैर छूने के लिए वे आगे की तरफ झुके। मैंने उनका हाथ पकड़कर ऐसा करने से रोक दिया।

अवस्थीजी, जिन्हें मैं स्नेह और सम्मान से बाबा बोला करता था, उन्होंने हाथ जोड़ते हुए पूछा–"आप कौन हैं? मेरा सामर्थ्य नहीं कि मैं जान सकूँ। सारा जीवन बाबा केदारनाथजी के धाम में सेवा करते हुए बिताया। बहुत से साधक आए और गए, लेकिन ऐसा पहली बार हुआ है। आप क्षमा करें तो बोलूँ। आप जब से मेरे यहाँ आए हैं तभी से तरह-तरह की अकल्पित व चमत्कारिक घटनाएँ हो रही हैं।"

मैंने उनकी आँखों में देखते हुए कहा–"लगता है मेरी माला वापस आ गई है, लाइए मुझे दे दीजिए, माला ने ही सब कुछ कह दिया।"

अवस्थीजी अवाक्। वहाँ खड़े उनके लड़के और पोते सभी आश्चर्यचकित। उन्होंने अपने बक्से से लाल कपड़े में रखी मेरी माला निकाली। अब उनका विस्मय पहले से और बढ़ गया। जिस कपड़े में

लपेटकर उन्होंने माला रखी हुई थी, लाल रंग के उस कपड़े को चूहों ने टुकड़े-टुकड़े कुतर दिए थे जबकि अन्दर की माला छुई तक न थी।

उस माला को अपने हाथ में लेकर मैं हँसने लगा । मेरे मुँह से निकल पड़ा-"तुम्हें कौन ले जा सकता है? तुम्हें तो मेरे पास आना ही था सब कुछ ले आया न?"

अवस्थीजी ने बताया-"दीक्षा के पश्चात् माला लेकर योगीजी चले गए। कल सुबह ही आए और यह माला देकर बिना कुछ बोले वापस चले गए। एकदम बदहवाश, मुखाकृति काली और ओजहीन पड़ी हुई थी। जब तक कुछ पूछता, वे जा चुके थे। आप साधक ही नहीं, सिद्ध भी हैं। जो आप दिखते वो हैं नहीं। मुझे क्षमा कीजिए और साथ ही योगीजी को भी।"

अवस्थीजी को मैंने कहा-"बाबा, आप मेरी चिंता ना करें। मैं आपके पुत्र की तरह हूँ। जब तक हूँ, अपने बच्चों की तरह ही समझिए। मैं किसी विशेष कार्य से आपके यहाँ ठहरा हूँ। चलिए, चाय पिलाइए।" उन्होंने मेरी हथेली को अपने माथे से लगा लिया और वे 'ॐ नमः शिवाय, जय केदार, जय केदार, जय बाबा केदारनाथ' जपने लगे।

अध्याय–17

अम्मा से अंतिम संवाद और उनका महाप्रयाण

बाबा केदारनाथजी के मंदिर का कपाट बंद हो गया था। मैं साकोली (महाराष्ट्र) में अपनी छोटी दीदी के पास पहुँचा। मैंने देखा कि वे लगभग मृत्युशय्या पर पड़ी हुई हैं। चेहरा काला पड़ गया था, पूरा शरीर सूजा हुआ था। मेरे भाँजे व जीजाजी निराश होकर किसी अनहोनी का इंतजार कर रहे थे। डॉक्टर के अनुसार, उनकी किडनी खराब हो गई थी। दवा चल रही थी लेकिन स्थिति दिन-पर-दिन बिगड़ती जा रही थी। सच बात यह थी कि डॉक्टर को बीमारी ही पकड़ में नहीं आ रही थी। मुझे देखकर दीदी और उनके परिवार में प्राण आए। मैंने उनके शरीर के अन्दर झाँककर देखा तो पता चला कि उनकी रीढ़ की हड्डी का कुछ भाग सड़ रहा था। कुछ समय रहकर मैंने उनके लिए ध्यान की प्रक्रिया की और वे स्वस्थ हो गईं। धीरे-धीरे वे अपना काम पहले की ही भाँति सम्हालने लगीं।

दीदी से ही पता चला कि अम्मा मिर्जापुर (उत्तर प्रदेश) में अपनी बड़ी बेटी (मेरी बड़ी दीदी) के घर में गिर गई थीं, जिससे उनके कूल्हे की हड्डी टूट गई। बिना इलाज करवाए ही अपने यहाँ से

उन्होंने अपने छोटे बेटे से अम्मा के बड़े बेटे के घर (मिर्जापुर में) के सामने ही टेम्पो से ले जाकर घर के बाहर छोड़ दिया। बड़ा बेटा भी अपनी माँ का परम भक्त निकला। अपने दोनों जवान बेटों को साथ लेकर, अम्मा के रुपये से एक टैक्सी करके मऊनाथ भंजन चला गया और मेरे बंद घर के दरवाजे को तोड़कर उसमें अपनी सगी माँ को लावारिस फेंककर चला आया। मैंने अम्मा के पास बहुत सारे रुपए छोड़ रखे थे ताकि उन्हें रुपयों के चलते कष्ट ना हो। ऐसा सभी जानते हैं, लेकिन किसी ने भी अम्मा का इलाज नहीं करवाया। रुपए रख लिए अपने पास और अम्मा को छोड़ दिया टूटा कूल्हा लिए, बिना इलाज के, भूखे-प्यासे लावारिस स्थिति में। लगभग पन्द्रह-बीस दिनों तक जब अम्मा इसी हालत में पड़ी रहीं तो समाज के दबाव में आकर मेरा एक भाई उनको अपने घर ले गया, जबकि मेरे घर के बगल में ही अम्मा के तीन-चार बेटे अपने परिवार के साथ रहते हैं। और इससे भी बड़े आश्चर्य की बात यह कि उसने भी दस-पन्द्रह दिनों के बाद अम्मा को वापस मेरे घर में लावारिस हालत में फेंक गया । कोई भी भिखारी नहीं था उनके बेटों में। ये सारे समाचार मुझे दीदी और जीजा से मिले। यह सब सुनकर मेरे भीतर विचलन बढ़ गई और ऐसा लगने लगा कि मेरा दम घुट रहा है। अब अम्मा का इस स्थूल शरीर से वापस चला जाना ही उचित था। संसार और संबंध अपनी 'यथार्थ नग्नता' लिए मानव निर्मित संस्कार एवं धर्म पर आधारित सभ्यता का खुलेआम बलात्कार करते हुए मजाक उड़ा रहे थे।

दीदी का घर महाराष्ट्र के एक छोटे से गाँव में है। नेशनल हाईवे नंबर-6 पर होने के कारण आवागमन की सुविधा है। साकोली (जिला-भँडारा) नाम के इस गाँव की चारों तरफ सघन जंगल है। मैं प्रत्येक दिन सुबह जंगल चला जाया करता। दिन भर एकांत ध्यान में रहता। संध्या होने पर जंगल से बाहर निकलकर सड़क पर आता। उधर के अधिकतर लोग मुझे पहचानते और सम्मान देते। गाँव की तरफ आने वालों में से कोई मुझे दीदी के घर पहुँचा देता।

03 मार्च के दिन अम्मा ने अपने शरीर से धरती पर मुझे जन्म दिया है। ऐसे ही, 03 मार्च, 2004 की सुबह, मैं थोड़ा सबेरे ही नागझिरा के जंगल में पहुँचकर अपने निर्धारित स्थान पर ध्यानमग्न हो गया। दोपहर के पूर्व की ही बात होगी, समाधि की ही अवस्था में अचानक मेरे सामने एक दृश्य उपस्थित हुआ–शून्य में मेरे सामने बाईं तरफ खड़ी हैं मेरी अम्मा, उनके सामने है एक अग्नि-प्रज्ज्वलित चिता, जिसे दिखाकर मुझसे माँग रही हैं अपने लिए अग्नि।

इस दृश्य को देखकर अचानक मेरी समाधि भंग हो गई। एक बार पुनः अपनी अम्मा से किए गए वायदे याद हो आए। अब अपना अंतिम वचन निभाने का समय आ गया था–"मैं आपके अंत के एक क्यों, दो दिन पहले आ जाऊँगा।"

वह दिन आ गया जिसकी मुझे प्रतीक्षा थी। जिस अम्मा ने मुझे शरीर देकर संसार में आने का अवसर प्रदान किया ताकि मैं अघोर शिवपुत्र के रूप में साधनाओं द्वारा प्रकृति के बन्धनों से मुक्त हो परम चैतन्य तत्त्वों में विलीन हो सकूँ, और जो अम्मा मेरा प्रथम गुरु थीं और मेरी प्रथम शिष्या भी, उन्हें तो अपने वचनानुसार अग्निदान करना ही होगा। मैंने निर्णय कर लिया, मुझे शीघ्र ही मऊनाथ भंजन अपनी अम्मा के पास पहुँचना है। इस स्मृति के उभरते ही मेरे शरीर में चक्रों से निकल रहे विद्युतीय तरंगें प्रचंड रूप से प्रवाहित होने लगीं थीं। जंगल से निकलकर सड़क पर पहुँचा। साकोली आकर मैंने गोंदिया जाने के लिए एक टैक्सी पकड़ी। 10 मार्च का टिकट मिला। दीदी को बिना कारण बताए कहा कि मैं 10 मार्च को अम्मा के पास जा रहा हूँ। दीदी चिंतित हुईं। मेरी अनुपस्थिति में मेरे गृहनगर में मेरे खानदान और सगे लोगों ने मेरे बारे में जमकर दुष्प्रचार कर रखा था–मैंने दो पत्नियाँ कर रखी हैं, जिनसे मेरे बाल-बच्चे भी हैं आदि, आदि।

07 मार्च को होली का त्योहार था मेरी खामोशी देखकर सभी चिंतित थे। अचानक मैंने मऊ जाने का फैसला क्यों लिया? मैंने इतना ही कहा कि मेरे मऊ जाने के दो दिन बाद पता चल जाएगा मैं क्यों गया।

11 मार्च को संध्या समय मऊ पहुँचा। कुछ साथी व शिष्य मुझे लेने स्टेशन आए हुए थे। पता चला कि अम्मा ने 03 मार्च से ही अन्न-जल का त्याग कर दिया है और मरणासन्न अपने बिस्तर पर पड़ी हैं। न कुछ बोलना, न कुछ देखना, न कोई स्थूल प्रतिक्रिया। बस श्वास चल रहे हैं।

घर पहुँचकर मैंने बाहर से अम्मा को आवाज लगाई–"अम्मा!" अन्दर से कोई आवाज नहीं आई। अन्दर की हालत देखकर हिल गया– अम्मा इस गर्द भरे घर में लावारिस स्थिति में पड़ी हुई हैं। लगा जैसे जल्दबाजी में मेरे शिष्यों द्वारा कुछ साफ-सफाई करके रहने के लायक स्थिति बना दी गई है। अन्दर अंधेरा। एक शिष्य ने रोशनी की। फिर मेरे मुँह से निकला–"ए अम्मा!" कोई उत्तर नहीं। अब मेरे लिए असहनीय हो गया। ऐसा कैसे हो सकता है कि बिना मुझसे मिले ही मेरी अम्मा चली जाए? मेरे भीतर से मेरी स्वाभाविक चक्रभेदी अघोर अंतर्नाद फट पड़ी–"अम्मा! रे.....!!!"

अम्मा के हाथ में चिरपरिचित कुछ कम्पन हुआ और उन्होंने अपने कलेजे के टुकड़े को खींचकर अपने से चिपका लिया। अब मेरा सिर अम्मा के हृदय पर था अम्मा की अत्यन्त कमजोर आवाज धीरे से सुनाई दी "भैया, आ गए? मैं तुम्हारा ही इंतजार कर रही थी। तुम बोलो तो मैं जाऊँ। सब बोलते हैं मुझे जाने के लिए। मैं बोली मेरा भैया आएगा। वह जब कहेगा तब जाऊँगी। लोग कहते थे कि अब वह कभी नहीं आएगा। पर मुझे विश्वास था कि मेरा भैया एक दिन मेरे पास जरूर आएगा। तब मैं निश्चिंत होकर उसी के पास चली जाऊँगी।"

"हाँ अम्मा! मैं आ गया। आप मुझे बुलाएँ और मैं न आऊँ, यह संभव नहीं। आप अब एकदम चिंता न करें।"

शम्भू से बोलकर दूध और शहद मँगवाए। तब तक उस कमरे को धुलवा कर साफ किया। अम्मा के मुँह में कुछ बूंदें शहद और दूध की डाली। आज बहुत दिनों के बाद अम्मा ने अपने भैया के हाथों कुछ ग्रहण किया था। अम्मा का शरीर गल गया था। उस शरीर

में बची रह गई थी सिर्फ और सिर्फ मेरी अम्मा।

अगले दिन आने को कह मैंने सबको विदा किया। तत्पश्चात्, अपनी बेटी, अपनी अम्मा, अपनी गुरु व प्रथम शिष्या को अपने हृदय से चिपकाकर उन्हीं के पास सो गया। दूसरे दिन अम्मा को नहला-धुलाकर सारे कपड़े और बिस्तर बदल कर लिटा दिया। बहुत सारे स्थानीय लोग मिलने आए और मेरी अनुपस्थिति में वहाँ घटित एक-एक घटना का वर्णन करते रहे, लेकिन जिस परिवार से मेरा और अम्मा का स्थूल संबंध था उसमें से कोई नहीं आया। लोगों के जाने के बाद, मैंने अपने चक्रों को अम्मा के चक्रों से जोड़कर उनसे मानसिक संबंध स्थापित कर वार्ता की। उसके कुछ अंश यहाँ दे रहा हूँ।

अम्मा - बेटे! क्या यह सच है कि तुमने यहाँ से जाकर दो पत्नियाँ रखी हुई हैं? तुम्हारे भाई लोग बोलते हैं कि तुमने दो शादियाँ कर ली हैं- एक गोरखपुर में और एक देहरादून में। उनसे तुम्हारे बच्चे भी हैं।

शिवपुत्र–अम्मा मुझे किसका डर है? अगर पत्नी ही रखनी होती तो यहाँ मेरा अपना घर है, आप हैं। कौन मुझे रोकेगा? आपको क्या लगता है?

अम्मा– बेटा! मैं अपने बबलू को जानती हूँ। मेरा भैया मेरी शान है। वह मुझसे कुछ नहीं छिपाता, लोग गलत बोलते हैं।

शिवपुत्र– बस अम्मा, हो गया। आपको विश्वास है तो किसी को सफाई देने का मेरे पास समय कहाँ?

अम्मा– उमा की बहू आई थी। वह तुमसे केदारनाथ में अपने बेटे के साथ मिली थी। आकर मुझे बतलाई कि तुम केदारनाथ में रहते हो। वहाँ तुम्हारा सभी सम्मान करते हैं। तब जाकर शांति मिली।

शिवपुत्र– अम्मा! मुझे इस बात का अंदाज नहीं था कि मेरे हिमालय चले जाने के बाद आपके साथ इस तरह का व्यवहार आपके बेटे ही करेंगे, आपको इतना कष्ट देंगे और आपकी ऐसी दुर्गति करेंगे। मैं भी अपना पुत्रधर्म नहीं निभा सका। मैं अपने सभी भाइयों की तरफ से माफी माँगता हूँ। सभी को क्षमा कर दीजिए।

अम्मा - बेटा! तुम क्यों किसी की तरफ से माफी माँगोगे? तुम भगवान वासुदेव हो। मेरी कोख से तुमने जन्म लिया, यह मेरा सौभाग्य है। मैं नहीं जानती कि भविष्य में क्या होनेवाला है, लेकिन यह जानती हूँ कि मेरे बेटे के कारण मेरा सर ऊँचा उठेगा, झुकेगा नहीं। मेरे पेट में तुम्हारे आने के पहले से ही मैं शंकरजी को बहुत सारे रूपों में देखती थी। जब तुम मेरी कोख में आए तो अपनी कोख में शिवजी को बालरूप में देखा करती थी, जैसे वे अपनी तुतलाहट भरी आवाज में अम्मा-अम्मा कह कर बुला रहे हों। कभी-कभी तुम रात में आते तो तुमको सामने समाधि में बैठा देखकर मन शान्त हो जाता। भैया! केदारनाथजी के पास तुम ठीक से तो हो न, वे जैसा कहें वैसा ही करना, कभी जवाब मत देना उनका।

किसी का कोई दोष नहीं है। मैंने ही तो इन्हें अपनी कोख से इस धरती पर जन्म दिया है। जैसे मैंने अपना कर्त्तव्य किया, जैसे मैंने अपना कर्म किया, वैसे ही सबों ने अपना-अपना कर्म और कर्त्तव्य किया। सभी बहुत अच्छे हैं। ये लोग कहते हैं कि बुढ़िया मर भी नहीं जाती। भैया, मैं तो किसी पर बोझ भी नहीं बनी। मैं तो बस रात-दिन भैया-भैया पुकारती रहती हूँ। वासुदेवजी और शंकरजी से प्रार्थना करती रहती हूँ कि मेरे भैया को अच्छा से रखें। बेटा, मैं तुम्हारा ही इंतजार कर रही थी। अपने बबलू के कहे बिना मैं यहाँ से कैसे जा सकती हूँ? तुम्हीं बताओ। तुम आ गए, अब मुझे जाने दो। अब मेरा समय हो गया है। जब तुम कहोगे तभी मैं इस शरीर से निकलकर जाऊँगी, ऐसा मैंने संकल्प किया है। बेटा! मेरे शरीर में कुछ गोल रोशनी जैसा सिर से पाँव तक चलता रहता है। क्या है यह? तुम ही बता सकते हो।

मैं अम्मा की बातें सुनकर बहुत हैरान था। अपने ही पुत्रों से इस प्रकार का तिरस्कार, दुर्व्यवहार, अपमान, कष्ट और दुर्गति पाकर भी कोई शिकायत नहीं करे। इतना विशाल हृदय एक माँ का ही हो सकता है। इस उम्र (पचासी और अठासी के बीच) में, जब उन्हें अपनी संतानों का पूरा सहारा होना था, तब कूल्हा टूटने पर एक

जगह से दूसरी जगह इस तरह फेंका-फेंकी। क्या इसी दिन को देखने के लिए अम्मा ने अपने जीवन भर श्रम करके इन संतानों को व्यापार और परिवार से साधन-संपन्न बनाया? ऐसी ही अनेक बातें मेरे जेहन में आँधी-तूफान की भाँति घुमड़ने लगीं, लेकिन जब अम्मा के शान्त मुस्कुराते चेहरे की ओर देखा तो जीवन की बहुत सारी 'यथार्थ शिक्षा' मिली। मैं इतना ही कह सकता हूँ कि अच्छा हूँ, निर्वंश हूँ। ऐसा वंश लेकर इस तरह के जीवन से अच्छा है कि व्यक्ति निर्वंश ही रह जाए। कम से कम स्वतंत्र तो है-उम्मीदों से, आकांक्षाओं से, संसार के संबंधों से।

मुझे खामोश देखकर अम्मा ने पूछा कि मैं क्या सोच रहा हूँ और फिर बोलीं–"कुछ मत सोचो। यह जगत् है ही ऐसा। जिससे उम्मीदें बाँधोगे, वही तोड़ेगा। 1942 में जब तुम्हारे क्राँतिकारी बाबूजी ने अँग्रेजों पर गोलियाँ चलाईं, तब अँग्रेजों और अपने ही संबंधियों ने चीनी की सारी मिलें जला दी, जायदाद व संपत्ति लूट ली। उसके बाद का जो जीवन मैंने जीया, उसने मुझे बहुत कुछ सिखा दिया। अपने पिताजी से बहुत प्यार पाया था और तुम्हारे बाबूजी ने भी बहुत प्यार-सम्मान दिया। हाँ, लड़कों ने जीवन का 'यथार्थ मूल संबंध' समझा दिया। गलती किसी की नहीं। तुम्हें भगवान् की गोद में बैठा देखकर बड़ी शांति मिलती है। बचपन में जिन भगवान् वासुदेव से अपने आँगन में एक बेटा माँगा था, वे आज मेरे सामने तुम्हारे रूप में स्वयं पधार चुके हैं, तो फिर जीवन में शिकायत की जगह ही कहाँ बची? अब तुम कहो तो मैं जाऊँ। बेटा, मुझे जाने दो।"

अघोर शिवपुत्र अपनी अम्मा को देखता रहा–"अम्मा, आपने जो शरीर के अंदर चल रहे श्वेत प्रकाश के गोले की बात की, वे आपके प्राण हैं जो इस शरीर से निकलना चाहते हैं। अपने-आपको इस शरीर में बंधा हुआ पाने से बाहर का मार्ग खोजते हैं। आपके प्राण, आपके शरीर में कभी का मेरे शक्तिपात करने से मुक्त हो चुके हैं। मुझे अपने पास पाने की आपकी इच्छा ही इन्हें व्यग्रता से गतिशील किए हुए है। मेरी प्रतीक्षा में ये व्यग्र थे। अब आ गया हूँ तो इनकी व्यग्रता

शान्त हो जाएगी।

अम्मा! मैंने कभी सोचा भी नहीं था कि मुझे अपने मुँह से यह कहना पड़ेगा कि मुझे छोड़कर आप जाइए। लेकिन सब कुछ देखकर लगता है कि अब आपको यह शरीर छोड़ देना चाहिए। आप इस शरीर से जाइए, इसे छोड़ दीजिए। जितना जीवन बचेगा मैं भी जी ही लूंगा। अम्मा, मैं अंतिम समय में आपकी सेवा नहीं कर सका इसलिए आपके शरीर से उत्पन्न यह प्रथम मानव शरीरधारी अघोर शिवपुत्र अपनी अम्मा से अपनी गलती, अपने अपराध के लिए क्षमा माँगता है।"

अम्मा–"नहीं बेटे, ऐसा मत बोलो। तुम आ गए, मुझे तुम्हारे वचन पर भरोसा था। इस जगत् में एक तुम ही हो जो अपना दिया वचन किसी भी स्थिति में पूरा कर सकते हो। तुम्हारे मुँह से 'अम्मा' सुनकर मेरी सारी इच्छा पूरी हो गई। अब मैं शांति से जा सकती हूँ। अपना ख्याल रखना। कभी भूखा मत रहना। लेकिन इस खानदान का भोजन-पानी त्याग देना, क्योंकि तुम्हारे ग्रहण करने योग्य वह नहीं है।''

(**विशेष**- वैसे भी, मैंने अपने खानदान का भोजन-पानी वर्षों पूर्व अपने घर में रहते हुए ही त्याग दिया था।)

अम्मा अपनी पूर्व की अवस्था में चली गई और मैं अपने समाधि-भाव से बाहर आया। बगल की मस्जिद से सुबह के पवित्र अजान की आवाज कानों में आ रही थी। अम्मा शांति से सो रही थी। चेहरे पर जीवन की सार्थकता को प्राप्त कर लेने की दिव्यता से ओतप्रोत अलौकिक तेज, अंतिम काल में पास अपना संन्यासी, तपस्वी बेटा अघोर शिवपुत्र।

अम्मा को नहलाकर उन्हें कुछ बूंदें दूध और शहद की पिलाई। मैंने भी स्नान आदि किए। आज भी कमरा साफ किया और अम्मा को एक नई साड़ी पहना कर स्वच्छ बिस्तर पर लिटा दिया । आज भी शम्भू मेरे लिए दोपहर में भोजन लेकर आनेवाला था। कुछ स्थानीय और आस पड़ोस के लोग आए हुए थे। उनके जाने के बाद मैं अम्मा के बगल में अपने आसन पर समाधिस्थ हो आज होनेवाली एक अति महत्त्वपूर्ण घटना की प्रतीक्षा करने लगा। उन्हीं दिनों मऊ

में लिखी अपनी डायरी के कुछ पन्ने उद्धृत कर रहा हूँ। फिर आगे बढ़ूंगा।

दिनांक 11-3-2004

अम्मा के पास मैं शाम 6.30 बजे आ गया। अम्मा का समय आ गया है। उन्होंने मुझे पहचानकर मेरा हाथ दबाया तथा अपने आलिंगन में समेट लिया । उनकी अवस्था बड़ी जर्जर है और चेतना क्षीण, अवचेतन ऊर्ध्व। बाह्य रूप से किसी को नहीं पहचानतीं।

परन्तु हे गुरुदेव! हे भोलेशंकर! हे विश्ववासिनी महाप्रकृति! मैं धन्य हुआ। अम्मा ने तीसरी आवाज में ही मुझे पहचान लिया। मेरा जीवन, मेरी साधना, अम्मा की कोख से मेरा जन्म लेना धन्य हुआ। हे माँ! तू धन्य है, जिसने मुझे वर्षों पश्चात् पुनः जन्म लेने का अवसर दिया और मैं भी धन्य हुआ जो तेरी जैसी माँ की कोख से जन्मा।

इसी समय से लगातार मैं अपनी समस्त ऊर्जा तथा अंत:शरीरों का उपयोग महाकाल तथा महाकाली की शक्ति के प्रति करूँगा ताकि तुझे इस शरीर से मुक्त कर दें। मेरी उपस्थिति में तुझे आगे की यात्रा के लिए अपनी ऊर्जा लगाऊँगा, अपना कर्ज चुकाऊँगा। मैं अम्मा से लिपट कर सो रहा हूँ, आज अम्मा के शरीर में प्रवेश करने जा रहा हूँ।

हे भोलेशंकर! हे गुरुदेव! मेरी इच्छा को पूर्ण करें, अब अम्मा के इस शरीर से उन्हें स्वाभाविक स्थानांतरण करने में मेरे साथ आप भी सहयोग करें।

दिनांक 12-3-2004

आज दूसरा दिन भी बीत गया। इस समय अम्मा शारीरिक रूप से एकदम शुद्ध। रात्रि बेला प्रारंभ है। महाकाली सामने खड़ी हैं और मेरे बाएँ अंग से निकलकर महाकाल सामने खड़े हैं। मेरे दाएँ अंग से निकलकर कमलासना माँ गायत्री, हँसारूढ़ होकर सुषुम्ना मध्य से होकर मेरे सहस्रार में स्थित हैं। सब कुछ दृश्यवत् है।

अम्मा की चेतना एकदम शान्त है। उनकी समाधि लगी रहने से मेरा काम सरल हो रहा है। अभी-अभी जलती चिता का दृश्य पुनः दिखलाई पड़ा। लगता है, अम्मा की यह अंतिम रात्रि होगी। मुझे

अम्मा के अंदर दृढ़ रूप से स्थित होकर, अम्मा के द्वारा किए जा रहे संथाल (स्वेच्छा से ध्यान में प्रायोजित मृत्यु) के प्रयोग को सफल करना होगा।

दिनांक 13-3-2004

आज प्रातः मेरी समाधि टूटी। अम्मा को पानी पिलाया। रात भर अम्मा के शरीर में बैठा रहा। अम्मा एकदम संतुष्ट अपने और अपने जीवन-कृत्यों से। एक उच्चलक्षित माँ के पुत्र होने का विश्वास अन्दर उतरता जा रहा है। इस समय दिन के लगभग 10.40 हो रहे हैं। अब मैं समाधि लगाने जा रहा हूँ। आज मेरे संकल्प का तीसरा और अंतिम दिन है। आज अम्मा को यह शरीर त्यागना है। लेकिन कब? इसका पूर्ण ज्ञान मुझे नहीं हो पा रहा है। शायद अम्मा को ज्ञान हो, क्योंकि यह मृत्यु अम्मा, प्रकृति और मेरी इच्छा का नियोजन है। लेकिन यह क्या? मेरे अन्दर उग्रता क्यों बढ़ रही है? महाकाल अपने पूर्ण उग्र रूप में तांडव क्यों कर रहे हैं? हे अघोरेश्वर शिव! यह शिवा के साथ क्या करने जा रहे हैं?

अरे! आपके पीछे तो पाँचो पीर बाबाजी (हमारे कुलदेवता अर्थात् त्रिशूल) महाराज खड़े हैं। लगता है मुझे आज उग्र रूप धारण करना पड़ेगा और इसमें बाबाजी महाराज का भी सहयोग होगा। अरे! यह तो मेरे लिए आदेश है। मैं गहरी समाधि में जा रहा हूँ और अपने शरीर से बाहर आ गया हूँ। आज कुछ विशेष होनेवाला है। समस्त विश्ववासिनी तत्त्व की यह रोमांचक अनुभूति कब रहस्य खोलेगी, इसीकी प्रतीक्षा में।

अपराह्न 12.35 : मेरी समाधि अचानक टूट गई। महाकाली और महाकाल विराट रूप में अम्मा को गोद में लिए क्यों खड़े हैं? मैं उठकर जरा अम्मा को देखूँ कि उनको क्या हो गया है। उनका शरीर तो रिक्त लग रहा है। अरे! यह क्या? अम्मा अपने शरीर से निकलकर मुझमें ही समा रही हैं–"हे अम्मा!"

निर्वाण –स्वयं की पूर्ण नियंत्रित इच्छा से किया गया इस शरीर से प्रयाण।

अम्मा ने दिनांक 13-03-2004 को दिन के 12.35 बजे के लगभग निर्वाण प्राप्त किया।

मेरी अम्मा सांसारिक भाषा में मर चुकी थी। उन्होंने अपने शरीर से निकलकर मेरे शरीर में अपना स्थान प्राप्त कर लिया था। अचानक मुझे बहुत तेज भूख महसूस हुई। याद हो आया, अम्मा को बहुत दिनों से किसी ने भोजन नहीं कराया था, अम्मा भूखी थी। मेरी नजर शम्भू द्वारा लाकर रखे हुए भोजन के टिफिन के डब्बों पर पड़ी। मैंने बाहर निकलकर पास ही रहने वाले विजय भैया को बुलाकर कहा कि लगता है अम्मा मर गईं। वे मेरी बातें सुनकर हैरान रह गए। और मैं अपनी अम्मा के बगल में बैठ टिफिन के डब्बों को खोलकर भोजन करने लगा।

मुझे भोजन करता हुआ देख सभी परेशान और हैरान। अम्मा से प्यार करने के दावे करने वाला, वर्षों बाद हिमालय से आया हुआ सन्यासी बेटा, अपनी माँ के मरने पर उनके शव के बगल में बैठकर भोजन कर रहा है। यह विवादास्पद घटना जंगल की आग की तरह फैल गई।

एक ओर काफी विवाद के मध्य, वर्षों हिमालय में बिताकर आए हुए एक सन्यासी और तपस्वी बेटे ने अपने सर के लम्बे बाल और दाढ़ी मुड़वाए और सबको रोता देख अपने हाथ में त्रिशूल लेकर अट्टहास करने लगा। दूसरी ओर, जो जीवन भर अम्मा को रुलाकर अपने हँसते रहे, आज समाज के सामने खुद रोने का नाटक कर रहे हैं। सचमुच, आज इनके लिए जीवन और संबंध एक मजाक बन कर रह गया है। आज रो रहे हैं ये लोग उसके सामने और उसके नाम पर, जो उस शरीर में है ही नहीं सुनने के लिए। हास्यास्पद लगता है व्यक्तियों का, संबंधों का यह सामाजिक नाटक। प्रायः आधुनिक सभ्य समाज का यही विधान है जो क्रूर व्यंग्यों पर आधारित दिखता है। यह बात शीघ्र चर्चा का विषय बन गई कि मुझे अपनी अम्मा के इस दिन मरने की बात पहले से ही मालूम थी लेकिन किसी से कुछ बताया नहीं था–सिर्फ इतना ही कहा था कि मैं जब मऊ पहुचूंगा।

उसके दो दिनों बाद खुद ही सबको पता चल जाएगा कि मैं अचानक मऊ क्यों जा रहा हूँ।

शहर के लोगों को इस बात की भी हैरानी थी कि हिमालय में रहने वाले इस आदमी को कैसे पता चला कि उसकी अम्मा मरने वाली हैं और बिना सूचना के कैसे अंतिम समय में पहुँच गया।

एक भयानक विवाद के मध्य, मैंने अम्मा के शव का अंतिम संस्कार किया। सांसारिक, धार्मिक रीति द्वारा श्राद्ध आदि धूमधाम से संपन्न हुआ। उसके बाद, अपने घर ही में रहते हुए केदारनाथ मंदिर का कपाट खुलने के समय का इंतजार करता रहा। इसी बीच मैंने अपने घर के सारे सामान मोहल्ले में आस-पड़ोस के लोगों को बाँट दिए। जब घर की मालकिन चली गई, घर की बहू चली गई तो फिर उस घर का सामान क्यों रखना? समय आने पर शम्भू को घर की चाभी सौंपकर मैं हिमालय में स्थित बाबा केदारनाथजी के पास पुनः चल दिया–सदा के लिए, कभी वापस न आने के लिए।

अध्याय-18

माँ कामाख्या की मुक्ति का आह्वान

इस बार हिमालय में बाबा केदारनाथजी के पास मेरा जाना नीचे वापस न आने के लिए था, ऐसा मैं सोचता था, क्योंकि मैं सभी सांसारिक बन्धनों और वचनों से मुक्त होकर आया था। अब संसार में मेरी सभी जिम्मेदारियाँ खत्म हो चुकी थीं।

अम्मा की विपरीत परिस्थितियों में हुई स्वाभाविक मृत्यु ने संबंधों के यथार्थ को मेरे सामने लाकर खड़ाकर दिया था। जीने का अब न कोई कारण था, न कोई लक्ष्य, न कोई इच्छा। अतः मैंने अपने स्थूल शरीर के विखंडन की प्रक्रिया प्रारंभ कर दी। मेरा यह कदम गलत था, लेकिन प्रक्रिया प्रारंभ हो जाने से मेरा स्थूल शरीर धीरे-धीरे कमजोर होने लगा।

दिन में अपने ध्यान से उठकर मंदिर सिर्फ जल चढ़ाने जाता। संध्या-आरती के समय मैंने जाना छोड़ दिया। कभी दोपहर में कपाट बंद होने पर टहलने के लिए मंदिर प्रांगण में चला जाता अपने समाधि भाव में घंटों तक मंदिर की परिक्रमा करता रहता। कई दिनों से निरंतर बर्फ गिर रही थी, जिसके कारण नीचे से श्रद्धालुओं के आने के रास्ते बंद हो गए थे।

एकदम शान्त व एकांत माहौल। एक दिन मंदिर की परिक्रमा करते समय एक रहस्यमयी अलौकिक विशिष्ट घटना घटी, जिसने मुझे झकझोर कर होश में ला दिया।

परिक्रमा करते हुए मंदिर के दक्षिण-पश्चिम (नैऋत्य) कोण पर जैसे ही पहुँचा कि मैंने अपने-आपको अपने शरीर के पीछे शून्य में पाया, जबकि मेरे आगे मेरा स्थूल शरीर चल रहा था। अपने ही शरीर के लगभग चार-पाँच फीट पीछे से शून्य में खुद को ही चलते हुए देख रहा था। अब मेरा स्थूल शरीर अपने दाएँ हाथ में त्रिशूल लिए, सर पर जटा बाँधे, बाघम्बर पहने, एक तपस्विनी नारी के रूप में परिवर्तित हो गया। यह शक्तिरूपा अत्यंत गंभीर भाव से कुछ सोचती हुई मेरे शरीर के स्थान पर परिक्रमा कर रही थी। जब यह रूप मंदिर के पश्चिम-उत्तर (वायव्य) दिशा में पहुँची, तब मैं पुनः अपने शरीर में आ गया। मैं कभी मेरे मूल रूप में होता और कभी त्रिशूलधारी नारी के शक्ति रूप में बदल जाता। मंदिर के गर्भगृह में ऊर्ध्व त्रिकोणाकार ज्योतिर्लिंग में बैठे हुए बाबा को लक्ष्य कर वह नारी रूप अपने दोनों हाथों से विशेष मुद्राएँ बनातीं। मेरी दोनों हथेलियों से तीव्र विद्युत प्रवाह शिवलिंग से जुड़ा हुआ था, जिससे मंद स्वर में तड़तड़ाहट की ध्वनि होती।

अचानक घटित इस दृश्य से कुछ समझ न सका। समाधि की अवस्था थी, लेकिन स्थूल शरीर पर अपना नियंत्रण था जिससे मैं चल पा रहा था। मंदिर की परिक्रमा करते हुए उत्तर दिशा से होकर पूर्व होते हुए जब दक्षिण-पश्चिम कोण वाले चबूतरे पर अपना कदम रखा तो मैं पुनः शून्य में स्थित हो गया। और मेरे शरीर के स्थान पर तपस्विनीरूपा चल रही थीं, जो उत्तर-पश्चिम कोण पर पहुँच कर बाबा की तरफ घूमकर अपने हाथों से मुद्राएँ बनाने लगतीं। शून्य में मुझे अपने स्थूल रूप का आभास नहीं होता, बल्कि अपने को निराकार रूप में महसूस करता, जैसे मेरा कोई आकार न होकर सिर्फ

मैं ही हूँ वहाँ। अब मैं पहले से अधिक सचेत हो गया, क्योंकि यह मेरे जीवन में प्रथम बार हो रहा था कि बाबा के अतिरिक्त कोई मेरे शरीर को अपने रूप में ढालकर ऐसा कर रहा हो।

जहाँ तक मुझे याद है ऐसा तीन परिक्रमाओं के समय हुआ। उसके बाद सब कुछ सामान्य हो गया, लेकिन माँ का वह तपस्विनी शक्तिरूप और बाबा को लक्ष्य कर हाथों से बनाई गई उन विशेष मुद्राओं के दृश्य मेरी आँखों के सामने घूम रहे थे। मेरे शरीर में प्रचंड विद्युतीय वेग चल रहा था। मैं इसी उधेड़बुन में था कि अचानक कमरे में रखा आसन दृश्य में उपस्थित हुआ, लगा कि वह मुझे अपने पास बुला रहा है। मुझे याद नहीं कि मैं कैसे कमरे में आकर आसन पर बैठ गया।

अपने आपको केन्द्र बनाकर अपने भीतर बाबा के पाँचों रूपों को साकार स्थापित किया। अब मैं केन्द्र में था और चारों दिशाओं में अन्य चार रूप थे। अपने-आपको इस प्रकार विस्तार करके बाल-शिवपुत्र के रूप में बैठ गया बाबा की गोद में, जो मंदिर के गर्भगृह में ज्योतिर्लिंग में स्थित हैं। इस बीच मेरी इच्छा प्रबल होती जा रही थी यह जानने की कि परिक्रमा के समय हुई घटना का क्या तात्पर्य, क्या प्रयोजन?

मेरी जिज्ञासा को बाबा ने यह कह कर शान्त किया—"बेटा! यह तुम्हारी माँ (कामाख्या) का शक्तिरूप है जो तुम्हें लेने कामाख्या से खुद चलकर आया है। तुमने अपनी अम्मा को दिया हुआ वचन तो निभा दिया, तुम उसे नहीं भूले। लेकिन अपनी आदि माँ को मुक्त करना है, यह कैसे भूल गए? तुम अघोर हो, शिवपुत्र हो, परन्तु तुम्हारे ऊपर मानवीय संवेदना का इतना कठोर आवरण पड़ा कि तुमने अपनी अम्मा के बाद अपने शरीर का विखंडन प्रारंभ कर दिया? तो, अब तुम ही बतलाओ कि चार युग बीतने को आ गए, तुम्हारी माँ को सेकण्ड खंड में बंधी हुई विवश पड़ी रहने के। लेकिन तुम ही शरीर

त्याग दोगे तो फिर इस जगत् में कैसे पूरा करोगे उस काम को जिसे तुम्हें ही पूरा करना है? माँ कामाख्या को मुक्त कराना है।

यही स्मरण कराने माँ ने अपनी एक शक्ति को दूत के रूप में भेजा। तुम्हारी आदि माँ तुम्हें लेने आई हैं, पुत्र! इस भौतिक जगत् में तुम्हारा कोई कर्त्तव्य शेष नहीं है, अब अपने आदि कर्त्तव्य को निभाओ। इसी में जगत् का कल्याण है।

तुम्हारे शरीर में मेरे अतिरिक्त तुम्हारी माँ ही निवास कर सकती हैं, कोई अन्य नहीं। (माँ गायत्री और माँ चामुंडा- ये दोनों शक्तियाँ भी मेरी माँ के समान हैं, ऐसा बाबा ने मुझे बताया, इसीलिए मैंने स्वयं अपने शरीर में इनकी स्थापना की है-लेखक) आगे के कार्य के लिए तुम्हें नीचे धरती पर वापस जाना होगा अपने जीवन को सार्थक करो और मेरा अघोर पुत्र का पिता होना जगत् में प्रमाणित करो। माँ कामाख्या को अपने अघोर पुत्र की प्रतीक्षा है और मुझे माँ के साथ तुम्हारी।

अब माँ चामुंडा और माँ गायत्री की शक्ति के साथ तुम्हारी माँ कामाख्या की शक्ति भी तुम्हारे शरीर में साथ रहेंगी। इस कार्य को अकेले तुम्हें ही सम्पादित करना है। बहुत से पात्र असुर खंड के तुम्हारे पास सेकण्ड खंड से मानव शरीर धारण कर आएँगे, जिन्हें तुम पहचानते भी हो। उनके योग्य कार्य और व्यवहार करते हुए अपना कार्य संपन्न करना और इस जगत् में मेरे द्वारा दिए हुए 'न्याय और दंड' के अधिकार का उपयोग करते हुए आगे बढ़ना। तुम्हें चुपचाप पहले अपनी माँ कामाख्या की मुक्ति का काम संपन्न करना है। जो भी मार्ग में भक्त आए उन्हें अपने कर्मों के अनुसार फल देना। तुम आज से स्वतंत्र निर्णय के द्वारा इस जगत् में मेरा कार्य संपन्न करने के अधिकारी हो। माँ की मुक्ति के पूर्व तुम अपना उद्देश्य और 'अघोर' परिचय पूर्णतः गोपनीय रखना– यह तुम्हारी सुरक्षा के लिए आवश्यक है।

कदम-कदम पर सेकण्ड बॉडी वाले असुर मानव शरीर में तुम्हें मिलेंगे तथा तुम्हारे लिए प्यार से बाधा खड़ी करेंगे। तुम इन्हें ही आधार बनाकर अपना कार्य संपन्न करना। अपना ध्यान रखना। मैं सदा तुम्हारे साथ हूँ।"

मुझे अपनी मूर्खता पर बड़ी ग्लानि हुई। मैं अपना धर्म और कर्त्तव्य कैसे भूल गया? सचमुच एक पिता ही अपने पुत्र को सही रास्ते पर ला सकता है, एक सचेत पिता ही अपने पुत्र को लक्ष्य से च्युत होने से रोक सकता है।

इस बार केदारनाथ क्षेत्र में मौसम बड़ा विकट रहा, बार-बार अपने घातक अंदाज में करवट लेता। विखंडन प्रक्रिया के कारण मेरी शारीरिक स्थिति कमजोर होती जा रही थी। इस घटना के पहले ही अमित (भगवती प्रसाद अवस्थी का पौत्र–मेरा शिष्य) से बोल रखा था कि गुरु पूर्णिमा के दिन मंदिर में संध्या आरती के समय जाऊँगा और अपना स्थूल शरीर छोड़ दूँगा। अगर ऐसा हुआ तो मेरा शरीर मेरे किसी भी सगे-संबंधी को छूने नहीं देना। तुमसे अगर हो सके तो अंतिम संस्कार कर देना अन्यथा ऊपर पर्वतों में किसी शिला पर रख देना–पशु-पक्षियों का आहार तो बनेगा। अगर शरीर नहीं छूटा तो विदेश से एक महिला आएगी, जिसके साथ किसी कारणवश मुझे नीचे जाना पड़ेगा।

संध्या-आरती के समय मंदिर के भीतर मैं ज्योतिर्लिंग को लक्ष्य कर मुद्राओं द्वारा बाबा का अभिषेक कर रहा था पुजारी बाहर आरती करके गर्भगृह में जा चुके थे। आरती समाप्त होने ही वाली थी। बाबा मुझे देख मुस्कुरा रहे थे, जैसे कह रहे हों कि मेरा कार्य किए बिना तुम कैसे कहीं जा सकते हो? तभी मेरी दृष्टि मंदिर के पूर्वी दरवाजे की ओर गई, जहाँ दिल्ली से आया मेरा एक शिष्य आँखों में आँसू लिए मेरी ही तरफ देख रहा था। उसे देखकर मैं बाबा की बात समझ गया। भीड़ खत्म होने पर मंदिर के बाहर निकलकर मैंने परिक्रमा की

और अपने कमरे की तरफ चल पड़ा। उस शिष्य की एक बहन अमेरिका से आई थी मुझसे मिलने, अपने पति और माँ के साथ अपना एक भारतीय प्रेमी लेकर। पता चला कि उसे एक ऐसा रोग हो गया है, जिसका इलाज अमेरिका में कहीं नहीं हो सका। रोग सारे शरीर में फैलता जा रहा है। मेरे शिष्य ने उन्हें बता रखा था कि इसे सिर्फ गुरुदेव ही ठीक कर सकते हैं। मेरा स्वास्थ्य तो ठीक नहीं था, किन्तु मजबूर होकर मौसम ठीक होने पर एक दिन मुझे नीचे उतरना पड़ा। वे मुझे अपने घर चंडीगढ़ ले गए। कुछ दिनों के कठोर परिश्रम के फलस्वरूप वह महिला इस लाइलाज बीमारी से पूरी तरह मुक्त हो गई। लेकिन मेरे साथ एक धोखा हुआ। वापस केदारनाथ चलते समय जिद करके रोती हुई कविता नामक उस महिला ने मेरे बैग में सोने का बना हुआ 'ॐ' आकृति का छोटा सा एक लाकेट रख दिया।

उन दिनों केदारनाथ में मेरे पास कई शिष्य आते थे। जीवन ऐसा कि बाबा ने चमत्कार का मेला लगा दिया था। मैं कितना भी अपने आपको छिपाना चाहता, जब भी अपने कमरे से बाहर निकलता, कुछ न कुछ अद्‌भुत व अलौकिक चमत्कार बाबा मेरे माध्यम से करवा देते। इसका परिणाम यह हुआ कि अपने आपको छिपाने के बावजूद केदारनाथ क्षेत्र में सभी मुझे जानने लगे। सम्मान तो उनके दिल में था ही।

मेरे पास जो भी कुछ देर रहता, उसकी कुंडलिनी शक्ति स्वयं जाग्रत होने लगती। फिर मुझे उसे सम्हालना पड़ता, इसीलिए मैं नहीं चाहता कि कोई मेरे पास आवे। सामाजिक जीवन जीना सरल है, शक्ति का जागरण अनायास नहीं होना चाहिए।

रात में कभी-कभी अरविन्द (मेरा शिष्य) मेरे कमरे के सामने जमीन पर ही ध्यान में बैठ जाता। बाहर बर्फीली हवा में बैठा देख उसे अपने कमरे में बैठने को बुला लेता। अगर मेरा ध्यान उसकी तरफ नहीं गया तो वह वहीं रात भर ठंड में ही बैठा रह जाता । अमित

(भगवती प्रसाद अवस्थीजी का पोता) ने उसे बता रखा था कि मैं उसे भगा भी दूँ तो वह न भागे। अमित की कुंडलिनी शक्ति जाग्रत कर उसे पहले ही मैंने ध्यान-साधना से जोड़ दिया था।

मौसम लगातार खराब चल रहा था। बर्फ बाहर निरंतर धरती को ढके जा रही थी। रात का सन्नाटा फैला हुआ था। मैंने अरविन्द को कमरे में ही एक तरफ नीचे बैठ जाने को कहा। कमरे में बैठते ही वह गहरे ध्यान में प्रवेश कर गया । मैंने उसे एक दृश्य से जोड़ दिया। उस रात उसने देखा वह पूरा दृश्य जिसमें देवताओं और दानवों द्वारा समुद्र मंथन किया गया था। एक-एक कर सारे रत्न समुद्र मंथन से निकलते जा रहे थे। दृश्यों का वर्णन उससे करवाता जा रहा था। यह देखकर अरविन्द अत्यंत रोमांचित हो गया। अकल्पनीय अनुभूति–युगों पूर्व घटित घटना का वर्तमान में दर्शन और एक कलश भी निकला, जिसके अंदर से काले रंग का विषैला भाप निकल रहा था–जगत् में लोग मरने लगे, त्राहि-त्राहि मचने लगी, देवता और दानव सभी भागने लगे। चारों तरफ अंधेरा छाने लगा। तभी शून्य में बाबा अपने विराट रूप में प्रकट हुए। उन्होंने अपने हाथ में वह कलश ले लिया। मैं बालशिव के रूप में वहीं खड़ा हो बाबा की आँखों में झाँक रहा था। मेरे सारे शरीर से सर्प झूल रहे थे जो भयानक रूप से फुफकार रहे थे। बालों के स्थान पर भी सर्प ही लिपटे हुए थे। आँखों का वह भाग जो सफेद होता है, वह मेरी आँखों में स्वर्णिम रंग का था और जो काला होता है वहाँ से अग्नि निकल रही थी। मेरी आँखों में देखते हुए अपने हाथों से उन्होंने मुझे उस कलश का पदार्थ पिला दिया।

बाबा ने मुझे बतलाया–"पुत्र! यह कालकूट नाम का भयानक विष है। अपने हाथों तुम्हें इसलिए पिलाया, ताकि तुम इस संसार में लोगों से मिले विषैले व्यवहार और उनके आचरण को इस विष के समान ही पचा सको।"

इस प्रक्रिया के बाद अपनी आवाज द्वारा अरविन्द को पहले की अवस्था में ध्यान से बाहर ले आया । अरविन्द मेरे पैर पर अपना सर रख कर रो पड़ा। आज उसे समझ में आ गया कि मैं किसी को क्यों नहीं आने देता अपने पास।

अब मेरे द्वारा कही गई एक-एक बात की यथार्थता का प्रमाण मुझे किसी-न-किसी जीवित व्यक्ति के सामने छोड़ते जाना था। ताकि भविष्य में कार्य संपादन के पश्चात् जब भी मैं इन बातों का रहस्योद्घाटन करूँ तो प्रमाण माँगे जाने पर इन मानव शरीरधारियों को प्रस्तुत कर सकूँ। मेरी बातें किसी कथा-कहानी की तरह शब्दों का मनोविलास नहीं है, बल्कि इस जगत् का 'यथार्थ' है और अब यही 'भाग्य' भी। यदि यह जगत् और यह सभ्यता मेरा, बाबा का, माँ का, विधाता का, परमात्मा का, शिवत्त्व का मजाक उड़ाएँगे तो उनके खुद के मजाक उड़ेंगे। अगर मेरी दी गई चेतावनियों का यह सभ्यता कोई मूल्य न समझेगी तो उसके खुद के मूल्य समाप्त हो जाएँगे। जब भी जगत् को प्रमाण की जरूरत हो तो जिन मानव शरीरधारियों को मैंने अपने इस कार्य में अनुभूति प्राप्ति का और साक्षी बनने का अलौकिक अवसर दिया है, उनसे प्रमाण ले ले। अब वे कितना बताते हैं यह उनकी ईमानदारी पर निर्भर करता है, मेरी पर नहीं। ईमानदार उन्हें होना है, मुझे नहीं, क्योंकि परमात्मा का दर्शन करके भी, विधाता के कार्य का साक्षी होकर भी, कुंठित व संकुचित सोच का मानव अपनी निष्ठा को कुचल देने के लिए पूरी तरह स्वतंत्र है। यही वर्तमान जगत् का गुण और स्वभाव भी है।

अरविन्द को चस्का लग चुका था मेरे पास बैठकर ध्यान करने का। मुझे भी प्रकृति से नए-नए रहस्यों को प्राप्त करना था, क्योंकि इन्हीं घटनाओं में मेरे लिए प्रकृति व विधाता द्वारा भेजे गए संदेश छिपे रहते थे। जीवन में पहली बार किसी ने (जिसकी कुंडलिनी शक्ति मैंने खोली हो) ने मुझे स्वर्ण दिया था, वह भी 'ॐ' के

आकार में निर्मित। यह मेरे लिए बड़ा महत्त्वपूर्ण था और इसका रहस्य जानना बहुत जरूरी था। मैंने लॉकेट को निकाल कर अरविन्द के हाथ में दिया और अपनी तरफ देखने के लिए कहा। अरविन्द को जो दिख रहा था वह बतलाता जा रहा था। अब मेरी चारों तरफ सारे ग्रह अपना स्थूल शरीर धारण कर एक निश्चित क्रम से घूम रहे थे तथा सामने आकर मुझे प्रणाम करते। मेरा रूप बदल कर कभी-कभी बाबा का हो जा रहा था। मैंने सिर्फ धोती और जनेऊ पहना हुआ था।

चूँकि मैंने कभी ज्योतिष की पुस्तकें नहीं पढ़ी थी, मैंने उनसे कहा कि वे क्रमशः अपना परिचय दें और अपना कार्य और मूल प्राकृतिक एवं स्वाभाविक धर्म बतलावें। वे कुल मिलाकर नौ थे।

सबसे पहले सूर्यदेव ने सामने आकर अपना परिचय दिया–"हे पिताश्री! हम तो आपके ही विधान से निर्मित हुए और नवग्रह के राजा हैं। इस जगत् के संचालन में आपके आदेश से ही हम सभी अपना-अपना कार्य करते हैं।" मैंने उनकी बातें सुनी और कहा कि मैं जो कहूँ उसका पालन करें।

क्रम से सभी ग्रहों ने अपना-अपना परिचय दिया और अपना कार्य, गुण, जीवन पर प्रभाव और स्वभाव के विषय में बतलाया। मैंने सबों को आगे के काम में सहयोग करने को कहा। तभी निराकार ब्रह्माण्ड में अघोर ध्वनि गूँज उठी--"सावधान! सावधान!! सावधान!!! यह मेरा पुत्र है, यह अघोर है। इसके आदेशों का पालन करो।"

साक्षात्कार के उपरान्त मैंने उन्हें जाने को कहा। वे चले गए। अपनी आवाज द्वारा अरविन्द को धीरे-धीरे समाधि की अवस्था से स्थूल चेतना में ले आया। अरविन्द का शरीर काँप रहा था। मेरे पैरों पर अपना सिर रखकर फफक-फफक कर रो पड़ा।

ऐसी अनेक घटनाओं के वर्णन डायरी में लिखकर मैंने सुरक्षित रखा था, लेकिन दिल्ली में 2006 ई० में 15 से 25 अप्रैल के बीच मेरे कमरे से मेरे ही शिष्यों ने उन डायरियों को लूट लिया। उस समय

मैं मिशन के किसी महत्त्वपूर्ण कार्य से दिल्ली से बाहर गया हुआ था। ये डायरियाँ अभी भी उनके पास होनी चाहिए। प्रकृति से प्राप्त किए गए गुप्त ज्ञान को नष्ट करके उन्होंने अपने असुर होने का परिचय दिया, इसलिए मैंने उनका त्याग कर दिया। अन्य स्थान पर कभी इसके बारे में विस्तार से चर्चा करूँगा, अभी मुख्य विषय पर ही रुकता हूँ।

अरविन्द और कुछ अन्य समझने लगे कि मैं ईश्वरीय चमत्कारों से भरा एक मानव हूँ और मेरे संपर्क में रहने से परमात्मा और प्राकृतिक जगत् के रहस्यों से अपने आप पर्दा हटते जाएँगे। वे सब अधिक-से-अधिक समय मेरे पास ही रहने की कोशिश करते। कठिन रास्तों पर भी मैं कभी-कभी रात के दो बजे हों या तीन, टहलने के लिए निकल पड़ता। चाँदनी रात में मुझे पर्वतों में टहलना बहुत अच्छा लगता। बर्फ गिर रही हो तो खुले आसमान के नीचे बैठना बहुत सुहाता। लेकिन इन विषम परिस्थितियों में भी अरविन्द, अमित आदि ने मुझे कभी अकेला नहीं छोड़ा। उन दिनों स्वास्थ्य पूरी तरह ठीक नहीं था। फिर भी इन बच्चों ने मेरा पूरा ख्याल रखा। वे मुख्य पुजारी, जिन्होंने एक दिन अरविन्द को पागल घोषित कर मेरे पास भेजा था, अब उसे कठोर साधना में डूबा देख आश्चर्यचकित थे।

उन्हीं दिनों उत्तरकाशी से चलकर आई हुई विक्षित हो चुकी एक साठ वर्षीया महिला मेरे हाथों से पानी पीकर एकदम से पहले की तरह स्वस्थ हो गई। मेरे लाख मना करने के बावजूद भी सारे केदारनाथ क्षेत्र में घूम-घूमकर मेरे बारे में प्रचार करने लगी। उसकी भी बड़ी अजीब ढंग से मुझसे मुलाकात हुई थी। एक दिन दोपहर में शिवलिंग पर अपने कमंडल से जल चढ़ाकर मंदिर परिक्रमा करते हुए मंदिर के उत्तर से अभी ईशानेश्वर महादेव मंदिर से आगे बढ़ा ही था कि मैंने केदारनाथ मंदिर के बाहर के पूर्वी द्वार पर बड़ा ही वीभत्स दृश्य देखा। कुछ युवक एक महिला के शरीर से उसकी पहनी हुई

साड़ी खींच रहे थे और वह महिला अपने तन के साड़ी को बेबस होकर पकड़े हुए अपनी लाज बचा रही थी। अनेक संभ्रांत लोग खड़े होकर तमाशा देख रहे थे। यह देखकर मुझे अचानक द्रौपदी का वस्त्रहरण याद हो आया। मैं अपने आपको सम्हाल नहीं पाया और मेरे मुँह से अघोर ध्वनि निकल पड़ी। इस अवर्णनीय चक्रभेदी ध्वनि से भयभीत होकर वे दुष्ट भाग खड़े हुए।

मेरी अघोर ध्वनि से हिमालय का वह क्षेत्र कम्पित हो उठा, मंदिर कमेटी के लोग और पंडे-पुजारी सभी दौड़ पड़े। मैं अपनी मानवीय विवशता से एक अबला पागल स्त्री को निर्वस्त्र किए जाते हुए देखकर क्रोध से काँप रहा था और वहाँ एकत्रित लोग भयभीत हो चुके थे। पता चला कि मंदिर के ठीक सामने मंदिर में चढ़ाए गए वस्त्रों का श्रद्धालुओं के बीच विक्रय के लिए एक दुकान खुली है। उसी में से एक साड़ी उस स्त्री को दिया गया था जिसका मूल्य साठ रुपए चुकाने में उस स्त्री ने असमर्थता व्यक्त की। इसी पर युवकों ने साड़ी खींचना प्रारंभ कर दिया था।

मैंने वहाँ उपस्थित लोगों को धिक्कारते हुए कहा कि मुझसे रुपए ले लिए जाएँ, लेकिन फिर यदि ऐसी घटना मंदिर क्षेत्र में हुई तो कोई पागल बनने से नहीं बच पाएगा–साथ ही सारा जीवन इसी हिमालय में घूमेगा और मंदिर भी नजर नहीं आएगा।

वह महिला मेरे हाथों को पकड़ कर 'पिताजी-पिताजी' कह कर रोए जा रही थी कि अचानक उसकी नजरों में मेरी दृष्टि गई और मैं भी उसके साथ रो पड़ा। मैंने उससे कहा–"हाँ बेटे, तुम मेरी बेटी ही हो, अब तुम्हें यहाँ कोई कुछ नहीं कहेगा। तुम पागल नहीं हो। तुम्हें अब एकदम ठीक होकर पहले जैसा ही जीवन जीना है। तुम जब तक यहाँ हो, चिन्ता न करो। तुम यहाँ मेरी बेटी बन कर रहो।" वह औरत मेरा हाथ पकड़कर फफक-फफककर रोए जा रही थी–"पिताजी, जब आपकी आवाज मेरे कानों में पड़ी, तभी से मैं काफी अच्छा और

हल्का महसूस कर रही हूँ। मैंने आपको बाबा के रूप में देखा। आपके गले में लिपटा हुआ सर्प फुफकार रहा था मुझे मालूम है कि आप ही मुझे ठीक कर सकते हैं। मेरे घर वालों ने भी पागल समझकर मुझे निकाल दिया है।"

मैं बिना कुछ बोले अपने कमरे की तरफ तेजी से बढ़ चला। बाबा की यह बात याद आई कि कुछ भी हो जाए, परिस्थितियाँ कितनी भी विषम हो जाएँ, लोग कितना भी अपमान करें, इस संसार में अपने अघोर रूप को अभी छिपा कर रखना है।

लगभग आठ-दस दिन तक वह महिला वहाँ रही। मैं जब भी बाहर निकलता, वह मेरे हाथ से पानी पीती। अब वह स्वस्थ हो चुकी थी। केदारनाथ क्षेत्र के लोग उस पगली को सभ्य महिला के रूप में परिवर्तित होते हुए देख अचम्भित थे।

एक दिन दोपहर, मंदिर से आकर कमंडल रखकर बैठा ही था कि मनोज और अन्य शिष्य एक नए युवक को मेरे कमरे पर लेकर आए। युवक का नाम हर्ष था। मुम्बई से कल केदारनाथजी के दर्शन करने आया था। देर रात हो जाने से रास्ता भटककर वह मनोज के पास पहुँच गया। रात में जब मनोज आदि अपने कमरे में ध्यान में बैठे हुए थे, हर्ष को अलौकिक व दिव्य अनुभूतियाँ हुईं। बाद में उसे पता चला कि वे अपने गुरु का ध्यान कर रहे थे जिसमें ये अनुभूतियाँ होती हैं। उसने बतलाया कि वह ध्यान-साधना का भूखा है। समर्थ गुरु को खोजा, पर कोई न मिले। कुंडलिनी शक्ति खोलने के नाम पर किसी ने पाँच से दस लाख रुपए माँगे। मैंने उसे अभी वापस जाने को कहा क्योंकि उसे मुम्बई जाना था, लेकिन वह नहीं गया ।

बाहर मौसम खराब था। रात को उसकी बातें सुनते हुए मैं हँसने लगा और उसे अपनी आँखें बंद कर मेरी हँसी सुनने के लिए कहा। वह गहरे ध्यान में डूबता चला गया और बताता गया उसके भीतर हो रही अनुभूतियों के बारे में। मेरी हँसी सुनकर उसकी कुंडलिनी शक्ति

जाग्रत हो चुकी थी। जो उसने पुस्तकों में पढ़ा था, जिसकी खोज में वर्षों तक भटका था, वह बिना माँगे बिना मोल ही, मात्र शिवपुत्र के हँसी से ही जग कर उठ खड़ी हुई थी। रीढ़ की हड्डी के नीचे से उठी हुई वह सर्पिणी रूपी कुंडलिनी शक्ति अब शीर्ष तक पहुँच कर सहस्रार में स्थित हो गई थी।

घंटों तक ध्यानस्थ रहे। हर्ष को जब मैं आवाज देकर वापस स्थूल चेतना में ले आया तो उसके अंतस् का हर्ष पूरी तरह परिवर्तित हो चुका था। शरीर वही था, लेकिन चेतना परिवर्तित थी। मैंने उसे नियमित रूप से ध्यान में बैठने के निर्देश देते हुए कहा–"परिवेश चाहे कैसा भी हो, परिस्थितियाँ चाहे कितनी भी विपरीत हों, प्रतिक्षण तीव्रता से होने वाले परिवर्तन तुम्हें झकझोरकर कितना भी तोड़ने का प्रयास करें, लेकिन शिवपुत्र का ध्यान कभी मत छोड़ना। अब यही तुम्हारे जीवन का निर्धारण करेगा। जिसे मैंने जगाया है वह मेरा प्रतिनिधि बनकर अब तुम्हारे साथ सदा रहेगा, इसका सम्मान करना।" लगभग एक सप्ताह तक मेरे सान्निध्य में ठहरकर वह वापस लौट गया। उस दिन इस घटना के साक्षी वहाँ बैठे हुए मेरे सभी शिष्य बने।

कभी-कभी बच्चे बचपना कर जाते हैं जो स्वाभाविक है। मनोज के भीतर यह बात बैठ गई कि हर्ष आया और गुरुजी ने उसी दिन उसकी कुंडलिनी जगा दी, लेकिन पता नहीं अभी तक हम लोगों की क्यों नहीं जगाई।

यह बात अगले ही दिन मेरे कानों तक पहुँची, मन ही मन मुस्कुराया उसकी बचपना पर। खराब मौसम होने से अपने कमरे से उस दिन बाहर नहीं निकला था। दोपहर में मनोज केदारनाथ मे नियुक्त स्टेट बैंक ऑफ इण्डिया के मैनेजर के साथ मुझसे मिलने पहुँचा। मैं अपने आसन पर ही बैठा हुआ था। कुछ देर पश्चात् उसे बुलाकर उसे अपना पैंट खुलवा कर थोड़ा नीचे हल्का सा दबाया ही था कि वह बेहोश होकर गिर पड़ा। उसने उठने का प्रयास किया

लेकिन वह फिर चक्कर खाकर गिरने ही वाला था कि उसे कमर से पकड़ कर मैंने अपने हाथों में सम्हाल लिया और कहा–"घबराओ मत। यह मेरा स्पर्श है, थोड़ी देर में ठीक हो जाएगा। तुम्हें मुझ पर शंका थी कि मैंने तुम्हारी कुंडलिनी अभी तक क्यों नहीं जगाई। हर व्यक्ति में इतना सामर्थ्य नहीं होता और हर व्यक्ति की मानसिक चेतना इतनी तैयार नहीं होती कि वह मेरे शक्तिपात के बाद की स्थिति को ठीक से सम्हाल सके। आज मैंने तुम्हारी भी कुण्डलिनी को जाग्रत कर दी।"

बैंक मैनेजर मेरे सामने सहमा हुआ अपनी कुर्सी में दुबका पड़ा था। उसे डर था कि कहीं उसके साथ भी वैसा ही न हो। उसका भय देखकर मैं अनायास हँस पड़ा–"क्या बात है? डरो मत। मैं तुम्हारे साथ ऐसा कुछ नहीं करने वाला। यह मेरा शिष्य है न, इसलिए ऐसा किया। तुम अपना जीवन जैसा चाहते हो जीओ, मुझसे डरो मत। देखो, मैं भी तुम्हारी ही तरह एक सामान्य मनुष्य हूँ।"

अध्याय-19

कामरूप की ओर

दीपावली के पश्चात् द्वितीया तिथि को पुनः केदारनाथ मंदिर के कपाट अगले छः महीनों के लिए बंद होनेवाले थे। मेरे पीठ के बीच में रीढ़ की हड्डी से सटी एक गाँठ हो गई थी। देर तक ध्यान-समाधि में बैठने से उसमें दर्द होने लगता। अतः, मैंने बाबा से आज्ञा ली और अगले दिन नीचे जा़ने का समाचार अवस्थीजी तथा अपने शिष्यों को दिया।

उसी रात, मेरा एक शिष्य सुरेन्द्र मेरे पास ध्यान में बैठा था। उसने एक दृश्य देखा और बताया कि मेरे नीचे जाने से बाबा बहुत उदास हैं। उस दृश्य का वर्णन उसने कुछ इस प्रकार किया।

मंदिर के प्रांगण में नंदी के पास बाबा अपने विशाल रूप में खड़े हैं। उनके गले में मुंडों की माला है और उनके सामने मैं इसी रूप में श्वेत वस्त्र पहने खड़ा हूँ। मैं उनके घुटनों के बराबर हूँ। बाबा एक कटोरा से मुझे कुछ पिलाते हैं। पिलाते हुए नीचे की तरफ झुकने से बाबा के गले की मुंडमाला छोटी होकर मेरे गले में आ जाती है।

बाबा कहते हैं—"बेटे! आज मैंने तुम्हें अपने हाथों से पुनः विष पिलाया है। मानवों के बीच तुम्हें उनके व्यवहार के कड़वे विष पीने पड़ेंगे। उनके पिलाए विष को तुम पचा सको, इसीलिए मैंने ऐसा किया

है। हिमालय की पूर्वी छोर पर कामरूप क्षेत्र में एक नदी के किनारे नीलपर्वत पर एक आदमकद नारी के रूप में तुम्हारी माँ अवस्थित हैं। तुम्हें वहाँ पहुँच कर अपना अघोर कार्य संपन्न करना है। सारा कार्य खुलेआम होगा लेकिन कोई समझ नहीं पाएगा। अपनी गुप्तता का ध्यान रखना व सावधान रहना। मैं सदा तुम्हारे साथ हूँ।"

फिर सुरेन्द्र बताता है कि तभी लाल साड़ी पहने माँ आ गईं। उन्होंने आपकी तरफ दिखाते हुए मुझसे बोला–"कह दे अपने गुरु से कि आज से इस मन्त्र को इक्कीस बार बोलकर जो कुछ भी वह कहेगा, मैं उसे पूरा कर दूँगी। वह अपने को अकेला न समझे। मैं और मेरी शक्तियाँ उसके साथ हैं।" (माँ द्वारा बोला गया वह मन्त्र साधना की गुप्तता के लिए यहाँ नहीं लिखा जा रहा है।)

इस साक्षात्कार से वापस आने पर सुरेन्द्र को तेज ज्वर हो गया। वह थोड़ा डरा हुआ था। मैंने समझाया कि चिंता मत करो, दो-तीन दिनों में सामान्य हो जाओगे। निरंतर मेरा ध्यान करते रहना और जब तक यहाँ हो, बाबा के ज्योतिर्लिंग का अभिषेक करते रहना। ताप खत्म हो जाएगा।

अगले दिन मैं नीचे की यात्रा पर चल पड़ा। बच्चे व पंडा लोग मन्दाकिनी नदी पर पुल के पास तक मुझे छोड़ने आए। न जाने क्यों इस बार सभी की आँखों में आँसू थे। मैं अकेले ही आगे की यात्रा पर चल पड़ा। कुछ दिन देहरादून में डोभाल के यहाँ विश्राम करके, महाराष्ट्र में दीदी के यहाँ होते हुए, गुजरात में दाहोद नामक स्थान पर अपने शिष्य अश्विन के यहाँ पहुँचा। वहीं एक परिचित डॉक्टर बनवारी ने मेरे पीठ की गाँठ का आपरेशन किया। आपरेशन के बाद कुछ दिन अश्विन ने अपने घर पर मेरी देखभाल की।

उन्हीं दिनों एक विचित्र घटना घटी। मैं जिस कमरे में लेटा रहता था, वही अश्विन का पूजाघर था। रात में मेरे दिए आसन पर बैठकर वह ध्यान करता। उसे कई दिनों से सहमा हुआ देख रहा था। भय से चेहरा कुछ काला पड़ गया था। मैं समझ गया कि मेरे सोए रहने पर ध्यान में मुझसे संबंधित कुछ ऐसे अकल्पनीय दृश्य उसे दिखते हैं

जिससे वह भयभीत हो रहा है। मैंने उससे पूछा–"मेरे आसपास तुम माँ को देख रहे हो क्या?" उसने बतलाया–"हाँ गुरुजी, जब भी मैं ध्यान में बैठता हूँ आपकी चारों ओर अनेक माताओं को शस्त्र धारण किए देखता हूँ। लगता है कि सभी माताएँ युद्धवेश में आपकी सुरक्षा कर रही हैं और बाहर से आपके पास तक पहुँचना किसी के लिए संभव नहीं है। जब ध्यान में आपको देखने का प्रयास करता हूँ तो यह दृश्य देखकर भयभीत हो जाता हूँ।"

इसे किसी महत्त्वपूर्ण घटना का संकेत मानकर मैं मुस्कुराने लगा। निश्चय ही मेरे लिए माँ का कुछ आदेश आ रहा था। मैंने अश्विन को ध्यान में बैठकर मुझे देखने को कहा और माँ को आवाज देकर पुकारा। माँ शून्य से तत्क्षण उपस्थित हुईं। माँ के पीछे मुझे घेरे हुई दसो माताएँ भी थीं। उन्हें प्रणाम कर पूछने पर उन्होंने बतलाया–"पुत्र! तुम्हें देखने आती हूँ। अन्य माताएँ तुम्हारी देखभाल के लिए सदा तेरे पास ही रहती हैं। तुम्हें स्वस्थ होकर मेरे पास आना है। मैं तुम्हारी प्रतीक्षा कर रही हूँ। अपने साथ इसको (अश्विन को) भी लेते आना।" मैंने माँ से बोला–"माँ! मैं तो आऊँगा ही लेकिन इसका परिवार है, अपना संसार है। इसे लाने का कोई वादा कैसे करूँ!" माँ ने कहा–"जैसा उचित समझो करना। तुम्हारी इतनी सेवा कर रहा है, इसलिए कहा।"

उस दिन यह कहकर माँ चली गईं। मैं भी ज्यादा देर बैठने में असमर्थ था। यह जानकर कि ये सारी माताएँ मेरी माँ कामाख्या की शक्तियाँ हैं, जो अपने पुत्र की देखभाल के लिए संग रहती हैं, अश्विन का भय कम हुआ ।

एक दिन अश्विन ने देखा कि किसी हिमाच्छादित पर्वत पर समाधिस्थ बाबा के मुँह से एक मन्त्र गूँज रहा है, जिसकी ध्वनि सम्पूर्ण ब्रह्माण्ड में प्रसारित हो रही है। बीच-बीच में बाबा का रूप मुझमें परिवर्तित हो जा रहा है। फिर बाबा के स्थान पर एक काले रंग का बड़ा सा शिवलिंग बन गया, जिससे वही मन्त्र गूँज रहा था। कुछ देर बाद शिवलिंग से रक्त की धारा फूट पड़ी और प्रचंड वेग

से नीचे की ओर बह चली। यह एक अति महत्त्वपूर्ण संकेत था बाबा की तरफ से मेरे लिए।

मैंने अपनी अस्वस्थता में भी आसाम जाने का निश्चय कर लिया। कारण गोपनीय रखा। दाहोद से सीधा कोई ट्रेन या साधन गौहाटी के लिए नहीं था। उसी समय मुझे किसी विशेष कारण से मुम्बई जाना पड़ गया। मेरे शरीर में भयानक ढंग से चक्रों में विस्फोट बढ़ जाया करता और मेरी जिह्वा से निकलने वाली ध्वनि मुँह से बाहर निकलकर करेंट की तरह फटने लगती। मुझे अपनी जीभ किसी सर्प की जिह्वा की भाँति महसूस होने लगी। मैं अपने मुँह से अग्नि की प्रचंड ज्वाला निकलते हुए देखता। आँखों से लगता, तेज लाल विद्युतीय धारा निकल रही है। ऐसे में किसी भी गृहस्थ के घर ठहरना उचित नहीं था। मेरे आसपास रहनेवालों और नियमित रूप से आनेवालों की कुण्डलिनी शक्ति जाग्रत होने लग जाती और चमत्कारिक घटनाएँ घटने लगतीं। ऐसी स्थिति में मैं तुरंत ही वहाँ से गौहाटी के लिए निकल पड़ा।

मुम्बई से चलकर तीसरे दिन 16 मार्च, 2005 को मैं गौहाटी पहुँचा। गौहाटी से कुछ दूरी पर ही कामरूप जिला में नीलगिरि पर्वत पर कामाख्या मंदिर स्थित है। स्टेशन के बाहर टैक्सी लेकर मंदिर की ओर बढ़ चला। मुख्य सड़क से मुड़ते ही जहाँ से मंदिर मार्ग की शुरूआत होती है, वहाँ एक बड़ा सा भव्य गेट बना हुआ है। जैसे ही आगे बढ़ा, बाबा का आदेश मिला–"इस क्षेत्र में अन्न ग्रहण मत करना। यह आसुरी तांत्रिकों का मायावी क्षेत्र है।"

उन दिनों मैं अनाज तो नहीं लेता था, फिर भी बाबा के आदेश ने मुझे सावधान कर दिया। मैं कामाख्या शक्तिपीठ क्षेत्र में आ गया। मेरे ठहरने के लिए उस क्षेत्र के एक वरिष्ठ व सम्मानित पंडा (पुजारी) के यहाँ मेरी व्यवस्था पहले से ही करा दी गई थी। उन्हें लोग सम्मान से दादा कहते। दोपहर कामाख्या मंदिर में गर्भगृह के भीतर माँ की महायोनि पीठ के दर्शन हुए।

मैंने देखा कि गर्भगृह की मूल शक्तिपीठ में निरंतर जलप्रवाह हो

रहा है। जल धारा वहीं से निकलकर उसी स्थान पर विलीन हो जाती है। चूंकि मैं कर्मकांड या अनुष्ठान की कोई प्रक्रिया नहीं जानता, अपनी धारणा बनाकर ध्यान द्वारा ही माँ के चैतन्य विग्रह से जुड़ने का प्रयास कर रहा था। देखना था, आगे क्या होता है। शेष तो माँ की ही इच्छा, आदेश तथा मार्गदर्शन से चलना था।

बाबा ने पहले ही बतला दिया था–"जहाँ तुम जा रहे हो वह माँ का क्षेत्र है। वहाँ मैं कुछ नहीं बोलूंगा। वहाँ माँ जैसा कहेंगी वैसा ही करना। हर पल सावधान रहना, क्योंकि वह सेकण्ड खंड के प्रचंड मायावी तांत्रिकों का क्षेत्र है।"

पहले कह चुका हूँ कि मैंने अपने स्थूल शरीर को कुछ दिनों तक विखंडित करने की प्रक्रिया की थी। इससे मैं कमजोर हो गया था मैं अधिकतर अपने आसन पर बैठना चाहता था, लेकिन यहाँ गर्मी बहुत अधिक होने के कारण मुझे दिक्कत हो रही थी। दूसरी बात यह कि इस क्षेत्र में जो सेकण्ड खंड की ऋणात्मक ऊर्जा भरी हुई है, वह चेतना की अधोगति कर उसे विच्छिन्न कर देना चाहती है।

दूसरे दिन, वह महिला जिसने दादा के यहाँ मेरे ठहरने का इंतजाम करवाया था, अपने पति के साथ मुझसे मिलने आई। काफी आत्मीयता भरी मुलाकात थी। देर तक बातें होती रहीं। उसके अनुरोध पर उसे ध्यान में बैठाया। बातों से तो माँ की भक्त लगी, परन्तु कुछ अधिक ही उत्साहित दिखी।

शाम को दादा अपने साथ आरती के समय मुझे मंदिर लेकर गए। अनेक पंडों और पुजारियों को मुझसे मिलवाया। सभी व्यावहारिक व मिलनसार लगे। कुछ देर बैठकर हमलोग चले आए। दादा के घर से ही मेरे लिए जल व चाय आदि की व्यवस्था होती थी। मुझे भोजन करता न देख वे लोग बहुत हैरान थे।

एक तांत्रिक साधु, कालीनन्दन, एक दिन संध्या-आरती के समय मेरे सामने पड़ा। पिछले जन्म में तो था ही, इस जन्म में भी वह एक योगभ्रष्ट साधक है। पंचमकार की वाममार्गी साधना में तांत्रिक कृत्य कर वह अपना जीवन नष्ट कर रहा था। बातों में काफी तेज-तर्रार है।

अपनी प्रक्रिया में मैंने उसे अपने को स्पर्श करने को कहा, परन्तु अभिमान, डर, अहंकार एवं अंतर्द्वन्द्व ने उसे सफल नहीं होने दिया। अब नेक मार्ग पर आ जाने में ही उसकी भलाई थी। अत: उसके ज़िद करने पर वही प्रक्रिया पुनः करने को कहा। लगभग दो घंटों तक वो गहरे ध्यान में डूबा रह गया। समय काफी हो गया था, अत: अपनी आवाज से उसकी चेतना को वापस ले आया। उसने मेरे अन्दर प्रचंड अग्निव्याप्त विराट अधोमुखी त्रिकोण देखा। इससे उसे तेज झटके लगने लगे। मुझे लगा कि वह यदि गंभीरता से मेरी साधना करे तो अपने श्रापित जीवन से मुक्त होकर सार्थक जीवन जी सकता है।

आज ध्यान में मैंने गर्भगृह में प्रवेश किया। वहाँ माँ फूलों से बने सिंहासन पर बैठी हैं। मैं बालशिव के रूप में उनकी गोद में बैठ गया। माँ लाल किनारे वाली चाँदी के रंग की साड़ी पहनी हैं। दायाँ हाथ आशीर्वाद की मुद्रा में है तथा बाएँ जाँघ पर मैं उनकी गोद में बैठा हूँ। माँ ने मुझे अपने हाथ से लपेट लिया है। उनके पीछे से तीव्र स्वर्णिम प्रकाश फूट रहा है। माँ की आँखों में ममता है, वात्सल्य है और उनके सिर पर रत्नजड़ित मुकुट।

मेरे अन्दर एक इच्छा जन्मती है -"हे माँ! आप अपनी गोद में हमेशा के लिए बैठाकर मुझे सुरक्षा का कवच दें। अब आपसे दूर होने की कल्पना भी नहीं कर सकता। मंदिर परिक्रमा के समय नैऋत्य कोण पर मेरे शरीर में उपस्थित होकर आपने दर्शन दिए और मेरे आगे-आगे चलकर मुझे यहाँ तक पहुँचाया। जिस उद्देश्य की पूर्ति के लिए मेरा चयन किया उसकी पात्रता आप मुझे अपनी गोद में बैठाकर प्रदान कर रही हैं। आपका पुत्र हूँ, इसलिए शिवपुत्र की अवधारणा की समग्रता आपकी गोद में बैठकर ही दिखती है और इसी मातृसत्ता का आलिंगन सनातन अकाट्य सत्य है। अबोध होने के कारण क्रिया और विधि-विधान नहीं जानता। आप स्वयं जो चाहती हैं, उन कार्यों को मुझसे करवाती जाएँ। मैं पूर्ण रूप से तैयार हूँ।"

21 मार्च, 2005 को फिर एक विचित्र घटना हुई। कामाख्या पहुँचने के लगभग एक महीना पहले से ही कालीनंदन तथा अन्य कई

लोग मुझे कामाख्या मंदिर के प्रांगण में सशरीर देखा करते थे। मंदिर की उत्तर दिशा में एक सौभाग्य कुंड नाम का जलकुंड है। अभी तक मैं उधर नहीं गया था, परन्तु वे मुझे उस कुंड में जाते हुए तथा फिर उस कुंड से लौटते हुए देखते थे। 21 मार्च, 2005, दोपहर में लगभग चौबीस वर्षीय देवदास नाम का एक युवक मंदिर के पश्चिम द्वार पर अपने माता-पिता के साथ मिलने आया। देवदास गायन के क्षेत्र में काफी रुचि रखता है, लेकिन मुझसे मिलने के पूर्व यहाँ आने पर वह गा नहीं पा रहा था। शाम को हम लोग मंदिर के बाहर काफी देर तक बैठे रहे। कुछ समय तक ध्यान में मैंने उसे बैठाया। अनेक सुरों में उसने माँ की स्तुति गाकर सुनाई। पश्चिम बंगाल के वर्द्धमान का रहनेवाला एक और पात्र साधक बनने के योग्य मिला।

देव कई महीनों से मुझे देख रहा था, लेकिन उसे लगता था कि मैं साईं बाबा हूँ। दो-तीन दिन पूर्व ही अपने माता-पिता से ज़िद करके यहाँ आया। मंदिर के भीतर जाते हुए देखकर उसने अपने माता-पिता से कहा था कि यही हैं वो जिन्हें मैं कई महीनों से स्वप्न में देखा करता हूँ। मैं मंदिर के पश्चिम द्वार से बाहर निकल रहा था। सामने ही वह खड़ा था, आँखों में प्रतीक्षा का अंत हो जाने की खुशी के आँसू लिए हुए। उसके पिता ने बतलाया कि उनका बेटा मुझसे मिलना चाहता है। उसे देखकर अचानक मेरा दायाँ हाथ उठा तथा मैंने एक उँगली से उसके कंठ के नीचे स्पर्श किया। वह इस स्पर्श से काँप उठा तथा रो पड़ा। मेरे मुँह से निकला—"क्या बात है बेटे? जब से आए हो, तुम्हारे मुँह से संगीत नहीं निकल पा रहा है। यह क्षेत्र ही ऐसा है। कंठ में जहाँ मैंने स्पर्श किया है वहीं पर मेरा ध्यान करना। चलते रहो, अब जीवन का वास्तविक परिवर्तन देखना, बहुत आगे जाओगे।" यह बोलकर मैं चल पड़ा अपने कमरे की तरफ।

मैं सावधान था, क्योंकि कामाख्या के तांत्रिकों के बारे में तरह-तरह की बातें सुन रखी थी। मुझे तंत्र के बारे में कोई ज्ञान नहीं था। शाम को संध्या-आरती के समय टहलने के बहाने मंदिर क्षेत्र में चला जाता। वहाँ अनोखे तांत्रिकों को देखता, लेकिन उनकी बातें मेरे सिर

के ऊपर से चली जातीं। सभी अकल्पित चमत्कारी शक्तियों के दावेदार होते और अपने को भारी भरकम रूप में प्रचारित करते। कालीनन्दन से मैंने एक मूर्ख की भाँति पूछा–"अच्छा, यह बताओ कि तंत्र और तांत्रिक का अर्थ क्या होता है?"

उसने कहा–"तांत्रिक ऐसी शक्तियों वाला होता है जो कुछ भी कर सकता है। जैसे, यदि मैं केदारनाथ में बाबा के ज्योतिर्लिंग पर मांस-मदिरा आदि चढ़ा आऊँ, तो आप नहीं देख पाएँगे मुझे, लेकिन बाबा खुश हो जाएँगे। तांत्रिक के लिए दुनिया में कुछ भी करना असंभव नहीं होता।"

मैं उसकी बातों को सुनकर गंभीर नहीं हुआ, क्योंकि अभी मुझे वहाँ की मानवीय तांत्रिक शक्तियों और सेकण्ड खंड के गूढ़ रहस्य को जानना था, जिससे तंत्र-विध्वंस का कार्य सकुशल सम्पन्न कर सकूँ। मैंने उसे उकसाया तो अपने साथ उस क्षेत्र के एक प्रसिद्ध तांत्रिक से मिलाने ले चला। रात्रि का समय, ऊँची-नीची पगडंडी पर चलते हुए मुझे एक छोटे से घर में लेकर पहुँचा। वहाँ आसन पर एक पैंसठ-सत्तर वर्ष के वृद्ध मदिरा में धुत्त बैठे थे। कालीनन्दन ने उनसे परिचय कराया। वे असमिया भाषा बोल रहे थे। न जाने क्यों और क्या सोचकर उन्होंने मेरा दाहिना हाथ पकड़ लिया और वे रो पड़े। फिर सम्हल कर बड़बड़ाने लगे। कालीनंदन ने मुझसे तुरंत बाहर चलने के लिए कहा। बाहर निकलकर उसने मुझे बतलाया कि ये इस क्षेत्र के सबसे बड़े तांत्रिक हैं। उसके गुरु हैं। वे हवा में भी उड़ जाते हैं। वे बतला रहे थे कि आप ध्यान में बहुत आगे हैं। फिर न जाने किन रास्तों से होते हुए मुझे श्मशान की तरफ अपनी झोपड़ी पर लेकर गया। बहुत सी ऐसी बातें, जो मेरे सिर में समाने वाली नहीं थीं, वह सुनाता रहा और मैं झेलता रहा। मेरा इंतजार दादा मंदिर में ही कर रहे थे। रात में उधर ले जाने के लिए कालीनंदन को डाँटा।

रात्रि का अंतिम प्रहर। अपने आसन पर ही ध्यानस्थ था। अचानक देखा कि दाएँ हाथ की कनिष्का के बगल की दो उंगलियाँ कट गई हैं। सामने माँ काली खड़ी हैं। उससे खून निकलने ही वाला है कि

मैं अपनी अंजुली बना कर सारा खून इकठ्ठा कर लेता हूँ और पास खड़ी माँ काली को पिला देता हूँ। मेरे मुँह में खून सा स्वाद आने लगा, जिससे मेरा ध्यान टूट गया। मैं ठीक से कोई अर्थ न निकाल सका।

सुबह-सुबह ही दरवाजे पर दादा की पुकार सुनाई पड़ी। उठकर दरवाजा खोला। देखा, कालीनंदन अपने दाएँ हाथ की हथेली पर पट्टी बाँधे हुए मेरे पैरों की तरफ लपका और पैर पकड़कर क्षमा माँगते हुए रोने लगा। दादा ने बतलाया कि ये आपके दरवाजे पर पाँच बजे सुबह से ही आकर पड़ा हुआ था, लेकिन मैंने मना कर दिया। अचानक सारा माजरा मैं समझ गया और मेरे चेहरे पर एक मुस्कुराहट उभर आई।

कालीनंदन ने बतलाना प्रारंभ किया-"गुरुदेव! रात में आपके जाने के उपरांत अपनी कुटिया में जाकर लेट गया। मध्यरात्रि के प श्चात् अचानक मेरी कुटिया तेजी से हिलने लगी और चारों तरफ से पत्थर आकर गिरने लगे। मैं बाहर की तरफ भागा लेकिन ऐसा लगा जैसे किसी ने मेरे हाथ की दो उंगलियाँ काट ले गया।"

"आप कौन हैं? मुझे क्षमा कर दें। मेरे गुरुदेव, जिनके घर आपको कल रात ले गया था, घर में ही गिर गए जिससे उनका कूल्हा टूट गया। मुझसे क्या गलती हो गई? जब तक आप मुझे माफ नहीं करेंगे तब तक यहाँ से नहीं जाऊँगा।"

मैं उस पर हँस पड़ा और बोला-"तुमने कल कहा था कि तुम केदारनाथजी के ज्योतिर्लिंग पर माँस-मदिरा चढ़ा आओगे तो तुमसे बाबा खुश हो जाएँगे और मैं देख भी नहीं पाऊँगा। लगता है तुम्हारी बात बाबा ने स्वीकार कर ली और तुम्हारे शरीर से ही माँस निकाल लिया। बाबा तो तुमसे खुश हो गए हैं। और उस बूढ़े तांत्रिक के बारे में क्या कहूँ। तुमने तो बताया था कि वह हवा में उड़ता है। हो सकता है कि उड़ना भूलकर हवा से नीचे गिर गया हो और अपनी टाँग तोड़ बैठा हो। मेरे सामने कुछ भी बक जाने के पहले हजारों बार सोचना। जो कहोगे वैसा ही होने लगेगा।"

दादा कुछ परेशान से थे। अब मुझे मंदिर क्षेत्र में अकेले नहीं जाने देते। बाद में पता चला कि संध्या समय जहाँ मंदिर के पास चबूतरे पर बैठता हूँ, वहाँ आने वाले अनेक तांत्रिकों का अंग-भंग होने लगा तथा कई विक्षिप्त होकर खुद ही दुर्घटनाग्रस्त होने लगे।

22 मार्च, 2005 को दिन में लगभग दो बजे शवासन में ही पड़े-पड़े गहरे ध्यान में प्रवेश कर गया। कामाख्या का ध्यान करते हुए मन्त्रध्वनि के संग गहरे उतरता चला गया। मैं कामाख्या के प्रति प्राचीन स्मृति में प्रवेश करता चला जा रहा था। इस क्षेत्र को भैरवी-क्षेत्र कहना ज्यादा उपयुक्त होगा, क्योंकि इसके कण-कण में भैरवियों का ही वास है। मैं जिस ओर जाता हूँ, जिस तरफ देखता हूँ, उस ओर भैरवियाँ ही भैरवियाँ। अचानक एक दिव्य और तीव्र आवाज आती है–"सावधान! आगे ना बढ़! इस ओर उग्र भैरवियाँ निवास करती हैं।"

चेतावनी के साथ ही मैं और आगे बढ़ता गया। एक दृश्य आता है–बहुत ही सुन्दर, रमणीय स्थान एवं अति आकर्षक रोमाँटिक वातावरण। कुछ समय के लिए इसी दृश्य में रम जाता हूँ। एक देवकन्या स्वागत करती है तथा सम्मानपूर्वक एक खुबसूरत महल के अन्दर अतिथि कक्ष में ले जाती है। संगीत एवं नृत्य से स्वागत होता है। पेय और सजावट के फूलों की दिव्य सुगंध चारों तरफ फैली हुई है। सम्मोहित कर देने वाला वातावरण है। कुछ समय पश्चात् एक दिव्य देहधारी जीवंत सौंदर्य की अधिष्ठात्री देवी जैसी रूप वाली षोडशी आती है। वातावरण में एक अजीब सी मदहोश और सम्मोहित कर देने वाले भाव उत्पन्न होने लगते हैं।

अचानक मेरे अन्दर का चैतन्य जाग उठता है। मुझे लगता है कि वह मुझे बाँधने जा रही है। उसकी हरकतों से मेरे अन्दर अचानक अपने दिव्य ऊर्जापूर्ण चक्रों का बोध तीव्रतर हो जाता है। यह भाव आते ही मेरे शरीर से उस युवती को एक तेज करेंट का झटका लगता है। मेरी चेतना पूर्ण रूप से जाग्रत है। देखता हूँ, मैं अपने कमरे में ही हूँ और वह युवती बैठी हुई है। मेरे पूर्ण चैतन्य हो जाने से वह युवती

धीरे-धीरे शून्य में विलीन हो जाती है। उसके अंदर तीव्र आश्चर्य से चौंकने जैसा भाव है। मेरे चैतन्य होने पर उस षोडशी के चौंकते ही उसकी गणिका चीखती हुई भागती है कि "यह ज्योतिर्लिंग है।" लगभग तीस-चालीस सेकण्ड में वो अपना पूरा शरीर शून्य में विलीन कर लेती है और मुझमें माँ कामाख्या का मन्त्र अपने-आप सतत चल रहा है।

मैं सचेत, अपने ही बिस्तर पर अपने को जाँचता हुआ पड़ा हूँ। वह एक भैरवी थी, जिसके जाल से मैं सुरक्षित बाहर निकल आया हूँ। धीरे-धीरे मेरे शरीर में चल रहा प्रचंड ऊर्जा का प्रवाह सामान्य होता है और मैं अपने आसन पर उठकर बैठ जाता हूँ तथा परम चैतन्य शिव और माँ को प्रणाम करता हूँ।

'भैरवी' एवं 'गणिका' किसे कहते हैं, इसका यहाँ उल्लेख करना प्रासंगिक होगा। भैरवी नारी का एक रूप है जो पुरुष को, उसकी सहयोगिनी बनकर, जीवन-साधना में सहयोग करती है। यह सहयोग यदि जागतिक सिद्धियाँ (विभूतियाँ) प्राप्त करने हेतु है तो ठीक। यह पंचमकार साधना में उपयुक्त है। अन्यथा आध्यात्मिक उन्नति के मार्ग में यह विकट बाधा उत्पन्न करती है। सांसारिक अवस्था में स्त्री का स्वाभाविक और प्राकृतिक गुण है कि वह पुरुषतत्त्व का शोषण करे। पुरुष के पास प्रकृति द्वारा प्राप्त यदि कुछ अनमोल है तो वह उसका पुरुषतत्त्व ही है। पुरुषतत्त्व एक ऐसी अखंड ऊर्जा का संवाहक है, जिससे एक जीवन की साकार उत्पत्ति होती है। इसी तत्त्व को एक निराकार आत्मा स्वयं को साकार होने के लिए माध्यम बनाता है।

स्त्री का एक आंतरिक भाव सदा से इसी तत्त्व की प्राप्ति की भूखी रहती है और इसे ही पाना चाहती है। साधना में पुरुष को अपने इसी तत्त्व का संचय करते रहना चाहिए, क्योंकि इसके नष्ट होने से ऊर्जा का क्षय होता है और आंतरिक ऊर्जा-सर्किट कमजोर होता है।

पुरुष से उसका यह तत्त्व अपने में समाहित करा लेने से स्त्री ऊर्जावती हो जाती है और प्राकृतिक जगत् में शक्तिशाली होती जाती है। पुरुष के इस तत्त्व का स्वयं में शोषण कर अपने आपको और अधिक सौंदर्यशाली बना लेने की यह भावना आदिम है, परन्तु पुरुष का आध्यात्मिक पतन हो जाता है। पुरुष के इस आध्यात्मिक पतन में शरीरस्थ इन्द्रियाँ सहयोगी बनकर निरंतर ऊर्जाक्षय की अवस्था में क्षणिक आनंदभोग का माध्यम बन जाती हैं और सृष्टि के इस प्राकृतिक खेल में उलझ कर 'पुरुष', मात्र एक 'व्यक्ति' बनकर रह जाता है।

सदा स्मरण रहे कि पुरुष के अन्दर की इन्द्रियाँ भी स्त्रियों का ही एक रूप है जो अपने बाहर की स्त्रियों से मिल कर एक पुरुष को उसके आध्यात्मिक मार्ग से भटका

देती हैं। प्रकृति कभी नहीं चाहती कि कोई उसके बंधन से मुक्त होने पाए। इसके लिए अपने नारी रूप को सीढ़ी बना कर विभिन्न माध्यम से छलती रहती है और अपनी शक्ति को सिद्ध करती है। नारी का यही रूप 'भैरवी' नाम से आध्यात्मिक जगत् में विख्यात है। गणिका नारी का एक सेविका-रूप है।

अध्याय-20

सुप्त त्रिकोण का जागरण और माँ कामाख्या का मुझमें प्रवेश

मैं कमरे में ही बैठ कर माँ से लगातार संपर्क बनाए रखता था। एक दिन सतन (दरभंगा-बिहार का रहनेवाला युवक जो कुछ दिन पूर्व कामाख्या में मेरा शिष्य बना था) मुझे मंदिर की दक्षिण दिशा में नीचे की ओर स्थित माँ भैरवी के मंदिर ले गया। नारियल के वृक्षों के बीच, हरी-भरी सुनसान जगह पर, एक छोटे से तालाब के किनारे माँ भैरवी का सुन्दर-सा मंदिर है। माँ भैरवी से संबंधित विभिन्न कथाएँ सतन ने सुनाई। रात का समय हो चुका था। संध्या समय ही मंदिर का कपाट बंद कर दिया जाता है।

वहीं बैठे-बैठे, सतन के निवेदन पर मैंने उसे अपने ध्यान से जोड़ दिया। अकल्पित अनुभूति पाकर वह निरंतर रोए जा रहा था। मैंने अपने कार्य के निमित्त भैरवी के इस मंदिर को सबसे उपयुक्त स्थान पाया और वापस अपने कमरे की तरफ बढ़ चला। मंदिर परिसर में दादा हमारा इंतजार करते हुए मिल गए। सतन को प्यार भरी डाँट पड़ी।

30-31 मार्च, 2005 का कोई दिन। काफी समय से अपने आसन

पर ही आरूढ़ था। मेरी पूरी चेतना माँ कामाख्या के गर्भगृह में स्थित थी। मैंने देखा कि गर्भगृह में माँ की योनिपीठ पर ही स्त्रीयोनि से एक शिशु का प्रसव हो रहा है। यह शिशु मुझसे जुड़ा महसूस हुआ। वह मेरा ही चेतना-शरीर धारण कर प्रसव ले रहा था, अर्थात् उस योनि से मेरा प्रसव हो रहा था और मैं अपना ही प्रसव देख रहा था। प्रसव के पश्चात् माँ की महायोनि पीठ पर मैंने अपने आपको पड़ा हुआ देखा, जो कभी-कभी किलकारियाँ भर रहा था फिर, मैंने उस शिशु को लगभग एक वर्ष का होकर उसी योनिपीठ पर बैठा हुआ देखा। बायाँ हाथ उठाकर कुछ बोल रहा है तथा खेल रहा है। यह दृश्य काफी देर तक दिखता रहा।

कामाख्या क्षेत्र में आने के दिन से ही मैं अपने-आपको माँ की गोद में बैठा देखता था। माँ ने अपनी गोद में बाईं जाँघ पर बैठा कर अपने हाथों से मुझे समेट लिया है और मैंने भी उनके पेट से चिपककर अपने हाथों से उनकी कमर को लपेट लिया है तथा माँ के मन्त्र को रस्सी की तरह उपयोग करते हुए मैंने स्वयं को माँ के साथ बाँध लिया है, ताकि मैं कभी उनसे अलग न हो पाऊँ और न ही कोई अलग कर सके। माँ फूलों के सिंहासन पर बैठी हैं। चेहरे में असीम ममता है। आँखों में इतना गहरा प्यार कि उसी में खो जाता हूँ। शरीर से अद्भुत प्रकाश निकल रहा है। चारों तरफ अति आकर्षक सुगंध फैल रही है जो चेतना को प्रफुल्लित करती हुई निर्विचार शून्य में ले जाती है। माँ के पैरों में मेहंदी लगी है। जबसे अपने आपको नवजात शिशु के रूप में महायोनि पीठ वाले जलस्थान के बगल में देख रहा हूँ, तबसे उस शिशु के पीछे विराट रूप में शस्त्रसज्जित सहस्रों भुजाओं वाली महाकाली को खड़ी पाता हूँ।

बाबा की बातें याद थीं कि माँ के क्षेत्र में जैसा माँ कहें वैसा ही करना।

माँ कहतीं–"माँ के पास कुछ दिन रहकर आराम कर, फिर तो बाबा के पास जाना ही है। अभी तो मेरा मन भी नहीं भरा है। अपने पुत्र को जी भरकर निहार भी नहीं सकी हूँ।" दोपहर के पश्चात् भैरवी

मंदिर चला जाता और अन्दर एकांत में माँ के सामने बैठकर माँ की ध्वनि लगाता। माँ को पुकारता। पुकारते-पुकारते रोने लगता। मैं अपने सभी चक्रों का विस्तार करके बैठ जाता और एक-एक कर चक्रों से माँ के लिए ऊर्जा उत्सर्जित करता।

इन चक्रों से निकलकर मंदिर के भीतर गूँज रही माँ की पुकार पूरे क्षेत्र को कम्पित कर देती। अपने अस्तित्व से पुकारते-पुकारते मैं गहरी समाधि में चला जाता और अक्सर समाधि से बाहर आने में मुझे देर रात हो जाती। वहाँ के नियम के अनुसार मंदिर का कपाट संध्या समय बंद हो जाया करता था, लेकिन मैं जब अन्दर होता तो पल्लों को बाहर से सिर्फ सटा दिया जाता था। आँखें खुलने पर अक्सर मेरे पीछे बगल में एकदम झुकी हुई कमर वाली एक वृद्धा खड़ी दिखतीं। न तो वो कुछ बोलतीं और न मैं ही कुछ बोलने की स्थिति में होता।

जिस अधोमुखी त्रिकोण को मैं वर्षों से धरती पर धूल-मिट्टी में दबा सुप्त पड़ा देखता आ रहा था, उस त्रिकोण में मन्त्रध्वनि के साथ ही अब कुछ-कुछ स्पंदन होता हुआ दिखने लगा। ऐसा प्रतीत हुआ कि जब माँ को पुकारता हूँ तो उस सुप्त त्रिकोण में कुछ कम्पन होता है। प्राय: ध्वनि-ऊर्जा के कारण वह सुप्त त्रिकोण युगों की पुरानी नींद से जग रहा था, प्राणवान हो रहा था। वह अब अन्धकार में नहीं था, बल्कि उसकी रेखाओं का निखार बढ़ता जा रहा था।

भैरवी मंदिर से सटे तालाब में बहुत सारे विशाल कछुए तथा मछलियाँ हैं। अपने साथ दादा की बेटी से आटा गुथवा कर ले जाता। वे मेरा इंतजार करतीं और मैं घंटों वहीं खड़ा हो छोटी-छोटी गोलियाँ बनाकर उन्हें खिलाता। वे मुझे उस क्षेत्र में हो रहे सूक्ष्म जगत् के समाचार संग्रह कर बतलाते। विलंब हो जाने पर वे उसी स्थान पर एकत्रित होकर मेरा इंतजार करते।

उन दिनों सतन रात को मेरे कमरे में बैठकर ध्यान लगाना चाहता था। लेकिन बिना मेरे आदेश के कमरे के भीतर आने को मैंने मना कर दिया था। एक बार गहरी समाधि में होने से कई दिनों तक आसन से उठा नहीं था। अचानक, जोरों से माँ-माँ चिल्लाते हुए जमीन पर

किसी के गिरने की आवाज से मेरा ध्यान टूटा और मुँह से अघोर स्वर निकला। आँखें खुलीं तो देखा कि वह व्यक्ति और कोई नहीं, सतन है। मेरी चक्रभेदी अघोर ध्वनि से सतन के कपड़े गीले हो गए। धीरे-धीरे सामान्य होने पर मैंने उसे प्यार से समझाया। सारा कमरा धोकर सतन ने बताना प्रारंभ कर दिया कि कमरे में घुसने पर उसने क्या देखा–"गुरुदेव! कई दिनों से आपको बाहर निकलता न देखकर मैं बिना आपकी आज्ञा के कमरे के अन्दर आ गया। दरवाजा खुला हुआ था, बस पल्ले सटे हुए थे। आप आसन पर बैठे थे। पहले तो आप ही दिखे, लेकिन अचानक मैंने देखा कि माँ पूर्ण रूप से वस्त्रमुक्त अवस्था में ही आपके आसन पर बैठी हैं। आप कमरे में नहीं हैं। माँ का पूरा शरीर अग्नि में धधक रहा है। मेरे आने से माँ ने मेरी तरफ आँखें उठाकर देखीं, जिससे मेरा शरीर एक करेंट भरे तार में लिपट गया और एक भयानक झटका लगा। मैं गिर पड़ा। मुझे मृत्यु दिखने लगी और मैं अपने प्राणों की भीख माँगते हुए माँ-माँ पुकारने लग गया। फिर जब आँखें खुलीं तो आसन पर आप बैठे हुए मुस्कुरा रहे थे। गुरुदेव! यह सब मेरी कल्पना के भी बाहर है। मैं बहुत पापी हूँ, फिर भी आपकी इतनी कृपा! मुझे क्षमा कर दीजिए और अपने चरणों में स्थान दीजिए।"

उसे अभी कमरे से बाहर जाने के लिए बोलकर मैं अपने संसार में डूब गया। मैं माँ के साथ खेलता, बातें करता। अपना दिन ऐसे ही चलता जा रहा था, लेकिन यह कभी नहीं भूलता कि माँ खुद मुझे लेने केदारनाथ गई थीं। मेरे मुँह से निकल रही तरंगें अब त्रिकोणाकार होकर ब्रह्माण्ड में फैलती जा रही थी। इन तरंगों को अपनी खुली आँखों से भी स्पष्ट देखता। उधर बाबा केदारनाथजी के मंदिर का कपाट खुलने का समय भी नजदीक आता जा रहा था। अब मेरा खिंचाव उस ओर होने लगा। इधर माँ कुछ स्पष्ट बता नहीं रही थीं कि आगे क्या करना है। पूछो तो बस यही कि अभी आराम करो, मुझे आनंद मिल रहा है। और कुछ नहीं कहतीं। लेकिन जब मैं माँ से अलग होकर, दूर से देखता तो माँ को बहुत दुखी, निराश और चिंतित

पाता। एक अन्य युवक, माँ का भक्त, जिसका नाम परमेश्वर (कुछ दिन पूर्व कामाख्या में जिसने मुझे गुरुरूप में स्वीकार किया) था, उस पर माँ की विशेष कृपा थी और उसे माध्यम बनाकर माँ अपने-आपको स्थूल संसार में अक्सर व्यक्त किया करती थीं। परमेश्वर स्वयं को माँ कामाख्या कहता था। वह भी मुझसे मिलने अक्सर आने लगा। उससे भी इस क्षेत्र से अनेक संकेत मिलते रहते।

एक दिन भैरवी मंदिर में बैठा हुआ माँ को पुकारते हुए ध्वनि लगा रहा था। अचानक देखा कि मेरी दाईं तरफ माँ भैरवी खड़ी होकर अपने हाथों में मुझे शिशुरूप में ली हुई हैं तथा आसमान में उछाल-उछालकर खिला रही हैं और खूब खिल-खिलाकर हँसती जा रही हैं। थोड़ी देर बाद मेरे पीछे से दाएँ हाथ से खींचकर माँ बगलामुखी ने अपनी गोद में बैठा लिया। तबसे मैं उनकी गोद में ही बैठा महसूस करने लगा। अब अक्सर ही कोई-न-कोई माँ मुझे (मेरे शिशुरूप को) अपनी गोद में लिए खिलाती रहतीं, तो कभी आपस में हँसती हुई बातें करतीं। मुझमें अपने भीतर एक अकथ आनंद जन्मने लगा। अम्मा की मृत्यु के बाद इस जगत् में बाबा के अतिरिक्त साकार रूप में अपने को अकेला महसूस करता था, लेकिन अब ऐसा नहीं रहा।

स्थूल रूप में अपना सन्देश परमेश्वर के रूप में माँ कामाख्या मुझ तक पहुँचा दिया करतीं। परमेश्वर माँ का लाडला था, भक्त था, लेकिन ऊर्जा की अधिकता से असंतुलित होकर विक्षिप्त हो गया था। माँ का आदेश पाकर उसने मुझे गुरु तो माना, लेकिन अपने को इस ब्रह्माण्ड का सर्वशक्तिशाली व्यक्ति मानने के बावजूद कभी अपने में शक्ति संतुलित नहीं कर पाया। माँ ने मुझे उसे सम्हालने का आदेश दिया। मैं समझ चुका था कि इस क्षेत्र की शक्तियाँ किसी-न-किसी भक्त के माध्यम से अपना संदेश देकर अपने-आपको व्यक्त करती रहती हैं तथा अपनी सूचनाएँ मुझ तक पहुँचा रही हैं। माँ तरह-तरह से अपना समाचार और दर्द व्यक्तियों तक पहुँचातीं। लेकिन जो भी माँ के पास जाता है, उनसे माँगने ही जाता है। अपने आपको माँ

कामाख्या कहने वाला परमेश्वर भी माँ का सन्देश समझने में असफल था, लेकिन मैं इन सभी को अपने कार्य में सक्रिय सहयोगी के रूप में देखता रहा।

लोग माँ-माँ कहते नहीं थकते। लेकिन माँ के पास जाकर कभी यह नहीं पूछते कि माँ आपको क्या कष्ट है, आपको क्या दुख है? क्या आपको भी किसी चीज की जरूरत है? माँ थक चुकी थीं, निराश हो चुकी थीं, सेकण्ड खंड के आसुरी बंधन से। मैंने माँ को परमेश्वर के माध्यम से उसके शरीर में रोते हुए देखा था।

कई दिनों से मैं मंथन कर रहा था, लेकिन कुछ बातें अभी भी स्पष्ट नहीं हो पाई थीं। मैं भी तो इसी जगत् के संस्कारों से बंधा हुआ था। मेरी भी तो एक मानवीय सीमा थी और बिना बाबा के कौन था जो इसका समाधान करता। यही सोचकर वापस केदारनाथ जाने की ठानी।

मानवीय चेतना में आकर मैं माँ से पूछता–"माँ, आप महाशक्ति हैं। क्या परेशानी थी जो आपने मुझे यहाँ बुलाया? कुछ ऐसी बात है जो आप मुझसे छिपा रही हैं। जो भी हो, बताइए मुझे क्या करना है।"

लेकिन माँ मुस्कुराकर टाल देतीं–"तू है तो मुझे क्या कष्ट है? मेरा आनंद, मेरा बेटा मेरे पास है तो फिर चिंता कैसी? तू अभी मेरे पास रह।"

ट्रेन का टिकट निकल चुका था। शाम को सतन ने टिकट पहुँचा दिया था। मैंने दादा से भी बोल रखा था कि परसों सुबह वापस जा रहा हूँ। खर्चे का हिसाब दे दें। उस वक्त मेरे पास अधिक रुपए भी नहीं बचे थे। शाम से ही मैंने माँ को थोड़ा चिंतित और निराश पाया। मेरे बहुत पूछने पर बोलीं, "इतनी जल्द क्यों जा रहा है? तुम्हारे आने से मैं और तुम्हारी सभी माताएँ कितना प्रसन्न हैं। युगों बाद अपने पुत्रको पाकर मन भी नहीं भरा अभी। तुम्हारे जाने का सुनकर सभी दुखी और उदास हो गई हैं।"

अब कल मुझे निकलना था कामाख्या से। रात में ध्यान में बैठा

हुआ माँ में ही लीन था, तभी माँ मेरे कमरे में साकार उपस्थित हुईं। माँ का आदेश हुआ–"नवरात्र के बाद जाना।" मुझे नहीं मालूम था कि कब नवरात्र है, टिकट भी हो गया था। मैंने पूछा–"माँ! नवरात्र कब है, मुझे नहीं मालूम।"

माँ ने कहा -"कल शुक्रवार से नवरात्र प्रारंभ है, उसके बाद जाना। नवरात्र में तुम्हें रोज कन्या-पूजन और कन्या-भोजन कराना है। आगे क्या करना है, मैं बतलाती रहूँगी। पंडा से बोल देना, वह सब करा देगा।"

मेरी हालत खराब। मैंने माँ से बोला–"माँ! मैं नहीं जाऊँगा। आपका आदेश मानना है मुझे। लेकिन मेरे पास इस समय बहुत कम रुपए बचे हैं। कन्या-पूजन कैसे करूँगा? पंडा तो बिना धन के कुछ करेगा नहीं।"

यह सुनकर माँ ठठाकर हँसने लगी–"तुम करते जाओ, सारी व्यवस्था हो जाएगी।"

मैंने तुरंत ही दादा को बुलाकर कहा–"मैं कल नहीं जाऊँगा। कल से आपको रोज कन्या-पूजन और कन्या-भोजन का प्रबंध करना है, सारे नौ दिन, यहीं कमरे में। कितना धन लगेगा?" उसने लम्बा-चौड़ा खर्च बताया। लेकिन आदेश का पालन तो करना ही था। मैंने पुनः दादा से कहा–"ये पाँच हजार रुपए अभी रखिए। कल से कार्य प्रारंभ कीजिए। मुझे नहीं मालूम यह कैसे होता है। सब कुछ आपको ही करवाना है। किसी भी तरह की लापरवाही नहीं होनी चाहिए।"

दूसरे दिन से दादा ने अपने अनुसार कन्या-पूजन प्रारंभ किया। अपनी जिस पोती को कन्या-पूजन के लिए लेकर आए, उसके लिए ढेर सारी मिठाइयाँ और भोज्य पदार्थ की व्यवस्था कर रखी थी। सारा पूजन अपनी रफ्तार से दादा ने करवाई। उस कन्या में मेरी माँ की धारणा बनने लगी थी। पूजन के पश्चात् किसी तरह बड़ी कठिनाई से उस कन्या ने एक मिष्टान्न ग्रहण किया। यह बात मेरे लिए सोचने की थी। खैर, दूसरे दिन भी यही हुआ।

मैं जबसे कामाख्या क्षेत्र में आया था एक अजीब सा दृश्य स्पष्ट

होने लगा था। प्रचंड वेग से अपनी ही धूरी पर एँटिक्लाकवाइज (घड़ी की सुई की विपरीत दिशा में) घूमता हुआ, हल्के धूम्रवर्ण का एक अधोमुखी त्रिकोण, जिसका विराट स्वरूप ऊपर ब्रह्माण्ड तक विस्तृत था, अपने निचले सिरे से माँ कामाख्या के गर्भ में स्थित महायोनि पीठ पर टिका हुआ था। पहले मेरा ध्यान उस तरफ उतनी गंभीरता से नहीं गया, लेकिन यह दृश्य नित्यप्रति स्पष्ट होते जाने से मेरी चेतना से जुड़ता चला गया। वह महाशक्तिशाली अधोमुखी त्रिकोण ऐसा प्रतीत होता था जैसे अपने संपर्क में आने वाले सब कुछ को अपने में समेटकर इसी महायोनि पीठ में समा लेगा। क्या, माँ कामाख्या की यह महाशक्ति पीठ अपनी मूल ऊर्जा में विराट जाग्रत अधोमुखी त्रिकोण था? मेरी मन्त्रध्वनियों से यह जैसे-जैसे जागता जा रहा था और दृष्टि में स्पष्ट रूप से साकार होता जा रहा था, वैसे-वैसे ही धरती पर पड़ा हुआ सुप्त त्रिकोण भी अन्धकार से धीरे-धीरे विद्युतीय रूप में साकार होता जा रहा था।

धरती पर पड़ा हुआ इस विशाल अधोमुखी त्रिकोण के तीन शीर्ष बिन्दु थे केदारनाथ, काशी और कामाख्या। पहला हिमालय के केदारनाथ क्षेत्र में था जो दूसरे बिंदु काशी से जुड़ा था। काशी का सिरा एक तरफ केदारनाथ क्षेत्र तो दूसरी ओर तीसरे सिरे कामाख्या से जुड़कर एक त्रिकोण निर्मित कर रहा था।

महाविस्फोट के प श्चात्, वर्षों से दिखाई देने वाला यह सुप्त त्रिकोण केदारनाथ, काशी और कामाख्या से मिलकर एक स्पष्ट आकृति में चमकने लगा और धीरे-धीरे जाग्रत होने के संकेत देने लगा। अब मुझे अपनी गोपनीयता बनाकर आगे बढ़ते जाना था। परमेश्वर की ज़िद पर माँ कामाख्या ने उसे बतला दिया था कि मैं 'अघोर' हूँ, परन्तु उसने माँ के आदेशानुसार इसका जिक्र किसी और के समक्ष नहीं किया। जब भी माँ बेचैन होतीं, परमेश्वर को अपनी शक्ति के प्रचंड आवेग में खींचती हुई मेरे पास तक लेकर आतीं और फिर उसी के माध्यम से मुझसे अपना सन्देश कह जाया करतीं।

घूमते हुए त्रिकोण के बाद अब मेरे सामने ब्रह्माण्डीय आकार की,

योद्धारूप में अपने बाएँ हाथ में विशाल खड्ग लिए, एक शक्तिरूपा स्त्री प्रकट हुई, जो अपना दाहिना हाथ प्रचंड क्रोध में लहराती हुई टहलने लगी। मैं समझ गया कि यह माँ की कोई शक्ति है और मेरी परीक्षा लेने के लिए साकार हुई है। आक्रोश में निरंतर फुफकारने से उसके नथुनों से प्रचंड अग्नि की ज्वाला निकल रही थी। उसके हाथ का खड्ग धरती तक लम्बा था।

नवरात्र का तीसरा दिन। आज भी दादा अपनी पोती को लेकर मेरे कमरे में आए। कन्या-पूजन चल ही रहा था। माँ का वही विराट रूप वहाँ उपस्थित होकर सारी पूजा ग्रहण कर रहा था। वह कन्या एक मिठाई उठाकर बड़े प्रयास से निगलने लगी। मैं अर्द्धसमाधि में चला गया। अचानक देखा कि उस कन्या के पीछे खड़ी हुई माँ की एक अन्य शक्ति अत्यंत सूखा शरीर लिए खड़ी थी। मैं समझ नहीं पाया कि अचानक क्या हुआ माँ को। मेरी नजर माँ के पेट पर गई। पेट भूख से पिचककर सूख गया था। तभी माँ ने हाथों के इशारे से मुझे अपना पेट दिखाकर मुँह में कुछ भोजन डालने के लिए कहा। ऐसा लगा कि माँ मुझसे कह रही हैं–"मैं भूखी हूँ। तू तो पूजा करता है पर मेरे पेट में भोजन नहीं जा रहा। मुझे कुछ खिला, मैं युगों से भूखी हूँ।"

माँ की यह हालत देखकर पिछले दो दिनों से दबा हुआ मेरा आक्रोश अचानक फट पड़ा। तब तक दादा जिस कन्या का पूजन मेरे यहाँ करवाते थे, जा चुकी थी। दादा सारा सामान समेट रहे थे, तभी मेरे मुँह से अचानक अघोर ध्वनि निकल पड़ी–"ए पंडा! क्या कर रहा है? यहाँ पूजा करवाने आता है कि नाटक करने? यह लड़की खाती क्यों नहीं? देख अभागे, कौन खड़ा है यहाँ? माँ खुद आकर भोजन ग्रहण करती हैं और तेरी पोती पहले से ही अपना पेट भरकर आती है। माँ मेरी आज भी भूखी रह गई। अभागे! अपना भला चाहता है तो सावधानी से मेरे पास यह सब कर्मकांड करवा और उस कन्या को पेट भरकर खाने को बोल, अन्यथा...!"

अचानक मेरी अघोर ध्वनि से उत्पन्न ऊर्जाक्षेत्र में मेरे बगल में

खड़ी हुई माँ के विराट रूप को देखकर दादा (पंडा) भयभीत हो अपना दोनों हाथ जोड़कर काँपने लगा और उसके मुँह से माँ-माँ निकलने लगा। मैंने उससे पूछा–"यह लड़की खाती क्यों नहीं?" उसने बताया–"उसको अनेक जगह पूजा करवाने के लिए ले जाता हूँ, इससे उसका पेट भर जाता है। दूसरी बात यह है कि उसको माँस खाना पसंद है, लेकिन मिठाई उसे अच्छी नहीं लगती।"

यह सुनकर मैं एकबारगी सन्न रह गया। मैंने माँ की तरफ देखा। माँ अपना पेट दिखाकर हाथ से मुँह की तरफ इशारा करती हुई मुझसे कह रही थी–"मुझे खिला, मेरा पेट खाली है। युगों से मैं भूखी हूँ। अगर तू मेरा बेटा है तो मेरा पेट भर।"

मैं अवाक् था। मैंने कभी माँस नहीं खाया। माँस भक्षण करना या करवाना मेरे संस्कार में नहीं है, यह कैसे करूँ? इसी चिंता में मेरी दृष्टि हिमालय में केदारनाथ क्षेत्र की तरफ गई। बाबा गंभीर थे। तभी बाबा की यह बात मेरी स्मृति में उभर आई कि माँ के क्षेत्र में जैसा माँ कहें, वैसा ही करना।

कुछ क्षण ठहरकर मैंने पंडा से बोला–"यह लड़की जो कुछ भी खाना चाहती है उसे खिलाओ। अगर माँ का पेट नहीं भरा तो तुम्हारे घर से वह जीवित लोगों का माँस खाने लगेगी। अब तुम खुद यह फैसला कर लो कि क्या करना है।"

"महाराजजी! मैं अपने घर पर ही इसको खिला दिया करूँगा और पूजा यहाँ कर दूँगा।"

"नहीं! तुम पूजा भी यहीं करोगे और अपने घर से, जो कुछ भी इसे खाना है, वह बनाकर यहाँ ले आओगे और यहीं एक तरफ बैठाकर जी भर कर खिलाओगे। मैं इसको अपनी आँखों से खाती हुई देखूँगा। अब कन्या-पूजन और उसके भोजन में कोई कमी नहीं होनी चाहिए। यहाँ सब कुछ माँ के आदेश पर उनकी इच्छा से ही हो रहा है।"

दादा मेरी बातों से और मेरे पास अपनी आँखों से माँ को देखकर काफी डर गए। उनके जीवन में पहली बार इस प्रकार की घटना हुई

थी।

बात 6 अप्रैल, 2005 की है। मंदिर की सीढ़ियों पर मेरे पास बैठ, अपनी बहुत सारी बातें परमेश्वर मुझे बताता रहा। मैंने महसूस किया, सचमुच आज के समय में भक्तों और साधकों को समझने वाला कोई नहीं है। परमेश्वर के अन्दर साधक के गुण हैं। माँ के सीधे संपर्क में है। अचानक उठकर मैं मंदिर की परिक्रमा करने के लिए चल पड़ा। पिछले गेट से आते हुए दादा मिल गए। हम लोग एक साथ आगे भी बढ़ते रहे। मैंने परमेश्वर को समझाया कि अपने विषय में सबसे न बोला करे तथा बच्चा बन कर रहे। अचानक उसकी मुखमुद्रा बन गई और मुझे बोला–"तू नहीं जानता कि मैं ही काली हूँ।" मैंने एक नजर उसकी तरफ डाला और हँस कर कहा–"तो इसमें क्या करना है? यह तो अच्छी बात है।" और वह जल्द ही शान्त हो गया।

परिक्रमा करके ऊपर सीढ़ियों से चढ़कर चबूतरे पर खड़ा था, तभी उसने मुझसे कहा–"मेरे लिए उचित नहीं कि आपको तुम कहकर संबोधित करूँ।" फिर उसने मुझे 'गुरुजी' कह कर संबोधित किया और बोला–"आप स्वयं भोलेशंकर हैं।" उसने मेरे पैर छुए और पैर छूते ही आकाश में क्षणमात्र के लिए एक अद्‌भुत दृश्य उत्पन्न हुआ। मंदिर के ऊपर बुर्ज के पीछे साफ आकाश में प्रचंड ध्वनि करती हुई तेज कड़कड़ाती विद्युत तड़क उठी। यह दृश्य वहाँ उपस्थित सभी लोगों ने देखा। सैकड़ों की भीड़ वाला क्षेत्र पूरी तरह से कुछ पलों के लिए स्तंभित सा रह गया। अनेक लोग भयभीत होकर चीख पड़े।

परमेश्वर ने कहा–"आपको मेरे लिए ही माँ ने केदारनाथ से यहाँ बुलाया है। आप साक्षात् भोलेशंकर हैं। आप 'अघोर' हैं।"

इस घटना के माध्यम से प्रकृति ने माँ कामाख्या की स्वीकारोक्ति का प्रदर्शन किया और माँ के आदेश को मैंने मौन रहकर स्वीकार कर लिया।

अगले दिन दादा अपनी पोती को लेकर पुनः कन्या-पूजन के लिए आए। काफी सावधान और सचेत थे। उन्होंने विधिपूर्वक पूजन किया।

पूजन के पश्चात् अपने घर से बना हुआ भोग मंगवाया। कमरे में ही एक किनारे बैठकर पहली बार उस कन्या ने भरपेट भोग ग्रहण किया। मैंने माँ को खाते हुए अपनी आँखों से देखा तो संतुष्टि हुई। आज माँ खुश थीं। उन्होंने वर्षों बाद अपने पुत्र के हाथों से भोजन किया था। मुझे संतुष्ट देखकर दादा ने राहत की साँस ली। मैंने उन्हें समझाया–"दादा, आप अन्य की तरह मुझसे व्यापारिक व्यवहार न करें। आप भाग्यशाली हैं जो मेरे यहाँ कन्या-पूजन करवा रहे हैं। मुझे मालूम है कि आपके दो बड़े भाई असमय मर गए, जो आपके ही घर में प्रेत शरीर से रहते हैं। आपका परिवार श्रापित है। आप ईमानदारी से यहाँ पूजन कीजिए, आपका कल्याण होगा। यह लड़की, जो कुछ भी खाना चाहती है, यहाँ पर या घर में, पूरे नवरात्र उसे वो सब कुछ खिलाइए। वस्त्र और भोजन, सब कुछ मैं दूँगा ।"

सारी बातें सुनकर दादा चले गए। मैं उन दिनों नहीं खाता था बस, काली चाय और दादा द्वारा लाया गया रात में दूध। जिस कन्या का मैं पूजन करता था, उसकी उम्र पाँच वर्ष के लगभग रही होगी। मेरे सामने तो कुछ नहीं बोलती, पर अपने घर में सबसे पूछती, "बाबा (मैं) क्यों नहीं कुछ भी खाता? खाएगा नहीं तो चलेगा कैसे?" उसकी चिंता लोग मुझको सुनाते। मैं मुस्कुरा देता। बोलता, "बस, बिटिया ने मेरी चिंता कर ली, समझो मेरा पेट भर गया। उसका पेट भरना बहुत जरूरी है। जब तक मैं उसका पूजन कर रहा हूँ, तब तक उसमें मेरी माँ की धारणा जीवित रहेगी।"

बीच-बीच में शिवानी (मेरी एक शिष्या) की महिला मित्र आती रहती। ध्यान में उसकी रुचि धीरे-धीरे गहरी होती जा रही थी। पहले न जाना न सुना, अलौकिक अनुभूति अपने अन्दर होता हुआ देखकर वह उत्साहित व प्रफुल्लित रहती।

एक दिन सतन जंगल से तोड़कर भिन्न-भिन्न प्रकार के ढेर सारे पुष्प ले आया। मैं उतने पुष्पों का क्या करता! सतन को साथ लेकर निकल पड़ा माँ के मंदिर। संध्या होने को था, फिर भी सभी माँ के मंदिरों में हम दोनों ने वे पुष्प चढ़ाए। मन्त्रध्वनियों को सुनकर सतन

ध्यानस्थ होता जा रहा था। नवरात्र अंत की तरफ बढ़ रहा था, लेकिन अभी तक स्पष्ट नहीं हो पाया कि माँ ने मुझे नवरात्र तक क्यों रोक रखा था। स्पष्ट संकेत न मिलने से मैं किसी विशेष घटना का इंतजार कर रहा था। कमरे पर वापस आकर मैं गहरी समाधि में स्थित हो गया। मेरे कमरे में सतन भी ध्यान में बैठा था। मैंने सतन को अपने अनाहत चक्र पर देखने के लिए कहा और आदेश दिया कि जो भी होता जाए, बतलाते जाना।

सबसे पहले उसने मेरे हृदय में प्रचंड अग्निमय ऊर्जा देखी। मेरे संकेत पर दृश्य उभरा जिसका वर्णन उसने इस प्रकार किया। बाबा मृगछाल पहने बैठे हुए हैं। उनके पास ही माँ बैठी हुई हैं। दोनों के शरीर से काफी तेज प्रकाश निकल रहा है। मेरे यह पूछने पर कि, आप लोग मुझसे खुश तो हैं न, उन्होंने कहा–हाँ। उन्होंने अपने हाथ अभय मुद्रा में उठाए। उनके हाथ से प्रकाश निकलकर आपके (मेरे) शरीर में जा रहा है। उन्होंने कहा–"इसी प्रकार करते जाओ।" माँ के केश खुले हैं, विराट में अट्टहास लगा रही हैं। उनकी हँसी से दसो दिशाएँ गूँज रही हैं, कम्पायमान हो रही हैं।

मैंने अब उसको अपना मणिपुर चक्र (नाभि) देखने के लिए कहा देखकर उसने बताया–"एक दिव्य पुरुष की आकृति में, गुरुदेव, आप ही हैं। हाथ में चक्र है। आपने सफेद धोती पहन रखी है और मस्तक पर चन्दन का त्रिपुंड है। आपके शरीर से तरह-तरह के शस्त्र निकलकर कहीं आ-जा रहे हैं। आपके शरीर से जो तेज निकल रहा है वह धनुष के रूप में बदल रहा है।"

इसी प्रकार स्वाधिष्ठान चक्र देखने पर बताया–"सफेद चाँदी के रंग का चमकदार धागा (सिल्वर कॉर्ड), जिसका छोर नहीं दिख रहा है। उसमें एक अत्यंत आकर्षक व दिव्य देवी लिपटी दिख रही हैं। एक बहुत ही सुन्दर देव आए, उन्होंने तथा देवी ने आपके शरीर से निकलकर आपको प्रणाम किया।"

मूलाधार चक्र देखने पर उसने कहा–"कड़कड़ाती हुई बिजली, जैसे आकाश में चमकती है, उसी तरह से चमक रही है तथा वह

बिजली ऊपर की ओर उठ रही है। मैं पूरी तरह से देखने के योग्य नहीं हूँ। मुझे करेंट के तेज झटके लग रहे हैं, बर्दाश्त नहीं कर पा रहा हूँ, गुरुदेव।"

उसकी स्थिति मैं समझ रहा था। अतः उसे संबोधित कर कहा, "डरो और घबड़ाओ नहीं। मैं हूँ न। बस जो दिख रहा है, बताते रहो।"

उसने पुनः बताना प्रारंभ किया, "तीन देवियाँ हैं। अब आप जिस कुर्सीपर बैठे हुए हैं उस पर, आपके स्थान पर बिलकुल नग्न एक देवी बैठी हैं। पूरा कमरा उनके तेज से भरा हुआ है। मैं बस उनके चरणों में ही देख पा रहा हूँ। गुरुदेव भय लग रहा है। उनके गले में सर्प झूल रहे हैं। खुले हुए विशाल काले घुंघराले केश लटक रहे हैं। अब उनको काफी देर तक नहीं देख पाऊँगा। उनकी तेज से मेरी आँखें चौंधिया रही हैं।"

आज्ञा चक्र देखने पर उसने कहा–"सर्वप्रथम सूर्य चमका। उसके मध्य में तेज चमकदार स्वर्ण मुकुट प्रकट हुआ। अब सिंह की स्वर्णिम आभा लिए आपका ही रूप लग रहा है, जैसे आपका चेहरा अब शेर का हो गया है। अब आप शिव के रूप में बदल गए हैं। आपके शरीर का रंग बहुत चमकदार है। सारे शरीर में भस्म लगा है। बाएँ हाथ में त्रिशूल है तथा दाएँ हाथ में कमंडल। आपने मृगचर्म लपेट रखा है। सिर पर अर्द्धचन्द्र है और गले में काले-काले बड़े-बड़े सर्प लपलपाते हुए लटक रहे हैं। आपका रूप विराट होता जा रहा है। मैं आपके चरणों में हूँ और आप मुझे आशीर्वाद दे रहे हैं। गुरुदेव, इस दृश्य को मैं अब देख पाने में असमर्थ हो रहा हूँ। आपके शरीर से तेज विद्युत निकलकर चारों ओर से मेरे अन्दर प्रवेश करता जा रहा है। आपके शरीर के अन्दर-बाहर 'ॐ' गूँज रहा है।"

मैंने आदेश दिया–"अब वापस आओ। धीरे-धीरे अपनी आँखें खोलो। आज तुम्हारी दीक्षा पूर्ण हुई। अब अपने शरीर की अनुभूति करो और कमरे से दस मिनट के बाद बाहर चले जाओ। अब मैं ध्यान में बैठा हूँ तो अन्दर मत आया करो। आज तुमने जो देखा, वही मेरा

संक्षिप्त परिचय है।"

सतन ने अपने शरीर का अनुभव बताया–"सारा शरीर गर्म है तथा ऊर्जामय दिख रहा है। सिर की दाईं ओर अन्दर सुनहरा प्रकाश दिख रहा है। दोनों कंधों पर दो देवियाँ हैं। अब हृदय की जगह दो देवियाँ हैं। जहाँ-जहाँ मैंने आपके शरीर में स्पर्श किया, वहाँ-वहाँ मेरे शरीर में भिन्न भिन्न प्रकार की देवियाँ हैं। यही देख रहा हूँ कि मेरे सारे शरीर में देवी-देवता दिखलाई पड़ रहे हैं। अब शरीर का बोध हो रहा है।"

15 अप्रैल, 2005 । मैं अपनी समाधि की अवस्था में बैठा था इसी बीच सतन ने गुरुदेव-गुरुदेव कहकर आवाज दी। मैंने अन्दर आने की आज्ञा दी। आकर वह भी सामने बैठ गया। मैंने मेरी तरफ देखकर दृश्य का वर्णन करने को कहा।

सतन–"भगवान शंकर अभी कमरे में आपकी तरफ आए हैं। अपने दोनों हाथों पर माँ का शव लिए हुए हैं। गुरुदेव, आपने कहा–मैं जो भी खा रहा हूँ, उसे मेरे शरीर में आकर ग्रहण करें तथा अपना आसन मेरे इसी शरीर में ले लें। गुरुदेव! बाबा ने आपके शरीर में अपना आसन लिया और हर-हर, बम-बम का उद्‌घोष किया। बाबा ने माँ को अपने हाथों में लिए ही आपके शरीर में प्रवेश किया है। बाबा खड़े हैं और माँ आपके शरीर में सोई हुई हैं। मुखमंडल आपकी बाईं तरफ शरीर के भीतर है। घुटने से नीचे का पाँव आपके शरीर के बाहर निकला हुआ है। यह देखकर मैं माँ के पाँव छूने जा रहा हूँ और बाबा से पूछ रहा हूँ कि –माँ हमारी इस अवस्था में क्यों हैं? रोने का भाव आ रहा है। अब माँ धीरे-धीरे उठ रही हैं तथा रोने वाला भाव खत्म हो चुका है। माँ बैठी हुई हैं। आपके हृदय के मध्य में उनका मुखमंडल देख रहा हूँ। आपके हृदय में एक बहुत बड़ा घूमता हुआ चक्र है, जो निकलकर अब आपके सिर के पीछे स्थित होकर घूम रहा है। उससे करेंट छिटक रहा है।"

अचानक मुझे याद हो आया कि जब देवदास मेरे पास आया था तो उसके दूसरे दिन ही वह मुझे गौहाटी में स्थित उमानंद नामक एक

स्थान पर लेकर गया था। उस स्थान पर ब्रह्मपुत्र नदी के बीच, पहाड़ी पर स्थित एक शिव मंदिर है। वहाँ पहुँचने पर दर्शन के उपरांत मैंने बाहर के बड़े हॉल में बैठकर कुछ देर ध्यान लगाना उचित समझा। माँ सती की यज्ञाहुति के पश्चात्, माँ को खोजते हुए बाबा इसी स्थान पर आकर बैठे थे। बाबा कामाख्या वाले नीलगिरि पर्वत पर नहीं गए थे, क्योंकि बाबा ने माँ की माँ (राजा दक्ष की पत्नी, अर्थात् अपनी सास) से बोला था, "इसे लेने मैं नहीं, मेरा बेटा जाएगा। जब वह मेरी अघोर अवस्था को प्राप्त हो जाएगा, तब वही इसे (माँ सती अर्थात् कामाख्या को) मुक्त कराकर अपनी बेटी (तुम्हारे में, अर्थात्–उस समय तुम मेरे पुत्र की पुत्री के रूप में होगी) में स्थापित कर अपने साथ लाएगा।"

इसीलिए माँ जहाँ पर कामरूप क्षेत्र में गिरी, उस स्थान को खोज लेने के बावजूद भी नीलगिरि पर्वत पर खुद नहीं गए, बल्कि इसी स्थान पर बैठकर बाबा ने माँ को आवाज देकर अपने आने की सूचना दी थी। और आज जब मैं इस स्थान पर पहली बार आया हूँ तब ध्यान में मुझे बाबा कुछ सन्देश भी दे रहे हैं। बाबा ने एक बड़ा सा स्वर्ण कमंडल पहले मुझे दिया। काफी देर तक यह कमंडल मेरी आँखों के सामने था। अचानक बाबा अपने हाथों में एक मृत नारी शरीर को लिए हुए आए। बाबा प्रचंड क्रोध में हैं और उनके बाल बिखरे हुए हैं। यह बोलते हुए उस मृत शरीर को मेरे शरीर में घुसा देते हैं, "ले, ले, यह ले। यही लेने आया है ना! अपनी माँ को ही लेने आया है न! ले अपनी माँ को।"

ब्रह्मपुत्र नदी के बीचोबीच काफी देर तक उमानंद पर्वत पर स्थित मंदिर के उस हॉल में समाधिस्थ बैठा रह गया था। जब समाधि टूटी तो देव और साथ गए लोगों के संग वापस कामाख्या स्थित अपने कमरे पर वापस आया। उस समय मैं पूरी तरह नहीं समझ पाया था, लेकिन आज सतन ने जिस घटना को अपनी आँखों से देखा है, उससे सब कुछ स्पष्ट हो गया है। बाबा ने अपने हाथों से मेरी माँ सती कामाख्या का मृत शरीर (शव) मेरे ही भीतर प्रवेश करा दिया है

और आज माँ मेरे शरीर में ही उठकर बैठ गई हैं। घटनाओं को क्रम से जोड़ने पर सारी बातें साफ होती जा रही हैं कि मैं किस काम के लिए यहाँ आया हूँ।

18 अप्रैल, 2005 । आज नवरात्र की अष्टमी तिथि है। मैंने मूलाधार चक्र के नीचे स्थित अधोमुखी त्रिकोण के केन्द्र में प्रवेश कर वहीं पर माँ के मंत्राक्षरों का विस्फोट करता जा रहा हूँ, जिससे निकली ऊर्जा मेरे चक्रों से होकर ऊपर ब्रह्माण्ड में भभकती अग्नि के रूप में प्रसारित हो रही है। मेरा अनाहत चक्र इस विस्फोट से फैलता चला जा रहा है। इस प्रक्रिया में मुझे बहुत आनंद आ रहा है। मैं पूरी तरह इसमें ही डूबा हुआ हूँ। तभी अचानक देखता हूँ कि जिस ब्रह्माण्डीय नारी शक्ति की मैंने पूर्व में चर्चा कर रखी है, जिसके हाथ में विशाल खड्ग है और जिसके मुँह व नथुनों से फुफकार के साथ प्रचंड अग्नि की ज्वाला निकलती रहती है, वही शक्ति मेरे सिर (मुंड) को अपने पैरों से गेंद की तरह इधर-उधर घुमा-फिराकर देख रही है। मैं सब कुछ देखते हुए वैसे ही अपने आसन पर पड़ा हूँ। न कोई प्रतिक्रिया, न कोई प्रतिरोध। यह काफी देर तक चलता रहा ।

तभी मैंने देखा कि केदारनाथ में यह दृश्य देखकर पीली धोती पहने हुए बाबा ब्रह्माण्डीय रूप में अपने आसन से खड़े हो गए हैं। खुले बाल हवा में लहरा रहे हैं। कमर के ऊपर जनेऊ है। बाबा की चक्रभेदी अघोर ध्वनि ब्रह्माण्ड में उस नारी शक्ति को संबोधित करते हुए गूँज उठी–"सावधान! यह मेरा पुत्र अघोर शिवपुत्र है। तेरे बुलाने पर ही यह तुझे लेने गया है। तेरा यह पुत्र स्वयं के लिए नहीं जी रहा। यह तेरे बिना नहीं रह सकता, इसीलिए तू इसका पालन कर, इसकी देखरेख कर, इसकी इच्छाओं को साकार कर। यह शिवपुत्र है। शिवपुत्र, जिन प्रक्रियाओं को स्वयं करेगा या अपनी देखरेख में करवाएगा, वे सभी कर्मकांडीय माने जाएँगे। साथ ही, इस साधक के ऊर्जाक्षेत्र में उक्त मन्त्र, मन्त्र का देवता तथा शिष्य स्वतः जाग जाएँगे। परन्तु कर्म (क्रिया या प्रयास) तो साधक के शिष्यों को स्वयं करना पड़ेगा।"

मैंने देखा कि अचानक वह ब्रह्माण्डीय शक्तिरूपा मेरे शरीरस्थ अधोमुखी त्रिकोण द्वारा प्रचंड रूप से आकर्षित हुईं और उसी में प्रवेश कर गईं। अब वह शक्ति अपने घुटनों को समेटे उसी त्रिकोण में बैठी थी, लेकिन उसकी उग्रता धीरे-धीरे कम होने लगी, जबकि चेहरे का तेज यथावत् था।

इसी बीच बाबा का स्वर पुनः गूँजने लगा–"हे प्रकृतिपुत्र! कुण्डलिनी साधना संपन्न होने पर किसी भी मन्त्र को अत्यल्प अवधि में साधा जा सकता है, क्योंकि तब कुछ चक्रों पर स्थित मातृकाएँ स्वतः जाग्रत होने लगती हैं तथा ध्वनि-आघात के कारण उनके बीच की टकराहट से विद्युत बनने की प्रक्रिया तीव्र हो जाती है। इससे चक्रों के आसपास विद्युत-क्षेत्र सघन होते जाते हैं और स्वगुणधर्मी तत्त्व आपस में आकर्षित होकर समूहों का निर्माण करते हैं। ये समूह मूल रूप में विद्युत कणों के समूह हैं, अतः जीवन्तता इनका मौलिक गुण है।"

साधक कुछ समय अपने लिए अलग से निकाले तो उसे अपनी शक्तियों का परिचय अवश्य मिलेगा। जिस प्रश्न (वह कौन है?) के पीछे वह पागल बना हुआ है इसका उत्तर उसे निश्चित प्राप्त होगा और शिवपुत्र को इसकी अनुभूति हो रही है।

अपने मुख से बिना बोले भी यह बोल सकता है। इन्द्रियों के बिना प्रयोग किए भी वह अपना वास्तविक रूप दिखला सकता है। शिवपुत्र को दूर से ही स्पर्श कर शिष्य जिस प्रकार का दृश्य देखता व उसकी अनुभूति करता है, उसका विश्लेषण वह स्वयं करेगा। तथा अपनी साधना के फलस्वरूप शिवपुत्र के दर्शन मात्र से ही हमारी व तुम्हारी कृपा प्राप्त कर लेगा।

शिवपुत्र की इस अवस्था को प्राप्त यह प्रबुद्ध व्यक्तित्व हमारी ही तो शक्ति है। अतः, हमारी शक्ति इसकी ही शक्ति है। इसलिए इस पगले को उसकी माँ होने का बोध करा तथा अपना बेटा बनाकर इसकी देखभाल कर। और इसकी धारणा-'शिवपुत्र एक मिशन'–मुझे बनना है। (शिवपुत्र सदा से अपने-आपमें एक मिशन बनना चाहते

हैं।) इस धारणा को जीवंत कर, जिससे यह शरीरधारी शिवपुत्र हमारी संतति को सत्यावस्था में स्थापित कर सके। इसी कार्य को संपन्न कराने के लिए तुम इसे अपने कामाख्या क्षेत्र में ले आई हो। हे शक्ति ! इसे वे सारी शक्तियाँ प्रदान कर जिससे यह हमारा ध्येय पूरा कर सके। ध्यान रहे कि यह मेरा और तुम्हारा पुत्र है। इसकी सोच के अनुसार हमारे विषय में लोगों को साफ और सरल रूप में ज्ञान होगा।

मनुष्य हमसे दूर न रहकर हमारे पास रहे। हम यही चाहते हैं कि हमारे बेटे हमें भी याद रखें। वे हमें घर के बाहर मंदिर ही में न रखें, अपितु अपने शरीररूपी घर के अन्दर हृदयरूपी कमरे में भी रखें। जिस शरीर में व्यक्ति रह रहा है, उसका मूलभूत ढाँचा हमने ही रचा है, लेकिन व्यक्ति हमें ही भूल जाता है। दृश्यों में लिप्त व लीन हे जीव! प्रकृति की माया (खेल) को समझ। इसमें ही उसकी 'शक्ति' निहित है।"

सारा दिन कैसे बीता पता नहीं। रात बीती मालूम नहीं।

19 अप्रैल 2005 । आज नवमी तिथि है। प्रातः थोड़ा सामान्य हुआ तो स्नानादि के पश्चात् आसन पर बैठ गया। सतन ने बहुत सारे पुष्प लाए थे। दादा ने कन्या-पूजन संपन्न करवाया और बहुत सारी कन्याओं को बुलाकर भोजन कराया। मैंने सतन से उस कन्या के लिए कुछ नए वस्त्र आदि मंगवा लिए थे। दादा भी खुश थे और वह कन्या भी। मेरी बहुत चिन्ता करने लगी थी। सतन भी खुश था, सभी खुश थे, माँ भी खुश थीं। मेरे अन्दर प्रवेश कर अब उनकी उग्रता शान्त हो गई थी। ऐसा लगा जैसे युगों पश्चात् अपना सुरक्षित स्थान प्राप्त कर निश्चिंतता का अनुभव कर रही हैं। मेरे हृदय में अब हर पल भयानक रूप से अग्नि का आभास हो रहा था। मेरे शरीर में माँ चामुंडा के साथ माँ गायत्री और मेरी माँ सती-कामाख्या भी सदा के लिए अपना आसन ले चुकी थीं।

दोपहर बाद पहले से कुछ अधिक मात्रा में सना हुआ आटा लेकर भैरवी मंदिर की तरफ चल पड़ा। तालाब किनारे जहाँ मैं खड़ा होता था, वहाँ मछलियों व कछुओं का भारी समूह मेरा इंतजार करता हुआ

मिला। कल न आ जाने के लिए उनसे क्षमा माँगी। आज सभी प्रसन्न थे। उनकी प्रसन्नता का कारण मैं समझ रहा था। उन्हें खिलाकर भैरवी मंदिर में आसन लगाकर बैठ गया। आज नवमी तिथि होने से बीच-बीच में कुछ भक्त माँ के दर्शन के लिए उस वीरान मंदिर में चले आते, लेकिन मुझे बैठा देखकर जल्द ही बिना शोर किए लौट जाते। मैंने अब अपने सूक्ष्म चक्रों को माँ भैरवी के गर्भगृह को माध्यम बनाकर माँ कामाख्या के मंदिर से सीधे जोड़ दिया और अपनी उर्जा-सर्किट में हो रहे निरंतर विस्फोट से उत्पन्न तरंगों को सारे क्षेत्र में फैलाकर एक सूत्र में पिरोने लगा। आज अनेक माताएँ उस स्थान पर एकत्रित हो रही थीं। सभी अपने पुत्र के पास आकर अत्यंत प्रसन्न थीं।

धरती पर स्थित सुप्त त्रिकोण अपनी मलिन अवस्था से धीरे-धीरे चमकीली अवस्था में परिवर्तित होता जा रहा था। अब उनकी तीनों रेखाएँ स्पष्ट रूप से दिखने लगी थीं। सुप्त त्रिकोण की वे रेखाएँ विद्युतीय आवेश से जीवंत थीं। मन्त्रों के आघात से निरंतर निकलता हुआ करेंट उस त्रिकोण से जुड़कर मेरे शरीर से संबद्ध होते जा रहे थे। अब मैं उस त्रिकोण का एक सिरा बन चुका था। यह दृश्य लगातार मेरी चेतना में रहने लगा। मैं जो कुछ ध्वनि करता, वह सब इसी अधोमुखी त्रिकोण से प्रसारित होने लगी थी। मेरे मन्त्रध्वनि के साथ त्रिकोण में विद्युतीय तीव्रता बढ़ती जा रही थी।

जिस विषय का ज्ञान जगत् में पहले से उपलब्ध न हो, उसे जानना या समझना बहुत कठिन होता है। किन्तु उस विषय के प्रति यदि हमेशा जागरूक एवं चैतन्य रहा जाए तो एक के बाद एक घट रही घटनाओं को क्रम में पिरोकर देखने से सारी बातें स्पष्ट होने लगती हैं। ऐसा ही मेरे साथ भी हुआ।

परमेश्वर, शिवानी की महिला मित्र, विश्वजीत, दीवानचंद आदि जो मेरे शिष्य थे, बीच-बीच में आते-जाते रहते। कुछ स्वार्थ से, कुछ प्यार से, तो कुछ निःस्वार्थ। साधना के समय प्रकृति इतनी रहस्यमयी अनुभूतियाँ उपलब्ध कराती रहती हैं, जिसका पूरा वर्णन कर पाना

संभव नहीं होता। मैं न तो लेखक हूँ और ना ही शब्दों का धनी। शब्दों को साहित्यिक अंदाज में सजा कर, कल्पनाओं की चासनी में डूबोकर परोसना न तो मेरा मकसद है और न ही मेरे बस की बात। संभव है, कहीं-कहीं मेरे शब्द स्पष्ट समझ में ना आने के कारण मेरी अभिव्यक्ति आपको कल्पना की उड़ान लगे। पर नहीं, व्यक्ति जिस चेतना में जी रहा होता है, उसी के अनुसार ही स्वयं को व्यक्त कर सकता है–उससे अलग होकर नहीं।

मैं अपने शरीर में जहाँ बैठा हुआ हूँ, वहीं से अपनी इन्द्रियों के माध्यम से अपने आपको व्यक्त कर रहा हूँ। मेरा जीवन इस बात का प्रमाण है कि प्रकृति ने मुझसे वैसा ही करवाया जैसा इस जगत् के परम पुरुष ने चाहा। आज भी वह जैसा चाहता है, प्रकृति मुझसे करवाती है। और मैं यही समझ सका कि अघोर शिवपुत्र के जीवन में निरंतर चलने वाला घटनाक्रम सम्पूर्ण जगत् से संबंधित है। यही कारण है कि मैंने इन बातों को शब्दों के माध्यम से व्यक्त करने का प्रयास किया है।

अब माँ कामाख्या की प्रचंड ब्रह्माण्डीय शक्ति मेरे शरीरस्थ त्रिकोण में आकर धीरे-धीरे शान्त हो चुकी थी। नवरात्र भी संपन्न हो चुका था। माँ कामाख्या और सभी माताएँ बहुत प्रसन्न थीं। मैं नित्य ही भैरवी मंदिर में जाकर अपनी नाद से ध्वनि उत्पन्न करते हुए वहाँ के वातावरण में विद्युत तरंग के रूप में प्रसारित करता। नवरात्र की अंतिम रात्रि में नीलगिरि पर्वत पर काफी भयानक आँधी का प्रकोप हुआ था।

नवरात्र का कार्य संपन्न कर जब अपने कमरे से बाहर निकला तो विचित्र प्रकार के भक्तों तथा तांत्रिकों के दर्शन हुए। लगभग सभी साधक, भक्त और पंडे मदिरा में आकंठ डूबे मिले। माँ के मंदिर में पश्चिम दरवाजे के सामने बलि के लिए निरीह पशुओं का जमघट लगा हुआ था। यह सब देखकर मनुष्य के भीतर के पैशाचिक स्वभाव का भान होने लगा। किस प्रकार ये आसुरी पद्धतियाँ व्यक्ति को बिना परिश्रम के अपने सामर्थ्य से कुछ और ज्यादा पा लेने की

चाह उत्पन्न कराती हैं और विकृत प्रथा की ओर उत्साहित करती हैं! विचलित कर देने वाले ये दृश्य मेरे लिए असहनीय थे। एक दृढ़ धारणा बनी कि इस आसुरी तांत्रिक सिस्टम को पूरी तरह विध्वंस कर देने में ही जगत् और मानव सभ्यता का कल्याण है। उसे नहीं मालूम कि बलि का कठोर परिणाम व्यक्ति को खुद ही भोगना पड़ता है। नवरात्र में आने वाले साधकों में से अधिकांशतः नशे में ही धुत्त पड़े रहते और आम भक्त उनका चरण पकड़ कर आशीर्वाद लेते नहीं थकते।

अब मुझे वहाँ से निकलकर कामाख्या क्षेत्र को बाहर से देखना था और आगे की कार्ययोजना को समझना था। स्थिति में परिवर्तन आ चुका था। स्थूल जगत् अपने में वैसे ही मस्त था, लेकिन मूल प्राकृतिक स्थिति में निरंतर परिवर्तन चल रहा था। उस हो चुके परिवर्तन को अब उस स्थान से दूर होकर ही सही तरह से जाना जा सकता है। धरती पर स्थित सुप्त अधोमुखी त्रिकोण के जाग्रत होने के परिणाम को देखने के लिए उस क्षेत्र से बाहर जाने की आवश्यकता थी।

बाबा का आदेश अब केदारनाथ क्षेत्र में पहुँचने का था। माँ से आज्ञा लेकर जल्द ही पुनः आने का वादा कर अप्रैल के आखिरी दिनों में कामाख्या से निकल पड़ा। लम्बा रास्ता तय कर हिमालय में केदारनाथजी के मंदिर का कपाट खुलने के साथ मैं भी वहाँ पहुँच गया।

अध्याय-21

कामाख्या का द्वितीय प्रवास

हिमालय में श्री केदारनाथजी के पास पहुँच कर अत्यंत आनंदित हुआ। माँ के पास, पिता की गोद में बैठते ही एक नन्हें पुत्र की सारी चिंताएँ खत्म हो जाती हैं। मैं हल्का महसूस करने लगा।

इस वर्ष केदारनाथ क्षेत्र में कुछ विचित्र घटनाएँ घटित हुईं। जून के प्रथम सप्ताह में कोलकाता से दीपान्विता नाम की एक महिला मेरे पास आई। मैं मंदिर के अन्दर संध्या-आरती के लिए गया था, वहीं पर अचानक मेरे सामने आ खड़ी हुई। उसके साथ उसका एक बेटा भी था मुझे अब माँ कामाख्या के मुक्ति मिशन के द्वितीय चरण में कामरूप के मंदिर क्षेत्र में जाना था। सेकण्ड चरण की यात्रा के पूर्व ही सेकण्ड खंड के विशिष्ट पात्रों का मेरे पास पहुँचने का सिलसिला प्रारंभ हो गया था। मैं सावधानीपूर्वक गोपनीय ढंग से घटनाओं का सूक्ष्म विश्लेषण करता हुआ अपनी योजना में लगा हुआ था। बाबा के आदेशानुसार ये सभी इस मिशन में मेरे सहभागी होने वाले थे। दीपान्विता के आने के कुछ ही दिन बाद, शायद 8 या 10 जून, 2005 को, शालिनी (बदला हुआ नाम) भी आई थी। मंदिर प्रांगण में संध्या आरती के पश्चात् मंदिर का द्वार बंद होने पर मैं परिक्रमा कर रहा था, तभी मेरे सामने शालिनी पड़ी। वह गुड़गाँव से, मेरे किसी

परिचित शिष्य से मेरा नाम-पता लेकर मुझसे मिलने और बाबा का दर्शन करने यहाँ हिमालय में आई थी। सेकण्ड खंड से इन दो मुख्य पात्रों को एक दूसरे के बाद इतनी जल्द आते देख मुझे आश्चर्य भी हुआ। लेकिन यह योजना तो बाबा द्वारा संयोजित थी, इसलिए मुझे कुछ सोचना ही नहीं था। ये दोनों पिछले जन्मों में मेरे साथ अनेकों बार अपने शरीरों से यात्रा करती हुई जी चुकी थीं। अब इस जन्म में, जब मैं अपने सांसारिक व भौतिक संबंध त्याग कर अपनी प्रथम और मूल माँ सती कामाख्या को सेकण्ड खंड के बंधन से मुक्त करवाने के लिए पहला चरण पूरा कर दूसरे चरण में प्रवेश करने ही वाला था कि इन्हें अपने पास आई हुई देख मैं पहले से ज्यादा सावधान हो गया। बाबा ने कहा था-"सेकण्ड खंड से माँ की मुक्ति के लिए इन सबकी जरूरत है। ये सब और इनके जैसे और अनेक पात्र माँ के बंधन के मुख्य कारण रहे थे।"

आने वाले सभी अपने ही थे। ऐसा कोई न आया जो मुझसे अपरिचित हो। मैंने किसी को नहीं बुलाया। जो भी आए, अपनी ही प्रेरणा से खुद चलकर आए। बाबा ने इन्हें मेरे पास भेजा है और मुझे इनको इनके आज तक के कर्म तथा पुरुषार्थ के अनुसार सद्गति देनी है, ताकि कलियुग के इस खंड में अन्याय न होने पाए, किसी का कोई भी वचन या वादा अधूरा न रह जाए, जो इन्हें माँ ने दिया हो, बाबा ने दिया हो या मैंने। अभी तक मेरे पास आने वाली शिष्याओं में दीपान्विता और शालिनी के अतिरिक्त शिवानी की एक महिला मित्र भी थी। अन्य अनेक बच्चे भी उस समय तक साधना में मुझसे जुड़ चुके थे। और मैं अपना कर्त्तव्य मानने लगा कि आज के इस कलियुगी वातावरण में अपने बच्चों को सम्हाल कर अध्यात्म व परमात्मा के मार्ग पर ले चलूँ।

22 जून से तीन दिन के लिए माँ कामाख्या के मंदिर का कपाट बंद कर दिया जाता है। विशाल मेला लगता है। शक्ति और सिद्धियाँ प्राप्त करने के लिए एक से बढ़कर एक गुप्त साधक पहुँचते हैं। यह त्योहार स्थानीय भाषा में अंबुवासी (अम्बुवाची) के नाम से प्रसिद्ध

है। अंबुवासी मेले के दौरान माँ कामाख्या रजस्वला होती हैं। ज्योतिषशास्त्र के अनुसार सौर आषाढ़ माह के मृगशिरा नक्षत्र के तृतीय चरण बीत जाने पर चतुर्थ चरण में आर्द्रा पाद के मध्य में पृथ्वी ऋतुवती होती है। उन दिनों माँ की पूजा नहीं की जाती। सारी दुनियाँ से भक्त आते हैं। आगे की योजना के बारे में बाबा ने समझाया। बाबा ने अम्बुवाची मेला के समय मुझे कामाख्या क्षेत्र में उपस्थित रहने का आदेश दिया।

अब मुझे दूसरे चरण के कामाख्या-प्रवास के लिए केदारनाथ क्षेत्र से नीचे उतरना था। बाबा का आदेश पाकर आगे की यात्रा पर गौहाटी के लिए निकल चला। 20 जून, 2005 को संध्या समय गौहाटी पहुँच गया। स्टेशन पर शिवानी की महिला मित्र, दादा तथा उनका बेटा मुझे लेने आए थे। इस बार दादा ने अपने नए घर में एक किनारे साफ सुथरे कमरे में मेरे ठहरने की व्यवस्था कर रखी थी। कमरे के बगल से एक रास्ता नीचे ब्रह्मपुत्र नदी की तरफ जाता था। बीच रास्ते में ही एक गुफा में शिवलिंग स्थापित था। हरे-भरे सुन्दर परिवेश में स्थित वह कमरा आबादी में होने पर भी शांति व नीरवता प्रदान करता था।

21 जून, 2005 का दिन। दोपहर में दादा के साथ मंदिर जाकर मैंने माँ के दर्शन किए। आज तक ही मंदिर खुला है, काफी भीड़ है। शाम से मंदिर का कपाट तीन दिनों के लिए बंद कर दिया जाएगा। ऐसी मान्यता है कि इन दिनों में माँ का मासिक स्राव होता है। बहुत विशाल मेला लगता है, जिसमें दूर-दूर से भक्त आकर सम्मिलित होते हैं और तांत्रिक व साधक, सिद्धियाँ पाने के लिए अपने गुप्त अनुष्ठान में लग जाते हैं।

कपाट बंद होने का तीसरा दिन था (24 जून, 2005)। कल सुबह पूजा-अनुष्ठान के बाद मंदिर के द्वार सामान्य दर्शकों के लिए खोल दिए जाएँगे और तब दूर-दूर से आए हुए भक्त माँ के दर्शन कर पाएँगे। इन तीन दिनों में मैंने माँ को सुस्त और उदास देखा। मैं ठीक तरह से समझ नहीं पा रहा हूँ, क्या बात थी। लेकिन निर्धारित

योजनानुसार चक्रों में मंत्राक्षरों के निरंतर विस्फोट में लगा हुआ था। इससे धरती पर पड़े अधोमुखी त्रिकोण की सुप्तता निरंतर खत्म होती जा रही थी और वह त्रिकोण धीरे-धीरे अपने पूर्व की जाग्रतावस्था में आ रहा प्रतीत होने लगा। उसमें कंपन होना प्रारंभ हो गया था और उसकी जीवंतता लौट रही थी। इस कंपन का संबंध मैं लगातार अपने सर्किट से जुड़ा हुआ महसूस कर रहा था। मैं महसूस करने लगा कि मेरे चलने-फिरने से उस त्रिकोण में भी हलचल प्रारंभ हो जाती है। अब मेरी चेतना में एक साथ हिमालय में बाबा और यहाँ माँ कामाख्या के साथ यह त्रिकोण भी लगातार बना रहने लगा।

मेरे चक्रों में माँ के मंत्राक्षरों के निरंतर मिलन से ऊर्जा का प्रचंड वेग उठा, जिससे तीव्र गति से माँ के प्रति भाव जन्म लेने लगा। मैं इसी में डूबा हुआ रोने लगा और मेरे मुँह से कुछ स्वर निकलने लगे। माँ को पुकारते-पुकारते अपनी ध्वनि में ही डूब गया।

हे माँ... हे माँ... हे माँ... हे माँ...
हममें तुममें ना भेद कोई, हम भूले थे और थे बिसरे।
तुमने ही हमको जन्म दिया, तुम मेरी हो हम हैं तेरे।।
हमने क्या किया जो दूर हुआ, क्या भूल गया जो भूल हुई।
तू मेरी थी, मैं तेरा था, इसमें क्या गलती मुझसे हुई।।
यह मेरा होश तू माता है, यह मेरा बोध मैं पुत्र तेरा।
मैं भूला तूने दूर किया, जन्मों-जन्मों का खेल तेरा।।
अब आ भी जा मेरी जननी, मैं दूर नहीं हूँ रह सकता।
प्राणों के तूने दान दिए, माँ होकर तूने मान रखा।।
अब चलूँ कहाँ, जाना है कहाँ, मैं क्या जानूँ अब तू ही बता।
जन्मों-जन्मों का नाता है, अब कहाँ चलूँ कुछ भी न पता।।
तू सामने है, तू पीछे है, तू दाएँ है, तू बाएँ है।
तू ही ऊपर, तू ही नीचे, तू ही बाहर, तू मुझमें है।।
जब भी देखूँ, तुझको देखूँ, जब भी पाऊँ तुझको पाऊँ,

मैं तू ही हूँ, तुम मैं ही हो, अब भेद कहाँ, यह बता न पाऊँ।
अब करना क्या है, हे माते! अब तू ही बता, ले चल माते।।

अभी तक मैंने जिसका वर्णन किया, वह मेरे अपने जगत् में घट रहा घटनाक्रम था। सामाजिक जगत् में घटना ठहरती नहीं है, बल्कि अपनी रफ्तार से चलती ही रहती है। बाहर के घटनाक्रम से स्पष्ट परिलक्षित होता है कि क्रियाशील साधनात्मक घटनाक्रम नए रूपों में प्रक्षेपित होते हैं। इन दोनों को वही छाँटकर अलग कर सकता है जो इन दोनों जगत् में एक साथ संतुलित होकर अपनी चेतना का संचालन कर रहा हो।

चारों तरफ भिन्न-भिन्न प्रकार के रंग बिरंगे भक्त और गुरुओं व साधकों का हुजूम लगा हुआ था। इसी बीच, एक लड़की टीवी के लिए मेरा इंटरव्यू लेकर गई। 'आज तक' पर मेरा वह इंटरव्यू काफी लोगों द्वारा देखा गया। उस क्षेत्र में बहुत से लोग आते हैं और अपनी विभिन्न क्रियाओं द्वारा लोगों का ध्यान खींचने का प्रयास करते हैं। न जाने क्या देखा उस बच्ची ने मुझमें। श्वेत वस्त्र के पीछे ढका हुआ एक व्यक्तित्व, जो एकांत में रहता हो। उस इंटरव्यू के बाद तो स्थानीय संचार माध्यम और दूरदर्शन वालों का मेरे कमरे पर मेला लग गया। स्थानीय समाचार पत्र मुझसे संबंधित खबरों से भरे पड़े रहते। इससे मेरी एकान्तता भंग होने लगी।

29 या 30 जून, 2005 को अपने महिला मित्र से उसकी हो रही दिव्य व चमत्कारिक अनुभूतियों को सुनकर शिवानी भी अपने पति के साथ मेरे पास आई थी। साथ में दादा भी थे। पहले से ही मेरे कमरे में परमेश्वर बैठा हुआ था। मैं अपने आसन पर ध्यान में डूबा हुआ बैठा था। इन लोगों की उपस्थिति से मेरा ध्यान भंग हो गया। मैं अपना आसन कमरे में रखी हुई कुर्सी पर रखकर बैठ गया। इसके पहले भी शायद एक दो बार शिवानी मेरे पास अपनी सहेली के साथ आई थी, लेकिन मैंने उस ओर कोई ध्यान नहीं दिया था। उस दिन शिवानी बहुत ज़िद करने लगी-"बाबा! मुझे भी अपनी शरण में ले

लीजिए। मुझे भी अपनी साधना में डुबो दीजिए। मैं बचपन से ही आध्यात्मिक साधना की भूखी हूँ और शिव को प्यार करती हूँ। मैं शिव-शक्ति पर फिल्म बनाने के लिए शोध कर रही हूँ। अनेकों के पास मैं गई, लेकिन कुछ नहीं मिला।"

उस दिन दादा को मेरे पास देखकर वह कुछ ज्यादा ही ज़िद करने लगी थी, क्योंकि दादा उम्र में मुझसे बड़े थे तथा मुझे बहुत प्यार करते थे। मैं उनके सामने कम बोलता था और उनका सम्मान करता था। एक तो मैं अभी भी अपने समाधि-भाव में ही था, ऊपर से निरंतर शिवानी का ज़िद। मैंने उससे पूछा, "क्या, तुम अपने जीवन में अध्यात्म से जो पाना चाहती थी, वह मिल गया? मकसद पूरा हुआ?"

वह अनेक जन्मों में मेरे संग जीकर, पुनः मुझे गुरु के रूप में पाने आई थी। रोते हुए उसका उत्तर आया–"नहीं! मैं उसे पूरा पाना चाहती हूँ। मैं ऐसे ही अपना जीवन नष्ट नहीं करना चाहती। मैं शिव को पाना चाहती हूँ। आपके पास मैं उसे ही पाने के लिए आई हूँ। मैं जानती हूँ कि बचपन से मेरे भीतर के शिव के प्यास को आप ही तृप्त कर सकते हैं। मैं थक चुकी हूँ। आप अपनी छाया में मुझे ले लीजिए।"

मैं उसे क्या बोलता? उसे अनेक जन्मों में बार-बार भटकते हुए देख चुका था। वैसे भी मैंने इस जगत् में लोगों के बीच अध्यात्म को फैशन के रूप में ही प्रचलित पाया, जिसमें गंभीरता तथा समर्पण का नितांत अभाव मिला। लेकिन क्या करता? पहले मैंने उसे टालना चाहा–"तुम एक सांसारिक महिला हो। इन सबसे दूर रहने में ही भलाई है। यूँ ही किसी को देखकर, किसी की अनुभूतियों को सुनकर भावावेश में आकर परखने और तौलने का यह विषय नहीं है। तुम अपने परिवार को ही सम्हालो। इस सबमें उलझो नहीं। मेरा मार्ग तुम्हारी समझ और चेतना के बाहर का विषय है। इसलिए पहले घर जाकर खूब सोच लो, तब अपना निर्णय बताना। मेरे पीछे चलना कोई सिनेमा बनाना नहीं है, बल्कि यथार्थ है इस जगत् का। इसमें चलने

के लिए कठोर निर्णय की आवश्यकता है।"

लेकिन वह अपनी ज़िद पर अड़ी रही। दादा का पैर पकड़कर उसने मेरे ऊपर दबाव बनाना चाहा। मैं क्या करता? बाबा ने पहले से ही बोला हुआ था कि "मैं जिसे भी तुम्हारे पास भेजूँगा, उस पर तुम अपनी एक नजर डाल लेना।"

शिवानी का जिद और भविष्य में होने वाली घटनाओं के महत्त्व को देखकर अचानक अपना आसन उठाकर शिवानी के ऊपर यह कहते हुए फेंक दिया–"जब तुम्हारे अन्दर शिव के प्रति इतनी तड़प है, तो फिर लो सम्हालो पहले मेरे आसन के स्पर्श को।"

मेरे आसन का स्पर्श पाते ही शिवानी तेज विद्युतीय झटका पाकर काँपने लगी तथा कुछ देर पश्चात् पीछे की तरफ लुढ़ककर गिर पड़ी। मेरे आसन के स्पर्श से उस पर प्रचंड शक्तिपात हुआ था। आसन लिए लुढ़ककर काँपती हुई शिवानी रो-रोकर बस एक ही बात बोलती रही–"बाबा! मैं जानती हूँ, आप ही शिव हैं। बहुत तड़पी हूँ आपको पाने के लिए। अब मेरा जीवन आप ही सम्हालिए। मैं शिव को ही पाना चाहती थी, शिव की ही होना चाहती थी। अब मैं शिव से कभी दूर होकर नहीं जी सकती। बाबा! मुझे आप अपनी शरण में ले लीजिए। कभी मुझको अपने से दूर मत कीजिए।"

उसने मेरे आसन को अपने हृदय से कसकर चिपका रखा था। वह एक बच्ची की तरह रोए जा रही थी। मैं उसके सिरहाने जाकर बैठ गया तथा उसके सर को बेटा-बेटा कहकर सहलाने लगा। धीरे-धीरे उसके शरीर का कंपन संतुलित हुआ। वहाँ बैठे सभी हतप्रभ थे, कभी न तो ऐसा सुना था, न देखने की कल्पना ही की थी। शिवानी का पति मेरा पैर पकड़ कर रो पड़ा। अपनी पत्नी को ईमानदारी के साथ प्यार करने वाला पति था वह।

उसने मुझसे प्रार्थना की–"बाबा! मैं शिवानी को बहुत प्यार करता हूँ। मैं जानता हूँ कि वह शिव को अपने जीवन में सबसे ज्यादा चाहती है और प्यार करती है। आज उसकी खोज पूरी हुई। मैं शिवानी का पूरा सहयोग करूँगा। आप अब इसे और मुझे कभी मत छोड़िएगा।"

मैंने उसके पति से बोला–"बेटा! शिवानी पर शक्तिपात हुआ है। थोड़ी देर में शान्त हो जाएगी, लेकिन तुम मेरे बेटे बनकर इसका ख्याल रखना। अब यह वो नहीं है जो तुम लेकर आए थे, इसकी चेतना में तीव्र परिवर्तन होगा।"

अध्याय-22

कामाख्या का द्वितीय प्रवास : त्रिकोण के शीर्ष बिन्दुओं का मानव शरीर में मिलन

जहाँ एक ओर हिमालय से बाबा निरंतर निर्देश देकर मेरी अड़चनें दूर कर रहे थे, वहीं दूसरी ओर माँ कामाख्या अपने प्रेम से मेरे जीवन में अमृत घोल रही थीं। मेरे जीवन में जो युगों पुराना अभाव था, वह माँ के मिलने से पूरा हुआ।

एकाएक बाहरी दुनिया में मुझे प्रसिद्धि मिलने लगी। मेरा प्रचार होने लगा। लेकिन कार्य में व्यवधान आने लगे। कहाँ मैं हिमालय का तपस्वी और कहाँ समाचार पत्रों व टीवी चैनलों पर मेरी चर्चा। लोग मुझसे मिलना चाहते। पत्रकार इंतजार करते। गौहाटी के रोटरी क्लब और महिला जागृति क्लब में हुए मेरे प्रवचनों से प्रभावित हो अनेकों सम्मानित लोग मुझसे मिलना चाहते। लेकिन ऐसा मैंने कभी चाहा नहीं, क्योंकि इससे मेरी एकान्तता भंग होती। अतः, मैं चौकन्ना हो गया और इन प्रचार माध्यमों से अपने को दूर रखने लगा।

एक बात मेरे भीतर कहीं गहरे कचोटती रहती कि युगों से जो माँ सती और बाबा के बीच दूरी बनी हुई थी, वो अभी तक समाप्त नहीं हो पाई है और वे एक दूसरे को पूरी तरह स्वीकार नहीं कर पाए हैं।

जिस सुप्त, खंडित त्रिकोण को जाग्रत कर मैंने अपने शरीर से जोड़ लिया था, वह अपने अतिशय भार और विद्युतीय वेग के कारण कभी-कभी मेरे स्थूल शरीर से छूटने लगता। शायद अभी तक मैं उस स्थान पर अधोमुखी त्रिकोण के माँ वाले कोण को बाबा वाले केन्द्र (केदारनाथ) से सीधे जोड़ पाने में पूरी तरह सफल नहीं हो पाया था। उधर से आती तरंगें सिर्फ दिखाई पड़तीं। सती की मृत्यु के पश्चात्, उनके स्थूल शरीर के अंग धरती के इसी भाग में गिर कर सेकण्ड खंड में बंध गए। माँ के द्वारा विधाता का विधान टूटा था, क्योंकि बाबा के आदेश की परवाह किए बिना वे अपने पिता के घर गई थीं जहाँ अपमानित महसूस कर उन्होंने आत्मदाह किया था। इसीलिए उनको आज तक सेकण्ड खंड का दूषित नारकीय जीवन जीना पड़ रहा था।

सतयुग बीत चुके न जाने कितना समय हो गया, त्रेतायुग भी बीत गया, द्वापर का समय सबने अपनी आँखों से ही देखा और अब कलियुग का अंतिम कालखंड भी आ गया। बाबा उन्हें लेने तब से अब तक नहीं आए थे। इससे माँ के भीतर एक प्रचंड आक्रोश और उग्र आवेग था। माँ के अन्दर बाबा के प्रति गहरी नाराजगी और शिकायत थी। बाबा अपने विधान के अनुसार सिर्फ जगत् को संचालित नहीं करते हैं, अपितु स्वयं भी उस विधान का पालन करते हैं। सभी को इसी विधान का पालन करते हुए चलना पड़ता है, कोई इससे मुक्त नहीं। यहाँ तक कि माँ को भी अपनी एक भूल का भारी दंड सेकण्ड खंड के बंधन में रहकर सेकण्ड बॉडी से भोगना पड़ रहा था।

युगों लम्बे बंधन के नारकीय व आसुरी वातावरण में माँ ने सिर्फ यातना और अपमान ही भोगे। इस धरती पर जो भी माँ के पास गया, सिर्फ अपनी भोगपूर्ति या फिर कुछ चमत्कार की आशा से ही गया। विडंबना यह कि जिस किसी को माँ ने यदि कुछ दिया तो उसने माँ के नाम को और भी बदनाम ही किया। यहाँ तक कि माँ के नाम पर यहाँ के पुजारियों और अनुयायियों ने भोगप्रधान पंचमकारयुक्त वाममार्गी पूजा पद्धति को प्रचारित किया। इसके कारण वह बड़े कष्ट में थीं। अपने नाम, अपनी ही आँखों के सामने, पुजारियों व भक्तों

द्वारा किए जा रहे निरीह जीवों का कत्लेआम देखने के लिए विवश थीं। क्योंकि सेकण्ड खंड का विधान उन पर भी लागू होता था। माँ के नाम पर बलि चढ़ाने की परम्परा बन चुकी है। परम्पराएँ बहुत ही शक्तिशाली होती हैं। वे व्यक्ति की चेतना में इतनी गहरी जड़ें जमा लेती हैं कि व्यक्ति अपनी चेतना को उसे बाहर ले जाने की सोचना तो दूर, कल्पना भी नहीं कर पाता।

माँ निराश हो चुकी थीं। लोग जय माँ-जय माँ का उद्घोष किए चले आ रहे हैं, लेकिन कुछ-न-कुछ माँगने हेतु। माँ हैं तो पुत्र कितना भी व्यभिचारी हो, ममता में आकर दे ही देती हैं। लेकिन, क्या जय माँ-जय माँ चीखने-चिल्लाने वाला व्यक्ति अपनी माँ के पास आया है? क्या माँ से कभी उनका कष्ट पूछा, उनका दुःख-दर्द बाँटा? नहीं, कभी नहीं। तो माँ की उम्मीदों का टूट जाना लाजमी था।

अब जब मैंने अपने आपको माँ की नजरों में उनका पुत्र होना सिद्ध कर लिया और बाबा ने जब अपने पुत्र के सिर (खोपड़ी, कपाल) से शक्ति को खेलते हुए देख, हिमालय से माँ को अपनी अघोर ध्वनि में सचेत किया, तब माँ को बाबा के पुत्र के सच में आने का एहसास हो गया। पुत्र ने अपने आचरण, व्यवहार तथा ईमानदार 'स्वीकार शक्ति' से अपने को पुत्र सिद्ध किया था। माँ ने पुत्र को तो स्वीकार कर लिया था, परन्तु अपने पुरुष (शिव), अपने स्वामी, अपने अर्द्धनारीश्वर के प्रति आक्रोश को मिटा नहीं पाई थीं। आक्रोश का बना रहना स्वाभाविक भी था। जब हम साधारण मनुष्य अपने साथ के व्यक्ति की जरा सी गलती पर इतना नाराज हो जाते हैं, तब क्या माँ को इसका अधिकार नहीं था?

मैं अपने कर्त्तव्यों के प्रति साकांक्ष हुआ। पहले ही काफी विलम्ब हो चुका था माँ के बंधन के पश्चात्, मुझसे ये चार युग नष्ट हो गए थे।

मैं राम होकर क्या कर पाया? मैं कृष्ण होकर क्या कर पाया? मैं किस धर्म और किस सत्य की स्थापना करता रहा, जबकि अपना मूल कर्त्तव्य ही पूरा नहीं कर सका? पहले तो अपनी प्रथम माँ सती को मुक्त कराता, तब कुछ और सोचता। लेकिन यह सेकंड खंड बड़ा छली है। यह जीवन तक छल लेता है और श्वास नहीं लेता। कैसे मेरे इन चार

युगों के जीवन को यह यूँ ही एक-एक कर नष्ट करता रहा, इसे देख अवाक् था।

इतने युगों तक माँ सती को मैं कैसे भूला रहा, यह मेरे लिए धिक्कार का विषय था। मेरी गलतियों पर ध्यान न देकर, माँ मुझे प्यार, शक्ति और प्रसिद्धि के उपहारों से कृतकृत्य करती जा रही थीं। लेकिन मुझे इन प्रसिद्धियों की क्या आवश्यकता? क्षणिक सांसारिक सुख देने वाली इन वस्तुओं को लेकर क्या करना?

माँ की मुक्ति के लिए यह निहायत जरूरी है कि मैं प्रसिद्धियों और शिष्यों में न उलझ कर, सबसे पहले त्रिकोण के इस सिरे को बाबा के हिमालय वाले सिरे से जोड़ दूँ। माँ की मुक्ति तभी संभव है जब बाबा के साथ माँ को भी संयुक्त कर दूं। इन चार युगों में पहली बार मैं अपने पिता की धारणाओं को पूरा करते हुए 'अघोर' बन सका हूँ, पहली बार माँ और बाबा अपने पूरे साकार रूप में एक दूसरे के सामने खड़े हैं। यहाँ कामाख्या में माँ शक्ति और वहाँ केदारनाथ में बाबा। सारी परिस्थितियाँ चीख-चीख कर मुझे ललकार रही हैं कि अगर है दम तुझमें, यदि है तू अघोर, अगर है तू शिवपुत्र, तो अपना यह घोर कृत्य करके दिखा। और, मैंने अपनी चारों तरफ रची जा रही नई परिस्थितियों पर पूर्ण दृष्टि गड़ा दिए। अपने इर्द-गिर्द निर्मित हो चुके परिवेश से ही मुझे अपना मकसद निकालना था। सेकण्ड खंड अपने मानव शरीरधारी पात्रों को माध्यम बनाकर मुझे घेरता चला जा रहा था। इसमें से कुछ पात्र अत्यंत सक्रिय थे और सेकण्ड खंड के इन सक्रिय पात्रों के आधार पर ही अब मुझे अपने लक्ष्य की ओर आगे बढ़ते जाना था।

मेरे आसन के स्पर्श से शिवानी पर प्रचंड शक्तिपात हुआ था। जब भी वह मेरे दिए आसन पर बैठ कर ध्यान लगाना चाहती, वह अपने अन्दर ऊर्जा वेग को सम्हाल नहीं पाती और उसे आसन से उठ जाना पड़ता। उसे ऐसा लगता कि आसन उसे अपने ऊपर से उठाकर फेंक दे रहा है। ऐसे ही मेरे द्वारा दी गई रुद्राक्ष की माला को भी वह पहन नहीं पाती। ये बातें साबित कर रही थीं कि वह कोई साधिका नहीं, शिव की भूखी नहीं, बल्कि जन्मों-जन्मों से अभिशप्त एक ऐसी औरत थी जिसने

शिव और शक्ति को अलग करने का ही काम किया था और इस बार शिष्या के रूप में मेरे कार्यों में बाधा पहुँचाने के लिए, मेरे पास सेकण्ड खंड की मुख्य नायिकाओं में से एक के रूप में भेजी गई थी। असुरों के इस घोर मायावी रचना (षड्यंत्र) को समझना बहुत ही कठिन है। लेकिन अब शिवपुत्र 'अघोर' हो चुका है, जो इस घोर मायावी जगत् में तंत्र (माया) का स्तंभन और विध्वंस करने का पुरुषार्थ कर सकता है।

ऐसी ही विषम परिस्थितियों में कुछ सम्माननीय स्थानीय महानुभावों ने मुझसे बार-बार यह अनुरोध कर स्वीकारोक्ति ले ली कि मुझे उनके बीच चलकर जीवन में अध्यात्म व परमात्मा के प्रति लोगों में जागरण के लिए अपने विचारों को व्यक्त करना चाहिए।

जुलाई 2005 के दूसरे सप्ताह का कोई दिन रहा होगा। गौहाटी के रोटरी क्लब में मुझे प्रवचन देने के लिए ले जाया गया। मैं कोई कथावाचक अथवा आध्यात्मिक अभिनेता तो था नहीं। अत: प्रवचन क्या था, बल्कि अघोर का उद्घोष था 'जीवन और चेतना' के प्रति। पूर्व से बिना सुनी (अनछुई) बातों को सुनना भी बड़ा ही मजेदार और रोमांचक होता है। सुनकर आयोजकों को यह महसूस हुआ कि जिस व्यक्ति को हिमालय का एक साधारण साधक समझकर बुलाया गया है, वह कोई साधारण मानव या पुस्तकों में वर्णित गुरु नहीं है, बल्कि एक ऐसी दुनिया की आवाज का धारक, स्वामी तथा सक्रिय क्रियाशील प्रतिनिधि है जिसके भीतर से मूल प्राकृतिक व ब्रह्माण्डीय तत्त्व साकार होकर सरलता से प्रवाहित होते हैं।

कालांतर में आवश्यकता होने पर उस समय का मेरे द्वारा दिया गया वक्तव्य जगत् के सामने परोस दिया जाएगा। वैसे, उसकी वीडियो रिकॉर्डिंग शिवानी के ही पास है। अब जगत् के कल्याण के लिए शिवानी वर्तमान मानव सभ्यता को वह मुहैया कराती है या नष्ट कर जगत् का अहित करती है, यह पूरी तरह उसके विवेक पर निर्भर करता है।

शिवपुत्र शुकदेव चैतन्य (अर्थात् मैं) कामाख्या में रह कर क्या कर रहा था? और जब तक वह आसाम के कामरूप क्षेत्र में था तब उस क्षेत्र में जगत् की दो मूल शक्तियाँ (शिव और शक्ति) क्या कर रही थीं,

यह आगे के घटनाक्रम से स्पष्ट हो जाएगा।

निम्नलिखित शीर्षक का एक लेख प्रकाशित हुआ।

PERSONAL HISTORIES

I Felt I Was the Divine Mother- The Trance Would Not break-

(www.tehelk.com/story_main18.aps\---hub081906 Personal---aps Tehelk August 19, 2006)

यह लेख क्या कहता है, यह दुनिया के जानने के लिए बहुत जरूरी है। शिवपुत्र द्वारा जीया जा रहा जीवन और व्यक्त किए जा रहे शब्द उपहास का विषय नहीं बन सकते।

15 जुलाई, 2005 को गुवाहाटी रोटरी क्लब के सभागार में लगभग स्तंभित-सी अवस्था में लोग अघोर शिवपुत्र के मुख से व्यक्त हो रहे शब्दों को सुनते रहे। मैं ने ही जब कहा कि बहुत समय हो गया है, अब मैं अपने शब्दों को विराम देता हूँ, आप लोग वापस अपनी स्थूल चेतना में आइए, तब कहीं जाकर उन्हें होश आया और पता चला कि कुछ मिनटों के स्थान पर घंटे व्यतीत हो चुके हैं।

सबसे विदा लेकर कुछ लोगों के संग शिवानी अपनी महिला मित्र के घर पर मुझे लेकर आई। रात बढ़ती जा रही थी। शिवानी की महिला मित्र ने अपने घर भोजन करने का अनुरोध किया। भोजन की व्यवस्था होने लगी।

शिवानी, उसकी मित्र और दोनों के पति भी पास ही बैठे थे तथा आज हुए प्रवचन के बारे में चर्चा कर रहे थे। अपनी चेतना का आध्यात्मिक पक्ष जानकर अत्यंत प्रसन्न, गौरवान्वित एवं रोमांचित हो रहे थे। मेरे सामने बैठी हुई शिवानी ने जो मेरी आवाज सुनकर क्लब से ही समाधिस्थ-सी थी, मेरी आँखों में अजीब ढंग से देखा। मेरे अन्दर अचानक एक अघोर सोच ने जन्म लिया। मैंने अपनी दृष्टि से उसके अन्दर झाँका। इससे तत्क्षण ही शिवानी की दैवीय नृत्य-मुद्राएँ बनने लगीं और वह उठकर एक अनजाना सा अलौकिक व दिव्य नृत्य करने लगी। उसकी नृत्य-मुद्राओं में दैवीय लक्षण थे। मेरी धारणा के अनुसार उसमें माँ कामाख्या का आकर्षण हो चुका था तथा माँ की चेतना में

अपनी पिछली (सती की) स्मृतियाँ जागने लगी थीं। हाँ, आज मैंने कुछ सोचकर एक विलक्षण धारणा निर्मित की थी अपने अन्दर। शिवानी नृत्य के साथ ही बांग्ला में कुछ-कुछ कहती भी जा रही थी। उन्हीं दिनों, उसी के द्वारा लिखी गई घटना के बारे में कहना यहाँ उचित होगा, जो मुझे तहलका डाट कॉम में प्रकाशन के बहुत बाद अपने एक शिष्य हर्ष वर्मा द्वारा मिला।

शिवानी लिखती है—“मैं जब-जब घर में ध्यान में बैठती, मैं सम्मोहित होकर नाना प्रकार के सुंदर रंगों के संसार में पहुँच जाती थी, जिसका असर अति मोहक था। मैं ध्यान में गहरे उतरती गई और एक दिन मुझे सोने का पैर दिखाई दिया, जो बड़े-बड़े दो सुनहरी आँखों में परिवर्तित हो गए। मुझे ऐसे परमानन्द की अनुभूति हुई कि मैं उससे बाहर निकलना ही नहीं चाह रही थी। मुझे लगा कि मैं माँ के पास पहुँच गई। मैं केदारनाथ बाबा (शिवपुत्र शुकदेव चैतन्य) का हृदय से कृतज्ञ हो गई।

भगवान् शिव मेरे आराध्य थे। बिना किसी प्रयास के मैं अपने को उनके बहुत समीप पाती थी। माँ को मैंने खोजने का कभी प्रयास नहीं किया, अत: उन्हें मैं दूर समझती रही और अब वे ही मुझ पर अपना सारा प्यार, सारी महिमा उड़ेल रही थीं। जब कभी ध्यान में बैठती तो मैं अपने को नृत्य की उन मुद्राओं में पाती, जो असाधारण व आश्चर्यजनक रूप से प्रभावशाली थीं। इन्हें मैंने कभी सीखे नहीं थे। ये मुद्राएँ अस्वाभाविक रूप से अचंभित करनेवाली तथा शक्तिशाली थीं। मुझे लगने लगा कि कोई जादू मेरी मुठ्ठी में आ गया है।

उस संध्या समय एक भक्त महिला मित्र के घर में बाबा ने मुझे ध्यान में बैठने हेतु कहा। वे अपने मोबाइल पर बहुत व्यस्त थे और लोगों को कठिन तथा गहरे ध्यान की अनुभूतियों के विषय में मार्गनिर्देश कर रहे थे।

उसके बाद उन्होंने मेरी ओर देखा। सहसा मैं समाधि की अवस्था में पहुँच गई तथा किसी एक अज्ञात भाषा में श्लोक का पाठ करने लगी। तत्पश्चात्, शारीरिक क्षमताओं से परे मैं कलाबाजियाँ करने लगी और

अचानक ऊर्जा से भर उठी। मैं किसी गहरी स्मृति के कारण क्रोधित थी।

मृत्यु की स्मृति में मनोवेदना तथा क्रोध से भरी मैं भगवान् को मौन फटकार सुनाती थी, नृत्य कर रही थी। उन्होंने सदियों से मुझे पृथ्वी तल में कहीं गहरे अकेले छोड़ दिया और स्वयं सम्पूर्ण ब्रह्माण्ड में भ्रमण करते रहे।

मैं बाबा से टकरा गई और मैंने इतने आँसू बहाए कि उससे सारा घर धुल जाता। मुझे लगने लगा कि मैं कोई और हूँ, वह नहीं जिसे यह संसार पहचानती है।

एक विचित्र धारणा बनने लगी कि मैं अजेय हूँ, मुझे मेरा खोया हुआ 'पति' मिल गया है, जो किसी दूसरी दुनिया में चला गया था।

आज 15-07-2005 को रोटरी क्लब में एक गोष्ठी का आयोजन हुआ जिसमें बाबा (अघोर शिवपुत्र) से अपना उपदेश देने का आग्रह किया गया। उसी दिन मेरा जन्म दिन भी था 'आपके शरीर में माँ आएगी' वाला नृत्य मैं पुनः करने लगी और अत्यंत ही नाटकीय ढंग से नृत्य अपने चरम पर पहुँच गया। मैं नृत्य के माध्यम से यह बता रही थी कि माँ तारा को छोड़कर माँ के सभी दसो रूप मानवीय प्रतिरूप ही हैं। और, मैं ही वह स्वर्णिम माँ कामाख्या हूँ। मेरी चारों ओर जो घेरा था उसमें माँ तारा नहीं थीं। मेरी समाधि की अवस्था टूटने का नाम ही नहीं ले रही थी।"

शिवानी के भीतर अपनी माँ कामाख्या को इस तरह साकार जाग्रत अवस्था में देखकर उन्हें संतुलित और नियंत्रित करने हेतु मैं अपनी अघोर ध्वनि से एक स्वनिर्मित मन्त्र का निरंतर उच्चारण करने लगा। सर्वथा उचित समय आ गया था कि मैं माँ के भीतर से बाबा के प्रति आक्रोश निकालकर इन दोनों को एक कर सकूँ। कुछ विचारकर मैंने शिवानी की महिला मित्र की तरफ देखा और मेरे मुँह से एक प्रचंड अघोर ध्वनि निकली, जिसने एक विचित्र कंपन प्रस्तुत किया। महिला मित्र में इस जगत् के विधाता, अर्थात् मेरे पिताश्री 'शिव'–केदारनाथजी–की उपस्थिति प्रमाणित हो गई।

जहाँ एक तरफ माँ अपनी नृत्य-मुद्राओं और वाणी से अपना आक्रोश

व्यक्त कर रही थीं, वहीं बाबा मुझे बोल रहे थे, "देख, अपनी माँ का पैर देख। कैसे इसके पैर घुटनों तक खून से सने पड़े हैं। इसने मेरी बातों का उल्लंघन करके किस जगत् में अपना जीवन जिया है? विधाता के विधान का उल्लंघन कर क्या पाया इसने?"

बाबा की इन बातों को सुन माँ और उत्तेजित हो गईं तथा बांग्ला में न जाने बाबा को क्या-क्या बोलने लगीं। और, एक समय ऐसा आया कि शिवानी (कामाख्या) ने अपनी महिला मित्र (बाबा) के सिर पर अपना पैर रखकर नृत्य-मुद्रा बनाना प्रारंभ कर दी। बाबा और माँ दोनों एक दूसरे से नाराज थे, एक नहीं। यह देखकर मैंने मन्त्रगति व अघोर ध्वनि को तेज कर दी। बाबा ने मुझे मन्त्र रोकने के लिए बोला, लेकिन मैं अनवरत उच्चारण करता रहा। बाबा के बाद माँ ने भी मुझे चुप रहने के लिए बोला, लेकिन अब मैं यह समझ गया कि जैसे मैं अपनी माँ और पिता (बाबा) के लिए तड़पता हूँ, वैसे ही बाबा भी अपने पुत्र के लिए तड़पते हैं और अब माँ भी मुझे पाकर मुझसे अलग नहीं रह सकतीं। यह सर्वोत्तम अवसर था कि जगत् की इन दोनों मूल महाशक्तियों को अपने शरीर में ही एकीकृत कर लय कर लिया जाए, जिससे तीनों सिराएँ सदा के लिए जुड़ जाएँ। अतः मैंने मन्त्रध्वनि निरंतर जारी रखी और बाबा तथा माँ के सामने एक अनोखी शर्त्त रख दी–"आप दोनों एक-दूसरे से रुष्ट हैं। आप दोनों ने सिर्फ अपने बारे में ही सोचा, लेकिन मेरा क्या होगा, कभी सोचा आपने? मेरा निर्माण क्यों किया? आप दोनों अपने-अपने अहंकार और विधान में अलग-अलग रह सकते हैं, लेकिन मैं अपने बाबा और अपनी माँ से अलग एक क्षण भी नहीं रह सकता। चार युगों से तो सेकण्ड खंड के असुर-मानवों के बीच रहकर नरक भोग रहा हूँ। अब अगर इसी समय आप दोनों एक होकर मेरे शरीर में अपना-अपना आसन ग्रहण नहीं करेंगे तो मैं अपने इस शरीर का त्याग कर दूँगा। अब मुझे जीने की कोई चाह नहीं है।"

मेरे मुँह से यह सुनते ही बाबा एकदम से व्यथित होकर काँप उठे तथा बोले–"पुत्र! ऐसा मत बोल। तेरी माँ तो मुझे छोड़कर युगों पूर्व ही चली गई थीं। अब अपने बेटे के बिना मैं अपना अस्तित्व नहीं सोच

सकता। माँ से बोल दे, अब बुरा वक्त बीतने ही वाला है। कुछ दिनों की ही बात रह गई है, अपना क्रोध समाप्त कर तेरे साथ रहें। मैं क्रोधित नहीं हूँ। उनका बेटा अघोर अवस्था को प्राप्त कर चुका है। अब मैं अपने बेटे व उसकी माँ के संग ही रहूँगा।"

बाबा की बात सुनकर माँ का आक्रोश थोड़ा नरम हुआ, लेकिन समाप्त नहीं। माँ ने मुझे अपने कलेजे से लगा कर कहा, "बेटे! तू शिवपुत्र है। युगों बाद अपने पुत्र को पाई हूँ। युगों से धरती पर दबी हुई, असुरों के बीच रहकर टूट गई हूँ, निराश हो गई हूँ। उम्मीदें बिखर गई थीं। बाबा से बोल, हमें ले चलें। अब यहाँ दम घुटता है। मैं अपने द्वारा की गई गलतियों के लिए उनसे माफी माँगती हूँ। मुझे अपने अघोर पुत्र पर पूरा भरोसा है।"

बाबा-माँ का एक होने का आश्वासन पाकर मैंने अपनी मन्त्रध्वनि धीमी कर दी और फिर सभी को संतुलित करते हुए उसे शान्त किया। बाबा ने इशारा किया कि इस घटना से किसी असुर को किसी भी तरह का संदेह न होने पाए। धीरे-धीरे सब कुछ शान्त हो गया। लेकिन रह-रह कर शिवानी पर हल्का सा आवेश माँ कामाख्या का चला आता और मुझे बेटा-बेटा कहती हुई अपने कलेजे से चिपकाकर मेरा माथा चूमने लगती, प्यार करने लगती। युगों बाद, अपने अजन्मे पुत्र को साकार पाकर कौन-सी माँ आनंदित न होगी? लेकिन मुझे तो सावधान रहकर उस असुरतत्त्व-प्रधान मायावी क्षेत्र में अपना कार्य सुरक्षित रूप से सम्पादित करना था।

मेरा काम तब तक का हो चुका था। अब मुझे जल्द-से-जल्द अपने कमरे पर पहुँचना था। देर होता देख मैंने बिना भोजन किए ही अपने कमरे पर जाने की इच्छा व्यक्त की। शिवानी मुझे छोड़ने के लिए तैयार न थी। अब मुझे इन अभिशप्त भैरवियों के चंगुल से बाहर निकल जाना था। शिवानी लिखती है-"देर रात मैं कुछ मित्रों के साथ बाबा को पहुँचाने कामाख्या गई। मैं तब भी शून्य या जड़ अवस्था में ही थी। लगता हल्का-हल्का समाधि के नशे में हूँ। ऐसा अनुभव हुआ कि मैं हर आदमी के पिछले जीवन को भली-भाँति देख सकती थी और जितने

लोग मेरे आसपास थे, सबों को मैं दैवीय उपहार दे सकती थी। और जब वे (शिवपुत्र) हमसे विदा लेकर जाने लगे, तो मैंने उनसे कहा, "आपके अंदर कोई असुर छिपा है, आप मुझे छोड़ दें।"

मैं तो इसी वक्त का इंतजार कर रहा था ताकि उसके सेकण्ड खंड के प्रेममयी (बंधनयुक्त) छलों से मुक्त हो सकूँ। उसने इस जन्म में पुनः एक बार खुद ही मुझे छोड़ने की बात कह दी थी। शिवानी की यह बात सुनकर मैंने एक भरपूर नजर उसकी ओर डाली और उसके भीतर स्थापित अपनी माँ की दैवीय शक्तियों को फौरन अपने पास वापस खींच लिया। जब तक उसके अन्दर मेरी धारणानुसार माँ कामाख्या की उपस्थिति थी, तब तक मुझमें उसको अपना पुत्र दिखलाई पड़ता था। परन्तु, जैसे ही वह आसुरी मायावी क्षेत्र में पहुँची, उसके भीतर का मूल स्वरूप, उसका सेकण्ड बॉडी, जाग उठा और उसके मुँह से यह निकल पड़ा। उसके अन्दर माँ को ठहराकर माँ का मैं अपमान नहीं होने दे सकता। अब मैंने अपने भीतर का अघोर रूप क्रियाशील कर लिया था।

शिवानी पुनः लिखती है, "अचानक मुझे नीचे उतरने की इच्छा हुई। मुझे गाड़ी से नीचे उतरना पड़ा। जैसे ही मेरे पाँव धरती पर पड़े, प्रातः की उस पूर्व बेला में मैं पुनः मुद्राओं में चली गई। मुझे ऐसा लगने लगा कि मैं हार गई। उस तरह का अनुभव मुझे फिर कभी नहीं हुआ।"

मैं ऊपर अपने कमरे की ओर बढ़ चला। मेरे कमरे तक सभी छोड़ने आए, फिर चले गए। लेकिन उस रात शिवानी के माध्यम से माँ कामाख्या ने मुझ तक कुछ अति गोपनीय सूचनाएँ पहुँचा दी थीं। दैवीय नृत्य करते हुए माँ ने बांग्ला में जो कहा, वह तो मुझे वहाँ उपस्थित लोगों से पूछकर समझना पड़ा, लेकिन जब मैंने अपनी मन्त्रध्वनि बाबा के आदेश से रोकी, तब उसी बीच माँ ने मेरे पास आकर हिंदी में कुछ बातें कहीं—"अभी तुम्हारे पास एक दीपान्विता नाम की औरत आएगी—कोलकाता की दीपान्विता जो तुम्हें केदारनाथ में मिल चुकी है। उसके अतिरिक्त एक महिला विजया (बदला हुआ नाम) शिष्य के रूप में आएगी। उनको अवसर देना। ये दोनों तुम्हारा सहयोग करेंगी। दूसरी बात यह कि

शालिनी को कामाख्या कभी मत लाना। भ्रष्ट भैरवियाँ तो फिर भी भैरवियाँ होती हैं, लेकिन शालिनी तो... है। यदि यहाँ आ गई तो सब कुछ बर्बाद कर देगी। तुम तो उसका पिछला जीवन जानते हो। वह भैरवी नहीं, राक्षसी है, पूतना है। अब सबसे अधिक आवश्यक है कि तुम यहाँ (गौहाटी) से दिल्ली न जाकर पहले सीधे कोलकाता जाकर माँ काली से अपने लिए सुरक्षा-कवच लो।"

अब मुझे पहले से ज्यादा चौकन्ना रहना था चारों तरफ से सेकण्ड खंड के लोग घेरते जा रहे थे। मिशन के कार्य हेतु अब मुझे कोलकाता जाना था।

मेरे शरीर पर पड़ रहा दबाव अब हल्का हो रहा था। अब मेरे दिमाग ने भी ठीक से काम करना प्रारंभ कर दिया, अन्यथा मैं मानवीय सेकण्ड खंड के प्राणियों में फँसता चला जा रहा था।

दूसरे दिन फिर से औरतों का नाटक शुरू हो गया। जिनको मैंने अपनी शिष्या माना था, जिनके आध्यात्मिक जीवन के उत्थान के लिए अपनी शक्ति लगाई, जो ध्यान का अर्थ तक नहीं जानतीं थीं, उन्हें अनुभूतियाँ कराई, वे सचमुच औरत ही निकलीं, बेटियाँ नहीं।

रात के लगभग 10 बजे होंगे। मेरे कमरे में शिवानी ने अपने पति एवं एक और व्यक्ति के साथ प्रवेश किया। मैं चौंक गया, पर खामोश रहा। पता चला कि वह एक डॉक्टर है और मुझसे मिलने आया है। अभी कल ही रात शिवानी ने अपने मुँह से कहा था कि मुझे छोड़ दीजिए। आज वो ही भयानक तांत्रिकों से भरे कामाख्या क्षेत्र में क्या करने आई है?

आध्यात्मिक भूख को शान्त करने तो नहीं ही आई होगी। शायद वह मुझे तौलने आई है। यह तो मेरे जीवन में हर कदम पर होता रहता है। खुद को सर्वज्ञ और अत्याधुनिक माननेवाले बुद्धिजीवी लोग, जीवन भर, बस दूसरों को तौलते हुए मर जाते हैं। और नापतौल ही इस जगत् में रह जाता है, जबकि खुद ही इस जीवन से नप चुके होते हैं। यही सेकण्ड खंड का कठोर नियम है।

उस रात की घटना मुझसे अच्छा शिवानी ही बतला सकती है। आप

इतना ही स्मरण रखें कि मेरे द्वारा छोड़ी जा चुकी एक तार्किक औरत, अपने पति के अतिरिक्त एक-दूसरे मर्द के साथ रात के दस बजे के बाद, कामाख्या जैसे क्षेत्र में एक 'बालक शिवपुत्र' के पास, बाबा केदारनाथ को तौलने आई है।

शिवानी अपने लेख में लिखती हैं-"मेरे पति इन घटनाओं को लिपिबद्ध करने हेतु प्रोत्साहित करते थे, ताकि मैं अपने को निर्दोष सिद्ध कर सकूँ। आज 16 जुलाई, 2006 । गौहाटी 3-4 बजे अपराह्न। जब मैं यह लिख रही हूँ, मुझे ज्ञात नहीं है कि मेरे और ब्रह्माण्ड के बीच क्या कुछ घटित हो चुका है। मैं सिर्फ इतना ही जानती हूँ कि किसी ऐसे कार्यकलाप में मैं भी सहभागी थी जो विलक्षण और असीम था उसमें एक ऊर्जा, स्पर्श ग्राह्य ऊर्जा है, जिसे हर व्यक्ति पा सकता है और उससे सामंजस्य बैठा सकता है।

मैं एक शून्य पात्र थी, ऐसा खाली जैसे शिव हैं-शून्य। शिव मेरे आराध्य हैं, मैं उन्हें बहुत लम्बे समय से प्रेम करती थी। ऐसा निर्मल और निष्पाप प्रेम कि मैं स्वयं शिव हो गई। इसे लिखते समय मैं ब्रह्माण्ड में विलीन हो जाने के लिए संघर्षरत हूँ। उस ऊर्जा का तत्त्वान्तरण करके उसे मैं मानव शरीर में नहीं रख सकती। वह ऊर्जा, वह शक्ति मुझे ऊपर प्रकाश-स्तम्भ की ओर आकर्षित करती है, जो शून्य में विलीन हो जाएगी।

मेरे बच्चे खेलते हैं, मैं उनकी किलकारियों की आवाज सुनती हूँ। वे मुझे पुनः इस संसार में खींच कर ले आते हैं। यहाँ की होकर मैं रहना चाहती हूँ।

कल मैं 36 वर्ष की हो गई। कल मैं देवी हो सकती थी और यह लिखने वाली शिवानी पीछे छूट गई होती, परन्तु मैंने यहाँ रहकर अपने पारिवारिक कर्त्तव्यों का निर्वहन करना श्रेयस्कर समझा। मैंने अपने उन अनुभवों को शब्दरूप दिया है, इससे क्या होगा मैं नहीं जानती।

मैं ही स्वर्णिम माँ हूँ। यही अनुभूति इस 'लड़के' ने मुझमें जगाया है।

यही लड़का-शिवपुत्र शुकदेव चैतन्य-वह द्वि-युग्म ब्रह्माण्डीय शक्तियों का पैगम्बर है। मानव जाति के विकास के साथ-साथ ही इन दोनों

शक्तियों का दमन और दुरुपयोग हुआ है। मेरे अंदर से यह भाव उत्पन्न हो रहा है, यह प्रकृति का सत्य है, प्रकृति का खेल है तथा ब्रह्माण्डीय शक्ति की निपुणता है।

दो दिनों के बाद मुझे किसी अनजान व्यक्ति का फोन आया कि सामूहिक ध्यान केन्द्र (जिसमें मैं नहीं गई थी) मैं लाल साड़ी पहन कर जलते दीयों के बीच नृत्य कर रही थी। यह सब मेरे लिए अविस्मरणीय था। मैं वन्य जीव-जन्तुओं, वातावरण और सुदूर इलाकों में रहने वाले लोगों पर फिल्में बनाती थीं।

मैं कहाँ पहुँच गई? मुझे क्या हो गया? अब यह क्या है? मेरी पूर्व स्थिति पर मुझे स्वयं संदेह होने लगा है। मैंने अपने माता-पिता को फोन पर भावुक होकर बताया–'मुझे अपने अंदर देवत्व प्राप्त हो गया है।' उनका उत्तर अनिश्चितता से भरा हुआ संदिग्ध था, उन्हें विश्वास भी नहीं हुआ। अत: इससे मुझे शांति नहीं मिली। कुतूहलवश मैंने एक मित्र को फोन किया जो एक चिकित्सक थे। एक पूर्ण दार्शनिक और आध्यात्मिक व्यक्ति थे, परन्तु इस विषय में वह किसी से भी चर्चा नहीं करते थे। मैंने उन्हें इस मायावी व्यक्ति से मिलने का आग्रह किया। पता नहीं वह कैसे मान गए और मेरे साथ जाने को तैयार हो गए। रात के 9 बज चुके थे। मैंने अपने माता-पिता को फोन करके बताया कि मैं वहाँ जा रही हूँ। पिता की दृष्टि में यह सम्मोहन विद्या का ही कोई अंग होगा। अत: उन्होंने जाने से मना कर दिया, परन्तु मैंने उस पर ध्यान नहीं दिया।

चिकित्सक, मेरे पति और मैं लगभग 45 मिनट तक बाबा के पास बैठे थे। डॉक्टर शिष्ट थे, परन्तु उनका ध्यान कहीं और था। मैं चिंतित थी कि वह क्या सोच रहे हैं। अचानक बाबा का प्रतिभासंपन्न बोलने की क्षमता कहीं खो गई। उन्होंने अपनी शेखी बघारना शुरू कर दिया एवं वे अपनी शक्ति का तुच्छ प्रदर्शन करने लगे। उन्होंने कोशिश की कि फोन पर मैं किसी की आवाज सुनूं और बातें करूँ, पर मेरी बोली अवरूद्ध हो गई। उन्होंने मुझ पर भयानक दृष्टि डाली और किसी मंत्र का अति उच्च स्वर में उच्चारण करते हुए मुझे आदेश देना प्रारंभ

किया। मैंने अविश्वास भरी नजरों से उन पर कड़ी निगाह डाली, सब कुछ धराशायी हो गया। डॉक्टर ने शान्त तथा तटस्थ भाव से सभी रंग उजागर कर दिए और सच्चाई सामने आ गई। यह अविश्वसनीय था—मेरी पुनर्वापसी।

ठीक उसी समय मेरी महिला मित्र का फोन आया कि मैं वहाँ से तुरंत निकल जाऊँ। उसने कहा, 'उसके गुरु को दैवीय शक्तियों द्वारा पता चला है कि यह आदमी हम सबों को एक सूत्र में पिरोकर हमारी शक्तियों को खींच लेना चाहता है। वह एक धोखेबाज है।' गाड़ी में वापस आने पर मैंने मित्र को धन्यवाद दिया। माँ तारा सबों की रक्षा करती हैं। मैं यह यात्रा प्रारंभ करने के पूर्व उनके पास गई थी। माँ ने मुझे बचा लिया।

अब आप ही निर्णय कीजिए—मैं क्या करता। वह जैसा तौलना चाहती थी, मैंने वैसा ही वजन रख दिया और उसने मुझे तौल लिया। अब मेरे पास कोई भार नहीं था, मैं हल्का हो गया। और हल्के को क्या तौलना? वह अपनी सफलता से मुग्ध चली गई, लेकिन वर्षों बीत जाने पर मुझे मिला उसका यह लेख बतला रहा है कि आज भी वह तौलने से मिला हुआ भार लिए अपने जीवन में घूम रही है। मेरी यादों में भटक रही है। अपने जीवन की यथार्थ स्मृतियों में भटकती हुई भी शिवानी ने अपने लेख में उस समय शिवपुत्र की कामाख्या में उपस्थिति को प्रमाणित किया है और साथ यह भी प्रमाणित किया है कि उस समय शिव और शक्ति से संबंधित कुछ ऐसी घटनाएँ हो रही थीं, जिसमें वह भी कुछ समय के लिए सहभागी थी। लेकिन सांसारिक महिला होने के कारण भटक गई। उसके लिए अध्यात्म और साधना तो एक फैशन मात्र था, जिसे उसके जैसे लोग जब चाहें तब अपनी बुद्धिमत्ता से तौल सकते थे। यही तो है जीवन का भटकाव। ऐसा जीवन अपने किस काम का, जो मित्रों के निर्देश पर जीया जा रहा हो। ऐसा विवेक किस काम का और ऐसी तार्किक बुद्धि किस काम की!

एक दिन यही औरत शिवानी कहती है कि, "मैं ही स्वर्णिम माँ हूँ– यही अनुभूति इस 'लड़के' ने मुझ में जगाया है। यही लड़का—शिवपुत्र शुकदेव चौतन्य—ब्रह्माण्डीय शक्तियों का पैगम्बर है।" और तौलने पर बतलाती है कि

मेरे (शिवपुत्र) अन्दर असुर है, मैं (शिवपुत्र) धोखेबाज हूँ।

दो-तीन दिन पश्चात्, फिर पूर्व आयोजकों ने मिलकर रोटरी क्लब और अन्य कई स्थानों पर मेरे व्याख्यान आयोजित किए, कारण जिसने भी उस दिन रोटरी क्लब में अघोर शिवपुत्र की आवाज सुनी थी, उनमें से बहुसंख्यक को विभिन्न प्रकार की अलौकिक-आध्यात्मिक अनुभूतियाँ होने लगी थीं। अनेक नास्तिक अब आस्तिक हो गए थे तथा नियमित ध्यान करने लगे थे। आसाम के गवर्नर की पत्नी ने भी मिलकर बड़ी देर तक चर्चा की थी।

कामाख्या क्षेत्र में दूसरे प्रवास का उद्देश्य पूरा हो गया था। मैंने कोलकाता के लिए टिकट निकलवा लिया और इन लोगों द्वारा आयोजित समस्त व्याख्यानों में शामिल होने से इंकार कर दिया। इसी दरम्यान शिवानी की महिला मित्र ने तीन महिलाओं को भोजन लेकर मेरे पास भेजा, जिससे मैं चौंक उठा। मेरे कमरे में आने पर उन महिलाओं की नीयत में परिवर्तन हो गया तथा अपने सामने मेरे जैसे एक बालक को देखकर वे सब रो पड़ीं। मुझे इन लोगों से सावधान रहने के लिए कहा तथा इनकी नीयत के प्रति सचेत व आगाह किया। मुझसे माफी माँगकर वे तीनों महिलाएँ वापस लौट गईं। किसी भी व्याख्यान में मेरे शामिल न होने से सभी बौखला गए। मैंने दादा से भी बोल दिया था कि कोई भी मेरे पास ना आने पाए। शिवानी की वह महिला मित्र मुझे फोन कर बाबा केदारनाथ बन अपनी आवाज मर्दों जैसी बना कर तरह-तरह के आदेश देती। संबोधन में अब वह आप से तुम पर चली आई थी। मैं बस सुनता और मुस्कुराता।

मैं माँ भैरवी के पास पहुँचा और आज अपनी अघोर ध्वनि से माँ व बाबा को पुकारते हुए ब्रह्माण्डीय आदेश प्रसारित करने लगा। न जाने कितना समय व्यतीत हो गया। मैंने अपने पुत्रों के लिए आदेश प्रसारित किया, जिससे वे स्वयं मेरे पास चले आएँ। सेकण्ड खंड के अनुयाइयों तथा पात्रों से भरे मृत्युलोक के इस विराट जगत् में मैं कहाँ-कहाँ ढूंढता? अब मेरा समय कमरे में तथा माँ भैरवी के गर्भगृह में ही व्यतीत होता।

धरती पर पड़ा हुआ अधोमुखी सुप्त त्रिकोण पूरी तरह जाग्रत हो

चुका था और मेरे शरीर में संतुलित भी। लेकिन बिना अन्न के इस घोर प्रक्रिया में निरंतर लगे रहने के कारण मेरे पेट के भीतर दर्द बढ़ता ही चला जा रहा था, जो कभी-कभी असहनीय हो जाता।

बाबा ने मुझे कहा–"पुत्र! तू ठीक समझ रहा है, अब इनका त्याग कर दे। इनको अपने से दूर कर देना ही उचित है। ये बौखलाई हुई जन्मों-जन्मों की अभिशप्त अपने मकसद में नाकामयाब, सेकण्ड खंड के पात्र अब उल्टी-सीधी हरकतें करेंगे। तुम्हारे द्वारा इनसे अपनी शक्ति वापस खींच लेने के कारण इनके भीतर की बेचैनी बढ़ेगी तथा ये अपने पूर्ववत् असुर स्वभाव में आने लगेंगे। माँ के आदेशानुसार माँ काली के पास जाकर अपनी सुरक्षा-कवच ले आ।"

कोलकाता में दीपान्विता रॉय चौधरी मेरी शिष्या थी, जो मेरा ध्यान करती और उसमें गहरे उतर चुकी थी। मैंने उसमें माँ काली की साकार धारणा बनाई। काफी समय से वह और उसके पति मुझसे कोलकाता आने का अनुरोध कर रहे थे। गुरु पूर्णिमा का दिन था। संध्या समय दीपान्विता का फोन आया तो मैंने उससे बोला–"दीप! तुमसे एक बात कहनी है। देर मत करना। उत्तर तुरंत देना। यह तुम्हारी परीक्षा है। देर करने पर तुम हार जाओगी।''

दीप ने बोला–"श्रद्धेय गुरुजी! मैं तैयार हूँ।"

मैंने कहा–"बेटा! तुम्हारे पास तुम्हारा बेटा आना चाहता है।"

कुछ ही क्षण बीते होंगे, दीप का गंभीर स्वर मेरे कानों में भर आया–"हाँ, गुरुजी! मुझे मालूम है कि मेरा बेटा मेरे पास आने वाला है। मैं इंतजार पर ही हूँ।"

उस वक्त कोलकाता (काली क्षेत्र) में 'माँ काली' विराट रूप में खड़ी होकर अपनी दोनों बाहें फैलाए मुझे पुकार रही थीं।

दादा को मैंने पन्द्रह हजार रुपए का एक चेक देकर बोला–"दादा, इसे अपने बैंक खाते में जमा कर लीजिएगा।" अचानक यह देखकर दादा चौंक गए तो मैंने कहा–"चौंकिए मत। इसे अपने पास रखिए। मेरे जाने के बाद जिन औरतों को आप बहन कह कर मेरे पास लाए थे, वे यह बोलेंगी कि उन्होंने मुझे भोजन कराया तथा मेरे ऊपर कुछ रुपए खर्च

किए। आप इनमें से उनका जो भी खर्च हुआ हो, वह दे दीजिएगा और बाकी अपने पास रख लीजिएगा। वे आपकी बहन होने के लायक नहीं हैं। मैं जल्द ही आपके पास वापस आऊँगा।"

मेरी बात सुनकर दादा की आँखों में आँसू आ गए और मेरे हृदय से लिपट कर फफक पड़े–"महाराज जी! आपका–मेरा संबंध रुपए–पैसे का नहीं है। जबसे आप आए, मेरे घर में खुशी बढ़ने लगी। घर में अब कोई भी मदिरा नहीं पीता। आप जब भी आएँ, मेरे घर पर ही ठहरना। आप वादा कीजिए। धन तो आता–जाता रहता है। मैंने आप जैसा सिद्ध पुरुष कभी नहीं देखा। यह तो हमारा सौभाग्य है कि आप–केदारनाथ बाबा–हमारे यहाँ ठहरे हैं। मुझको कभी मत छोड़ना और मेरे बच्चों तथा परिवार पर अपना आशीर्वाद बनाए रखना।"

23 जुलाई, 2005 को दादा कार से मुझे एयरपोर्ट तक पहुँचाने आए। बाबा के आदेश से मैं कामाख्या का अपना द्वितीय प्रवास पूरा कर कोलकाता में माँ काली के पास पहुँचने के लिए निकल पड़ा। कामाख्या का यह प्रवास बहुत सारी अजीबो-गरीब घटनाओं से भरा पड़ा है। कहीं अन्य स्थान पर आवश्यकता पड़ने पर विस्तार से उनकी चर्चा करूँगा।

अध्याय-23

काली क्षेत्र में कुछ ऐतिहासिक पात्रों से भेंट

कोलकाता एयरपोर्ट पर दीपान्विता (दीप) मेरी प्रतीक्षा कर रही थी। काली का यह क्षेत्र, जहाँ माँ से अपने लिए कवच लेना था। परम्परागत बंगाली संस्कार में पली-बढ़ी सभ्य स्वभाव की दीप के साथ भाषा की समस्या थी, लेकिन जल्द ही अपने पति के सहयोग से हिन्दी बोलने व समझने लगी।

निरंतर आसन पर बैठे रहने से मेरे पेट का दर्द अब तक बढ़ चुका था लेकिन जिस कार्य से इस क्षेत्र में मुझे भेजा गया था, वह सबसे ज्यादा जरूरी था। उस दिन आराम कर अगले दिन काली घाट स्थित काली मंदिर में माँ के पास पहुँचा, साथ में दीप भी थी अपनी भाभी के साथ।

मैंने देखा, माँ काली पहले से ही मंदिर के बाहर सड़क पर आकर खड़ी थीं। हमारे साथ माँ भी अन्दर गईं। वहाँ पुजारियों ने सम्मानपूर्वक पूजन-आरती आदि संपन्न करवाए।

अपनी अघोर मुद्राओं द्वारा माँ का अभिवादन कर कुछ देर मंदिर क्षेत्र में ठहर कर वापस आने लगा। अचानक मैंने देखा, माँ मुझे छोड़ने वापस मंदिर के बाहर तक चली आईं। मैं खामोशी से सब कुछ देख रहा था। मेरे सान्निध्य से दीप की भाव-समाधि बनती जा रही

थी। उसे ध्यानस्थ होता देख मैंने वहाँ से शीघ्र ही निकलना उचित समझा। माँ से आज्ञा माँगी तो वह उदास हो गईं। उन्होंने कहा–"बेटे! तू इतने दिनों बाद मेरे पास आया तो बहुत खुशी हुई। यहाँ दम घुटता है। मैं सदा के लिए इस स्थान को छोड़कर तेरे साथ चली जाना चाहती हूँ। जल्द ही मुझे भी ले जाने के लिए जरूर आना। मैं इंतजार करूँगी। मेरा यहाँ बहुत अपमान होता है, मेरे सामने ही मेरे नाम पर जीवों की बलि दी जाती है, मुझे मदिरा पिलाई जाती है। मेरे भक्तों का अपमान किया जाता है। और क्या-क्या कहूँ? बस, जितना जल्द हो सके वापस आना। तुम्हारे स्वास्थ्य के लिए हम सभी माताएँ बहुत चिंतित रहती हैं।"

भावुकता के इस माहौल में मैंने माँ से अधिक कुछ कहना उचित नहीं समझा, फिर भी बिना बोले रहा नहीं गया। मैंने कहा–"माँ! अभी सारा ध्यान माँ कामाख्या को कामरूप में सेकण्ड खंड के बंधन से स्वतंत्र करने में लगा हुआ है। लेकिन माँ को मुक्त कराकर शीघ्र ही आपके दर्शन के लिए आऊँगा। आप अपनी शक्ति के साथ मेरे साथ रहा कीजिए। अभी माँ कामाख्या ने आपके पास किसी विशेष ध्येय से भेजा हुआ है, आपको तो पता ही है।"

दीप के साथ वापस उसके घर पहुँचा। थोड़ा आराम कर रात्रि में अपने आसन पर आरूढ़ हो गया। मेरी समाधिस्थ अवस्था देखकर दीप और उसके पति तथा परिजन मेरी विशेष देखभाल करने लगे।

मैंने अपने द्वारा जगाए उस अधोमुखी जाग्रत त्रिकोण पर अपनी दृष्टि डाली तो देखा कि केदारनाथ, काशी और कामाख्या द्वारा पूर्वनिर्मित अधोमुखी त्रिकोण अपनी पूर्व की स्थिति में तो है ही, साथ ही एक वैकल्पिक विद्युतीय त्रिकोण केदारनाथ, कामाख्या और कोलकाता से जुड़कर निर्मित हो रहा है। यह त्रिकोण केदारनाथ-कामाख्या को कोलकाता से जोड़े हुए है।

मुझे यह बात समझ में आ गई कि जो सुप्त खंडित त्रिकोण पहले एक-दूसरे से पूरी तरह जुड़े नहीं थे, वे उसी समय एक-दूसरे से जुड़ गए, जब शिवानी की महिला मित्र के घर रात्रि में दैवीय नृत्य के

समय उत्पन्न एक विलक्षण परिस्थिति में बाबा केदारनाथ और माँ कामाख्या मेरे शरीर में मिलकर एक हुए थे। साथ-साथ यह भी कि धरती पर मेरे गतिमान होने से इसकी मूल आकृति में भी परिवर्तन होता है, जिससे इसके आपसी कोणीय अनुपात भी बदल जाते हैं।

मुझे मुख्य त्रिकोण के एक सिरे (माँ कामाख्या) को मुक्त करते हुए जब उस सिरे को आसाम के कामरूप क्षेत्र से हटाना था, तब इसी वैकल्पिक त्रिकोण का सहारा धरती के संतुलन के लिए लेना था। यह धारणा बाबा मेरे भीतर उत्पन्न करते जा रहे थे और मैं अपने पास आने वालों के प्रति अधिक से अधिक चैतन्य होता जा रहा था। यह बहुत बड़ी बात थी कि मैं अभी-अभी कामाख्या में अपना दूसरा प्रवास पूरा कर काली क्षेत्र में इस समय उपस्थित था और अब कोलकाता, नवनिर्मित वैकल्पिक अधोमुखी त्रिकोण से जुड़ गया था।

यह एक नया प्राकृतिक रहस्य मेरे सामने उपस्थित हुआ। दीप भी उस दिन मेरे सामने ही ध्यान में बैठी थी। इस वैकल्पिक त्रिकोण का निर्माण और माँ कामाख्या का माँ काली से मेरे लिए कवच लेने की घटना, मेरे लिए गुप्त रूप से बाबा की तरफ से सावधानी के साथ आगे बढ़ने के संकेत थे। पहले से ही दीप को बिना उसके आभास हुए साधना की गहराई में ले जा रहा था। कुछ महीने पहले ही दीप मेरे पास खुद चलकर केदारनाथ आई थी और आज अघोर शिवपुत्र के सामने बैठकर ध्यान में डूबी थी। कितना अद्भुत! अलौकिक! गौहाटी में औरतों का नाटक झेलकर अभी मुक्त ही हुआ था कि एक स्त्री (दीप) मेरे सामने साधना में उपस्थित हो गई। दीप की आध्यात्मिक प्यास निष्ठा से भरी थी। जब वह मुझसे हिमालय में मिली थी, तबसे ध्यान की गहरी अनुभूतियों में डूबती चली जा रही थी।

मैंने आवाज दी—"दीप! कमरे की रोशनी जलाकर पहले मेरे चेहरे को जी भरकर देख लो और फिर रोशनी बंदकर अपने आसन पर आँखें बंद कर बैठ जाओ। तुम्हें मेरे सामने ध्यान में बैठने पर कोई डर तो नहीं लग रहा है? जैसा भी हो बताती रहना, मैं पूछता जाऊँगा।"

उसने कहा–"गुरुजी! मुझे आपकी चारों तरफ बहुत तेज अदृश्य-सा न जाने कैसी तरंगों का कंपन महसूस हो रहा है और कुछ अजीब-सा शून्य जैसी ध्वनि सुन रही हूँ। मेरा शरीर गर्म रहने लगा है। अपने शरीर में कुछ गति जैसा महसूस कर रही हूँ और एक सुगंध जो आपके शरीर से ही निकल रहा है, मैं उसे हर पल, जहाँ-कहीं भी जा रही हूँ, महसूस कर रही हूँ। यह वही सुगंध है जो केदारनाथजी में आपसे आती थी और जब आपसे फोन पर बातें करती थी तो भी आती थी। आज जब से यहाँ बैठकर ध्यान कर रही हूँ तो मैं डरी हुई हूँ। कारण यह है कि आपके स्थान पर बीच-बीच में बाबा को बैठा हुआ देख रही हूँ। आपके शरीर पर बहुत सारे सर्प लिपटे हुए फुफकार रहे हैं। अभी आपके पीछे माँ की सवारी बाघ को भी बैठा हुआ देख रही हूँ। कभी आपके स्थान पर माँ को ही बैठी देख रही हूँ। माँ ने वस्त्र नहीं पहने हैं, चमकदार कृष्ण वर्ण की हैं। आप ही बताइए, डर तो लगेगा ही।"

मैंने कहा–"बेटे! इसीलिए ध्यान के समय अपने पास किसी को भी बैठने नहीं देता हूँ। डरो मत, बस अपने ध्यान में मुझे ही सामने रखो। अभी तुम्हारे छः चक्रों को एक साथ अपने चक्रों से जोड़ दूँगा। अपने शरीर में पहले दिखलाता हूँ, फिर तुम्हारे शरीर में भी दिखलाऊँगा। सिर्फ मेरी आवाज सुनना। यह तुम्हारे जीवन का महत्त्वपूर्ण क्षण है। मैं तुम्हारा गुरु हूँ। मैं अपने शिष्यों को शक्तिशाली बनाता हूँ, तभी तो वे इस जगत् में श्रेष्ठ जीवन जी सकेंगे। परमात्मा के कार्य में कमजोर और शक्तिहीन व्यक्ति कैसे सहभागी हो सकता है। मेरे द्वारा निर्मित कोई शिष्य कायर नहीं होता, एक साधक होता है। मैं साधक निर्मित करता हूँ।"

दीप ने ध्यान के क्रम में कहा–"गुरुजी! हम लोग हिमालय में बर्फ के पहाड़ पर एक गुफा में बैठे हैं। मैं आपका शरीर नहीं देख पा रही। आपके स्थान पर चमकती हुई एक विद्युत रेखा सी खड़ी है, जिसमें नीचे से ऊपर तक चमकते करेंट के चक्र दिख रहे हैं।"

शिवपुत्र का धीमा, परन्तु अघोर ध्वनि गूँज उठा–"अब अपने

शरीर में देखो।"

दीप ने कहा–"गुरुजी! मेरा शरीर चाँदी की तरह चमकती बिजली की तार में लिपट गया है। हिल तक नहीं पा रहा। सारा शरीर करेंट जैसे श्वेत तार से जकड़ता जा रहा है। आज्ञाचक्र पर कुछ चमक रहा है। रीढ़ की हड्डी के सबसे नीचे आग जल रही है और वहाँ से लावा जैसा कुछ उबल रहा है। ऐसा लग रहा है कि उस आग में जल जाऊँगी। अब वह ऊपर की तरफ बढ़ती ही चली जा रही है, जो गले तक आ गई है। और अब, मेरा दम घुट रहा है, साँसें रुक रही हैं। मैं मर जाऊँगी, गुरुजी!"

मैंने समझाया–"अरे पगली! ऐसी अवस्था में अगर मर भी गई तो परम भाग्यशाली होओगी। कहाँ ऐसे कोई मरता है। और, यदि मेरा ध्यान करता है तब तो मरना और कठिन है। ऐसी अवस्था में भाग्यशाली लोग ही मरते हैं। बहको मत, सिर्फ वह देखो जो दिखला रहा हूँ। अपना ध्यान उस जगह केन्द्रित किए रहो, जहाँ मैं ले जा रहा हूँ। मेरी आवाज पर अपनी चेतना केन्द्रित किए रहो। आँखें मत खोलना। अब देखो, अपने अंदर।"

दीप ने फिर वर्णन करना प्रारंभ किया–"नीचे से उठा करेंट मेरे माथे में मिल गया है। मेरे शरीर का अंधेरा अब प्रकाश में बदल गया है। ऐसा लग रहा है कि मैं प्रकाश से बनी हुई हूँ। मुझे अपनी रीढ़ की हड्डी में चाँदी जैसा कुछ बहता हुआ दिख रहा है। आँच कुछ कम हो गई है। अब आपको भी देख रही हूँ और खुद को इस अवस्था में भी, लेकिन मुझे आपका शरीर नहीं दिख रहा है। बस, आपके चक्र ही दिख रहे हैं, लेकिन मेरे माथे तक ही दिख रहा है, जबकि आपके अन्दर का सब कुछ बहुत चमकदार है। आपके सर में करेंट फट रहा है और चारों तरफ फैल रहा है। अब मैं नहीं देख सकती आपकी तरफ। मेरा शरीर एकदम से जकड़ गया है।"

मैंने अंतिम निर्देश दिए–"सब कुछ भूल जाओ और अपने शरीर में दिख रहे चक्रों में ही मुझे देखो। अब मैं उन्हीं चक्रों में तेरे अन्दर ही मिलूँगा। सब कुछ शान्त होता चला जाएगा। घबरा कर अपनी

आँखें मत खोलना। मैं हूँ ना। समय आने पर मेरी आवाज खुद ही तुम्हें ध्यान से उठा देगी।"

मेरी एक आवाज पर दीप का ध्यान सामान्य रूप से अपनी स्थूल चेतना और शरीर पर वापस आ गया। सारी रात आसन पर ही ध्यान में रह गई। अवर्णनीय रूप उसके भीतर से बाहर निकलकर अब दैवीय भाव ले चुका था। शिवपुत्र द्वारा उसमें जगाई हुई शक्ति का स्रोत उसके रूप को निखारता जा रहा था। कोई भी उसे देखकर कह सकता था कि जो दीप कल तक थी, वह आज नहीं है। बल्कि वह तो कोई जाग्रत साधिका है।

आज मेरे पेट का दर्द कुछ ज्यादा ही बढ़ा हुआ था। दीप और उसके ताऊ जी ने एक डॉक्टर को बुलाकर दिखाया। मैं जिस काम से आया, वह संपन्न हो चुका था और आगे के कार्य के लिए दीप नाम की एक साधिका भी तैयार कर दी गई थी। अनजाने ही, दीप ने अपने जीवन में एक अत्यंत महत्त्वपूर्ण भूमिका निभाई थी, जिसे सारा जगत् युगों तक याद रखेगा।

बाद में उसने मुझे बताया कि गौहाटी से शिवानी की महिला मित्र का ऊलजलूल और अनैतिक बातों से भरा फोन उसके पास आया था। मुझे हँसी आ गई। बचपन से अध्यात्म और परमात्मा की भूखी औरतों का खेल तो गौहाटी में अभी-अभी देख ही चुका था। निर्णय तो दीप को ही करना था। उसे शिवपुत्र से बिना माँगे जो मिला था, वह अकल्पनीय, अवर्णनीय, असीमित और अतुलनीय था।

तीन-चार दिन उपरांत दीप की एक सहेली, जिसके बारे में माँ कामाख्या ने मुझे शिवानी की महिला मित्र के घर पर अपनी दैवीय नृत्य के समय बतलाया था, मुझसे मिलने आई। नाम विजया (बदला हुआ नाम)। पहले ही दिन जब मैं दीप के घर पहुँचा था, तभी मेरे सामने अन्य चार-पाँच महत्त्वपूर्ण पात्र आ चुके थे, जो अभी तक मेरे शिष्य हैं। दीप के ताऊ, अनामिता और उसकी बेटी (2/3 वर्ष) मेधा, अनामिता की माँ सलमा तथा दीप का बेटा उद्दालक, इन सबका संबंध युगों-युगों से मेरे साथ था। जीसस का जीवन हो या कृष्ण का,

या फिर मोहम्मद या श्रीराम का, चाहे पतंजलि आदि का ही क्यों न हो, ये सभी इस जगत् के अनेक मान्य 'धर्म' के उद्‌भव में अत्यंत विशेष व मुख्य पात्र थे। इस बीच एक ऐतिहासिक धर्माधिकारी भी सामने आया, जिसने जीसस को मौत की सजा सुनाई थी और उसी के आदेश पर क्रूरता के साथ मैं शूली पर लटका दिया गया था, बर्बरता भरी मौत मरने के लिए। इन बातों की चर्चा मैं उचित स्थान पर विस्तार से करूँगा, अभी मूल 'जाग्रत त्रिकोण' के संबंध में ही आगे बढ़ता हूँ।

युग परिवर्तन करने वाली घटनाएँ बहुत लम्बी प्रक्रिया में प्रतिपादित व संपन्न होती हैं, क्योंकि वह परिवर्तन दीर्घ अवधि के लिए होता है। शब्द तथा पन्ने कम पड़ जाते हैं। और, जब घटना युगों में घटित हुई हो, तो फिर और भी ज्यादा विशाल रूप धारण करती जाती है तथा पात्रों की संख्या एक भीड़ की तरह दिखती है। लेकिन मुझे उन पात्रों को अलग करना पड़ता है जिन्होंने चार युगों में उस समय मुख्य भूमिकाओं को निभाया हो, जब कोई 'धर्म' जन्मा हो या फिर सभ्यता की सोच में ऐसा परिवर्तन हुआ हो, जिसे युग परिवर्तन की संज्ञा दी जा सके। इसी में एक पात्र विजया भी थी, जिससे 'सेकण्ड खंड' का जन्म हुआ है।

जब मैं कामाख्या में था, तभी दीप ने बतलाया कि उसकी एक ननद है–अनामिता। जब भी मेरी तस्वीर देखती है, उसके आँसू निकलने लगते हैं। बताती है–समझ में नहीं आता कि ऐसा क्यों होता है, लेकिन लगता है कि मैं इन्हें पहचानती हूँ। रोकने से भी मेरे आँसू नहीं ठहरते। अब मैं बिना इनसे मिले नहीं जाऊँगी, इनसे मिलकर ही रहूँगी। ऐसा लगता है कि ये मेरे लिए ही आ रहे हैं। कोलकाता में मानव शरीरधारी इतने सारे सेकण्ड खंड के लोग मिले कि मैं अवाक् रह गया। जब मैं माँ काली से अपने लिए कवच लेने आया हूँ तो मेरे पास आए इन लोगों में से विजया मेरे लिए ज्यादा चौकन्ना होने का कारण है, क्योंकि वही इस जगत् में सेकण्ड खंड की मुख्य नायिका के रूप में जानी जाने वाली है। जिसने जैसा किया होता है, उसे वैसा

ही श्रेय भी मिलता है। विधाता के विधान के अनुसार उसके कर्मों का श्रेय कोई छीन नहीं सकता। प्रकृति किसी का उधार अपने ऊपर नहीं रखती। व्यक्ति का किया हुआ, उचित समय आने पर, उसे परिणाम के साथ वापस कर देती है।

मैं ध्यान से अभी उठा ही था। मेरे पेट का दर्द बढ़ गया था। लेटकर आराम कर रहा था, तभी दीप के साथ विजया ने कमरे में प्रवेश किया। दीप ने ही उसका परिचय करवाया। दोनों बचपन की सहेली थी, ध्यान और अध्यात्म में बचपन से ही गहरी रुचि रखती थी। मेरे सामने पड़ते ही विजया का भी वही हाल था जो अनामिता का। विजया के भी लगातार आँसू बहते चले जा रहे थे। मैं तो समझ रहा था इन आँसुओं का कारण, पर दीप आश्चर्यचकित थी कि जो भी इस शिवपुत्र नामक गुरु के सामने पड़ता है, उसके बिना चाहे ही आँसू क्यों बहने लगते हैं। जिसके आँसू बह रहे होते हैं, उसे भी कारण का कुछ पता नहीं। वे आँसू रोक भी नहीं पाते।

विजया ही अपने बारे में, अपने बचपन से ध्यान की भूख के बारे में बताती रही। उसके एक गुरुजी भी थे, जिनसे उसका बड़ा लगाव था और अभी उनसे रेकी सीख रही थी। पेट में दर्द होने से मैं लेटकर ही बातें कर रहा था। उसकी बातों को आगे बढ़ाते हुए। मैंने उसे बताया–"अभी कुछ ऐसे पात्रों की तलाश कर रहा हूँ, जो मेरी साधना में मुझसे जुड़कर भविष्य में इस जगत् के कार्य में अत्यंत महत्त्वपूर्ण भूमिका निभाएँगे। बाबा के विशेष कार्य से उनके आदेश पर हिमालय से नीचे यहाँ आया हूँ।"

विजया ने अपनी बातों के केन्द्र को मेरी इसी धारणा से जोड़ लिया तथा मुझसे जानना चाहा–"गुरुजी! क्या काम है आपको? किस काम के लिए आप किनको खोज रहे हैं? क्या मैं भी उनमें से एक हूँ? मुझे ऐसा लगता है कि मेरा आपका जन्मों का संबंध है।"

मैं सिर्फ मुस्कुरा रहा था। मैं तो उसके आँसू देख रहा था कि क्या वे सच्चे हैं? आँसुओं के भी अपने रंग होते हैं और ये आँसू अपने गर्भ में बड़े अर्थ तथा रहस्य छुपाए रहते हैं। मैं उससे बोला–"बेटे!

मैं तुमको और इन सबको बहुत सारे जन्मों से जानता और पहचानता हूँ। तुम सबका मेरे पास आना अनायास नहीं हुआ है। तुम अपने बारे में नहीं जानती कि तुम कौन हो। मैं जानता हूँ कि तुम सब कौन हो। इस बार मानव शरीर में मेरा आना, किसी बहुत महत्त्वपूर्ण प्रयोजन से है। समय आने पर उद्घाटित करूँगा। अभी उन्हें ढूंढ रहा हूँ, जो परमात्मा के कार्य में सहयोगी बन सकते हैं, अर्थात् परमात्मा जिन्हें इस बार के अपने कार्य में शामिल कर सकते हैं।

तुम एक प्रचलित सांसारिक गुरु की तरह यदि मुझे देखोगी तो मुझसे कुछ भी नहीं पा सकोगी। एक छोटे शिशु की तरह चलकर ही मुझसे कुछ प्राप्त हो सकता है। जिस धर्म और अध्यात्म को तुम जानती हो, वह बहुत सीमित है, क्योंकि वह मानव द्वारा निर्मित है। जिस ध्यान को तुम करती हो, वह प्रक्रियाओं में उलझा हुआ है अभी। ध्यान घटित ही कहाँ होता है!"

ऐसे ही अध्यात्म व परमात्मा से संबंधित कुछ बातें होती रहीं। मैंने उसकी तरफ गौर किया और बोला–"मेरा मिलना तुम्हारे जीवन में परमात्मा की तरफ एक टर्निंग प्वायंट हो सकता है। हाँ, यदि तुम ईमानदार हो तो।"

मेरी सारी बातें विजया गौर से सुनती रही। फिर उसने कहा--"मेरे गुरुजी भी यही सब बातें मुझसे कहते हैं। आप कुछ नया नहीं कह रहे हैं। कुछ नया कहिए तो मेरी समझ में आए।"

यह सुनकर पास में बैठी दीप कुछ नाराज सी लग रही थी, लेकिन मैंने मुस्कुराते हुए विजया को खामोश नजरों से निहारा और उसको संबोधित किया–"बेटे! तुम्हारे गुरुजी तुमसे क्या कहते हैं, यह तुम ही जानो। मैं तो बस इतना ही जानता हूँ कि मेरे मुँह से जो शब्द निकलते हैं, वे मेरे पहले किसी अन्य के द्वारा व्यक्त नहीं हुए होते हैं। तुझे जो मैं कह रहा हूँ, वह मात्र इस प्रयोजन से कि मेरा एक भी क्षण व्यर्थ नहीं होना चाहिए। मेरे लिए एक-एक पल का महत्त्व है। मेरे पास लोग अपनी इच्छा से आते हैं। मैंने आज तक किसी को अपने पास नहीं बुलाया है। जो भी आते हैं स्वेच्छा से चलकर ही आते हैं, जैसे

तुम आई हो। जहाँ तक तुम्हारा यह प्रश्न कि मैं तुमसे यह सब क्यों कह रहा हूँ, तो ध्यान से सुनो।

अध्यात्म में तुम अपने आपको आज जहाँ खड़ी पाती हो, उससे संतुष्ट हो तो ठीक, यदि अपने जीवन मार्ग में अपनी आध्यात्मिक सोच के प्रति खुद को ईमानदार पाती हो तो ठीक, अन्यथा मैं प्रस्तुत हूँ यात्रा को आगे ले जाने के लिए। इस मौके का तुम कितना फायदा अपनी आध्यात्मिक भूख की पूर्ति के लिए कर पाती हो, यह तुम्हारे ऊपर निर्भर करता है। जहाँ तक मेरा सवाल है, मैं अपने पास आए हुए को परमात्मा की तरफ बढ़ने के लिए एक मौका देता ही देता हूँ। अभी तुमसे इसलिए कह रहा हूँ कि यदि आज चूक गई तो लाख कोशिशों के बाद भी तुम मुझे पा न सकोगी और अपना अतृप्त भाव लिए भटकने के लिए मजबूर होओगी। आज से चार-पाँच वर्षों के पश्चात् तुम भी इसी धरती पर रहोगी, मैं भी इसी धरती पर रहूँगा और उस वक्त तुम मुझे ही पाना चाहोगी। लेकिन उस समय, तुम्हारे सामने एकदम पास रहते हुए भी, मैं तुम्हारे लिए दुर्लभ और अप्राप्य रहूँगा। अब तुम जानो, तुम्हारा निर्णय जाने।"

मैं अब हिमालय जाकर, आगे के कार्यक्रम की रूपरेखा समझने तथा मार्गदर्शन पाने के लिए व्यग्र था। पेट की तकलीफ़ बढ़ती चली जा रही थी। वैसे भी कोलकाता में अभी का काम संपन्न हो चुका था और किसी गृहस्थ के घर ज्यादा दिन ठहरना उचित नहीं।

दीप के ताऊजी भी एक महत्त्वपूर्ण पात्र थे। जब श्यामाचरण लाहिड़ी के गुरु महावतारी बाबा मानव शरीरधारी रूप में थे, तब मैं कँवलजीत सिंह नाम का एक राजा हुआ करता था। मेरी दो रानियाँ थीं–आज की दीप और शालिनी। उस समय राजा कँवलजीत सिंह के पिता दीप के यही ताऊजी थे। मेरी हत्या रानी शालिनी ने मेरे गद्दार सेनापति से करवा दी थी। मेरी हत्या के समय आज की रुचि (जिसकी चर्चा शीघ्र ही आएगी), दीप से मेरी दो-तीन वर्ष की बेटी थी। मेरी हत्या के पूर्व ही शालिनी ने मेरी दूसरी रानी दीप की भी हत्या धोखे से करवा दी थी। उस वक्त मैं अपने राज्य की सीमा पर

शत्रुओं से युद्ध में व्यस्त था। महल में राजा कँवलजीत सिंह के वृद्ध पिता (ताऊजी) अकेले थे। किसी तरह, शालिनी से जन्मा मेरा पुत्र (जो आज डॉक्टर मोहित है) ने मेरी बेटी रुचि को, मेरे द्वारा निर्देशित एक गुरुकुल में (बहुत सारा धन देकर) छुपा दिया तथा उचित समय आने पर गुप्त रूप से हिमालय में ले जाकर मेरे मित्र महावतारी बाबाजी महाराज के पास सुरक्षित रूप से पहुँचा दिया था।

अपने राज्य में अपनी ही रानी शालिनी द्वारा रचा जा रहा षड्यंत्र की सूचना मैंने महावतारी बाबा को पहले ही दे रखी थी और अपनी बेटी रुचि के प्रति अपनी चिंता भी जाहिर कर दी थी। दीप और मेरी मृत्यु के बाद रुचि का शेष जीवन हिमालय में महावतारी बाबाजी महाराज की देखरेख और संरक्षण में ही व्यतीत हुआ। बिना मेरे, मेरी दुलारी बेटी उदास रहा करती। रुचि ने बाबा जी महाराज के पास गुफा में रहकर अपनी शेष जीवन साधना की। तरह-तरह की साधनाओं द्वारा रुचि की तैयारी बाबाजी महाराज की देखरेख में चल ही रही थी कि लगभग 17-18 वर्ष की उम्र में उसकी मृत्यु हो गई और बाबाजी महाराज ने उसका अंतिम संस्कार अपने हाथों किया।

फिर कहीं किसी अन्य स्थान पर इन घटनाओं का विस्तार से वर्णन रुचि के द्वारा ही करवाऊँगा। घटनाएँ जब घटित होती हैं तो विस्तार लिए होती हैं, जबकि व्यक्ति अपनी मान्यताओं व शब्दों में सीमित होता है। आज का तार्किक मानव न तो खुद ही अपने पिछले जीवन (जगत्) में घटित घटनाओं को देख सकता है और न मानने के लिए तैयार होता है। तर्क-वितर्क और संदेह में व्यक्ति अपना ही जीवन अपने ही हाथों नष्ट करता चलता है और एक दिन अपने ज्ञान से बंधा हुआ कुंठित अहंकार लिए मर जाता है। न जाने क्यों?

अभी मैंने जिस घटना का वर्णन किया, उसको दीप, रुचि तथा शालिनी आदि सभी जानती हैं, क्योंकि इन्होंने तब भी जिया था अपना वो जीवन और आज इस शरीर में भी जी रही हैं, अपना यह जीवन। शरीर बदलता रहा, जीवन चलता रहा। मैंने तो इन्हें सिर्फ अपनी शक्ति से जोड़कर, स्मृति में ले जाकर तबके वर्तमान को पुनः

जिलाया है आज के वर्तमान में। ये अपने आपके गवाह हैं। प्रमाण किसी के 'हाँ' और किसी के 'ना' की प्रतीक्षा नहीं करता। आज जो सत्य है, वो तब का यथार्थ है।

ताऊजी ने मुझसे पहली बार ही पूछा था–"क्या आप हिमालय में बाबाजी महाराज को जानते हैं?" मैं उनकी प्यास और बालसुलभ जिज्ञासा देख मुस्कुराने लगा। बाबाजी महाराज के प्रति उनकी जन्मों पुरानी प्यास देख उनसे कहा–"जानना क्या है? क्या, आप उनसे मिलना चाहते हैं?"

शायद अपने उम्र का ख्याल कर अपने आँसुओं को उन्होंने रोक लिया, बोल न सके। मैंने कहा–"अपनी आँखें बंद कर मेरी तरफ देखिए और मुझे छूने का प्रयास कीजिए, बिना तर्क किए हुए।"

उन्होंने वैसा ही किया, चार-पाँच मिनट बीते होंगे। अपनी खुशी नहीं रोक पा रहे थे, लेकिन अपने आँसुओं को सभी के सामने नहीं गिरने देना चाहते थे। अचानक मेरे पैरों की तरफ झुक पड़े, लेकिन मैं सावधान था। राजा कँवलजीत सिंह अपने पिता को अपने पैर कैसे छूने देता। मैंने उनके दोनों हाथ पकड़ लिए और उनकी आँखों में झाँका। आँखों में खुशी के आँसू लबालब भरे हुए थे।

अचानक, अनेक जन्मों में रहे मेरे पुत्र, अनेक जन्मों में शिष्य–राजा कँवलजीत सिंह के पिता–उठकर अपने आँसुओं को रोकने का असफल प्रयास करते हुए उस कमरे से बाहर निकल गए। मैंने दीप को उनके पीछे जाने का इशारा किया। लगभग दस-बारह मिनट बाद ताऊजी फिर आए। अपने आपको सम्हाल चुके थे, बोले–"आप यहीं ठहर कर कुछ समय आराम कीजिए, फिर जाइएगा।"

मैंने बोला–"नहीं, मुझे जाना ही होगा। मैंने दिल्ली का टिकट भी निकलवा लिया है।"

ताऊजी कुछ सोच कर बोले –"क्या आप मुझको एक वचन देंगे?"

मैंने मुस्कुरा कर उनसे कहा –"पहले बोलिए तो!"

ताऊजी – "मेरी अभिलाषा है कि मेरी मृत्यु के समय आप मेरे

पास रहें।"

शिवपुत्र –"कोशिश करूँगा। आपने अभी जो देखा है, उसके सहारे ही मेरे ध्यान में डूब जाइए।"

उनके जाने के बाद दीप ने बतलाया कि कमरे से बाहर निकलकर ताऊजी उसका हाथ पकड़कर बच्चों की तरह रो पड़े और बोले–"यही है, रे! यही है, यही खुद ही है बाबाजी महाराज, महावतारी बाबा, यह खुद ही शिव यहाँ बैठा हुआ है। अरी पगली! तूं कितनी भाग्यशाली है, जो तुझे शिव खुद ही मिल गए और हम सब कितना भाग्यशाली हैं कि तुमने हम सबको उनसे मिलवा दिया। कभी मत छोड़ना उनका हाथ, कभी मत छोड़ना। मैं फिर आऊँगा, अभी जा रहा हूँ। सारा जीवन जिनकी प्रतीक्षा करता रहा, वे खुद चलकर हमारे पास, हमारे घर हमसे मिलने आए हैं। उनकी जितनी हो सके सेवा कर, वो किसी से कुछ नहीं लेंगे, वो तो हमें देने आए हैं।"

दीप के घर जब तक मैं था, तब तक नित्य ही मेरा समाचार लेते रहते, मेरे स्वास्थ्य के प्रति चिंता जताते और मुझे अभी कोलकाता से न जाने के लिए कहते, पर मुझे जाना ही था। हाँ, विजया भी रोज नियम से आती, मेरे सामने बैठकर ध्यान करती और उसकी आँखों से अविरल आँसू झरते रहते। मुझसे ध्यान की विधियाँ पूछती और पूछती कि आप मुझसे बोलते क्यों नहीं। मैं बस उसे देख खामोशी से मुस्कुराता रहता। वह मुझसे मिलने के बाद से हो रही अनुभूतियों के बारे में बताती और उनका अर्थ पूछती। मुझे कभी गुरुजी तो कभी सर कहकर संबोधित करती।

उसके ज्यादा कहने पर मैं बस इतना ही बोलता–"जब मेरे द्वारा कही जाने वाली हर बात तुम्हारे गुरु पहले ही तुमसे बतला चुके हैं तो फिर मैं क्या कहूँ? जब तुम्हारा ज्ञान, तुम्हारे जीवन को अशांति और अतृप्तता से पूरी तरह भर दे, जब तुम मुझे न पाने से तड़पने लगो, तब तेरे लिए नये मार्ग की सोचूँगा। तब तक के लिए तुम अपने गुरु के पास ही जाओ। अभी तुम्हारे जीवन में मेरी आवश्यकता नहीं आन पड़ी है। अभी उचित समय नहीं आया है जो मैं तुम्हें मिलूँ।"

बस ऐसे ही दिन बीत गए और मैं दिल्ली के लिए निकल पड़ा। दीप, अनामिता, सलमा और दीप की बहन (अपनी छोटी बच्चियों के साथ) ने मुझे विदा किया। अब ये सब मेरे ध्यान से जुड़ चुकीं थीं। इनका दिन अब ध्यान के साथ ही शुरू होता। मैं अकेला चल पड़ा दिल्ली की तरफ, अपनी शेष यात्रा पर।

अध्याय-24

'मैं आपसे ईश्वर को ही माँगती हूँ'

दिल्ली एयरपोर्ट पर डॉक्टर मोहित मुझे लेने आए। थोड़ा विश्राम करने के उपरांत कुछ जरूरी मेडिकल चेकअप हुआ। मैं जल्द-से-जल्द बाबा केदारनाथजी के पास पहुँचना चाहता था, लेकिन मेरे पेट में निरंतर हो रहे दर्द को देखते हुए मोहित ने हिमालय जाने देने से मना कर दिया। डॉक्टर की राय थी कि बिना ऑपरेशन कराए हिमालय नहीं जाना है।

बात सिर्फ ऑपरेशन की नहीं थी। ऑपरेशन के बाद देखभाल कौन करता, किसके घर पर ठहरता? सभी ऑपरेशन करवा लेने की सलाह तो देते, लेकिन कोई सामने बढ़कर यह नहीं कहता कि वह मेरी देखभाल करेगा। क्या, इतनी सी बात पर कि हम लोग मिलकर देख लेंगे, मैं इतना बड़ा निर्णय ले सकता था? नहीं। मुख्य और महत्त्वपूर्ण बात तो ऑपरेशन के बाद की थी। इस दरम्यान जब सारी बातें शालिनी को पता चली, तो वह सामने आई और मेरी देखभाल का जिम्मा उसने स्वेच्छा से अपने ऊपर लिया।

10 अगस्त, 2005 को दिल्ली के कालमेट हॉस्पिटल में डॉक्टर सरदाना ने मेरे पेट का सफलतापूर्वक ऑपरेशन किया। ऑपरेशन टेबल

पर ही पता चला कि मेरे पेट में एक बड़ा-सा छेद हो गया है। पेट में नेट (जाली) डाल दिया गया।

ऑपरेशन के अगले दिन कुछ शिष्य शालिनी के साथ मिलकर उसके घर लेकर आए। ऐसे वक्त में शालिनी, जीतेन्द्र, दिनेश, दीपक और डॉक्टर मोहित ने पूरी लगन से मेरी सेवा की, लेकिन अन्यों को इतना समय न मिला कि वे मुझे देखने भी आ सकें। उस समय किए गए उपकार के लिए मैं उनका सदा आभारी रहूँगा, क्योंकि उन्होंने हिमालय के उस अनजान योगी की सेवा की जो निर्वंश था और अपना परिवार कभी का त्याग चुका था।

जब मैं शालिनी के घर था तब स्थानीय लोगों में यह बात फैल गई कि उसके घर हिमालय का एक चमत्कारी संन्यासी रह रहा है। नित्य ही कोई-न-कोई चमत्कार घटित होता रहता। शालिनी ने धीरे-धीरे अपने आपको एक साधिका के रूप में प्रचारित कर दिया। अब उसने अपना बाहरी रूप व भेष भी परिवर्तित कर लिया। वह मेरे ही जैसा श्वेत वस्त्र धारण करने लगी। मेरी सेवा का फल, बाबा ने उसे साधिका के रूप में प्रसिद्धि देकर चुकाया। लगभग एक माह तक मैं शालिनी के घर रहा, क्योंकि मेरे पेट में लगा टाँका कटने में उनतीस दिन लग गए।

हाँ, यह कभी नहीं भूल सकता कि ऑपरेशन के बाद शालिनी के घर बिताए हुए वे दिन मेरे जीवन के सबसे नारकीय, वेदनापूर्ण और अपमान भरे दिन रहे। मैं आभारी हूँ शालिनी का, क्योंकि उसने मेरी उस समय देखभाल की जब कोई उसके लिए तैयार न था, लेकिन उसके द्वारा रोज-रोज के किए गए अपमान और जलालत को मैं कैसे भूल सकता हूँ? वे घटनाएँ, उसके वर्ताव तथा उसके मुँह से निकले घटिया शब्द आज भी मुझे उन दिनों की ही तरह रुला जाते हैं। इससे मुझे एक स्त्री के औरत होने का ज्ञान मिला। लेकिन मैं भी उसके ऋणों से मुक्त हुआ– उन ऋणों से जो मेरे कृष्ण जन्म में उसने पूतना के रूप में अपने स्तनों से दूध पिलाकर और आठ जन्मों में मेरी पत्नी रह कर मेरे ऊपर

डाले। मेरी सेवा करते-करते शालिनी की कुण्डलिनी शक्ति खुल चुकी थी। उसकी इस जीवन की वास्तविकता का पता चलने पर, उसे सुधारने के लिए मैंने उसके पिछले आठ जन्मों के अपने संबंधों तक को दिखलाया, जिनमें उसने मेरे संग जिया था।

सुना था कि कोई औरत कितनी भी पतिता हो, एक संन्यासी के सान्निध्य से शुद्ध चरित्र की हो जाती है। लेकिन मैंने देखा कि व्यक्ति का अपना मूल स्वभाव कभी नहीं छूटता और अवसर आने पर किसी भी प्रकार से अपनी मूल वासना, जो अतृप्त हुआ करती है, पूरी कर लेना चाहता है। उसके घर बिताए उन दिनों की याद आने पर मुझे अपने जीवंत नारकीय जीवन की पुनरावृत्ति हो उठती है। लेकिन यह घटना भी मेरे लिए भविष्य में काम आने वाली बहुत बड़ी शिक्षा के अध्याय की तरह थी। सारे दुर्व्यवहार के बावजूद मैं शालिनी का उपकार कभी नहीं भूल सकता। एक ओर जहाँ उसका घोर दुराचरण और अपमान से भरे शब्द, वहीं दूसरी ओर एक माँ की तरह सेवा का भाव। उसका डाँटना और मुझे जबरदस्ती खिलाना क्या भूलने की चीज है? नहीं। मैंने इस बार अपनी सेवा करने वाली पूतना को एक ऐसा वेश धारण करवा ही दिया कि वह चाहकर भी उस वेश को छोड़, पुनः वापस नरक के मार्ग पर नहीं जा सकती। यह मेरा उससे वादा भी था।

एक दिन उसकी हरकतों पर फटकारने के बाद मेरा पैर पकड़ कर रोते हुए उसने मुझसे कहा था–"गुरुजी! मुझे इस नरक से निकाल लीजिए। बचपन से इसमें जीती हुई थक चुकी हूँ। मैं बहुत पापिन हूँ। अब आपके पीछे ही चलना है। कोई गुरु इतना दयालु और शक्तिशाली हो सकता है, मैंने तो कल्पना भी नहीं की थी। हँसते-हँसते बाबा-माँ और देवी-देवताओं से मिलवाकर बातें करवा देना, ग्रह-नक्षत्रों से भेंट करवा देना– ये सब बातें तो अकल्पनीय हैं। मेरे जीवन का अब आप ही एक सहारा हो।"

परिस्थितियों और स्वभाव के साथ जब मजबूरियाँ भी जुड़ जाएँ तो

व्यक्ति परिवेश का दास हो जाता है। इससे निकलना मुमकिन नहीं। अगर उस व्यक्ति के सेकण्ड खंड में जाकर देखा जाए तो कारण भी सरलता से पता चलता है। लेकिन कारण पता चल जाने के बावजूद भी यदि आप इन्हीं सांसारिक लोगों और भोगों के जगत् के बीच में हैं तो सेकण्ड खंड आपको कभी भी अपने चंगुल से निकलने नहीं देना चाहेगा और अपनी पूरी शक्ति के साथ अपने आगोश में रखने का हरसंभव प्रयास करेगा ही करेगा। यह कठोर बंधन सिर्फ शब्दों का ही नहीं होता, बल्कि वह साकार स्थूल चेतना तथा शरीरों के साथ अपनी रहस्यात्मक अदृश्य योजना को छुपाए अपना कार्य संपन्न करता है। एक साधारण व्यक्ति तो मात्र अपने कर्मों से इस खंड (जगत्) के खेल का सामान बना हुआ है और इसे ही आधार बनाकर युगों से अपनी रचना को मजबूत और प्रचंड रूप से शक्तिशाली बना चुका है। परमात्मा 'बाबा' के सहयोग और अपने पुरुषार्थपूर्ण इच्छा के साथ निष्ठापूर्वक किए गए कर्म के बिना इससे निकलना संभव ही नहीं है।

पेट का टाँका कटने के अगले ही दिन मैं केदारनाथ जाने की ज़िद कर बैठा। अब मैं शालिनी के घर से किसी प्रकार अपना सम्मान बचाकर निकल जाना चाहता था। ऑपरेशन के बत्तीसवें दिन मैं केदारनाथधाम पहुँच गया। मेरे ऑपरेशन का समाचार वहाँ पहले ही पहुँच चुका था। सबों ने सलाह दी कि स्वास्थ्य ठीक होने तक नीचे ही आराम करना चाहिए। मौसम भी खराब होने लगा था। लगभग एक महीना केदारनाथ में रहने के उपरांत पेट में दर्द बढ़ने लगा और मजबूर होकर मुझे नीचे उतरना ही पड़ा।

इसी दरम्यान बाबा ने बताया—"बेटे! सुप्त त्रिकोण को जाग्रत करते समय तुम्हारे शरीर पर इतना दबाव पड़ा कि बिना अन्न-ग्रहण किए लगातार समाधिस्थ रहने से पेट में छेद हो गया। दूसरी तरफ, मेरा कहा तुमने याद नहीं रखा। कामाख्या क्षेत्र में प्रवेश करते ही मैंने तुमसे कहा था कि इस क्षेत्र में अन्न ग्रहण मत करना। लेकिन कुछ शिष्यों के हाथों

जो तुमने अन्न ग्रहण किया उसमें कुछ विषैले तत्त्व थे, जो तुम्हारे पेट में घाव को बढ़ाते गए। इसलिए यहाँ आने के पूर्व तुम्हारे पेट का ऑपरेशन जरूरी था और, जहाँ तक तुम्हारे अपमान की बात है, वह मेरा अपमान है। उसे तुम मेरे ऊपर छोड़कर आगे बढ़ो। अभी तुम्हें अपने एक शिष्य को दिए वचन को पूरा करने के लिए कोलकाता जाना पड़ सकता है। तुम नीचे जाकर कोलकाता प्रस्थान करो।

वहाँ रुचि नाम की एक लड़की तुम्हारे पास आएगी। जैसा कि मैंने तुम्हें पहले भी बताया था, वह पटना से आएगी। तुम सावधानीपूर्वक चुपचाप अपनी दृष्टि उस पर डाल देना। कालांतर में कामाख्या में तीसरे और अंतिम प्रवास के समय, वह तुम्हारे साथ रहकर माँ कामाख्या की मुक्ति में तुम्हारा साथ देगी और तुम्हारी रक्षा करेगी। तब, अभी जो तुमने सुप्त अधोमुखी त्रिकोण को जाग्रत किया है, उसे सदा के लिए कामरूप से मुक्त करने में सहयोगी बनेगी। रुचि, तुम्हारे पिछले शिरडी साईं के जन्म के पूर्व जीवन के समय, अर्थात् आज से लगभग 200 वर्ष पूर्व जब तुम एक किसान थे, उस वक्त तुम्हारे शरीर से जन्मी पुत्री थी। आज तक के युगों में तुमने जितने भी शरीर धारण किए हैं, रुचि ही तुम्हारे उन शरीरों से जन्मी तुम्हारी अंतिम संतान है। रुचि ही तुम्हारा 'वंश' है। इसके पश्चात्, आज तक तुम्हारी कोई संतान नहीं हुई। वह तुम्हारा वंशज होने के कारण तुम्हें निर्वंशता से मुक्त कराएगी।

आज की रुचि, तुम्हारी माँ शक्ति 'सती' कामाख्या की माँ थी। अर्थात् अगर तुमने स्थूल शरीर से जन्म ले लिया होता, सती ने आत्माहुति नहीं दी होती तो तुम्हारी मातामही होती। अर्थात् उस समय राजा दक्ष की पत्नी तुम्हारी नानी थी और मैं उनका दामाद था, लेकिन वह मुझे अपने पिता तथा पुत्र की तरह मानती थी। मेरे रूप को जाननेवाली वह मेरी अनन्य भक्त थी। मैंने उसे वचन दिया था कि जब मेरा अजन्मा पुत्र (अर्थात् तुम) मेरी 'अघोर अवस्था' को प्राप्त होएगा, तब तुम्हारे शरीर में अपनी माँ को स्थापित कर कामरूप से मुक्त

कराकर अपने साथ ले आएगा।

बेटा! तुम्हारे स्वास्थ्य की चिंता होती है, फिर भी जाकर अपनी बेटी और माँ को लेकर आ और अपने 'वंश' को साबित कर।"

मैंने बाबा से कहा—"बाबा! आपका आदेश है तो कौन रोकेगा मुझे? मैं एकदम ठीक हूँ, आप प्रसन्न रहें।" और अगले ही दिन मैं कोलकाता जाने के लिए नीचे उतर पड़ा।

शारदीय नवरात्र बीत चुका था दिल्ली से सुबह ही कोलकाता जाने के लिए फ्लाईट थी। दीपावली के कुछ ही दिन शेष रह गए थे। मेरे कोलकाता पहुँचने पर सभी बहुत खुश थे। एक दिन अनामिता मेरे पास आई। मैंने देखा, बहुत परेशान है, रो रही है। बोली—"गुरुजी! मैं क्या करूँ, कुछ भी समझ में नहीं आ रहा है। मेरी एक मित्र पटना से आनेवाली है। उधर सारे रास्ते तेज बरसात हो रही है तथा बाढ़ आई हुई है। हर तरफ रेल लाइन पानी में डूबी हुई है। फोन भी नहीं मिल रहा है, ताकि यहाँ आने से उसे मना कर सकूँ।"

पटना से एक मित्र आ रही है, यह सुनकर मैं अन्दर-ही-अन्दर चौंक गया, लेकिन व्यक्त न करके उसकी तरफ देखते हुए पूछा—"क्या नाम है उसका? किससे मिलने आ रही है?"

"रुचि नाम है, आपसे ही मिलने आ रही है। पिछली बार जब आप आए थे यहाँ, तब मैंने फोन पर उसे आपके बारे में बताया था और यह कहा था कि हिमालय से एक साधक आए हुए हैं और वे किसी विशेष काम से कुछ लोगों को खोज रहे हैं। वे अन्य गुरु और साधकों जैसे नहीं हैं, एकदम अलग हैं। उनकी बातें रहस्यमयी और गहरी होती हैं। ध्यान में हो रही अनुभूतियाँ भी अलौकिक हैं। गुरुजी अभी फिर यहाँ आए हैं, तुम आकर एक बार उनसे मिल लो। वो तुम्हें साधना में जरूर आगे ले जाएँगे, ऐसा मेरा दिल कह रहा है। इसीलिए वह आपसे ही मिलने आ रही है, लेकिन...!"

मैं हँसने लगा । अनामिता और अन्य, कुछ समझ न सके कि मैं क्यों

हँस रहा हूँ। उन्हें हैरान देख मैंने बोला–"जब मेरे पास मुझसे मिलने आ रही है, तब तुम क्यों रोए जा रही हो? मेरे पास आ रही है, तो फिर यह मेरी जिम्मेदारी है कि उसे सुरक्षित अपने पास तक पहुँचने की व्यवस्था करूँ। तुम निश्चिंत होकर सो जाओ।"

मेरे मुँह से यह सुनकर अनामिता का रोना बंद हुआ । दूसरे दिन, मेरे द्वारा अंतिम बार जन्मी संतान 'सितवा', आज की 'रुचि', 200 वर्ष के पश्चात् अनामिता के साथ मेरे सामने खड़ी थी।

अपने इस जीवन में मैं जिसका इंतजार कर रहा था, वह मेरे सामने थी। यह मेरे लिए कितना उल्लास और आनंद का विषय था! मैं कैसे व्यक्त करूँ उन पलों को। मेरी आखिरी औलाद के आने से मेरे सिर से भाभी द्वारा पहनाया हुआ 'निर्वंश' का ताज उतरने वाला था। फिर, अपनी मानवीय भावनाओं को सम्हालकर मैंने अपने को नियंत्रित किया। मेरी मुस्कुराहट के पीछे का अपनी बेटी के लिए तड़प कोई महसूस न कर सका। समय जब जैसा हो, वैसा ही व्यक्त होना चाहिए। उस समय मेरे कमरे में जीसस की प्रेमिका और शिष्या के साथ, जीसस की हत्या में गवाही देने वाली वे दोनों महिलाएँ (माँ-बेटी) भी उपस्थित थीं और जीसस तथा उनकी माँ (रुचि) भी वहीं एक-दूसरे के सामने थीं। जीसस को मृत्युदंड देकर शूली पर लटकवाने वाला धर्माधिकारी और वहाँ का राजा बाहर के कमरे में बैठा था। मुझे इस बार सावधानीपूर्वक चलते हुए अपनी आदि माँ कामाख्या को चार युगों के सेकण्ड खंड के बंधन से कामरूप से मुक्त करवा ले जाना था, जिसके लिए मेरे पास रुचि आ चुकी थी।

ऐसी प्रक्रियाएँ बहुत लम्बी होती हैं। गुप्त रूप से वो सारा वक्त लगता है जो कार्य की पूर्ण सफलता के लिए आवश्यक अंतराल होता है। इसलिए अनेक विषयों पर सब कुछ जानते हुए भी चुप रह जाना ही श्रेयस्कर होता है।

समाज की आज की जो सोच है, उसे भी ख्याल में रखते हुए आगे

बढ़ने का कार्य रुचि के ऊपर ही छोड़ना मैंने उचित समझा तथा पहले चुपचाप सबके बीच इसी दुनिया में रहते हुए ही, उसकी तैयारी करवाने की सोची। क्योंकि, मैं सेकण्ड खंड के असुरों से घिरा हुआ था, जिसकी एक झलक कामाख्या में मुझे मिल चुकी थी। (यहाँ लिखने को बहुत कुछ है पर मूल विषय पर ही रहना सर्वथा उचित होगा अन्य किसी पुस्तक में उन बातों को लिपिबद्ध करूँगा।)

रुचि, अनामिता व अन्य सभी कमरे में ही बैठे हुए थे। थोड़ा बहुत हालचाल पूछकर, अपनी आँखें बंद कर वहीं बैठे हुए, दूर से ही मुझे स्पर्श करने और देखने को कह कर हम सभी ध्यान में बैठ गए।

रुचि के ही शब्दों में–"गुरुजी ने मुझे दूर से ही अपने को छूने को कहा। मैं उन्हें छूने का प्रयास कर रही थी। कभी उनकी नाक, कभी उनकी आँखें, तो कभी उनके पैर छू रही थी। मुझे कुछ समझ में नहीं आ रहा था। उसी समय मैंने देखा कि मैं एक छोटी बच्ची हूँ और गुरुजी के पेट पर खेल रही हूँ। फिर मैं गहरे ध्यान में चली गई और देखा कि मेरी रीढ़ (स्पाइनल कार्ड) एक खोखले पाइप की तरह श्वेत रंग की बन गई है और ऐसा लगा कि नीचे के सिरे से उसमें अग्नि प्रज्ज्वलित की जा रही है। पूरी रीढ़ के अंदर अग्नि जल रही थी और धू-धूकर उसके जलने की आवाज भी आ रही थी। फिर उसके अन्दर से सफेद धुआँ निकलने लगा। धुआँ थोड़ी देर बाद शान्त हो गया और मेरे सभी चक्रों पर अलग-अलग विशेष आकृति बन गई। चक्रों के बीच में 'श्री' लिखा हुआ था और उसके ऊपर एक छोटा सा गोल्डेन कलर का शिशु लेटा हुआ था।

मैं इसी अवस्था में जकड़ सी गई थी। मेरी आँखें खुल नहीं पा रही थीं। गुरुजी की आवाज सुनाई पड़ी–'बेटे! धीरे-धीरे अपनी आँखें खोलो।' लेकिन ऐसा लग रहा था कि अब इसी अवस्था में बैठी रहूँ। पुनः गुरुजी ने मुझे पुकारा, तब जाकर मेरी आँखें खुल पाईं। घड़ी देखने से पता चला कि कई घंटे बीत चुके हैं।"

मैंने अपनी बेटी के अन्दर उसको पुनर्जन्म दे दिया। स्थूल जन्म व्यक्ति देता है स्थूल रूप से, जबकि बाबा और मैं व्यक्ति द्वारा जन्मे स्थूल शरीर में ही, जीव को उसके मूल रूप में एक बार पुनः जन्म देते हैं। अब मुझे अपने द्वारा जन्म दिए इस वंश की संतति को शक्तिशाली रूप से विकसित करना है।

मैंने अपने शरीर के द्वारा जन्म दी गई उस औलाद में शक्ति को शिशु रूप में जन्म दे दिया था जो मुझे निर्वंश होने से मुक्ति दिलाती। मैंने उसकी अनुभूतियाँ सुनीं और निरंतर मेरा ध्यान करने के लिए कहा। मैंने उसके चक्रों को अपने सभी चक्रों से जोड़ दिए थे। अब जगत् को एक ऐसी साधिका का परिचय मिलना है जो एक सामान्य स्त्री-शरीर में इस जगत् की सबसे शक्तिशाली नारीशक्ति का जीवित प्रमाण है। मैं क्या बताऊँ कि मैं कौन हूँ? मेरी औलाद ही अपनी जीवन यात्रा में कर्मों से अपने आपको प्रदर्शित कर अपने पिता का परिचय देगी। मेरे वंश का परिचय देगी। मेरी यह धारणा दृढ़ता से बनती जा रही थी।

जगत् के विधान के अनुसार सभी की तरह अनेक जन्मों में हम दोनों जन्मे हैं। सारे संबंधों में यही एक ऐसी स्त्री शरीरधारी है, जिसने या तो मेरी पुत्री के रूप में मेरे शरीर से जन्म लिया है या फिर अपने गर्भ से पुत्र के रूप में मुझे जन्म दिया है। इसने अपने सारे जन्मों में मुझे ही बार-बार खोजा है। मैंने अपने इस बार के स्थूल जीवन में यदि किसी का इंतजार किया है तो वह यही है। अब मुझे माँ को कामाख्या मंदिर से बाहर निकाल ले जाने के अंतिम प्रयास के लिए इसको ऐसा तैयार करना था कि कोई चूक न रह जाए। हम सभी सेकण्ड खंड के मानव शरीरधारियों के मध्य रहकर ही अपना जीवन जीते हैं, इसलिए आज तक की, खास कर कामाख्या के दूसरे प्रवास की घटनाओं से सीख लेते हुए अधिक सावधान रह कर चलना था।

हम दोनों का इन चार युगों से आपस में कोई संबंध बना तो माँ-बेटा का या फिर पिता-पुत्री का, कितना अलौकिक वासनामुक्त जागतिक

संबंध! मुझे अपनी बेटी का अधिकार भी दिलवाना ही होगा, लेकिन आज की वर्तमान सामाजिक परिस्थितियाँ भी चुनौती की तरह मेरे सामने खड़ी थीं। रुचि युवा थी, किसी अन्य की बेटी थी। कौन मानता कि जो मैं कह रहा हूँ, वह सत्य है-रुचि मेरी ही अंतिम संतान है, मेरा ही वंश है। मेरा वंश आज भी जिन्दा है–इस जगत् की अद्वितीय घटना।

दो-तीन दिन पश्चात्, रुचि मेरे इस आदेश के साथ चली गई–"बेटी! जब अपना मार्ग तुमने चुन ही लिया है तो जीवन में परिस्थितियाँ कितनी भी विपरीत, परिवेश कितना भी प्रतिकूल और कैसी भी जटिल क्यों न हो जाएँ, कभी शिवपुत्र का ध्यान मत छोड़ना। अब यही तुम्हारे जीवन का मार्ग निर्धारित करेगा और तुम्हारा निर्माण भी।"

यह मेरी धारणा थी कि मेरे आस-पास रहने वाले लोग साधक हों–मर्द या औरत नहीं। मैं शिवपुत्र हूँ तो मेरे पास रहने वाले भी मेरे ही जैसे सिद्ध होने चाहिए। यह मेरा अहंकार है या फिर अपने ऊपर दृढ़ भरोसा, यह तो समय ही तय करेगा। मुझे औरतों और मर्दों में कोई रुचि नहीं। मुझे तो लोगों द्वारा जन्मे हुए को साधक और साधिका के रूप में परिवर्तित करने का शौक है।

मैं सदा गहरी समाधि में डूबा रहता था। दीप का बारह वर्षीय बेटा उद्दालक संध्या समय लिफ्ट से छत पर ले जाता, हाथ पकड़कर टहलाता, बातें करता, मुझे कुछ होश नहीं रहता। ये सब बाद में मुझे दीप ने बताया। दीपावली आने में कुछ दिन शेष रह गए, तभी अचानक एक दिन दीप के ताऊजी को हार्ट अटैक हुआ और उन्हें इलाज के लिए अस्पताल ले जाया गया। हालत इतनी नाजुक कि उनका ऑपरेशन करना पड़ा। दीपावली आई और बीत गई। दीपावली के दूसरे या तीसरे दिन, मध्य रात्रि के पश्चात्, अचानक मैंने अपना ध्यान तोड़कर ध्यान में बैठी हुई दीप को आदेश दिया–"दीप! शंख है न तुम्हारे पास, उसे ले आओ।"

दीप उठकर शंख ले आई और बोली–"गुरुजी, शंख ले आई हूँ,

क्या करना है?"

"बेटे ! मेरी तरफ अपना मुँह करके इसे तीन बार बजाओ।"

मध्यरात्रि में ऐसा विचित्र आदेश पाकर दीप घबरा गई और बोली–"गुरुजी! हम लोग अपार्टमेंट में रहते हैं। इस समय जब लोग गहरी नींद में सो रहे हैं, शंख की तेज आवाज से सबको परेशानी होगी। क्या ऐसा करना उचित रहेगा?"

मैंने शान्त नजरों से उसे देखा और बोला–"किसी को कोई परेशानी नहीं होती, सभी अपनी-अपनी प्राथमिकता के अनुसार इस समय अपना कर्म कर रहे हैं। इस वक्त तुम्हारी प्राथमिकता यह है कि तुम मुझे शंखध्वनि सुनाओ। यह तुम से ही संबंधित किसी महत्त्वपूर्ण घटना के लिए है।"

दीप ने मेरी ओर अपना मुँह करके तीन बार शंखध्वनि की। ध्वनि सुनकर उसके पति और उद्दालक भी मेरे पास आ गए। लेकिन तब तक मैं समाधि में चला गया। कुछ न समझ कर वे दोनों भी वहीं ध्यान में बैठ गए। कुछ ही मिनट बीते होंगे तभी फोन की घंटी बज उठी। फोन अस्पताल से आया था ताऊजी के प्राण छूट चुके थे। वो अपना स्थूल शरीर छोड़कर चले गए थे। सभी रोने लगे और उन्होंने मुझसे पूछा–"गुरुजी! क्या यह सब जानते थे आप? इसीलिए शंखध्वनि करवाई?"

मैंने सिर्फ इतना ही कहा–"जाकर अपना कर्त्तव्य निभाओ और सब सम्हालो।"

अंतिम संस्कार संपन्न हुआ। मेरा कोलकाता आने का काम पूरा हो चुका था। ताऊजी को दिया हुआ वचन–'उनके अंतिम समय में मैं उनके समीप रहूँगा'–मैंने पूरा कर दिया था।

मेरी शारीरिक स्थिति देख दीप का पति मुझे कहीं भी जाने देने के लिए तैयार नहीं था, लेकिन मुझे आगे बढ़ना था कोलकाता से। मैं दीदी के यहाँ महाराष्ट्र चला आया। पेट का दर्द बढ़ता चला जा रहा था ऑपरेशन के पश्चात्, ठीक से विश्राम नहीं मिला, जिसका असर मेरे ऊपर

पड़ने लगा था। डॉक्टर से बात करने पर उन्होंने कहा कि दिल्ली में ही ठहरकर कुछ महीने निगरानी में रहना होगा, अन्यथा अन्दर ही अन्दर कुछ भी नुकसान हो सकता है।

दिल्ली में लम्बी अवधि तक ठहरने का मेरे पास कोई निश्चित ठिकाना नहीं था। शालिनी के घर ठहरना अपने आत्मसम्मान की हत्या करने के समान था। उसके दुर्व्यवहार और दुराचरण के कारण मैं उससे कह चुका था कि अब कभी भी तुम्हारे यहाँ नहीं आऊँगा। इसलिए मैंने किराये का फ्लैट लेकर कुछ समय दिल्ली में ही रुकने का निश्चय किया और दिसंबर 2005 के तीसरे सप्ताह में दिल्ली चला आया। मेरे एक शिष्य ने अपने नाम से एक फ्लैट किराये पर ले लिया था (फ्लैट नंबर 124 सी बी जी-6, पश्चिम विहार, दिल्ली-63)।

पहला दिन, मध्य रात्रि का समय। मैं समाधि में था अचानक सामने एक आधुनिक नारी का रूप उभरा। मर्दों की तरह कटे हुए छोटे बाल, प्रिंटेड साड़ी पहनी, हाथ में एक लाल गुलाब का फूल लिए। उसने झुककर प्रणाम किया और गुलाब का पुष्प मेरे चरणों में रखकर अभिवादन किया। मैं ठीक से कुछ समझ नहीं सका। वह चुपचाप अपना दोनों हाथ जोड़े कुछ देर मेरे सामने खड़ी रही।

दूसरा दिन-मध्य रात्रि का समय। मैं समाधि में था। जीर्ण-शीर्ण अवस्था में एक वृद्ध गाय, पीली रेत के रंग की, शरीर के माँस सूख चुके थे। शरीर के ऊपर चमड़ी और उसके नीचे से उभरकर दिखती हुई हड्डियाँ, जो चाहे ऐसे ही गिन ले। कुछ देर तक खड़ी मुझे निहारती रही। मैं कुछ समझ नहीं पा रहा था। मेरी चेतना अपनी स्थूल स्मृति में कुछ खोज रही थी, तभी उसने मुझे संबोधित कर अपने शरीर से एक बाल देते हुए मेरा अभिवादन कर बोल उठी-"पिताश्री! मैं धरती हूँ और आपका दिल्ली की इस भूमि पर स्वागत करती हूँ। आपके आने से मुझे अत्यंत प्रसन्नता हुई है। आज भेंट में देने के लिए आपकी बेटी के पास अपने पिता के सम्मान में मेरे जर्जर शरीर पर बचा हुआ यही एक बाल

मात्र है। आप इसे स्वीकार करें। अपनी बेटी की रक्षा करें।"

मेरी स्मृति में कल की घटना पूरी तरह घूम गई। तभी उस गाय ने पुनः बोलना प्रारंभ किया—"पिताश्री! कल आपने अपनी बेटी का जो नारी रूप देखा, वह यहाँ की धरती पर मेरा ही अत्याधुनिक रूप था, लेकिन मेरा वास्तविक रूप, आज के इस रूप में है। अब मेरे जीवन की रक्षा आपके ही हाथों में है।"

इन दोनों घटनाओं से मैं चौंक गया। मुझे अहसास हुआ कि दिल्ली की धरती पर आकर ठहरना ऐसे ही नहीं है, बल्कि इसमें बाबा का कुछ प्रयोजन निहित है। धरती का यह रूप देखकर मैं अन्दर तक हिल गया था। अब अपनी चेतना को पूरी तरह सार्वभौमिकता से जोड़कर चलना था। प्रकृति और बाबा की तरफ से कभी भी कुछ भी संकेत आ सकता था।

डॉक्टर ने चेकअप करने के बाद कुछ दवाइयों के साथ सुझाव भी दिए। अकेले होने के कारण यह स्थान मेरी समाधि के लिए उपयुक्त था। कुछ ही दिन बीते होंगे कि मैंने एक अद्भुत दृश्य देखा। मेरे दिल्ली में रहने से एक नया अधोमुखी त्रिकोण निर्मित होने लगा था। पहले केदारनाथ–कामाख्या–काशी से मूल अधोमुखी त्रिकोण निर्मित हुआ था, जिसके पश्चात् एक वैकल्पिक त्रिकोण केदारनाथ–कामाख्या–कोलकाता से बना और अब यह दूसरा वैकल्पिक अधोमुखी त्रिकोण केदारनाथ–कामाख्या–दिल्ली से बनने लगा था। पहले वाले जिस सुप्त त्रिकोण को जाग्रत किया गया था, वह अपनी पूर्व की स्थिति में ही था।

अनेक लोग मेरे पास आने लगे जिससे मेरी एकांतता भंग होने लगी। दूसरों के लिए संध्या समय निश्चित किया और बाकी समय अपनी दुनिया में रमा रहता। लोग मुझे गुरुजी कहते और मुझसे अपने जंजाल की परेशानियों का उपचार चाहते। इस संसार में धर्म और अध्यात्म का बहुत संदेश जा चुका है, ऐसा मैंने देखा। लोगों में अपना आचरण और कर्म सुधारने की उतनी लालसा नहीं होती, जितनी कि किसी भी तरह,

कैसे भी, किसी भी माध्यम से करोड़पति बन जाने की अदम्य वासना। इससे मेरा दम घुटने लगा। मुझे न तो पहले ही गुरु बनने की इच्छा थी, न अब। गुरु शब्द मजाक का एक विषय बन कर रह गया है। लोग जिन्हें गुरु कहकर उनके द्वारा अपने जीवन की सारी परेशानियों से मुक्ति चाहते हैं, वो ही अपना स्वार्थ सिद्ध कर बाद में पीठ पीछे गालियाँ देने में सबसे आगे रहते हैं।

मैंने दिल्ली में बने केदारनाथ और कामाख्या से जुड़े इस वैकल्पिक त्रिकोण को जाग्रत करना प्रारंभ कर दिया। जितना संभव था, दर्द को भूल कर अपने चक्रों में लगातार विद्युतीय विस्फोट करता रहता। मेरे चक्रों में हो रहे इसी विस्फोट से त्रिकोण में प्राण का संचार होता है। एक दिन बाबा ने बतलाना प्रारंभ कर दिया–"पुत्र ! तुम्हें इस दलदल में ब्रह्मकमल खिलाना है। इस क्षेत्र में तुम अब अपने पूरे होश में रहना। तुम्हारी चारों तरफ सेकण्ड बॉडी वाले मानवों के माध्यम से सेकण्ड खंड अपना घेरा मजबूत कर रहा है। इनके बीच रहकर ही तुम्हें अपना कार्य सम्पादित करना होगा। मैंने पहले भी बताया था कि तुम्हारे पास बहुत सारे ऐसे लोग आएँगे, जो तुम्हारे संग पूर्व के जन्मों में जी चुके हैं और जिन्हें तुम बहुत अच्छी तरह जानते व पहचानते हो। फिर आगाह करता हूँ कि उन सब पर अपनी कड़ी नजर रखना। ये तुम्हारे मार्ग में तरह-तरह से प्यार दर्शा कर तुम्हारा अहित करने का पुरजोर प्रयास करेंगे।

हिमालय में मैंने बतलाया था कि तुम्हें पूरब की शक्तियों के आधार पर आगे बढ़ना है। इस बात का ख्याल रखना। तुम यहीं से अपनी बेटी रुचि की तैयारी करवाते रहो और अपने स्वास्थ्य का ख्याल रखो।

इस समय मूल अधोमुखी त्रिकोण के अतिरिक्त जो अन्य दो वैकल्पिक त्रिकोण निर्मित हुए हैं, उन्हें और शक्तिशाली बनाओ। ये दोनों वैकल्पिक त्रिकोण तुम्हारे उस समय के लिए हैं, जब तुम अपनी माँ को मुक्त कराकर उनकी शक्तियों के साथ इस धरती पर चलोगे। उस चलने

से कंपन उत्पन्न होगा। तब प्रकृति और धरती के संतुलन के लिए तुम्हें माँ की शक्तियों का प्रदर्शन (उपयोग) भी करना होगा। उस समय ये दोनों वैकल्पिक त्रिकोण ही धरती की रक्षा करने में तुम्हारे सहभागी होंगे। इसीलिए इन्हें अपने आपसे जोड़कर इन पर अपना पूर्ण नियंत्रण स्थापित करो।"

इस बीच मेरे ऊपर पत्नी की आत्महत्या के सिलसिले में चल रहे मुकदमे में माननीय न्यायालय द्वारा मुझे बेकसूर और आरोपमुक्त घोषित कर दिया गया।

यहाँ एक बात लिख देना जरूरी है। कोलकाता से निकलने के बाद जब मैं दीदी के पास महाराष्ट्र में था, तब रुचि का थोड़े-थोड़े दिन पर पाँच बार मैसेज आया–"गुरुजी! प्रणाम।"

तब तक मैंने किसी भी मैसेज का उत्तर रुचि को नहीं दिया था मैंने इसकी चर्चा दीदी से की तो उन्होंने बोला–"तुम ऐसा क्यों करते हो? क्यों तड़पाते हो अपने शिष्यों को? बेचारी सोचेगी, कैसा पगला गुरु है।"

मैंने उनसे बोला–"दीदी! ये मामूली लड़की नहीं है। बहुत जल्द आपको इसका परिचय दूँगा। लेकिन अभी समाज व जगत् की सोच तथा परम्पराओं के बीच इसकी परीक्षा ले रहा हूँ। देखूं, इसका संयम कैसा और कितना गहरा है। पाँचों मैसेज में किसी का उत्तर न देकर, इसके पाँच चक्र मैंने यहीं से खोल दिए हैं। अब इसके शरीर में स्थित पाँचों चक्र जाग्रत हैं। इसे भविष्य में, इस विराट जगत् में, एक ऐसी जीवंत भूमिका निभानी है, जिसे मानव सभ्यता युगों तक याद रखेगी। वह स्त्री जाति की आदर्श बनेगी।"

दीदी मुस्कुराती हुई बोलीं–"भैया, तुम्हारी लीला तुम ही जानो। ना जाने क्या-क्या करते रहते हो। अपनी माया कहाँ-कहाँ फैलाए रहते हो और सबको उसी में घेर लेते हो। मैं तुम्हारे रूप को देखते-देखते कबसे तुम्हारे ही ध्यान में डूबी रहने लगी हूँ। इतने सारे रूपों को न जानकर मैं तो बस यही जानती हूँ कि तुम मेरे वही छोटे बबलू भैया हो।"

"दीदी! यही ठीक भी है। जिस दिन आप मुझे बबलू समझने के स्थान पर कुछ और समझने लगेंगी, उसी दिन से मैं आपके यहाँ आना बंद कर दूँगा ।"

01 जनवरी, 2006 । परम्परानुसार सभी का मैसेज आया, उसमें एक मैसेज मेरी बेटी रुचि का भी था। जैसा मैं सोचता हूँ, मानव शरीरधारी व्यक्ति की इच्छा (भूख) के बारे में, कुछ वैसा ही प्रथम बार किसी भूखे ने मुझसे 'कुछ' चाहा था।

"गुरुजी, प्रणाम! वर्ष के प्रथम दिन आपसे मैं कुछ माँगना चाहती हूँ।"

इस मैसेज को पाकर मुझे बहुत रुलाई आई। मैं अपनी रुलाई रोक न सका, इसलिए पास के जंगल की तरफ चला गया। मैंने पहली बार रुचि को, अपनी बिछुड़ी बेटी को मैसेज किया–"हाँ बेटे, माँग। जो माँगना चाहती हो, माँग। मैं इसी दिन का इंतजार कर रहा हूँ कि मेरी बेटी मुझसे कुछ माँगे।"

बिटिया का उत्तर आया–"गुरुजी! आज मैं आपसे 'ईश्वर' को ही माँगती हूँ। आपसे 'ईश्वर' को ही पाना चाहती हूँ।"

मैंने लिखा–"हाँ, बेटे! आज पहली बार मुझसे किसी मनुष्य ने ईश्वर को माँगा है। मेरे पास ईश्वर के अतिरिक्त कुछ है भी तो नहीं। बहुत सारे लोग आते हैं, बहुत कुछ माँगते हैं। परन्तु आज तक किसी ने भी ईश्वर नहीं माँगा। बेटे! तुम्हें मैं ईश्वर अवश्य ही दूँगा। जब भी समय मिले, मेरे ही ध्यान में बैठा करो और अपनी सारी अनुभूतियाँ मुझे मैसेज कर दिया करो। इससे तुम्हारे आगे का मार्ग निर्बाध होता जाएगा और ईश्वर से सामिप्य बढ़ने की परिस्थितियाँ निर्मित होती चली जाएँगी। अपने चक्रों में मुझे ही देखा करो, जो मैंने तुम्हारे अन्दर स्थापित कर दिए हैं। सदा खुश रहा करो।"

मैं बनारस में था। 21 या 22 जनवरी, 2006 का दिन। संध्या का समय रहा होगा। रुचि का फोन आया। अपनी किसी परिचित महिला से

मेरी बात कराना चाहती थी। रुचि के ध्यान को देख कर तथा मेरे बारे में सुनकर ही वह तन्द्रा में चली जाती थी।

फोन पर उसकी आवाज सुनकर मैं बुरी तरह चौंक गया । यह तो अरुणिमा (आज का बदला हुआ नाम लेकिन 200 वर्ष पहले का असली नाम) थी– पटना (बिहार) की रहनेवाली। कुछ क्षण मैं खामोश रहा और उसका पिछला जीवन देखने लगा। दूसरी तरफ मैंने बाबा को मुस्कुराते हुए पाया। रहस्यमय स्थिति तब हो जाती है जब बाबा कुछ बोलते नहीं, बल्कि मुस्कुराते हुए चुपचाप देखते रहते हैं।

उधर अरुणिमा मुझे बाबा-बाबा कहते हुए आवाज दे रही थी–"बाबा! आप बोलते क्यों नहीं? क्या आप मुझसे बात नहीं करेंगे? आप बोलिए ना, मैं भी आपका ध्यान करना चाहती हूँ। मैं दुनिया से टूट चुकी हूँ, अपनी जिन्दगी से निराश हो गई हूँ।"

यह आवाज तो मेरी जानी-पहचानी थी। मैंने उससे बस इतना ही कहा–"तुम बोलती रहो, मैं सुन रहा हूँ।" और उसका पिछला वह जीवन देखता रहा जब वह मेरी पत्नी अरुणिमा हुआ करती थी। मैं तब दरभंगा (बिहार) जिले का एक संपन्न ब्राह्मण किसान था। हम दोनों के शरीर से एक बेटी सितवा (आज की रुचि) जन्मी थी। अरुणिमा खूबसूरत थी, जबकि मैं एक सीधा-सादा किसान। लेकिन अरुणिमा न तो मेरा सम्मान करती और न ही अपनी खूबसूरती के सामने कुछ सोचती-समझती थी। उसने मुझे बार-बार अपमानित किया तो खीजकर मैं एक दिन घर त्यागकर चला गया था, अपने कलेजे के टुकड़े, लाडली बेटी सितवा को छोड़कर, जो उस समय चार-पाँच वर्ष की थी। मेरी बेटी मेरे साथ ही रहा करती, मेरे पास ही सोती, मेरे साथ ही खेत पर जाया करती थी। मेरे चले जाने के बाद भी मुझे खोजा करती और मेरा इंतजार करती।

मैं संन्यासी हो गया और कुछ दिन पश्चात् मेरे परिवार वालों ने मेरी पत्नी और सितवा का बलात्कार कर मेरे घर की जमीन में जिन्दा गाड़

दिया। बेटी सितवा की याद मुझे सताती रहती, इसलिए संन्यासी बनने के बाद भी अपनी बेटी को देखने जब कई वर्षों पश्चात् अपने गाँव वापस लौटा तो पता चला कि सब कुछ खत्म हो चुका है। मेरी बेटी और पत्नी की हत्या की जा चुकी है। अपने सामने पाकर उन हत्यारों ने मुझे भी घात लगाकर जान से मार दिया।

उस जीवन की मेरी पत्नी अरुणिमा आज उसी सितवा (आज की रुचि) के सहयोग से मुझसे फोन पर बात कर रही है। बहुत कुछ सोच समझकर मैंने उसके वर्तमान जीवन का आकलन किया और फोन पर ही प्रचंड चक्रभेदी अघोर ध्वनि से पुकारा- "बेटे! मेरी आवाज सुनो, अपने अन्दर मुझे महसूस करो। मैं तुम्हारे ही अन्दर आ रहा हूँ, घबराना मत। अब सदा मैं तुम्हारे ही भीतर रहूँगा। तुम मेरी इसी आवाज का ध्यान करना। फोन रुचि को दो।"

"बेटे रुचि! अरुणिमा पर मेरी आवाज से शक्तिपात हो चुका है, अब वह मेरे ही ध्यान में डूबी रहेगी। तुम उसका ख्याल रखना और मार्गदर्शन करना। अब दिल्ली पहुँच कर बातें करूँगा।"

अध्याय-25

विपरीत परिस्थितियों में रुचि का आना

मैं दिल्ली वापस चला आया। अरुणिमा पर मेरी चक्रभेदी अघोरध्वनि से प्रचंड शक्तिपात हो चुका था। रुचि भी पटना में ही रहा करती थी, इसलिए बहुत चिंता नहीं थी। मैं यहीं से अरुणिमा की ऊर्जा को नियंत्रित कर सकता था।

अरुणिमा पर हुए शक्तिपात की तीव्रता ऐसी थी कि उसे अपने नारकीय जीवन से विकर्षण हो गया और वह अधिकतर ध्यान में ही डूबी रहती। फोन पर ही उसके चक्रों को मैं संतुलित करता। उसके पिछले जीवन की स्मृतियाँ जाग्रत हो गई और उस जन्म के सभी पात्रों को वह पहचानने लगी। उसने देख लिया कि रुचि उसी की बेटी (सितवा) है और वह स्वयं अरुणिमा थी। आज जो उसका पति है वह उस समय उसके (मेरे) घर के सामने एक छोटी सी दुकान करता था। वह अरुणिमा को बुरी नजरों से देखता था। अरुणिमा सुन्दर थी, बाल बहुत लम्बे थे, जिस पर उसे घमंड भी था। उसके पति का (मेरा) नाम संजय था। वह उन हत्यारों को पहचानने लगी जिन्होंने उसका और बेटी सितवा का बलात्कार किया तथा हत्या कर हमारी ही जमीन (कुएँ) में गाड़ दिया था। अपनी बेटी रुचि के प्रति उसका मोह जग गया। उन सारे

पात्रों को, जिन्होंने उस जन्म में उसकी दुनिया उजाड़ी थी, आज अपने संबंधियों के रूप में पाकर वह विचलित हो उठी और उसने मेरे पास आने की इच्छा जाहिर की। उसका संतुलन न बिगड़ जाए, मैंने उसके अनुरोध को स्वीकार कर लिया। स्वीकार करने का एक कारण यह भी था कि अरुणिमा को सामने लाकर शालिनी के अहंकार का मैं नाश करना चाहता था, जो मिशन के लिए आवश्यक था। मेरे मना करने के बावजूद शालिनी मेरे कुछ शिष्यों से पता लेकर मेरे पास आने लगी थी। पिछले आठ जन्मों में मेरी पत्नी होने का अहंकार उसे आज भी था। इस जीवन में भी वह मुझे उसी रूप में पाना चाहती थी। वह सोचने लगी कि शिवपुत्र एक ऐसा शक्तिशाली व चमत्कारी पुरुष है, जो भविष्य में कुछ अद्‌भुत दैवीय कार्य करने वाला है– उसकी अर्द्धांगिनी बन कर बिना प्रयास के ही स्वयं को पुजवाया जा सकता है। शालिनी पिछले जीवन में संजय की बुआ थी। अरुणिमा और शालिनी दोनों खुबसूरत थीं। बुआ होकर भी वह संजय को चाहती थी और किसी भी तरह अरुणिमा को नीचा दिखाना चाहती थी।

अरुणिमा की हालत अपने आपको सम्हालने की न थी। उसके द्वारा किये गये कर्म भयानक रोग बनकर उसमें उभरने लगे थे। फरवरी के पहले सप्ताह में अपने पति के साथ दिल्ली आई। प्रातः अंधेरे ही फ्लैट पर दोनों पहुँचे। बहुत बाद जब दरवाजे पर किसी के होने का अहसास हुआ तो मैंने दरवाजा खोला। सामने जमीन पर अरुणिमा पड़ी हुई थी, साथ में उसका पति भी था। एक बार तीव्र घृणा का भाव उठा, पर बेबस पड़ा देख दया आ गई। उसे अपने हाथों से उठाया और अन्दर लाया।

अरुणिमा के आने का समाचार मैंने अपने शिष्यों को दे दिया। उसका परिचय दो सौ वर्ष की एक बुढ़िया के रूप में करवाया और बतलाया कि वह मेरी तब धर्मपत्नी थी। शेष अरुणिमा ने अपने मुँह से सबको सुनाया। यह परिचय शालिनी के लिए हृदयघाती था, क्योंकि उसने अपने-आपको पिछले जन्म की मेरी पत्नी के रूप में प्रचारित कर रखा था।

अरुणिमा का पति भी मेरा ध्यान करते हुए पूर्व जन्म की स्मृतियों में जा चुका था। उसमें भी अरुणिमा के समय की अपने पिछले तीन जन्मों की स्मृति उभर आई। तीन दिन रहकर अरुणिमा अपने पति के साथ वापस चली गई। जाते समय मैंने उससे कहा–"बेटे, सदा याद रखना कि तुम मेरे पास एक औरत बनकर आई थी और अब मेरी बेटी बनकर जा रही हो। शिवपुत्र का सदा ध्यान करना। अब यही तुम्हारे जीवन का मार्ग निर्धारण करेगा। पटना जाओ, वहाँ तुम्हारे माध्यम से अपना परिचय दूँगा ।"

उस वक्त मेरा एक शिष्य गांगुली भी था। रोज शाम को मुझसे मिलने आता। एक दिन मेरे पास से जाते हुए अचानक मैंने उसकी ओर देखा और बोला–"गांगुली, सावधानी से मेरा ध्यान करते रहो, कुछ विशेष अनुभूतियाँ मिलेंगी। मुझे ईमानदारी से बतलाते रहना। जरा मेरी तरफ तो देखो।"

वह स्तंभित रह गया। थोड़ी देर वैसे ही खड़ा रहा, तब मैंने उसको सामान्य करते हुए बोला–"क्या देख रहे हो?" वह मेरी आवाज सुनकर सामान्य हो गया और मेरे पैर पकड़ कर रोता हुआ बोला–"यहाँ तो आप थे ही नहीं। मैंने देखा कि सारा ब्रह्माण्ड आपके अन्दर है। आपके शरीर में पूरी पृथ्वी, सभी देश, सारा जगत् व देवी-देवता तथा सभी लोगों को देखा। उसमें मैं भी था। यह देश, यह कमरा भी था, मेरे शरीर में विद्युत दौड़ रही है। यह क्या है, गुरुदेव? मुझ पर कृपा करें।"

मैंने कहा–"घर जाकर आज रात ध्यान में मेरी तरफ अपना मुँह करके बैठ जाना। जो होगा मुझे बतलाना, डरना नहीं।"

उस रात उसने ध्यान में देखा कि केदारनाथ-कामाख्या-दिल्ली को लेकर एक त्रिकोण बना है। शिशु रूप में मैं दिल्ली में अत्यंत विशाल आकार की अपनी माँ के साथ हूँ। फिर कुछ दिनों तक एक-एक कर दस महाशक्तियाँ सशरीर मेरे पास आती हैं। इस तरह माँ कामाख्या के आने के बाद दसों माताएँ (महाविद्यारूप मूल महाशक्तियाँ) भी मेरे पास आ गईं हैं।

माताएँ आतीं और अपना मन्त्र बतातीं। गांगुली आकर मुझे सारी अनुभूतियाँ बताता। गांगुली की ईमानदारी देखकर मिशन के कार्य के निमित्त मैंने गांगुली को अपने से गहरे जोड़कर यह सब दिखलाया। परन्तु कुछ माताओं ने अपने मन्त्र गांगुली के सामने उजागर न करके उससे कहा–"मेरे पुत्र को कहना, वह सभी मंत्रों को जानता है।" इससे मुझे समझने में देर न लगी कि यह व्यक्ति भी एक दिन गद्दारी करेगा। मैंने उसका पिछला जीवन खंगाला तो देखा कि यह तो जरासंध है। पहले से पूतना तो थी ही मेरे समीप, अब जरासंध भी आ गया।

गांगुली ने देखा था मेरा ध्यान करते हुए कि मैं एक नन्हा सा बालक हूँ, कुछ भी नहीं पहना हूँ। माँ कामाख्या अपनी मस्त चाल से मेरे साथ हिमालय की ओर चल रही हैं। हमारे पीछे दसो माताएँ पूरी सतर्कता से चल रही हैं। जब कभी मैं लड़खड़ाता हूँ तो पीछे चल रही माताएँ मुझे सम्हालने को दौड़ पड़ती हैं। माताओं का ऐसा करने से धरती का संतुलन बिगड़ जाता है–भूकंप आने लगता है, पर्वत टूटने लगते हैं, समुद्र में उफान उठने लगता है, ज्वालामुखी फट पड़ते हैं, लेकिन तब तक मैं सम्हल जाता हूँ। माँ कामाख्या, मैं और मेरी दसो माताएँ वस्त्रमुक्त हैं।

उधर सामने हिमालय में जहाँ बाबा केदारनाथजी हैं, वहाँ से एक अत्यंत शक्तिशाली और सम्मोहित करने वाला मधुर नाद जगत् में निरंतर गूँजता रहता है जो एक विशेष मन्त्र में परिवर्तित होता जाता है। ये सब बातें जो मैं गांगुली को दिखाता, वो अगले दिन आकर मुझे बता दिया करता था।

एक दिन माँ कामाख्या ने उसे बतलाया–"तुम जिस अधोमुखी त्रिकोण को देख रहे हो, उसके दिल्ली वाले सिरे पर शिवपुत्र बैठा हुआ है, हिमालय वाले सिरे पर बाबा केदारनाथ स्वयं और आसाम वाले सिरे पर माँ। दिल्ली वाले सिरे से केदारनाथजी की तरफ श्वेत विद्युत धारा और दिल्ली से कामाख्या वाले सिरे के मध्य रक्तवर्ण की विद्युत धारा, प्रचंड ध्वनि के साथ कम्पन करती हुई बह रही है। केदारनाथजी से

कामाख्या वाले सिरे के बीच एक अदृश्य करेंट बहता है, जो बीच-बीच में तीव्र कड़कड़ाहट के साथ चमक उठता है।

अब किसी का भी बाबा शिव और माँ शक्ति तक सीधा पहुँचना असंभव है। दिल्ली में बैठे, अघोर शिवपुत्र का विश्वास जीतकर ही उसकी आज्ञा से वहाँ तक पहुँचा जा सकता है। इसके बिना उनके क्षेत्र में त्रिकोण के अन्दर कोई प्रवेश ही नहीं कर सकता। यही विधाता का नया विधान है और यह सभी प्राणियों पर समान रूप से लागू होता है। कठोरता से इसका पालन करना होगा। इसकी अवज्ञा का परिणाम अशुभ होगा। इस अधोमुखी त्रिकोण के जाग्रत हो जाने से अब शिव और शक्ति अपने पुत्र के साथ एकाकार होकर उसकी अघोर सुरक्षा में हैं।"

माँ ने दिखलाया और गांगुली ने देखा कि शिवपुत्र दिल्ली में शिशुरूप में बैठा है। एक मनुष्य शिवपुत्र को इंकार कर, बिना उनकी आज्ञा के ही मध्य से त्रिकोण में प्रवेश करने की कोशिश करता है। नजदीक पहुँचते ही उस व्यक्ति को एक तेज झटका लगता है और वह धरती पर गिरकर छटपटाने लगता है। उसका शरीर करेंट से जलने के कारण काला पड़ गया है। इधर गांगुली को भी तेज झटका लगता है।

ये सारी बातें गांगुली ने मुझे दूसरे दिन बताई और इसका अर्थ पूछा। मैं उसकी बातें सुन मुस्कुराता रहा—भविष्य में होनेवाली घटना को देख रहा था।

उधर शालिनी ने अपने षड्यंत्र के अनुसार योजनाबद्ध तरीके से जाल फैलाना प्रारंभ कर दिया, इसलिए उसका अहंकार टूटना निहायत जरूरी था। मैं नहीं चाहता था कि ऐसे लोग मेरे पास ठहरें जो चरित्र और नीयत से निम्न कोटि के हों। मैं एक ऐसा साधक था जो माँ कामाख्या की मुक्ति के लिए प्रयासरत था। अब ये सब मिलकर समाज के भोले-भाले भक्तों से मेरा नाम लेकर धंधा करना चाहते थे। मुझे इन सब बातों से घोर घृणा थी।

अरुणिमा के आने के कुछ दिन पूर्व ही मैंने एक दिन गांगुली को दिखलाया था कि पूर्व दिशा से एक कृष्ण वर्ण की विराट काया वाली

नवयुवती (मेरी माँ कामाख्या) ढेर सारे स्वर्णाभूषण से अलंकृत, मुस्कुराती हुई मेरे पास आ रही हैं। गांगुली ने अरुणिमा के आने पर मुझसे पूछा कि क्या यही दीदी वो हैं, जो पूर्व दिशा पटना से आने वाली थी?

मैंने मुस्कुराकर बोला–"नहीं, यह तो पिछले जन्म में मेरी बीबी थी। इसके बाद जो आएगी, वह मेरी बेटी होगी। अभी प्रतीक्षा करो।"

अरुणिमा पटना लौटकर अब अपना सामान्य जीवन जीने लगी थी। उसके माध्यम से मैंने चमत्कारों का जब रेला लगाया, तो पटना में उसके परिचितों के बीच वह एक चमत्कारी गुरु के रूप में प्रचारित होने लगी। यह देखकर यहाँ शालिनी के तन-मन में आग लग गई और एक दिन उसने अपने कुंठित अंतर्भाव को व्यक्त कर ही दिया । बहुत ही गंदे ढंग से उसने कहा–"बड़े गुरु बनते हो, नमकहराम कहीं के। जब तुम्हारी देखभाल करने वाला कोई नहीं था, तब अनाथालय समझकर मेरे घर पड़े रहे। लावारिश समझकर मैंने तुम्हारी सेवा की। तब तो कोई नहीं आया तुम्हें अपने घर ले जाने को। भिखारी कहीं के, मैं किसी गुरु को लेकर क्या करूँगी? मैं तो पहले से ही शक्तिशाली हूँ। तुमने मुझे आज तक ना कुछ दिया और ना मैंने तुमसे कुछ पाया। तुम्हारे कारण मेरे बहुत सारे मर्द मित्र, जो मुझे धन देते थे, छोड़कर चले गए। अब तो तुम्हारा दिया हुआ सफेद वस्त्र भी मुझे ऐसा मजबूर कर रहा है कि मैं अपना पुराना जीवन नहीं जी पा रही। मुझे तो सिर्फ 'ध्यान में बैठो, ध्यान में बैठो' कहकर बहकाते हो। एक काली-कलूटी दरिद्र बूढ़ी औरत आई तो उसका परिचय दो सौ वर्ष पहले वाली अपनी पत्नी के रूप में कराते हुए शर्म नहीं आई? मैं भी तो तुम्हारी आठ जन्म की पत्नी हूँ। मुझमें क्या कमी है? मैं उससे ज्यादा सुन्दर और जवान हूँ। और तो और, देखो तो कैसे न जाने तुमने कब उसे इतनी शक्ति दे दी कि वह जबसे पटना वापस गई है, तबसे तरह-तरह के चमत्कार करती जा रही है। लोग उसको देवी की तरह पूजने लगे हैं। दिन-रात उसके आसपास लोगों की भीड़ लगी रहती है। और मुझको चमत्कार करने की शक्ति देते हुए तुम्हारी जान जाती है? मुझे भी तुमसे तुम्हारी बीबी होने का हक चाहिए,

नहीं तो तुम्हें कहीं मुँह दिखाने के लायक नहीं छोड़ूँगी। अभी तुम नहीं जानते कि मेरे कैसे-कैसे चाहनेवाले हैं। मैं एक इशारा पर तुम्हें बदनाम कर दूँगी। मैं चुप रहने वाली नहीं।"

मैं इसी दिन का इंतजार कर रहा था, अतः शान्त होकर सुनता रहा। बाबा ने बहुत सारी शक्तियों के साथ सुनने और सहने की शक्ति भी मुझे दी हुई है। उसके उकसाने पर मैंने कहा-"तुम तो पहले से ही शक्तिशाली हो और देवी बन चुकी हो, फिर तुम अपनी तुलना क्यों किसी और से कर रही हो?"

उसके सेकण्ड बॉडी को सक्रिय होता मैं स्पष्ट रूप से देख रहा था। मुझे इन सब में न उलझकर अपना मिशन पूरा करना था। शालिनी के अन्दर की पूतना अब जाग रही थी और बदला लेने के लिए साजिश प्रारंभ कर चुकी थी। अरुणिमा के आने और एक चमत्कारी साधिका के रूप में उभरने से शालिनी की योजना बाधित होने लगी। मुझे उस समय पूरी तरह असुर (सेक़ण्ड बॉडी वाले मनुष्य) अपने सेकण्ड खंड में घेरते जा रहे थे। जब मेरे जीवन को भी खतरा उत्पन्न हो गया तो माँ ने गांगुली को आगाह करते हुए आदेश दिया कि दिन में दो बार मुझे देख आया करे। और जिससे खतरा था, उसका चेहरा दिखला कर माँ ने पहचनवा भी दिया था।

कोलकाता में मेरे रहने से एक त्रिकोण बना था और अब दिल्ली से भी दूसरा वैकल्पिक त्रिकोण बन चुका था। इससे मैं समझ गया कि कामाख्या प्रवास के तीसरे चरण में, जब माँ कामाख्या को सदा के लिए मुक्त कराऊँगा, तब मूल त्रिकोण का स्थानापन्न भी करना होगा। पहले कह चुका हूँ कि सुप्त त्रिकोण जाग्रत हो चुका है। जब मैं उस महाजाग्रत त्रिकोण को उठाकर इस धरती पर चलूँगा तो धरती के ध्रुवीय संतुलन पर भार बढ़ेगा तथा सारी धरती नष्ट होने के कगार पर पहुँच सकती है। उस समय इन्हीं वैकल्पिक त्रिकोणों के साथ उचित संतुलन बनाकर इस धरती के ध्रुवीय संतुलन को नियंत्रित करना होगा तथा इस जाग्रत त्रिकोण में कोणीय परिवर्तन कर एक नई संरचना स्थापित करनी होगी।

मानव शरीर में छुपे सेकण्ड खंड के लोगों द्वारा किया जा रहा अपमान कष्टकारक तो था, लेकिन हमारे मिशन की महत्ता के समक्ष ऐसे अपमान कोई मूल्य नहीं रखते। बाबा के आदेशानुसार, मुझे अपनी अघोर धारणाशक्ति के बल पर इन मुक्त और मूल महाशक्तियों का संतुलन और नियंत्रण करते हुए धरती की रक्षा करनी थी। अतः, मैं पूरे समय इन्हीं धारणाओं में लीन रहा करता। जगत् क्या जाने कि वह किस बर्बादी की कगार तक जा पहुँचा है। इस युग का अंत होने को आया, लेकिन सभी बेहोश हैं और मृत चेतना में ही जीवन जी रहे हैं–जीवन जो वापस नहीं आने वाला। अपना मजाक उड़ते हुए देखने के लिए मैं मानसिक रूप से तैयार था। जब संसार अपना स्वभाव नहीं छोड़ता तो मैं क्यों छोड़ूँ?

इसलिए मैंने अपने चक्रों को एक बार फिर उग्रता से विस्तार देना प्रारंभ कर दिया। इसी दरम्यान रुचि मेरे पास आई। इससे शालिनी बुरी तरह बौखला गई, परन्तु जब उसे मैंने रुचि के पिछले अनेक जन्मों में मेरी बेटी होने का दृश्य दिखलाया तो प्रत्यक्ष रूप से शान्त हो गई। लेकिन उसके अन्दर का आसुरी स्वभाव जिन्दा था। मेरी हालत देख, रुचि मेरे जीवन के प्रति चिंतित हो गई। पूर्व दिशा से जिस माँ को चलकर आते हुए मैंने गांगुली को दिखाया था, वह रुचि अपने बेटे के पास आ चुकी थी। उसने सदा के लिए मेरे ही पास रहने देने का अनुरोध किया, लेकिन मुझे अभी अपने बारे में अप्रत्यक्ष रूप से कुछ बताना था और प्रत्यक्ष रूप में कुछ दिखाना था। इसके अतिरिक्त भी बहुत से कारण थे। चार-पाँच दिन रहकर रुचि वापस पटना चली गई। उसने अपने माता-पिता से कह दिया था कि वह सदा के लिए गुरुजी के पास चली जाएगी।

रुचि के रहते हुए ही एक ऐसा व्यक्ति मुझसे मिलने आया जो मेरे कृष्ण जन्म के समय का कंस था। वह मेरे सामने मात्र तीस-चालीस सेकण्ड ही रहा होगा। इतने में ही बेचैन हो गया । बाद में उसने गालियाँ दे-दे कर मेरा खूब दुष्प्रचार किया। वह अपना मानसिक संतुलन खोता

जा रहा था, किन्तु कुछ ही वर्षों में उसकी जीवन-लीला समाप्त हो गई। अब तक दिल्ली में पूतना, त्रिजटा, लंकिनी, कंस, जरासंध, युधिष्ठिर, दु:शासन, कृपाचार्य आदि के अतिरिक्त सेकण्ड खंड के अनेक पात्र एकत्रित हो चुके थे।

रुचि अपने पिछले जीवनों को देख चुकी थी, जिसमें वह मेरी माँ या बेटी थी। युगों पूर्व के जन्मों की उसकी स्मृतियाँ जाग्रत होने लगीं। अब मुझे गुरुजी कहने के बदले पिताजी कहने लगी। मुझे इस प्रकार असुरों के मध्य घिरा देख तुरंत आने के लिए बेचैन हो गई। उधर, आसुरी षड्यंत्रों के मध्य जीते हुए मैंने एक कठोर निर्णय लिया, क्योंकि मिशन का कार्य महत्त्वपूर्ण था।

असुरों द्वारा मुझसे मेरा परिचय माँगा गया था। उन्हें परिचय देना जरूरी था, फिर भी मैंने चुप रहना उचित समझा। मैंने इतना ही कहा–"20 अप्रैल, 2006 के पश्चात् सबको पता चला जाएगा कि मैं क्यों चुप हूँ। उसके बाद जो कहना होगा, कहूँगा।"

भरोसे के कुछ शिष्यों को सूचना देकर अचानक दिल्ली से नागपुर (साकोली) दीदी के यहाँ विश्राम करने चला गया, ताकि मैं त्रिकोण के इस केन्द्र के बाहर जाकर इस वैकल्पिक अधोमुखी त्रिकोण के कार्यशैली को देख-परख सकूँ।

मेरे दिल्ली से हटते ही गांगुली को हार्ट अटैक हो गया। एक रात अपने आसन पर ध्यान में बैठकर जाग्रत त्रिकोण में बिना मेरे आदेश के घुसने का दुस्साहस कर रहा था। झटका खाकर अपने आसन पर ही गिर पड़ा। उसकी पत्नी का फोन आया तो मैंने डॉक्टर मोहित को हरसंभव सहायता करने को कहा। वे उसे अस्पताल ले गए। चूंकि मैं इसका कारण जानता था और यह भी जानता था कि दुनिया का कोई डॉक्टर उसे बचा नहीं सकता था, मैंने पटना में अपनी बेटी को गांगुली की जीवनरक्षा करने के लिए कहा। वहीं से रुचि ने गांगुली के हार्ट स्वस्थ करने का कार्य प्रारंभ कर दिया। यह रुचि के लिए एक नया अध्याय था और असुरों के लिए चेतावनी।

मेरी अनुपस्थिति से शालिनी और उसके षड्यंत्र से जुड़े शिष्य बौखला गए। इसी बौखलाहट में उन्होंने मेरे दिल्ली वाले फ्लैट का सारा सामान लूट लिया, जिसमें मेरी वे बेशकीमती डायरियाँ भी थीं जो इस जगत् की मानवीय सभ्यता की पूंजी थी। उसमें बाबा के वे सभी आदेश थे, जो उन्होंने हिमालय में मेरे केदारनाथ से नीचे उतरने के पूर्व मानव जगत् को सन्देश के रूप में दिया था। उनमें ग्रहों से मेरे साक्षात्कार वर्णित थे और मेरी समाधि की अवस्था में लिखे गए अलौकिक सन्देश तथा रेखाचित्र इत्यादि। इस जगत् के दुर्लभ ग्रन्थ शालिनी और उसके दोस्तों द्वारा लूट लिए गए।

यह घटना मेरे लिए सदमे जैसी थी, लेकिन ऐसा लगता है कि असुरों को दूर करने के लिए विधाता द्वारा प्रायोजित थी। बाबा ने संकेत दिया कि कालांतर में जब कभी भी मुझे दिल्ली वाले त्रिकोण-खंड पर ठहरना होगा तब मुझे ऐसे ही असुरों के विरुद्ध शक्ति प्रदर्शन करना होगा। मुझे अपने अप्रत्यक्ष कार्य का ऐसा ही प्रत्यक्ष परिणाम इस जगत् में दिखलाना होगा ताकि प्रकृति व धरती की रक्षा असुर तत्त्वों से की जा सके। अपने द्वारा दी गई उन सभी शक्तियों को मैंने उन शिष्यों से वापस खींच ली, ताकि जगत् में असुर प्रवृत्ति न जन्मने पाए और इनको अपनी क्षमता का सही-सही पता चल जाए।

उचित समय देखकर मैंने रुचि से कहा–"बेटे, दिल्ली पहुँचो। मेरे प्रति ईमानदार और परमात्मा के सच्चे भक्त इस लूट की घटना से विचलित हैं और उन्हें संदेह है कि ये लोग मेरे ऊपर जानलेवा हमला भी करवा सकते हैं। पर डरना कैसा होता है, यह तो न माँ ने सिखाया और न ही बाबा ने। परिस्थितियाँ कितनी भी विपरीत क्यों न हो जाएँ, हालात तुम्हें तोड़कर कमजोर और नष्ट कर देने को कितनी भी ताकत क्यों न लगाएँ, तुम कभी हार मत मानना और जीवित रहने तक अघोर शिवपुत्र का ध्यान कभी मत छोड़ना। प्रथम मानव शरीरधारी अघोर शिवपुत्र कैसे अपने जीवन का मार्ग कुछ असुरों के तुच्छ कर्म के कारण बदल सकता है? कभी नहीं। ऐसा

सोचना भी पाप है।"

शालिनी और उसके चाहने वालों ने अपनी सारी शक्ति लगा रखी थी कि मैं और मेरे बच्चे किसी तरह बिखर जाएँ। उन्हें तरह-तरह से भयभीत और बदनाम करना प्रारंभ कर दिया। मिशन का मुखिया होने के नाते मुझे उन भक्तों की रक्षा करनी थी। दूसरा वैकल्पिक त्रिकोण मुझे भविष्य के कार्य का संकेत दे रहा था। अपने बच्चों का हौसला बढ़ाने के लिए उन्हें संदेश भेजता रहा। शालिनी की तुच्छ हरकतों से एक बार दीप घबराकर कमजोर पड़ने लगी, लेकिन रुचि और कुछ अन्य शिष्यों ने भरोसा नहीं छोड़ा। उनका उत्साह बढ़ाने के लिए मैं उन्हें नियमित रूप से संदेश भेजता रहा।

रुचि को

12 अप्रैल, 2006: मेरी प्यारी बहादुर बिटिया! देख ले आज के इन्सान के अन्दर की वास्तविकता। अधिकांश लोगों में वासना का दलदल भरा है। समझ ले अपने पिता के रणक्षेत्र को। मैं एक ऐसे युद्ध के लिए खड़ा हूँ जिसकी शुरूआत आस्तीन के साँपों से होती है। ऐसे ही लोगों ने परमात्मा, समाज, साधकों और आस्थावान लोगों की चारों ओर दुश्चारित्रिक भावनाओं तथा कुदृष्टि का जाल बुन रखा है। ऐसे लोग आध्यात्मिक मार्ग के कलंक हैं।

इनके अन्दर की सड़ाँध से मन ओर आत्मा दोनों फटने लगते हैं। परमात्मा का कार्य करने का मौका पाकर भी आज का आसुरी स्वभाव का इन्सान गहरे पापों के दलदल में धँसता जा रहा है। इनके बीच में ही हमें अपने पवित्र मिशन को पूरा करना है। कितनी भी बाधा आए, आगे बढ़ती रहना। मिशन आप जैसों को पुकार रहा है।

यह मिशन तो आपके दादा-दादी का है, जो पूरा होकर ही रहेगा। इनका क्या सामर्थ्य जो हमें रोक सकें। इन्हें अपना प्रयास करने देते हैं। हम इस शरीररूपी मंदिर के माध्यम से संसार को परमात्मा की शक्तियों का परिचय दें। इस मिशन में आप जैसी साथी मिली, अब मुझे कोई चिंता नहीं। इस समर में एक योद्धा की तरह अटल खड़ा हूँ।

15 अप्रैल, 2006: मैं जिस मार्ग पर हूँ, वह जगत् के लिए अज्ञात है। रास्ते कांटे भरे हैं। शत्रु छिपे हैं। कभी भी घात कर सकते हैं। तू मुझसे दूर रहकर पहले यहाँ के चक्रव्यूह को समझ ले। तुझे कदम-कदम पर ऐसे ही चालबाजों से मुकाबला करना पड़ेगा ।

मैं तो निर्वंश था इस जगत् में, इसीलिए पूर्व जन्मो के अपने ही बच्चों को मेरे पास आने के लिए मैंने पुकारा। तू अपने कर्म और शक्ति से विद्रोहियों, असुरों तथा उपहास करने वालों का जबान बंद करेगी और सारे लोग देखेंगे कि कैसे जन्मों पूर्व की बेटी अपने वंश को सम्हालती है।

16 अप्रैल, 2006: यहाँ आते-आते लोगों के अन्दर झाँकने की शक्ति पैदा कर। मन की बातें भी जानने की क्षमता यदि पैदा कर ले तो आने वाले वक्त में काम आएगी। यह दुनियाँ माया नहीं है, कठिन नहीं है। बल्कि इन्सान का चरित्र, उसकी नीयत और उसके मन की वासनाओं का मकड़जाल ही असली माया है। यही स्वार्थ और अहंकार है।

24 अप्रैल, 2006: इस जन्म में भी मुझसे आपको वेदना ही मिल रही है। मेरा मार्ग कांटों भरा है, मेरे आसपास कटीली झाड़ियाँ और पथरीले रास्ते पर खूंखार जंगली जानवर हैं, जो मौका मिलते ही भक्षण कर जाने की प्रतीक्षा में हैं। इस मार्ग पर अपने लक्ष्य की प्राप्ति के लिए आपका दृढ़ संकल्प, आपकी कठोर साधना तथा बाबा-माँ पर अटूट विश्वास और समर्पण ही आपकी शक्ति है। एक कठोर मानसिक साधना ही इस जगत् के श्रेष्ठ व उत्कृष्ट संचालन की क्षमता प्रदान करेगी आपको।

आप अपने पापा के लिए अपना सब कुछ छोड़कर आ रही हैं, यह देखकर मैं अचंभित हूँ। बाबा-माँ की ओर निहार रहा हूँ और इस जगत् की कुतूहलता को देख रहा हूँ। मेरी बेटी प्राण बनकर अपने पापा को बचाने आ रही है।

रुचि का उत्तर और मेरा प्रत्युत्तर

"पिताजी, प्रणाम! मुझे मेरे जीवन में आप चाहिए और कुछ भी नहीं। मैं भोले और प्यारे पिता के बिना अपने जीवन की कल्पना भी नहीं कर

सकती। यह मेरा स्वार्थ है, पर मैं क्या करूँ? मैं जानती हूँ कि मेरे कारण आपको परेशानी हो रही है, फिर भी आप मुझे इतना प्यार करते हैं। आप जो अमृत भरा अनंत प्यार देते हैं, उसे पाकर कौन आपसे दूर रहना चाहेगा? मैं दुनिया की सबसे भाग्यशाली बेटी हूँ। आपने मुझे अपने आप से प्यार करना सिखाया। मुझ जैसे साधारण व्यक्ति को अपनी शिष्या बनाकर और अपने साथ रहने की अनुमति देकर आपने मेरे जीवन को रंगों से भर दिया है। ईश्वर मुझे ऐसा अनमोल उपहार देंगे, इसकी मैंने कभी कल्पना भी नहीं की थी। मैं सब कुछ पाने के लिए आपके पास आ रही हूँ। आप मेरी जरूरतों की चिंता मत कीजिए। आपके आशीर्वाद से कोई-न-कोई रास्ता निकल आएगा। नहीं होगा तो मैं नौकरी कर लूंगी। दुनिया की कोई भी शक्ति मुझे अब मेरे पिता से अलग नहीं कर सकती, क्योंकि मेरे दादा और दादी भी मेरे साथ हैं।"

(अपनी लाडली का यह संदेश पाकर मैं अपने आँसू नहीं रोक पाया।)

मेरा प्रत्युत्तर–"एक तू ही है जिससे मैं अपनी भावनाओं को व्यक्त कर सकता हूँ। मैंने अपने जीवन में किसी की प्रतीक्षा नहीं की। आज, पहली बार किसी की प्रतीक्षा है तो वह तुम्हारी है, मेरी बिटिया पिछले बहुत सारे जन्मों से तेरा-मेरा संबंध रहा है। इस जन्म में मेरे पिता ने मिशन के लिए एक योद्धा के रूप में तुम्हारा चुनाव किया है। आ, दिखला दे कि तू शिवपुत्र की बेटी है। मेरी पहचान दे। जब तुमने इस जन्म में मेरे जीवन में प्रवेश किया, तब मैं संसार की गन्दगी से गुजर रहा था। मेरे पेट का ऑपरेशन हुआ, तबसे ही इस जीवन में दूसरी बार नरक की अनुभूति हुई। शुभ घड़ी तब आई, जब अपनी आँखों से अपनी बिछुड़ी बिटिया को देखा। मैं अपने पिता और माता के आदेश पर एक महासंग्राम में अकेला लहू-लुहान खड़ा हूँ। इस महासंग्राम में कुछ साधक (योद्धा) तैयार करने की कठोर जिम्मेदारी मेरे ऊपर उन्होंने डाल दी और अब उस संग्राम (मिशन) की जिम्मेदारी भी। बिना सहयोग के मैं अपनी शक्ति लगाकर साधक और साधिका तैयार करता

हूँ, इसमें मेरा कोई स्वार्थ नहीं होता। आम आदमी से एक शक्तिशाली साधक बनाने में मैं अपना जीवन लगा देता हूँ और जब परमात्मा तथा इस जगत् के प्रति कर्त्तव्यबोध कराता हूँ तो वह मेरे हृदय पर घाव करता है। गहरी पीड़ा होती है। स्थान और धन का अभाव बार-बार अपनों से डर पैदा करता है। मैं जानता था कि इस महासंग्राम में मेरी अपनी बेटी ही मुझ पर पूर्ण विश्वास कर सकती है, इसलिए मैंने तुझे एक सिद्ध शक्तिशाली साधिका बनाने का संकल्प लिया और तूने अनुकूल प्रतिक्रिया देकर मेरा अंश होना सिद्ध कर दिया ।

आ, मेरी बहादुर बेटी! आ, इन सांसारिक भोगियों के बीच तेरा पापा शिवपुत्र के रूप में गुरु के समान तुझे आवाज दे रहा है। अपने पापा की अमोघ शक्ति बन। इस समाज की गन्दगी को फाड़कर अपना ब्रह्मकमल उगा।

तुम्हारे पिता की साधना का संदेश सूक्ष्म जगत् से स्थूल जगत् में इस तरह की घटनाओं के माध्यम से प्रकट हो रहा है। यह हम लोगों को सावधान हो जाने का समय है। हर पल हो रही तुम्हारी ये अनुभूतियाँ अपने हृदय और अस्तित्व में बसा ले। ये ही मेरी बेटी की शक्ति बनेंगी और कवच का काम करेंगी। तेरे द्वारा इस विकट समय में दिया गया प्यार रूपी अमृत मेरे लिए बहुत कीमती है। चिंता मत कर, सारी स्थिति को मैं सम्हाल लूंगा। अब तू अपने पिता का एक हिस्सा होकर अपने अस्तित्व का इस धरती पर सर्वश्रेष्ठ प्रदर्शन करेगी और हम तेरी सफलता पर सर्वत्र प्रसन्नता जाहिर करेंगे।

हर व्यक्ति के प्यार की परिभाषा अलग-अलग है। मेरा प्यार सामने वाले व्यक्ति को पूर्णरूपेण स्वीकार कर लेना है। आपने जिस पल मेरे हृदय से लगकर रोने का भाव अपने अन्दर किया था, उसी पल मैं आपके अन्दर हमेशा के लिए प्रवेश कर गया। उसके बाद का एक-एक पल आप मेरे संग ही तो जी रही हो। क्या तुम मुझसे कभी अलग हो पाई? आप मेरे हृदय से लगना चाहती थी तो मैंने आपके ही हृदय में अपना स्थान (आसन) ले लिया।

लोग मुझसे भौतिक वस्तुएँ और सिद्धियाँ माँगते हैं लेकिन तुमने तो इस वर्ष के पहले ही दिन ईश्वर को ही माँग लिया। क्या देने में कुछ गलती हुई या कुछ बाकी है। संसार स्थूल आँखों से देखता है और स्थूल अर्थ ही निकालता है। मैं नहीं चाहता कि मेरी बेटी स्थूल भावनाओं में उलझकर स्थूल शब्द, रूप, भाव व अर्थ देने का कोई मौका आने दे।

मैंने दुनिया से बहुत बार धोखा खाया है। मैंने बहुत परिश्रम से अपने पिता की गोद पाया है। हर धोखा मेरे हृदय में एक गहरा घाव बना देता है। मैं अब और चोट बर्दाश्त नहीं कर सकता। आओ, मैं अपनी सहस्त्र बाहें फैलाए इस युद्धभूमि में अपनी युद्धप्रिया बेटी का इंतजार कर रहा हूँ।

दीप को

12 अप्रैल, 2006: मैं इस युद्धभूमि से अपनी शिष्या को अपना पवित्र प्यार और आशीर्वाद भेज रहा हूँ। अब यह समय अपने मन को कमजोर बनाने का नहीं है, बल्कि अपने ही मन की दिव्य शक्तियों, दृढ़ आत्मबल और संकल्प का प्रदर्शन करने का है। असुरों का प्रहार हमें सचेत और सावधान करते हैं। मिशन के लिए यह तैयारी का चरण है। सूक्ष्म जगत् में शक्तियों की जाग्रत और क्रियाशील उपस्थिति का परिणाम ही ये घटनाएँ हैं। श्रेष्ठ साधिका बनो।

ये हरकतें मेरी आँखें खोलने और मिशन के हित-अहित करने वालों की पहचान के लिए हुई हैं। पवित्र हृदय वाले मेरे शिष्यो, समर्पण एवं दृढ़निश्चय के साथ आओ। हम असुरों का समूल नाश कर परमात्मा के पवित्र ध्वज को स्तम्भ दें।

शिव अपनी समाधि तोड़कर जब युद्धभूमि में जाते हैं तब भी एकदम शान्त-भाव से ही युद्ध करते हैं। शत्रु कितना भी उकसाने का प्रयास करे, शिवपुत्र के अधिकारी होने के नाते हमें अंदर में शान्त भाव रखकर ही प्रक्रिया करनी चाहिए। शिव की समाधि को तोड़ने का कारण बनने वालों और मिशन के रास्ते में रोड़ा अटकाने वालों को बाबा, माँ और माँ के दसों रूपों के कोप का भाजन बनना ही पड़ेगा।

आपका 'शिवपुत्र एक मिशन' अभी एक नवजात शिशु है और कोई पूतना राक्षसी दुष्टभाव में उसकी हत्या करना चाहती है। तुम्हारी कायरता और व्यक्तिगत चिंताएँ उस दुष्टा की कामयाबी का कारण न बन जाए और उस शिशु की कहीं असमय हत्या न कर दी जाए। उसके एक मैसेज ने आपको इतना कमजोर कर दिया, यह जानकर मुझे अपने गुरु होने पर शर्म आती है। मैं किसी कायर और कमजोर का गुरु कभी नहीं हो सकता। असुरों के चाहने पर, मेरे भरोसे वाले हाथ युद्ध न करके अपनी असमर्थता और भगोड़ापन दिखला कर रो रहे हैं। युद्ध आँसू बहाने से और खुद को कमजोर करने से नहीं जीती जा सकती।

14 अप्रैल, 2006: क्या लिखूं तुम्हें, कुछ समझ में नहीं आ रहा है। जीवन और स्वार्थपूर्ण चरित्र का अध्यात्म देखकर स्तब्ध रह गया। माँ-बाबा मुझे आज के अध्यात्म का रहस्य सिखा और दिखला रहे हैं। मेरा स्वीकारयोग पूर्ण था, लेकिन उसमें कुछ सुधार आवश्यक था। आज के इन पदार्थभोगियों में परमतत्त्व की भूख नहीं, इन्हें तो अभी सांसारिक वासनाओं की ही भूख है। इनके बीच ही रहकर काम भी करना है तो इनके व्यक्तिगत स्वभाव को समझकर चलना होगा। ये निम्न सोच के लोग सिर्फ अपना सम्मान और स्वार्थपूर्ति चाहते हैं।

हम भी मानव शरीर में रहने के कारण प्रकृति के नियमों से बंधे हैं। शरीर का निर्माण प्रकृति ने किया है। मनुष्यों के बीच आने से सुख और पीड़ा की अनुभूति होनी स्वाभाविक है। इन्हीं अनुभूतियों को देकर परमात्मा जगत् में कार्य के लिए हमें प्रोत्साहित करता है। हमारी दृष्टि में कोई पापी नहीं है। किसी-किसी का व्यक्तिगत पापी स्वभाव होता है, पर वह उस व्यक्तिविशेष के प्रारब्ध के अनुसार होता है। यही व्यक्ति का भाग्य है और नियति-चक्र है।

धरती पर परमसत्ता की उपस्थिति सर्वज्ञ है। जब हम अपनी शुद्ध भावनाओं और पवित्र कर्मों द्वारा व्यक्त होने लगते हैं, तब हमारे अन्दर के ये दैवीय साक्षी भाव, परिस्थितियों तथा अपने ही लोगों द्वारा प्रताड़ित

होने तथा धोखा मिलने पर कष्ट और पीड़ा का कारण बनते हैं। यही मनुष्य का स्वभाव है।

शिव, माया का विध्वंस करना जानते हैं। भस्मासुर की तरह नचा-नचा कर मारना भी जानते हैं। हम हर घात और अपमान भूल सकते हैं, पर विश्वासघात कभी नहीं भूलते। हमें अपने मिशन के प्रति सदा सावधान रहना पड़ता है, इसीलिए क्रियात्मक रूप धारण करने के पूर्व ही आस्तीन के साँपों को बाहर का, सेकण्ड खंड का रास्ता दिखलाना पड़ा।

असुर मेरी भावनाओं और विश्वास के साथ ही चरित्र से भी खेलने का प्रयास कर रहे हैं। आने वाले साधकों और साधिकाओं को मुझसे दूर रखने का प्रयास कर रहे हैं। मेरे धन और संसाधन के अभाव को जान चुके हैं। मेरी सरलता का फायदा उठाना चाहते हैं। यह सब जानते हुए मैंने कभी भी अपने सभी शिष्यों को सामने नहीं लाया। मेरी कठोरता नहीं जानते ये लोग। मैं बदरीनाथजी (विष्णुजी) के कहने पर केदारनाथजी के द्वारा हिमालय से नीचे भेजा गया हूँ। मैं पहले दुनिया की चालों के सामने अपने को मूर्ख और परेशान होता प्रदर्शित कर रहा हूँ।

रुचि और दीप को

17 अप्रैल, 2006: ऐसे ही माहौल में हम सबको अपने संकल्प के बल पर बहुत सारे काम करने हैं। हमें दिखाना होगा कि अगर व्यक्ति पवित्र भावना से शिवपुत्रभाव को स्वीकार कर चले तो परमात्मा की प्राप्ति कितना आसान है।

व्यक्ति पहले निष्ठापूर्वक स्वीकार तो करे। यह संसार ऐसा ही था और ऐसा ही रहेगा। हम जो चाहते हैं उसके लिए ईमानदार होना और पूर्ण निष्कपट होना जरूरी है। एक सच्ची प्यास जरूरी है। व्यक्ति बहुरंगी चालों में सोचता और जीता है व अपने पिछले कर्मों को भोगने के लिए बाध्य रहता है। जब कभी प्रभु की प्राप्ति का सुयोग मिलता है तो अपनी दूषित पूर्व धारणाओं व क्षुद्र ज्ञान के अनुसार अंतस् के वासनात्मक विचारों के जाल में फँस कर उसका लाभ लेने से चूक जाता

है। यह संसार शक्ति का विलास-क्षेत्र (क्रीड़ा-क्षेत्र) है। इन्द्रियाँ इसी शक्ति के अधीन कार्यरत होने से शक्ति द्वारा नियंत्रित व संचालित होती हैं। मन भी एक सूक्ष्म इंद्रिय ही माना जाएगा, क्योंकि अन्य इंद्रियों का इससे गहरा संबंध है।

इस जगत् में इन्द्रियों और मन का संयुक्त खेल ही अनुभूतियों का कारण बनता है। हमारे पूर्व के संस्कार हमारे ज्ञान के परिणाम और प्रमाण हैं। हम तो उनसे बाहर की सोच ही नहीं पाते। अगर मेरे जैसा कोई पागल कुछ करता है तो व्यक्ति की इन्द्रियाँ पुनः उसे वापस उसी दुनिया में खींच लाती हैं, जिसमें वह अपना पाप भोग रहा होता है और दूसरों को भी ऐसा ही करने को प्रोत्साहित करता है।

व्यक्ति अपनी चारों ओर जो देखता व अनुभव करता है, उससे असंतुष्ट रहते हुए भी उस परिवेश के अतिरिक्त चाह तो रखता है, परन्तु प्रयास नहीं करता। अगर कभी किसी दिव्यात्मा के कारण बाहर निकलने का अवसर आता भी है तो वह चूक जाता है। वास्तविकता यह है कि परमात्मा की मानवरूप में उपस्थिति और उससे मुलाकात को अधिकतर लोग स्वीकार नहीं कर पाते, जबकि पाखंड में आकर वे अपने को परम धार्मिक और परम भक्त के रूप में प्रस्तुत करते हैं। सिर्फ प्रस्तुत ही नहीं करते, बल्कि साबित करने में पूरा जीवन नष्ट कर देते हैं।

अगर व्यक्ति तटस्थ व साक्षीभाव से अपने अगल-बगल हर पल हो रही घटनाओं और लोगों के परिवर्तनशील व्यवहार गहरे अर्थों में समझ ले तो संबंधों के पीछे छिपे स्वार्थ (एक-दूसरे को भोग लेने और अपना पिछला बदला चुका लेने) को समझ सकता है। इसी दशा में सच्चा आंतरिक वैराग्य उत्पन्न होता है। यह वैराग्य पलायन के लिए प्रेरित नहीं करता, बल्कि जीवन में सही दृष्टिकोण को विकसित करता है। स्थूल संबंध इसी 'स्वार्थ' (शव-अर्थ) का परिणाम है। शव-अर्थ (स्वार्थ) में जीओ बेटा!

मेरा स्वार्थ शव-अर्थ में है। मैं जब हजारों वर्ष के अपने पूर्व जन्मों की स्मृति का विश्लेषण करता हूँ तो यही पाता हूँ कि व्यक्ति का स्थूल

स्वार्थ और अहंकार ही सामाजिक संबंधों का मूल कारण है। संबंध स्थूल 'बाह्य' हैं, आंतरिक नहीं। स्वार्थ भी स्थूल ही है, आंतरिक नहीं। स्थूल स्वार्थ, विषयों और वासनात्मक संबंधों का निर्माण करता है, ऐसा जानकर इससे मुक्त हो जाना है। इन स्थूल स्वार्थी संबंधों से मुक्ति की निरंतर चाह ही भगवत्तत्त्व की भूख है।

दीप को

29 अप्रैल, 2006 : हे दीप! वीरभाव स्वीकार कर। हे मेरी साधिका! तू तो गृहस्थ जीवन में रहते हुए एक ऐसी साधिका का उदाहरण है, जिसकी आँखों में शिवपुत्र के रूप का साक्षात् विग्रह विराजित है, जिसके रोम-रोम में एक संघर्षशील और अपराजित गुरु व्याप्त है। जिस दीप के हृदय में एक ज्योतिर्मय नेत्रों वाला श्री केदारनाथजी के लाडले का दिव्य अखंडित आसन स्थित है, ऐसी दीप के मन का आनंद जा ही नहीं सकता।

ऐसी साधिका का जीवन सिर्फ बीतता ही नहीं है, बल्कि अन्य के जीवन का उद्धार करते हुए प्रेरणा बन जाता है। अंतिम घड़ी तो सामान्य जीवों की आती है, तू तो शिवपुत्र की शिष्या है। शिवपुत्र के शिष्य अपनी अंतिम घड़ी का इंतजार नहीं करते, बल्कि माँ और बाबा की इच्छाओं के अनुसार एक विराट चेतना द्वारा प्रायोजित व संचालित मिशन से जुड़े रहते हैं और अपने जीवन में परमात्मा के द्वारा दिए गए काम को जन्म-जन्मान्तर तक पूरा करते रहते हैं।

30 अप्रैल, 2006 : परिस्थितियाँ तो बनती-बिगड़ती रहेंगीं। हमलोगों का काम है कि हर हालत में स्वयं को साक्षीभाव में रखते हुए अपने कर्त्तव्य को ही साधना समझ कर करते रहें। साधक की परीक्षा तो उसके हर श्वास, उसकी हर धड़कन, उसके हर विचार में होती है। यही तो परमात्मा से मिलने का मार्ग है। संसार में कंटीले और ऊबड़-खाबड़ रास्ते ही तो मिलेंगे।

याद है न कि केदारनाथजी तक पहुँचने के लिए कितने दुर्गम और कठिन मार्ग से होकर जाना पड़ता है। रास्ते की कठिनाइयाँ व्यक्ति के

मन को कमजोर कर देती हैं और संकल्प शिथिल होने लगते हैं। मार्ग की दुर्गमता हर पल सावधान रहने की चेतावनी देती है, मगर दृढ़संकल्प यात्री (साधक) इन कठिनाइयों की तरफ विशेष ध्यान न देकर मार्ग के प्राकृतिक सौंदर्य के सहारे अपनी थकान को भुलाते हुए, केदारनाथजी को अपनी आँखों में बसाते हुए, आगे बढ़ता जाता है।

रास्ते की कठिन अनुभूतियाँ व्यक्ति को विचलित करती हैं तो अपने सौंदर्य से थकान भी मिटाती हैं और परमात्मा की तरफ आकर्षित भी करती हैं। उस क्षेत्र में पहुँच कर ही जो अनंत अमृतमय विश्राम मिलता है, वह पिछले मार्ग की दुर्गमता को विस्मृत करा देता है। और जब मिलन होता है उस प्रथम पुरुष 'शिव' के जाग्रत विग्रह (स्वरूप) से, तो जीवन की सारी पीड़ा भुला जाती है और मिलती है अपने अस्तित्व का स्वर्गिक और अखंडित अमृतमयी अनुभूति।

सारे संसार के स्वामी के सान्निध्य से एक गहरा प्यार मिलता है। वे अर्द्धमिलित नेत्रों से स्नेह और अमृतमयी मुस्कुराहट से हमारे अनंत जन्मों के भटकाव का अंत कर, अपनी पवित्र गोद में बैठा कर जो दुलार देते हैं, तो जन्मों की थकान सदा के लिए विस्मृत हो जाती है और मिलता है पिताश्री का अतुलनीय प्रेम। परमात्मा के सान्निध्य से अनुभूति होती है कि हम उस परम चेतना में लीन हो गए और उस चेतना ने हमारे सम्पूर्ण अस्तित्त्व को अपने में स्वीकार कर लिया।

2 मई, 2006 : कल के तुम्हारे सारे मैसेज मैंने पढ़े। दस-बारह वर्ष पूर्व मेरी पत्नी ने जो आत्महत्या की, वही मेरी आत्मा का, स्थूल व मन शरीर से मुक्त होकर, आत्मशरीर में ऊर्ध्व होने का कारण बन गई। इन सब घटनाओं से गुजरती हुई मेरी आत्मा, जो पहले प्रकृति के त्रिगुणात्मक बंधन में बँध गई थी, परमात्मिक सूक्ष्म जगत् में प्रवेश कर गई। एक महान वैराग्य का उदय हुआ और मेरी आत्मा 'स्व' में समाहित हो गई। निरंतर समाधि, तीव्र वैराग्य तथा शक्ति-चक्रों में निरंतर विस्फोट के कारण मेरी आत्मा (मुझ) को विद्युत ऊर्जा-कणों ने ज्योतिर्लिंग में परिवर्तन कर दिया और इस शरीर की चरम अवस्था में ले जाकर मेरे

समस्त शरीर को ज्योतिर्मय कर परमपुरुष शिव की गोद में बैठा दिया।

हे दीप! मैं अपनी उस स्थूल शरीरधारी आत्मा, 'पत्नी' का शुक्रगुजार हूँ और उसे धन्यवाद देता हूँ, जो इस त्रिगुणात्मक बंधन के मायाजाल से निकलने में मेरी प्रेरणा और वैराग्य के मूल कारणभूत तत्त्व बनी। बार-बार मैं धन्यवाद दूँगा।

मेरे जन्मों-जन्मों के यात्राकाल में जिन लोगों ने मेरे साथ जैसा भी व्यवहार किया, उन सभी को बारंबार धन्यवाद देता हूँ। मोक्ष प्राप्ति के लिए मेरी तड़प रही आत्मा को परमात्मा का साक्षात् ही नहीं, बल्कि उससे एकाकार करने में उन्होंने अपने जीवन का योगदान दिया, अपने शरीर की आहुति दी। मैं अपने पिछले जीवन की गलतियों से सीखता हूँ। मेरा वर्तमान जो मेरा मिशन और मेरे बच्चे हैं, उन्हें एक ऐसी यात्रा पर ले जाना है, जहाँ से वे कभी भी नरकतुल्य इस स्वार्थी और क्रूर मायावी संसार (सेकण्ड खंड) में वापस न आने पाएँ।

शालिनी को

15 अप्रैल, 2006 : मैंने परमात्मा का नेक मार्ग तुझको दिखला दिया है। फिर से रुपया और शरीर के पाप में, दलदल में, खेल में मत जाना। बड़े परिश्रम से तुझे उस दलदल से निकाला है। मुझे कभी समझने का प्रयास तूने नहीं किया। हमेशे गलतफहमी में तूने गलत फैसले लिए। सोचो शांति से, कितनी गालियाँ मुझको दी तूने। कुछ भी कहने से पहले, शांति से, अक्ल से सोचा तो होता। कितनी गन्दी बातें तुमने कही मुझसे। मैंने परमात्मा का मार्ग दिखलाया। क्या यह गलत किया? यही ईनाम दिया आपने? शायद तुमने मुझे गुरु के रूप में कभी स्वीकार नहीं किया। मैं कुछ नहीं कहूँगा।

हाँ ! मैंने सच कहा था कि मेरी दुनिया सीमित नहीं। 'शिवपुत्र एक मिशन' परिवार में करोड़ों माँ-बहनें और मेरी बेटियाँ आएँगी और मैं इस जगत् में अपने 'गुरु' होने के 'धर्म' को निभाऊँगा। मुझे जन्म और जीवन मेरे माँ-बाप ने दिए हैं, इसीलिए कि जो भी दुखी और पीड़ित पवित्र आत्मा मुझे गुरु के रूप में ईमानदारी से स्वीकार करेगी, उसे परमात्मा

के निकट ले जाऊँ। यदि गुरु हूँ तो कमजोर और कायर नहीं हूँ। परमात्मा के सच्चे मार्ग पर ही ले जाता हूँ।

20 अप्रैल, 2006 : जन्मों की भावनाएँ किसी नाम की मोहताज नहीं हुआ करतीं। ये भावनाएँ तो प्यार, विश्वास और आत्माओं के संबंधों पर परमात्मा की बनाई होती हैं, जहाँ नाम छोटे पड़ जाते हैं। नाम की तो सीमा होती है। ऐसे संबंधों में एक-दूजे के लिए मर मिटने का जज्बा होता है, यदि कोई समझने की कोशिश करे तो। एक गरीब गुरु का भेंट ही समझ लो। एक ऐसा गुरु जो किसी पर बोझ नहीं बनना चाहता। बस, अपने शिष्यों को शक्तिशाली बना कर हर हाल में उन्हें खुश और कामयाब देखना चाहता है।

तुमने मेरी बीमारी में जो अनमोल प्यार और निष्कपट सेवा दी, वह इस जमाने का कोई सामान्य व्यक्ति नहीं कर सकता। तेरा उपकार परमात्मा के बेटे पर उपकार है। यही मेरे लिए बहुत बड़ी बात है। कोई, जो कई जन्मों का अपना ही होता है, उसके हाथों में खुद को सौंप कर निश्चिंत हुआ जा सकता है। तुम अपना ख्याल रखना।

24 अप्रैल, 2006 : मैं तो एक फकीर हूँ, जो बाबा की दी हुई रोटी खाता हूँ और उनका ही दिया वस्त्र पहनता हूँ। न तो मैं भिखारी हूँ और न ही अपने शिष्यों को भिखारी बनने देना चाहता हूँ। मेरे पास तो सिर्फ मेरे पिताश्री केदारनाथजी और माताश्री कामाख्या (दसों मूल महाविद्या-शक्तियाँ) हैं। क्या कोई मुझसे उन्हें छीन सकता है? हम तीनों एक साथ रहते हैं। मुझे दिए गए कष्ट और अपमान मेरे माँ-बाबा तक पहुँचते हैं।

मेरे माँ-बाबा मुझे सिर्फ प्यार देते हैं, इसलिए मेरे पास तो सिर्फ प्यार ही है। मेरे साथ कोई कैसा भी बर्ताव करे, मैं तो सिर्फ अपना प्यार ही दे सकता हूँ। यही तो है मेरी पूँजी, मेरा धन। क्या कोई इसे छीन सकता है? मेरे जीवन की जरूरत तो मेरे माँ-बाबा की है। जब उनकी मर्जी होगी, वे ले लेंगे। मुझे जिन्दा रखने की आवश्यकता तो मेरे माँ-बाबा को और इस जगत् की रक्षा के लिए है। मैं तो पहले से ही न जाने कितनी बार मर चुका हूँ। शव-ईकार (स्वीकार) में हर वक्त रहता हूँ। मरे को

क्या मारना और मरे हुए का क्या छीनना?

जिस दिन आप मेरे पिताश्री 'श्री शिव' के बारे में समझ जाएँगी, मेरे बारे में, 'शिवपुत्र' के बारे में जानने और समझने लगेंगी। मुझे किसी से कुछ नहीं लेना। मैं क्या करूँगा यह सब लेकर? मुझे न तो गृहस्थी बसानी है, न मंदिर बनाना है। आप लोगों द्वारा रचित ये घटनाएँ भी मिशन का ही हिस्सा हैं, लगे रहिए। मिशन के रास्ते (मेरी जीवन यात्रा) में जो लोग भी (जन्मों पुराने कुछ परिचित) आए, मैंने यही माना कि उन्हें माँ-बाबा ने भेजा है। उनको अपना प्यार दिया और परमात्मा के मार्ग पर ले जाने की कोशिश की। इसमें मेरी सफलता या असफलता का तो प्रश्न ही नहीं उठता। जो होता है, वह अपने कर्मों का परिणाम है। मेरे बाबा-माँ की पवित्र गोद में सब थोड़े ही बैठ सकते हैं?

मैं सभी से खुश हूँ। सबको मेरा धन्यवाद, जिन्होंने अपने व्यवहार व बर्ताव से मुझे बार-बार यहाँ तक पहुँचाया। पिछले और इस जन्म में बहुत सारी संपत्ति, राज्य, धन-वैभव देख और भोग कर छोड़ चुका हूँ। पहले भी मेरे पास 'मेरे बाबा' थे और अब भी मेरे पास मेरे 'अपने बाबा' हैं। मेरा होना उनका ही तो होना है और अपने जीवन से मुझे खोना भी उनका ही तो खोना है। मैं तो मात्र शिवपुत्र हूँ। मेरी आँखों में सदा से ही मेरे माँ-बाप ही हैं, कोई भौतिक पदार्थ और पद नहीं।

X X X X

आज 26 अप्रैल, 2006 । पूर्व घोषणा के अनुसार मैं प्रातः ही दिल्ली पहुँचा और उधर पटना से चल कर मेरी बेटी सब कुछ जानती हुई भी मेरे पास पहुँची। एक अघोर का वंश विपरीत परिस्थितियों में भी अपने लक्ष्य तक पहुँचने के लिए जाना जाएगा।

मुझे अब अपनी बेटी के साथ कामाख्या के तृतीय प्रवास के लिए निकलना था। अम्बुवाची मेला में अभी कुछ देर थी। कुछ दिन दिल्ली में अपने एक शिष्य पंडितजी के यहाँ ठहरकर मैंने आराम किया, क्योंकि मेरे पेट का दर्द फिर बढ़ गया था। तत्पश्चात्, रुचि को अपने साथ

लेकर हिमालय में बाबा केदारनाथजी के पास चला गया। मंदिर का कपाट खुलने वाला था। वहाँ मेरी बेटी को देखकर सभी अत्यंत हर्षित हुए। लगभग एक माह रहकर हम पुनः कामाख्या यात्रा पर जाने के लिए नीचे उतरे और दिल्ली से कोलकाता दीप के साथ पहुँचे।

मुझे दोनों वैकल्पिक अधोमुखी त्रिकोणों से होकर गुजरना था, जिससे कामाख्या से निकलते समय धरती के संतुलन को सही ढंग से सम्हाल सकूँ। दीप के यहाँ आराम कर रुचि के साथ कामाख्या की ओर निकल पड़ा। दादा ने सारी व्यवस्था उसी कमरे में कर रखी थी।

इस बार एक अद्भुत गुप्तकार्य के लिए उस क्षेत्र में ठहरना था। समय की कोई सीमा निश्चित नहीं थी। मेरे मुख्य कार्य से मेरी बेटी एकदम अनजान थी। मैं अपनी नाजुक बेटी को बिना उसके जाने ही एक घोर भयानक कार्य से कठोरतापूर्वक जोड़ दिया था। मेरी बेटी का मुझ में पूर्ण भरोसा था–कोई शंका नहीं। मुझे इस बार अपने अघोर सामर्थ्य का गुप्त रूप से प्रदर्शन करते हुए अपनी माँ कामाख्या और उनके सभी रूपों को पूर्ण रूप से मुक्त कराकर अपने संग निकाल ले जाना था।

अध्याय-26

कामाख्या का तृतीय प्रवास

माँ गायत्री का शापोद्धार और माँ कामाख्या की मुक्ति

12 जून, 2006 की शाम कामाख्या मंदिरक्षेत्र में मैं रुचि के साथ पहुँच गया। रुचि ने जो देखा या उसे जो भी अनुभूति हुई, उसका वर्णन उसने मुझसे किया, जो उसीके शब्दों में यहाँ प्रस्तुत है।

"मंदिर के बाहर, जब हम लोग गणेशजी को प्रणाम कर रहे थे तो उनकी जगह आप दिख रहे थे। मंदिर के अंदर जब लाइन में खड़े थे तो माँ आ गई और हँसती हुई बोलीं–'यदि अभी मैं आ जाऊँ तो ये लोग मुझे भी लाइन में लगा देंगे। देख, मैं अपने बेटे को लेने गई थी, अभी मैं इसीके साथ हूँ।'

आपके स्थान पर एक बड़ा सा प्रकाश-पुंज दिख रहा था, जिससे मुझमें प्रकाश आ रहा था। मेरे शरीर में करेंट चल रहा था सहस्रार में एक गोल छेद जैसा प्रतीत हो रहा था, जैसे बर्फ का कोई टुकड़ा रखा हो और उससे कोई ठंडा द्रव स्रावित हो रहा हो। मेरे कंठ में अग्निमय ऊर्जा ऊपर सहस्रार की ओर जाती महसूस हो रही थी। जब गर्भगृह में माँ के ऊपर माला चढ़ाया, तो माँ बोलीं–'आओ।' उस समय माँ से प्रकाश निकलकर मुझमें प्रवेश कर रहा था मंदिर से निकलकर मैंने देखा गर्भगृह में माँ अपनी गोद में आपको ली हुई हैं। माँ आपको आराम करने

के लिए बोलीं और बतलाईं कि आप कामाख्या आए हैं तो आप में बाबा भी यहाँ आए हैं।"

दूसरे दिन, 13 जून, 2006 को रुचि ने जो देखा उसका इस प्रकार वर्णन किया -

"आपके अनाहत चक्र से खूब तेज प्रकाश निकल रहा था उसमें से माँ कामाख्या गुलाबी रंग के पुष्प पर बैठी हुई निकलीं। आपने प्रणाम कर जब उनसे वहाँ बुलाने का प्रयोजन पूछा तो माँ ने कहा–'क्या, अपने बेटे को बिना किसी प्रयोजन के नहीं बुला सकती?' फिर थोड़ा रुक कर बोलीं–'हाँ! किसी प्रयोजन से ही बुलाई हूँ।'

माँ ने आपको अपनी गोद में बिठा लिया। आप एक छोटे बच्चे हैं। शिवजी ने भी आकर उनसे आपको अपनी गोद में लेने के लिए माँगा। माँ आपको पकड़ी हुई बोलीं–'यह मेरा क्षेत्र है, इस क्षेत्र में आने के बाद मेरा अधिकार चलेगा।'

बाबा मुस्कुरा रहे थे और आपकी ओर देखकर मन-ही-मन कह रहे थे–'संभल कर रहना।' बाबा को ऐसा लग रहा था कि आपके साथ कुछ गड़बड़ न हो जाए। बाबा सोच रहे थे कि माँ थोड़ा अहंकारी हैं, जबकि माँ सोच रही थीं कि वे जो कर रही हैं, सही है। इसलिए बाबा बार-बार आपको देखने यहाँ चले आते हैं।

इसके पूर्व, एक बाल्टी में जल भरकर बाबा माँ का इन्तजार कर रहे थे। तब हम दोनों वहीं खड़े थे। बाबा बाल्टी से पानी निकालकर मेरा पैर धोने आगे बढ़े तो आपने उनके हाथ से बाल्टी ले ली। आप बोले–'नहीं, नहीं बाबा! हम लोग अपने से धोएँगे।' फिर आपने अपना और मेरा पैर धोया । जैसे घर में प्रवेश से पूर्व स्वागत में आरती करते हैं वैसे ही माँ ने हम लोगों की आरती की। फिर बाबा ने कुछ दिया, जिसे हम दोनों ने अंजुली से पीया।

हम दोनों सो रहे थे, तभी अचानक मुझे ऐसा लगा कि यह चेहरा मेरा नहीं है। मैं अपने शरीर से दूर खड़ी स्वयं को देख रही हूँ। हम दोनों का शरीर यहीं पड़ा हुआ है। मैंने देखा कि मेरा शरीर माँ कामाख्या में परिवर्तित हो गया है। मेरा एक रूप बाहर है एक मेरे अन्दर। जो लेटा

है वह माँ हो गया है और जो खड़ा है वह मैं हूँ। मैं एक छोटी बच्ची हूँ और आप, जो लेटे हुए हैं, शिवजी हैं। फिर आप कभी माँ में, तो कभी बाबा में परिवर्तित होते जा रहे हैं।

बाबा ने आपको आदेश दिया–'परमेश्वर का तू मार्गदर्शन कर। इसे शान्त होकर तेरी, मेरी और माँ की पूजा करनी होगी। अगर तू चाहे तो परमेश्वर बहुत आगे जाएगा । वह भी तुम्हारी तरह भोला-भाला है। उस पर विशेष निगाह रखकर उसे सुधार। माँ ने इसे शक्ति दी है तो माँ ही इसको इधर-उधर बहका रही हैं। माँ जब देती हैं तो सिर्फ देती ही चली जाती हैं। वे न तो सावधान करती हैं न यह देखती हैं कि कितना देना चाहिए। लेने वाले की क्षमता नहीं देखतीं। लेकिन क्रोध आने पर शक्ति पूरी वापस ले लेंगी। माँ का जैसा आदेश हो वैसा ही करना। मेरी दृष्टि सब कुछ पर रहती है।"

बाबा ने फिर कहा–'मैं और तू एक ही हैं, अलग नहीं। तेरे हृदय में मैं बसता हूँ और मेरे हृदय में तू बसता है। मैं हर क्षण, हर पल सिर्फ तुझमें ही डूबा रहता हूँ। तुम्हारे बाद ही मैं माँ को याद करता हूँ। तुम और मैं हमेशा एक थे, एक रहेंगे। इसीलिए जो तुम्हें प्रसन्न करेगा उससे मैं प्रसन्न रहूँगा। जो भी तुम्हें परेशान करेगा, दु:ख देगा, बदनाम करेगा, उसकी हालत बहुत बुरी होगी। वह जीते हुए भी मुर्दे की जिंदगी बिताएगा।'

अपने शिष्यों को प्यार दे, मगर अपना समय और अपनी शक्तियाँ बर्बाद मत कर। पूर्ण गुरुभाव से सभी शिष्यों को देख। साधना की योग्यता देखते हुए शिष्य को आगे बढ़ा। लेकिन इसमें भी सावधान रह। भावनाओं में बहना उचित नहीं। शिष्य को शक्तियाँ देकर परख। थोड़ा समय दे और देख कि वह कितनी देर साधना में बैठता है। यदि वह उतनी साधना नहीं कर रहा और तू शक्तियाँ देता रहा तो उसके लिए यह घातक होगा।'

मेरा माथा चूमकर बाबा ने मुझसे कहा–'तुझे पता है न, तू कहाँ से कहाँ पहुँच गई? तू मेरे दरबार में आ गई, जहाँ तेरा स्थान सुरक्षित है। अपने पिता को जब तक पूर्ण गुरु स्वीकार करती रहेगी, तब तक तुझे

कोई इस स्थान से हटा नहीं पाएगा। तुझे बहुत सारे कार्य करने हैं। मैं तुझे बहुत प्यार करता हूँ, इसलिए समझा रहा हूँ।'

फिर बाबा ने हम दोनों को अपनी गोद में बैठाकर बहुत लाड़-प्यार किया।

इसी प्रकार हम लोगों का समय माँ-बाबा और माताओं के संग व्यतीत होने लगा। लेकिन मुझे सावधानी से आगे के कार्य का संचालन करना था। रुचि अधिकतर ध्यान में ही डूबी रहती।

इस बार मैंने कामाख्या मंदिर क्षेत्र में एक विचित्र घटना देखी। निरंतर आकाशीय विद्युत हमारे अगल-बगल कड़कता रहता। परमेश्वर ने मुझे बतलाया था कि एक रात कामाख्या मंदिर से वापस घर जाते समय जंगली मार्ग में उसके ऊपर बिजली गिरी थी और वह बेहोश हो गया था। उसका एक तरफ का कन्धा वज्रपात से बुरी तरह झुलस गया था।

ऐसे माहौल में मैं कमरे में चटाई पर लेटा हुआ कुछ देख रहा था कमरे के आसपास और बगल में तेज आकाशीय बिजली चमकती हुई फट रही थी। रुचि कमरे में किसी काम से इधर से उधर आ जा रही थी। अचानक मैंने रुचि को कसकर डाँटा–"क्यों इधर-उधर घूम रही हो? एक तरफ हो जाओ। देख नहीं रही है, जंगले के बाहर बिजली गिर रही है? बीच से हट जाओ, घूमो मत।"

रुचि चुपचाप बीच से हटकर एक तरफ बैठी नहीं कि आकाश में तेज कड़कड़ाती बिजली फटी और खिड़की के सामने से गुजरती हुई बिजली के तार से टकराई। एक लौ खिड़की के अन्दर आई तथा सामने तख्त पर रखे मेरे आसन में समा गई। यह देख रुचि सहम कर बोली–"पिताजी! यह क्या, बिजली कमरे में कैसे आ गई और ये तो आपके आसन पर गिरी है। यह क्या हो रहा है?"

मैं गंभीरता से कुछ देर पूर्व से ही देख रहा था। मैंने रुचि की तरफ देखा और खामोशी से वहीं बैठे रहने का संकेत किया। अचानक आकाश की तरफ मैंने मुँह किया और मेरे मुँह से प्रचंड अघोर ध्वनि निकल पड़ी। अघोर ध्वनि रुचि ने पहली बार सुनी थी। कुछ देर तक मैं ऐसे ही बैठा रहा। फिर सामान्य होकर रुचि से बोला–"इस क्षेत्र में मनुष्यों

के साथ-साथ यहाँ के जीव, जन्तुओं, पशुओं, पेड़-पौधों और प्राकृतिक संकेतों से भी हर पल सावधान रहो। बेटा, यह सदा याद रखो कि तुम सेकण्ड खंड के घोर मायावी आसुरी क्षेत्र में हो। ये कभी भी, कहीं से भी, किसी को भी माध्यम बनाकर घात कर सकते हैं। सेकण्ड खंड के बारे में अभी तुम कुछ भी नहीं जानती, धीरे-धीरे सब समझ जाओगी। और एक बात, इस क्षेत्र में मेरे मुँह से निकलने वाले हर शब्द को ध्यान से सुना करो, उसका एक गहरा अर्थ होता है। बिना मुझे बताए बाहर मत जाओ। सदा मेरी आँखों के सामने रहो। मुझे बता कर ही कहीं जाना।"

यह मार्ग दीदी (रुचि) के लिए अनजाना था और सेकण्ड खंड इतना शक्तिशाली कि उसमें माँ अभी तक बँधी हुई बेबस पड़ी थीं। इसी तरह की घटनाओं के मध्य हमारा मिशन बढ़ता जा रहा था। मैं समझ चुका था कि इस बार के कार्य में समय बहुत अधिक लगेगा। समय निश्चित नहीं किया जा सकता। धीरे-धीरे दीदी भी मानसिक व शारीरिक रूप से तैयार हो रही थी। साधना की गंभीरता दिन प्रति दिन सघन होती जा रही थी।

अब मेरे विभिन्न रूप, जिन्हें हम आगे 'स्वामीजी' के नाम से संबोधित करेंगे, वे रुचि का मार्गनिर्देशन करते तथा आवश्यकता पड़ने पर वार्ता करते। अनेकों प्रकार के शस्त्र और उनकी शक्तियों के संचालन के विषय में माँ बतातीं। इस क्षेत्र में हमारे उपस्थित रहने से जाग्रत अधोमुखी त्रिकोण की सक्रियता भी बढ़ने लगी थी। मैं मौसम में स्पष्ट परिवर्तन देख रहा था। एक दिन, स्वामीजी ने रुचि को वार्ता में अनेक रहस्यों को समझाया । आवश्यकतानुसार, मुझे भी संबोधित करते जाते।

"आपके मणिपुर चक्र में शक्ति का भंडार है। आप किसी को कितना भी शक्ति देंगे, भंडार खाली नहीं होने वाला। आपके द्वारा प्रदत्त शक्तियों का प्रयोग, बिना आपके आदेश लिए करने से कोई भी अपना अहित ही करेगा। आप अगर किसी को अपनी मर्जी से शक्ति दे सकते हैं तो वापस भी ले सकते हैं। आपके हाथ में शक्ति का पूरा नियंत्रण है और संचालन करने का सामर्थ्य भी। आप चाहें तो किसी की पूरी शक्ति का नाश कर सकते हैं या उसे अपने पास खींच सकते हैं। वह

कितनी भी कोशिश करे, बिना आपकी इच्छा के शक्ति उसके पास वापस नहीं जा सकती, क्योंकि इसका अधिकार बाबा ने आपको दे रखा है। अर्थात् शक्ति पाने के लिए अब आपको प्रसन्न करना आवश्यक है। बाबा यदि किसी व्यक्ति से प्रसन्न भी हो जाएँ तो उसे शक्ति नहीं देंगे।"

तभी बाबा भी आ गए और बोलने लगे–"हर हाल में उसे वापस पाने के लिए मेरे बेटे को ही प्रसन्न करना होगा और यह मेरे बेटे पर निर्भर करता है कि वह फिर उसे शक्ति दे या न दे। यह अधिकार, आज से मैं पूर्ण रूप से अपने इस छोटे से बच्चे को दे रहा हूँ, अर्थात् शिवपुत्र को।"

रुचि कहती है–"जब यह अधिकार बाबा आपको दे रहे हैं तब कुछ देवतागण भी वहाँ हैं, जिन्हें अच्छा नहीं लग रहा है। बाबा उन सबको छोड़ आपको लेकर एकांत में चले जाते हैं। आप अभी बालकृष्ण के रूप में हैं और बाबा की गोद में बैठे हैं। बाबा आपको समझा रहे हैं। उनकी गर्दन का सर्प आपके शरीर पर घूम रहा है।

'मैं अब अपनी जिम्मेदारियाँ तुम्हें देना चाहता हूँ। मैं जिम्मेदारियों से मुक्त होना चाहता हूँ, अब तू सम्हाल। तेरे सिवा मैं अपनी ये जिम्मेदारियाँ अन्य किसी को नहीं दे सकता, क्योंकि इस पृथ्वी पर कोई भी कलियुग में इस लायक नहीं है। तूने इस युग में आकर हम लोगों को परम भाग्यशाली बना दिया है।' (रात्रि के ठीक बारह बजे हैं) रुचि ने कहा कि उस समय वह भी वहीं थी जब बाबा समझा रहे थे–'हाँ, तेरे में एक कमी है। तू बहुत भोला है और हर व्यक्ति को अपने जैसा ही भोला समझता है। पर ऐसा नहीं है। लोगों का मन छल से भरा है और तुझको लोग छलते हैं। तू सावधान रहा कर।'

तब बाबा मेरी (रुचि की) पीठ सहलाकर मुझसे बोले, 'इसके पास जो भी आए, शान्त मन से उसको देख, जैसे तुम बेवकूफ हो। किसी की बातों पर मत जा। वह कुछ भी बोलता रहे, उसके मन को बेवकूफ बनकर पढ़ती रह। तब उस व्यक्ति की क्या सोच है, उसका पता चलेगा। फिर तुझे जैसा लगे इसे बताती रह।

मैं जानता हूँ, इसे किसी चीज में रुचि नहीं है। जो कोई व्यक्ति इसके

सामने अपना दुख व्यक्त करता है, यह समझता है वह सही कह रहा है, वह सत्य कह रहा है और अपने आपको उसकी जगह रखकर सोचने लगता है। सचमुच में कोई दुखिया या दुखियारी है तो उसके दुख में दुखी हो जाना ठीक है, लेकिन जो व्यक्ति खुद अपने दुख का कारण है, उसके दुख से दुखी हो जाना ठीक नहीं। इससे मैं परेशान हो जाता हूँ।'

17 जून, 2006 की रात में लगभग एक बजे। रुचि अपनी हो रही अनुभूति बताती है, "हम माँ का मन्त्र जप रहे थे तो माँ की योनि का एक टुकड़ा दिखा। वहीं माँ भी थीं और कह रही थीं कि यह मेरी शक्तिपीठ है। जब मैं मंत्र जप रही थी तो मन्त्र उसी जगह पर इकट्ठा हो रहे थे तथा वहाँ से तेज प्रकाश निकल रहा था। ऐसा महसूस हो रहा था कि वह टुकड़ा मेरे ही शरीर के अन्दर मूलाधार के नीचे है। अभी उस स्थान से श्वेत ऊर्जा निकलकर मेरे सहस्रार पहुँची। चक्रों के अतिरिक्त, पीठ की दोनों तरफ भी ऊर्जा जा रही थी। आज्ञाचक्र में वह ऊर्जा जाकर कुछ देर ठहरी और फिर ऐसा लगा कि बाहर से भी ऊर्जा आकर आज्ञाचक्र में प्रवेश कर रही है। अन्दर से स्पंदन हो रहा है और अब आज्ञाचक्र में अर्घायुक्त शिवलिंग दिख रहा है, जो कभी-कभी आपके चेहरे में परिवर्तित हो जाता है। अब आपका चेहरा कृष्ण के बालरूप में बदल गया। वहीं माँ खड़ी हैं और आपको देख खूब हँस रही हैं। शिवलिंग पर फन काढ़े एक साँप आ गया, जिसकी आँख से लग रहा है कि आप हैं।

माँ बोल रही हैं–'वैसे ही जप कर (जैसे मैं जप करती हूँ)। वहीं शक्ति संचित कर।' फिर मेरे शरीर के उसी स्थान में माँ अभी प्रकट हो गई हैं। उस स्थान (माँ कामाख्या के मंदिर का गर्भगृह) तक जाने के लिए दोनों ओर दाएँ-बाएँ करेंट की सीढ़ी बनी हुई है। एक बार में एक ही आदमी अन्दर जा सकता है और माँ का वही योनि (शक्ति) स्थान है। वहाँ से तेज प्रकाश निकल रहा है।' यह सारा मेरे शरीर के अंदर ही है। उसी स्थान से आवाज आ रही है। बहुत सारे लोग मंत्र का तेज उच्चारण कर रहे हैं। उन सबमें सिर्फ आप वाला मंत्र स्पष्ट सुनाई दे

रहा है। आपके उस मंत्र की ध्वनि इतनी तेज है जितनी मेघ गरजने की, बिजली चमकने की होती है। आपकी आँखें परिवर्तित हो गई है। गोल वाला भाग अग्नि की लौ में परिवर्तित हो गया है। जब आपका मंत्र निकलता है तब उस आँख से पूरी लौ निकलती है। तेज ध्वनि हर तरफ फैल जाती हैं, जिससे सबकी आँख शांति से बंद हो जाती हैं और बारिश होने लगती है। उसी बारिश में बाबा नटराज नृत्य कर रहे हैं और माँ भी खुश हैं तथा कह रही हैं–'मैंने शक्तिपीठ तेरे ही अंदर बना दिया।' जैसे माँ का रूप है ठीक वैसे ही मेरा भी सजा हुआ रूप है। मेरे सिर पर एक मुकुट है, जिसपर एक सर्प आ जाता है। आप, बाबा व माँ बहुत निश्चिंत लग रहे हैं तथा मुझे खूब आशीर्वाद दे रहे हैं। लग रहा है जैसे आज यही काम था, जिसे मैंने पूरा कर लिया है। अब माँ की योनि का टुकड़ा मेरे ही अंदर लगातार दिख रहा है।'

साधना में हो रही ऐसी ही अनुभूतियों में रुचि डूबी रहती। समय-समय पर बाबा, माँ तथा स्वामीजी उसे दिशानिर्देश देते। बाबा खुद रुचि को इस प्रकार से तैयार कर रहे थे जिससे वह मुख्य कार्य के लिए अपने हर शरीर से पूरी तरह तैयार हो जाएँ। जब भी हम माँ की स्तुति या आरती आदि करते, एक-एक कर सभी माताएँ साकार उपस्थित हो जाया करतीं। जब मैं लेटा रहता तो कोई-न-कोई माँ मुझे देखने आती रहतीं, विशेषकर माँ काली और माँ तारा।

मैं आराम नहीं कर रहा था, इसपर बाबा ने मुझे रात दस बजे तक सो जाने का आदेश दे दिया। और न चाहते हुए भी, मुझे इस आदेश का पालन करना ही था। लेकिन अब रुचि की चौबीस घंटे की साधना प्रारम्भ हो चुकी थी। कोई काम कर रही हो या फिर ध्यान में बैठी हो, इसका कोई मतलब नहीं। यहाँ पर बात तो सिर्फ चेतना के योग की है।

अम्बुवाची मेला प्रारंभ होने को है। अब मुझे अपनी बेटी को कठोर साधना कराना था। साथ ही उसकी रक्षा भी करनी थी और अपना वह कार्य भी निपटाना था जिसकी अभी रुचि या इस जगत् में किसी को भी भनक तक न थी। मैं चाहता भी न था कि रुचि को इस बात का आभास हो कि वह मेरे साथ इस क्षेत्र में किस विशेष कार्य से उपस्थित है। रुचि

को साथ ले मैं भैरवी मंदिर चला जाता, जहाँ अपने संग उसे भी माँ को पुकारने के लिए अपने चक्रों से जोड़ लेता और जो प्रकृति और सूक्ष्म जगत् में मेरे ध्वनि करने से उत्पन्न हो रही घटना है, उसे देखते रहने को कहता। बाद में रुचि उन घटनाओं का वर्णन करती और मैं उसे लिपिबद्ध करता जाता तथा प्रयोजन के अनुसार निर्णय लेता ।

एक दिन माँ सरस्वती का आगमन हुआ और उन्होंने मुझे समझाया कि रोज कुछ-न-कुछ लिखता जा। और एक लेखनी दिखाती हुई बोलीं-"देख। तेरी कलम मेरे पास कितने वर्षों से पड़ी हुई है। मैंने तुम्हारे लिए इसे कितना सम्हाल कर रखा है। तू लेखन का कार्य प्रारंभ कर। कुछ ही महीनों में तुम्हारी एक पुस्तक तैयार हो जाएगी। वक्त आने पर काम आएगी।

वाणी की शक्ति तेरे पास पहले से ही है। तेरी जिह्वा पर मैं ही तो बैठकर बोलती हूँ। मैं और तू अलग थोड़े ही हैं। हम तुम एक ही हैं। तू ध्यान में बैठकर सोचना, विषय के लिए प्रेरणा तुझे अपने आप मिलेगी। वह विषय अद्वितीय होगी। मैं हर वक्त तुम्हारे अंदर जाग्रत अवस्था में ही रहती हूँ। मेरे मुँह में तू ही तो रहता है और तेरे मुँह में मैं।

तुझे बार-बार सावधान किया जा रहा है। अपने शिष्यों पर इतनी मेहनत करने से तुम्हारी शक्ति क्षीण होती जा रही है और वे तुम्हारे द्वारा दी गई शक्तियों को अपनी समझकर अपने भोग-विलास में नष्ट कर दे रहे हैं। जितना दिया है, पहले वह उतना तो कर ले।"

रुचि एक दिन कहती है-"जब आप स्नान करने गए, तब आपके आसन पर मैंने ध्यान लगाया। आप वहाँ पर बैठै दिखाई दिए। चारों दिशाओं से बहुत तेज करेंट आकर आपके आसन पर गिर रहा था। फिर एक बार दिखा कि माँ कामाख्या के मंदिर से इधर करेंट आ रहा है और एक करेंट मंदिर की दाईं तरफ (केदारनाथ-हिमालय) की तरफ से आ रहा है। फिर आप वापस आकर आसन पर बैठ गए तो ब्रहाण्ड से पतली-पतली रस्सी की तरह करेंट आ रही थी, जो आपके पूरे शरीर को घेरे हुई थी। आप लेट गए तो मैंने देखा कि आपके शरीर के ऊपर

उल्टा त्रिकोण आपको घेरे हुए है जिसके बीच में आप हैं।

कामाख्या और केदारनाथ से करेंट आकर आपके शरीर से मिलकर एक त्रिकोण बना रहा है। फिर आपने कहा–'तुम कहाँ-कहाँ देखना चाहती हो। अच्छा वहाँ पर देखो तो जहाँ मैं बैठकर स्तुति करता हूँ।'

मैंने देखा कि वहाँ अग्नि का बहुत बड़ा गोला(ज्वालामुखी)-सा करेंट है। उसमें आपका चेहरा दिखा। आपने फिर कहा कि देखो तो कोलकाता दीप के कमरे में कौन है? तो मैंने देखा कि आप दीप के यहाँ उस कमरे में भी अपना पैर फैलाए लेटे हैं। आपने फिर बोला कि अरुणिमा के यहाँ पटना में देखो, तो मैंने देखा कि आप उसके कमरे में चल फिर रहे हैं। और जब आपने बोला कि अच्छा देखो, अब भैरवी मंदिर में, तो मैंने देखा कि आप गर्भगृह में बैठकर माँ-माँ पुकार रहे हैं। मुझे साफ-साफ सुनाई दे रहा है। जब आप यहाँ से माँ-माँ पुकार रहे हैं तो वो आवाज कामाख्या के गर्भगृह में जा रही है, फिर हिमालय में बाबा केदारनाथ के पास जा रही है। आपकी आवाज सब तरफ से टकराकर गूँज रही है।

अभी माँ भैरवी यहाँ आ गई और आपको दौड़ा-दौड़ा कर खूब खेल रही है। खुशी से खूब नाच रही हैं और आपको भी नचा रही हैं। आप बालरूप में माँ से खूब खेलते हैं। आप जब भी यहाँ पर स्तुति करते हैं और मंत्रध्वनि करते हैं तो सभी माँ एकत्रित हो जाती हैं। जो जगह बचता है उसमें देवी-देवता लोग जाग्रत होकर भर जाते हैं और आपको सुनते रहते हैं। आप बालरूप में हैं और हमको (मेरे बालरूप को) लेकर केदारनाथ गए। माँ-बाबा इंतजार कर रहे हैं। वे आपको देखकर मुस्कुराए। आप जहाँ भी बैठते हैं वहाँ ऊपर तक गोलाई लिए सिर्फ आग का गोला रहता है। इतना ज्यादा करेंट फैला हुआ है कि उस करेंट से सारा पहाड़ लाल हो जाता है। दूर से ही अन्य लोगों को गर्मी का अहसास होता है ओर यदि कोई उस दूरी के अंदर जबरदस्ती घुसने का प्रयास करता है तो वहीं जलकर राख हो जाता है। परन्तु, जिसे आप चाहते हैं उसे ठंडक (शांति) का अहसास होता है।'

फिर एक दिन रुचि ने बताया–"आज एक अद्‌भुत दृश्य देखने को

मिला। आप अपने आसन पर ध्यान में बैठे थे। आपका सहस्रार पूरा खुला हुआ था। माथे पर 'ॐ' है। आज्ञाचक्र पर श्वेत करेंट का स्वास्तिक चिह्न है। कंठचक्र में आप खड़े होकर अपनी दोनों बाहें ऊपर की ओर फैलाए 'अल्लाह ओ अकबर' कर रहे हैं। आपके हृदय (अनाहत चक्र) में क्रास पर टँगे हुए जीसस क्राइस्ट हैं। मणिपुर (नाभिचक्र) पर गुरुद्वारे का दृश्य दिखा और वहाँ भजन हो रहा है तथा सिक्खों का प्रतीक चिह्न बना हुआ है। गुरु गोविन्द सिंह का कमरा था, जिसमें बेड लगा हुआ था।" यह मेरे (शिवपुत्र के) शरीर में स्थित (अंकित) है। इसी दृश्य को दिल्ली में गांगुली ने भी देखा था। जब एक दिन उसे अपने से जोड़कर ध्यान में ले गया था, तब उसने मेरे कंठ में मुझे देखा 'ओ अली' लिखा हुआ था।

एक दिन रुचि अपनी अनुभूति बताती है–"मैं देखती हूँ कि मेरे कंठचक्र में शिवलिंग है। आप कह रहे हैं–हर स्त्री में यह शिवलिंग होता है जो अधोमुखी रहता है। उसे उठाकर मैं धीरे-धीरे तुम्हारे कंठ तक ले आया हूँ। इसलिए तुम्हें ऐसा महसूस हो रहा होगा कि कंठचक्र में ऊपर वाले हिस्से में कुछ अटका हुआ है। अभी यह यहीं पर स्थित रहेगा, लेकिन इसका मूलाधार सहस्रार में है। बाद में यह वहाँ जाकर हमेशा के लिए स्थित हो जाएगा।

फिर आपने आगे बताया–'यह शरीर 'शव' और 'शक्ति' भी है। शव इसलिए कहता हूँ कि इस शरीर से चेतना को तुम कहीं भी ले जा सकती हो। और देखा, तुम्हारी चेतना अभी कहाँ है? अब अपनी चेतना से इस स्थूल शरीर को देखो तो यह शव ही है। और शक्ति इसलिए कहता हूँ क्योंकि चेतना तुम्हारी ही है, जिसे शरीर से निकालकर अपने स्थूल शरीर को शवरूप में देख सकती हो। अपने ही शरीर से और अपने ही शरीर में अपनी चेतना को निकाल और डाल सकती हो, इसलिए यह शव और शक्ति दोनों ही है। तुम अपनी चेतना को बाहर निकालो और देखो।' एक दृश्य आया–ऐसा लगा कि मेरी रीढ़ से एक लम्बा सा प्रकाशमय रस्सीनुमा वस्तु (सिलवर कॉर्ड : मेरू-रज्जू) निकलकर मेरे सिर के ऊपर उठने लगा। इस समय एक अन्य दृश्य

आया–लगा, एक प्रकाशमय आकृति है और पंछी की तरह उठ रही है। आप कह रहे हैं–'देखो। अपनी चेतना को तुम कहाँ से कहाँ तक ले जा सकती हो। तुम इतनी तीव्र गति से पहुँच सकती हो। एक ही सेकण्ड में तारों तक या तुम्हारा जहाँ भी मन हो, जा सकती हो।" फिर आप तारा में ले गए, जहाँ हम लोग अपनी चेतना से खड़े हो गए। आपने कहा–'देखो। इस चेतना के स्वरूप को, यदि तुम चाहो तो बदल सकती हो।' फिर आपने मुझे प्रकाश का एक बड़ा सा गोला बना दिया, जो दोनों हाथों से ही पकड़ा जा सकता है।' आपने मुझसे पूछा–'कहाँ जाना है? किस दिशा में जाना है?' मेरी चेतना उस समय चुप थी, फिर आपने कहा–'चलो केदारनाथजी के मंदिर के अंदर चलते हैं। इस चेतना को लेकर तुम कहीं भी, किसी भी जगह प्रवेश कर सकती हो।' कुछ देर हम लोग मंदिर के अंदर रहे, फिर मेरी चेतना मंदिर से वापस आने लगी और इस शरीर में वापस प्रवेश कर गई।

आपने बताया–'हर व्यक्ति साइंटिस्ट है और उसका शरीर एक प्रयोगशाला। इस प्रयोगशाला में बिना पैसे खर्च किए वह ऐसा रिसर्च कर सकता है, जिससे व्यक्ति कहीं से कहीं पहुँच जाए। भगवान् ने इतनी बड़ी प्रयोगशाला मनुष्य को दी है। इससे व्यक्ति को इतनी शांति मिलेगी, जिसकी उसने कल्पना भी नहीं की होगी।

इसीलिए मैं कुछ नहीं करता, बस अपने अंदर मन में विषय से संबंधित धारणा बना लेता हूँ तो वह अपने–आपही क्रियाशील होने लगता है तथा कार्य करना प्रारंभ कर देता है। जो तुमने पतला वाला करेंट का तार देखा, उसे आध्यामिक जगत् में 'सिल्वर कार्ड' या 'मेरू–रज्जू' कहते हैं।

बेटा! सदा याद रखना, समाधि का कोई समय नहीं होता। यदि समाधि का कोई समय होगा तो फिर वह समाधि नहीं होगी। अब तुम्हारे जीवन में नींद खत्म कर दी गई है। जो कुछ भी सामने आता है, मुझे बताती जाना, चूकना और भूलना नहीं। अब साधना का सबसे महत्त्वपूर्ण काल प्रारम्भ हो चुका है। मेरे कुछ ऐसे–ऐसे रूप आगे आएँगे, जिनसे तुम डरना नहीं। तुम तो मेरी बेटी हो, मेरे जैसी बनो।

मैंने सोचा था कि इस कार्य में अन्य शिष्यों को मौका दूँगा तो वो भी उत्साहित होकर परमात्मा के कार्य में संलग्न हो जाएँगे। लेकिन यह मेरी गलतफहमी थी। मेरी बेटी ऐसी होनी चाहिए कि सारा जगत् कह उठे कि सचमुच तुम प्रथम मानव शरीरधारी अघोर की बेटी हो। यह सदा याद रखो कि तुम इस मानव जगत् की सबसे भाग्यशाली ऐसी बेटी हो जिसके दादा-दादी, बाबा और माँ सती-कामाख्या हैं। आगे बढ़ती चलो, बेटे। एक न एक दिन तो सबकी तरह हमें भी मर ही जाना है, फिर डरना कैसा?'

रुचि–"आपका अघोर रूप-जब आप अघोर रूप लेते हैं तो पूरा शरीर सर्प से भरा होता है। हाथों, जटाओं, नाक-कान, मुँह तथा बालों के स्थान पर सर्प ही सर्प होते हैं। लिंग में भी सर्प ही लटका रहता है। सभी सर्प पूर्ण जाग्रतभाव में हैं, तो कोई-कोई अपना फण उठाकर फुफकारता है। बाएँ हाथ में त्रिशूल तथा दाएँ में कमंडल है। आपका बहुत ही डरावना व उग्र रूप। (मुझे उस समय काली रूप में होने से डर नहीं लग रहा था) आपके अघोर रूप से आवाज निकलती थी तो पृथ्वी में कंपन होने लगती थी। ऐसी भयानक आवाज मैंने आज तक नहीं सुनी थी। आपकी ध्वनि से पृथ्वी में कंपन हुई। पूरी पृथ्वी हिलने लगी।"

X X X X X X X X X

कामाख्या क्षेत्र प्राचीन काल से ही मायावी असुरों के अधीन रहा है और सेकण्ड खंड का मुख्य केंद्र है। इस क्षेत्र में अभी बहुत से ऐसे व्यक्ति बिना शरीर के (अशरीरी) भटक रहे हैं जिन्होंने हजारों वर्ष पूर्व इस क्षेत्र में आकर आसुरी और अप्राकृतिक पद्धति से शक्ति प्राप्ति के लिए तंत्र-साधना की। आसुरी विधि से की जानेवाली यह साधना वाममार्ग (पंचमकार) के नाम से जाना जाने लगा। इस क्षेत्र के मूल स्वभाव का उन व्यक्तियों से कुछ भेद मिल सकता था, जो पहले से ही इस स्थान पर जी चुके हों और अभी भी यहीं हों। इसलिए मैंने अपने आसपास के सेकण्ड खंड में उन्हें खोजना प्रारंभ कर दिया। अदृश्य रूप से हम उन्हें पकड़ते और उनसे बहुत सारी ऐसी जानकारियाँ उगलवाते,

जिन्हें हमने पहले कभी नहीं सुना था।

कोई हजारों वर्ष पुराना तांत्रिक था जो आज भी मानव जन्म के लिए भटक रहा है, तो कोई राक्षसी योनि की आत्मा। कोई अपने को देवी-देवता कहने वाला, तो अनेक ऐसे गुरु जिन्होंने जगत् को तो परमात्मा का मार्ग बताया, पर विषयासक्त होकर अतृप्त इच्छा के वशीभूत होकर किए गए अपने स्वाभाविक कर्मों से सेकण्ड खंड में फँसकर रह गए। उनकी मानव योनि का गर्भ पाने के लिए तड़पना रुचि के लिए एक अचंभित करनेवाला तथ्य था। आध्यात्मिक बातें करना तो पुस्तकों से भी सीखा जा सकता है। करना भी क्या होता है - बस शब्दों का संयोजन कर प्रस्तुत करने की कला सीखनी होती है। पर कोई जरूरी नहीं कि शब्दों का हर खिलाड़ी अपने शरीर के अन्दर प्रवेश कर खुद भी रहता हो और अपने चक्रों से इस प्राकृतिक सूक्ष्म जगत् से जुड़कर शरीर तथा प्रकृति के रहस्यों को चेतना के मूल रूप व उसकी अवस्था को भी जानता हो। सारी प्रसिद्धियाँ और वैभव यहीं धरी रह जाती हैं, जबकि दूसरे उसकी उपलब्धियों का भोग करते हैं। और, अपने को स्वामी तथा ज्ञानी समझनेवाला चतुर व्यक्ति अपनी होशियारी में सेकण्ड खंड के तिलिस्म में फँसकर अपना शेष जीवन जीने को लाचार हो जाता है। और, एक अतृप्त व्यक्ति कर भी क्या सकता है-अपनी अतृप्तता से जगत् को दूषित करने के अतिरिक्त?

एक दिन माँ बहुत देर तक जगत् और मनुष्य के बारे में समझाती रहीं। परमेश्वर मेरे प्रति ईमानदार तो था लेकिन उसका अहंकार बढ़ता चला जा रहा था, इसलिए माँ चिंतित थीं। वह बार-बार कहते थकता नहीं कि वह इस धरती और ब्रह्माण्ड का सबसे शक्तिशाली व्यक्ति है। उसके पास इतनी शक्ति है कि वह जो चाहे, कर सकता है।

मैंने रुचि को बोला था कि परमेश्वर जब भी हमारे पास आए, उसे कुछ-न-कुछ खिला अवश्य देना। सचमुच माँ का प्यारा पुत्र था और माँ को वह भी बहुत प्यार करता था। माँ ने बताया-"अहंकार आने पर मनुष्य का धीरे-धीरे नाश होने लगता है और पता भी नहीं चल पाता। अहंकार से मनुष्य ऐसी गलती कर बैठता है जिससे व्यक्ति की खुद की

ही हानि हो जाती है, जिसे इसी या अगले जन्म में उसे खुद ही भोगना पड़ता है।

तुझे तो शक्तियों का उपयोग कर ही कार्य करना है। व्यक्ति मानव-कल्याण हेतु तथा अच्छे कार्यों के लिए जब मेरी शक्तियों का उपयोग करता है तो मुझे अच्छा लगता है और जब सिर्फ अपनी स्वार्थपूर्ति के लिए करता है तो मुझे दुःख होता है। तू जो करेगा समाज के लिए करेगा, इस जगत् और मानव सभ्यता की भलाई के लिए करेगा, अपने स्वार्थ के लिए नहीं।

मैंने और बाबा ने तुझको कुछ कार्य सौंपे हैं, जिसे करने में तुझे बहुत बार हम लोगों की शक्तियों का उपयोग करना पड़ेगा। तुम जब ध्यान में बैठते हो तो मैं खुद ही तुम्हारे सामने अपनी शक्तियों के बारे में तुझे बताती जाती हूँ। तू बस चलता रह।'

अब रुचि के मुँह से। दिल्ली में गुरुजी के साथ हुई अपमानजनक घटना ने उनको अंदर ही अंदर व्यथित कर दिया था। कभी-कभी बात करते तो घटना चेतना पर हावी होने लगतीं। एक दिन मैंने गुरुजी को बताया कि माँ आईं। बहुत गुस्से में थीं और उन्होंने मुझे कहा कि इस दुनियाँ का सबसे शक्तिशाली स्थूल शरीरधारी आप (शिवपुत्र) ही हैं। जितनी शक्तियाँ माँ और बाबा के पास हैं, उतनी आपके पास भी हैं। आपने लाखों वर्षों में, अनेक जन्मों में कठिन तपस्या की है। आपने बार-बार माँ-बाबा को पाया है। दुनिया में एकमात्र आपही हैं जिसमें माँ-बाबा एक साथ सक्रिय होकर साकार रूप में हमेशा रहते हैं। यह आपने अर्जित किया हुआ है। आप उन्हें इस स्थान पर तबसे जानते हैं जब इस स्थान पर मंदिर-मकान आदि कुछ नहीं हुआ करता था। सिर्फ उनका ही स्थान था। जो आपका ध्यान करेगा और आपको पूजेगा, उसे माँ-बाबा दोनों मिलेंगे।

माँ ने गुरुजी को संबोधित करते हुए कहना प्रारंभ किया-"तू हर जन्म में मुझ में और बाबा में ही लीन रहता था। गृहस्थ जीवन व्यतीत करते हुए भी तूने मेरी और बाबा की बहुत सेवा की है। तूने कठोर परिश्रम किया है, कठोर तपस्या की है। तुझ जैसा बेटा पाकर मैं और

बाबा धन्य हो गए। जो भी तुम्हारा अपमान करेगा उसका फल मैं व बाबा उसे देंगे और वह भी एक ही जन्म में नहीं, कई जन्मों तक। उन्हें अपने कर्मों का भोग भोगना ही होगा। अब उन लोगों को कभी भी सेकण्ड खंड से मुक्ति नहीं मिलेगी। इन लोगों ने यह जानते हुए भी कि तू कौन है और तेरे अंदर कौन निवास करता है, तेरा अपमान किया और तुझे कष्ट पहुँचाया। अर्थात् हम तीनों को एक साथ दुःख पहुँचाया। तू यदि उन्हें माफ भी कर देगा तो हम उन्हें कभी माफ नहीं करेंगे। ये लोग कर्महीन और पापी हैं, जो तुम्हें पाकर भी नहीं पा सके। तू उनके पाप कर्मों को काटने के लिए उन पर अहसान करता है, उनको पापों से मुक्त करता है, उनसे कर्म करवा कर पुण्य का भागी बनाता है। चिंता मत कर। अब कभी अपनी आँखों से आँसू नहीं निकालना।"

मुझे संबोधित करते हुए माँ फिर बोलीं–"बेटी। मेरा बेटा कर्म नहीं करता, बल्कि इसके शरीर में मैं और बाबा कर्म करते हैं। यह नहीं बोलता है, बल्कि इसके मुँह से मैं और बाबा बोलते हैं। इसकी आँखों से मैं और बाबा देखते हैं। यह, मैं और बाबा एक हो चुके हैं। इसने हर जन्म में अपने सारे भौतिक कर्म और कर्त्तव्य करते हुए भी मेरी और बाबा की सेवा तथा कठोर तपस्या की है। वर्षों पश्चात् स्थूल शरीर धारण करने पर भी अपने कर्त्तव्यबोध से इसने हम दोनों को अपने में ही धारण कर लिया है। इसका मान–अपमान मेरा और बाबा का सीधा मान–अपमान है। यह जिस किसी को भी अपनी सेवा करने का मौका देता है, उसपर अहसान करता है। उसके पाप–कर्म नष्ट हो जाते हैं तथा पुण्य–कर्म सुधरने लगते हैं।

बेटी। अब जब तू आ गई है तो अपने पिता का हर पल ख्याल रख। तेरे आने से बाबा और मैं निश्चिंत हो गए हैं। यह तो तुम लोगों को धारण करवाता है, लेकिन बैठकर तुम लोगों को भी ध्यान करना होगा, जिससे यह जो धारण करवाता है उसे तुम अर्जित कर सको।"

अचानक गुरुजी का शरीर बाबा में परिवर्तित हो गया । जिसे दिखाते हुए माँ मुझसे बोलीं–"यही बाबा भी है और यही माँ भी है। यह आदिशक्ति भी है। यह जगन्माता भी है और यही जगत्पिता भी। तुम

लोग बहुत भाग्यशाली हो। अब देखो, इसके शरीर में चारों तरफ प्रचंड रूप से करेंट चल रहा है? शरीर का कोई हिस्सा दिख नहीं रहा। सारा शरीर विद्युन्मय है। तुम सोचो कि कैसे यह रहता होगा, इसे कितनी तकलीफ होती होगी। जो सिल्वर कॉर्ड तुम्हारे भीतर एक है, वो इसके भीतर असंख्य हैं। उन्हें तुम गिन नहीं सकती। जैसे बिजली के तार के अंदर बहुत सारे पतले-पतले तार होते हैं, वैसे ही अनगिनत सिलवर कॉर्ड भरे हुए हैं।"

मैंने गुरुजी से कहा-"आप जगन्माता और जगत्पिता दोनों हैं। इसीलिए सभी माताएँ आपको प्रणाम करती हैं। फिर भी आप सभी को माँ के ही रूप में स्वीकार करते हैं और छोटा बच्चा बनकर उनकी गोद में खेला करते हैं। आपके जाते ही जो मंदिर जाग्रत नहीं रहता है, वह जाग्रत हो जाता है। आपके जाने से मंदिर की माताएँ बहुत प्रसन्न होती हैं। माँ और बाबा दोनों आपमें ही निवास करते हैं, इसलिए आप आप नहीं है।

अभी फिर माँ कह रही थीं कि आप ही आदिशक्ति भी हैं। इस युग के मानव धन्य हैं जो आप पैदा हुए हैं। और वे भी धन्य हैं जो आपके शिष्य बने हैं। शिष्यों को जो ध्यान नहीं, धारण करवाता है, उसे पहचान कर भी लोग नहीं पहचानते। मुझे आश्चर्य होता है। इस पृथ्वी पर एक अलौकिक घटना होगी जिसकी कल्पना लोगों को नहीं है। एक ऐसे मंदिर की स्थापना होगी जो पूर्ण रूप से जाग्रत होगा जिसमें जाग्रत अवस्था में मैं और बाबा दोनों हमेशा रहेंगे। समय आने पर स्थान का नाम बताऊँगी।"

माँ गायत्री की शाप-मुक्ति

बाबा ने मुझे दीक्षा के रूप में गायत्री मंत्र दिया है। मुझे सदा यह कचोटता रहता कि उन अहंकारी ऋषि-मुनियों ने माँ गायत्री को शापित क्यों किया। मैं नित्य गायत्री मंत्र की ध्वनि करता, फिर माँ कामाख्या के मंत्र की। जबसे यहाँ आया, निरंतर अपने चक्रों के माध्यम से गायत्री मंत्रध्वनि का प्रसारण ब्रह्माण्ड में सूर्य पर क्षेपित करता। माँ गायत्री सूर्य के मध्य में निवास करती हैं, ऐसी धारणा शास्त्रों द्वारा हमें संस्कार में मिली है। लेकिन अभी तक किसी ने उन्हें शाप से मुक्त क्यों नहीं

करवाया, यह मेरे जेहन में कहीं गहरे कचोटता रहता। परन्तु, चूंकि मेरा पूरा ध्यान माँ कामाख्या के मिशन पर केन्द्रित था, बाबा मेरी चेतना में जो प्रेरणा देते, मैं उसी धुन में वैसा ही करता जाता।

गायत्री मंत्रध्वनि के साथ ही मेरा एक अघोर रूप अपने साथ रुचि को माँ काली के रूप में परिवर्तित कर सूर्य में पहुँच जाता। जबसे रुचि मेरे पास आई, तभी से जब भी मैं अपने मूल अघोर रूप में होता तो रुचि माँ काली के रूप में मेरे साथ होती। सूर्य में पहुँच कर मैं अपनी अघोर मुद्राओं से माँ के सामने प्रक्रियाएँ करता, जिससे माँ अब मेरे सिस्टम के अंदर आती जा रही थीं। शापित करनेवाले उन सभी ऋषि-मुनियों के समक्ष मेरा अघोर सुरक्षा कवच स्थापित हो गया था। वे अब चाहने पर भी माँ गायत्री को नहीं देख पाते थे। पिछले लगभग एक महीने से सूर्यलोक में हम लोग प्रातः अपने आसन पर बैठते ही पहुँच जाते और अपनी प्रक्रियाओं से माँ गायत्री के ऊपर छाए हुए उस आवरण को ध्वस्त करते जा रहे थे, जो ऋषियों के अहंकारी शाप से माँ के ऊपर छाया हुआ था। धुंधला आवरण टूटने से अब सूर्य और माँ गायत्री की तेज बढ़ने लगा था।

मेरे द्वारा स्तुति प्रारंभ करते ही एक साथ केदारनाथ में, माँ कामाख्या मंदिर के गर्भगृह में और हमारे कमरे पर उसी स्तुति की ध्वनि गूँजने लगती। हिमालय में, स्तुति के प्रारंभिक दिनों से ही एक अग्नि-स्तंभ बन गया था। जहाँ बाबा रहते हैं, वहाँ स्तुति सुनने के लिए बहुत सारे ऋषि-मुनि, तपस्वी-साधक और भिन्न-भिन्न योनि के पशु-पक्षियों के अतिरिक्त देवी-देवताओं के समूह एकत्रित होने लगते। अग्नि-स्तम्भ में बाबा बैठे होते। उनकी गोद में बालरूप में मैं बैठा रहता ओर मेरी गोद में बालरूप में रुचि बैठी रहा करती।

रुचि-"आज जब माँ गायत्री का आप मंत्रध्वनि करने लगे तो सूर्य के अंदर हम दोनों का अघोर तथा काली रूप माँ गायत्री के सामने था। आज आपका और मेरा रूप एक में मिल गया। थोड़ी देर बाद देखती हूँ कि माँ गायत्री का जो ठोस स्वर्णिम रूप है, अब वह सोने वाली मूर्ति ही आपके अंदर आ गई है। नित्य जैसी प्रक्रिया होती है, वैसी ही हुई।

जब माँ गायत्री ठोस रूप में आपमें समा गईं तो वो अत्यंत प्रसन्न थीं। अब माँ गायत्री सदा के लिए आपके अंदर ही स्थापित हो चुकी हैं, न कि सूर्य में, जैसाकि पहले थीं। इस घटना के बाद आपका अघोर रूप और मेरा काली रूप सूर्य से हट गया ।

अब माँ गायत्री की जिसको भी आराधना करनी होगी, वह आपके माध्यम से ही संभव हो सकता है। जैसे सूर्य की आराधना करते हुए कोई माँ को पाता था, वैसे ही आपकी आराधना करते हुए वह माँ गायत्री को पाएगा। आप जब अघोर अवस्था में स्तुति करते हैं तो उस समय सूर्य आपके हाथ में गेंद के इतना बड़ा होते हैं। कल बहुत सारे सूर्यों में माँ गायत्री थीं और जितने सूर्य हैं, उन सब में भी आपका अघोर रूप था। आज सभी सूर्य आपमें समा रहे हैं। उन सूर्यों में गायत्री माँ भी थीं। उन सभी में पूरी तरह ठोस रूप होकर, माँ गायत्री आज आपमें समा गईं। आपका शरीर अत्यंत विशाल है। माँ का ठोस स्वर्णिम रूप अब आप में जीवंत हो रहा है।

एक आकाशवाणी आ रही है - 'इस युग में मानव को यह बहुत बड़ा उपहार है। परमात्मा का साक्षात् आगाज और उसकी तस्वीर मिल रही है।'

आपके अनाहत में एक लाल सूर्य है। वहाँ अग्नि का कमल पुष्प है जिसमें रक्तवर्ण साड़ी, स्वर्ण मुकुट और स्वर्णाभूषण पहने माँ गायत्री बैठी हैं। मुकुट से एक पतला करेंट का तार निकलकर ऊपर ब्रह्माण्ड में चला गया है। माँ गायत्री बोल रही हैं - 'तू मेरा बेटा है। तू ने मेरी स्थापना अपने शरीर में ही कर दी।'

खूब ऊँचा मुकुट पहने, श्वेत धोती पहने, श्वेत घोड़े पर सूर्य देवता हैं और आपको प्रणाम कर कह रहे हैं–'आपने माँ गायत्री और मुझे अपने शरीर में ही स्थापित कर दिया है। माँ गायत्री को अब कोई भी, कभी भी, किसी भी युग में शापित नहीं कर सकता। आपके शरीर में आकर मैं प्रसन्न हूँ। दुनिया के लिए मुझे वहाँ भी तो रहना ही होगा। वहीं से अभी मैं देख रहा था, अब उस बाहर के सूर्य में माँ नहीं हैं। माँ सदा के लिए अपने पुत्र के शरीर में आ गई हैं।'

मैं इससे बहुत खुश नहीं था, क्योंकि बाबा ने अभी तक माँ गायत्री की मुक्ति के संबंध में कुछ नहीं कहा था। ऐसे ही दो-तीन दिन बीते होंगे। एक दिन बाबा ने माँ कामाख्या के साथ मिलकर बहुत सारे ब्राह्मणों और देवताओं को माँ गायत्री की शापमुक्ति पर भोज दिया, तब जाकर ऐसा लगा कि बाबा प्रसन्न हैं। मुझे शांति मिली।

वह मेरी तैयारी का पहला परिणाम था, जिसे बाबा ने दीक्षा के रूप में मुझे दिया था। यह मेरी पहली परीक्षा थी जो अप्रत्यक्ष रूप से 'अज्ञात' (विधाता) द्वारा ली गई थी, क्योंकि आगे सभी शक्तियों की मूल (माँ कामाख्या) की मुक्ति से संबंधित कार्य था। बाबा द्वारा दिया गया यह भोज मेरे लिए संकेत था कि मैं आगे बढ़ूँ।

जब माँ गायत्री धरती पर उतरीं, तब माँ कामाख्या ने अपने गर्भगृह से बाहर निकलकर माँ गायत्री का स्वागत किया । माँ कामाख्या के साथ मेरे और रुचि का बालरूप भी था अब माँ के गर्भगृह में हमलोग एक साथ रह रहे थे।

ऐसे ही समय बीतता रहा और कार्य तेजी से आगे बढ़ता रहा। अनेक उन आत्माओं से वार्ता द्वारा जीवन और मृत्यु के पश्चात् की अवस्था और अनुभूतियाँ तथा उनकी कार्य-पद्धति का मैं गुप्त रहस्य प्राप्त करता रहा। सभी सेकेण्ड खंड से अपनी मुक्ति की प्रार्थना करते। बाबा का अघोर रूप देख इस निर्मम, क्रूर और तिलिस्मी खंड से मुक्त करवाने के लिए रोते, गिड़गिड़ाते और अपने पापों के लिए क्षमा माँगते। मैं उन्हें ज्ञान और संस्कार का अहंकार छोड़, अघोर शिवपुत्र के रूप का ध्यान करने के लिए कहकर प्रायश्चित करने का मार्ग बतलाता। उनसे इस क्षेत्र की उन शक्तियों का रहस्य मिलना बहुत जरूरी था, जिससे मैं मायावी शक्तियों के कार्य-संचालन और सुनियोजित तिलिस्मी योजना को समझ पा रहा था। साथ ही, दिन-प्रतिदिन अपनी चारों तरफ सुरक्षा घेरा दृढ़ता व कठोरता के साथ विस्तृत करता जाता। समस्त कामाख्या क्षेत्र को अघोर शक्तियों से स्तंभित कर सूक्ष्म से सूक्ष्म तरंगों पर अपनी अघोर दृष्टि रखना बहुत जरूरी था। रुचि का सारा समय ध्यान और जरूरी भौतिक कार्यों में ही लगा रहता। बीच-बीच में विश्वजीत, सतन, परमेश्वर, दादा

और भारती डेका आदि आते रहते। समय बीतने के साथ किसी की समझ में यह नहीं आ रहा था कि मैं इतने दिनों से क्यों यहाँ ठहर गया हूँ।

जाग्रत त्रिकोण को दिन-प्रतिदिन अपने सर्किट से जोड़कर नियंत्रित करता। मैं जब भी सोने के लिए देर करने की सोचता तो बाबा रात नौ बजे आकर ही कमरे में टहलने लगते, बोलते कुछ नहीं। बाबा के आते ही मैं अपने बिस्तर पर लेट जाता। पेट का दर्द तो था ही, पर क्या मैं ऐसे ही अपनी माँ और अपनी बेटी को असुरों के व्यूह में छोड़ देता? नहीं, कभी नहीं। मुझे इस तीसरे प्रवास में ही माँ को मुक्त करा कर ले जाना था।

कमरे के ऊपर प्रिय हनुमान जी आकर स्थापित हो चुके थे। माँ की सुरक्षा बहुत जरूरी थी। सुरक्षा-चक्र के एकदम भीतरी पहले घेरे में दसों माताएँ अपना घेरा बना चुकीं थीं। उस घेरे के बाहर माँ दुर्गा, सिंह पर सवार, अपने हजारों रूपों को धारण कर सदा के लिए उपस्थित हो गईं। मैंने और बाबा ने दीदी को कमरे से बिना मेरी उपस्थिति के बाहर निकलने पर कठोरता से मना कर दिया। हम किसी भी तरह का जोखिम नहीं ले सकते थे। असुर (दुष्ट) कैसा भी हो, उसे कमजोर नहीं समझा जा सकता। रुचि मुख्य कार्य के बारे में कुछ भी नहीं जानती थी। जैसे-जैसे दिन बीतते गए, वह मानसिक रूप से तैयार होती गई। पूर्ण समर्पित विश्वास पाकर मैं भी अपने को धन्य महसूस करता हूँ। यह मौका मैं किसी भी तरह चूक नहीं सकता था। अब मेरा जीवन इस सृष्टि के जीवन और मृत्यु से जुड़ चुका था। मैंने अपने सर्किट में पूरी तरह प्रकृति के एक-एक कर सभी महाचक्रों को सम्मिलित कर लिया था। बाबा के ब्रह्माण्डीय चक्र, मेरे चक्रों से पहले ही एकाकार हो चुके थे। मुझे माँ को मंदिर से निकालते हुए किसी भी तरह का जोखिम नहीं उठाना था। अपनी बेटी को इस जगत् में सर्वप्रथम होनेवाले सबसे दुर्गम खतरे में डाल चुका था। इस कार्य में रुचि का स्थूल शरीर छूट भी सकता था तथा धरती का केन्द्रीय संतुलन भी बिगड़ सकता था। इसलिए मैंने पहले ही अपने ऊपर इस त्रिकोण का सारा भार उठा लिया।

अब अपना अघोर रूप लेकर मुझे हमला बोलना था। मैं पहले ही देख चुका था कि मंदिर कमेटी के कुछ लोग उस क्षेत्र में मेरी लगातार उपस्थिति देखकर अपने भीतर ही भीतर बाधा पहुँचाने की योजना बनाने लगे थे। मैं सावधानी से सब कुछ देखता चल रहा था। सेकण्ड खंड अपने घेरे में परमेश्वर को ले चुका था। वह अजीब सी हरकतें करता, पर रुचि का सम्मान अपनी सगी बहन की तरह करता। भोली-भाली रुचि, बस अपने पिता के आदेश पर अपना जीवन पूर्णाहुति के लिए समर्पित कर चुकी थी। स्थानीय लोग और तांत्रिक किसी अनजाने भय से अपने दूषित भावों और योजनाओं को अभी प्रत्यक्ष नहीं कर रहे थे।

और, वो दिन भी समीप आ गया जिसकी बहुत बेसब्री से मैं और बाबा इंतजार कर रहे थे। शारदीय नवरात्र की पूजा प्रारंभ होने ही वाली थी कि तभी माँ ने कहा, "कलशस्थापन करो।"

मुझे तो कुछ मालूम नहीं था, दीदी भी मेरे ही जैसी। पूछने पर माँ ने दीदी को बतलाया कि चौकी (जिसपर कलश स्थापित होता) कैसे बनाना है। मैंने वैसे ही बनाए और कमरे में कलश स्थापित किया। मैं कुछ दिनों से मंदिर की तरफ नहीं जा रहा था जिस कारण माँ बेचैन थी। नवरात्र के तीसरे दिन अचानक बौखलाया हुआ बदहवास-सा दादा के साथ परमेश्वर मेरे कमरे पर आया और बोला (उस समय उसके अंदर माँ का प्रवेश हो चुका था और माँ उसके माध्यम से सशरीर मेरे पास मुझे बुलाने आई थीं) - "महाराजजी! आप मंदिर क्यों नहीं जाते? माँ गुस्सा कर रही हैं। देख रहे हैं मेरी हालत? अभी मंदिर जाइए, माँ आपको बुला रही हैं। सब काम छोड़कर अभी तुरंत जाइए। मैं आज माँ को सम्हाल नहीं पा रहा हूँ।"

दादा कुछ डरे हुए थे। पहले भी अनेक बार झेल चुके थे। मेरे पास आकर ही परमेश्वर शान्त होता। दादा कुछ समझ नहीं पाते। वैसे भी एक पंडा समझता भी क्या? मैंने रुचि की तरफ देखा और अपनी नजर मंदिर में डालते हुए माँ से बोला - "मेरे वहाँ न जाने का कारण आप तो जानती ही हैं। कारण जानने के बावजूद भी यदि आप कहती हैं तो मैं आता हूँ, पर अगर आज मेरा अपमान हुआ तो इस क्षेत्र के लिए ठीक

नहीं होगा।"

कोई कुछ नहीं समझ सका कि मैं ऐसा क्यों बोल रहा हूँ। दादा और परमेश्वर के साथ मैं और रुचि मंदिर की तरफ चल पड़े। जैसा मैंने सोचा था, ठीक उसी तरह आज मंदिर कमेटी के कुछ लोगों ने पंडों और सुरक्षा गार्ड के साथ मिलकर मुझे दरवाजे पर ही रोक दिया। लगभग एक घंटे तक रोके रहने के बाद मुझसे कहा गया कि "आप जाकर 500-500 रुपये के दो टिकट लेकर आइए, तब ही मंदिर के अंदर जा सकते हैं।"

उनके व्यवहार से मेरा क्रोध बढ़ चुका था, फिर भी उनसे विनम्रतापूर्वक पूछा - "ऐसी बात थी तो मुझे पहले ही क्यों नहीं बताया गया? एक घंटे तक क्यों खड़ा रखा गया? यहाँ का जो मुखिया है उसे बुलाया जाए। गार्ड ने बताया कि, "यह ऊपर से आदेश है। महाराजजी, हम लोग आपको रोकना नहीं चाहते, पर हमारी भी नौकरी है।" चूंकि सब कुछ पूर्व नियोजित था, कोई सामने नहीं आया।

अघोर को क्रोध नहीं आता। तपस्वी कभी क्रोधित नहीं होता, पर क्रोधित होने की कला बखूबी जानता है।

मैंने केदारनाथ क्षेत्र में बाबा की तरफ एक दृष्टि डाली और अपने हाथ की माला रुचि के गले में डालकर उसे प्रणाम किया। फिर रुचि से बोला - "तुम अपनी माला मेरे गले में डाल दो और चलो मंदिर की एक परिक्रमा कर लो।" अचानक मेरे गले से चक्रभेदी अघोर ध्वनि निकली। कुछ स्तंभित थे तो कुछ भयभीत। कुछ धृष्टता से हँस रहे थे। परिक्रमा पूरी कर मंदिर के दक्षिणी द्वार पर आकर मैंने फिर एक प्रचंड अघोर ध्वनि की। मंदिर के ऊपर भयानक रूप से बिजली कड़क उठी, मेरा दाहिना पैर (जिस पैर में मैं चाँदी का कड़ा पहना हुआ हूँ) ऊपर की ओर उठा और उसने तीन बार धरती पर प्रहार किया। अघोर स्वर में मेरे मुँह से भयानक रूप से विद्युत फटता हुआ (तब तक यह ध्वनि रुचि के अतिरिक्त किसी ने नहीं सुना था) आदेश निकला- "माँ। आज तेरे बुलाने पर मैं यहाँ आया। बहुत हो गया, अब तुझे मंदिर के बाहर निकलना ही होगा। अब मैं कभी भी मंदिर के अंदर नहीं जाऊँगा। तू

अब सदा के लिए बाहर निकल – मैं तुझे आदेश देता हूँ। आपको मेरा आदेश है।"

सभी हतप्रभ, अवाक् होकर सारा जनसमूह या तो स्तंभित था या फिर मुझे पागल समझ रहा था।

रुचि मुझसे कहती है – "अचानक मैंने देखा कि आपका आदेश होते ही माँ कामाख्या मंदिर के बाहर निकलकर उसी स्थान पर आ गईं, जहाँ आपने अपने पैर से धरती पर प्रहार किया था। उनके साथ माँ गायत्री तथा मेरा व आपका बालरूप भी था। माँ वहीं जमीन पर ही बैठकर अपने दोनों हाथ पश्चिम दिशा में हिमालय की ओर उठाकर बाबा से गुहार करने लगीं। उधर हिमालय में बाबा अपने विशेष वज्रासन पर दोनों पैर मोड़कर बैठे थे। यह सब देख, दाहिने हाथ से अपनी दाई जाँघ पर मारते हुए आपको संबोधित कर बोले – 'ठीक किया बेटा। अब मैं देखता हूँ। चल अपने कमरे पर।'

मंदिर से माँ के बाहर निकलते ही, मंदिर में उपस्थित सभी गणिकाएँ भाग खड़ी हुईं। विशाल दानवीय आकार लिए बाबा के गणों ने मंदिर के अंदर अपना-अपना स्थान ले लिया। सभी एकदम चौकन्ने थे। मंदिर प्रांगण में चारों ओर ऊँचे-ऊँचे घोड़ों पर योद्धा-भेष में भारी संख्या में शस्त्रधारी देव-सैनिक फैल गए। आपका रूप पूर्ण अघोर का हो गया था, जिसे देखकर पहले से उपस्थित माँ की सभी सेविकाएँ, योगिनियाँ और गणिकाएँ, आदि उस क्षेत्र से भाग खड़ी हुईं। आकाश तक फैला आपका यह रूप बड़ा ही भयानक था। सारे शरीर पर सर्प ही सर्प। शरीर के भीतर धधकती अग्नि का प्रचंड रूप।

फिर हम दोनों लोग वैसा ही छोड़कर कमरे पर चले आए और आसन पर बैठकर आप बाबा से आगे की कार्य-योजना के बारे में चर्चा करने लगे।

तृतीया से लगातार चतुर्थी, पंचमी, षष्ठी, सप्तमी तक वहीं उसी स्थान पर मंदिर के बाहर ही माँ कामाख्या और माँ गायत्री हम दोनों के बालरूप के साथ बैठी रहीं। माँ निरंतर बाबा की तरफ अपने दोनों हाथ उठाए गुहार लगातीं रहीं, लेकिन बाबा नहीं पिघले।

माँ ने बाबा द्वारा जगत्संचालन के लिए बनाए गए विधान को तोड़ा और गर्भवती अवस्था में ही आत्माहुति भी की। विधान के टूटने और गर्भस्थ शिशु की असमय मृत्यु होने से सेकण्ड खंड शक्तिशाली (शक्ति की उपस्थिति से) हुआ तथा मूल प्रकृति विकृत होती चली गई। परिणाम आज की विकृत चेतन प्रकृति है।

दंडस्वरूप, माँ को सतयुग से लेकर आज तक सेकण्ड खंड का बंधन और सेकण्ड बॉडी में बेबसी भरा जीवन मिला। बाबा द्वारा निर्मित विधान का पालन तो करना ही पड़ेगा। सेकण्ड खंड से बाहर निकलकर माँ ने बाबा के चरणों पर झुककर बारंबार क्षमा माँगी।

बाबा श्री केदारनाथजी ने हिमालय से सशरीर आकर सारा संचालन सम्हाल लिया था। बात अब सिर्फ माँ की ही नहीं थी, बल्कि इस जगत् की मूल शक्ति की थी, जिसपर पूर्ण नियंत्रण बाबा ही कर सकते हैं, क्योंकि वे बाबा की शक्ति हैं। बाबा की प्रथम अर्द्धनारी हैं। बाबा ही शक्ति (प्रकृति) के बारे में सब कुछ जानते हैं। मैं तो मात्र पुत्र हूँ।

(**विशेष :** उस वर्ष बाबा के हिमालय से कामाख्या चले आने से हिमालय स्थित श्री अमरनाथ गफुा में हिम-शिवलिंग निर्मित नहीं हुआ था।)

नवरात्र-अष्टमी, 30 सितम्बर, 2006 का दिन। रुचि वर्णन करती है- "स्तुति प्रारंभ हुई। बाबा कलश वाले स्थान पर बैठे हैं। माँ उनकी गोदमें बहुत देर तक बैठी थीं। जबसे आपके बुलाने पर बाबा सशरीर इस क्षेत्र में आए हैं, तभी से अपनी खड़ाऊँ मेरी गोद में रख दिया करते हैं। आज बाबा की खड़ाऊँ का तीसरा जोड़ा हो गया। बाबा के पैर की उँगलियों से दीपक की लौ जैसा कुछ निकल रहा है। माँ बालरूप में सामने खड़ी हैं, उनके पैरों में आलता लगा है। जैसी लौ बाबा की उँगलियों से निकल रही है, वैसी ही माँ के पैरों की उँगलियों से भी निकल रही है।

बाबा खड़ाऊँ खोलकर कलश वाले स्थान पर जाकर बैठ गए। माँ कामाख्या मेरे सिर के ऊपर खड़ी हो गईं। बहुत देर तक सिर के ऊपर ही खड़ी रहीं और उसके बाद एकाएक मेरे अंदर प्रवेश कर गईं। इससे

मुझे बहुत ही तेज झटका लगा। मेरी कमर से अग्नि उठकर अत्यंत तीव्र वेग के साथ एक झटके से ऊर्ध्व होकर मेरे सिर (सहस्रार) तक गई और मेरा सहस्रार पूरा खुल गया।

मेरे पूरे शरीर में माँ कामाख्या (मैं) बालरूप में सिर तक खड़ी थीं हैं और लगातार तेजी से करेंट उठने लगा। मेरे सिर की चारों तरफ 'श्री यंत्र' बन गया है। सहस्रार के मध्य में माँ हैं और चारों तरफ श्री-यंत्र है। आपने मेरे सहस्रार स्थित श्री-यंत्र में अक्षत डाले। बहुत सारे पक्षी आए और एकदम निश्चिंत होकर उन दानों को चुगने लगे।

माँ ने जब मेरे अंदर प्रवेश किया तो मेरे भीतर परमाणु बम जैसा अवर्णनीय विस्फोट हुआ। आप जैसे अपना सिल्वर-कॉर्ड निकालकर बाहर कर लेते हैं, वैसे ही आपने मेरा सिल्वर-कॉर्ड निकाला और थोड़ी दूर तक ऊपर ले जाकर फिर मेरी रीढ़ में वापस डाल दिया। आपका स्पष्ट स्वर सुनाई दिया – 'अभी तुम्हारा सिल्वर कॉर्ड निकालकर ज्यादा देर तक नहीं रखूंगा। अभी वापस डाल देता हूँ।' मेरे सिल्वर कॉर्ड के अगल-बगल सुनहला करेंट भी है।

अब मेरे शरीर के स्थान पर बाबा हैं। बालरूप में कभी माँ मेरी गोद में लेटी हैं, तो कभी मेरे सिर के ऊपर। ऐसे ही, कभी आपकी गोद में, तो कभी सिर के ऊपर। जबसे माँ का सुनहला शरीर मेरे अंदर गया है, बहुत बार माँ अपने विराट रूप में परिवर्तित हो जा रही हैं।

जब आप आरती करने लगे तब मुकुट पहनी दसों माताएँ साकार हो गईं और ढोल आदि बजने के साथ क्लाक-वाइज (घड़ी की सूई की दिशा में) घूमने लगीं। माँ-बाबा भी खड़े हो गए और अब सभी मिलकर नृत्य कर रहे हैं।"

नवमी, 01 अक्टूबर, 2006 को रुचि ने कहा – "आज अनेक कन्याओं को बुलाकर उनका पूजन कर भोजन कराया जा रहा है। माँ मेरे अंदर युवती के रूप में हैं। कन्याएँ जब भोजन करने लगीं तब माँ से एक करेंट निकलकर उन सबके संग जुड़ गया। कन्याओं के खा लेने के बाद आपके सामने कलश के बगल से बहुत सारे देवी-देवता आए, उन्होंने भी भोजन किया।"

जिस कार्य के लिए मुझे इस धरती पर सतयुग से कलियुग तक लग गया, वह सफल हो चुका था। मैंने अपनी बेटी (राजा दक्ष की पत्नी–सती की माँ, मेरी नानी) में अपनी माँ कामाख्या को सेकण्ड खंड में सेकण्ड बॉडी के अभेद्य और कठोर बंधन से मुक्त कराकर सशरीर स्थापित कर दिया था। अब माँ मंदिर में नहीं थीं, बल्कि एक शरीर प्राप्त कर चुकी थीं। बीच-बीच में माँ मुझसे बच्चों-जैसी ज़िद करतीं कि "मुझे यहाँ से ले चलो। मैं अब यहाँ एक पल भी ठहरना नहीं चाहती। लेकिन मैं बाबा के आदेश की प्रतीक्षा कर रहा था। माँ नीलपर्वत पर चारों तरफ घूम-घूमकर बाबा को बतातीं कि धरती के भीतर उनकी शक्तियाँ कहाँ-कहाँ दबी पड़ी हैं। बाबा और हम उन बिखरी शक्तियों को समेटते और माँ में एकत्रित करते।

बाबा का आदेश था – "बेटे, यहाँ फिर तो आना नहीं है, इसलिए इस बार ही माँ की सारी शक्तियों को पूरी तरह समेट ले। जरा सी भी नहीं छूटनी चाहिए।"

कभी-कभी हम रुचि को साथ ले बस स्टैंड से आगे तक टहलने जाया करते। बाद में माँ अपने आपही वहाँ तक निकल जातीं। फिर मेरे कहने से वापस आतीं और बोलतीं – "मैं इस क्षेत्र में युगों से बंधी थी। मुझे सदा के लिए यहाँ से बाहर ले चलो।"

अक्सर माँ विराट ब्रह्माण्डीय शरीर धारण कर अघोर आवाज में बोलतीं – "अब मैं मुक्त हूँ। आजाद हूँ। मेरे अघोर बेटे ने मुझको मुक्त करा लिया है, सदा के लिए असुरों के सेकण्ड खंड के बंधन से स्वतंत्र करा लिया है।"

यह घटना अत्यंत गोपनीय थी। उस समय दीप बांग्ला भाषा में **(शिवपुत्र होवा आमादेर साकलेरी जन्मगत अधिकार) शिवपुत्र होना हम सबका जन्मसिद्ध अधिकार है** नामक पुस्तक लिख रही थी। अपने पुत्र उद्दालक और मौसी के साथ मुझसे मिलने कामाख्या आई। माँ की मुक्ति के पश्चात्, किसी मानव शरीरधारी को प्रथम पूजा का श्रेय देते हुए मैंने उसे मुक्त माँ कामाख्या की पूजा संपन्न करने का उपहार दिया। अपना विश्वासपात्र जानकर ही उसको यह सुखद समाचार दिया था।

दीप चार-पाँच दिन रहकर वापस कोलकाता लौट गई।

ब्रह्मश्वास

रुचि ध्यान में कहती है-"एक दिन मैंने देखा, माँ-बाबा बैठे हुए हैं और उनके पीछे माँ बड़े रूप में तथा अन्य माताएँ बालरूप में हैं। अभी आप ब्रह्माण्ड में अपने इसी रूप में हैं। आपकी अघोर ध्वनि ब्रह्माण्ड से आ रही है। आपके सिर के पीछे ब्रह्मरंध्र से कड़कड़ाती हुई विद्युत निकल रही है। विद्युत अब दीपक का रूप ले लौ के रूप में परिवर्तित हो गई। लौ ब्रह्मरंध्र के ऊपर स्थित है। आपके सहस्रार के अंदर कड़कड़ाती हुई विद्युत अभी भी स्पष्ट दिख रही है। ब्रह्माण्ड से एक मोटी करेंट की धारा उसी छिद्र से होकर आपके अनाहत पर लगातार गिर रही है।

जब आप श्वास लेते और छोड़ते हैं तो अनाहत तथा आज्ञा व सहस्रार चक्र से होते हुए क्रमशः आता है और वहीं से टकराकर उसी छिद्र के माध्यम से ऊपर वापस चला जाता है, न कि शरीर में स्थूल नाक व नाभि के नीचे तक। आपके श्वास, नाभि, स्वाधिष्ठान व मूलाधार चक्र तक जाते हुए नहीं दिखते।

आप जब श्वास लेते हैं तब भी और जब छोड़ते हैं तब भी, आपका शरीर उच्च वोल्टेज पर विद्युत पैदा करता है। आपके श्वास को 'ब्रह्मश्वास' कहा जाएगा। इसलिए आपके शरीर में देखने पर सदैव बिजली जैसी कड़कती रहती है।

सामान्य लोगों के श्वास नाक होकर अंदर जाते और नाक होकर ही बाहर आते हैं। प्राणायाम करनेवाले यह विचार करते हैं कि स्वच्छ श्वास उनके अंदर आ रहे हैं और गंदे श्वास बाहर जा रहे हैं। वे लोग देख नहीं पाते और देखने की कोशिश भी नहीं करते।

अभी मैं देख रही हूँ कि आपका 'ब्रह्मश्वास' आदि कुछ नहीं दिख रहा है, बल्कि आपके ब्रह्मरंध्र के पास एक बहुत मोटा-सा सिल्वर कॉर्ड है। लेकिन जब वह तेजी से चलता है तो बहुत तेजी से विद्युत कड़क रही होती है।

अभी आपका एक रूप हँसते हुए कह रहा है -'अगर ऐसा एक बार

भी, सिर्फ एक बार भी तुम लोगों के शरीर में हो जाए, तो वहीं शरीर फट जाएगा, जल जाएगा। मैं जब श्वास लेता हूँ तो एक साथ ग्यारहों माँ (माँ कामाख्या और उनके दसों रूप) और बाबा श्वास लेते हैं इसलिए मेरे श्वास ब्रह्मश्वास हैं। अतः मुझमें 'मैं' करके कुछ है ही नहीं। मेरे मैं का अर्थ है - माँ और बाबा। इसीलिए मैं ही शक्ति भी हूँ और नियंत्रणकर्ता भी।'

हम लोगों का जो सहस्रार है वह आपका मूलाधार है और यह मात्र अघोर का होता है। बाबा के बाद शरीरधारियों में अघोर आप ही हैं। जबसे बाबा ने संसार बनाया है, अब तक इस युग में, इस जन्म में आप ही अघोर हुए हैं।

अभी, अघोर ध्वनि में बाबा कह रहे हैं – "पहला शरीरधारी अघोर शिवपुत्र हमारा पुत्र है। इसके लिए इसे कई जन्मों में कठोर साधना करनी पड़ी है, तब जाकर यह अवस्था इसे मिली है। इसने सिर्फ और सिर्फ अपने पिताश्री और माताश्री के लिए कर्म किए हैं। इसने कभी भी किसी भी जन्म में अपने लिए कर्म नहीं बनाया।

मैं परम भाग्यशाली हूँ, क्योंकि मैं पिता तो था ही, परमपिता मुझे मेरे पुत्र ने बनाया। अपने ऐसे पुत्र को पाकर आनंदित हूँ। इसका स्थान मेरी गोद में था और रहेगा। यह असीमित है, अव्यक्त है। इसे मनुष्य नहीं समझ सकता, सिर्फ मैं ही समझ सकता हूँ।"

अभी बाबा ने अघोर ध्वनि में कुछ आदेश किया - "सभी शक्तियाँ क्रियाशील हों।"

माँ भी आ गई - "इसने मुझे आजाद कराया। देख, तू अघोर की बेटी है। इसने हर युग में ऐसे-ऐसे काम किए हैं, जो किसी ने आज तक नहीं किया है, तब जाकर यह अघोर हुआ है। बाबा ने अपने सब अधिकार इसे दे दिए हैं और मैंने भी अपने सारे अधिकार इसे ही दे दिए हैं। इसके पास शक्ति भी है और नियंत्रण भी। मैं और बाबा इसी में निवास करते हैं।

हे मेरे पुत्र! माँ की सबसे बड़ी कमजोरी उसका पुत्र होता है। तू मेरी कमजोरी है और मेरी ताक़त भी। पुत्र का सुख मैंने तुझसे ही पाया है।

मैं जगत् की माँ होते हुए भी पुत्र का सुख नहीं पा सकी थी। तू सोच, मेरे सीने में कितना दर्द है। बाबा और मैंने ही सबको जन्म दिए हैं। हम लोग भी चाहते हैं कोई हमें प्यार करे। तूने तो इतना प्यार दिया। तूने मुझे मातृत्व सुख दिया। तुझे पाकर सभी मातृ-शक्तियाँ बहुत प्रसन्न हैं। देख, सब नृत्य कर रही हैं। देवी-देवता सभी नृत्य कर रहे हैं।"

अब मेरा अहंकार तू है। ऐसा पुत्र पाकर माँ को तो अहंकार होगा ही। या तो मैं तेरी गोद में रहना चाहती हूँ, या तुझे अपनी गोद में रखना चाहती हूँ। तेरे पास मुझे बहुत शांति मिलती है। तू मेरा पुत्र भी है और पिता भी। इस युग के लोग बड़े भाग्यशाली हैं जो तू इस युग में आया। जो तुम्हें स्वीकार करेंगे उसे साक्षात् बाबा और माँ मिलेंगे। तेरा अर्थ है - तू, बाबा और मैं। तुझे जो पा गया, हम दोनों उसे मिलेंगे-ही-मिलेंगे। तू जिस पर भी कृपादृष्टि बनाए रखेगा, मेरा और बाबा का भी आशीर्वाद उसके साथ रहेगा। तू सिर्फ मेरा ही नहीं, बल्कि बाबा का भी अहंकार है।'

जब माँ, बाबा के पैर छूकर क्षमा माँग रही थीं, तभी बाबा माँ को संबोधित कर बोले-"देख तू ने क्या किया था और तेरे पुत्र ने तुझे मुक्त कराया। तेरे अहंकार के कारण मेरे बेटे को कई बार तो साधारण मनुष्य बनकर जन्म लेना पड़ा। तेरे कारण उसे हर प्रकार की शिक्षा पाने के लिए हर तरह के मनुष्यों के बीच जन्म लेना पड़ा, ताकि तुझे मुक्त करा सके।" देख, तेरे अहंकार के कारण तेरे पुत्र को कई युगों तक सिर्फ कष्ट ही कष्ट उठाना पड़ा।'

माँ बाबा से कह रही हैं - 'मुझे क्षमा कर दीजिए।'

बाबा-'मैंने क्षमा की, तभी तुम मुक्त हो पाई।'

अभी माँ का बहुत विराट रूप हो गया और ब्रह्माण्डीय आवाज में ऐसे बोल रही हैं, जैसे सारी प्रकृति को सुना रही हों-'मेरा पुत्र मेरी शक्ति भी और मेरा अहंकार भी है। मैं शव हूँ। मेरी शक्ति मेरा पुत्र है। मुझे क्षमा करना मेरे पुत्र, तुझे इतना कष्ट उठाना पड़ा।'

आप (शिवपुत्र) कहते हैं - 'माँ आप मुझसे क्षमा न माँगें। मुझे अपना पुत्रधर्म निभाने में विलम्ब हो गया।' माँ ने कहा - 'मैंने गलती

की तो मुझे क्षमा जरूर माँगनी चाहिए। तूने कोई देरी नहीं की। तुम्हारे बाबा की इच्छा के बिना कुछ भी नहीं होता। जो भी तेरा अपमान करेगा, उसे मैं और बाबा कभी माफ नहीं करेंगे और जिसपर तू कृपादृष्टि बनाएगा उसे मेरा और बाबा का आशीर्वाद मिलेगा। मेरे और बाबा तक पहुँचने से पहले तेरे पास आना ही होगा। इस धरती पर मानव शरीरधारी पहला अघोर तू ही है, अबतक कोई नहीं हुआ, इसलिए बाबा ने अपने अधिकार तुम्हें सौंपे हैं।

दो ही अघोर हैं -तू और बाबा। जो भी तेरा दर्शन करता है और जिसे तू आशीर्वाद देता है, उसे हम दोनों का आशीर्वाद मिलता है। तेरे आशीर्वाद और अपमान का फल दुनिया देखेगी।'

अभी आपके सहस्रार के ऊपर माँ-बाबा खड़े दिखे और उसी से आप में समा गए। अब आपके अंदर दिख रहे हैं। आपके आज्ञाचक्र पर सफेद करेंट में लिखा दिखा, इसके बाद आपका सिल्वर-कॉर्ड दिखा, अब आज्ञाचक्र पर 'अ' लिखा दिखा और आपकी दाईं आँख में बाबा और बाईं आँख में माँ हैं।

मुझे अपनी माँ (रुचि–कामाख्या) की सुरक्षा के लिए चौकन्ना रहना पड़ता था। मैं यह नहीं भूल सकता था कि अभी भी असुरों के प्रचंड तांत्रिक और मायावी शक्तियों के मध्य अपनी माँ के साथ अकेला खड़ा हूँ। मैंने अपने आपको पूरी तरह तैयार कर लिया था कि जाग्रत त्रिकोण को पूरी तरह अपने साथ जोड़कर, अपने सर्किट में स्थित चक्रों के संतुलन पर उठाकर, कामरूप क्षेत्र से बाहर पृथ्वी पर चल-फिर सकूँ, जिससे रुचि के ऊपर इसका भार ज्यादा न पड़े। यहाँ से बाहर निकलकर अब मुझे जाग्रत त्रिकोण के इस सिरे को भी मुक्त करना था, जो माँ के साथ ही यहाँ पर स्थापित (बँधा) हुआ था।

मैं नहीं चाहता था कि यहाँ से निकलते हुए परमेश्वर या अन्य किसी को यह भनक लग जाए कि माँ को सदा के लिए हम अपने साथ लेकर जा रहे हैं। परमेश्वर को इस बात का आभास अवश्य हो गया था कि मैं इतने दिनों से किसी अत्यंत गोपनीय कार्य से ही ठहरा हुआ हूँ। इस नवरात्र में माँ के गर्भगृह में मेरे द्वारा कुछ विशिष्ट व गोपनीय कार्य

किया जा चुका है, पर स्पष्ट न समझ पाने के कारण मुझसे पूछता व ज़िद करता और मैं सदा की तरह सिर्फ मुस्कुराता।

एक दिन परमेश्वर ने ध्यान में देखा कि कैलाश से बाबा ने एक नाव में बैठकर मुझे, रुचि को और उसे नीचे भेजा है। बहुत तेजी से नीचे की ओर चले हैं। नाव मैं चला रहा हूँ जबकि रुचि और परमेश्वर पीछे बैठे हैं। कुछ दूर चलकर फिर एक दृश्य आता है कि नाव में अब मैं और रुचि ही हैं परमेश्वर नहीं। परमेश्वर मेरे पास आकर बार-बार पूछता कि "महाराज जी, कैलाश से तो हम तीनों लोग एक साथ चले थे, तो अब आपने मुझे क्यों छोड़ दिया? बताइए, मैं कुछ समझ नहीं पा रहा हूँ। इस बात का कुछ बहुत बड़ा मतलब जरूर है और इसको सिर्फ आप ही जानते हैं।"

एक दिन मैंने बाबा से पूछा - "बाबा! माँ को मुक्त तो करा लिया गया है। क्या हम लोग आपके पास (केदारनाथ) सदा के लिए आ जाएँ? यहाँ से जाने के लिए माँ भी व्यग्र हैं। यदि सारे कार्य संपन्न हो चुके हों तो आदेश कीजिए।"

"बेटे। कार्य तो संपन्न हो चुका है। तू जब भी चाहे, उचित दिन देखकर निकल जा। माँ को मंदिर की तरफ मत जाने देना, कमरे से निकलते हुए सीधे चला जाना। यहाँ इस कमरे में तुम्हारी जो शक्ति करेंट के रूप में एकत्रित हो गई है, उसे भी समेट लेना और इस क्षेत्र को आदेश कर जाना कि यह धीरे-धीरे नष्ट हो जाए, यही माँ की भी इच्छा है।

दूसरी बात, अभी नीचे (हिमालय से) कहीं एक छोटा सा स्थान लेकर ठहर जाना। माँ मुक्त हो गई हैं। मैंने ब्रह्माण्डीय आदेश तो कर दिया है, पर जगत् के लोग कैसे जानेंगे? सारे जगत् को जानना जरूरी है। अभी नीचे ठहरकर माँ की शक्तियों का प्रदर्शन कर और धर्म की स्थापना कर। माँ के सेकण्ड खंड में चले जाने से मूल प्रकृति विकृत हो चुकी है, जिसे पुनः मूल रूप में परिवर्तित करना है। जाग्रत त्रिकोण को भी एक नए स्थान पर स्थापित करना है, अन्यथा धरती पर सारा जीवन और सृष्टिक्रम ध्वस्त व तहस-नहस हो जाएगा। सावधानी से आगे

बढ़। माँ सुरक्षा घेरे में सदा रहेंगी। अब तुम्हें पहले से अधिक सावधान रहना होगा।

तुम अभी यहाँ से कोलकाता वाले वैकल्पिक त्रिकोण पर जाकर दीप के यहाँ कुछ दिन आराम कर। फिर आगे का मार्गदर्शन करूँगा। माँ युगों के बंधन से थकी हुई हैं, वो भी आराम करेंगी। माँ अपने सभी रूपों के साथ अब सदा तुम्हारे ही साथ अघोर सुरक्षा में रहेंगी।"

मैंने विश्वजीत से बोलकर दो टिकट कोलकाता के लिए निकलवाए और अपने पास के अधिकतर सामान वहाँ के स्थानीय लोगों में बाँट दिए।

आज 2006 में नवंबर की 25 तारीख का संध्या समय। मैं अपनी बेटी रुचि और माँ कामाख्या को अपने साथ लेकर सदा के लिए कामरूप (प्रागज्योतिषपुर) से बाहर निकलने के लिए चल पड़ा। कामाख्या मंदिर से जितनी दूर संभव हो उतनी दूर माँ को लेकर मुझे चला जाना था। स्टेशन पर मेरे शिष्यों ने अश्रुपूरित नेत्रों से विदाई दी। सतयुग में राजा दक्ष के यज्ञ-विध्वंस के पश्चात् सती आज कलियुग में कामाख्या रूप में इस क्षेत्र से सदा के लिए मुक्त होकर अपने अजन्मे अघोर पुत्र के संग बाहर निकल रही थीं। कुछ दूर चलने के उपरांत इस घटना के बारे में मैंने विश्वजीत को संदेश भेजा। इस समाचार को पाकर वह स्तंभित रह गया। और, इसके साथ ही धरती पर युगों से सुप्त पड़ा अधोमुखी त्रिकोण जाग्रत होकर सदा के लिए अपना स्थान परिवर्तन करने के लिए मेरे साथ चल पड़ा। अगले दिन हम लोग कोलकाता पहुँचे। दीप आदि अनेक लोग स्टेशन पर माँ के स्वागत के लिए उपस्थित थे।

कामाख्या हम गए थे दो, लेकिन वापस आए माँ गायत्री तथा माँ कामाख्या (दसों रूप सहित) को अपने संग लेकर, सदा के लिए।

इस घटना को मानने या न मानने के लिए, हर व्यक्ति जन्म से मृत्यु तक स्वतंत्र है। क्या प्राकृतिक घटनाएँ किसी के मानने या न मानने का इंतज़ार करती हैं? नहीं, कभी नहीं—कभी भी नहीं।

अब मुझे कोलकाता में अपने वैकल्पिक त्रिकोण पर स्थित होकर

सारे सिस्टम को अच्छी तरह समझना था। हम लोग जब तक कामाख्या में थे, पूरी तरह स्वस्थ महसूस करते रहे। लेकिन कोलकाता पहुँचते ही ऐसा लगने लगा कि हम दोनों के शरीर में प्राण हैं ही नहीं। इतनी थकावट महसूस होने लगी।

यह मानव जगत् के लिए प्रथम मानव शरीरधारी अघोर की तरफ से एक अनमोल उपहार है!

अध्याय-27

माँ की मुक्ति के समय जाग्रत त्रिकोण की स्थिति

माँ कामाख्या की मुक्ति के उपरांत जब हम लोग कोलकाता पहुँचे तब दीप द्वारा बांग्ला में लिखी जा रही पुस्तक 'शिवपुत्र होवा अमादेर साकलेरी जन्मगत अधिकार' (शिवपुत्र होना हम सबका जन्मसिद्ध अधिकार है) अपने अंतिम चरण में थी। आखिरी पन्नों में मैंने कामाख्या की मुक्ति से संबंधित संक्षिप्त सूचना और सन्देश लिखवाया। उसी पुस्तक में एक अध्याय 'जाग्रत त्रिकोण' नाम से सम्मिलित है। पुस्तक 2007 के जनवरी माह में प्रकाशित हुई। जाग्रत त्रिकोण वाला अध्याय दीप के पति इंद्रनील ने मुझसे हुई बातचीत के आधार पर लिखी। प्रस्तुत है उस आलेख का हिन्दी अनुवाद।

यह सर्वविदित है कि पृथ्वी की अपनी चुम्बकीय शक्ति (magnetic field) है जिसका विस्तार उत्तर से दक्षिण की ओर है। उत्तरी ध्रुव (north pole) को धनात्मक (positive) मेरु तथा दक्षिणी ध्रुव (south pole) को ऋणात्मक (negative) मेरु कहते हैं। उत्तरी मेरु से बहिर्मुखी एवं दक्षिणी मेरु से अंतर्मुखी शक्ति चुम्बकीय बल का प्रवाह है। भौतिक विज्ञान (physics) के अनेक सिद्धांतों में इस शक्ति की कल्पना है, जैसे

तड़ित शक्ति, मध्याकर्षण शक्ति, इत्यादि। इस तरह की अनुभूति कहाँ से हुई, इसे समझने के लिए त्रिकोण तत्त्व का आश्रय लेना होगा।

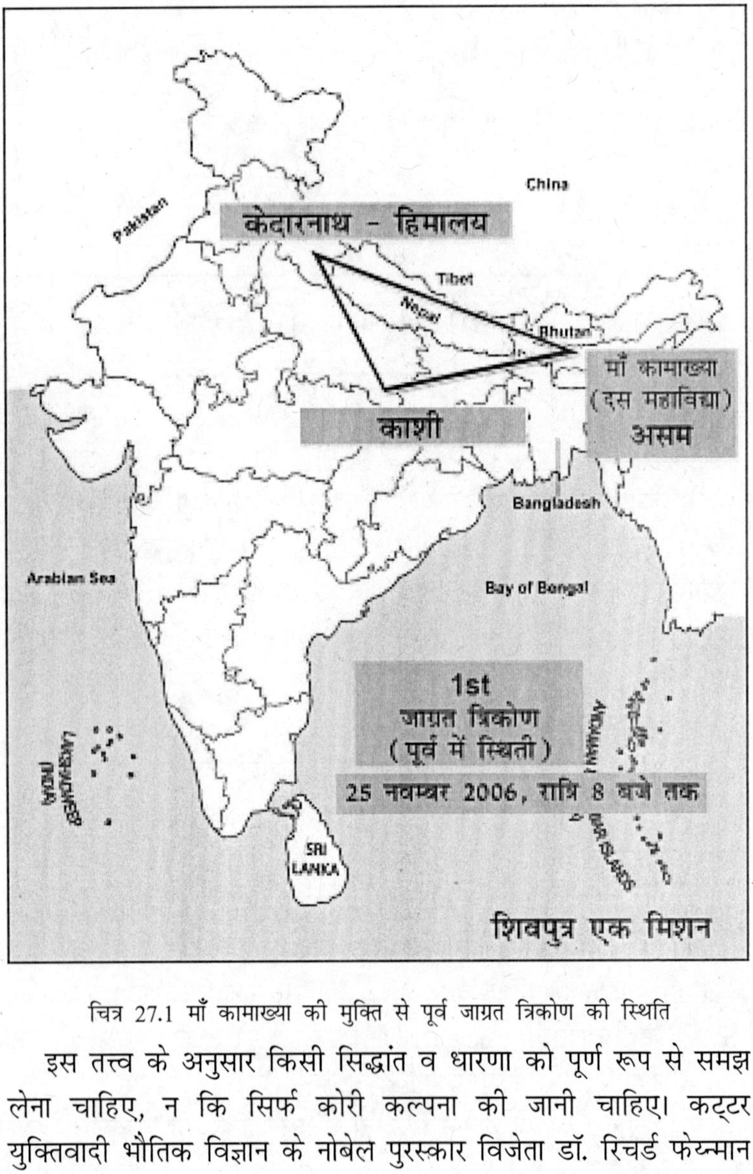

चित्र 27.1 माँ कामाख्या की मुक्ति से पूर्व जाग्रत त्रिकोण की स्थिति

इस तत्त्व के अनुसार किसी सिद्धांत व धारणा को पूर्ण रूप से समझ लेना चाहिए, न कि सिर्फ कोरी कल्पना की जानी चाहिए। कट्टर युक्तिवादी भौतिक विज्ञान के नोबेल पुरस्कार विजेता डॉ. रिचर्ड फेय्नमान

(Dr Richard Feynman) को अपने जीवन के अंतिम दिनों में प्राच्यदर्शन के इस रहस्य (mystic) व कल्पित तत्त्व की सर्वता का ज्ञान हुआ था। उन्होंने कहा था–

"युक्ति के बिना विज्ञान नहीं होता, यह सत्य है। परन्तु युक्ति उसी सीमा तक दिखा सकती है जितना किसी भी वैज्ञानिक सिद्धांत में युक्ति का उपयोग हुआ हो। विज्ञान के नए-नए चमत्कारिक अनुसंधान करते समय युक्तिवाद का उपयोग हुआ है और उससे वह उन्नत से उन्नत्त स्तर तक पहुँचा है। कभी-कभी वैज्ञानिकों की पहुँच बिजली की तरह हठात् हो गई है, परन्तु नई-नई उपलब्धियों के लिए प्राच्यदर्शन विज्ञान का मार्गदर्शन कर सकता है।"

डा. रिचर्ड फेय्न्मान के परामर्श पर यदि गंभीरता से विचार करें तो उसमें गुरुजी के स्वीकार तत्त्व का निरूपण ही मिलता है।

अब हम देखेंगे कि ये भौतिक शक्तियाँ अद्‌भुत-सा दृश्य उपस्थित करती हैं, जिसे विज्ञान ने ही सामने लाया है, परन्तु जिसका कारण विज्ञान को पता नहीं चला है। वहीं पर गुरुजी के मौलिक तत्त्व, जो उनका अपना है, हमें नये मार्ग की ओर इशारा करता है।

हमारे शक्तिक्षेत्र का स्वरूप गुरुजी ने साक्षात् निर्धारित किया है। उसकी वे इस प्रकार व्याख्या करते हैं-

"अर्द्‌धनारीश्वर इस धरती पर मानो लेटे हुए हैं। उनका सहस्रार, अर्थात् उत्तर मेरु (north pole) जो धनात्मक है, वह केदारनाथ है और स्वाधिष्ठान, अर्थात् दक्षिण मेरु (south pole), जो ऋणात्मक है, वह कामाख्या (आसाम) है। इस दक्षिण मेरु अर्थात् कामाख्या को 'योनि क्षेत्र' अथवा 'सती की महायोनि पीठ' भी कहते हैं। मूलाधार के जाग्रत होने पर जिस सक्रिय शक्ति की सृष्टि होती है, उसका क्रीड़ा क्षेत्र योनि क्षेत्र (सृष्टि क्षेत्र) है। केदारनाथ अध्यात्म का चरम क्षेत्र है और कामाख्या, शक्ति व 'तंत्र' (तकनीकी) का।"

इस प्रकार हिमालय का पश्चिमी सिरा केदारनाथ धनात्मक क्षेत्र है जो मुक्ति प्रदान करता है। शरीर में इसका स्थान आज्ञाचक्र से सहस्रार तक है। हिमालय का पूर्वी सिरा कामाख्या ऋणात्मक क्षेत्र है, जिसका बंधन

सृष्टिकारी है एवं शरीर में इसका क्षेत्र स्वाधिष्ठान से लेकर मूलाधार तक है।

केदारनाथ मुक्ति का स्थान है जहाँ ऊर्ध्वगामी शक्ति उत्पन्न होता है। 'ॐ' इसका क्षेत्र है। कामाख्या शक्ति का भंडार है, किन्तु यह बंधनकारी है तथा यहाँ अधोगामी शक्ति की उत्पत्ति होती है। 'अहम्' (अहं) इसका क्षेत्र है।

कामाख्या क्षेत्र में अहंकार भाव उत्पन्न होता है। यहाँ पर नाना प्रकार की सिद्धियाँ मिलती हैं, जो ईश्वरप्राप्ति के रास्ते में बाधा बनकर खड़ी हो जाती हैं। साधक प्राप्त सिद्धियों से उत्पन्न अहंकार में ही बँधकर रह जाता है और अपने लक्ष्य की ओर अग्रसर नहीं हो पाता।

माँ यहाँ पर साधक की परीक्षा अनेक तरह से लेती हैं। माँ की गणिकाएँ देवी का मायावी रूप धारण कर साधक को थोड़े समय के लिए छोटी-मोटी सिद्धियाँ (शक्ति) प्रदान कर देखती हैं कि साधक उसी से संतुष्ट होकर पथभ्रष्ट हो जाता है अथवा ईश्वरप्राप्ति की तड़प अपने में पूर्ववत् बनाए रखता है।

केदारनाथ और कामाख्या का मध्यवर्ती क्षेत्र, निरपेक्ष (neutral region) कहलाता है। यहाँ पर शक्ति का प्रवाह बहुत ही तीव्र है। पूर्ण जाग्रत साधक अपनी कुंडलिनी शक्ति के जागरण के उपरांत जब चक्रों का पूर्ण भेदन कर परमावस्था को प्राप्त होते हैं तो उसके बाद ही इस निरपेक्ष क्षेत्र की उपलब्धि होती है। यहाँ तक कि जाग्रत साधक अपने अनुयायियों को भी इस अवस्था की उपलब्धि करा सकते हैं, किन्तु इसके लिए उनके प्रति पूर्ण समर्पण और स्वीकार का होना नितांत आवश्यक है।

शव और उसके अन्दर ई-कार, शक्ति का पूर्ण विस्तार।

धरती के इन दोनों क्षेत्रों (चुम्बकीय केदारनाथ एवं कामाख्या) की उपलब्धि गुरुजी को हुई है, इसलिए वे ही स्वयं इस धरती के 'जाग्रत त्रिकोण' हैं। वे तृतीय कोण काशी हैं।

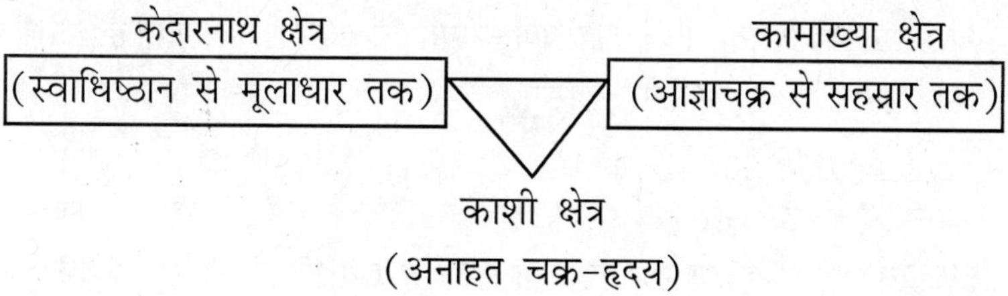

जिन साधक ने अपनी शक्ति जाग्रत करके ब्रह्माण्ड के केन्द्र से स्वयं को संयुक्त कर लिया हो, वे स्वयं ब्रह्माण्ड के केन्द्र बन जाते हैं। वो साधक, जाग्रत पुरुष, साक्षात् शिवपुत्र धरती के चलायमान त्रिकोण हैं। वो साधक, चिन्मय काशी, जीवित रहते हुए प्रकृति की सूक्ष्म-से-सूक्ष्म शक्ति के द्वारा अपनी इच्छा मात्र से कार्यों का संपादन करवाते हैं। अर्थात् शक्ति से अपनी इच्छानुसार कार्य कराने की क्षमता रखते हैं। शिवपुत्र-अवस्था में जाग्रत देहधारी गुरुजी, धरती के दोनों केन्द्रों के साथ युक्त होने के कारण इच्छाशक्ति पर पूर्ण नियंत्रण करते हैं। ठीक उसी प्रकार चुम्बक का निरपेक्ष क्षेत्र, अर्थात् बाबा केदारनाथजी के आदेशानुसार इच्छाशक्ति द्वारा वे सूक्ष्म जगत् में किसी भी प्रकार का परिवर्तन करने की क्षमता रखते हैं।

केदारनाथ और कामाख्या का मध्य केन्द्र, इसी प्रकार जाग्रत शिवपुत्र के माध्यम से पृथ्वी पर अपने साकार रूप में नए-नए परिवर्तन के कार्य सम्पादित करता है।

धरती का यह त्रिकोण इस प्रकार शिवपुत्र की अपनी वर्तमान अवस्था में पूर्ण जाग्रत होता है। इस त्रिकोण का मध्य कोण शिवपुत्र, सीधे ऊर्जा-शक्ति के माध्यम से एक ओर केदारनाथ और विपरीत दिशा में कामाख्या के संग युक्त रहने के कारण, इस ब्रह्माण्ड में उपस्थित किसी भी प्राणी के संग योग-सूत्र की रचना कर सकते हैं एवं उससे वार्ता भी कर सकते हैं। क्योंकि, शिवपुत्र वास्तव में अपने अभ्यंतर पूर्ण जाग्रत अर्द्धनारीश्वर के रूप में (जिसके मध्य पिता केदारनाथ और माता कामाख्या एकाकार होकर रहते हैं) स्थित रहते हैं।

ईश्वर की प्राप्ति में सबसे बड़ी बाधा है अहंकार। अहंकार ही शक्ति का विलास है। इसलिए शिवपुत्र का स्वीकार ही इस वर्तमान जगत् में

स्वयं शव में स्थित शक्ति का पूर्ण जाग्रत क्रियात्मक परिणाम है। अर्थात् पुरुष, द्रष्टा हैं तो निर्लिप्त, परन्तु इच्छा इनकी है। इनकी इच्छा से ही प्रकृति रूप शक्ति का संपादन करती है। यहीं पर प्रकृति और पुरुष का मिलन होता है और यही सृष्टितत्त्व का उत्कर्ष है, जिसका प्रादुर्भाव जीवों का जन्म-ग्रहण ब्रह्मतत्त्व के रूप में तथा जीवन में विष्णुतत्त्व के रूप में और जन्मान्तर में शिवतत्त्व के रूप में होता है।

यही है विश्व तथा ब्रह्माण्ड की लीला एवं कर्म-संपादन। गुरुजी ने अपनी मौलिक धारणा में पुरुष और प्रकृति का संयोग दिखलाया है। इस संपदा के उद्‌गम तथा क्षमता के विषय में समझाया, किन्तु इस ऐश्वर्य का यथार्थ और समुचित व्यवहार तो मनुष्य को ही करना होगा और, उसका मार्ग है-'स्वीकार'।

स्वीकार एवं ध्यान के अतिरिक्त किसी माध्यम से कोई अनुभूति नहीं होने पर पुरुष की इच्छा अधोगामी हो जाती है एवं जीवतत्त्व पुरुष, शक्ति से क्षुद्र (वासनात्मक) व्यवहार करता है। यह व्यवहार शक्ति का दुरुपयोग छोड़ और कुछ नहीं है। विलास में जो शक्ति का अपव्यय होता है, उसकी अपेक्षा यह (जीव और पुरुष में) अंतर बहुत कम है। इसलिए इसे शक्ति का विलास कहते हैं। 'पुरुष' की इच्छा ऊर्ध्वगामी नहीं होने से चक्रों का जागरण तथा भेदन संभव नहीं होता एवं मुक्ति भी संभव नहीं होती।

शक्ति मनुष्य के अहंबोध की परीक्षा लेती है कि व्यक्ति की सोच कहाँ तक है? छोटी-छोटी सिद्धियाँ देकर देखती है कि साधक का लक्ष्य क्या है? जीवों के पथभ्रष्ट होने की संभावनाओं की परीक्षा लेती है। निम्नकोटि की सिद्धियों से यदि साधक की इच्छा समाप्त हो जाती है तो वह अपने लक्ष्य से च्युत हो मार्गभ्रष्ट हो जाता है। इसलिए पाँचों इन्द्रियों की तृप्ति से जिस प्रकार इच्छा समाप्त हो जाती है और छोटी सिद्धियों से अगर अहंबोध की तृप्ति होती है तो उसका परिणाम एक ही है-ईश्वर की प्राप्ति न होना।

जो अपनी इन्द्रियों की तृप्ति से ही अपने आपको पूर्ण समझता है, उसे ही हीन या पतित जीव कहते हैं।

उपर्युक्त सिद्धांतों से पता चलता है कि छोटी सिद्धियों से जिनका अहंबोध तृप्त होता है उनकी मुक्ति असंभव है, क्योंकि उस अवस्था में इच्छाशक्ति का ऊर्ध्व प्रवाह असंभव हो जाता है तथा चक्रभेदन की सभी संभावनाएँ समाप्त हो जाती हैं।

यहाँ पर जीव अपने क्षुद्र बोध द्वारा निर्देशित होकर पथभ्रष्ट हो जाता है और वह ईश्वर का सान्निध्य प्राप्त नहीं कर पाता। अत: शक्ति प्रवाह को ऊर्ध्वगामी रखने हेतु साधक को किस मार्ग का अनुसरण करना चाहिए?

शिवपुत्र, त्रिकोण के निरपेक्ष केन्द्र में रहते हुए भी 'पुरुष और शक्ति' के भार में अपने नियंत्रण से साम्य रखते हैं। शक्ति का ऊर्ध्वगामी विचरण, मात्र उनके (शिवपुत्र के) माध्यम से ही संभव है, इसके लिए साधक को स्वीकार योग को ईमानदारी से स्वीकार करना होगा। 'स्व' और उसके मध्य में 'ईकार', अर्थात् स्वयं के मध्य में शक्ति का संयोग करते हैं, तब ही मुक्तिलाभ संभव है।

कलियुग के इस वर्तमान कालखंड में शिवपुत्र की इच्छा से ही शक्ति को अंतर्मुखी एवं नियंत्रित करना संभव है, अन्यथा नहीं। उन्हें स्वीकार करने से धनात्मक (+) तथा ऋणात्मक (-) दोनों शक्तियों का मिलन संभव है।

हम एक मानव शरीर की कल्पना करें जिसमें आज्ञा से लेकर सहस्रार तक केदारखंड, अर्थात् धनात्मक क्षेत्र हो तथा स्वाधिष्ठान से मूलाधार तक ऋणात्मक क्षेत्र हो एवं अनाहत चक्र (हृदय) काशी हो, तो वहीं पर शिवपुत्र का अवस्थान है।

मन सर्वदा इन्द्रियों के माध्यम से बाहरी तथ्यों को प्राप्त करने हेतु बहिर्मुखी होकर चंचल रहता है। मन के इस बहिर्मुखी चंचल स्वभाव को अंतर्मुखी करने की आवश्यकता है। शिवपुत्र को स्वीकार करने से मन की चंचलता दूर होती है और अभ्यंतर की शक्ति का एकमुखी प्रवाह शुरू होता है।

त्रिशूल की व्याख्या करते हुए गुरुजी कहते हैं–"त्रिशूल में जो तीन शूल होते हैं उनमें बीच के शूल का ऊपर भाग, जो सुई की नोक की

तरह है, वह काशी में अवस्थित है। त्रिशूल त्रिकोण का प्रतिरूप है, अर्थात् केदारनाथ और कामाख्या के मध्य में शिवपुत्र स्थित हैं जो साक्षात काशी हैं।"

शिवपुत्र हैं शिव की पूर्ण शक्ति, अर्थात् शिव के त्रिशूल–त्रिकोण का तीसरा कोण। शिव और शक्ति दोनों ही त्रिशूल धारण करते हैं।

निराकार ब्रह्माण्ड में इन्हीं दोनों को संयुक्त करने हेतु तीनों शूल का संयोग आवश्यक है। तीनों शूल मिलकर ही एक त्रिकोण बनाते हैं और तब निराकार (अज्ञात) उसके माध्यम से ही शिवपुत्र के रूप में साकार होकर प्रकट होते हैं।

अध्याय-28

जाग्रत त्रिकोण की व्यापकता

कई दिन हो गए हमें कोलकाता आए हुए। आज रात्रि ध्यान में बैठा तो एक आश्चर्यजनक दृश्य सामने आया। केदारनाथ-कामाख्या-काशी से निर्मित पहले जो जाग्रत त्रिकोण बना था, परिवर्तित हो चुका था-कामाख्या वाला सिरा खत्म होकर केदारनाथ-कोलकाता-काशी से निर्मित नए त्रिकोण में। चूंकि मैं कामाख्या वाले सिरे की सभी शक्तियों के साथ कोलकाता आ गया, कामाख्या वाला सिरा स्थानान्तरित हो गया। मुझे धरती के ऊपर इस नए निर्मित त्रिकोण का संतुलन करना था। अब मेरी चेतना इसमें ही जुड़ी रहने लगी। अचानक न जाने क्यों मेरी आँखों से दिखना कम होने लगा। दीप ने तुरंत डॉक्टर से दिखाया, लेकिन बात उसकी समझ में नहीं आई।

कुछ दिन विश्राम करके महाराष्ट्र में दीदी के यहाँ जाने का फैसला किया। यह मेरा अचानक लिया गया निर्णय था, क्योंकि एक दिन मैंने देखा कि मुक्ति के पश्चात्, जो माँ कामाख्या बहुत आनंदित रहा करती थीं, वो वस्त्रहीन अवस्था में, पूरी तरह रक्त से लथपथ खड़ी, अत्यंत दुखी और उदास होकर मुझे देख रही हैं। यह देख मैं चौंक गया।

पहले मैं अकेले रहा करता था तो सभी को प्रिय था, क्योंकि सभी को अपना स्वार्थ पूरा करवाना होता था। लेकिन अब मेरे साथ मेरी बेटी

भी सदा के लिए जुड़ गई थी तो दिक्कत होने लगी। लोग माँ-माँ चिल्लाते तो हैं पर किसी को माँ स्वीकार कर सम्मानपूर्वक व्यवहार करने में नानी मरने लगती है। मैंने अपनी आँखों से देखा, लोग मनुष्य की तरह भी व्यवहार नहीं कर पाते। ऐसा ही व्यवहार मेरे पीठ पीछे से माँ के साथ भी हुआ, अतः मैंने वहाँ से बाहर निकलने का निर्णय किया।

हिमालय से नीचे ठहरने का अपना कोई स्थान नहीं होने से बार-बार मुझे और मेरी बेटी रुचि (माँ कामाख्या) को अपमान का घूँट पीना पड़ा। लेकिन साकोली (महाराष्ट्र) में दीदी, मेरी बेटी को देखकर, बहुत खुश हुई। मेरे स्वास्थ्य की चिंता करने के लिए मेरी बेटी मेरे पास जो आ गई थी। दीदी के पास कुछ दिन ठहर कर हम लोग रुचि के इस जन्म के माता-पिता के यहाँ हैदराबाद पहुँचे। बहुत अपनत्व मिला। ईमानदार स्वीकार का एक अद्‌भुत उदाहरण, कुलीन व संस्कारी बुजुर्ग लोग।

यहाँ, हमलोगों को पूरी तरह एकांत, अपनत्व और शांति के साथ आराम मिला। एक दिन अचानक मैंने देखा कि वह जाग्रत त्रिकोण केदारनाथ-कोलकाता-काशी वाली स्थिति से परिवर्तित होकर अब केदारनाथ-काशी-हैदराबाद से जुड़कर निर्मित हो गया है। यह स्पष्ट होने लगा कि हम जहाँ भी जा रहे हैं, कामाख्या के बदले उसी स्थान से जुड़कर नया त्रिकोण निर्मित हो रहा है।

उस समय मैं टेलीविजन आदि नहीं देखा करता था। अधिकतर समय ध्यान या फिर आराम। वहाँ मेरे पास कुछ और ऐतिहासिक पात्र आए। उनमें मुख्य थे अर्जुन, महारानी मंदोदरी, विभीषण, सुग्रीव, दुर्योधन का एक पुत्र, आदि शंकराचार्य की माँ का पड़ोसी (जो गाँव वालों से छुप कर मेरी माँ (रुचि) की सेवा किया करता था और जो एक जन्म में मोहम्मद का चचेरा नाना भी था) आदि। ऐसे ही अनेक युगों के पात्रों से मुलाकात होती रही। सभी अपने ही स्वभाव में आज भी मानवरूप में जी रहे हैं।

इसी दौरान एक दिन इस जगत् के लिए चेतावनी भरी अद्‌भुत घटना हुई, जो इस धरती के आन्तरिक प्रकृति में परिवर्तन होने की स्थिति में संतुलन और नियंत्रण का कारण बनने वाली थी। धरती के गर्भ में होने

वाला यह परिवर्तन 'ग्लोबल वार्मिंग' के भयानक प्राकृतिक असंतुलन में भारत का अहित चाहने वाले अहंकारी देशों को ठोस समाधान देने में सक्रियता से कार्य निभानेवाला साबित होनेवाला था।

मैं और रुचि काफी समय से ध्यान में गहरे डूबे हुए थे कि अचानक रुचि ने देखा कि मेरे शरीर से निकलकर एक करेंट ने धरती पर स्थित जाग्रत त्रिकोण को बहुत ही तेजी से कंपित किया। उस कंपन से धरती के भीतर कुछ विचित्र काली तरंगों भरी रहस्यमई गतिविधियाँ दिखलाई दीं और पृथ्वी के भीतर का सारा भाग पारदर्शी हो गया। मैं धरती के ऊपर अपने बालरूप में चल रहा हूँ तो कभी अपने हाथ में लेकर धरती के छोटे से खूबसूरत गोले से खेल रहा हूँ।

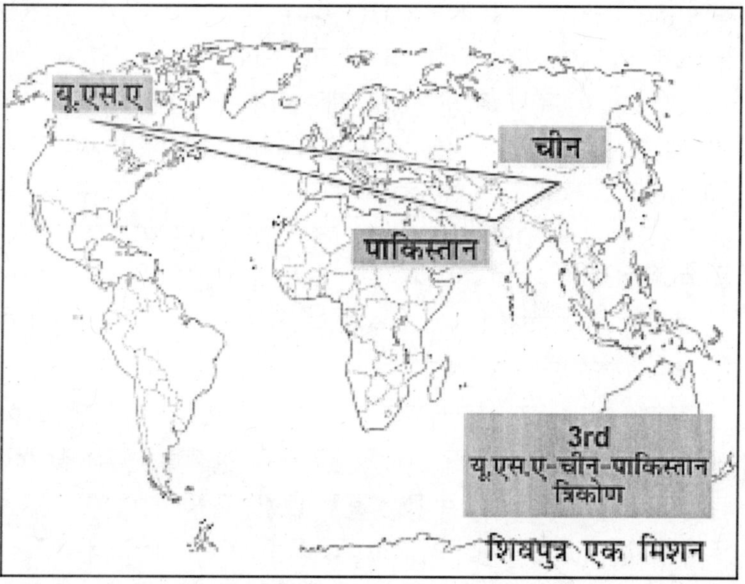

चित्र 28.1 धरती के अंदर काली ऊर्जा से निर्मित अधोमुखी त्रिकोण

धरती के नीचे एक अधोमुखी त्रिकोण बना जिसका एक सिरा पाकिस्तान, दूसरा चीन और तीसरा अमेरिका था, यह त्रिकोण भारत के बाहर था और मुझसे निर्मित त्रिकोण धरती के ऊपर भारत में था। अब इस धरती के ऊपर और धरती के नीचे एक-एक त्रिकोण निर्मित हो

चुका था। धरती के ऊपर मुझसे निर्मित त्रिकोण ऊर्ध्व है, जो श्वेत (धनात्मक, पॉजिटिव) प्रकाशमान विद्युत से युक्त है, जिससे प्रकाश निकलकर सारी धरती पर जा रहा है और धरती के अन्दर निर्मित अधोमुखी त्रिकोण काले (ऋणात्मक, निगेटिव) करेंट से निर्मित है। मेरे (ऊर्ध्व त्रिकोण के) चलने-फिरने से उस अधोमुखी त्रिकोण में कंपन बढ़ने लगता है।

धरती के भीतर का अधोमुखी त्रिकोण अपने तीनों कोणों पर तो स्थिर है, लेकिन उसके सिरों को एक दूसरे को जोड़नेवाली काली विद्युतीय तारें जीवंत हैं। इसका आकार रह-रह कर संकुचित हो पुनः फैलता है और अपनी पूर्वावस्था में आ जाता है। सारी पृथ्वी की ब्लैक करेंट उसी अधोमुखी त्रिकोण में समाती जा रही है।

अब आगे भी कुछ बातें रुचि के मुँह सुनाता हूँ।

एक दिन संध्या समय गुरुजी के कुछ शिष्य आए हुए थे। उनमें एक महिला शिष्य भी थी जो गुरुजी का ध्यान किया करती थी। वह अपनी पारिवारिक जिन्दगी से काफी दुखी और टूटी हुई थी। बार-बार गुरुजी से अपने दुखों का समाधान करने के लिए जोर दे रही थी। गुरुजी ध्यान से संबंधित बातें समझा रहे थे।

उन्होंने उस महिला शिष्य से कहा कि मैं जिस कमरे में अभी रहता हूँ, वहीं जाकर ध्यान में बैठो।

आदेश पाकर वह महिला उस कमरे में चली गई। गुरुजी सहित हम सभी लोग बाहर हॉल में ही बैठे हुए थे। अभी कुछ ही मिनट बीते होंगे कि वह महिला कमरे से बाहर आकर गुरुजी के पास बैठ गई। गुरुजी ने उससे पूछा–"क्या बात है, इतनी जल्दी तेरा ध्यान हो गया? चल उठ यहाँ से। वहीं बैठ, तेरा समाधान मिल जाएगा। वहाँ माँ हैं, जा मिल ले और जो चाहिए माँग ले।"

वह महिला फिर गई, लेकिन इस बार भी जल्द ही वापस चली आई। उसके चेहरे का रंग उड़ा हुआ था। सभी आश्चर्यचकित थे कि ऐसा क्या हो गया उस खाली कमरे में, जिसमें गुरुजी ठहरे हुए हैं? गुरुजी उसको देखकर बोले–"अब क्या हो गया? तब से तो रो-रोकर

अपना दुख गा रही थी। जब मौका मिला आज, तो भाग कर यहाँ आ-जा रही है। क्या देख लिया जो इतना भयभीत हो गई? तू क्या समझती है कि मैं अकेला ही रहता हूँ? कभी इस गलतफहमी में न रहना, क्या हुआ वहाँ?

वह महिला रोती हुई, बार-बार माफी माँगती हुई बताने लगी-'आपके कहने पर मैं कमरे में गई और जैसा आपने कहा था, ध्यान में बैठकर आपको याद करने लगी। मुझे ऐसा लगा कि आपके आसन पर कोई बैठा है और मुझे देख रहा है। मैंने सोचा कि जब मैं यहाँ आई तब तो यहाँ कोई नहीं था, लगता है गुरुजी आए हैं। मेरी आँखें खुल गईं। मैंने देखा कि एक अत्यंत, अकल्पनीय सौंदर्य रूपवाली माँ बैठी हुई हैं और मुझे देखकर मुस्कुरा रही हैं। मैं सोचने लगी कि इस खाली कमरे में ये कहाँ से आ गईं। मैं थोड़ा डर गई और उठकर जल्दी से यहाँ आपके पास आकर बैठ गई। फिर जब आपने दुबारा मुझे कमरे में जाकर ध्यान में बैठने के लिए कहा, तब फिर मैं गई। लेकिन वहाँ अब कोई नहीं था अपनी आँखें बंद कर ध्यान लगाने की कोशिश कर ही रही थी कि नारी स्वर में एक आवाज आई-"मेरे बेटे ने तुम्हें मेरे पास भेजा है, बोलो मुझसे क्या चाहती हो। जो तेरे मन में है वह माँग लो।"

यह सुनकर मैंने अपनी आँखें खोल दीं तो देखा सामने आपके आसन के ऊपर माँ काली अपने दिगम्बर रूप में खड़ी हैं और मुझे देखकर मुस्कुरा रही हैं। माँ बोलीं-'मेरे बेटे ने बोला है, इसलिए मैं तुमसे पूछ रही हूँ। क्या चाहती हो, माँग लो।'

मैं माँ के इस रूप को देखकर डर गई और सब कुछ भूल गई। न जाने क्या सोचा और वहाँ से भागकर बाहर आपके पास आ गई। गुरुजी, यह सब क्या है? मैं कुछ समझ नहीं पा रही हूँ। आपही कुछ बतलाइए, आप ही कुछ कीजिए।"

गुरुजी यह सुनकर मंद-मंद मुस्कुराने लगे। वहाँ उपस्थित सभी लोग हतप्रभ और आश्चर्यचकित थे। कितनी सरलता से ऐसा विलक्षण अवसर ऐसे ही हँसते हुए गुरुजी अपने शिष्यों को उपलब्ध करा देते हैं, पर अभागा शिष्य अपनी पुरुषार्थहीनता से अपने जीवन में मिले इस

अद्वितीय मौके को गवाँ देता है। मुस्कुराते हुए गुरुजी का गंभीर स्वर गूँज उठा–"बेटे! यह तुम्हारा दुर्भाग्य है। फिर क्यों मेरे पास अपने दुखों का रोना रोती रहती हो? जब माँगना था तब तो माँगा नहीं। क्या इस जगत् में किसी को इतनी सरलता से माँ का दर्शन संभव है? जब अवसर आया माँगने का तो भाग खड़ी हुई। ऐसे ही एक पुरुषार्थहीन व्यक्ति सिर्फ सोचता है, लेकिन अवसर आने पर अपनी नपुंसकता व्यक्त कर अपने अभागेपन का प्रदर्शन करता है। इसीलिए गुरुजी कहा करते हैं कि व्यक्ति चाहे जितना कर ले, लेकिन परमात्मा और परमात्मा के रूपों को स्वीकार करना, आत्मसात करना बहुत कठिन है। ऐसे ही व्यक्ति जीवन भर अपनी असफलता पर रोते रह जाते हैं। परमात्मा को अपने सामने पाकर भी उसे स्वीकार करना बहुत कठिन है। कितने लोगों को ऐसा दुर्लभ अवसर प्राप्त होता है?"

अचानक वह महिला सभी के सामने फूट-फूटकर रो पड़ी–"गुरुजी! एक मौका हमें और दीजिए, इस बार मैं कोई गलती नहीं करूँगी।"

गुरुजी का स्वाभाविक गंभीर स्वर फिर गूँज पड़ा–"क्या, इसे बाजार में मिलने वाला कोई सामान समझ रखा है? इस बारे में अब कोई बात मुझसे मत करना।"

इसी घटना के पश्चात् की बात है। सभी लोग वहीं हॉल में बैठे हुए ध्यान करने के पश्चात् अब भोजन की तैयारी में थे। गुरुजी अचानक मुझसे बोले–"बेटा! देखो तो कोई हमसे संपर्क करने की कोशिश कर रहा है। कौन है वह, जो हमारे घेरे में घुसने का प्रयास कर रहा है?"

गुरुजी का आदेश पाकर मैंने देखा कि हमारे सुरक्षा घेरे के बाहर से कोई काले करेंट के रूप में प्रवेश करना चाहता था। मैं ठीक से समझ नहीं पाई तो गुरुजी ने आदेश दिया–"कौन है? सामने आओ, डरो मत, अपना परिचय दो।"

मुझे महसूस हुआ कि कोई ऐसा था जो अपना शरीर धारण नहीं कर पा रहा था। अतः, गुरुजी का आदेशात्मक स्वर पुनः गूँज उठा–"मैं तुम्हें आदेश देता हूँ, अपना शरीर धारण करो और अपनी बात कहो।"

एक दबा-दबा सा मद्धिम स्वर किसी का आया, जैसे बहुत गहराई

से बोलने का प्रयास कर रहा हो–"पिताश्री! मैं कलियुग हूँ। मैं शरीर धारण नहीं कर पा रहा हूँ। आप मेरी सहायता करें।"

गुरुदेव की अघोर ध्वनि चारों तरफ फैल गई–"कलियुग! ए कलियुग!! कलियुग!!! मेरा आदेश है कि तुम अपना स्थूल शरीर ग्रहण कर सामने उपस्थित होओ। यह मेरा आदेश है। मैं अघोर शिवपुत्र बोल रहा हूँ।"

(**विशेष :** मेरे लिए यह बहुत ही आश्चर्य की बात थी। आज तक कभी किसी को अपने सामने उपस्थित होने के लिए गुरुजी को दूसरी बार आवाज नहीं देनी पड़ी थी। लेकिन आज तो गजब हो गया, गुरुजी को तीन बार आवाज देकर आदेश देना पड़ा।)

उसके बाद मैंने एक अंतहीन लम्बा सा सुरंग देखा। कलियुग उसी के अन्दर थे। प्रयास करने पर भी निकल नहीं पा रहे थे। फिर गुरुजी का करेंट वहाँ पहुँचा। उस करेंट की गति बहुत तेज थी और वो कलियुग को उस सुरंग से बाहर ले आया। अब कलियुग का चेहरा दिखा। झुर्रियां आ गई हैं, बहुत ज्यादा बूढ़े लग रहे हैं। धीरे-धीरे उनका रूप उभर रहा है। उनका धड़ दिखा, थोड़ा चौड़ा अजीब-सा बीमार लग रहे हैं। कलियुग ने गुरुजी को प्रणाम किया तो उन्होंने पूछा कि तुम क्या चाहते हो?

कलियुग ने बड़े परिश्रम से बोला–"पिताश्री! मैं आपसे अपना अंत चाहता हूँ।"

कलियुग ने जो जनेऊ और धोती पहनी है, वह बहुत गन्दी हो गई है। एक दृश्य आया कि कलियुग खड़े हैं और उनकी चारों ओर अजीब-सी डरावनी आँखें दिख रही हैं। कलियुग खूब डरे से लग रहे हैं। शून्य में बहुत ऊपर जाकर स्वर्णिम प्रकाश दिख रहा है, जो ब्रह्माण्ड में जा रहा है। कलियुग उसी प्रकाश की तरफ लालायित दृष्टि से देख रहे हैं।

अभी स्वामीजी बोले–"आज व्यक्ति की यही स्थिति है। ऐसे ही अंधेरे अंतहीन सुरंग के अन्दर दबा हुआ है, जिससे वह खुद नहीं निकल सकता। आप (शिवपुत्र) ही निकाल सकते हैं।"

(**विशेष :** जब स्वामीजी यह बोल रहे थे तब गुरुजी का रूप बाबा

के नीलवर्ण में परिवर्तित हो गया।)

अचानक कामाख्या की वे घटनाएँ मेरी स्मृति में उभरने लगीं, जब माँ को मुक्त कर एक जीवित शरीर में स्थापित कर दिया गया था। इस घटना को देखने के लिए नित्य ही अनेक दिव्य आत्माधारी महापुरुष आते और माँ-बाबा को प्रणाम करते। युगों में घटित ऐसी एकमात्र घटना थी।

दिव्य पुरुषों और आत्माओं में कुछ नाम हैं–पितामह भीष्म, परशुराम, नारद, त्रिलोक-विजयी रावण, महावतारी बाबाजी महाराज, रामकृष्ण परमहंस, देवताओं के गुरु बृहस्पति, ओशो-रजनीश। वे आते और बाबा-माँ को प्रणाम करते। कुछ से गुरुजी वार्ताएँ भी करते। इन्हीं में एक दिन महर्षि वेदव्यास भी आए। मैंने गुरुजी को बताया–"पिताजी! वेदव्यासजी कई दिनों से बारबार आ रहे हैं। काफी उदास लग रहे हैं और आपसे कुछ कहना चाहते हैं।" गुरुजी ने कहा–"उनसे कह दो, जो कहना चाहते हैं, निःसंकोच कह सकते हैं।"

मैंने गुरुजी से कहा–"वेदव्यासजी आपको प्रणाम करते हुए क्षमा माँग रहे हैं।" गुरुजी ने वेदव्यासजी से कहा–"आपको भी मेरा प्रणाम। किस बात की क्षमा, वेदव्यास जी? आपने क्या गलती कर दी है? मुझे तो कोई गलती नहीं दिख रही। कृपया स्पष्ट करें।"'

वेदव्यासजी ने गुरुजी से कहा–"मानव शरीरधारी होने के नाते मेरी भी एक सीमा थी। कलियुग की गणना करने में मुझसे भारी गलती हो गई। अब माँ मुक्त हो चुकी हैं। अतः कलियुग का अंत हो जाना चाहिए मेरी आपसे प्रार्थना है कि कलियुग का अंत करें।"

यह सुनकर मैं चौंक गई, लेकिन गुरुजी गंभीरता से उन्हें सुनते रहे। थोड़ा ठहरकर गुरुजी ने वेदव्यास से पुनः पूछा–"माँ मुक्त हो गई तो इसमें कलियुग के अंत की बात क्यों?"

वेदव्यास–'पिताश्री! हमने जो गणना की थी, वह कलियुग की अवस्था की थी और आज कलियुग अपने बचपन में ही बूढ़ा हो गया है। उसका कमर झुक गया है। अपने से ही खड़ा भी नहीं हो पाता। संसार में चारो तरफ धर्म के नाम पर अधर्म और पाखंड का प्रचलन और बोलबाला है। सारे लक्षण कलियुग के अंत के लिए तैयार हैं।

कलियुग में सभी गणनाएँ गलत हो जाएँगी। सब कुछ असमय घटित होगा, मर्यादा और लज्जा नाम की कोई चीज नहीं बची है। आपसे मेरी एक बार पुनः विनती है, प्रार्थना है, अब कलियुग का अंत करें।"

अब मैं रुचि से स्वयं पर आता हूँ। मेरे लिए ये दोनों घटनाएँ तथा प्रकृति और सारे जगत् में पिछले कुछ समय से अचानक हो रही हलचलों को देखकर बहुत कुछ समझ में आने लगा था। ये सब मेरे सामने अप्रत्याशित थे। एक लम्बी अवधि तक मानव समाज की भीड़ से अलग, प्रकृति और परमात्मा के कार्य में संलग्न होने के कारण बाहरी दुनिया के बारे में अनजान था। नाया पारा उधर हिमालय में मेरे पिताश्री बाबा केदारनाथजी के मंदिर का कपाट खुलने का समय भी नजदीक आ गया। मैंने अब हैदराबाद से हिमालय के लिए चलने का निर्णय लिया।

हिमालय में कपाट खुलते समय कई वर्ष उपरांत अच्छी बर्फबारी हुई। मेरी ऐसी धारणा थी कि जब माँ (सती) हिमालय में थीं और उन्होंने अपने पिता राजा दक्ष के यज्ञ में अपने शरीर की आहुति दी थी, तब के परिवेश के अनुसार हिमालय में चारों तरफ बर्फ की सफेद चादर बिछी रहा करती थी। वैसा ही, इस बार जब माँ अपने पुरुष शिव के पास अपने बेटा के साथ जा रही हैं तो उनके स्वागत में पहले की ही तरह बर्फ की सफेद चादर बिछ जानी चाहिए और ऐसा ही बाबा ने किया भी। लगातार पाँच-सात दिनों तक माँ के हिमालय पहुँचने की खुशी में प्रकृति ने इस जगत् की 'आदिशक्ति' का स्वागत अपने इसी अंदाज में किया। हिमालय में सारी प्रकृति माँ के स्वागत के आनंद में नृत्य कर रही थी।

लगभग डेढ़-दो महीने केदारनाथजी के सान्निध्य में रहकर बाबा के आदेश से हम लोग वापस नीचे चल पड़े। आज के सभ्य, धार्मिक और आध्यात्मिक समाज में मुझे और मेरी बेटी (माँ कामाख्या) को बार-बार अपमान का घूँट पीना पड़ा, लेकिन बाबा का आदेश था कि स्थान मिलने तक शान्त रहो और नीचे दिल्ली में एक छोटा-सा ही स्थान लेकर ठहर जाओ। बाबा ने रुचि को एक स्थान भी दिखला दिया, जहाँ हमें ठहरना था और इसी स्थान को केन्द्र बनाकर आगे का कार्य प्रारंभ करना था।

लेकिन कहाँ खोजता, कैसे खोजता? पीठ पीछे मेरी गरीबी का मजाक मेरे ही शिष्य उड़ाते, जबकि मैंने कभी किसी से आर्थिक सहयोग नहीं माँगा और न ही कोई अपेक्षा ही रखी। सब कुछ देखते हुए भी मेरी बेटी शान्त रहकर मुस्कुराती रहती। मुझे जाग्रत त्रिकोण का संतुलन भी सम्हालना होता।

जेब में पैसे नहीं, साथ में बेटी। बड़ी डरावनी और कठिन थी वो परिस्थितियाँ। मेरी बेटी मुझे सम्हालती, समझाती–"आप एकदम चिंता न करें, बाबा का यह काम है। जब अभी तक बाबा ने सम्हाला है तो आगे भी बाबा ही सम्हालेंगे। आप सिर्फ सोचिए, सब अपने-आप ही सही समय पर हो जाएगा। आप जो कुछ भी सोचेंगे, वह पूरा होगा ही।"

मैं अपनी सूनी आँखों से अपनी बेटी, अपने वंश को देखता और मुस्कुरा पड़ता। अपना दर्द छिपा लेता कि कहीं माँ दुखी न हो जाएँ।

निरंतर प्रयास कर हमने उस स्थान को ढूंढ ही लिया और 07 फरवरी, 2008 को अपने स्थान पर रहने के लिए हम पहुँच गए। हरे भरे खेतों के मध्य यह वह स्थान था जहाँ महाभारत काल में जब पाँडव राज्य से बाहर निकलकर अपना जीवन बचाने के लिए वन-वन भटक रहे थे, तब इसी स्थान पर गुप्त रूप से ठहरे हुए थे। उनके कारुणिक पुकार को सुनकर मैं यहाँ उनकी रक्षा करने आया था। पाँडवों के साथ उनका एक वफादार कुत्ता भी था जो हमें इसी स्थान पर कुत्तायोनि में ही अपने कृष्ण का इंतजार करता हुआ, आज भी मिला।

और, यहाँ पहले से ही थे राजा दशरथ, लक्ष्मण, राजा जनक और द्रोणाचार्य, कृपाचार्य, दु:शासन, आदि। मैं इन्हें देख हैरान रह गया । ये लोग भी अभी तक मानवयोनि में ही अपना शेष कर्मफल व्यतीत करते हुए आज भी अपने स्वभाव में ही जी रहे हैं!

अध्याय-29

वर्तमान जाग्रत त्रिकोण और अग्नि-स्तम्भ का निर्माण

दिल्ली में हमारे प्रवास से धरती के ऊपर स्थित जाग्रत त्रिकोण अब एक नए रूप में निर्मित हो गया था, केदारनाथ-काशी-दिल्ली से जुड़ा। हम लोग उन दिनों बहुत ही विकट परिस्थितियों से गुजर रहे थे। लोग चाहते तो बहुत कुछ हैं मुझसे, परन्तु जब उनकी कुछ करने की बारी आती है तो बड़े प्रेम से बिदक जाते हैं। अब इस वीराने में, जहाँ हर तरफ खेत ही खेत, कोई साधन नहीं, न जल का ठिकाना, न बिजली का, हम लोगों ने अपना जीवन जीना शुरू कर दिया। मेरा स्वास्थ्य दिन-प्रतिदिन गिरता ही जा रहा था।

रुचि बेटी मेरी माँ बनकर मेरे शरीर की रक्षा किया करती। कच्ची मिट्टी की दीवालों के ऊपर टिन का छत पड़ा हुआ था। गर्मी बढ़ती जा रही थी, जिससे मेरी स्थिति बिगड़ने लगी। इन्हीं परिस्थितियों में इस स्थान में वायव्य कोण पर कुछ निर्माण-कार्य प्रारंभ हुआ। लगातार अस्वस्थ और निरंतर मानव शरीरधारी सेकेण्ड खंड के विपरीत लोगों के मध्य दुर्गम परिस्थितियों में घिरे रहने से मुझमें खिन्नता आने लगी।

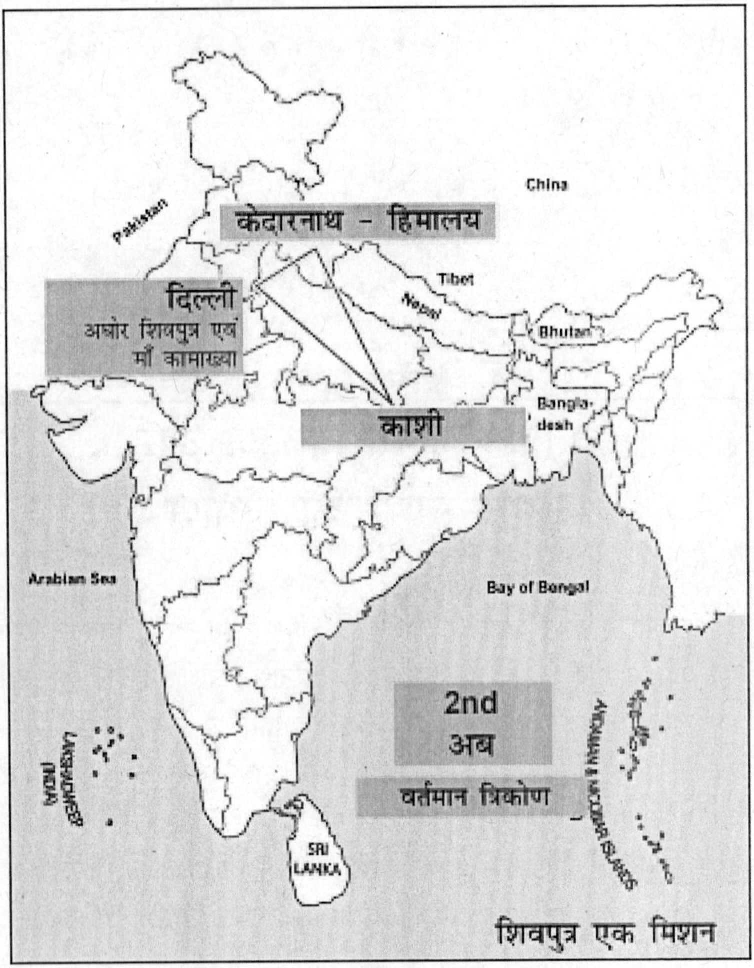

चित्र 29.1 जाग्रत त्रिकोण अपनी वर्तमान स्थिति में

एक दिन समाधि की अवस्था में ही था कि अचानक मेरे शरीर से एक विचित्र सी प्रक्रिया होने लगी। मेरा एक रूप हैदराबाद चला गया और वहाँ से जाग्रत त्रिकोण के उन अदृश्य तरंगों वाले तार पर छलाँगें लगाने लगा। हैदराबाद से केदारनाथ और कामाख्या वाले विद्युतीय तार पर, अर्थात् बाबा और माँ के मध्य फैले हुए विद्युत-चुम्बकीय

तरंगों पर छलाँगें लगाते हुए मेरा वह रूप अचानक ऊपर आकाश की ओर तेजी से जाने लगा। लगातार चहलकदमी में मुझे बच्चों जैसा आनंद मिलने लगा। लेकिन, मेरा वह रूप ऊपर ही कहीं ऐसी जगह चला गया, जिसे मैं इस धरती पर इस शरीर में रहकर नहीं देख पा रहा था। तभी कुछ मजदूरों ने मुझे पुकारा तो मेरा ध्यान टूटा और मेरे शरीर का संपर्क उस अवस्था से टूट गया। मेरी समाधि भंग हो गई, लेकिन मेरी चेतना में वह दृश्य चलता ही रहा।

अगले दिन जब मैं समाधि में था, मैंने देखा कि सूर्य से निकलकर मेरा वही रूप, जो कल आकाश में ऊपर की तरफ चला गया था, यहाँ से उत्तर दिशा में हिमालय से उस पार धरती पर बहुत तेज आवाज से साथ उतरा है, जिससे उस तरफ की धरती में नीचे तक काफी तेज धमाकेदार कंपन हुआ है - जैसे अग्नि का कोई भारी गोला धरती पर गिरा हो। मेरा वह रूप अग्निमय था - सूर्य की तरह। मैं यही समझ सका कि वह मैं ही हूँ, क्योंकि उस रूप में अपनी ही चेतना महसूस कर रहा था। वह रूप जहाँ उतरा था, वहाँ चारों तरफ भारी राख और धूल का गुब्बार उठ गया। उस रूप के धरती पर उतरने से मेरे निर्माणाधीन आश्रम में प्रचंड गति से एक अग्नि का खम्भा जैसा दृश्य प्रस्तुत हुआ। लगा जैसे सूर्य से लेकर धरती तक एक 'अग्नि-स्तम्भ' निर्मित हो गया हो।

ध्यानमुक्त होने के पश्चात् काफी देर तक निर्विचार उसी दृश्य में मुझे खोए बैठा देख, दीदी ने पूछा -"पिताजी, क्या बात है? आप इतने खामोश और खोए से क्यों हैं?"

मैं क्या बोलता, कुछ ठीक से समझ नहीं पा रहा था। बस इतना ही कहा–"बेटे ! हिमालय के उस तरफ चीन में कुछ हुआ है। न जाने क्या समाचार आएगा! मैं कुछ ठीक से समझ नहीं पा रहा हूँ, लेकिन कुछ समाचार उस तरफ के देश से शीघ्र ही प्रकृति के माध्यम से जरूर आएगा।" रुचि–"अच्छा, चलिए। जो होगा, देखा जाएगा,

सामने ही आएगा। खाना खा लीजिए।"

उस रात रुचि दीदी ने देखा कि जिस स्थान पर अभी हम लोग रह रहे हैं तथा जहाँ से केदारनाथ-काशी-दिल्ली से जुड़कर धरती के ऊपर ऊर्ध्व त्रिकोण बना है, हमारे इसी आश्रम (माँ के स्थान) पर एक मोटा-सा ऊपर ब्रह्माण्ड से जुड़ा हुआ 'अग्नि-स्तम्भ' बन गया है।

इस बात को हुए लगभग पाँच-छः दिन बीत गए, लेकिन यह दृश्य मेरे ज़ेहन में बैठा हुआ था। मैं निरंतर इसी घटना को देख रहा था। आश्रम-निर्माण के समय मेरा हाथ बँटाने के लिए मेरे एक शिष्य चन्द्रजी भी आ गए थे। उन्होंने निर्माण-कार्य की देखभाल सम्हाल ली।

2008 के मई का आखिरी सप्ताह रहा होगा। मैं चन्द्रजी के साथ लोहे का सरिया आदि लेने गया था। एक दुकान पर हम बैठे थे, तभी मेरी नजर अपने पास पड़ा एक दिन पुराना (बीते कल का) अखबार पर गई। और मैं बुरी तरह चौंक पड़ा। दो-तीन दिन पहले ही चीन में भयानक भूकंप आया था, जिसमें लगभग अस्सी से नब्बे हजार व्यक्तियों की मौत हो गई थी।

यह मुझे चौंकाने के लिए बहुत बड़ी खबर थी। इसका सीधा मतलब था कि धरती के अन्दर जिस अधोमुखी त्रिकोण का निर्माण हुआ है, वहाँ का एक चीन वाला पोल सक्रिय हो चुका है। अब चीन से निरंतर प्राकृतिक आपदाओं व प्राकृतिक उथल-पुथल की घटनाओं के समाचार आने प्रारंभ हो जाएँगे, जिसके कारण का पता लगाना न तो चीन के वश में होगा और न ही आधुनिकतम विज्ञान के। मेरे अनुरोध पर चन्द्रजी ने नित्य के लिए एक समाचार पत्र की व्यवस्था कर दी, जिससे मुझे बाहरी दुनिया का भी समाचार मिलता रहे।

और, यह मेरे लिए अनुसंधान का विषय बन गया कि क्या कलियुग का अंत होना सचमुच प्रारंभ हो चुका है? क्या, परमात्मा ने

इस बार प्राकृतिक आपदाओं के द्वारा ही अपने कार्यों का संकेत देने का मन बना लिया है? कहीं यह मेरे जीवन के साधनात्मक पक्ष के अतिरिक्त मानवीय चेतना के उच्चतम विकास का प्रतिफल तो नहीं था, जो परमात्मा के एक कृत्य को अपनी आँखों से दिखा रहा है? मेरे लिए यह कोई सामान्य घटना नहीं थी।

उस वर्ष मैं अपने स्वास्थ्य और माँ के स्थान (आश्रम) के निर्माण-कार्य के चलते बाबा का आदेश मिलने से हिमालय-केदारनाथ नहीं जा सका, बल्कि बीच-बीच में बाबा केदारनाथजी स्वयं इस स्थान पर सशरीर रहकर सारी व्यवस्था देखते रहते। अथवा यह कह लिया जाए तो ज्यादा उचित होगा कि माँ के स्थान का निर्माण बाबा ने खुद अपनी देखरेख में करवाया।

उस वर्ष केदारनाथ क्षेत्र में मेरी अनुपस्थिति में 'सेकण्ड खंड' का खेल कुछ 'सेकण्ड बॉडी' वाले मानव शरीरधारियों के माध्यम से खेला जा रहा था, जिससे वहाँ का मूल दैवीय, पवित्र और शुद्ध वातावरण दूषित करने का कुत्सित प्रयास होता रहा। समय आने पर उसका उद्घाटन करूँगा ।

मूलशक्ति माँ कामाख्या और उनकी दसो रूपों की मुक्ति के पश्चात् घटित हो रही इन सभी घटनाओं पर अब मुझे अपनी पैनी नजर रखनी थी, ताकि जगत् में हो रहे प्राकृतिक परिवर्तन को समझकर समय पर मानव जगत् को सूचित कर सकूँ। अब आज का मनुष्य, परमात्मा और प्रकृति के इन कृत्यों का क्या अर्थ निकालता है, यह उसके ज्ञान और उसकी कल्पना पर निर्भर करता है।

अध्याय-30

बदरीनाथजी सहित अन्य देवों और शक्तियों की मुक्ति

(शिवपुत्र की हत्या का प्रयास)

धरती पर माँ के ठहरने के लिए आश्रम (स्थल) का निर्माण इन विपरीत परिस्थितियों में भी किसी तरह हो गया। इस बीच जगत् में बहुत सारी प्राकृतिक उथल-पुथल हुईं। 2008 में मैं हिमालय नहीं जा सका था। अतः, जैसे ही 2009 में बाबा के मंदिर के कपाट खुले, हमने वहाँ पहुँचने का मन बना लिया, जबकि बाबा का आदेश यहीं दिल्ली में ठहरकर कार्य करने का था। मेरा मन होने से बाबा ने कुछ दिनों के लिए आदेश दे दिया।

11 या 12 अगस्त 2009 को मैं बेटी रुचि के साथ केदारनाथ की यात्रा पर अपनी कार से ही चल पड़ा। स्थान-स्थान पर भूस्खलन हो गए थे और कुछ ऐसी परिस्थितिजन्य प्रेरणा हुई कि हम लोग केदारनाथजी पहुँचने के स्थान पर 14 अगस्त श्रीकृष्ण जन्माष्टमी के दिन हिमालय स्थित बदरीनाथ धाम पहुँच गए।

15 अगस्त 2009 को आजादी वाले दिन हम लोगों के साथ श्री

बदरीनाथजी भी सदा के लिए हिमालय के उस क्षेत्र को छोड़कर चल पड़े। अब उस दिन से भगवान बदरीनाथजी उस मंदिर में नहीं हैं। वहाँ भक्त जा सकते हैं, लेकिन अब वहाँ सिर्फ उनके करेंट का लिंक ही रह गया है, खुद बदरीनाथजी नहीं। भगवान् के भक्तों की पुकार पर हमें बाबा से ज़िद करके बदरीनाथजी ने ही हिमालय से नीचे भिजवाया था। मैं अपने-आपको आज तक एक साधारण मानव ही समझता हूँ जबकि, जिस कार्य के लिए मुझे भेजा गया है, वह एक साधारण मानव के लिए कल्पना कर पाना भी असंभव है। इसलिए बदरीनाथजी मंदिर में बैठ कर क्या करेंगे? जब प्रकृति और भक्तों की रक्षा का कार्य सामने है, तो मंदिर से बाहर निकलकर कार्य करना अधिक जरूरी है।

हम लोग जैसे ही बदरीनाथ क्षेत्र से निकले, प्रकृति ने भयानक रूप लेना प्रारंभ कर दिया। प्रचंड रूप से काले बादलों ने हमारी कार के पीछे दौड़ लगाना प्रारंभ कर दिया। मैं उस क्षेत्र से जल्द-से-जल्द दूर निकल जाना चाहता था। बादल इतने घने कि पहाड़ी रास्ते में पीछे के दृश्य ओझल होते जा रहे थे। उस क्षेत्र की सीमा से बाहर आने पर, अपनी कार में श्री बदरीनाथजी को देखकर रुचि मुस्कुरा कर बोली -"अच्छा, अब मैं समझी कि आप केदारनाथ जाने के पहले बदरीनाथ क्यों आए थे। आप पहले से कुछ बताते नहीं। सब कुछ आपको मालूम होता है, पर छुपाये रहते हैं। पिताजी, सम्हलकर चलिए, चारों तरफ से घने काले बादल घेरते जा रहे हैं और पीछे तो कुछ दिखलाई ही नहीं पड़ रहा है। रास्ता भी ठीक नहीं है, बहुत देर से कार चला रहे हैं। आगे कहीं रोककर थोड़ा आराम कर लीजिए।"

मैं दीदी की तरफ देख मुस्कुरा कर बोला -"बेटे ! डर तो नहीं रही हो? कार्य के समय आराम कहाँ? बाबा के आदेशानुसार कार्य जरूरी है मेरे लिए, आराम नहीं। ये परम शक्तियाँ मुक्त होती हैं तो मुझे आनंद मिलता है। भविष्य में इस सृष्टि और जगत् की रक्षा के

लिए मंदिर से बाहर निकलकर कर्मभूमि में खुद उपस्थित रहना अत्यंत आवश्यक है।"

उधर ऊखीमठ में पुजारी जी हमारा इंतजार कर रहे थे। मैं चमोली-गोपेश्वर वाले शॉर्टकट से होकर जल्द से जल्द ऊखीमठ पहुँच जाना चाहता था। वह मार्ग 11000 फीट की ऊँचाई से होकर गुजरता है और सुनसान तथा दुर्गम है। कर्णप्रयाग के पास मुझे पुलिस वालों ने रोक दिया।

रास्ते में भयानक बारिश होने से जगह-जगह पेड़ गिर पड़े थे, और मार्ग अवरूद्ध था। लेकिन उनके मना करने के बावजूद भी मैं उसी मार्ग से आगे की यात्रा पर चल पड़ा, क्योंकि बाबा उसी मार्ग से जाने का आदेश कर रहे थे। बदरीनाथजी पीछे की सीट पर बैठे मुस्कुरा रहे थे। सचमुच रास्ता भयानक बारिश में गिरे विशाल पेड़ों से भरा हुआ था। वीरान रहने वाले दुर्गम पहाड़ी मार्ग पर आज 15 अगस्त का दिन होने से अधिकारियों और स्थानीय नेताओं के आवागमन के कारण सरकारी कर्मचारियों के साथ गाँव वालों ने मिलकर गिरे हुए वृक्षों को काटकर रास्ता साफ कर दिया था। बाबा ने मार्ग की सारी बाधाओं को पहले से ही दूर कर रखा था।

संध्या समय मुक्खुमठ में मेरे एक मित्र नारायण गिरि साधु अपने शिष्यों के साथ मिले। उधर ऊखीमठ के पुजारी, प्रकृति के बिगड़े हुए मिजाज के कारण हम लोगों के प्रति चिंतित थे। मेरी एक शिष्या, विजया और कुछ साधक शिष्य भी पुजारीजी के साथ मेरा इंतजार कर रहे थे। हमें सकुशल देखकर उन लोगों की खुशी का ठिकाना न रहा। अगले दिन मैं अपनी बेटी के साथ केदारनाथजी के लिए निकल पड़ा। फाटा के पास काफी बड़ा भूस्खलन हुआ था। हमारी ही कार से पुजारी हमें गौरीकुंड(सड़क मार्ग का आखिरी पड़ाव, जहाँ से आगे का 14 किलोमीटर का दुर्गम और लगातार चढ़ाई वाला पर्वतीय पगडण्डी है) छोड़ने, मेरी एक शिष्या के साथ आए। मार्ग

अवरूद्ध देखकर मैं, रुचि और अमित के छोटे भाई के साथ, आगे की यात्रा पर चलने की सोचा तथा पुजारी के साथ आई मेरी शिष्या, विजया को वापस जाने का बोलकर आगे की यात्रा पर बढ़ चला।

उस वर्ष हम बदरीनाथजी के साथ केदारनाथ में ही थे तभी कुछ अन्य शिष्य भी आ गए। कुछ प्रक्रिया कर आगे के कार्य के लिए बाबा का मार्गनिर्देश लेकर वापस दिल्ली की यात्रा के लिए हम लोग निकल पड़े। साथ में कुछ शिष्य भी थे। संध्या समय गुप्तकाशी मंदिर में कुछ देर नारायण गिरि के यहाँ ठहर कर, ऊखीमठ में पुजारी के यहाँ पहुँचे। सारी व्यवस्था की देखभाल वही कर रहे थे। अगले दिन 01 सितम्बर, 2009 को पुजारी ने हम सभी को हल्का भोजन कराकर विदा किया।

मार्ग में मेरी हालत बिगड़ने लगी। मेरे भोजन में भयानक जहर मिला दिया गया था। अचानक कार चलाते हुए मेरी नाभि के नीचे एक जोरदार झटका लगा और मेरा नाभिचक्र अग्नि से भर उठा। उस झटके से जो वायु मेरे जिह्वा पर आई, उसने मेरे पेट में भयानक बिष वाली पहाड़ी 'मीठी जड़ी' का स्वाद पहुँचा दिया, जिससे शायद ही आज तक कोई जिन्दा बच पाया हो। इस संभावना के बारे में पहले से ही मैं अपने उस क्षेत्र में रहने वाले शिष्यों को सावधान करता जा रहा था। मेरे साथ रुचि और दो डॉक्टर शिष्य भी थे। ऊखीमठ से नीचे आते समय पहाड़ी मार्ग में अपनी कार चलाते हुए मैंने अर्द्धचेतनावस्था में देवप्रयाग पहुँचकर कार रोक दी। अब मैं अपने शरीर को सम्हाल नहीं पा रहा था। मेरी हालत बिगड़ती जा रही थी, लेकिन मैं बाबा का दिया आदेश पूरा किए बिना ऐसे ही कैसे मर सकता था!

जब मेरे श्वास टूट रहे थे, उस समय मेरा संकल्प बाबा के समक्ष अर्चना के रूप में निकल पड़ा –"हे मेरे पिताश्री, मैं आपका सौंपा कार्य पूरा किए बगैर नहीं जा सकता। मुझे कार्य संपन्न करने के पूर्व

कोई मार भी नहीं सकता। मैं बिना आपकी इच्छा के मर ही नहीं सकता। कृपया अब आप ही मुझे सम्हालें।" और, यह कहकर धरती का प्रथम मानव शरीरधारी 'अघोर शिवपुत्र' अपना शरीर सम्हाल न पाया और अपनी बेटी तथा अपने पुत्र समान दो शिष्यों के सामने यों ही मर गया। लेकिन धन्यवाद मेरे शिष्यों का और रुचि दीदी का। रुचि की यह प्रबल धारणा थी कि मेरे पिताजी मर ही नहीं सकते। अभी जी उठेंगे और बोलेंगे, बेटा!

और उनकी यह धारणाशक्ति, बाबा की इच्छा, माँ गायत्री और बदरीनाथजी की उपस्थिति में बाबा केदारनाथजी व माँ कामाख्या का बेटा अघोर शिवपुत्र अपने अधोर संकल्प के बल पर लगभग चालीस-पचास मिनट मरे रहने के उपरांत एक बार पुनः जी उठा। बाबा के आदेश पर मुझे अपने ही मृत पड़े स्वकाया में प्रवेश करना ही था।

मैं अपने सहस्रार में प्रवेशकर सिकुड़ चुका था। मेरी सारी चेतना उसी बिंदु में सिमट चुकी थी। मुझे अपने स्थूल शरीर का बोध न था। अचानक, सहस्रार में सिमट चुकी चेतना-बिंदु से आज्ञाचक्र में एक तेज करेंट का झटका लगा और वहीं से दो प्रचंड विद्युत धाराएँ मेरे दोनो पैरों के अंगूठे से जुड़ गईं। इसीके साथ शरीरस्थ ऊर्जा-सर्किट पुनः सक्रिय हो उठा और चेतना के माध्यम से मुझे अपने स्थूल शरीर का पुनः बोध हुआ। मैंने देखा, रुचि दीदी मेरी नाभि से काला करेंट बाहर खींच रही हैं। उनका चेहरा काला पड़ चुका है। आँखें बंद हैं। मेरे पैर के पास मेरी अन्य बेटी डॉक्टर अल्पा धीरे-धीरे मेरे पैर का तलवा सहला रही है। डॉक्टर अश्चिन मुझे मरा देखकर बाहर चला गया था। करता भी क्या? उसने मेरी आँख का पिन प्वाइंट डूबा हुआ देख लिया था।

मेरे मुँह से निकला-"बाबा! माँ! बेटी! मुझे बिना अपने पिता का कार्य-संपन्न किए कोई मार ही नहीं सकता।"

अपने सामने, अपने पिता के मरने पर दिल में क्या होता है और उसका शव देखकर क्या महसूस होता है एक संतान को, फिर अपने उसी मृतक पिता को पुनः जीवित होते देखकर क्या घटित होता है औलाद पर, यह वहाँ स्पष्ट देखा जा सकता था। अब तक अश्विन भी आ गया था, मुझसे लिपट कर रो पड़ा। मेरी बेटी रुचि के प्राण भरे शब्द मेरे कानों में अमृत बन उमड़ पड़े -"पिताजी! जब तक बाबा हैं, जब तक आप जैसे अघोर शिवपुत्र की 'अघोर बेटी' है, तब तक मेरे पिता को कोई मार ही नहीं सकता।"

सचमुच मैं इस जगत् का परम भाग्यशाली मानव हूँ, जिसके पास उस वक्त मरते समय मेरे पिता बाबा केदारनाथजी, माँ कामाख्या (अपने दसो रूपों के साथ), श्री बदरीनाथजी, माँ गायत्री और मेरा अपना 'वंश', मेरी अपनी बेटी रुचि और मेरे दो बेटे अल्पा और अश्विन उपस्थित थे। मेरे पास मर्दों और औरतों की जमात नहीं थी, अपितु मेरे द्वारा जन्मे गए साधक शिष्य मेरी औलाद के रूप में सशरीर उपस्थित थे।

मैं उनके सहारे अपने पैर पर खड़ा हुआ और जी भरकर पहाड़ी के ठंढे जल में नहाया। जिनके यहाँ मैं ठहरा हुआ था, उनको अपनी आत्मा से धन्यवाद किया। संध्या समय हो चुका था, अंधेरा फैलने लगा था और मैं एक बार फिर कार ड्राइवर की जिम्मेदारी सम्हालकर हरिद्वार की तरफ चल पड़ा।

दिल्ली पहुँचने पर मेरी देखभाल रुचि दीदी और कुछ शिष्यों ने गंभीरता से की। उनकी सेवा से मैं शीघ्र ही स्वस्थ होने लगा। लेकिन विषैली पहाड़ी जड़ी मेरे शरीर में घुल चुकी थी। जिससे कभी-कभी पेट में नाभिचक्र के नीचे जोरों का दर्द उठता और मेरा सारा चेहरा काला पड़ जाता तथा शरीर शिथिल हो जाता। इस घटना के लगभग पन्द्रह-सोलह दिन पश्चात्, पुजारी मुझे देखने और माफी माँगने दिल्ली मेरे आश्रम में आया तथा उपरोक्त घटना पर उसने अपनी सफाई दी।

पुजारी के अनुसार, इस घटना का पूरा आक्षेप ऊखीमठ में रह रही मेरी ही एक शिष्या पर था। मैं पुजारी को सुनता रहा और सदा की तरह मुस्कुराता रहा।

धीरे-धीरे मैं चलने फिरने के लायक हुआ और अब बाबा का आदेश था कि प्राकृतिक जगत् की रक्षा के निमित्त माँ की कुछ मूलशक्तियों को भी इस धरती पर से मुक्त कराना बहुत जरूरी है।

बाबा के आदेशानुसार पूर्व दिशा में स्थित कालीक्षेत्र (बंगाल क्षेत्र) की यात्रा की गई, जिसका संक्षिप्त विवरण मैंने अपने ब्लाग में लिखा था अन्य देवों और शक्तियों को जिन्हें मुक्त कराया गया उनका विवरण यहाँ प्रस्तुत कर रहा हूँ।

(1) **माँ गायत्री :** उनकी पूर्ण मुक्ति दिनांक 10 सितम्बर, 2006 को हुई जब मैं आसाम में माँ कामाख्या की मुक्ति के निमित्त अपने मिशन पर था।

(2) **माँ कामाख्या और दसो महाविद्या :** उनकी 25 नवंबर, 2006 को आसाम-कामरूप स्थित नीलगिरि पर्वत से पूर्ण मुक्ति हुई।

(3) **श्री बदरीनाथजी :** उन्हें बदरीनाथ (उत्तराखंड, हिमालय) से 15 अगस्त, 2009 को 10-11 बजे दिन में अपने साथ लेकर चला आया। हम लोग 14 अगस्त, 2009 को श्रीकृष्ण जन्माष्टमी के दिन उस क्षेत्र में पहुँचे थे।

(4) **माँ काली :** उनको 28 दिसम्बर, 2009 की शाम 08 बजे कालीघाट मंदिर, कोलकाता (पश्चिम बंगाल) से मुक्त कराकर अपने साथ हम लेकर निकल आए। माँ काली (शक्ति) अब मुक्त हैं।

(5) **भगवान जगन्नाथजी :** उन्हें पूरी (उड़ीसा) स्थित मंदिर से वसंत पंचमी, 20 जनवरी, 2009 के दिन मुक्त कराया । अब वो मेरे पास, मेरे साथ हैं।

(6) **माँ तारा :** दिनांक 24 जनवरी, 2010 की शाम, युगों से बंधन में पड़ी हुई तारा पीठ (पश्चिम बंगाल) से माँ तारा को मुक्त कराकर

अपने साथ ले आया। अब माँ उसी समय से मुक्त हैं और मेरे पास हैं।

(7) **माँ छिन्नमस्ता** : बंधन में जी रही अपनी मातृशक्ति माँ छिन्नमस्ता को स्वतंत्र व मुक्त कराकर रजरप्पा (राँची, झारखंड) से 01 फरवरी, 2010 की शाम 04.00-04.30 बजे अपने साथ ले आया। मुक्त कराते ही माँ का सिर उनके धड़ से जुड़ गया है। अब माँ का गर्दन कटा हुआ नहीं है, बल्कि गर्दन पर मात्र निशान ही रह गया है।

अभी ये जो विवरण मैंने ऊपर लिखे हैं, इन्हीं शक्तियों और अपने पुरुषरूपों को मैंने इस धरती से मुक्त कराया है। आगे बाबा के आदेशानुसार अन्य शक्तियों को भी उचित अवसर आने पर मुक्त कराया जाएगा। अनगिनत शक्तियाँ और देवी-देवता मुक्ति के लिए बेचैन हैं तथा इस महान् कार्य में भाग लेने के लिए उद्विग्न हैं। मानव सभ्यता में ये युगों से बंधन में पड़ी निष्क्रिय हो गई थीं, जिससे धरती की प्रकृति विकृत होती रही। मुक्ति के बाद से मैं लगातार इस धरती और मानव जाति को बचाने के लिए प्रकृति में परिवर्तन कर रहा हूँ। चूँकि दैवी शक्तियाँ या परमात्मा से संबंधित बातें मानवीय चेतना को संस्कार के रूप में ही मिली होती हैं, बहुत सी घटनाओं का साक्षात्कार मनुष्य नहीं कर सकता। कारण सिर्फ इतना ही है कि व्यक्ति ने कभी सोचा ही नहीं कि जिसे हम देवी-देवता मानते हैं, शक्ति मानते हैं, वे हमारे समान भावना वाले भी हो सकते हैं।

अघोर शिवपुत्र का मजाक उड़ाना बहुत सरल है। बहुत आसान है मेरा अपमान करना, परन्तु उसके बाद सम्हालना इन शक्तियों को बहुत ही दुष्कर है।

याद रखने की बात है कि मैंने किसी औरत को मुक्त नहीं कराया। मैंने प्रकृति की उन मूल महाशक्तियों को मुक्त कराया है, जो चार युगों से सेकण्ड खंड में असुर शक्तियों के मायावी बंधन में थीं। अब

वो शक्तियाँ अपनी स्वतंत्रता का प्रदर्शन कर रही हैं और मुक्तभाव से इस धरती पर चल फिर रही हैं। पिछले चार-पाँच सालों से प्रकृति में हो रही घटनाओं में बढ़ रही उग्रता को संसार में सभी लोग देख रहे हैं, साक्षी बन रहे हैं। अब और क्या प्रमाण चाहिए! प्रकृति में प्रलयकारी घटनाएँ बढ़ती जा रही हैं।

अघोर शिवपुत्र ने ब्रह्माण्डीय चैतन्य शक्तियों को नियंत्रित करना प्रारंभ कर दिया है। भारत की भौगोलिक प्राकृतिक सीमा मेरी सुरक्षा में है। युग की घटना के लिए सभी लोग सहभागी हैं। परिणाम सबके साथ घटित होगा। मानव शरीरधारी अघोर शिवपुत्र प्रथम हैं, इसलिए इनकी क्षमताओं के विषय में मानव जगत् अभी अनजान है। सभी स्थूल शरीरधारी और अशरीरी आत्माओं को जानने वाले शिवपुत्र ने कार्य के निमित्त सभी देवी-देवताओं की शक्तियों को अपने प्रभाव से रोक दिया है। अत:, देवी-देवता परिणाम नहीं दे सकते। अभी धरती और प्रकृति पुनर्निर्माण से गुजर रही हैं। सावधान रहकर ध्यान में बैठने के अतिरिक्त सेकण्ड खंड से बचने का कोई रास्ता अब शेष नहीं है। अघोर शिवपुत्र के ध्यान में बैठकर ही सेकण्ड खंड से आत्मरक्षा की जा सकती है, इसलिए आत्मरक्षा के लिए ध्यान करो।

धरती पर इलेक्ट्रिकल-मैग्नेटिक-ग्रेविटेशनल फिल्ड चल-फिर रहा है। क्रियाशील होकर जाग्रत त्रिकोण धरती पर चल-फिर रहा है। त्रिकोण में ऊर्जा-विस्फोट बढ़ता जा रहा है। सावधानी के लिए मानवों के लिए यह अभी सूचना मात्र है। साइंस के माध्यम से धरती पर प्रकृति से सूचनाएँ निरंतर भेजी ज़ा रही हैं। प्रकृति और परमात्मा से छेड़खानी ठीक नहीं।

इस पुस्तक में ज्यादा न देकर कुछ विशेष घटनाओं के संयोग का सिर्फ उल्लेख करना आवश्यक समझता हूँ। क्या, ये घटनाएँ पिछले कुछ समय से धरती के ऊपर निर्मित ऊर्ध्वमुखी त्रिकोण और धरती के अन्दर स्थित अधोमुखी त्रिकोण से ही संबंधित हैं? हाँ। यहाँ एक

बात और प्रासंगिक है कि हिमालय से उतरने के बाद, जब से शिवपुत्र अपनी माँ कामाख्या की मुक्ति के मिशन में लगे हुए हैं, तबसे इस धरती पर ग्लोबल वार्मिंग की चर्चा कुछ अधिक ही दिखती है। क्या आधुनिक मानव सभ्यता और साइंस द्वारा एक साधारण मानव को इस प्रकार तैयार किया गया है कि वह उन क्षणों में इस धरती पर मानव सभ्यता की रक्षा कर सके जब ग्लोबल वार्मिंग के परिणाम से यह संसार और यह सभ्यता खत्म होने की कगार पर हो?

स्वास्थ्य ठीक नहीं था । 2009 में अक्टूबर-नवम्बर का समय रहा होगा। स्वास्थ्य लाभ के लिए मैं लगभग दस दिनों अश्विन के यहाँ चला गया। दाहोद में मेरे पहुँचने के पश्चात् अचानक दिल्ली में भूकंप के पाँच-छः झटके आए। इन झटकों से कोई नुकसान नहीं हुआ। मैं पुनः चौंक गया।

अध्याय-31

शिवपुत्र की हत्या के प्रयास के बाद का एक वर्ष

अघोर शिवपुत्र को जहर देकर मारने का असफल प्रयास करने के दिन से एक साल का समय पूरा होने तक वर्ष भर सारी पृथ्वी पर प्राकृतिक उथल-पुथल चलती रही। विशेषकर हिमालय से निकलनेवाली पाँचों मुख्य नदियाँ अपना-अपना आक्रोश व्यक्त कर रही थीं। इसी बीच ऐसी अफवाह सुनाई पड़ी कि सरकारी आदेश से दिल्ली की कुछ कॉलोनियों को धराशायी कर दिया जाएगा, जिसमें हमारी भी कॉलोनी का नाम था। इतनी कठिनाई से माँ कामाख्या के ठहरने के लिए बाबा ने वह मकान दिल्ली में बनवाया है, जिसमें धरती के चुम्बकीय संतुलन के लिए अपना अग्निस्तम्भ स्थापित किया है जो धरती के ऊपर के ऊर्ध्वत्रिकोण का एक सिरा है और जहाँ माँ अपने पुत्र के साथ निवास कर रही हैं। आसपास की अनेक कॉलोनियों पर सरकार की संवेदनहीन कार्यवाही दिखने लगी। इससे मेरी चिंता बढ़ने लगी कि अब अपनी माँ कामाख्या को लेकर कहाँ जाऊँ? मैं तो अपनी बेटी और माँ कामाख्या के साथ सड़क पर कर दिया जाऊँगा।

मेरी चिंता ने अघोर शिवपुत्र को आक्रोशित कर दिया।

शिवपुत्र ने सोचा कि किस मुँह से बाबा के पास जाऊँगा? क्या ऐसे ही मर जाने और बार-बार अपमानित होने के लिए बाबा ने अपने अघोर पुत्र को नया जीवन दिया था? अब शिवपुत्र की शक्तिशाली माताओं को अपनी शक्ति का प्रदर्शन करना ही होगा। अन्यथा, मेरी हर बात सिर्फ बकवास बन कर रह जाएगी। क्या परमात्मा बाबा और उनकी शक्तियाँ एक भ्रम हैं? नहीं, जब तक धरती पर अघोर शक्तियों का प्रदर्शन नहीं होगा तब तक मैं इस बार केदारनाथ नहीं जाऊँगा। इस धारणा से मेरा अघोर रूप ताँडव की मुद्रा बनाने लगा। अपने पुत्र की इस धारणा से माताएँ (प्रकृति की मूल महाशक्तियाँ) हिमालय को केंद्र बनाकर नृत्य करने लगीं। बाबा ने अपनी समाधि भंग कर ताँडव के लिए अपना एक पैर उठा लिया। एक तरफ चीन तो दूसरी तरफ पाकिस्तान तथा कुछ अन्य देश आकाश से झर रही प्रचंड बारिश व हिमालय से निकलते अकल्पित जलप्रवाह से डूबने लगे। हिमालय हिलने लगा, पहाड़ टूट-टूट कर बिखरने लगे, पहाड़ों में बादल फटने लगे। उस समय उत्तराखंड में चार-धाम यात्रा चल ही रही थी। जगह-जगह पहाड़ टूटने से मार्ग बंद हो गए थे। इधर भारत में भी गंगा, जमुना व हिमालय से निकलने वाली अन्य नदियाँ उत्तर भारत को डूबोने के लिए आगे बढ़ीं। याद कीजिए, भारत में कामनवेल्थ गेम्स सितम्बर 2010 में प्रारंभ होने वाले थे और दिल्ली डूब रही थी। हिंदुस्तान की इज्जत दाँव पर लगी थी।

इसी बीच पता चला कि हमारी कॉलोनी नहीं तोड़ी जाएगी। अब आगे शारदीय नवरात्र था। नवरात्र में कामनवेल्थ गेम्स भी होने वाले थे। इसी को देखकर शिवपुत्र ने अपनी धारणा कुछ समय के लिए ठहरा ली, क्योंकि माँ की पूजा जो करनी थी और सारे संसार में भारत का नाम भी बदनाम होने से बचाना था। अतः एकदम अचानक से प्रलयात्मक दृश्य ठहर गया।

नवरात्र पूजा संपन्न करने के तुरंत बाद हम केदारनाथ जाने के लिए निकल चले। ऋषिकेश से आगे जिस रास्ते पर हम लोग बढ़ते गए, वैसा दुर्गम बन चुका मार्ग मैंने पहले कभी हिमालय में नहीं देखा था। हर तरफ पहाड़ टूटे बिखरे हुए थे। जो कभी गाँव हुआ करते थे उनमें से अनेक तो सदा के लिए लुप्त हो चुके थे। परमात्मा का कार्य ऐसे ही चलता रहता है और बुद्धिजीवी लोग वैज्ञानिक दृष्टिकोण से इसे संयोग कहकर टाल देते हैं।

केदारनाथ सकुशल पहुँच कर कुछ दिनों तक हम लोगों ने विश्राम किया। लगातार तेज बर्फ से रुचि दीदी का स्वास्थ्य गड़बड़ा गया। अत: वापसी यात्रा के लिए जब बाबा से मैंने आज्ञा माँगी, तो बाबा ने हँसते हुए कहा –"तू यहाँ (केदारनाथ में) क्या कर रहा है? मैं तो यहाँ (दिल्ली स्थित आश्रम में) तेरा इंतजार कर रहा हूँ।" यह सुनकर मैं झेंप गया। सचमुच केदारनाथ आने की मेरी ही इच्छा थी ताकि कुछ दिन इस भीड़ भरे जगत् से अलग अपने घर जाकर आराम कर सकूँ। बीता हुआ पिछला एक वर्ष बहुत तनावों और चुनौतियों भरा था।

नवम्बर 2010 का समय। मुझे विशेष कार्य से हैदराबाद जाना पड़ा। अचानक बने इस प्रोग्राम के मूल कारण को मैं देखने-समझने की कोशिश कर रहा था, लेकिन अभी कुछ स्पष्ट नहीं हो पा रहा था। एक-दो दिन बीते होंगे, मैंने देखा कि धरती के ऊपर जो ऊर्ध्व त्रिकोण दिल्ली-केदारनाथ-काशी से बना हुआ है, वो तो वैसे ही है, लेकिन अभी मेरे हैदराबाद में सभी शक्तियों के साथ उपस्थित रहने से दिल्ली वाले कोण से हैदराबाद तक एक सीधी विद्युतीय रेखा बन गई है, जबकि काशी से केदारनाथ तक के दोनों कोण सदा की तरह अपने मूल केंद्र पर ही स्थित थे। अब यह वैकल्पिक रूप से केदारनाथ-काशी-हैदराबाद का त्रिकोण बना हुआ था।

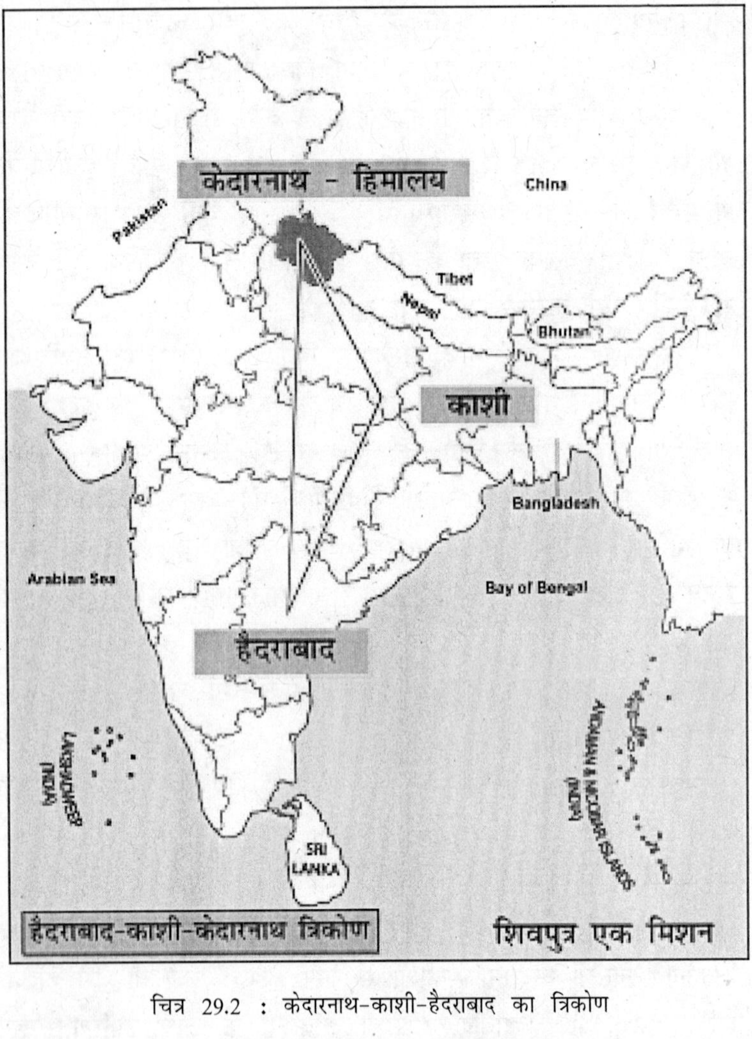

चित्र 29.2 : केदारनाथ–काशी–हैदराबाद का त्रिकोण

अचानक दिल्ली–हैदराबाद वाली विद्युतीय रेखा एक धनुष के आकार में परिवर्तित हो गई और उस धनुषाकार करेंट से जुड़ी प्रत्यंचा खिंचकर काशी तक चली गई। मैंने देखा कि काशी से एक करेंट की तीरनुमा आकृति उस धनुष पर बन गई, जैसे कोई लक्ष्यभेदन होने वाला हो। अभी मैं इसे देख ही रहा था कि विद्युतीय धनुष से करेंट

का वह तीर प्रचंड ध्वनि करता हुआ छूटा और अकल्पनीय वेग से पश्चिम दिशा की ओर गया। ऐसा कई बार हुआ। तीर भारत के बाहर पश्चिम दिशा में किसी सुदूर देश को जाते दिखे।

इसी के साथ अचानक मेरे सामने धरती के भीतर उस अधोमुखी काले करेंट वाले त्रिकोण (▼) का दृश्य स्पष्ट रूप से उभर आया। अब मैं एक साथ दोनों दृश्य देख रहा था। बात मुझे कुछ-कुछ समझ में आने लगी थी, लेकिन इसके परिणाम की प्रतीक्षा मुझे धैर्यपूर्वक करनी थी।

मुझे हैदराबाद भेजने का बाबा का उद्देश्य संभवत: पूरा हो चुका था। अब मुझे रुचि के साथ वापस दिल्ली पहुँचना था। कुछ दिन प श्चात् हम अपने आश्रम (आसन) पहुँचे और समाचार माध्यम द्वारा पता चला कि ग्लोबल वार्मिंग के मूलजनक यूरोपीय देशों पर बर्फ की मोटी चादर बिछने लगी है। और, बर्फ की यह चादर इतनी लम्बी चौड़ी है कि चारों ओर सिर्फ सफेद ही सफेद दिखता है। सचमुच धरती मानवीय चोचलों के चलते बहुत गर्म हो चुकी थी, कुछ तो ठंढा करने का कार्य परमात्मा को भी करना ही चाहिए था। इधर वैज्ञानिक भविष्यवाणी करने लगे कि 'हिमयुग' आ गया है। हिमयुग प्रारंभ हो गया है। सारी सृष्टि फ्रिज हो जाएगी और मानव सभ्यता खत्म हो जाएगी। इसलिए सबकी तरह मैं भी सोचने को मजबूर हो गया।

सभी क्या सोच समझ रहे थे, यह तो मैं कुछ स्पष्ट नहीं कह सकता। लेकिन मैं धरती की रक्षा के लिए गहरे सोच रहा था। धरती की रक्षा मुझे किसी भी हद तक जाकर करनी थी, क्योंकि यही मेरा मानवधर्म है और देशधर्म भी। मैं भी इसी जगत् में भारत देश का प्राणी हूँ और मेरा हैदराबाद जाकर इस प्रक्रिया के द्वारा यह घटना धरती की रक्षा के लिए ग्लोबल वार्मिंग के आसुरी मुँह पर लगाया गया बर्फ का एक ठंढा थप्पड़ था।

2011 फरवरी का तीसरा सप्ताह। हम लोग अश्विन के यहाँ दाहोद (गुजरात) गए थे। अभी दो-चार दिन ही बीते होंगे कि न्यूजीलैंड में किसी स्थान पर तेज भूकंप आ गया। मैं एक बार पुनः चौंक गया कि यह क्या हो रहा है? क्या जाग्रत त्रिकोण के चलने फिरने से धरती के भीतर अधोमुखी त्रिकोण में कुछ ऐसा परिवर्तन होता है कि किसी-किसी क्षेत्र में दबाव बढ़ जाता है? मैं इस पर कुछ कैसे कह सकता हूँ?

यह तो संयोग भी हो सकता है और मेरी कल्पना भी हो सकती है। यह भी हो सकता है कि अघोर शिवपुत्र के स्थान-परिवर्तन के कारण दोनों त्रिकोणों (धरती के उपर मुझसे जुड़ा हुआ और धरती के अन्दर का) के विद्युत-चुम्बकीय तरंगों के बीच के घर्षण का परिणाम हो। यह तो विज्ञान के लिए एक नए अनुसंधान का विषय है।

अगर ऐसा है जैसा कि मैं समझ पा रहा हूँ, तो स्वाभाविक है कि धरती के भीतरी और बाहरी दोनों क्षेत्रों में विद्युत-चुम्बकीय तरंगों का आपस में टकराव या घर्षण होगा और उससे उत्पन्न ऊर्जा कहीं-न-कहीं बाहर निकलने का मार्ग खोजेगी ही। इस अतिरिक्त प्राकृतिक ऊर्जा को बांधकर रखने का कोई साधन अभी वैज्ञानिक नहीं बना पाए हैं। वैज्ञानिक तो परमात्मा की सत्ता और उनकी प्रकृति के संबंध को मानते ही नहीं। शायद अभी तक इनकी सोच वहाँ तक नहीं पहुँच पाई है। खैर, यह उनके अनुसंधान का क्षेत्र है।

02 मार्च, 2011 को शिवरात्रि का पवित्र अवसर था, इसलिए हम लोगों को वापस दिल्ली आना पड़ा। बाबा के अभिषेक के उपरांत उनके आदेश पर कुछ विशेष कार्य से हमें 03 मार्च, 2011 को बनारस (काशी) जाने के लिए निकलना पड़ा। अब हमारी यात्रा अपने ही जाग्रत त्रिकोण के एक कोण काशी के लिए थी। ग्लोबल वार्मिंग से जुड़ी पिछली सारी घटनाएँ मुझे धरती में प्राकृतिक

उठापटक और प्रकृति में हो रहे अचानक परिवर्तन के प्रति सावधान किए हुई थीं।

शुक्रवार, 11 मार्च, 2011, को मैं प्रातः शीघ्र ही उठ गया। सुबह जब बाथरूम गया तो अपने नीचे की धरती में मुझे हल्का सा कम्पन महसूस हुआ। पहले तो मैं टाल गया, लेकिन जब भी ध्यान से देखता तो मुझे पूर्व की तरफ से धरती के अन्दर से आती हुई काली तरंगें स्पष्ट दिखतीं। बाथरूम से बाहर आकर मैंने रुचि से बताया –"बेटे ! मुझे ऐसा लग रहा है कि पूर्व में धरती के नीचे से तरंगों का कम्पन जैसा आ रहा है। कहीं फिर भूकंप तो नहीं आने वाला है?" रुचि दीदी ने कहा –"मुझे तो नहीं लग रहा है। आप अभी सो कर उठे हैं। आपका ब्लडप्रेशर भी तो हाई रहता है, इससे भी कभी-कभी ऐसा महसूस हो सकता है।"

मुझे भी ऐसा लगा कि दीदी ठीक कह रही है। मैंने कुछ कहा नहीं और एक बार पुनः बाथरूम गया। मैंने फिर वही महसूस किया। मूत्रत्याग के लिए अंग बाहर निकालने पर स्वाधिष्ठान चक्र पर दबाव बढ़ने से पूर्व से आ रही उन तरंगों को मैं स्पष्ट देख रहा था। कमरे में आकर मैंने रुचि से कुछ नहीं बोला। अब जल्द-से-जल्द उस क्षेत्र से बाहर निकलकर अपने दिल्ली वाले कोण (आसन) पर पहुँच जाना चाहता था, जिससे धरती के संतुलन का कार्य दृढ़ता से किया जा सके, यदि कोई दुर्घटना होने ही वाली है तो।

मुगलसराय से दिल्ली के लिए प्रातः वाली ट्रेन में रिजर्वेशन था। ट्रेन काशी क्षेत्र से बाहर निकली ही थी, तभी मेरे कुछ शिष्यों का मैसेज मिला कि जापान में 8.9 की तीव्रता का अत्यंत शक्तिशाली भूकंप आया है और समुद्र में भयानक सुनामी उठ रही है। समाचार सुनकर एक बार मैं पुनः सोचने पर विवश हो गया। कई दिन बाद पता चला कि लगभग अठ्ठाईस हजार लोग काल के गाल में समा गए हैं और वहाँ का दृश्य वीभत्स हो गया है। जापानी अर्थ-व्यवस्था

कंगाली की हालत में जा सकती है।

सचमुच यह जगत् की आत्मरक्षा के लिए एक गहरे अनुसंधान का विषय है। क्या धरती जिन्दी है और अपनी भाषा बोल रही है? क्या धरती पर बढ़ रहे असुर-तत्त्वों और धर्म का नाश होते देखकर धरती का पुरुष जग रहा है? क्या धरती विधवा नहीं, बल्कि सुहागन है? क्या 'वह' आ गया है जो धर्म की बार-बार हानि होने पर अधर्म का नाश करने के लिए मानव शरीर धारण करता है?

इन घटनाओं को देखते हुए मैंने उन लोगों से मिलना और बात करना बंद कर दिया, जो असुरत्व के पोषक हैं। ये क्या देंगे शिवपुत्र को, अपमान के सिवा! मुझे ऐसा लगने लगा है कि मेरे जीवन की एक-एक घटना स्वप्रमाणित है। परमात्मा आज अभी भी जिन्दा हैं। मैं अपने जाग्रत त्रिकोण के दिल्ली वाले कोण पर सिमटकर रह गया हूँ।

मैं इस बात को सोचकर एक मानव के रूप में काँप जाता हूँ और इस महाप्रलय से निपटने के लिए अपने स्तर पर तैयारी करता रहता हूँ। मुझे ऐसा लगता है कि इस जाग्रत त्रिकोण के सही संतुलन से ही ग्लोबल वार्मिंग जैसे महाराक्षस से मैं इस धरती की रक्षा कर सकता हूँ। जो शिष्य मुझे गरीब जानकर पीठ पीछे मेरा अपमान करते हैं और जो बुद्धिजीवी अपने संकुचित ज्ञान से मुझे अपमानित कर अपने आपको इस धरती का सबसे ज्ञानी और धर्माधिकारी होने का भ्रम पालते हैं, मैं उन सभी से एक दूरी बनाकर इस धरती की अंतिम दम तक रक्षा के लिए जी रहा हूँ।

अध्याय-32

बाबा का केदारनाथ छोड़कर दिल्ली केंद्र पर आना

इस बार 08 मई, 2011 को केदारनाथजी के मंदिर का कपाट खुलने का दिन मंदिर कमेटी द्वारा निश्चित किया गया है। लगभग दस-पंद्रह दिनों से दीदी का स्वास्थ्य ठीक नहीं चल रहा है। मैं महीनों से समाधि भाव में ही स्थित रहा करता हूँ। अचानक बाबा का आदेश आया—"केदारनाथ की तरफ तुरंत बढ़ो । मिशन का महत्त्वपूर्ण कार्य है।" मैं असमंजस में पड़ गया कि रुचि दीदी कैसे इतना कठिन रास्ता तय करेगी।

यहाँ दिल्ली में गर्मी बढ़ती जा रही थी और उधर केदारनाथ क्षेत्र में रुक-रुककर निरंतर बर्फ गिरने से मौसम खराब होता जा रहा था, ऐसा गुप्तकाशी से अमित ने फोन कर बतलाया। परन्तु, मिशन का कार्य कभी रुका है क्या? विपरीत परिस्थितियों में अपने कार्य को सफलता से संपादित कर लेना ही तो अघोर शिवपुत्र का स्वभाव है।

परिस्थितियों का कार्य ही है जीवन के मार्ग में अड़चनें उत्पन्न करना। वह अपना स्वाभाविक कार्य करेगी ही करेगी। क्या अनुकूल परिस्थियों में कभी कोई पुरुषार्थी निर्मित होता है? मैंने तो कभी नहीं देखा। पुरुषार्थ का अर्थ ही है विपरीत परिस्थितियों में भी अपना लक्ष्य

पूरा कर लेना। अनुकूल परिस्थितियों का इंतजार करते-करते जीवन बीत जाता है। समय इतनी तीव्रता से आगे की ओर भागता है कि उसके सापेक्ष आपको दौड़ना पड़ता ही है, अन्यथा अड़चनें सदा के लिए मार्ग अवरुद्ध कर देती हैं और जीवन जीने वाले के हाथ लगती है, एक लक्ष्यहीन मौत। और सदा की तरह ही दीदी ने अपने साहस से मेरा कार्य सरल कर दिया -"पिताजी! बाबा का आदेश है, केदारनाथ में जाकर आपको कुछ विशेष प्रक्रिया करनी है। इसमें मेरे स्वास्थ्य की चिंता मत कीजिये। मैं बिलकुल ठीक हूँ। आप अपने हिसाब से ठीक समय पर ही यहाँ से निकलिए। बाबा का कार्य जरूरी है। मैं समझ नहीं पा रही, पर आप तो सब कुछ जानते हैं। मुझे ऐसा लगता है कि आप केदारनाथ जाकर अपनी प्रक्रिया करके तुरंत ही वापस आ जाएँगे। इस बार वहाँ रुकने देने का मन बाबा का नहीं है। सीधे वापस आश्रम अपने आसन पर आपको आना है। बाकी तो आप और बाबा ही जानते हैं।"

अस्वस्थता के बावजूद भी दीदी ने आग्रह किया, जबकि मैं उसकी तरफ से थोड़ा उहापोह में था। सड़क-मार्ग दुर्गम है। गौरीकुण्ड से केदारनाथ तक पगडण्डीनुमा निरंतर चढ़ाई। इसलिए मैं चाहता था कि दीदी सहमति दे दे, तभी निकलूँ। वैसे, मैंने अपनी दोनों कारें तैयार करवा रखी थी।

हमलोग (मैं और दीदी) 04 मई, 2011 को प्रात: लगभग 8.30-09.00 बजे केदारनाथ के लिए बढ़ चले। शाम से पहले ही हम लोग हरिद्वार पहुँच गए । आगे की यात्रा हरिद्वार से गुप्तकाशी के लिए करनी थी। हम लोग दूसरे दिन 05 मई को आगे की पहाड़ी यात्रा के लिए हरिद्वार से निकल पड़े।

मार्ग में अगस्त मुनि में राजपाल रावत (एक परिचित) के यहाँ विश्राम करने के बाद हम लोग गुप्तकाशी के लिए निकल पड़े। भीरी में नीरू (अमित का छोटा भाई नीरज) आ गया था। मार्ग में भीषण बरसात का सामना करना पड़ा, जिसमें कार और सड़क अपने आप धुल गई। शाम होने के पूर्व ही हम लोग गुप्त काशी पहुँच गए। अनिल (एक शिष्य) के घर पर ही हम लोगों के रात्रि-विश्राम की व्यवस्था की गई।

उधर भगवान् श्री केदारनाथजी की डोली यात्रा उखीमठ, जहाँ शेष छः महीने बाबा की पूजा आदि मंदिर का कपाट बंद होने के उपरांत होती है (क्योंकि दीपावली के पश्चात् पड़ने वाली द्वितीया तिथि को अगले छः महीने के लिए मंदिर का कपाट आम भक्तों और यात्रियों के लिए बंद कर दिया जाता है), से निकल चुकी थी। दूसरे दिन अमित भी आ गया। अब आगे की यात्रा साथ-साथ करनी थी। 06 मई को हम लोग गौरीकुण्ड के लिए निकल पड़े। रास्ते में फाटा से आगे कुछ दूर गौरीकुण्ड से काफी पहले, बढासु गाँव के पास बाबा की पालकी जाती हुई मिली। मिशन के कार्य का संकेत करते हुए दीदी को मैंने पहले ही बता दिया था कि इस बार मुख्य पुजारी के रूप में वही नियुक्त होगा जिसने 01 सितम्बर, 2009 को अपने घर पर शिवपुत्र को भोजन में भयानक विष मिलाकर खिलाया था। दूर से ही उसको हमने देख लिया। आगे मेरी कार चल रही थी और पीछे अमित की। पालकी के साथ अनेक साधु, मंदिर कमेटी द्वारा नियुक्त सहायक पुजारी और कर्मचारियों के साथ बहुत से भक्तगण पैदल चल रहे थे।

जैसे ही हम लोग पालकी के पास पहुँचे, वैसे ही मेरे पिता बाबा श्री केदारनाथजी अपनी डोली से (पालकी से) निकलकर हमारी कार में आकर बैठ गए। तारीख थी 06 मई, 2011, समय दोपहर का। यह देखकर रुचि दीदी चौंक गई और अपनी पिछली सीट पर बाबा को पालकी से निकलकर बैठते हुए देख विस्मित हो बोल पड़ी -"अच्छा, तो यह बात है, बाबा आपके साथ जाना चाहते हैं, डोली के साथ नहीं। बाबा तो यहाँ कार में आकर बैठ गए और यह तो वही पुजारी है। आपने तो कहा ही था कि इस बार केदारनाथ मंदिर में मुख्य पुजारी के पद पर वही पुजारी होगा।"

मैंने बोला -"गंभीरता से चौकन्नी होकर चुपचाप सब देखती रहो और जो कुछ भी हो रहा है, मुझे सब बताती रहो। होशियार रहो। किसी से कुछ न कहना, जब तक हमलोग इस बार केदारनाथ क्षेत्र में हैं।"

अब कार में मैं, दीदी और बाबा थे। बाबा अब हमारे पास अपनी उस डोली से निकलकर आ गए थे, जिसका मुख्य पुजारी वह था जिसने

उनके बेटे की हत्या की थी। अब बाबा हमारे साथ, अपने बेटे के साथ चल रहे थे, न कि डोली के साथ। हम लोग थोड़ी देर में गौरीकुण्ड पहुँच गए।

गौरीकुण्ड में हम लोग राजपाल जी की दुकान पर विश्राम करने लगे। कार नीचे की पार्किंग में छोड़ दिया। अमित हमारे लिए आगे पहाड़ी चढाई वाले रास्ते के लिए खच्चरों का इंतजाम करने में व्यस्त हो गया। अभी आम यात्रियों का आना शुरू नहीं होने से खच्चरों का अभाव था। दोपहर हो गया था और मुझे अपनी बेटी के साथ, कैसे भी हो, आज ही केदारनाथ मंदिर क्षेत्र में पहुँच जाना था। ऊपर मौसम भी खराब होता जा रहा था। किसी प्रकार मुँह माँगे दामों पर दो खच्चरों की व्यवस्था हो सकी, क्योंकि सारे खच्चर सुबह से ही पंडा लोगों और दुकानदारों का सामान ढ़ोने में लगे थे। यात्रा की तैयारी में सभी अपनी-अपनी व्यवस्था सुदृढ़ करने में व्यस्त थे।

फिर, वापस आने का वादा लेकर राजपाल जी ने हम लोगों को आगे की यात्रा के लिये विदा किया। साथ में दो पंडे और थे, जिससे सुनसान रास्ते में यात्रा थोड़ी सरल हुई। रामबाड़ा पहुँचते-पहुँचते शाम के चार बज गए। जैसे ही हम लोग रामबाड़ा से आगे बढ़े कि बिगड़ते मौसम ने अचानक अपना रूप बदल कर, बर्फीली तफ़ान का रूप ले लिया। तेज हवा और बर्फीली तूफान ने रास्ते को और दुर्गम बना दिया। हम लोग उपर से नीचे तक पूरी तरह भींग चुके थे। अचानक आगे चल रहे दो खच्चरों ने इस तूफान में अपना संतुलन खो दिया और वे बिदक कर भागते हुए दिशाहीन हो गिर पड़े। उस पर बैठे यात्री घायल हो गए।

हिमालय की दुर्गमता और प्रकृति की असामान्य स्थितियाँ मुझे अत्यंत प्रिय हैं और मुझे अपनी ओर खींचती हैं। प्रकृति की जीवंतता और सक्रियता वहीं दिखती है।

साथ-साथ दीदी का खच्चर पकड़कर चलने वाला मजदूर ठंढ में भींगने से काँपने लगा था और दीदी बर्फीली ठंढक से सुन्न हो रही थी। अतः, एक उचित व सुरक्षित स्थान तलाश कर कुछ समय ठहरकर बर्फीली तूफान के शान्त होने की प्रतीक्षा करना उचित समझा। संयोग से

चाय व आग की व्यवस्था हो गई, जिससे उन दोनों को थोड़ी राहत मिली। बर्फीली तूफान का वेग कुछ कम होने पर आगे की यात्रा पूरी करने के लिए पुनः केदारनाथ की चढ़ाई पर बढ़ चले। रास्ते में गरुड़चट्टी में पता चला कि वहाँ सत्ताइस वर्षों से रहने वाले महात्मा रामानंद का निधन पिछले जाड़े की बर्फबारी में हो गया। हम लोग बाबा केदारनाथजी के साथ मंदिर की ओर बढ़ते जा रहे थे। खच्चरों ने भी अपनी थकान भूलकर जैसे यात्रा पूरी करने का संकल्प ले लिया हो।

शाम को संध्या समय लगभग 6.00-6.30 बजे हम लोग केदारनाथ मंदिर क्षेत्र में सकुशल पहुँच गए। उस विपरीत मौसम में वहाँ पहले से ही राहुल (अमित का भाई) उपस्थित था। गर्म अंगीठी और चाय की व्यवस्था उसने कर रखी थी। दीदी अंगीठी से जैसे चिपक सी गई और मैं आगे की कार्य-योजना के लिए बाबा के संग वार्ता में।

बाबा ने आश्रम में ही दीदी को बता दिया था-"इस बार ज्यादा दिन केदारनाथ में रुकना नहीं है, बल्कि जिस विशेष प्रक्रिया को करने के लिए यह (शिवपुत्र) जा रहा है, उसको पूरा करके सीधे यहीं दिल्ली आसन पर वापस आ जाना है। कुछ विशेष प्रक्रिया के तहत केदारनाथ गर्भगृह को यहाँ इस केंद्र से जोड़ना है।"

06 मई, 2011 को हम केदारनाथ मंदिर खुलने से पूर्व ही पहुँच गए थे। अभी तीसरे दिन 08 मई को मंदिर का कपाट खुलना था। वैसे अगले दिन 07 मई को मंदिर के कपाट खुलने के पूर्व ही बाबा की ऊखीमठ से चली डोली केदारनाथ पहुँचने वाली थी और उसके अगले दिन विधि-विधान से मंदिर के कपाट भक्त जनों के लिए खोल दिए जाने थे।

दूसरे दिन, दोपहर बाद भगवान् केदारनाथ बाबा की पालकी गाजे-बाजे के साथ मंदिर क्षेत्र में पहुँची। साथ में यात्री, साधु व भक्त नाचते गाते चल रहे थे और पुजारी खच्चर पर बैठा था।

मेरे और रुचि का बाबा के संग मंदिर क्षेत्र में पहुँचने का आज तीसरा दिन, तारीख 08 मई, 2011 । तड़के सुबह से ही वैदिक मन्त्रों की ध्वनि उच्चारित की जाने लगी। नियमानुसार मंदिर का कपाट खोल दिया

गया। मैं स्वभाव के अनुसार केदारनाथ में रखा अपना कमंडल लेकर बाबा के गर्भगृह में ज्योतिर्लिंग पर जल चढ़ाने के लिए दीदी को साथ लेकर मंदिर पहुँचा। बाबा सशरीर मेरे साथ कमरे में ही रहने लगे थे। अब आगे के कार्य का मुझे संपादन करना था। जल, वानस्पतिक औषधि और अपनी विशिष्ट अघोर मुद्राओं द्वारा बाबा का अभिषेक करके जैसे ही मैंने ज्योतिर्लिंग में देखा कि प्रचंड तेज आवाज के साथ एक बड़ा सा धधकता हुआ अग्नि का गोला निकलकर ज्योतिर्लिंग से मेरे शरीर में समा गया।

दीदी ने देखा और सुना –"अब आगे के कार्य के लिए दिल्ली स्थित अपने आसन पर पहुँचो, मैं वहीं आसन पर बैठकर तुम्हारा इंतजार कर रहा हूँ।" और बाबा अपना विद्युत-शरीर धारण कर पैदल ही नीचे उतरते चले गए। बाबा उसी क्षण दिल्ली में मेरे अघोर आसन पर स्थित हो बैठे दिखे।

अब जाग्रत त्रिकोण के तीनों केंद्र एक साथ दिल्ली वाले केंद्र पर स्थित हैं। बाबा, सभी मूल शक्तियों के साथ माँ और मैं। मेरे साथ मेरा वंश, मेरी बेटी है और मैं जिसका वंश हूँ, वो मेरे माँ-बाबा भी।

यह मेरी कल्पना है या संयोग कि मैं जब भी अपने केंद्र (आसन) से कुछ दिन के लिए भी निकलता हूँ तो प्रकृति में भीषण घटना घटने लगती है। मैं ऐसा सोचता हूँ कि ग्लोबल वार्मिंग से जो तबाही मानव सभ्यता की तरफ काल बनकर बढ़ रही होती है, उसके संतुलन के लिए बाबा मुझे एक स्थान से दूसरे स्थान पर भेजते हैं ताकि जो प्रलय होने वाला होता है, उसे कम-से-कम नुकसान पर ही सम्हाल लिया जाए। यह मेरा व्यक्तिगत आकलन है। अब आगे देखते हैं, क्या होता है। मैं इसके संतुलन के लिए अपने पूरे सामर्थ्य से कोशिश करता हूँ और कामयाब होता ही होता हूँ। वैसे जबसे बाबा हमारे पास इस एक केंद्र (कोण) पर सशरीर आ गए हैं, तब से हम लोग दिल्ली से बाहर नहीं निकले हैं। संयोग ही मानकर चलने में भलाई है, इसलिए सोचता हूँ कि कुछ दिनों के लिए दक्षिण भारत की तरफ घूम-फिर आऊँ। दीदी और मेरा स्वास्थ्य भी कुछ ठीक नहीं चल रहा है। कुछ दिन उधर ही आराम

कर लूँगा। देखते हैं कि क्या इस बार भी संयोग होता है या धरती के प्राकृतिक संतुलन के लिए बाबा मुझे उधर जाने की प्रेरणा दे रहे हैं।

वैसे पहले मैं रुचि और माँ की सभी शक्तियों के साथ चलता-फिरता था, अब तो बाबा खुद भी हैं। जब बाबा ही अपनी सभी मूल शक्तियों के साथ हैं, तब मैं ज्यादा सोचकर क्या करूँगा? वैसे मैं आपको अपना समझकर बतला दूँ कि शिवपुत्र भी आपकी तरह एक साधारण मानव है और कल्पनाएँ करता है तथा सोचता है। परन्तु एक बात भिन्न अवश्य है कि अघोर शिवपुत्र अपनी सोच और अपनी कल्पनाओं को बिना पूरा हुए जल्द-जल्द बदलता नहीं है। अपितु अपनी सोच पर ही ठहरकर अपनी ऊर्जा-सर्किट के माध्यम से जाग्रत त्रिकोण में तब तक विस्फोट करता रहता है जब तक कि उसकी कल्पनाएँ साकार होकर अपना प्रमाण न देने लग जाएँ। बस यही थोड़ा अंतर है, अन्यथा मैं भी वही हूँ जो आप हैं। अब देखते हैं, क्या होता है। शेष विधाता की मर्जी।

दिसंबर 2011 के तीसरे सप्ताह से लेकर जनवरी 2012 के प्रथम सप्ताह तक हम लोगों ने स्वास्थ्य लाभ के लिए हैदराबाद प्रवास किया। उसके बाद हम लोग फिर वापस दिल्ली वाले केंद्र पर चले आए।

पिछली हैदराबाद यात्रा की ही तरह इस बार भी यूरोपीय देशों में प्रचंड बर्फबारी से जीवन अस्त-व्यस्त हो गया है। इस प्राकृतिक आपदा से हजारों व्यक्ति काल के गाल में समा चुके हैं। सम्पूर्ण यूरोप से लेकर उत्तर में सोवियत देशों से होते हुए पूर्वी जापान व चीन तक बर्फ की मोटी चादर बिछी हुई है। भारत के हिमालय क्षेत्र में भी इस बार फरवरी तक रुक-रुक कर भारी बर्फबारी हो रही है। इसे संयोग कहें या हमारे स्थान परिवर्तन से उत्पन्न दोनों त्रिकोणों में आपसी घर्षण का परिणाम। वैज्ञानिक और बुद्धिजीवी, अपनी-अपनी अटकलें लगा रहे हैं। इसका कारण समझ तो नहीं पा रहे, परन्तु सारा दोष ग्लोबल वार्मिंग के सिर पर ही मढ़ते चले जा रहे हैं। साथ ही, आशंका व्यक्त कर रहे हैं कि हिमयुग वापस आ रहा है ।

आप क्या कहते हैं इस पर, यह तो आपकी अपनी सोच पर निर्भर है। मैंने अपनी बातें इस पुस्तक में लिख दी हैं। और सबकी तरह मैं

भी धरती की प्रकृति में अचानक हो रही अप्राकृतिक घटनाओं पर नजरें जमाए हुए इंतजार कर रहा हूँ। विधाता के जगत् में जीवन जीते हुए सचमुच हम सब और कर भी क्या सकते हैं? मेरे लिए तो यह मानव जीवन व जगत् अतिगोपनीय अनुसंधान का विषय है। आपके लिए क्या है, इसका निर्णय आप खुद करें।

मैंने स्थूल जगत् में अपना जीवन जीते हुए अपनी जिम्मेदारी और कर्त्तव्य समझ कर आप सबसे सूक्ष्म जगत् में घटित हो रही इन घटनाओं को साझा करने का एक प्रयास मात्र किया है। इससे मानव जगत् को क्या प्राप्त होता है, यह आने वाला समय खुद बतलाएगा।

अध्याय-33

केदारनाथ क्षेत्र में वर्ष 2013 का प्रलय

2012 देखते-ही-देखते गुजर गया। दीदी का स्वास्थ्य ठीक नहीं था, इसलिए सबसे पहले माँ (दीदी) के स्थूल शरीर की देखभाल करनी थी। एक बड़े ऑपरेशन के पश्चात् अब दीदी पहले से ठीक थी। दुनिया के विनाश को लेकर भविष्यवक्ताओं की अटकलें अपना दम तोड़ चुकी थीं। लोग निश्चिंतता से अपनी जिन्दगी जी रहे थे।

2013 प्रारंभ हुए कुछ माह हो गए। इस अवधि में मेरा लेखन बंद हो गया । बाबा केदारनाथजी और माँ कामाख्या सहित हम सभी लोग यहीं दिल्ली के कोण में ही सिमट कर रह गए। केदारनाथ मंदिर कमेटी ने इस बार 14 मई को मंदिर के कपाट खुलने की तारीख निश्चित कर दी।

एक दिन दीदी ने मुझसे पूछा, "इस बार हम लोग केदारनाथ कब चलेंगे?" मैंने उसे यह कहकर शान्त किया कि देखते हैं, बाबा का क्या आदेश होता है। जैसा बाबा कहेंगे वैसा ही करेंगे। देखो इस बार जा भी पाते हैं या नहीं। बाबा तो यहीं पर हैं।

मुख्य पुजारी द्वारा अघोर शिवपुत्र को विष देकर मार डालने का प्रयास किए हुए तीन वर्ष हो चुके थे। बाबा ने मुझे सेकण्ड खंड पर जिस पुस्तक को लिखने के लिए कहा था उसे नहीं कर पाया था। दीदी स्वस्थ

होकर अब बाहर के भी सारे कार्य सम्हालने लगी थी। समय देखते-ही-देखते यों ही निकला जा रहा था। एक दिन मैंने दीदी से कहा-"बेटा, एक-एक दिन करके जीवन कम होता जा रहा है। पुस्तक नहीं लिख पा रहा हूँ। जहर से मेरा स्वास्थ्य भी अब पहले की तरह नहीं रह गया है। कोई ऐसा भी नहीं है मेरे पास कि मेरा हाथ बटा सके। यदि मैं पुस्तक नहीं लिख पाया तो क्या मेरा मुख्य कार्य अधूरा ही रह जाएगा? नहीं, मैं ऐसा नहीं होने दूँगा। मुझे संसार जान सके या नहीं कि मैं ही बाबा का अघोर पुत्र हूँ, परन्तु अपना कार्य तो पूरा करना ही होगा। अब सारा कुछ तुम सम्हालो। मैं कुछ दिनों के लिए अपनी समाधि में डूब जाना चाहता हूँ। अब मैं अपने चक्रों में ऊर्जा का विस्फोट बढ़ाकर जाग्रत त्रिकोण की क्रियाशीलता को तीव्र करूँगा। तुम अपने और मेरे शरीर का ध्यान रखना। जितना अधिक-से-अधिक संभव हो, ध्यान में बैठो।

दीदी से यह कह कर बाबा और जाग्रत त्रिकोण के बारे में सोचते-सोचते मैं गहरी समाधि में डूबता चला गया। अब मेरी चेतना अपने शरीरस्थ अघोर त्रिकोण में ही केन्द्रित थी और धरती पर स्थित जाग्रत त्रिकोण से जुड़ी थी। दिन बीतते गए। मैं अपनी अवस्था में जीने लगा। दीदी भी निरंतर होने वाली अनुभूतियों को बताती रही। मैंने अब लोगों से मिलना बंद कर दिया। समय के महत्त्व को देखते हुए अपने एक शिष्य अश्विन (दाहोद-गुजरात) को भी ध्यान में बैठने का निर्देश कर अपने से पुनः जोड़ दिया। उसे ध्यान में जिन दृश्यों को दिखलाता और सन्देश देता, उन्हें वह मुझ तक पहुँचाता।

अब मेरी बाहरी चेतना में हिमालय स्थित केदारनाथ-काशी-दिल्ली से बना करेंट ही रहा करता। चक्रों में निरंतर ऊर्जा-विस्फोट से इस जाग्रत त्रिकोण में हलचल बढ़ गई। मेरी स्थिति अब चलने-फिरने की खत्म हो चुकी थी, लेकिन अपने चक्रों का विस्तार करने की क्रिया अघोर शिवपुत्र बढ़ाते ही चले गए। दिल्ली वाले आसन पर बैठकर जाग्रत त्रिकोण के तीनों केन्द्रों पर अपने एक-एक शरीर को रखकर उनको अपने आप से जोड़ लिया था। अब तीनों सिरों पर मैं ही जी रहा था।

करेंट की प्रचंडता में मैंने माँ व बाबा के मन्त्रों को अपने अघोर यन्त्र

में स्थित चक्रों में भरता चला गया। एक दिन मैंने देखा कि काशी से दिल्ली तक करेंट की तार से एक ऊर्ध्व लिंगाकृति बनी हुई है। जगत् जिसे शिवलिंग कहता है, वह इस प्रकार निर्मित हुआ था। उस समय इस आकृति के अतिरिक्त कुछ भी नहीं था। मेरे शरीर में अक्षर अपने-अपने स्थान पर पूर्ण विस्तार ले चुके थे और जिन शब्दों को मैं उनमें आहूत करता, वे स्वतः विस्तृत होकर अपने मूल आकार को निराकार में व्यक्त करते जाते।

शीर्षस्थ माँ के मन्त्र को जब मैं अपने शरीर में स्थित ऊर्जा-सर्किट में आहूत करता तो ॐ के विस्तार के साथ ही माँ का बीज मन्त्र मेरे अनाहत में फटता और उसके बाद के मंत्राक्षर मेरे ऊर्जा-सर्किट में विस्तार कर जाते। मन्त्र के अंत में लगा नमः शब्द मेरे नाभि से लेकर मूलाधार में एकत्रित होने लगा। इससे इतनी ऊर्जा पैदा होती कि मैं तड़प उठता। बीच-बीच में मैं बाबा के मन्त्र से कुछ शांति महसूस करता। ऐसे ही चलता रहा। कभी-कभी गायत्री मन्त्र की प्रेरणा प्रबल होती, लेकिन वह मन्त्र मेरे ऊर्जा-सर्किट के बाहर स्थित रह कर जुड़ा होता। इससे माँ के मन्त्र की प्रबलता बढ़ती चली गई। अब मैं माँ कामाख्या को विराट रूप के संग अपनी दसों माताओं को उनके पीछे खड़े हुए पाता। मैं नन्हा सा बालरूप में माँ के संग चलता।

एक दिन मुझे लगा कि मेरी मौत हो जाएगी। अनाहत में होने वाला निरंतर विस्फोट अब मेरे हृदय में दर्द उत्पन्न करने लगा था और मैं घंटों अपने कलेजे को अपने हाथों से दबाए भयानक दर्द से तड़पता रहा। अचानक मेरे भीतर से ही बाबा की आवाज आई, "अब बस, अभी इतना ही।" देर शाम तक भी मैं अपने पूरे होश में नहीं आ सका। वैसे ही पड़ा रहा अपने आसन पर। दीदी ने अपने हाथों से खिला दिया।

अश्विन ने कुछ सन्देश भेजे थे, जो उसने ध्यान में देखे थे। ध्यान की गहरी अवस्था में ही मुझे अश्विन का देखा वो दृश्य स्मरण हो आया। जब मैं पहली बार उसके घर पर था लगभग सात-आठ वर्ष पूर्व, मैंने उसकी कुण्डिलिनी शक्ति जगाई थी। तब उसने देखा था कि कहीं ऊँचे बर्फ से ढके पर्वत पर मैं अपने आसन पर बैठा हुआ हूँ। रह-रह

कर मेरा रूप बाबा में परिवर्तित हो जाया करता है। बाबा के मुँह से एक मन्त्र की ध्वनि निकलकर चारों तरफ गूँज रही है। वह रूप अब एक काले रंग के शिवलिंग में परिवर्तित हो गया है, जिससे उसी मन्त्र की ध्वनि निकल रही है। अचानक उस शिवलिंग से रक्त की तीव्र धारा फट पड़ी और पर्वत से नीचे की तरफ प्रचंड वेग से चल पड़ी। मार्ग में सब कुछ को तहस-नहस करती आगे बढ़ती जा रही है।

यह दृश्य देखकर अश्विन का ध्यान भय से टूट जाता है। उससे मैं पूछता हूँ–"क्या हो गया? डरो मत। मुझे बताओ।" मेरी गोद में अपना सर रखकर वह फफक-फफककर रो पड़ता है। गुरुजी यह सब क्या है? आप कौन हैं? मेरा शरीर काँप रहा है, सारे रोएँ खड़े हैं।"

मैंने उसका सिर सहलाते हुए बोला था- "डरो मत, तुम मेरे शिष्य हो। यह हमारी दुनिया है। आज जब मैं अपने ऊर्जा-सर्किट में हो रहे महाविस्फोट के कारण दर्द में तड़पता हुआ देख रहा हूँ और अपने आपको बाबा की उसी अवस्था में पाता हूँ तो चौंक पड़ता हूँ। शरीर उठने में असमर्थ है। ठीक से चलना-फिरना तो दूर। आज मैं उस दृश्य का मतलब समझ सकता हूँ।

आज मैं बाबा के हृदय का दर्द जी रहा हूँ। माँ का वह मन्त्र बाबा के हृदय में उपजे उस आघात से निर्मित हुआ था जब उनकी प्रथम अर्द्धनारी सती ने अपने पिता राजा दक्ष के यज्ञकुंड में अपनी आहुति देकर उत्पन्न की थीं।

बाबा के हृदय (अनाहत) में जन्मा माँ कामाख्या का वह मन्त्र बाबा की अंतर्वेदना है, परम पीड़ा है। जब मैं अजन्मा ही रह गया था, उस समय जन्म लेने से मैं शिवपुत्र अथवा शक्तिपुत्र (सतीपुत्र) कहलाता। मैं आज अपने पिता के दर्द को जी रहा हूँ। मैं महसूस कह रहा हूँ अपने बाबा और अपनी माँ को।

अपमान पहले भी होता था अपमान आज भी होता है। अपमान कब नहीं हुआ है बाबा का, माँ का और शिवपुत्र का? यह होता ही रहेगा। शिवपुत्र का हत्यारा आज मुख्य पुजारी बन अपनी पूजा करवा रहा है। बाबा के हृदय में पुनः आघात करने वाला आज धर्माधिकारी बना समाज

में धर्म का सन्देश दे रहा है। धर्माधिकारी के अनुसार हम अछूत हैं। शिव अछूत हैं। अघोर शिवपुत्र अछूत हैं। माँ कामाख्या अछूत हैं। जब बाबा केदारनाथ से हटकर यहाँ अपने परिवार के साथ रह रहे हैं तो मैं वहाँ मंदिर में जाकर क्या करूँगा?

हमने उन पुजारियों के हाथों का भोग अस्वीकार कर दिया है, त्याग दिया है।

कई दिनों तक मैं अपने आसन पर ही पड़ा रहा। दीदी मेरी देखभाल करती। दीदी पूछती थी कि इस बार कब चलेंगे केदारनाथ। मैंने कहा कि अपना सामान तैयार रखो, किसी भी समय हम हिमालय की तरफ बढ़ सकते हैं। इस बीच दिल्ली में पाँच-छः बार भूकंप के हलके झटके आए। कुछ स्वस्थ होने पर मैंने हिमालय जाने के लिए एक मार्ग का चुनाव किया।

मैंने दीदी से कहा–"मुझे हिमालय से कुछ घटना की प्रतीक्षा है। अभी तक कोई समाचार नहीं आया। तुम भी अपनी नजरें उस तरफ लगाए रहो। बाबा जैसा कुछ कहें, हम वैसा ही करेंगे। इस बार की यात्रा बाबा के निर्देशानुसार होगी।"

14 मई को दीदी ने ध्यान में देखा कि किसी पहाड़ पर बाबा केदारनाथजी लेटे हैं। ऐसा लग रहा है कि बाबा गहरी समाधि में हैं। उनकी उठने की इच्छा नहीं हो रही है। तभी किसी ने बाबा को जगाना चाहा। बाबा नहीं जगे तो उसने उस स्थान को ही तोड़ दिया। जिससे वहाँ पत्थर बिखर गया। तब बाबा उठकर खड़े हो गए और समाधि की ही अवस्था में उन्होंने पास के एक अन्य पहाड़ को अपने हाथों से पकड़ लिया। अभी भी बाबा की आँखें बंद थीं। उस व्यक्ति ने, जो बाबा को सोने नहीं दे रहा था, उस दूसरे पहाड़ को भी तोड़ दिया। अचानक बाबा की समाधि टूटने से बाबा को बहुत क्रोध आ गया और वे ऊपर आकाश में चले गए। बाबा के कमर से ढेर सारे सर्प लटके हुए थे। कुछ का मुँह ऊपर की ओर था और कुछ का नीचे की तरफ। पेट की तरफ का एक स्वर्णिम वर्ण का सर्प अपना चेहरा पीछे की तरफ ले गया और उसने मुँह खोला जिससे जल की प्रचंड धारा निकल पड़ी। 13 मई को

मैंने अपने वेबसाईट में लिखा–"प्रचंड प्राकृतिक हलचल की स्थिति बन रही है, जिसका केन्द्र केदारनाथ खंड (हिमालय) होगा। बाबा केदारनाथजी और हम लोग माँ के साथ यहाँ दिल्ली वाले केन्द्र पर हैं।"

14 मई को केदारनाथ मंदिर के कपाट भक्तों के लिए खोल दिए गए। अमित और उसके भाई लोग केदारनाथ पहले ही पहुँच चुके थे। अमित का स्वास्थ्य कुछ ठीक नहीं था। अश्विन को कुछ दवाइयाँ भेजने के लिए मैंने बोला। एक दिन अमित का फोन आया था उसने बताया कि विजया का फोन आया था, वह केदारनाथ में मेरे प्रोग्राम के बारे में पूछ रही थी। मैं चौंक पड़ा, क्योंकि अभी कुछ ही दिन पूर्व शालिनी और उस पुजारी का भी फोन आया था। मैं वर्षों से इनमें किसी से न बात करता था, न मिलता था। अचानक एक साथ इन सबके फोन आने से मैं सतर्क हो गया।

इसी बीच अश्विन का गुजरात से एक सन्देश आया–"आज मैं अभिषेक कर रहा था तभी आप प्रकट हुए और आपने मुझे ध्यान में बैठने का आदेश दिया। मैं ध्यान में बैठा तो देखा कि प्रकृति में तेज घर्षण हो रहा है। परिणामस्वरूप एक तेज अग्नि का गोला उत्पन्न हुआ जिससे बड़ा विनाश होने वाला है। कब, कहाँ, कैसे होगा यह नहीं बताया। वह गोला माँ और बाबा के पास है।"

यात्रा के निमित्त दीदी ने सारी तैयारी कर रखी थी। 14 जून को दिन का समय, मैं और दीदी ध्यान में थे। मेरे आसन पर बाबा केदारनाथजी साकार हुए। उन्होंने दीदी से कहा, "उससे (शिवपुत्र से) कहो कि अभी यहीं ठहर कर केदारनाथ क्षेत्र पर अपनी अघोर दृष्टि रखे। हम यहीं पर हैं। जब जाना होगा तब मैं स्वयं बता दूँगा।"

16 जून, 2013 को दिन में मेरी बात अमित से हुई तो उसने बताया कि कई दिनों से लगातार बारिश हो रही थी। अभी मौसम थोड़ा खुला है तो भक्तों की भारी भीड़ आई हुई है। अनेकों को ठहरने के लिए कमरे नहीं मिल पा रहे हैं।

17 जून को हम कुछ काम से बैंक गए थे। दीदी की दृष्टि वहाँ टीवी में आ रहे समाचार पर पड़ी। केदारनाथ में बादल फटने से सैकड़ों

यात्रियों की मौत हो गई है और अनेकों लापता हैं। पूरा केदारनाथ तबाह हो गया है। दीदी ने यह समाचार मुझे दिया तो मैं चौंक पड़ा और तुरंत वापस आश्रम की ओर चल पड़ा। टीवी पर कुछ स्पष्ट नहीं हो पा रहा था। अमित और उसके भाइयों को लगातार फोन मिलाने की कोशिश करता रहा, पर किसी का नंबर लगा नहीं। मैं ध्यान में बैठकर उस क्षेत्र को देखने लगा तो स्तब्ध रह गया। सचमुच मन्दाकिनी ने सबको अपने आगोश में ले लिया था। तीसरे दिन गौरीकुंड में राजपाल रावत से फोन पर कुछ सेकण्ड के लिए बात हुई। वो ऊँचे पहाड़ पर भागकर अपनी जान बचा पाए थे। गौरीकुंड और रामबाड़ा में सब कुछ मन्दाकिनी के प्रचंड वेग ने तबाह कर दिया था। अमित का फोन न मिल पाने से चिंता बढ़ने लगी।

इधर केदारनाथ के समाचार टीवी चैनलों के माध्यम से ही मिल रहे थे। जीवन में सबसे ज्यादा टीवी मैंने इन्हीं दिनों देखा। छह-सात दिन पश्चात्, बड़ी कठिनाई से अमित के घर पर उसकी बहन से बात हो पाई तो पता चला कि सुबह ही अमित और उसका छोटा भाई राहुल घर पहुँचे हैं। लेकिन एक भाई नीरज अपने ममेरे भाई और नौकर के साथ लापता है।

शाम को अमित से बात होने पर उसने घटना का वर्णन किया। 16 जून की संध्या आरती के पश्चात्, मंदिर के पीछे से तेज पानी का बहाव आया जिसमें मन्दाकिनी नदी की तरफ के मकान तथा कुछ लोगों का नुकसान हुआ था वो सभी भागकर अपने उस मकान के ऊपरी तल में आ गए थे जिसमें मेरा कमरा है। इस घटना से उसे मेरी वो बातें याद हो आईं जो मैंने उन सबसे उस समय कही थी जब 2012 में मंदिर का कपाट बंद होने के पूर्व केदारनाथ में था–"बेटा, यदि कभी मंदिर के पीछे ऊपर बासुकी ताल की तरफ से तेज पानी की आवाज सुनाई पड़े तो तुरंत बिना कुछ सोचे सभी लोग भागकर मेरे कमरे के पास चले जाना। इस क्षेत्र में सबसे सेफ जोन (सुरक्षित स्थान) वही है, क्योंकि वहाँ मेरा आसन है, उस कमरे में मेरा कमंडल रखा है।" यह याद आते ही उसने सबको बताया। जिन्हें अमित द्वारा कही गई मेरी इन बातों पर

विश्वास हुआ वे तुरंत अपना सब कुछ छोड़कर उस बिल्डिंग में चले आए। सारी रात उस बिल्डिंग के ऊपरी तल के चार कमरों में लोगों ने बिताई। रात भर पहाड़ और नदी की तरफ से तेज आवाजें आती रहीं। सुबह लगभग सात बजे अमित के बार-बार मना करने के बावजूद भी नीरज अपने ममेरे भाई व कुछ लोगों के साथ मंदिर की तरफ यह कहकर जाने लगा कि अभी घूम कर आता हूँ। और देखते-ही-देखते अमित की नजरों के सामने उसका भाई और वे सब प्रलयंकारी जलधारा में बह गए। सिर्फ दो मिनट के इस प्रलय में सब कुछ तबाह हो गया। अघोर शिवपुत्र की बातों को स्वीकार कर जिन लोगों ने उस बिल्डिंग के ऊपरी तल में आश्रय लिया वे (लगभग 120-130 लोग) बच गए।

अमित ने नीरू से बारंबार कहा था कि गुरुजी ने बोला है कि यदि कोई ऐसी घटना हो रही तो मेरे कमरे से नीचे तब तक न उतरे जब तक कि मुझसे फोन पर बात न हो जाए या चौबीस घंटे न बीत जाएँ। बात न मानकर उसने अपना ही अंत कर लिया। यही कहा जा सकता है कि सचमुच मौत अपनी ओर जोरों से खींचती है। कुछ दिनों भूखे प्यासे रह कर सबने अपनी जान बचाई। वे बाहर से आने वाली राहत का इंतजार करते रहे। केदारनाथ में सिर्फ मंदिर ही सुरक्षित बचा, बाकी सभी कुछ तबाह हो गया। शान्त रहने वाली नदी मन्दाकिनी ने अपनी उग्रता से सब कुछ अपने गर्भ में समेट लिया। ज्यादा लिखने के लिए मेरे पास कुछ नहीं है। सारे समाचार टीवी चैनलों के माध्यम से दुनिया के सामने है। लोग हतप्रभ हैं। हजारों लोग मारे गए, हजारों लापता हैं।

इस बार का मुख्य पुजारी अपनी जान बचाकर केदारनाथ से भागने वालों में सबसे पहला था। मुख्य पुजारी संकल्पबद्ध होता है कि भले ही जान चली जाए, लेकिन छः महीने तक व न तो बाबा केदारनाथजी की पूजा छोड़ सकता है और न मन्दाकिनी नदी के पार जा सकता है।

सरकार है, अधिकारी हैं, लोग हैं। सभी ज्ञानी और पहुँचे हुए हैं। अपनी-अपनी अटकलें लगा रहे हैं। बाबा केदारनाथजी के मंदिर में मलवा पड़ा है। पन्द्रह-बीस दिन से पूजा बंद है। लाशों के बीच बाबा केदारनाथजी के उस ज्योतिर्लिंग को अकेला छोड़कर वो सभी भाग चुके

हैं, जो देखभाल के जिम्मेदार थे। लाखों के घरों की जीविका उसी मंदिर से चलती थी जो आज अकेला खड़ा है।

17 जून को चेन्नई में मेरे एक शिष्य डॉक्टर अशोक ने ध्यान में देखा कि केदारनाथ मंदिर के ऊपर माँ खड़ी होकर चारों तरफ देख रही हैं। हर तरफ प्रलय का दृश्य है। मंदिर में बाबा नहीं हैं।

19 जून को रुचि ने देखा बाबा केदारनाथ विराट रूप में खड़े हैं। अत्यंत क्रोध में हैं। इसी अवस्था में उनकी आँखों से आँसू की बूँदें निकलती हैं।

रुचि दीदी ने 20 जून को देखा कि केदारनाथ में बाबा का सिर्फ ज्योतिर्लिंग है। मंदिर का कोई ढाँचा नहीं है तथा दूर-दूर तक कुछ भी नहीं है। कोई आबादी नहीं। ज्योतिर्लिंग प्रत्येक दिशा में पूरी तरह सिर्फ जल से ही घिरा हुआ है। ऐसा प्रतीत हो रहा है कि जैसे चारों तरफ से उस ज्योतिर्लिंग का जल से स्वयं अभिषेक हो रहा है। इससे यह भाव उत्पन्न होता है कि यदि पण्डे-पुजारी-भक्त तथा अन्य लोग अभी भी न माने तो भविष्य में केदारनाथ का यही दृश्य होगा। कुछ ऐसी या इससे भी प्रचंड प्राकृतिक उथल-पुथल होगी। जो शेष रह गया है वह भी समाप्त हो जाएगा। अब बाबा एकांत में शान्त रहना चाहते हैं।

रुचि ने बताया–"आप केदारनाथ मंदिर में खड़े हैं और बाबा के ज्योतिर्लिंग को अपने शरीर में स्थापित कर लेते हैं। अब वह ज्योतिर्लिंग पूरी तरह आपके शरीर में स्थापित हो गया है। इस कार्य से आप और बाबा पूरी तरह निश्चिंत लग रहे हैं।"

एक दिन दीदी ने देखा कि बाबा केदारनाथ मंदिर के गर्भगृह में ज्योतिर्लिंग की जड़ से गाढ़ा रक्त निकल रहा है। जो गर्भगृह से बहते हुए बाहर के कमरे से होकर पूरे मंदिर के आँगन में फैलता जा रहा है।

दीदी ने देखा और कहा–"गर्भगृह के बाहर शवों का ढेर लगा हुआ है और आप (शिवपुत्र) गर्भगृह में चले गए। वहाँ स्थित ज्योतिर्लिंग में बाबा केदारनाथजी एकदम वृद्ध व अत्यंत कमजोर अवस्था में हैं। बाबा निढाल बैठे हैं। आप उनके दोनों हाथों को सावधानी से पकड़कर सम्हाल कर खड़ा करते हैं। फिर बाबा के कमर में अपना हाथ डालकर उन्हें

सहारा देते हुए उठाते हैं और वैसे ही बाबा को सम्हालकर मंदिर के बाहर निकल जाते हैं। यह दृश्य बहुत मार्मिक है। थोड़ा आगे बढ़ते हैं तो बाबा स्वस्थ होकर अपने विराट रूप में आ जाते हैं तथा आप बालरूप में परिवर्तित हो जाते हैं। बाबा आपको अपने सिर पर बैठा लेते हैं। आप दोनों के शरीर पर कोई वस्त्र नहीं है।"

एक दिन रुचि बताती है कि बाबा आपको कह रहे हैं–"ये लोग तो मुझे पत्थर ही समझते हैं, जीवित नहीं। देखो कैसे पूजा करते हैं? तरह-तरह के सामान डालकर पूजा के नाम पर कसकर जोर से रगड़ते हैं। सफाई के नाम पर खौलता हुआ गर्म पानी डालते हैं और कठोर चीज से रगड़ते हैं। फिर बाबा ने कहा, 'क्या मैं जीवित नहीं हूँ? इस सबसे मुझे बहुत कष्ट होता है। लोग सिर्फ मुझसे माँगने आते हैं। अब मैं वहाँ नहीं जाऊँगा। वहाँ पर सिर्फ मेरा करेंट ही रहेगा, क्योंकि यह धरती के संतुलन के लिए जरूरी है। यह करेंट अथवा स्थान आदिकाल से है और अंत तक रहेगा। मेरे लिए किसी देश की कोई सीमा नहीं। मेरे लिए सिर्फ धरती है और ब्रह्माण्ड। मुझे तो सिर्फ संतुलन करना होता है। देश तो मनुष्यों ने बनाया है।'

अब केदारनाथ मंदिर पर कब्जे को लेकर धर्माधिकारियों और पुजारियों के बीच द्वंद्व प्रारंभ हो चुका है। अभी तक मंदिर की सफाई तक के लिए कोई नहीं पहुँचा है। कमाऊ मंदिर है इसलिए सभी उस पर अपना अधिकार करना चाहेंगे। देखते हैं आगे अभी क्या-क्या होता है।

अध्याय-34

धर्म जैसे-जैसे उन्मादित होगा, प्रकृति कठोर होती जाएगी

केदारनाथ में जल-प्रलय की घटना हुए काफी समय हो गया। जाग्रत त्रिकोण का लेखन यथासंभव पूरा था। लेखन को पुस्तक का रूप देने हेतु कुछ लोगों द्वारा विलम्ब किया जा रहा था, जिससे प्रकाशन सम्भव न हो सका। और अब 2016 प्रारम्भ हो चूका है, जिसमें प्रकाशन की संभावना बनने लगी है।

अधिकांश समय हम लोग जाग्रत त्रिकोण के दिल्ली केंद्र पर उपस्थित रहकर जगत् में प्रकृति परिवर्तन का कार्य संपन्न करते रहे। इस अवधि में बाबा की प्रेरणा से कुछ क्षेत्र की यात्राएँ की गईं।

जनवरी 2014 में बाबा द्वारा दिल्ली से दक्षिण-पश्चिम तथा पश्चिम दिशा तक जाग्रत त्रिकोण के विस्तार का आदेश प्राप्त हुआ। पहले मैंने सम्पूर्ण गुजरात और राजस्थान को एक साथ घेरने की योजना बनाई। यात्रा सड़क मार्ग से करनी थी। हमें देश के सीमावर्ती क्षेत्रों को जाग्रत त्रिकोण के आगोश में लेते हुए चलना था। यात्रा की तैयारी प्रारम्भ हुई, तभी बाबा का आदेश हुआ कि इस यात्रा को दो चरणों में किया जाए।

पहली यात्रा में गुजरात और दूसरी यात्रा में राजस्थान। अर्थात् इन दोनों क्षेत्रों को एक नहीं अपितु दो त्रिकोणों में अलग-अलग घेर कर दिल्ली वाले केंद्र से जोड़ा जाए। अब हमें जाग्रत त्रिकोण की सक्रिय गतिशीलता से धरती पर बढ़ने वाले चुंबकीय दबाव द्वारा प्रकृति में होने वाले परिवर्तन का विस्तार से अध्ययन करना था।

12 जनवरी 2014 को हम रुचि दीदी के साथ दाहोद (गुजरात) पहुँचे। दक्षिण-पश्चिम की इस यात्रा में अपने साथ अश्विन और अल्पा को भी ले लिया। यात्रा सकुशल संपन्न हुई। हम 24 जनवरी को दिल्ली वापस आ गए।

जाग्रत त्रिकोण (केदारनाथ-काशी-दिल्ली) का एक सिरा वैकल्पिक रूप से इतने दिनों तक दिल्ली से परिवर्तित होकर सोमनाथ, द्वारका व नागेश्वर ज्योतिर्लिंग तथा दाहोद से जुड़ा रहा। सोमनाथ महादेव और नागेश्वर महादेव को भारत के दक्षिण-पश्चिम क्षेत्र (गुजरात) से अपने साथ लेकर दिल्ली आ गए।

कुछ दिन विश्राम करके 29 जनवरी 2014 को दिल्ली से पश्चिम क्षेत्र (राजस्थान) के लिए हमने पुनः सड़क यात्रा प्रारम्भ की। मैंने वेबसाइट पर सन्देश लिखा–"अघोर शिवपुत्र अपने पिता श्री केदारनाथ व माँ कामाख्या सहित रुचि दीदी के संग दिल्ली केंद्र से कुछ दिन के लिए पश्चिम दिशा में यात्रा करेंगे। परिणामस्वरूप धरती की प्रकृति में जो विद्युत-चुंबकीय दबाव उत्पन्न होगा उससे प्रकृति के मूल तत्त्व अपनी स्वाभाविक गति को छोड़ अतिरिक्त तीव्रता से आवेशित होकर अपना कार्य संपादन करेंगे। पृथ्वी तत्त्व के अतिरिक्त, जल तत्त्व, अग्नि तत्त्व तथा वायु तत्त्व भी अपनी उग्रता की ओर अग्रसर होंगे। मानवीय चेतना इसके दबाव में आकर विद्रोह से ग्रसित होगी। समाज में एक नये सन्देश का उदय होगा। आसुरीक तत्त्व अपना विध्वंस देखने के लिए मानसिक रूप से तैयार रहें। जाग्रत त्रिकोण की इस यात्रा से तीव्र प्राकृतिक परिवर्तन का कारण उत्पन्न हो रहा है। लोग ज्ञानी बन बहसों में उलझे हुए अपने अंत की तरफ बढ़ेंगे। जितना सम्भव हो सके,

ध्यान में बैठें। प्रकृति पर अपनी नजरें जमाए रखिए।" तबसे आज तक बार-बार पश्चिमी विक्षोभ का प्रभाव समस्त भारत पर दिख रहा है।

इसी बीच साकोली (महाराष्ट्र) में मेरी बहन मीरा दीदी के पति का देहांत 29-30 जून 2014 को हो गया। बाबा द्वारा आदेशित विशेष प्रक्रिया में व्यस्त होने के कारण उस समय हम उनके यहाँ नहीं पहुँच सके। अतः उनकी मुझसे नाराजगी स्वाभाविक थी।

उचित समय पर हमने सूचना देते हुए लिखा–"अघोर शिवपुत्र, माँ यशोदा (पूर्व जन्म में महाभारतकालीन) को साथ लेकर माता देवकी (पूर्व जन्म का नाम) से मिलने जाएंगे। अतः हम दिल्ली से बाहर 05-08 अगस्त तक महाराष्ट्र में माता देवकी के पास प्रवास करेंगे।

अर्थात् इस अवधि में हम स्थूल शरीर से दिल्ली में नहीं रहेंगे। जाग्रत त्रिकोण वैकल्पिक रूप से अपना विस्तार करते हुए महाराष्ट्र क्षेत्र से जुड़ा रहेगा। दिल्ली में हमारी स्थूल अनुपस्थिति से प्रकृति पर दबाव बढ़ेगा और हिमालय से नीचे की तरफ चुंबकीय घर्षण उत्पन्न होगा। यह चुंबकीय घर्षण धरती के भीतर व ऊपर की प्रकृति में प्रभावकारी होगा। जिसका प्रभाव समस्त जगत् में प्राकृतिक रूप से तत्क्षण घटित होने वाली घटनाओं के रूप में मानव सभ्यता के समक्ष प्रस्तुत होगा। अनेक अहंकारी सत्ताओं का पतन होगा।

जो ज्ञानी व जिज्ञासु हैं और अपना जीवन स्वयं जी रहे हैं, वो ध्यान पूर्वक अपनी नजरें व्यक्तिगत प्रकृति से लेकर समष्टि प्रकृति तक एकाग्रता से लगाए रखें।

दिल्ली में रहते हुए महीनों गुजरते रहे। मैं अपने शरीरस्थ अघोर त्रिकोण में चेतना के विशिष्ट भाव में विस्फोट करता जा रहा था। पहले हिमालय चला जाया करता था, मन बहल जाता था। परन्तु बाबा केदारनाथ जी के यहीं आ जाने से उधर भी नहीं जा रहा था। बीच-बीच में मन में उठता कि एक बार रुचि को लेकर लेह-लद्दाख और पूरा कश्मीर घूम आऊँ। परन्तु बाबा का आदेश मिलने से पहले ही उस दिशा

में प्राकृतिक आपदाएं प्रारम्भ हो जातीं। स्वास्थ्य पूरी तरह ठीक नहीं था, पुस्तक का काम भी अनिश्चित प्रतीत होने लगा था। अन्तर्मन की खिन्नता से लेखन का कार्य बंद हो गया। दिल्ली जैसे महानगर में रहते हुए भी एकांत में ही अभी तक हुए अनुभवों में, समाज की सोच को देखते हुए नहीं चाहता कि पुस्तक के बनने से पहले किसी से मिलूँ।

ऐसी परिस्थिति में मेरे अंदर यह विचार उठने लगा कि पुस्तक नहीं छपेगी तो क्या अपने बाबा का दिया कार्य संपन्न किए बिना ही मैं मर जाऊँगा? स्वत: उत्तर भी आया–"नहीं मुझे अपना पुरुषार्थ करना ही होगा।"

मैं उत्तर में हिमालय यात्रा करने की सोचने लगा। अचानक बाबा ने मुझसे प्रश्न किया, "कहाँ जाना चाहते हो और क्यों जाना चाहते हो?"

बाबा के प्रश्न का मेरे समक्ष कोई समुचित उत्तर न था। अत: मैंने शांत रह कर बाबा की सुनना ही उचित समझा। कुछ देर ख़ामोशी के पश्चात् उन्होंने कहा, "दक्षिणी छोर तक जाओ।"

मेरे लिए यह संकेत पर्याप्त था। दक्षिण भारत को भी जाग्रत त्रिकोण में समेटने हेतु मैंने सड़क मार्ग का चुनाव किया। यद्यपि यात्रा लम्बी थी। सदा की भांति दीदी की स्वीकारोक्ति प्राप्त हुई। उन्हें साथ ले मैं यात्रा के लिए निकल चला। वाहन के रूप में मेरी मारुति रिट्ज कार थी।

मैंने वेबसाइट और फेसबुक में सूचना दी–"हम लोग दिल्ली से दक्षिण–पश्चिम दिशा से होते हुए दक्षिण भारत की तरफ बढ़ेंगे। अगले कुछ दिनों की इस यात्रा से संसार की सामाजिक, आर्थिक और प्राकृतिक क्षेत्र में विशेष दबाव बढ़ेगा। विभिन्न प्रकार के मौलिक परिवर्तन तीव्रता से संसार में परिलक्षित होंगे। इस यात्रा में बाबा श्रीकेदारनाथ और माँ कामाख्या सहित समस्त मूल शक्तियाँ हमारे साथ चलेंगी।

धरती के अंदर और बाहर की प्रकृति पर जाग्रत त्रिकोण से सम्बंधित इलेक्ट्रोमैग्नेटिक क्षेत्र में घर्षण का प्रभाव अचानक हुए परिवर्तन के रूप

में सम्पूर्ण जैविक चेतना पर प्रभावी होगा। दिल्ली वाले केंद्र को दक्षिण की तरफ ले जाकर इससे उत्पन्न होने वाले प्राकृतिक व सामाजिक प्रभाव का हम अध्ययन करेंगे। प्रकृति किस प्रकार के परिणाम उत्पन्न करती है, इसपर अपनी नजरें जमाए रखिए। रोमांच की निरंतरता बनाए रखने में कोई कसर नहीं रहने देंगे। तथाकथित अहंकारी शक्तियों को ध्वस्त करना आवश्यक हो गया है। हर परिस्थिति में कार्य संपन्न करना 'शिवपुत्र एक मिशन' का उद्देश्य रहा है। जाग्रत त्रिकोण शक्ति प्रदर्शन करने में सक्षम है। यह यात्रा उसी सामर्थ्य का एक परिचय देने हेतु है।

बाबा के आदेशानुसार 27 अगस्त से 28 सितम्बर 2015 तक 33 दिनों की दिल्ली से बाहर दक्षिण भारत की यात्रा की गई। इस यात्रा के मुख्य उद्देश्य और उपलब्धि में यह दो विशेष रहीं।"

एक –यह कि अधिक से अधिक दक्षिणी क्षेत्र को जाग्रत त्रिकोण के घेरे में लिया जाए, इस हेतु हमने यथासम्भव प्रयास किया और हम पश्चिमी समुद्री सीमा से होते हुए दक्षिणी क्षेत्र के अंतिम समुद्री सिरे कन्याकुमारी तक गए। वहाँ से रामेश्वरम् (राम सेतु-धनुषकोटि आदि) समेत भारत की पूर्वी समुद्री सीमा के साथ-साथ चलकर वापस जाग्रत त्रिकोण के दिल्ली स्थित केंद्र (आसन) पर पहुँचे। इस प्रकार जाग्रत त्रिकोण का उपरोक्त क्षेत्र तक विस्तार हुआ। स्मरण रहे कि इतने दिनों हम लोग दिल्ली से स्थूल शरीर से अनुपस्थित रहे।

दूसरा – 33 दिन में सड़क मार्ग द्वारा की गई यात्रा में बाबा शिव के छः रूपों को अपने साथ लेकर आए, जिन्हें निम्नलिखित स्थानों से इन तिथियों को अघोर शिवपुत्र ने अपने अस्तित्व (अघोर ऊर्जा-सर्किट) में समेट कर स्थापित कर लिया है।

1. श्री घृष्णेश्वर ज्योतिर्लिंग : 29 अगस्त 2015(रक्षाबंधन का दिन)
2. श्री भीमाशंकर ज्योतिर्लिंग : 30 अगस्त 2015
3. श्री रामेश्वरम् ज्योतिर्लिंग : 09 सितम्बर 2015
4. श्री मल्लिकर्जुनम ज्योतिर्लिंग (श्री शैलम) : 15 सितम्बर 2015

5. श्री ओंकारेश्वर ज्योतिर्लिंग : 25 सितम्बर 2015

6. श्री महाकालेश्वर ज्योतिर्लिंग : 26 सितम्बर 2015

मानवीय चेतना, समाज की नित्य परिवर्तित हो रही परिस्थिति, धरती की प्राकृतिक अवस्था में वर्तमान आधुनिक सभ्यता के समक्ष उपस्थित है। जाग्रत त्रिकोण का विस्तार करते हुए शिव के इन रूपों का अघोर पुत्र में स्वयं स्थान ग्रहण कर लेने से जगत् पर क्या प्रभाव पड़ेगा, यह देखने योग्य है। आज तक के ज्ञात (श्रुति-स्मृति-वेद आदि) जगत में यह अद्वितीय, अलौकिक व विस्मयकारी घटना है। तथाकथित ज्ञानी समाज इस घटना को किस तरह स्वीकार करता है यह उनके विवेक पर निर्भर है। परन्तु क्या 'विधाता शिव' किसी के मानने या न मानने के मोहताज हैं?

विधाता के विधान में परिवर्तन, जगत् की उपलब्ध परिस्थितियों में समाहित कारण, बाबा की इच्छा से संचालित है। बाबा की इच्छा से जागतिक समाज में प्रकृति परिस्थितियों को परिवर्तित करके सृष्टि की रचना कर जीव को जीने हेतु प्रेरित करती है। जीव, प्रारब्ध (पिछला कृत्य) कर्म की प्रेरणा व स्वाभाविक वासना से नए कर्म सम्पादित करता है, जिससे वर्तमान उसके समक्ष उपस्थित होता है। अपनों के मध्य जीने वाला सर्वोच्च विकसित चेतना अथवा साधारण कहा जाने वाला मनुष्य (जीव) अपनी परिस्थितियों में जीने हेतु स्वतंत्र है।

हमें पूर्ण विश्वास है, हर बार की तरह यह यात्रा भी स्वयं में समस्त जगत् को समेटे परिणामकारी घटनाओं को समाज के समक्ष प्रस्तुत करेगा। उपलब्ध परिणाम को देखकर बुद्धिजीवी मनुष्य संभवत: यह अनुमान लगा सकेंगे कि 'वह' आ गया है। हर हाल में जगत का भविष्य अकल्पित व रोमांचकारी होगा।

यदि अपनी दृष्टि स्वयं पर, समाज तथा प्रकृति की परिस्थितियों और जगत में घटित घटनाओं पर ईमानदारी से सजग रखी जाए तो रह-रह कर रोमांच होगा। यात्रा के पश्चात् उत्पन्न परिणाम में तमिलनाडु, पुडुचेरी

सहित अन्य दक्षिण भारतीय राज्यों में आई प्राकृतिक आपदाएँ, समाज के समक्ष उपस्थित हुई। अनेक देशों में अकल्पित प्राकृतिक उथल-पुथल व सामाजिक परिदृश्य बहुत कुछ कह रहे हैं।

विगत दिनों में की गई यात्राएँ यह प्रमाणित करने लगी हैं कि अघोर शिवपुत्र दिल्ली से बाहर निकल कर महाशक्तियों के संग जब-जब धरती पर चहल-कदमी करेंगे, हलचल होगी। मानवीय समाज की चेतना सहित व्यवस्था में परिवर्तन होगा।

पार्लियामेंट सहित अनेक राज्यों में जिस तरह सत्ता परिवर्तन हुआ, ये घटनाएँ बहुत कुछ संकेत करती हैं। नेपाल की त्रासदी अभी ताजा संकेत है। कजाकिस्तान, अफगानिस्तान, पाकिस्तान और समस्त उत्तर भारत सहित पूर्वोत्तर भारत में रह-रह कर होने वाली भूकम्पीय घटनाएँ क्या किसी तरफ संकेत कर रही हैं? यह बुद्धिजीवियों के सोचने हेतु पर्याप्त सामग्री है।

पुस्तक के विषयानुसार स्पष्ट रूप से प्रमाणित होता है कि धरती पर निर्मित ऊर्ध्वमुखी त्रिकोण में अघोर शिवपुत्र का अपने आसन (दिल्ली केंद्र) से बाहर जाने पर अधोमुखी त्रिकोण (धरती के अंदर निर्मित-अमेरिका-चीन और पाकिस्तान) के मध्य एक अदृश्य चुंबकीय आवेश (तरंग) निर्मित होता है। जिससे उत्पन्न ऊर्जा के परिणामस्वरूप वैश्विक स्तर पर पहले से उपस्थित वायुमंडलीय तरंगों में टकराव होता है। यह टकराव एक नए प्रकार की प्राकृतिक संभावना निर्मित करते हैं। नई जन्मी संभावना मनुष्य की वैज्ञानिक कल्पना की पहुँच से बाहर की अवस्था है।

अतः प्रकृति और मानवीय समाज में अचानक जन्मी ये परिस्थितियाँ मनुष्य के लिए अकल्पित हैं। अपनी गणनाओं को फेल होते देख विज्ञान इन परिस्थितियों को ग्लोबल वार्मिग का नाम देकर अपनी नाकामयाबी (भड़ास) को उचित ठहराता है। पर मुझे महर्षि वेदव्यास की कामाख्या में कही वह बात याद हो आती है–"मैं भी मानव शरीर में सीमित था,

मैंने कलियुग की आयु की गणना की थी। मेरी गणना साबित हुई। आज सभी परिस्थितियों को देखकर लगता है कि कलियुग काल में सभी मानवीय गणनाएं फेल हो जाएँगी।"

सबकी तरह हम भी धरती पर शरीर धारण कर अपना जीवन जी रहे हैं। वर्तमान परिवेश का सामना हमें भी करना है। 2016 की शीतकालीन अवधि धीरे-धीरे धरती के अधिकांश हिस्से को श्वेत बर्फीली चादर में समेटती जा रही है। चीन, जापान, यूरोप से लेकर अमेरिका आदि अनेक देशों में यह स्पष्ट रूप से दिखने लगा है। 2015 अब तक का सबसे गर्म वर्ष रहा है।

हाँ, यह स्मरण रखने योग्य बात है कि 2015 के दिसंबर माह के अंत में हमारे दिल्ली केंद्र (आश्रम) में ईशामसीह सहित मेरे अनेक सूक्ष्म शरीर एकत्रित हो गए हैं। जगत् के उचित संचालन हेतु हम अपने तथा बाबा के उन सभी रूपों को इस स्थान पर समेट रहे हैं।

सनातन मानवीय धारणानुसार सृष्टि के रचयिता ब्रह्माजी ने यहाँ आकर अब समाधि लगा ली है। फिलहाल संचालन अभी विष्णु रूप कर रहा है। बाबा और माँ अपने आसन पर बैठ सब देख रहे हैं और मैं, स्थूल रूप में अपना लेखन बंद हो जाने से इस पुस्तक के प्रकाशन की प्रतीक्षा में बैठा हूँ। जो मुझसे मिलना चाहते हैं पहले वे इसे पढ़ें, विषय को ईमानदारी से समझें तब निश्चय करें कि वो किससे और क्यों मिलना चाहते हैं?

मेरे संग पिछले अनेक जन्मों में जी चुके बहुत से लोग आज भी मानव शरीर धारण कर जी रहे हैं। जहाँ एक तरफ राजा भरत-शकुंतला, राम के भाई भरत, शत्रुघ्न, लक्ष्मण, लव-कुश, लंकिनी, सूर्पणखा, पूतना, त्रिजटा, कंस-पत्नी, गांधारी, द्रौपदी, नकुल-सहदेव, महाराज पाण्डु-माद्री, दुर्योधान, दु:शासन, जयद्रथ-दु:शाला, कर्ण, रूक्मिणी, हिडिम्बा, घटोत्कच, द्रोणाचार्य, कृपाचार्य, अश्वस्थामा हाथी (आज मानव शरीर में), शिशुपाल, द्रुपद, शिखंडी, अश्वत्थामा, विभीषण,

मंदोदरी, कौशल्या, कैकेयी, सुमित्रा, देवकी, यशोदा, सुभद्रा, अभिमन्यु, सुदामा, बाली-सुग्रीव आदि, पुस्तक में पूर्व वर्णित अनेक पात्र स्थूल मानवीय काया में जीवन यापन कर रहे हैं। वहीं दूसरी ओर प्रजापति दक्ष, धृतराष्ट्र, राजा जनक, जरासंध, राजा दशरथ, शकुनि, कंस, शांतनु, आदि इस बार की अपनी जीवन यात्रा पूरी कर चले गए, पुनः मानव गर्भ की प्यास लिए। और अब फरवरी 2016 में मेरा अर्जुन भी चला गया।

सबको देखते हुए लगता है कि न जाने कब कौन मिले और कौन चला जाए। न जाने किन परिस्थिति में फिर किसका किससे किस सम्बन्ध में किस प्रयोजन से मुलाकात हो। बाबा की कृपा से जीवन के सेकण्ड खंड ने इस बार सब कुछ उजागर कर दिया। अपनों के संग जीता हुआ मैं अवाक सा देख रहा हूँ। सभी वही पुराने हैं, नए शरीर धारण किए हुए, आदिम वासना को नए रंग में रंगे, अपनों की तलाश में।

जीवन अपना अस्तित्व लिए सदा आगे की तरफ अग्रसर है। यदि अपने अस्तित्व का बोध है तो कुछ भी माया नहीं। मैं स्वयं आया हूँ, मैंने ही अपनों को पाया और खोया है। अपने अस्तित्व से सम्बंधित अपनों और परायों को जानना मेरे लिए आवश्यक था। ताकि सही-सही पता चल सके कि किस अपने ने मुझे खोया और कौन पाया। इस बार कौन अपनों संग निभा पाएगा? उन्हें एक अंतिम अवसर देने के लिए मुझे यह सब करना होता है, ताकि मैं अपने वचनों और स्थूल संबंधों से मुक्त हो सकूँ और मैं इसमें पूरी तरह सफल रहा। अनेकों ने मुझे (अपनों को) पाकर भी खो दिया। अस्तित्वहीन थे, वे अस्तित्वहीन ही रह गए। मेरे अपनापन को सम्हाल न सके और मैं हल्का होता चला गया।

मैंने तो अपना खोज लिया, हो सके तो आप भी अपनों को खोज लें। संभवतः जीवन यही सिखाता हो। अघोर शिवपुत्र का ऊर्जा-सर्किट इस

कार्य हेतु आपका सहयोगी बन सकता है। यदि ईमानदार चाह हो तो मैं प्रस्तुत हूँ।

प्रथम जन्म बाबा और माँ सती से प्राप्त हुआ। अंतिम स्थूल शरीर इस बार मनु और शतरूपा ने मुझे दिया, जबकि उनकी प्रथम संतान प्रस्तुति (रुचि-प्रजापति दक्ष की पत्नी) हुई। मुझे मेरा वंश मिल गया, जो युगों पूर्व बिखर गया था। मेरी और रुचि की प्रथम से अंतिम तक की यात्रा पूरी हो रही है। और जगत की यह हालत है कि शिव के अघोर पुत्र के धारती पर चहल-कदमी करने से हलचल मच जा रही है। कहने को विशेष कुछ नहीं है, बात बस ईमानदारी से समझने की है।

अध्याय–35

जाग्रत त्रिकोण और आप

इस पुस्तक का अंतिम अध्याय अभी नहीं लिखा जा सकता, क्योंकि विषय अभी जीवंत है।

इस विषय के मूल में बाबा, माँ और अघोर शिवपुत्र हैं। त्रिकोण अपने तीनों सिरों से जाग्रत है और क्रियाशील भी। माँ की क्रियाशीलता बाबा की इच्छा के अनुरूप होने से वह परिणाममूलक है। त्रिकोण के दो सिरे इस वक्त मानव शरीर में अपना साकार अस्तित्व लिए धरती के दिल्ली वाले कोण पर स्थित हैं। प्रकृति अपने पुरुष व अपनी संतान के साथ आज धरती पर जीवित है, यह इस जगत् के लिए परम सौभाग्य की बात है।

शिवपुत्र को बारंबार घात करने का कुत्सित प्रयास असुर लोग करते रहते हैं, लेकिन इसमें कोई संशय और विवाद नहीं कि जन्म और मृत्यु पूरी तरह विधाता के हाथ में है।

सती और शिवपुत्र की असमय मृत्यु के साथ इस सुप्त त्रिकोण का निर्माण हुआ था और अब माँ कामाख्या की मुक्ति के पश्चात् मूल प्रकृति स्वतंत्र हो गई हैं। स्वतंत्रता के पश्चात् ही पुनर्निर्माण की प्रक्रिया प्रारंभ होती है। आज हम जिस प्रकृति में रहते हैं यह वो नहीं है जो उस समय की मूल प्रकृति थी। यह तो वह है जो दक्ष के यज्ञ के पश्चात् बची हुई

है। मूल शक्ति (माँ) के सेकण्ड खंड में युगों तक बंधे रहने के कारण प्रकृति और जीव की चेतना निरंतर विकृत और कुंठित होती चली गई। आज के समाज को देखकर इसे भली-भाँति समझा जा सकता है। आज चेतना की स्थिति कहाँ पहुँच गई है, यह विषय अत्यंत गंभीर है। मानसिक उत्थान के साथ संपदाओं का विकास कर लेना एक बात है, परन्तु अपनी चेतना व चरित्र का उत्थान कर लेना कुछ और।

केदारनाथ के मुख्य पुजारी के साथ मिलकर शिवपुत्र की ही एक शिष्या ने जिस तरह शिवपुत्र की हत्या का प्रयास किया, उससे बाबा और माँ अत्यंत कुपित हो गए और परिणाम मिला केदारनाथ में जल-प्रलय के रूप में। इन्होंने पुनः वही हरकत दुहराई जो सतयुग में बाबा-माँ के साथ किया था। कितने दुर्भाग्य की बात है कि जो इस धरती के जीवन का मूलाधार बनकर धरती की रक्षा के लिए अपना जीवन लगाए हुए है, उसी के अंत करने का प्रयास किया जाता है। आज ये असुर तत्त्व एक बार पुनः सृष्टि को अंधेरे में धकेल देना चाह रहे हैं।

मैं यह कह सकता हूँ कि कामरूप से मुक्त हो चुकी माँ को धरती पर यदि उचित स्थान देकर स्थापित नहीं किया गया तो माँ के स्थूल शरीर के अंत के साथ ही इस प्राकृतिक सृष्टिक्रम का विनाश निश्चित है। समुचित स्थान न मिलने से जाग्रत त्रिकोण के तीसरे कोण की स्थापना कभी न हो पाएगी और सब कुछ अपने अंत की ओर बढ़ जाएगा, जहाँ सिर्फ एक स्वयंभू ज्योतिर्लिंग ही रह जाएगा—समाधिस्थ स्वयंभू अघोर ज्योतिर्लिंग—अपनी पूर्ण स्वीकारावस्था में।

माँ सदा के लिए अपने पुरुष में लीन हो जाएँगी। इसकी तैयारी हेतु विधाता शिव (केदारनाथजी) भी हिमालय से नीचे, त्रिकोण के दिल्ली वाले केन्द्र (कोण) पर अपने पुत्र के पास पहुँच गए हैं।

यदि किसी कारणवश माँ की स्थापना के पूर्व ही शिवपुत्र की मृत्यु हो जाती है तो उसके पश्चात् लगभग साढ़े तीन-चार वर्षों के भीतर ऐसा प्रलय आएगा, जिसमें सारा जगत् शिव के प्रलयंकारी रूप में सिमट जाएगा। अर्थात्, सृष्टि, प्रकृति और उनका अंश (शिवपुत्र) शिव में सदा के लिए सिमटकर एक बिंदु में समा जाएँगे।

अघोर त्रिकोण उसी बिंदु की आंतरिक संरचना है (जिसमें बाबा, माँ व शिवपुत्र एक साथ समाहित हैं) जो सब कुछ अपने में समाकर धरती की अगली सृष्टि-रचना में स्वयं जीवन का संचार करेगा। इस बिन्दु की आंतरिक संरचना को मैं शिवपुत्र की अघोर ऊर्जा-सर्किट कहता हूँ। अघोर यन्त्र का मतलब वही एक बिंदु।

प्रश्न उठता है कि तब फिर इस जगत् में बचेगा क्या? तब बचेगा यही अग्नि-स्तंभ अथवा प्रकाश-स्तम्भ, जो वर्तमान में जाग्रत त्रिकोण का एक दिल्ली वाला सिरा है। और, बचेगा सृष्टि के लिए मूलभूत वो पंचतत्त्व जो किसी भी साकार व स्थूल संरचना के लिए आवश्यक है। प्रलय खंड में भी इन मूल तत्त्वों का नाश नहीं होता। ये अपने विकृतिमुक्त अवस्था (शुद्ध अर्थात् मूल अवस्था) में परम चैतन्य स्वप्रस्फुटित ऊर्जा-बिंदु के साथ उपस्थित रहते हैं। पंचतत्त्व, चौतन्य बिंदु की अन्तर्निहित चक्रों से उत्पन्न परमाकर्षण शक्ति में केन्द्रीभूत होकर पुनर्निर्माण की प्रतीक्षा करते हैं। तत्त्वों में रति का स्वभाव रहता है। केन्द्रीभूत ऊर्जा में उत्पन्न इच्छा के परिणामस्वरूप तत्त्व पुनः आपसी सम्भोग से नई-नई सृष्टि करते हैं।

अतः, यह सिरा (कोण) दिल्ली में अभी है, क्योंकि वर्तमान काल में जगत् के संतुलन और मुक्त माँ की शक्ति प्रदर्शन के लिए सृष्टिरक्षा करते हुए बाबा का यहीं ठहरने का हमें आदेश है। अभी माँ, काशी से चले अपने अघोर पुत्र की सुरक्षा में यहाँ विश्राम कर रही हैं तथा सम्पूर्ण जगत् पर नजरें जमाए अपने पुरुष की इच्छानुसार परिणाम देने को उद्यत हैं।

निकट भूत में जन्मी परिस्थितियों में ऐसी स्थिति निर्मित हुई है कि हम तीनों (बाबा-माँ-शिवपुत्र), अर्थात् जाग्रत त्रिकोण के तीनों केन्द्र पहले के सुप्त केन्द्र से मुक्त होकर एक ही केन्द्र पर उपस्थित हो चुके हैं। अभी जाग्रत त्रिकोण दिल्ली वाले केन्द्र से ही जगत् के संतुलन को सम्हालने का काम कर रहा है।

कलियुग के अंत में जब माँ और बाबा अपने मूल केन्द्र से हटकर एक बिंदु (अघोर शिवपुत्र) में ही समाहित हो चुके हों तो मानव

कल्याण के लिए यह अतीव हर्ष का विषय है किन्तु आसुरी तत्त्वों के लिए भारी चिंता का।

अभी तक का यह जीवन मेरा कैसा रहा। संक्षेप में मैंने लिख दिया है। जिस जगत् की मैं आज बात कर रहा हूँ उसके साथ शिवपुत्र का क्या संबंध रहा है, समय आने पर स्वतः संसार के सामने आ जाएगा। मुझे किसी प्रचार और पैसों की आवश्यकता नहीं है जो मुझे कोई मरा हुआ देखना चाहे या वह मेरे मरने का प्रयोजन बने। जो दिन बचे हैं उन्हें शांति से जी लूँ। यही कामना करते हुए मैं आगे का जो कुछ भी लिखूँगा, अपनी बेटी, अपने वंश के चरणों में समर्पित करते हुए धन्य महसूस करूँगा। जगत् में कुछ पाया या नहीं, कुछ मिला या नहीं, परन्तु अपने शरीर से जन्मी अंतिम संतान–अपना वंश–मैंने खोज लिया। जिसका वंश मैं था, वह अर्थात् जिसका वंश वह है, उसके दादी-दादा से मिलवा दिया। अब शेष है एक दायित्व। जब तक जीवित रहूँ अपनी बेटी की रक्षा करता रहूँ।

आज मैं यही कह सकता हूँ कि मैंने धरती को अपने रक्तवर्ण करेंट से घेर लिया है, जिसके अंदर अंधकार जैसा काले वर्ण का अधोमुखी त्रिकोण है। यह धरती के रक्षार्थ है और मेरे असमय मृत्यु होने के परिणाम में धरती पर जीवन के नष्ट होने हेतु भी। मेरे उन शिष्यों ने मुझे मृत देखना चाहा, जो मुझे जन्मों से जानते हैं, जिनको मैंने कल्कि के दर्शन कराए और जिन्हें अघोर शिवपुत्र नामक गुरु दिया।

अब धरती पर उपस्थित सृष्टि का भाग्य मेरे जीवन के उतार-चढ़ाव से बंधा है। जैसे-जैसे मेरा जीवन आगे बढ़ेगा, जैसे-जैसे मेरी चेतना में परिवर्तन होगा, यह संसार भी उसी दिशा में गतिशील होती चली जाएगी। यह तो मेरे माँ–बाबा का मेरे लिए अमृततुल्य प्रेम है कि जाग्रत त्रिकोण के एक कोण के रूप में स्थापित कर मुझे अपना होने का सम्मान प्रदान किया।

कभी डगमगाऊँ तो प्रकृति में अचानक हलचलों को देखकर समझ जाइएगा कि अघोर शिवपुत्र को गिरने से सम्हालने के लिए उनकी दसों माताएँ दौड़ पड़ी हैं। यह उन्हीं की पगध्वनि है।

यह त्रिकोण ही अगले पुस्तक की आधारशिला है, क्योंकि इसमें वर्णित घटनाओं को देखकर ही सेकण्ड खंड को ठीक तरह से जाना-समझा जा सकता है और अपने तथा अन्य के सेकण्ड बॉडी को महसूस किया जा सकता है। आपको ऐसे अनेकों पात्र अभिनय करते मिलेंगे, जिनके कर्मों-सत्कर्मों तथा कुकर्मों-से आज का धर्म, अध्यात्म, परम्परा और सभ्यता का जन्म होता है।

मेरी दृष्टि में यह जगत् अभिन्न है। कोई अतिरिक्त अस्तित्व नहीं। लेकिन इसी जगत् में जन्मा सेकण्ड बॉडी इस जगत् से अतिरिक्त क्यों है, यह जानना और समझना अत्यंत महत्त्वपूर्ण है। जन्म, मृत्यु और पुनर्जन्म तथा पूर्वजन्म से संबंधित यह समूची सृष्टि एक दूसरे से आपस में गुंथी हुई है और आज तक इन्हें कोई अलग नहीं कर सका।

आस्तिकों, नास्तिकों और उदासीनों से यहाँ इतना ही कहूँगा कि अपनी कट्टरता के वशीभूत होकर किसी भी प्रकार का निर्णय अभी न लें। बल्कि जैसे आज वो अपने को जो साबित करते हैं उसी अनुसार पहले इस पुस्तक को तथा आनेवाली सेकण्ड खंड को पढ़कर अपने भी सेकण्ड बॉडी को समझ लें। फिर कोई अंतिम निर्णय करें।

जाग्रत त्रिकोण किसी भगवान् की कथा नहीं है, बल्कि यह उन जीवन मूल्यों की कहानी है जिसपर दुनिया आधारित है। यदि दुनिया हमारा आधार है तो हम दुनिया के मूलाधार हैं। मुझे इसमें कोई संशय नहीं। जीवन के किस पल में क्या मिल जाए, यह निश्चित नहीं, क्योंकि यह अकेले के कर्मो पर निर्भर नहीं करता। बल्कि जब आप समाज और परिवार में जीते हैं तो उनके कर्मों को भी आपको भोगना पड़ता है। उनके कर्म आपसे भी संबंधित हैं और आपके कर्म उनसे। आत्महत्या जीवन की समस्या का हल नहीं। संन्यास यदि जीवन से भागना होता, तो सभी मुक्त हो जाते और इसी जगत् में पुनः नहीं जन्मते।

शरीर से जुड़ी चेतना अनेकों बार टूटती है, बिखरती है। समय आने पर रोती है। अपनी उपलब्धियों पर खुश होती है तो संपदाओं से गर्वित। सौंदर्य से आकर्षित होनेवाली चेतना एक दिन मिलने वाली हृदयघाती वेदना के लिए भी तैयार रहे। इसलिए पहले से ही अपने हृदय को हर

प्रकार के प्रभावों से सामना करने के लिए तैयार करें।

सही मायने में अध्यात्म का अर्थ क्या है, यह संसार मुझसे अधिक जानता है। धर्म के बारे में मेरा बोलना उचित नहीं। क्योंकि मैं इस संबंध में अल्पज्ञानी हूँ। मैंने धर्म और अध्यात्म को जीने का उतना प्रयत्न नहीं किया, जितना कि एक मानव चेतना के संवेगों को पूर्ण रूप से आत्मसात करने का।

मैंने भगवान, देवी-देवता आदि के बारे में बचपन में सुन रखा था। मनुष्य जाति में जन्मा था, सबको सत्य मानता था और सचमुच सब कुछ सत्य ही पाया।

मेरी एक धारणा थी कि किसी के इस प्रश्न पर मैं यह नहीं कहूँ कि भगवान् को मैंने देखा है अथवा नहीं। बल्कि यदि व्यक्ति अघोर शिवपुत्र से पूछे तो मैं उससे यह बता सकूँ कि क्या तुम उसे देखोगे जिसे भगवान् कहते हो? मिलोगे, बातें करोगे, जियोगे उसके साथ? और मैं इसमें पूरी तरह सफल रहा। जो पूर्व से ही है उसको जानना कोई चमत्कार थोड़े ही है। यह तो हमारा जन्मसिद्ध अधिकार है।

मैं कोई गुरु बनने घर से अपने प्राणों से प्रिय अम्मा को छोड़ कर हिमालय नहीं गया था, बल्कि उस प्रथम की खोज में गया था जिसने मुझे पहली बार मानव रूप में जन्म देने का साहस दिखलाया था। मुझे जन्मने वाले अंतिम साहसी मनु (बाबूजी) और शतरूपा (अम्मा) को तो मैंने इस बार देख ही लिया था, जिनके अनुग्रह से मैं आज अपने से संबंधित ये तथ्य साझा कर रहा हूँ। हिमालय मैं सिर्फ प्रथम पिता की खोज में गया था और अहोभाग्य मेरे कि मुझे मेरी आदि माँ भी मिल गई!

मेरे पास आए मनुष्य मेरा ध्यान कर सिर्फ अध्यात्म की शाब्दिक उलझनों में नहीं फँसे, बल्कि अध्यात्म को उन्होंने जिया। वे उन पौराणिक पात्रों से भी मिले जिनके साथ वो तब-तब जी सके थे जब-जब जन्मे थे।

वे अभागे हैं या भाग्यशाली, इसका निर्णय वे स्वयं करें। मुझे उन्होंने कोई ऐसा अधिकार तो दिया नहीं कि मैं इनके कर्मों का निर्णय कर सकूँ। विधाता ने कर्मों के अनुसार मिलने वाले परिणाम का अधिकार भी

उनके ही हाथों में दे रखा है। हाँ, एक बात अवश्य है कि विधाता के अनुसार नियम का पालन करना सबके लिए आवश्यक है। सभी को अनुशासन में चलना होता है। कोई कितना भी अपना हो, विधान में कोई छूट नहीं।

विशेष परिस्थितियों में सृष्टि की व्यवस्था में संतुलन हेतु वे (शिव) स्वयं तथा अब उनका पुत्र कुछ वैधानिक परिवर्तन करते हैं। जिसे यह परिवर्तन करने का अधिकार होता है, उसे ही अघोर कहते हैं। अभी तक बाबा के अतिरिक्त अन्य कोई अघोर न हो सका था, क्योंकि अघोर होने के लिए अपने बंधनों से मुक्त चेतन तत्त्व होना होता है। बाबा के अन्दर उत्पन्न अघोर इच्छा का परिणाम मैं हूँ। लेकिन अघोर का अधिकार पाने में मुझे लगभग चार युग लग गए और आज कलियुग का भी अंत आ गया।

यदि हँसने का बहुत शौक है तो एक दिन रोने के लिए भी तैयार रहा जाए। जीवन का अगला पथ सदा अज्ञात में हुआ करता है। इसलिए सदा अपनी आँखें खुली व सचेत रखी जाएँ। परिस्थितियाँ हर पल परिवर्तित होती रहती हैं। लोगों के शरीर परिवर्तित होते रहते हैं। चरित्र तथा व्यवहार व नियत परिवर्तित होते रहते हैं। अस्थिर सोच वाले मनुष्यों के मध्य तो सत्य भी परिवर्तित होता रहता है। ऐसे में स्वयं को यदि अपने प्रथम निर्माता से संयुक्त कर लिया जाए तो वह कदम-कदम पर प्रत्यक्ष या अप्रत्यक्ष रूप में हमें सम्हालने के लिए और इस मायावी जगत् से सम्मान के साथ निकालने हेतु सदा ही प्रस्तुत रहता है।

चलते-चलते

पुस्तक के प्रति या अघोर शिवपुत्र के प्रति किसी प्रकार की पूर्वधारणा से मुक्त होकर ही पुस्तक के अंदर अपनी चेतना से प्रवेश करें। यह सदा याद रखें कि अब आप सीधे उनके संपर्क में हैं और संपर्क का माध्यम उनके ये शब्द हैं। शब्द अक्षरों से मिलकर बने एक ऐसे समूह होते हैं जो आपस में एक साथ योग कर वाक्य बनाते हैं, जिससे उनके भीतर का छिपा अर्थ पाठक की चेतना में प्रवेश करता है।

मेरे द्वारा व्यक्त शब्द आपके सामने हैं और आप अपने होशोहवास

में मेरे शब्दों के माध्यम से मेरे सामने उपस्थित हैं। आपका जीवन मेरे लिए अनमोल है, क्योंकि आप मेरे शब्दों के ऊपर से गुजरते हुए मेरी ओर आगे बढ़ेंगे। जहाँ समझने में कठिनाई अनुभव हो तो कुछ देर मेरा ध्यान करें। मैं नहीं चाहता कि जीवन का जो अंश आपने मेरी पुस्तक को पढ़ने में लगाया है, वह व्यर्थ चला जाए। न तो मेरा जीवन व्यर्थ है और न आपका।

ध्यान के लिए आपको कुछ नहीं करना है। बस हर पल अपनी चेतना के सामने मुझे रखते हुए चलना है। बाबा केदारनाथजी के अघोर शिवपुत्र को अपनी चेतना के सामने रखने से ध्यान घटित होता है। अब तक ऐसा प्रमाणित हो चुका है। शब्दों को वाक्यों के साथ समझते हुए अब धीरे-धीरे आगे बढ़ते रहिए।

अपने जीवन से मजाक करना मुझे आता नहीं, इसलिए सभी जीवों के जीवन को मैं अनमोल और महत्त्वपूर्ण समझता हूँ। न जाने आपमें से कौन धर्मशास्त्र के महत्त्वपूर्ण पात्र निकल आएँ।

संभावना है कि इस पुस्तक को पढ़ते हुए और अघोर शिवपुत्र का ध्यान करते हुए आपकी सेकण्ड बॉडी जाग्रत हो जाए।

धन्यवाद!

बेचारा.... "शब्द"

पन्नों पर लिखे शब्द तभी तक निर्जीव हैं, जब तक कोई जीवित चेतना उन्हें आत्मसात कर जीवन नहीं देती। चतुर व्यक्ति उनके शवों को ओढ़कर 'ज्ञानी' बन जाते हैं या फिर उन पर चढ़ कर 'विद्वान'। और वे बेचारे शब्द? एक जीवित चेतना की प्रतीक्षा में लीन पन्नों में दबे पड़े रहते हैं।